D1660597

JAGD

Johann Nussbaumer

Pirschgänge durch Kultur
und Küche

Verlag Berger · Horn/Wien

1. Auflage

Der Schutzumschlag zeigt eine Darstellung eines
Gemäldes von Friedrich Gauermann, Die beendete Jagd
bei der Herrenrainalpe am Watzmann, 1840 (privat).
Layout und technische Betreuung: Rudolf Metzger.

Die Gesamtherstellung erfolgte bei
Druckerei Ferdinand Berger & Söhne GesmbH., A-3580 Horn.

ISBN 3-85028-220-1

Verlag Ferdinand Berger & Söhne GesmbH.,
A-3580 Horn, Wiener Straße 80, Tel. 02982/41 61-0,
1090 Wien, Pulverturmgasse 3, Tel. 0222/313 35

Inhalt

Rezeptteil

Es soll ein Buch werden – ein Jagdbuch selbstverständlich – mit Schwung geschrieben, amüsant, mit Anekdoten gewürzt und mit Kochrezepten garniert, ja, und beginnen soll das Ganze natürlich bei den Uranfängen der Jagd... Nun sitze ich vor einem fast noch unbeschriebenen Blatt Papier, kaue gedankenverloren an meinem Kugelschreiber und lasse keulenschwingende Steinzeitmenschen, parforcejagende Jägermeuten und – als Tribut an die breite Öffentlichkeit – sich vor Trophäengier verzehrende, „Bambi"-mordende Gegenwartsjäger an meinem geistigen Auge vorüberziehen und denke mit Schaudern daran, daß ich alles das, halbwegs lesbar natürlich, in etwa 600 Maschinschreibseiten zwängen soll. Die vertraute Umgebung meiner gemütlichen Jagdstube hilft mir, meine Gedanken allmählich zu ordnen und sie langsam in die Vergangenheit zurückzuführen, allerdings vorerst nicht bis in die Urzeit, sondern etwa drei Jahrzehnte zurück, als ich meine ersten jagdlichen Gehversuche unternommen habe. Ich muß immer wieder schmunzeln, wenn mir jemand seine laienhafte Vorstellung darlegt, daß der Jäger sowieso nur in den Wald zu gehen brauche und alles niederschießen könne, was ihm vor das Gewehr käme. Oh, ihr lieben, nichtjagenden ahnungslosen Mitmenschen, so einfach ist dies wahrlich nicht. Da ist, bevor man den ersten Schuß überhaupt abgeben kann, der sogenannte „Doderer" zu überwinden. Das hat nichts mit dem berühmten Schriftsteller „Heimito von..." zu tun, sondern ist ein ganz ordinäres Nerventremolo, das es einem bei Ansichtigwerden eines Stückes Wild unmöglich macht, das Gewehr ruhig zu halten.

Ich erinnere mich an meinen ersten Rehbock, dessen Trophäe noch heute als das Glanzstück unter meinen übrigen Rehbockkronen gilt, obwohl sie weder einen „schön" gebauten Bilderbuch-Sechserbock zierte, noch ein gewichtsträchtiges Gehörn darstellt. Es ist ein ganz gewöhnlicher Spießerbock gewesen, der diese Waffe als Kopfschmuck sein eigen nannte. Genauer gesagt, es war ein sogenannter „Mörderbock", der nicht nur seine Geschlechtsgenossen angriff, sondern auch Geißen forkelte. Einen jungen Bock und zwei Geißen hat er in kurzer Zeit durch seine dolchartigen, langen Spieße in den Jagdhimmel befördert. Grund genug, diesem Außenseiter seiner Zunft das Handwerk zu legen – und das so rasch wie möglich, bevor noch ärgeres passierte. Das Los der Vollstreckung – sprich Erlegung – traf mich. Damals noch ein blutjunger Anfänger mit etwa achtzig – ganz richtig – achtzig ergebnislosen Pirschgängen und Ansitzen auf den Rehbock, was sicher auch etwas mit meiner damals noch fehlenden Erfahrung zu tun hatte. Aber einmal mußte mir doch entweder die Jagdgöttin Diana huldvoll zulächeln oder St. Hubertus seinen Jagdsegen geben.

Eines Tages war es dann auch soweit. Das eisgraue Haupt des Rehbocks schob sich langsam aus dem Unterholz. Ein Blick durch das Glas – er war es. Und jetzt, wo er endlich greifbar vor mir stand, ging ein Zittern durch meinen Körper, die Zähne schlugen aufeinander und hätte ich ein falsches Gebiß gehabt, ich hätte es bestimmt verloren. Wenn nicht, dann also nicht. Ruhig zog der Bock zur Äsung auf die Wiese, ab und zu sichernd, doch auf einmal immer wieder unruhig aufwerfend. Plötzlich schoß er wie von Furien gehetzt ins Unterholz, ein markdurchdringender Laut, ein Fortbrechen, dann war Ruhe. Es dauerte eine geraume Weile, bis der Bock wieder vorsichtig zur Äsung austrat. Die linke Geweihspitze war jetzt rot vom „Schweiß" seines Widersachers.

Nun war ich ganz ruhig, als ich das Gewehr hob, um auch sein Leben auszulöschen. Der Mörderbock hatte mich zum Jäger gemacht. Eigentlich sollte ich mich darüber freuen, doch dem war nicht so. Es stellte sich eher Wehmut ein und ein plötzliches Schuldgefühl – ich hatte ein Leben ausgelöscht. Die uralte Frage – wer gab mir dazu die Berechtigung? – stellte sich nun auch mir. Die Antwort kenne ich bis heute nicht so genau, und trotzdem jage ich und sogar sehr gerne…

Ob auch dem Urzeitjäger nach der Erlegung seines ersten Stückes Wild derlei Gedanken durch den Kopf gingen?

Es ist für den Gegenwartsmenschen schwer, sich vorzustellen, was einst in dem Wesen, das sich heute stolz „Mensch" nennt, in Höhlen oder auf Bäumen vor den Tieren des Waldes Schutz gesucht hatte, vorgegangen sein mag, als er eines Tages ein Tier tötete. Doch gewiß hat damit, so paradox es auch klingen mag, der Fortschritt begonnen. Mit dem bewußten Erlegen dieses ersten Tieres begann sicher nicht nur der Mut im Manne aufzukeimen, sondern auch der Wille, sich die Herrschaft über die wildlebenden Tiere zu erobern. Die geistigen Fähigkeiten regten den Menschen zum Erfinden immer besserer Waffen an.

Vorerst zog der Höhlenmensch wohl noch mit Knüppeln und Keulen in den Kampf gegen die Tiere. Gewiß mußte er sich in schlechten Jagdzeiten mit einer Nahrung von Wurzeln und Kräutern behelfen, aber immer zog er es vor, sich seine Mahlzeit vom Fleisch des erlegten Wildes zu bereiten.

Da aber das Jagdglück auch dem Urjäger gewiß nicht immer hold gewesen sein mag, entstand schon früh, bis vor etwa 30.000 Jahren nachweisbar, ein Jagdkult, mit dem der Urzeitjäger versuchte, Wild, das er mit seinen primitiven Waffen nicht oder nur sehr schwer zu erbeuten vermochte, mit Hilfe einer übernatürlichen Macht zu bannen. Meist geschah dies dadurch, daß man die Wildtiere an Höhlenwände malte und so im Geiste vorerbeutete. War den Urmenschen das Jagdglück hold, so mochten sie ihre Beute wohl in der Nähe eines Flusses zerlegt haben, um sich nachher reinigen zu können. Man kann sich vorstellen, wie sie mit ihren Steinmessern die Decke abtrennten und mit einem stumpfen Knochenwerkzeug die Haut loslösten, die dann mit Steinschabern und Steinkratzern weiter gesäubert und bearbeitet wurde. Die Häute wurden anschließend einfach getrocknet und durch langes Kneten weichgehalten, denn Tierhäute zu gerben verstand der Mensch von damals noch nicht. Aus den Gedärmen fertigte schon der Aurignacmensch Riemen und Bänder.

Den unbrauchbaren Abfall des erlegten Wildes warf man dann einfach in den Fluß, was wieder die Fische anlockte, die man mit der Knochenharpune fing. Um 25.000 vor Christus wurde aber auch schon in der Dordogne ein Knebelholz an einer Leine zum Fischfang verwendet, auf das ein Köder gesteckt war. Die Funktion war einfach. Biß der Fisch an, zog der Angler die Leine straff, und der Knebel stellte sich im Maul oder im Schlund des Fisches quer.

Verschiedentlich wurden um diese Zeit auch Dornen als Angelhaken benutzt, doch konnten bald, infolge der verbesserten Bearbeitungstechniken von Knochen und Horn, harte und dennoch biegsame Angelhaken aus diesen Materialien hergestellt werden.

War es beim Fischfang möglich, daß dieser Art von Nahrungsbeschaffung auch sehr junge und alte Menschen nachgehen konnten, so waren für die Jagd Kraft, Geschicklichkeit und ein wacher Verstand erforderlich. Zweifellos war der Jäger der Steinzeit sehr geschickt, und es bereitete ihm keine Mühe, dem Beutetier einen Speer mit einer Spitze aus Holz oder Stein auf die verwundbare Stelle seines Schädels zu jagen. Sicher aber wird es der Urzeitjäger vorgezogen haben, ein Tier zu erlegen, das er überraschen konnte und das die Gefahr noch nicht kannte, weil ihn zweifellos die Erfahrung schon damals gelehrt haben mochte, daß ein Tier, welches im Zustand der Ruhe getötet wird, besser schmeckt als ein erregtes oder bis zur Erschöpfung gehetztes. Die Erklärung liegt darin, daß im tierischen Muskelgewebe Glykogen gespeichert wird, das nach dem Tode des

Organismus in Verbindungen zerfällt, zu denen unter anderen auch die konservierende Milchsäure gehört. Da jede körperliche oder nervliche Anspannung vor dem Tode einen großen Teil von Glykogen verbraucht, wird somit die Menge der produzierbaren Milchsäure reduziert.
In der Wahl des Eßbaren war der Eiszeitmensch nicht sehr wählerisch. Wohl hat er ursprünglich alles als Nahrung zu sich genommen, von dem er sah, daß es auch Tieren zum Stillen des Hungers diente, und sicher wird dabei vieles unverdaulich und sogar schädlich gewesen sein. Gewiß hat es auch eine lange Zeitspanne in Anspruch genommen, bis der Urmensch seine Speisekarte endgültig zusammengestellt hatte, denn durch das Fehlen des Ackerbaues und beim Mangel aller gezüchteten Nährpflanzen war die Auswahl an Eßbarem sicher nicht sehr groß, und am nächsten lag gewiß die Beschaffung aller Nahrung aus der ihn umgebenden wildlebenden Tierwelt.
Dem primitiven Menschen haben sicher vor allem die Affenarten als Vorbild für genießbare Wurzeln und Knollen gedient. Die Buschmänner nahmen sich von den Ameisenhaufen Körner und aßen sie; andere Stämme wieder raubten die Vorratsgänge der Mäuse aus. Den Vormenschen aus den nordischen Ländern dienten wieder Heuschrecken, Eidechsen und kleinere Schlangen zur Speise. Der Genuß von Fröschen, Schnecken und Austern hat sich sogar bis in unsere Zeit herein gehalten. Die Auster gehört übrigens zu den ältesten uns bekannten Nahrungsmitteln.
Die scharfsinnige List, mit der die Urmenschen Wild und Fische zu erbeuten verstanden, beweist, welche große Bedeutung dem Genuß des Fleisches zukam. Dabei muß man bedenken, daß zwei bis drei Mammuts erlegt werden mußten, um eine Gemeinschaft acht bis zwölf Wochen mit Fleisch versorgen zu können. Obendrein mußte das Fleisch noch gelagert werden, denn Kühlschrank gab es damals ja noch keinen. Die Haltbarkeit von gedörrtem, an der Luft getrocknetem Fleisch wurde möglicherweise zwischen 30.000 und 20.000 vor Christus entdeckt, als trockene Winde über einen Teil der nördlichen Erdhalbkugel fegten. Viel günstiger waren die Konservierungsmöglichkeiten für Fleisch natürlich in der Eiszeit.
Aus den verderblichen Teilen des Wildes, wie etwa Herz, Leber, Hirn und dem Fett hinter den Augen bereitete sich der Jäger schon seit der Altsteinzeit zum Lohn für die geglückte Jagd ein Mahl.
Übrigens gehören die Innereien – also Herz, Leber, Lunge und Niere eines erlegten Tieres – noch heute zum kleinen Jägerrecht und stehen demjenigen zu, der das Stück Wild aufbricht.
Als der Mensch an gekochter Nahrung Geschmack fand, begann er den Mageninhalt in einem der Magenbeutel des Tieres selbst zu kochen, und schließlich verwendete er dasselbe Gefäß auch für die Zubereitung anderer Speisen.
Der griechische Geschichtsschreiber Herodot schrieb: *„Sie legen das Fleisch in den Pansen des Tieres, mischen Wasser darunter und kochen es so über dem Kochfeuer. Die Knochen brennen gut und der Pansen faßt leicht das ganze von den Knochen gelöste Fleisch. Auf so erfinderische Weise lassen sie einen Ochsen oder ein anderes Opfertier sich selbst kochen.“* Natürlich durfte der Magen nicht prall gefüllt werden, da er sonst beim Kochen platzte. Ein weitgehender Fortschritt war natürlich dem Menschen mit der Entwicklung der Töpferei gegeben. Vielleicht war es ein Steinzeitmensch, der einst entdeckte, daß ein mit Lehm verkrustetes Wildschwein, welches er in der Suhle erlegt hatte, saftiger war als ein Schwein ohne Lehmkruste. Aus dieser Erkenntnis mochte sich dann allmählich eine Töpferei im eigentlichen Sinne – wir können sie bis etwa 6.000 vor Christus zurückverfolgen – entwickelt haben.

Felsenbilder aus der Steinzeit kann man heute noch sehen: etwa in Frankreich die Chabot-Höhle, die Höhle La Mouthe, oder die Höhle Pair-non-Pair in der Gironde sowie die Höhle Marsoulas. Die schönste und großartigste Höhle von allen und auch die interessanteste ist aber „Altamira", in der kleinen Stadt Santillana in der nordspanischen Provinz Santander gelegen.
Der große spanische Philosoph José Ortega y Gasset schrieb über die Höhle von Altamira: *„Kein Zweifel: die Höhle von Altamira ist eines der großen Menschheitsdokumente, die unserer Zeit in den Schoß gefallen sind. Sie hat auf einen Schlag den Geschichtskreis des menschlichen Gedächtnisses, der Geschichte und Zivilisation verdreifacht... Es läßt sich nicht leugnen, daß sie skandalöse Perspektiven eröffnet. Denn ist es nicht ein Skandal, daß die Malerei – eine so schwierige Kunst nach der Aussage der Maler – mit der Vollkommenheit beginnt? Woher nahmen die Wilden von Altamira die Feinheit, Beschwingtheit und siegreichen Schönheiten dieser Figuren?"*
Darüber rätselten natürlich lange Zeit auch die Fachleute, denn die Vollkommenheit und Formenfülle dieser Felsenzeichnungen erschütterte in ihnen eine ganze Welt erstarrter Vorstellungen. In ihren Augen konnte der eiszeitliche Höhlenbewohner, der Troglodyt, nichts anderes als ein primitiver Wilder an der Schwelle zwischen Affe und Mensch gewesen sein. Diese Auffassung paßte auch gut mit den Darwin'schen Theorien zusammen. Auf die Tatsache, daß es unter den Mammutjägern der Eiszeit begnadete Künstler gegeben hatte, darauf war niemand vorbereitet.
Was fand man nun so Hochinteressantes in dem verzweigten Höhlenlabyrinth von „Altamira", was zu deutsch so viel wie „Hoher Ausblick" bedeutete? Es waren eiszeitliche Wisente, außerdem Pferde und Hirschkühe, wilde Eber und Wölfe, Hirsche und Ure, ein Höhlenlöwe und ein Mammut. Die meisten der dargestellten Tiere sind seit Jahrtausenden ausgestorben. Viele von den Tieren sind lebensgroß, in abwechslungsreichen Rot-, Braun-, Gelb- und Schwarztönen an die bucklige Decke gemalt.
Nach Altamira wurden immer mehr Höhlen entdeckt. Allein in Nordspanien, den Pyrenäen und der Dordogne sind bis heute über 100 Höhlen mit Malereien, Gravierungen und Skulpturen erschlossen worden. Das Höhlengebiet erstreckte sich vom Nordwesten Spaniens bis zum Südwesten Frankreichs. Die ältesten Felsenmalereien schätzt man auf 30.000 Jahre und älter, die jüngsten höchstens auf 10.000 Jahre. Danach erlosch die paläolithische Höhlenkunst ziemlich rasch, was von der Wissenschaft auf den Übergang von der Jäger- und Sammlerkultur der Cromagnonzeit auf die Ackerbau- und Viehzuchtkultur der Folgezeit zurückgeführt wird.
Hochinteressant ist auch die Maltechnik zur Zeit der Höhlenmalerei. Die dick aufgetragenen Farben bestanden fast immer aus zerriebenen Mineralien. Manganoxid wurde für schwarze oder schwarzviolette Töne, Ocker, Rötel und Eisenerz für gelbe, braune und rote Töne verwendet. Grüne und blaue Farben kamen nicht vor. Das Farbpulver wurde meist mit einer Flüssigkeit oder mit Fett angerührt und mit den Fingern oder pinselähnlichen Geräten aufgetragen. Manchmal hat der Steinzeitkünstler das Farbpulver auch mittels eines Röhrchens an die Wand geblasen oder auf andere Weise aufgestäubt. Hie und da wurden auch „Farbstifte" aus Farbpulver und Talg gefunden. Muschelschalen dienten als Farbnäpfe. Neben der Technik des Farbauftragens spielte die Ritz- oder Gravurtechnik, die mit Hilfe von spitzen Feuersteinen vorgenommen wurde, eine große Rolle. Beide Techniken – Gravour- und Farbauftragtechnik – findet man oftmals auch neben- oder übereinander.
Wie aus dieser Entwicklung zu ersehen ist, wurde der Mensch, nachdem er sich mit Hilfe von Steinwerkzeugen technisch emanzipiert hatte, zum Künstler. Aber nicht nur in der Kunst begann sich der Mensch zu entfalten. Auch die Entwicklung der Waffen schritt fort. Aus einem Stein, der mit Sehnen an einem Stock befestigt wurde, schuf sich der Mensch die Streitaxt, und

aus dem Hirschgeweih die Lanzenspitze. Hatte sich der Urmensch in Höhlen verborgen, in denen er nicht einmal vor dem Höhlenlöwen und Höhlenbären Schutz und Sicherheit fand, so begann er allmählich den Lebensgewohnheiten der Tiere nachzuspüren. Der Körper wurde durch die Anstrengungen der Jagd kräftiger, seine Sinne schärfer und sein Geist im Erfinden von Listen gestärkt.

So entwickelte sich der Kampf mit den wilden Tieren zum Erzieher des Menschen. Der Sieg über die Kreatur war aber erst entschieden, als der Mensch lernte, das Feuer zu benutzen. Von da an ging es mit Riesenschritten vorwärts. Spuren des Feuers findet man schon in den allerältesten Niederlassungen des eiszeitlichen Menschen. Natürlich wurden diese primitiven Feuer auf der bloßen Erde angebrannt. Erst viel später schlichtete man Flußkiesel zu einer runden Herdanlage auf. Damit war der Mensch bereits zu einer gewissen verfeinerten Lebensweise durchgedrungen. Er röstete nunmehr sein Wildbret nicht mehr auf der Erde, sondern legte sich Reisig und trockenes Holz über dem Steinherd zurecht, worauf er seinen Braten gar werden ließ. Den gleichen Herd findet man in der ganzen Altsteinzeit, bis zum Schluß der Magdalenien. Das Solutreen zeigt schon einen besser entwickelten Herd, bei dem bereits zwei Steinschichten übereinander lagern, wobei sich die obere Steinlage erhitzte und an ihrer Außenfläche eine saubere und appetitliche Bratenplatte bot.

War das Feuer erloschen und der Herd nicht in Betrieb, so lagerten die beiden Steinschichten natürlich aufeinander. Wollten die Urzeitfrauen einen neuen Braten rösten, so entfernten sie die obere Steinlage, bauten auf der unteren sorgfältig Holz auf, legten die Bratenplatte wieder auf, und der Herd war gebrauchsfertig.

Da sich um den Herd herum immer die ganze Familie versammelte, blieb der Herdraum bis zu den Germanen hin immer der Mittelpunkt der Wohnung. Doch kehren wir wieder zu dem Urzeitjäger zurück. Der hatte inzwischen auch den Hund als starken, treuen Jagdgehilfen gewonnen, und mit dem Feuer lernte er allmählich auch die Bearbeitung und Verwendung der Metalle. Den großen Raubtieren gingen die Jäger schon in grauer Vorzeit kühn zu Leibe. Löwen und Tiger wurden nicht nur in Gruben gefangen und mit brennenden Fackeln in Netze getrieben, sondern auch im Nahkampf erlegt. Zum Schutze trugen die Jäger einen Schild aus Leder. Auch der Körper war mit Riemen dicht umschnürt. Als Waffe diente ein kurzes, wuchtiges Schwert. Man kann sich vorstellen, daß es, derart ausgerüstet, einer gehörigen Portion Mutes bedurfte, um etwa einen Bären zu erlegen. Ein Schriftsteller namens Oppian hat eine Bärenjagd zur damaligen Zeit geschildert, die so phantastisch erzählt wird, daß man vermuten muß, daß dabei auch ein wenig Jägerlatein mit im Spiel war.

Oppian erzählt: *„In Armenien und an den Ufern des Tigris begibt sich eine zahlreiche Jagdgesellschaft in die Schluchten, wo die Bären hausen. Am Ort angekommen, werden Netze zum Fang aufgestellt. Dann begibt sich ein Jäger mit gekoppelten Hunden vorwärts. Die Hunde nehmen alsbald eine Spur auf und suchen unruhig, bis sie zur Höhle, wo der Bär lagert, kommen. Dann geben sie stark Laut. Nun eilt der Jäger zur Jagdgesellschaft zurück, um sie an das Lager hinzuführen. In größerem Bogen wird vorgerückt, wobei von zwei Männern ein langes Seil, mit bunten Bändern und Federn behangen, vorgetragen wird. Gegenüber der Höhle wird Halt gemacht; ein Teil der Jäger stellt sich zu beiden Seiten der Höhle auf. Andere verbergen sich hinter dem Blendzeug in dem Gebüsch, selbst mit Laub und Zweigen bedeckt. Nun erschallt ein lauter Trompetenstoß. Brummend und wild blickend stürzt das gereizte Tier aus seinem Versteck. Sofort aber von beiden Seiten angegriffen, von vorn durch das geschwungene Seil und die anstürmenden Männer in ihrer seltsamen Bekleidung erschreckt, sucht er einen Ausweg an einer freien Stelle und stürzt die Anhöhe hinab, um das Freie zu gewinnen. Hinter ihm folgt die Jagd mit lautem Lärmen, schreiend unter Trompetenschall und fortwährendem Schwingen des Seiles. Geängstigt und erschreckt und alle Augenblicke sich umsehend fällt das Tier in das aufgestellte Netz, wo es überwältigt und gefangen wird.“*

Als der Mensch begann, den Boden zu bebauen, Viehzucht zu treiben und Nahrungsmittel für seinen Verbrauch herzustellen, wurde die Kost abwechslungsreicher, da außer Wild und Fisch auch Schlachtvieh, Geflügel und Bodenfrüchte zur Nahrungszubereitung verwendet wurden. Auch wußte man schon Flachs zu Geweben zu verarbeiten.

Die Erfindung des Netzes war für die Fischerei genauso eine Wende, wie es im Jagdwesen die Erfindung der Feuerwaffen war. Wahre Knüpfkünstler sind die Pfahlbauern gewesen, und wer jemals versucht hat, selbst ein Netz zu knüpfen, wird, sofern er nicht Netznadel, Netzholz und Garn samt gedruckter Anleitung nach einer Viertelstunde in die nächste Ecke gefeuert hat, gewaltigen Respekt vor den gar nicht so primitiven Männern und Frauen verspüren, die einst die Kunst des Netzknüpfens erdachten. Natürlich konnte man mit dem Netz ungleich mehr Fische erbeuten als mit der Angel. Und Fische schätzte man auch im antiken Griechenland sehr. Es sind uns zwar keine Rezeptbücher erhalten geblieben, doch scheint es mindestens ein Dutzend kulinarischer Leitfäden gegeben zu haben.

Archestratos, geistiger Vater aller griechischen Autoren über Gastronomie, schrieb etwa über den bei den Griechen so geschätzten Thunfisch, er sei nur in frischem Zustand aus Byzanz genießbar, und daß man ihn obendrein nur im Herbst essen dürfe *„um die Zeit, da das Siebengestirn untergeht"*.

Als Siebengestirn werden in der griechischen Sage die Plejaden – das sind die sieben Töchter des Atlas – bezeichnet, die Orion verfolgte und Zeus als Siebengestirn an den Himmel versetzte. Es besteht aus mehreren hundert Sternen, befindet sich ca. 300 Lichtjahre von uns entfernt und hat einen Durchmesser von ca. 10 Lichtjahren.

Archestratos' Rezept für den Thunfisch: *„Beschafft Euch das Schwanzstück eines weiblichen Thunfisches. Eines großen weiblichen Thunfisches, dessen Mutterstadt Byzanz ist. Schneidet ihn in Scheiben, die Ihr mit Salz bestreut und mit Olivenöl beträufelt, röstet ihn und eßt ihn mit einer scharfen Soße."*

Um 3.000 vor Christus hatten die Völker in den Tälern des Euphrat und Tigris sowie des Nils ihren Speisezettel schon auf Ackerbau umgestellt, trotzdem war laut Homer 2.000 Jahre später in Griechenland noch immer die Viehzucht der wesentlichste Faktor. Die griechischen Krieger des 12. Jahrhunderts vor Christus waren mit den nomadischen Viehzüchtern Innerasiens verwandt und führten wahrscheinlich noch ein Leben, das sich nicht allzusehr von dem jener unterschied. Die griechischen Helden der Mythen zeigten eine große Vorliebe für gebratenes Fleisch, gerade weil Fleisch eine Rarität darstellte. Konnte man in der Frühzeit noch Wildschweine jagen und die Bewohner einer kleinen Anzahl von Siedlungen mit den Eicheln und Buchnüssen von den Bäumen, die an den Hängen der unteren Berge wuchsen, Hausschweine füttern, setzten die langen, schmalen Täler im Landesinneren und die ebenso schmalen Streifen fruchtbaren Tieflandes längs der Küsten der Viehzucht Grenzen. Nur in wenigen Gebieten, wie etwa in Böotien, was „Rinderland" bedeutet, waren die Ebenen weit genug, um den Rindern als Weideland zu dienen. Erklärend möchte ich hier einfügen, daß man die Bucheckern auch als „Buchnüsse" bezeichnet. Es sind dies die Früchte der Buche, die alle vier Jahre besonders vermehrt auftreten. Bucheckern (Buchel) sind dreikantige Früchte (Nüßchen), die von einem verholzten Fruchtbecher (Cupula) umgeben sind, der sich bei der Reife vierklappig öffnet. 3 1/2 bis 4 kg trockene Früchte liefern 1 Liter wohlschmeckendes Öl. Die Hauptlesezeit fällt auf die Zeit von Mitte Oktober bis Anfang Dezember. Das oben angesprochene „Rinderland" Böotien (griechisch Boiotia), ist eine Beckenlandschaft in Mittelgriechenland, um den im 13. Jahrhundert entwässerten Kopaisee gelegen, mit einer Fläche von ca. 3000 km^2 guten Ackerbodens und rund einer halben Million Einwohnern. Die um 1000 v. Chr. eingewanderten Böotier bildeten im 4. und 5. Jhdt vor Chr. einen Bund mit dem Hauptort Theben, dessen Bedeutung am größten unter den Herrschern Epaminondas und Pelopidas war. Aus Böotien stammen unter anderem die Dichter Hesiod und Pindar sowie Plutarch. Unter türkischer Herrschaft war im Mittelalter Livadia (Lebadia) der Hauptort.

Die Olive scheint vor 6.000 Jahren am Ostrand des Mittelmeeres zur Kulturpflanze geworden zu sein. In Kreta wurden Oliven seit mindestens 2.500 vor Christus angebaut. Das Olivenöl war der erste große Exportartikel Griechenlands, dem aber schon bald der Wein folgte, da die griechischen Inseln und das griechische Festland etwa vom 5. Jahrhundert vor Christus bis zum Ende des 1. vorchristlichen Jahrhunderts die Heimat der guten Weine waren.

Natürlich gibt es über die Entstehung des Weines viele poetische Schilderungen, wahrscheinlich aber wurde irgendwann in prähistorischer Zeit ein Gefäß voll Trauben in einem Winkel vergessen. Die Trauben begannen zu gären und irgendjemand, der den gegorenen Saft kostete, fand ihn gut... Wilder Wein wuchs unter anderem im Kaukasus und dort wurde er wahrscheinlich auch zum ersten Male kultiviert. Um 3.000 vor Christus hatte die Pflanze Mesopotamien und Ägypten erreicht, wo der Wein anfangs ausschließlich bei Tempelritualen Verwendung fand. Erst als sich im 1. Jahrtausend vor Christus in Ägypten griechischer Einfluß bemerkbar machte, wurden private Weingärten angelegt, und der Wein wurde zum Getränk des Volkes. Die Ägypter waren allerdings schon lange vor dieser Zeit Fachleute gewesen, und es ist daher nicht auszuschließen, daß die Griechen lediglich wieder Kenntnisse nach Ägypten brachten, die sie selbst einst von dort importiert hatten.

Als im Jahre 121 vor Christus die ersten großen italienischen Weine auf den Markt gelangten, kamen die griechischen Weine ins Hintertreffen. Die römischen Weingärten lieferten 72 Hektoliter Wein pro Morgen, und das war weit mehr, als von den griechischen gewonnen werden konnte, die nie sehr ertragreich waren. Mit der römischen Machtentfaltung gelangte auch die Weinrebe in viele neue Länder.

Bis zur Mitte des 5. Jahrhunderts vor Christus unterschied sich in Griechenland die Küche der Armen nicht wesentlich von der Küche der Reichen. Der Bauer aß im klassischen Griechenland Gerstenpastete, Gerstengrütze und Gerstenbrot, dazu eine Handvoll Oliven, einige Feigen oder Ziegenkäse. Der Reiche trank weniger Wasser und mehr Wein. Er aß häufiger Ziegen-, Hammel- oder Schweinefleisch, und für Abwechslung sorgten Reh, Hase, Rebhuhn und Drossel. Der durchschnittliche Grieche war kein Feinschmecker, aber sicher dachte er mit Schaudern an die Küche der Spartaner, deren *„Schwarze Suppe"*, die, angeblich aus Schweinefleischbrühe mit Essig und Salz zubereitet, in der Welt berüchtigt war. Auch wir kennen noch die Redewendung vom *„spartanischen Leben"*. Eine Vorstellung darüber überlieferte uns Athenäus. Er schreibt über den Sybarit (Bewohner der italienischen Stadt Sybaris, welche 700 vor Christus gegründet wurde und deren Schwelgerei im Altertum sprichwörtlich war), der in Sparta an einem Essen teilnahm: *„Als er auf den hölzernen Bänken lag und mit ihnen speiste, bemerkte er, er habe bisher immer mit Verwunderung von dem Mut der Spartaner gehört, aber nun glaube er nicht mehr, daß sie anderen Völkern in irgendetwas überlegen seien, denn selbst der Feigste würde lieber sterben, als ein solches Leben zu ertragen."*

Als sich Athen zum Zentrum der Pracht und Größe entwickelt hatte, war es sich seiner geistigen Vorrangstellung deutlich bewußt, und diese Haltung und dieses Lebensgefühl hat auch in der griechischen Küche seinen Niederschlag gefunden. Archestratos war der erste Gastronom der westlichen Welt. Im Laufe der Zeit wurde der Geschmack der Athener aber immer absonderlicher. Ein Schwein etwa, welches an Überfütterung zugrundegegangen war, galt als köstliche Delikatesse, und Gänse schoppte man mühsam mit feuchtem Korn für die Tafel. Auch die Eier des Pfaus, der in den Gärten der Reichen gehalten wurde, galten ebenso wie die Eier der Nilgans als besondere Delikatesse, und erst mit großem Abstand folgten an dritter Stelle die Eier des Haushuhnes.

m 3. Jahrhundert vor Christus hatten die Athener den „Hors d' oevre – Wagen" eingeführt. Über diese Neuerung waren nicht alle Griechen glücklich, und Lynkeus beklagte sich im „Kentauren", daß ein athenisches Mahl vor allem für einen Hungrigen empörend gewesen sei, *„denn"*, so stellt er fest, *„der Koch stellt ein großes Tablett vor dich hin, auf dem fünf kleine Teller stehen. Der eine enthält Knoblauch, der nächste zwei Seeigel, der dritte in süßen Wein getunktes Brot, der vierte zehn Herzmuscheln und der letzte schließlich ein kleines Stück Stör. Während ich nun dieses esse, ißt ein anderer jenes, und während er jenes ißt, habe ich dies aufgegessen. Was ich möchte, guter Mann, ist beides, das eine und das andere, aber mein Wunsch ist unerfüllbar, denn ich habe weder fünf Münder, noch fünf rechte Hände. Eine solche Art, Speisen aufzutragen, scheint zwar Abwechslung zu bieten, aber sie taugt keineswegs dazu, den Bauch zu sättigen."*
Freilich war es mit der Sättigung oft recht schlecht bestellt, denn der Peloponnesische Krieg in der zweiten Hälfte des 5. Jahrhunderts vor Christus hatte Attika schwer verwüstet. Es war die Zeit, in der Sophokles, Euripides und Aristophanes innerhalb der Stadtmauern Athens ihre Meisterwerke schrieben. Vor den Mauern wurden ganze Dörfer dem Erdboden gleichgemacht und die Ernten vernichtet. Unendlich langsam ging der Wiederaufbau vor sich, und oft war er sogar unmöglich. Man braucht sich nur vorzustellen, daß es drei bis vier Jahre dauert, bis ein neuer Weinstock einen nennenswerten Ertrag aufweist, und ein Ölbaum gar bis zu dreißig Jahre braucht, bis er Früchte trägt.
Im 4. Jahrhundert vor Christus beschrieb der Dichter Alexis von Thurii den Speisezettel einer fünfköpfigen Familie, die hauptsächlich von puls (einer ungebackenen Kornpastete oder Püree aus Linsen und Bohnen), Grüngemüse und Rüben, Schwertlilienwurzeln, Buchekkern, Lupiniensamen und ab und zu ein paar Heuschrecken, wilden Birnen und getrockneten Feigen lebte. Für mehr als drei Familienmitglieder war selten genug Nahrung auf einmal vorhanden, und meist mußten sich zwei davon mit einem Mundvoll Gerstenbrei begnügen. Wohl wurden vereinzelt Versuche unternommen, das Los der Armen Athens zu verbessern, doch blieb es den Römern vorbehalten, das erste großangelegte soziale Fürsorgeprogramm einzuführen.

Lucius Licenius LUCULLUS, römischer Feldherr und Feinschmecker, der nach seinem Sieg im Dritten Mithriadischen Krieg orientalischen Luxus in Rom einführte, war ein leidenschaftlicher Heger und Pfleger von Meeres- und Süßwasserfischen. Von ihm wird berichtet, daß er seine Lieblingsfische bei großer Hitze an kühlere Orte bringen ließ. Ja, er war so ungeheuer besorgt um seine Fische, daß er dem Baumeister gestattete, sein ganzes Geld auszugeben, wenn er nur einen Kanal zustande brächte, durch den die Flut zweimal am Tag frisches Wasser in die Teiche führte. Wie hoch das Fischen in der römischen Antike geschätzt wurde, zeigt die Geschichte des Marcus Antonius und der ägyptischen Königin Cleopatra. Es wird darin berichtet, daß Marcus Antonius, als er zunächst keine Fische fing, angesichts des Sphinxlächelns von Cleopatra sehr peinlich berührt war, weshalb er auf einen sportlich nicht ganz einwandfreien Trick verfiel. Er befahl seinem Diener, frischgefangene Fische heimlich an seinen Angelhaken zu hängen. Natürlich fiel der unvermittelte Beutesegen des Römers Cleopatra auf, und sie ließ nun ihrerseits an die Angel von Marcus Antonius getrocknete Salzfische hängen. Trotzdem dieser Scherz viel belacht wurde, trug der zweifache Sieger von Philippi diese Niederlage mit einer seinem hohen Rang entsprechenden Haltung.

Daß Netze auch in der Jagd unentbehrlich waren, zeigt eine hochinteressante und ausführliche Anweisung für die Jagd auf Schwarzwild, die der Grieche Xenophon seinen Zeitgenossen erteilt. Darin heißt es: *„Zunächst gilt es, sobald die Jäger in der Gegend angekommen sind, wo sie das Wild vermuten, abzuspüren. Dazu lösen sie einen der Jagdhunde und gehen, während sie die übrigen angekoppelt halten, mit ihm umher. Hat er eine Fährte angefallen, so folge die Jagdgesellschaft unmittelbar der leitenden Spürung (dem Saufinder). Es wird indes auch für die Jäger der sicheren Anzeichen manche geben: auf weichem Boden die Fährten, in Dickichten abgebrochene Zweige, und wo Bäume sind, Schläge der Gewehre (womit die Sauwaffen, das sind die seitlichen, aus dem Gebrech herausragenden Zähne gemeint sind). Der Hund aber wird in der Regel auf der Fährte zu einer Dickung kommen, denn in solchen steckt das Wild gewöhnlich. Im Winter sind sie nämlich warm, im Sommer kühl. Sobald er vor dem Kessel ankommt, gibt er Laut; das Tier steht aber in der Regel nicht auf. Man muß den Hund nehmen und ihn, samt den anderen, weit weg vom Lager anbinden und die Fallnetze an den Wechseln richten, indem man die Maschen auf gabelförmige Stangen aus grünem Holze hebt. Am Netz selbst aber muß man einen weit vorgehenden Buchsen herrichten und denselben innen durch*

Ästchen unterstützen, damit die Lichtstrahlen so gut als möglich in den Busen fallen können und das Innere dem anrennenden Wild möglichst hell erscheine. Auch muß man die Leinen an einem starken Baum anlegen und nicht an Buschwerk.
Sobald die Netze gestellt sind, müssen die Jäger nach den Hunden gehen und sie alle lösen und sich mit den Wurfspießen in der Hand vorwärts in Bewegung setzen. Den Hunden zusprechen soll nur einer, der erfahrenste! Die anderen müssen alle still folgen und große Zwischenräume zwischen sich lassen, damit für das Wild gehörig Platz zum Durchbrechen bleibt. Denn wenn dasselbe beim Zurückgehen auf mehrere zusammen stößt, so ist Gefahr, geschlagen zu werden; denn wen es einmal anrennt, dem läßt es seine Wut aus. Sobald die Hunde dem Kessel nahe sind, springen sie ein, aufgeschreckt springt der Eber auf und schleudert den Hund, der ihn vorn angreift, in die Luft. Wird er flüchtig, so gerät er in das Netz; ist dies nicht der Fall, so heißt es ihm nachsetzen. Ist der Ort abhängig, in dem er sich in dem Netz verschlagen hat, so wird er stark vordrängen, ist er dagegen eben, so wird er stehen bleiben und sich durchzuschlagen suchen. In diesem Augenblick sollen die Hunde anpacken, die Jäger aber mit aller Vorsicht Wurfspieße und Steine schleudern, bis der Eber sich vordrängend die Leinen des Garns anspannt. Hierauf muß der erfahrenste und sicherste unter den Jägern auf den Kopf vorgehen und ihn mit der Schweinsfeder abfangen. Wenn der Eber aber trotz der Spieß- und Steinwürfe sich herumwirft und die Jäger annimmt, so bleibt nichts übrig, als mit der Schweinsfeder vorzugehen und dabei dieselbe vorn mit der Linken, hinten mit der Rechten zu fassen. Die Linke nämlich gibt die Richtung, die Rechte den Nachdruck. Angetreten werde mit dem linken Fuß. Man lege aber die Schweinsfeder mit aller Vorsicht aus, damit nicht das Tier sie durch eine ausweichende Wendung des Kopfes aus der Hand schlage, denn der Wucht des Kopfes Schlages folgt er selbst nach…!“
Ist es nicht interessant, daß diese zweitausend und einige hundert Jahre alten Vorschriften über das Verhalten des Jägers beim Abfangen des Keilers noch heute gelten? Die Wildschweinjagd war durch die Wehrhaftigkeit dieser Tiere für den Jäger zu allen Zeiten lebensgefährlich, und so ersann bereits damals der Mensch allerlei Jagdmethoden, mit denen es wesentlich ungefährlicher war, Beute zu machen. Man weiß von den Griechen und Römern, daß diese eine ganze Anzahl verschiedenartiger Netze anwendeten, von der einfachen Netzwand, in der sie Hasen und Feldhühner fingen, bis zu großen, den Fischernetzen gleichenden Gebilden, in die man Hirsche, Rehe und Sauen hineintrieb. Mit Schlingen fing man Drosseln und Tauben. Auch die Fangart mit der Laufschlinge wurde betrieben. Dies funktionierte dermaßen, daß man auf den Wechseln des Wildes eine kreisrunde Öffnung, etwa einen Fuß tief, aushob. Da hinein kam ein hölzerner Kranz mit spitzen Nägeln und mehreren starken Schlingen. Die Falle wurde kunstvoll verblendet, damit das Wild arglos hineintrat. War dies geschehen, umfaßten die Schlingen – die an einem schweren Holzklotz befestigt waren – den Lauf des Tieres. Dieses schwere Gewicht, welches das Tier nunmehr mit sich schleppen mußte, behinderte es in der Flucht; so wurde es am nächsten Morgen eine leichte Beute der Hunde. Mit dieser Laufschlinge war es auch möglich, sogar Hirsche und Wildschweine zu fangen. Wildbret verstand man auch schon damals köstlich zuzubereiten, wie folgendes Rezept eines „antiken Essig-Hirsches“ zeigt. *„Man nehme ausgelöstes Wildbret vom Hirsch und siede es in einem Wasserkessel unter Zugabe*

von etwas Essig, Wein, Salz und einer Brise Zucker etwa zehn Minuten kurz auf. Knapp vor dem Aufkochen gebe man einen mit Pfefferkörnern, Gewürznelken, Rosmarin, Basilikum, Majoran und Zitronenschalen gefüllten Tuchbeutel ins Wasser. Fett und sich bildender Schaum sind während des Kochens sorgfältig abzuschöpfen. Das abgebrühte Wildbret und Gewürzbeutel in einen Tonkrug geben, mit Essig zwei Finger hoch übergießen, und das Ganze mit flüssigem Rinderfett absiegeln. Bei diesem Verfahren hält sich das Wildbret bis zu einem halben Jahr und läßt sich bei Bedarf beliebig zubereiten. Wenn Fleisch entnommen wird, muß die abgesiegelte Fettschicht natürlich umgehend erneuert werden". Keine schlechte Idee, Fleisch auch ohne Kühlschrank haltbar zu machen. Des Menschen Geist, darauf ausgerichtet, den Dingen auf den Grund zu gehen und sie zu erforschen, hat sich schon früh damit befaßt festzustellen, *„wer nun erstlich der Erfinder des Jagens"* gewesen sein könnte. Nun, um es gleich vorwegzunehmen – es ist nicht gelungen. Einige hielten die Phönicier, andere aber die Thedaner davor, *„von welchen es hernach auf die Phrygier wäre gebracht worden. Allein alles dieses geschieht"*, so schreibt der Chronist, *„mit sehr schlechtem Grund. Die Heyden haben dahero in Ansehung des ungewissen Erfinders der Jagd die Götter davor ausgegeben, wie denn Xenophon in seinem Buch ‚de venatione' gleich in Anfang ausdrücklich saget, daß Apollo und Diana die Jägerey und die Hunde erfunden und diese Kunst dem Chironi wegen seiner Gerechtigkeit erlernet hätten, der sich auch dieses Geschencks mit Freuden zu Nutzen gemachet; und von diesem hätten sie nebst anderen dergleichen Künsten wieder andere erlernet, welche Personen allezusammen denen Göttern gar angenehm gewesen wären."*

Heute weiß ich nicht mehr so genau, wie ich eigentlich zur Jagd gekommen bin. Wahrscheinlich haben hier aber mehrere Komponenten zusammengewirkt. Verbrieft ist jedoch, daß vom Vater her sieben Generationen zurück hauptberuflich mit der Jagd zu tun gehabt haben. Unsere Sippe väterlicherseits stammt aus Oberösterreich, und mein Großvater war während des „1000-jährigen Reiches" Kreisjägermeister. Kreisjägermeister ist er sicher nur deshalb geworden, weil alle jüngeren Jahrgänge vergriffen, das heißt beim Militär waren. Diesen besagten Großvater, der von der Statur her zwar mehr „breit als lang", dafür aber ein grundgütiger Mensch war, habe ich schon als „Dreikäsehoch" heiß geliebt. Als kleinen Buben setzte er mich manchmal auf seinen gewaltigen Bauch, und dann begann er – natürlich von der Jagd – zu erzählen. Ich erinnere mich noch verschwommen, wie er mir auch einmal von seinen eigenen jagdlichen Anfängen berichtet hat. Diese begannen nämlich ziemlich ungesetzlich, zu deutsch – er ging als junger Bursch ab und zu wildern, wie es damals öfters der Brauch war. Sein aufregendstes Abenteuer in dieser Hinsicht haftet mir aber heute noch gut im Gedächtnis. Er wohnte in einem kleinen Ort nahe bei Mattighofen und daß man ihn damals beim Wildern nicht erwischt hat, verdankte er lediglich dem Umstand, daß die Bevölkerung tief gläubig war. Eines Tages, mein Großvater saß wieder einmal auf einem Baum, um von dort oben das Anwechseln des Wildes zu erwarten, aber auch, um nicht gleich gesehen zu werden, näherten sich ihm um die Mittagszeit zwei Gendarmen, die sorgfältig jeden Baum absuchten. Großvater sah sie natürlich schon von weitem, und mit jedem Schritt, den die beiden näher kamen, sank seine Chance, auch diesmal wieder dem Arm der Gerechtigkeit zu entkommen. Doch wie sagt eine Volksweisheit so schön: „Dem Seinen gibt's der Herr im Schlaf". Knapp bevor nämlich die Ordnungshüter zu „seinem" Baum kamen, begannen im nahen Ort die Mittagsglocken zu läuten. Sie senkten daraufhin fromm das Haupt, falteten die Hände, und ein stilles Gebet verrichtend gingen sie unter dem Baum vorbei, auf dem mein Ahnherr angstschlotternd und schweißgebadet saß. Als das Mittagsgeläute zu Ende war, walteten sie wieder ihres Amtes, doch waren sie schon ein gutes Stück entfernt, so daß ihm für diesmal keine Gefahr mehr drohte. Wahrscheinlich ist er vor Schreck über das Erlebte später dann doch lieber Jäger als Wilderer geworden. Und er wurde,

soweit ich es heute beurteilen kann, ein außergewöhnlich guter Jäger, der alle Freuden und Leiden seines Berufes kennengelernt hatte. So schoß einmal während eines Pirschganges ein Wilderer auf ihn, und die Kugel verfehlte nur um Haaresbreite ihr Ziel. Und auch er selber stellte ein andermal einen Wildschütz. Es war aber ein arbeitsloser Familienvater von vier Kindern. Das Gewehr mußte er zwar hergeben und meinem Großvater hoch und heilig versprechen, nie mehr zu wildern, aber er hat ihn nicht angezeigt, und jede Woche schickte er der Familie ein großes Fleischpaket für den hungrigen Nachwuchs. Dazu muß erwähnt werden, daß meine Großeltern auch eine Gemischtwarenhandlung betrieben haben, was sich – wie bereits erwähnt – sichtbar am Äußeren meines Großvaters niedergeschlagen hatte.
Während des Krieges – wir selber wohnten in Niederösterreich – durfte ich als Elfjähriger wieder einmal in den großen Ferien zu meinen Großeltern fahren. Ich war damals noch ein spindeldürres Bürschchen, und meine Mutter versprach sich von diesem Aufenthalt einen kleinen Speckansatz auf meinem schlaksigen Körperbau. Die zweite Großmutter, welche auf der Bahn Regiefahrt hatte, würde mich aus Ersparnisgründen zu meinem Reiseziel und später auch wieder zurück nach Hause bringen. Für mich sollte aber dieser Ferienaufenthalt zu einem meiner schönsten werden. Mein Großvater war gesundheitlich nicht gerade auf der

Höhe – er hatte knapp vorher einen leichten Schlaganfall erlitten – und so durfte ich ihm beim Gewehrreinigen und beim Laden der Patronen helfen. Großvater lud sich seine Schrot- und Kugelpatronen immer selber, denn erstens machte er das gerne und zweitens war während des Krieges Munition für die Jagd sowieso Mangelware. Pulver abwiegen besorgte er natürlich selber. Aber die alten Zündhütchen ziehen und neue einsetzen, da durfte ich schon eifrig mithelfen, und auch das „Randeln" der Schrotpatronen wurde mir zu meiner großen Freude bald ganz übertragen. Für Waffen hatte ich ja immer schon – wie so viele Buben – eine Schwäche gehabt, und diese Tätigkeiten kamen daher meinen heimlichen Wünschen sehr entgegen. Mein zukünftiger Beruf war mir damals sonnenklar. Ich würde – wie mein großväterliches Vorbild – zumindest Kreisjägermeister, wenn nicht noch mehr werden.

Es ist mir damals selber gar nicht so bewußt geworden, aber ich wollte natürlich auch äußerlich meinem Idol möglichst ähnlich sehen, wobei ich heute noch wohl weiß, daß ich wahrscheinlich viel eher einem der Gesellen aus „Ali Baba und die 40 Räuber" als einem Jäger geglichen habe. Man muß sich dazu nur folgendes Bild vorstellen: Auf meinem Kopf saß ein viel zu großer, abgetragener Jagdfilz mit vergilbtem Hirschbart darauf – ein Geschenk meines Großvaters. Bekleidet war ich mit einem Ruderleibchen sowie einer kurzen Laponialederhose und natürlich lief ich barfuß. Die Hosentaschen waren außerdem noch vollgestopft mit Patronen, und so marschierte ich mit stolzgeschwellter Brust einher.

Endlich, eines Tages nach dem Mittagessen, sagte mein Großvater zu mir: *„Bua, richt' die z'samm, mir gengan Tauben jagern!"* Darauf hatte ich nur gewartet! Und wenn mir jemand eine Riesentorte geschenkt hätte, meine Freude hätte nicht größer sein können. Was viel besagen will, denn wer mich näher kennt, weiß, daß ich süßen Sachen schwer widerstehen kann. Noch dazu durfte ich das Gewehr tragen, und – das war die Krone – ich sollte meine erste Taube schießen! So groß die Freude darüber war, ein wenig hatte ich doch Angst davor. Ich wußte auch warum. Noch nie hatte ich mit einem Jagdgewehr geschossen, und mein Großvater hatte mir mit allem Nachdruck eingeschärft, den Kolben ja fest einzuziehen, da das Gewehr sonst furchtbar „stössen" würde. Und vor dem „Stoß" und im Unterbewußtsein wohl auch vor dem „Knall" befiel mich eine Heidenangst.

Ich hätte heute sehr gerne ein Photo davon, wie wir beide – Großvater mit einem Stock als Stütze und Gehhilfe, ich in der schon beschriebenen Aufmachung – langsam den kleinen, mit dichtem Gesträuch bewachsenen Bach entlanggingen. Als wir die teils schon abgeernteten Felder erreichten, grüßten die dort arbeitenden Leute schon von weitem. Meinen Großvater mochten alle gerne. An einen alten Bauern erinnere ich mich noch, der uns zurief: *„Grüaß di Nussbama! Bist heut mit dein Enkl aufs Jagern aus?"* Und wieder war ich mächtig stolz, mit Großvater jagen gehen zu dürfen. Als wir zu einer Bachkrümmung kamen, machte er plötzlich halt. Vor uns lag ein abgeerntetes Feld, auf dem noch die Getreidemandeln standen. *„Vorsicht, Bua!"*, ermahnte er mich leise. *„Auf dem Feld da vorn sand' Tauben"*. Ich konnte sie nun auch sehen, und Großvater erläuterte mir auch sogleich seinen Plan. *„Paß auf"*, meinte er, *„du pirsch'st di jetzt de Mandln entlang. Beim vierten müßt es sich ausgehn zum Schiaßn. Erst wannst auf Schußentfernung bist, spannst die Hahna und wann de Tauben hoch werden, dann schiaßt. Aber immer nur an Lauf abschießen!"* Mit einem gutgemeinten „Weidmannsheil" entließ er mich sodann. Nun war es an mir zu

zeigen, ob ich jagdliche Fähigkeiten besaß, und das Ärgste für mich wäre gewesen, meinen Großvater zu enttäuschen. Sicherheitshalber spannte ich beide Hähne der Flinte lieber gleich, und dann bewegte ich mich Schritt für Schritt den Tauben zu. An die vierzig Stück mochten es gewesen sein, die da auf etwa fünfundzwanzig Schritt vor mir Körner pickend am Acker ästen. Obwohl sie intensiv mit der Futteraufnahme beschäftigt waren, muß mich doch eine vorzeitig eräugt haben, denn plötzlich erhob sich der ganze Flug in die Luft. Zum Denken kam ich jetzt nicht mehr. Ich riß das Gewehr hoch, schlug in Richtung Tauben an und drückte ab – beide Läufe gleichzeitig. Der Erfolg war, daß eine Taube, heftig mit den Schwingen schlagend, herunter kam. So schnell ich nur konnte, lief ich zu ihr hin und – da ich sie mir nicht anzugreifen getraute – drehte ich das Gewehr um, um sie zu erschlagen. Ein Aufschrei meines Großvaters ließ mich das Vorhaben im letzten Moment nicht ausführen – Gott sei Dank. Der Gewehrschaft wäre ab gewesen. Allmählich wurde das Schwingenschlagen der Taube immer schwächer, um schließlich ganz aufzuhören. Reglos lag sie nun vor mir – und ich stand da, fassungslos und wie im Traum. Mein erstes selbsterlegtes und erjagtes Wild. Erst der Zuruf meines Großvaters, die Taube doch zu bringen, ließ mich wieder in die Wirklichkeit zurückfinden. Ein Gefühl ungeheuren Glückes überkam mich – mein erstes Stück Wild hielt ich in den Händen. Von mir erlegt. Strahlend brachte ich meine Beute dem Großvater. Der war weniger glücklich. Von weitem hatte er schon erkannt, was ich in Händen hielt. Seinen Rucksack hatte er bereits aufgemacht und seine ersten Worte waren, als ich bei ihm ankam: *„Bua, tua glei die Taubn in Rucksack eini und dann gengan ma, bevor uns de Bauern dawischen. Des is nämli a Haustauben!"*

Mir war das eigentlich egal. Für mich war es meine erste Taube. *„Und de Tauben"*, versprach Großvater, *„wirst du ganz allane essen."* So geschah es dann auch. Ein winziges Birgerl schob ich aber dann doch heimlich und mit Verschwörermiene auf Großvaters Teller Von ihm hat auch nie jemand erfahren, daß es ja eigentlich „nur" eine Haustaube gewesen ist. Und es wäre auch unser beider Geheimnis geblieben, hätte ich es jetzt nicht hier ausgeplaudert.

Auf den Geschmack gekommen, bewegte ich Großvater schon am folgenden Tag dazu, abermals mit auf die Pirsch gehen zu dürfen. Und so trotteten wir wieder einträchtig unseren gewohnten Weg. Diesmal saßen die

Tauben allerdings weit draußen im Feld. An ein Anpirschen war daher nicht zu denken. So schlug Großvater vor, uns im Gebüsch neben dem Bach anzusetzen. Ich sollte bis zur Bachschleife vorgehen, so meinte er, denn dort wäre ein alter Baumstumpf, auf den ich mich setzen könnte. Er selbst wollte sich in Sichtweite einen anderen Platz suchen. Den Rucksack mit dem Proviant wollte er mit sich nehmen. Mir war es recht, denn zu essen brauchte ich bei der Jagd sowieso nichts. So machte ich es mir auf dem Baumstumpf bequem und harrte der Dinge, die da kommen würden. Es mochte etwa eine halbe Stunde vergangen sein, als es unter mir raschelte. Ein Blick hinunter, und mir stockte vor Schreck fast der Atem, denn zwischen meinen nackten Beinen schlängelte sich eine armdicke schwarze Schlange hervor. Ich nahm all meinen Mut zusammen und rührte mich nicht. Erst als die Schlange etwas weiter weg war, brachte ich das Gewehr langsam in Anschlag. Entweder war es das Spannen der Hähne gewesen, oder ich hatte eine unvorsichtige Bewegung gemacht, denn plötzlich rollte sich die Schlange blitzschnell zusammen. Doch im nächsten Augenblick krachte mein Schuß. Von der Schlange ist nicht mehr allzuviel übriggeblieben. Worauf ich denn geschossen hätte, wollte Großvater wissen. Ich ging zu ihm hinüber und erzählte, noch zitternd vor Aufregung, mein Abenteuer. Er klärte mich zwar auf, daß ich nicht hätte schießen müssen, da die Schlange harmlos gewesen sei. Ich

habe aber heute noch meine Zweifel daran, denn, wenngleich es mein Großvater gewußt hat, daß die Schlange harmlos war, wer gibt mir denn die Gewähr, daß es auch sie selber wußte...?
Als wir in der Dämmerung heimzu gingen, sahen wir auf einem Ast einen Sperber sitzen. Dazu muß gesagt werden, daß der Sperber damals in großer Zahl vorkam und noch nicht – so wie heute – ganzjährig geschont war. Mein Großvater bedeutete mir, zu schießen, das tat ich auch – und traf zu meiner großen Verwunderung wirklich. Diesen Vogel wollte ich zur Erinnerung an meine Jagdferien unbedingt mit nach Hause nehmen und präparieren lassen. Die Sache hatte nur einen Haken – bis mich meine Großmutter holen würde, waren es noch zwölf Tage, und ob sich der Sperber bis dahin hielt, war mehr als fraglich. Großvater hatte so seine Bedenken, doch da ich es mir unbedingt in den Kopf gesetzt hatte, wurde der Vogel zuerst fachgerecht von den Innereien befreit, die Lichter wurden eingesalzen und dann meine Trophäe bis zum Abreisetag im kühlen Keller gelagert. Der Erfolg war aber gleich Null. Irgendwo zwischen Linz und Amstetten hat ihn dann meine Großmutter trotz heftigem Protest meinerseits aus dem Zug geworfen, da er schon bestialisch stank und die Mitreisenden angewidert ihre Nasen rümpften.
Manchmal sitze ich heute noch in einer stillen Stunde da und erinnere mich an meine ersten jagdlichen Gehversuche. Doch ich gestehe es ehrlich ein, trotz mancher „Sünde“, die dabei war – ich möchte sie nicht missen.

Die Jagdgöttin Diana – die römische „Nachfolgerin" der griechischen Artemis – ist zu interessant, um nicht ein wenig näher auf sie einzugehen: Wie viele andere auch, ist sie die Tochter des Göttervaters Jupiter.
Daß sie durch solch einen Vater über eine ungeheure Vielzahl von besonderen Fähigkeiten verfügte, versteht sich von selbst. Diana war aber so vielseitig, daß selbst die Götter in Staunen versetzt wurden: Kaum war sie dem Schoß ihrer Mutter entsprungen, stand sie schon hilfreich bei der Geburt ihres Zwillingsbruders Apollo als Hebamme der Mutter zur Seite. Ob solcher Fähigkeiten nahm sie einen besonderen Platz im Götterhimmel ein: Gleich neben Juno (!) als schmerzlindernde Helferin der Gebärenden und als Lebenslichtbringende. Frühreif wie sie war, erbat sie schon als Kind von Zeus die Gnade der ewigen Jungfräulichkeit. Wie Zwillingsbruder Apollo griff sie zu Pfeil und Bogen, wählte Wälder und Berge zu ihrem Aufenthalt, wurde Jägerin, begleitet von einem zahlreichen Nymphengefolge, das die Wälder weithin mit leuchtenden Fackeln erhellte, und wurde, weil sie auch schützend für die Vermehrung der Tiere sorgte, zu einer einflußreichen Naturgöttin. In antiken Darstellungen wird sie oft mit einer Bärin gezeigt. Heilig waren ihr Eber, Hirsch und Hund, ebenso die fackelspendende Fichte. Die jagende Amazone war dem Jäger gut gesinnt, wandte aber ihre Waffen strafend gegen alle, die sie beleidigten. Dann sandte sie mit ihren tödlichen Pfeilen auch Pest und Verderben unter das Geschlecht der Irdischen, weshalb sie auch als Todesgöttin gefürchtet war. Schließlich nahm die ewig Keusche auch noch die Stelle der Luna ein, um als Göttin des Mondes verehrt zu werden, während ihr Bruder das Amt des Sonnengottes versah. Für den Jäger war es allerdings sehr gefährlich, der Jagdgöttin Diana in dem Zustand zu begegnen, in dem sie erschaffen wurde. Man weiß von der jagdbesessenen Diana, daß sie sich mit ihren Nymphen immer in den Wäldern bei klaren Wasserquellen aufgehalten habe. Und in demselben Buch findet man folgende Geschichte: *„... und als sich der Jäger Action mit seinen Hunden und Jägersgenossen auf die Jagd begeben, und sie unversehens an einem Brunnen, da sie badete, angetroffen und er aus Begierde, dieselbe nackend zu sehen, sich allzunahe hinzugefüget, hätte sie denselben, weil sie Ihren Bogen und Pfeile nicht bey der Hand gehabt, mit Wasser bespritzet, daß er darüber in einen Hirsch verwandelt und von seinen eigenen Hunden zerrissen worden wäre. Ferner wird von ihr erwehnet, weil sie sich eines Tages bey grosser Hitze gebadet, und weil damahls eine von ihren Nympfen Namens* Calisto, *so sich von dem Jupiter schwängern lassen, sich nicht für ihr, aus Beysorge, es möchte offenbar werden, entblößen wolte, so hätte sie ihren Gespiellinen, dieselbe zu entkleiden, anbefohlen, und nachmahls da sie dieselbe schwanger befunden, aus ihrer Gesellschaft verstossen. Es wäre aber nachgehends die Calisto eines jungen Sohnes mit Nahmen* Arcas *genesen, und weil die Göttin Juno gegen sie aus Haß wegen ihres Gemahls des Jupiters erbittert worden, so hatte sie dieselbe in einen wilden Bähren verwandelt, worauf sie von den Göttern an das Firmament erhoben, und zum Sieben-Gestirn gemacht worden."*
Soweit einige Geschichten über die Jagdgöttin Diana. Sichere Nachrichten über den Ursprung finden sich, wie so häufig, in der Bibel, wie der „Vollkommene teutsche Jäger" berichtet: *„Denn nachdem die wilden Thiere nach dem Fall des Menschen sich einigermaßen seiner Herrschaft über dieselbe zu entziehen gesuchet, und aus Furcht, von den Menschen getödtet zu werden, sich in die Wälder retiriret, ihre vorige Zuversicht in ein Mißtrauen, und ihre Menschen vorhero geneigte Natur in eine öffentliche Feindschaft verwandelt, so ist nicht unwahrscheindlich, daß wohl bereits Catin und Lamech sowohl aus Not, als auch aus Vergnügen, sich auf das Jagen legen müssen, auch würcklich gelegen haben. Sonderlich aber wird im ersten Buch Mose am*

X Capitel u. 9. Nimrod als ein gewaltiger Jäger vor dem Herrn angegeben, ob man gleich nicht leugnen kann, daß diese Benennung verschiedenen Auslegungen der Gelehrten unterworfen ist. Man mag nun aber gleich von denen beyden wahrscheinlichsten Meynungen da Nimrod entweder durch eine Umschreibung als ein recht mächtiger Jäger, oder als ein durch Gottes Hülffe mächtiger Jäger gerühmet wird, davon der ersten nebst einen Rabbinen Salomon Ben Melech, der anderen beygethan sind, annehmen welche man will, so bleibet doch Nimroden das Lob eines vortrefflichen Jägers, der auch ohnfehlbar durch seine Geschicklichkeit um so viel grösseren Danck und Ruhm damahls verdienet hat, je stärcker die Einwohner Arabiens und Babylons von den häuffigen wilden Thieren geplaget worden sind. Weil aber auch andere Länder mit wilden Thieren, sonderlich in den uralten Zeiten in großer Menge angefüllet gewesen sind, so ist kein Zweifel, daß nicht die Einwohner derselben solten gezwungen worden seyn, sich aufs Jagen zulegen, und sich sowohl vor den grausamen Thieren zu verwahren, als auch anderer zu ihrem Unterhalt zu bemächtigen, sonderlich aber auch sich hierzu zu dem Krieg zu zubereiten". Bekanntlich haben sich auch im alten Griechenland nahezu alle Helden ihre Ehre und ihr Ansehen nicht zuletzt durch die Geschicklichkeit im Jagen erworben. Herkules erlegte den berüchtigten Nemeischen Löwen: Nicht nur der antike Held führte von da an stets die Haut seiner Beute mit sich, sondern auch seine mittelalterlichen Nachfahren hielten den Kopf mit der Haut der Bestie wie mit einem Schild bedeckt. Sie hatten damit ein stilvolles Standeswappen. Die Wildtierplage in der Antike muß ungeheure Ausmaße gehabt haben. Richtige Feldzüge wurden geführt und sind in barocken Jagdbüchern ausführlich beschrieben.

So liest man in der Chronik: *„In gleicher Hochachtung stehet auch nicht nur die Fällung des Erimantischen Schweins, welches ARCADIEN verwüstet, und von dem schon gepriesenen HERCULES erlegt worden, und des Parthenischen Hirschens, sondern auch weil THESEUS den Cretensischen Ochsen, der Marathonien geplaget, und das CROMYONISCHE Schwein gefället hatte, ganz zu geschweigen, daß man fast rechte Feldzüge wieder dergleichen wilden Thiere ehemals anstellen müssen, wie man so wohl aus der Historie des Calydonischen Schweins, das MELEAGER durch Hülffe der vornehmen Griechen erleget, als auch des grimmigen Wolffs, der die Heerden PELEI verwüstete, deutlich wahrnehmen kann. Es gedencket aber nicht nur der fabelhafte OVIDIUS in seinen Verwandlungen eines wider ein wildes Schwein angestelten Feldzuges, sondern es führet auch VALERIUS MAXIMUS ein fast gleiches Exempel aus dem HERODOTO an. Denn nachdem ein Schwein von ungemeiner Größe die Saaten des in MYSIEN gelegenen Berges Olympi verwüstete, und dabey eine große Menge Einwohner getödtet hatte, so sahe man sich endlich gezwungen, den König CROESUM um Hülffe anzuruffen, der auch seinen hierum anflehenden Sohn gestattet hat, wider das Schwein mit einigen anderen zu Felde zu ziehen, im Kampf aber unglücklich gewesen und geblieben ist.*

Es hat auch diese Ausrottung der wilden Tiere manchen alten Völckern Gelegenheit gegeben, daß sie fast nichts anders als die Jägerey getrieben, und bloß und allein von der Jagd gelebet haben. HERODOTUS meldet dieses von denen Thyßageten, einer sehr volckreichen SCYTHISCHEN Nation, wie auch von ihren Nachbarn, den Jyrcäern. Dieser ihre Jagdkunst bestunde darinnen. Sie stiegen nemlich auf die in großer Menge bey ihnen sich befindlichen Bäume und lauerten daselbst biß sie ein Stück Wild zu Gesicht bekamen. Jeder hatte einen Hund und ein Pferd, so beyde auf den Bauch zu liegen gewöhnet waren. Wenn nun einer auf dem Baum ein Stück angeschossen hatte, so eilet er vom Baum, sprang auf sein Pferd, und verfolgte es nebst seinem Hund an der Seite. Die GYMNITEN, Völker in Ethiopien musten aus furcht vor den wilden Thieren gar auf den Bäumen schlafen. Wenn aber die Morgenröthe anbrach, so

giengen sie bewaffnet zum Wasser, und versteckten sich in den Gesträuchen der Bäume. In der grösten Hitze fanden sich gemeiniglich die wilden Ochsen, Pardeln und andere wilde Thiere beym Wasser zusammen ein, um sowohl ihren großen Durst zu stillen, als auch sich in etwas zu erkühlen. Wann nun die Thiere brav gesoffen hatten, so suchten sie dieselben mit Pfeilen zu fällen, vertheilten hernach die gefälleten unter sich, und aßen sie auf. Hatten sie kein Wild mehr, so machten sie sich über die Häute und Felle, nahmen die Haare ab, legten sie an ein mäßiges Feuer, und theilten sie unter sich, und aßen davon, solange es ihnen schmeckete. Damit sie aber mehr Wildpret als Häute zu essen bekommen möchten, so gewöhneten sie ihre kleinesten Kinder an, nach dem Ziel zu schießen, und gaben sie nur denen zu essen, welche getroffen hatten. Die Macedonier machten es fast nicht anders. Sie gaben zwar den ihrigen zu essen, allein es durffte keiner bey Tische liegen, sondern nur sitzen, der nicht ein Schwein außer dem Garn erleget hatte, wie denn dergleichen Malheur CASSANDRO, einem Mann von 35 Jahren, begegnet ist, der ob er gleich ein guter Jäger war, dennoch in seines Vaters Hause sitzen mußte, weil er noch kein Schwein gefället hatte."

„Auch trieben das Jagen die Einwohner der Insul Thule sehr starck. Hier jagten nicht bloß die Männer, sondern auch die Weiber, die sich in Thier-Felle kleideten, und blos von der Jagd lebten. Ihre Kinder ernehreten sie nicht mit Milch, sondern von dem Marck der wilden Thiere. So bald nemlich eine Frau ein Kind gebohren hatte, so wickelte sie es in ein Fell, hieng es an einen Baum, und strich ihm Marck von den wilden Thieren ins Maul, und ob sie gleich eine Kindbetterin war, so gieng sie doch ohne Umstände wieder auf die Jagd.

In was vor grossen Ruhm das Jagen bey den Persianern gestanden sey, bezeuget CORNELIUS NEPOS, und HERODOTUS berichtet, daß man ihre Liebe zur Jägerey sonderlich daraus schliessen könne, weil sie zu Babylon eine so große Menge von Indianischen Hunden halten lassen, daß man vier grosse Dorffer darzu ausmachen muste, welche diese Hunde fütterten, deßwegen aber von dem anderen TRIBUT frey waren. Sie hatten auch zu Babylon nahe an dem Königlichen Pallast ihre Thier-Gärten, die mit allerhand Wild angefüllet waren, damit sie sich im Jagen und Fällen üben möchten, wie dergleichen Xenophon in seiner CYROPAEDIE von dem König CYRO erzehlet. Ja es meldet TACITUS, daß der Parther König VONONES, weil er selten gejaget, seine Unterthanen dadurch zur Rebellion gereitzet habe. Alleine so gar sehr waren die Römer nicht auf das Jagen erpicht, bey denen es doch unter die adelichen Übungen und nützlichen Vergnügungen gezehlet wurde. HORATIUS zehlet die Jägerey nicht nur ausdrücklich unter die Adelichen, sondern gedencket auch an einem anderen Ort, daß sie bey den Römern nicht ungewöhnlich gewesen, auch von ihnen vor gar nützlich befunden worden sey.

VIRGILIUS rühmet die Lust zum Jagen an dem ASCANIBO, PLINIUS JUNIOR, der wie aus seinen Episteln erhellet, selbst ein Liebhaber der Jägerey gewesen ist, an dem TRAJANO, SIDONIUS APOLLINARIUS an dem AVITO AUGUSTO, anderer Lobsprüche zu geschweigen. Die Jäger, welche PLATO vor heilige Leute hält, waren bey den Alten viererley Art, wie sie SCOPPA aus einem alten Fragmento eines unbekannten Scribenten anführet, sie hatten nemlich 1) INVESTIGATORES, welche der Spur des Wildes nachgingen, 2) INDICATORES, welche das Lager wusten, 3) INSIDIATORES, welche dem Wild nachstellten und endlich 4) ALATORES, welche das Wild zu Pferd mit einem großen Geschrey ins Garn jagten; die aber von ISIDORO etwas anders auf nachfolgende Art genennet worden: VESTIGATORES, INDAGATORES, ALATORES, PRESSORES, welche letztere Benennungen von ULITIO in seinem COMMENTARIO ad GRATTI CYNEGETICON weitläufftiger erläutert wird. Ehe sie aber mit Ihren Hunden auf die Spuhr nach dem Gehöltze zogen, so rufften sie, wie andere Heyden, den Apollo und die bekannte Jagd-Göttin Diana an, und erbothen

sich von dem gefangenen Wildpret ihnen zu opffern. Sind sie nun in der Jagd glücklich gewesen, so haben sie die der Diana gethanen Gelübde bezahlt und ihr zu Ehren bald ihr Jagd-Zeug als Köcher, Pfeile, Netze, Jäger-Spieße aufgehenckt, dahero sie auch den in alten INSCRIPTIONIBUS bekannten Nahmen TOXOTIS bekommen hat, bald aber die Erstlingen ihres Wildprets, oder einen Theil davon als die Köpffe, Hörner, Zähne dargebracht, an den Thier-Schwellen derer ihr zu Ehren in den Wäldern und Feldern aufgerichteten Capellen aufgehänget. Und dergleichen Denckmahle siehet man noch heute zu Tage zu Rom auf dem Bogen des CONSTANTINI allwo ausser denen von TRAJANO angestellten Löwen- Bären- und Schweinsjagden ein Bild der Jagd-Göttin Diana zu sehen ist, welches über einen Altar stehet, auf deren Seite TRAJANUS mit seinen Jagd-Bedienten, auf der anderen aber ein opfernder Priester zu sehen ist. Über der Göttin stehet ein Schweins-Kopf auf einem abgefälleten Baum, welcher ihr als ein Gelübd versprochen worden."

Zur Zeit Julius Cäsars konnte man noch jenseits des Rheins Jagd auf den Elch machen. Cäsar berichtet die phantastische Methode, die er selber so beobachtet haben will, im Bello Gallico: *„Dann finden sich hier die sogenannten Elche. Sie sehen aus wie die Ziegen, sind indessen etwas größer als diese, haben ein abgestumpftes Geweih und Beine ohne Gelenke. Und weil sie keine Gelenke hatten, konnten sie sich auch nicht niedertun. Um zu schlafen, mußte sich der Elch an einen Baum lehnen. Die germanischen Jäger kannten diese Schlafbäume, sägten sie an, und wenn sich der müde Elch des Abends dagegenlehnte, stürzte er mitsamt dem Stamm zu Boden, wo er dann mangels Gelenken in den Beinen nicht mehr hochkam und leicht erlegt werden konnte."*

Wenn es sich hier auch zweifellos um echtes Jägerlatein handelt, so findet sich diese Geschichte – allerdings auf Elefanten gemünzt – bereits 2.500 Jahre vor Julius Cäsar in den indischen Veden.

Die Römer waren auch auf dem Gebiete der Kochkunst gelehrige Schüler der Griechen. Die Grundnahrung des armen Römers waren lediglich Kornpasten oder grobes Brot und ein der heutigen Polenta ähnelnder Brei aus Hirse. Die Wohlhabenden betrachteten eine üppige, prunkvolle Tafel als Beweis für ihren gesellschaftlichen Rang. Einen Eindruck vermittelt die Beschreibung „Gastmahl des Trimalchio" von Petronius Arbiter, dem Meister der Kunst verfeinerten Lebensgenusses. Den Gästen wurde ein Hase vorgesetzt, dem man Flügel angesetzt hatte, so daß er einem Pegasus ähnelte, und ein Wildschwein, dessen Bauch mit lebenden Drosseln gefüllt war. Ferner gab es Quitten, in die Dornen gesteckt wurden, damit sie wie Seeigel aussahen, und gebratenes Schweinefleisch, das in Form von Fischen, Singvögeln und einer Gans geschnitten war…

Da beim „Gastmahl des Trimalchio" auch ein Hase auf dem Speisezettel stand, ist nicht uninteressant zu erwähnen, daß Papst Zacharias unter Berufung auf ein Bibelwort im Jahr 752 den Genuß dieses Wildbrets für die Christenheit verboten hat, aus ernsthafter Besorgnis, „die Geylheyt vom Hasen" könnte auf die Menschen anstekkend wirken. Häsinnen setzen nämlich viermal im Jahr jeweils 4-6 Junge.

Zacharias war jener Papst, der Bischof Virgilius verdammen ließ, weil dieser behauptet hatte, daß die Erde eine Kugel sei.

Auch die Juden verschmähten den Hasen, der ihnen als Reittier des GHUL, eines arabischen Wüstendämons, galt. Bei den Deutschen, die schon früh zwischen hoher und niederer Jagd unterschieden, war den Freien der Genuß des Hasen ebenfalls verboten, weil ehemals die Heiden bei ihren Opfermahlzeiten Hasen verspeist hatten.

Der Jäger, meist von Natur aus mit dem Blick für das Schöne ausgestattet, wird sich auch beim fälschlicherweise so bezeichneten „schwachen“ Geschlecht größtenteils mit Sehenswertem umgeben. Da aber natürlich auch Schönheiten nicht allzu dick gesät sind, beginnt für den mannbar gewordenen Jäger meist eine längere Phase des Herumsuchens, und aus diesem Grunde ist es auch nicht verwunderlich, daß es oftmals so lange dauert, bis mancher die „Richtige“ findet. Dazu kommen noch die ewig Unentschlossenen, die suchen und suchen…

Bist du, lieber Waidmann, also eines Tages des Alleinseins müde und beschließt daher, in trauter Zweisamkeit dein Leben fortzusetzen, so halte dich dabei stets an den Grundsatz:„Drum prüfe, wer sich ewig bindet.“

Hier beginnt jedoch für viele bereits das erste Kriterium. Es liegt am Wörtchen „ewig“. Immer wieder gibt es welche, denen eine Bindung für alle Zeiten als zu lange erscheint. Dazu kommt dann noch die Tatsache, daß gerade der Österreicher aus einer Vielzahl von Völkerschaften hervorgegangen ist, und ich kenne eine erkleckliche Anzahl männlicher Wesen, die sich noch heute, in punkto Frauen, an die Lehre Mohammeds halten. Du, lieber Waidmann, kennst diese Lehre nicht? Nun, den Koran vermag ich hier nicht wiederzugeben, aber interessant ist auch für dich, was über die Frauen gesagt wird. Vier davon, so heißt es da unter anderem, wären unter gewissen Voraussetzungen erlaubt. Nun, jeder, wie er glaubt. Vielen, die ich kenne, ist jedenfalls schon eine zuviel. Doch das beruht sicher auf Gegenseitigkeit. Im Zeitalter der Emanzipation gibt es auch genügend Damen, die es vorziehen, als „Singles“ zu leben. Fahren wir aber in unserer Betrachtung fort. Vor allem beachte bei der Auswahl deiner Angebeteten, daß jedes weibliche Wesen – oder sagen wir gerechterweise lieber besser: fast jedes menschliche und daher auch weibliche Wesen – zur Mitteilsamkeit neigt. In unterschiedlich ausgeprägtem Maße natürlich, und hier ist es ja nicht so einfach wie bei einem Fernsehapparat, wo du nur auf den entsprechenden Knopf zu drücken brauchst und damit einen ungewollten Vortrag einfach abdrehst. O nein, bei deiner Partnerin fängt es dann oft erst richtig an, wenn du den gravierenden Fehler begangen haben solltest, ihren Redefluß stoppen zu wollen. Darum gehe in dich und prüfe vorerst gründlich, ob du einer derartigen Dauerbelastung deiner Nerven auch standhalten kannst. Bei einigem Training wird es dir sicher auch gelingen, deinen Gehörgang auf „Durchgang“ zu schalten. Gerade länger Verheiratete können dir da einige gute Tips geben. Wie du siehst, auch hier ist ein Lehrprinz von großem Vorteil.

Als zweite Regel merke dir: Sollte das zur Herzdame auserkorene Wesen nicht immer und unbedingt in dir ein gottähnliches und somit ohne Fehler behaftetes Wesen erblicken, dann beginnt für dich die schwierige Zeit langwieriger Erziehungsarbeit. Doch bedenke immer: Strenge führt meist nicht zum gewünschten Erfolg. Auch Methoden, wie du sie zum Abführen deines vierbeinigen Freundes anwendest, nützen dir bei den attraktiven Zweibeinern nicht viel. Nur die Geduld, die behalte bei.

Erschrecke auch deine Angebetete nicht gleich mit so rüden Jägersprüchen wie etwa: „Besser im Wald bei einer wilden Sau, als daheim bei einer zänkischen Frau“. Sie wird sicher schon bald von alleine daraufkommen, daß sie deine Liebe nicht uneingeschränkt in Anspruch nehmen darf, und daß auch noch ein gerüttelt Maß davon für deinen Hund, für die Jagd, für deine Jagdkumpane und was es derlei noch so alles gibt, übrig bleiben muß. Achte daher bei der Auswahl des weiblichen Geschöpfes, dem du – unter anderem – deine Zuneigung schenken willst, auch darauf, daß dieses mit einer gehörigen Portion Langmut, Friedfertigkeit und Ausdauer behaftet ist.

Falls deine Auserwählte bei der Vorstellung, wie ihr euer künftiges Heim einzurichten gedenkt, vergessen haben sollte, daß sie ja künftig mit einem Jäger zusammenleben wird, so mache sie vorsichtig auf die Tatsache aufmerksam, daß auch noch ein nicht zu kleines Plätzchen – am besten alle freien Wände – für deine Trophäen vorhanden sein sollte.

Auch beim gemeinsamen Wagenkauf – falls nicht ein derartiges Vehikel schon vorhanden – denke immer daran, daß dieser auch für deine Revierfahrten zu gebrauchen sein muß.

Bedenke weiters bei deiner Wahl, daß eine solide finanzielle Basis die unbedingte Grundlage für ein dauerhaftes Glück und auch dafür ist, deiner jagdlichen Leidenschaft frönen zu können.
Außerdem bereite sie gleich schonend darauf vor, daß man bei der Jagd meistens nicht allzu sauber wieder zurück nach Hause kommt, und ist es dir dann auch noch gelungen, deine offensichtliche Hilflosigkeit in punkto total verdreckte Schuhe putzen, verschmierte und überkrustete Jagdkleidung ausbürsten oder dem Wegräumen all der vielerlei zur Jagd benötigten, jetzt aber überall im Wege liegenden Gegenstände, überzeugend zu demonstrieren, hast du schon gewonnen und bist für alle Zukunft von diesen, dir sehr lästigen Arbeiten befreit.
Sehr günstig wirkt es sich natürlich für dich auch aus, kannst du deine nunmehr bessere Hälfte von den Schönheiten einer herbstlichen Treibjagd überzeugen. Hast du sie endlich mit viel Mühe überredet und sie geht mit, dann ist dein Jagdtag schon gerettet, falls sie auch noch bereit ist, deine erlegten Hasen und Fasane aufzunehmen und zum Sammelplatz zu tragen.
Trotz Gleichberechtigung lege auch größtes Augenmerk darauf, daß deine Partnerin nicht dem Alkohol frönt. Sage ihr immer wieder vor, daß Alkohol dick mache, denn wer sollte dich sonst nach einem ausgiebigen, feuchten Schüsseltrieb nach Hause fahren? Verlasse dich da nie auf den unter Umständen meist noch mehr mit Promille angereicherten Jagdfreund. Bedenke, dein treues Eheweib will sich den Ernährer erhalten. Bei ihr bist du daher auch wesentlich sicherer, gut wieder heimzukommen.
Und noch eine Fähigkeit sollte bei deiner Partnerin ausgeprägt vorhanden sein. Sie muß einen halbwegs guten Spürsinn haben, erlegtes Wild auch zu finden. Du ersparst dir damit oft einen Vierbeiner, der meistens sowieso nicht zur Stelle ist, wenn du ihn gerade dringend benötigen würdest. Bringt sie dir dann die Beute und legt sie dir zu Füßen, lieble sie ab und lobe sie über die Maßen, doch wage es nicht, ihr – so wie deinem vierbeinigen Freund – jetzt eine Knackwurst anzubieten, sondern führe sie fein zum Essen aus. Sie hat es sicher verdient, und außerdem machst du deine ohnehin nicht sehr verwöhnte Helferin mit dieser kleinen Aufmerksamkeit sehr glücklich. Im übrigen sicherst du dir dann ihr Wohlwollen für deine jagdlichen Laster auf längere Zeit hinaus.
Nun wirst du sicher sagen, so ein engelhaftes Geschöpf gibt es doch gar nicht. Doch, es gibt es, allerdings sehr spärlich gesät. Ich kann dies aus persönlicher Erfahrung sagen: Ich bin mit einem verheiratet. Und nun willst du natürlich wissen, wie man dazu kommt? Ich weiß es selber nicht. Verdienst ist es sicher keines. Was man braucht, ist Glück, Glück und wieder Glück. Und das wünsche ich auch dir, lieber Hubertusjünger, bei deiner Suche nach einer geeigneten Partnerin von ganzem Herzen.

Sprichw. Salomon. 31. Cap.

Ein unverdroßnes Weib arbeitet Flachs/ Hanf/ Wollen;
Und ihre Hände thun/ was sie/ Gebühr nach/ sollen.
Sie greiffen Tag und Nacht beym schweh-ren Rocken zu/
Und hat die Spindel fast bey ihnen nie-mals Ruh.

Über Jahrhunderte mindestens ebenso beliebt war die Jagd mit dem Beizvogel. Bisweilen war die Hirschjagd im Vergleich dazu viel unpopulärer, hielten doch die Kaiser und Könige, Päpste und Prälate die Jagd mit dem Falken für das edelste und männlichste Vergnügen. Im Altertum dürfte allerdings die Falknerei weitestgehend unbekannt gewesen sein. Aristoteles hielt diese Jagdart noch für abenteuerlich und fast unglaubwürdig. Ein Relief der Hethiter (entstanden ungefähr 100 v. Chr.) zeigt einen Mann, der einen Falken auf der Faust trägt. Etwa gleich alt ist ein Relief mit ähnlicher Darstellung, das in Persien ausgegraben wurde: Ein Beweis – die Beizjagd kommt aus Asien. Sie eignet sich besonders für die Jagd in der Steppe. Die Mandschus beizten schon tausend Jahre vor unserer Zeitrechnung. Ktesias, ein Grieche, der 400 v. Chr. als Arzt am persischen Hof tätig war, brachte die Beizjagd in seine Heimat mit, doch Griechen und Römer hielten in der Folge nicht allzu viel davon. Um Flugwild zu erbeuten, bedienten sie sich anderer Jagdmethoden. Interessant sind die Schilderungen, wie zu jener Zeit jede Art von Flugwild gefangen wurde.

Vorausgeschickt muß allerdings werden, daß es damals einen Wildreichtum gab, von dem wir uns heute nur schwer einen Begriff machen können.

In den zahlreichen Sümpfen und Lagunen an den italienischen Küsten wimmelte es von Schwänen, Enten, Gänsen, Flamingos, Störchen und all dem kleinen Getier, das in Sumpf und Ried seine Nahrung findet. Zweimal im Jahr erschienen die Zugvögel, deren Vielzahl nicht abzusehen war. Wen wundert es, wenn sich die Kunst des Vogelstellens zu einer Höhe entwickelte, die sie später nirgends wieder erreicht hat. Die vornehmen Jäger betrieben die Vogeljagd mit Hilfe abgerichteter Falken, die nicht nur auf einzelne Vögel stießen, sondern in den Lagunen das Wasserwild auch in aufgestellte Netze trieben. Die eigentlichen Vogelsteller benützten Leimruten, Schlingen, Netze und Lockvögel. In zeitgenössischen Berichten ist auch von mancherlei Lockpfeifen zu lesen, mit denen sich die meisten Vogelstimmen nachahmen ließen. Die Römer benutzten bereits Lockgänse aus Holz, um die Wildtiere ins Netz zu locken.

Die hohe Falknerkunst der Türken und Perser kam erst infolge der Kreuzzüge in unsere Breiten und begeisterte Ritter und Damen gleichermaßen. Bald ging die Leidenschaft für die Falknerei soweit, daß Ritter ihre Vögel mit in die Kirche nahmen. Schöne Beizvögel waren nur für große Summen zu haben. Die Beizjagd, die weites, offenes Gelände erfordert, wurde meist im Herbst und Winter ausgeübt, wobei die Jagd mit „dem niederen Flug“, also mit dem Habicht, im wesentlichen als Küchenjagd diente. Erbeutet wurden Federwild und Junghasen. In weit höherem Ansehen stand der „hohe Flug“ des Falken, der, seine Beute übersteigend, zu scharfem Luftkampf herabstößt.

Hart waren die Strafen für Vergehen an den wertvollen Beizvögeln: Ein Habichtdieb etwa mußte 2 Schilling zahlen oder den Habicht 6 Unzen Fleisch aus seiner Brust kröpfen lassen.

Zur Jagd wurden vor allem Falken, daneben aber auch Habicht, Sperber und Merlin verwendet. Die Falken wurden entweder aus dem Nest genommen oder mit Ködern gefangen. Zur Beizjagd abgerichtet wurden gewöhnlich Weibchen bis zu einem Alter von 2 Jahren. Die Jagd erfolgte zu Pferde, wobei die Stöberhunde das Wild hoch machten. Zugleich zog der Falkner seinem Beizvogel die Haube ab und warf ihn in die Luft. Schlug der Falke die Beute, eilten die Jäger herbei und nahmen sie ihm ab. In späteren Zeiten wurde fast nur noch auf den Reiher gebeizt, der bezwungene Vogel jedoch nicht getötet, sondern mit einem silbernen Fußring markiert und wieder freigelassen.

Mein erster Hase

Mein Vater war ein fermer Jäger, und heute noch freue ich mich, daß ich meine erste Hasenjagd unter seiner Anleitung und mit ihm gemeinsam erleben durfte. Das war vor fast drei Jahrzehnten, und ein Jahrzehnt ist es schon wieder her, daß er in die ewigen Jagdgründe vorausgegangen ist. Vom ersten Tag meiner jagdlichen Tätigkeit an führte ich ein Jagdbuch. Doch ich legte es nicht vielleicht deshalb an, um darin Rekorde zu verzeichnen, sondern ich wollte ganz einfach ein Buch haben, in dem ich blättern und mich in einer stillen Stunde an jagdliche Erlebnisse erinnern konnte.
„Einen Hasen erlegt“, steht als allererste Eintragung in meinem Jagdbuch. Damals war meine Jagdkarte noch brandneu. Alles, was mich bis dahin mit der Jagd verbunden hatte, war eine ansehnliche Ahnengalerie von Jägern und, von diesen herstammend, ein gehöriger Schuß Jägerblut in meinen Adern. An ein eigenes Revier ließ sich nicht denken, und da auch mein Vater revierloser Jagdkartenbesitzer war, hielt er in seinem großen Bekanntenkreis fleißig „Vorpaß“, um für uns beide, meinen Bruder und mich, eine Einladung zur Niederwildjagd zu „ergattern“. Diese kam auch tatsächlich eines Tages von seinem Freund Friedrich. Obwohl die Freude groß war, konnte ich ein gewisses Unbehagen nicht loswerden. Meine erste Jagd! Neues Gewand, neue Flinte... Natürlich wußte ich, daß der Jäger eine abgetragene Kleidung anhaben mußte. Aber wo hernehmen? In meiner Größe ließ sich in meinem Bekanntenkreis kein altes Jagdgewand auftreiben. Sei es, wie es sei. Einmal mußte man ja schließlich beginnen. So stand ich also am Tag der Jagd mit funkelnagelneuer Flinte und einer Jägerdreß, die ebenfalls Premiere feierte, im Kreis einer erlesenen Schar erfahrener Hubertusjünger. Mehr oder weniger verstohlen wurde ich umkreist, und natürlich wollte man auch Verschiedenes von mir wissen. So zum Beispiel, ob man mit einer so neuen Flinte, wie ich sie hatte, auch schießen und vor allem treffen könne und wie oft ich denn das Gewand schon angehabt hätte. Der Beginn der Jagd hinderte die Waidgenossen daran, weiter ihren Spaß mit mir zu treiben. Ich wußte jedenfalls, daß man auf mich ein wachsames Auge haben würde, und so mußte ich doppelt aufpassen, keinen Fehler zu machen.
Meine beiden Nachbarschützen waren dem Aussehen nach wohlerfahrene Jäger, zumindest den abgegriffenen Flinten und der abgetragenen Jagdkleidung nach zu schließen. Ich brauchte es ihnen also nur gleichzutun, dann konnte nichts passieren. Der Trieb wurde angeblasen. Meine beiden Nachbarn hatten schon während des Ausgehens geladen. Wahrscheinlich vorsichtshalber, denn der Jagdleiter hatte davon nichts gesagt. Ich lud also jetzt meine Flinte ebenfalls und ging, es meinen beiden Nachbarn gleichtuend, langsam der Kreismitte zu. Mein rechter Nachbar blieb jetzt ein wenig zurück. Wahrscheinlich den Fuß vertreten, dachte ich. Also hielt auch ich die Linie mit ihm. Das hätte ich allerdings nun wieder nicht tun sollen, denn schon brüllte mich der linke Nachbar an:„Hörst, du kannst da kan Sack machen!“ („Sack machen“ heißt in der Jägersprache, durch Zurückbleiben dem aufgelaufenen Hasen ein Loch vorzutäuschen, durch das er aus dem Kreis laufen kann.) Ich wußte zwar nicht, was er meinte, denn dieses Vokabel bei der Jagd kannte ich noch nicht, kam aber seiner Aufforderung,„schnölla z´gehn“, unverzüglich nach.
Inzwischen hatte ich einen Hasen übersehen, der genau auf mich zulief. Aber Gott sei Dank, mein rechter Nachbar hatte dafür um so besser aufgepaßt. Ein Knall, und vor meinen Füßen rollierte Meister Lampe. Glück gehabt, war mein erster Gedanke. Nicht der Hase, sondern ich. Wie gelernt, entbot ich dem Schützen ein „Waidmannsheil“, allerdings doch mit dem gewiß verzeihlichen Hintergedanken, daß auch mir recht bald ein solches beschieden sein möge. „Schiaßn muaß ma halt können“, war die Antwort. Nun, wenn ich Gelegenheit bekäme, würde ich sicher versuchen, es ihm gleichzutun. Allerdings, so nahe vor seine Füße würde ich mich sicher nicht zu schießen getrauen. Dazu muß man schon ein „Schießer“ – ich meine, ein Schütze mit Erfahrung sein.
Während ich weiter von einem guten Anlauf träumte, lief wirklich wieder ein Hase stichgerade auf mich zu. Hinterher hetzte allerdings ein riesiger Vorstehhund, der

herrenlos zu sein schien, denn von dem Rufen und Pfeifen eines Schützen, der sich anscheinend als sein Herr aufzuspielen versuchte, fühlte sich der Hund nicht betroffen. In wilden Sprüngen hetzte er dem Hasen nach und konnte den Wettlauf eindeutig für sich entscheiden. Das Klagen des Hasen war der akustische Beweis dafür. Auf diese Weise konnte sicher eine Reihe von Waidkameraden Patronen sparen. So lernte ich gleich bei der ersten Jagd eine rationelle Jagdart kennen. Doch nun schien eine echte Chance für mich zu kommen. Der Hund war mit dem Hasen beschäftigt, mein rechter Nachbar hatte eben seine beiden Läufe leergeschossen, als mich wieder ein Hase „annehmen" wollte. Etwa 70 Schritt dürfte er noch von mir entfernt gewesen sein, da schrie mein linker Nachbar:„Hörst, siagst denn net, daß di a Has anrennt? Was schiaßt denn net? Willst warten, bis er dir in Lauf eineschliaft?" Und schon flog eine Doublette Meister Lampe entgegen – allerdings nicht von mir, sondern von meinem Nachbarn zur Linken. Der Hase war allerdings nicht gewillt, die Schrote anzunehmen. Hakenschlagend suchte er sich einen anderen Schützen, der ihn aber auch fehlte. Enger und enger wurde der Kreis, und ich hatte noch immer keinen Schuß abgegeben. Bei diesem Trieb würde es allerdings auch nicht mehr gelingen, denn soeben wurde abgeblasen. Ich brach gerade mein Gewehr, da stand vor meinem rechten Nachbarn ein Hase auf. „Glück gehabt", wollte ich gerade denken, da löschte eine Schrotgarbe das Hasenleben aus. Vielleicht hatte mein Nachbar das Abblasen nicht gehört, versuchte ich für ihn eine Entschuldigung zu finden. Während ich so alle Für und Wider überlegte, war der Sammelplatz erreicht.

Ein hünenhafter Waidkamerad stürzte sofort auf mich zu und meinte nicht eben freundlich: „Se haben nachn Abblasen an Hasen gschossen. I hab´s gsegn!" Ich zeigte ihm die blanken Läufe meiner Flinte und verwies ihn an meinen Nachbarn zur Rechten. Vor diesem schien er allerdings mehr Respekt gehabt zu haben als vor mir. Er „drehte" ab und mischte sich unter das umstehende Jägervolk. Ja, man konnte schon einiges erleben bei so einer Treibjagd. Jedenfalls, meinen ersten Hasen schoß ich dann doch noch im vorletzten Trieb. Sogar mein Jagdnachbar wünschte mir dazu „Waidmannsheil", und ich habe noch heute das Gefühl, daß er es ehrlich gemeint hat.

Im übrigen, auch mein Vater konnte damals drei Mümmelmänner erlegen, was mich noch heute für ihn freut.

Den Hunde-Stall mußt du reinlich halten,
Kriech weder zur jungen Magd, noch zur alten,
Dem Wildpräth gib Heckerling, Hafer und Heu,
Und misch darunter allerhand Kräuterey.

Das ausgehende Mittelalter brachte im jagdlichen Bereich große Umwälzungen mit sich. Kaiser Maximilian I. setzte als erster die fortan gültigen Maßstäbe jagdlicher Ethik und Moral. In seinen Büchern „Theuerdank", „Weißkunig" und „Heimlich Gejaidt Puech" hat Maximilian I. seine diesbezüglichen Erfahrungen, Erlebnisse und Gedanken festgehalten. Er hat nicht nur als erster die heute als selbstverständlich gebrauchten Begriffe wie Wildbewirtschaftung, Hege, Abschußplanung und Revierausstattung geprägt und ihnen zum Durchbruch verholfen, sondern er hat auch die Obsorge des Jägers für das ihm anvertraute Wild als sittliches Gebot bezeichnet, womit er den Vorstellungen seiner Zeit um fast vierhundert Jahre voraus war. Mit der Winterfütterung, mit Salzlecken und Suhlen schuf er die Grundlage für die schnelle Vermehrung des Wildbestandes. Da aber mit dessen Anwachsen auch die Schäden zunahmen, die das Wild anrichtete, wurde das Landvolk immer mehr verbittert. Nach dem Tode des Kaisers verbreitete sich 1519 die Nachricht, daß *„die kayserliche Majestät den Hoffbauern das Wildpratt am Totenbett geschaffen hiet"* (vermacht habe).
Darauf begann ein Wildmorden, das in wenigen Wochen die langjährige Hege des Kaisers zunichte machte. Von allen Idealen, die Kaiser Maximilian I. seinen adeligen Gefolgsleuten vorgegeben hatte, war das der Jagd auf den fruchtbarsten Boden gefallen. Die Jagd wurde zur täglichen Beschäftigung des Adels, sodaß Martin Luther an der Schwelle zur Reformation wetterte: *„Unsere Fürsten sündigen ganz schwerlich, daß sie mit ihren vielen, unmäßigen Jagden die armen Leute beschweren, den Bauern und Ackerleuten ihre Früchte verderben; machen ihnen den Acker gar wüste und man darf in keinerlei Weise das Wild aus den Gärten und Äckern wegtreiben. Derohalben wird endlich der Türke oder ein anderer Jäger kommen, der den deutschen Fürsten beide, die Netze und die Spieße, so sie sie auf der Jagd gebrauchen, mit Gewalt aus der Hand nehmen wird!"*

Der Vollständigkeit halber müssen auch die Tafelsitten des Mittelalters unter die Lupe genommen werden. Diese dürften zu jener Zeit ziemlich im argen gelegen sein, denn eine Handschrift des Klosters Bursfelde enthält folgende Ermahnung: *„Du sollst nicht trinken wie ein Fuhrmann, wenn er einen Wagen schmiert, nicht in den Becher husten, noch mit Geräusch trinken wie ein Ochse, nicht gurgeln wie ein Pferd, nicht die Nase hängen in den Becher wie ein Schwein. Du sollst den Knochen nicht abnagen wie ein Hund, die Suppe trink nicht vom Teller, sondern iß sie mit dem Löffel und schlürfe nicht laut wie ein Kalb."*
Zum Knochen abnagen dürften die Mönche des Mittelalters allerdings nicht allzuoft Gelegenheit gehabt haben, denn sie durften nur an bestimmten Tagen im Jahr Fleisch essen. Frösche und Biber zählte man zu den Fischen, weshalb Biber auch als Fastenspeise galt. Die mittelalterlichen Mönche waren wahrscheinlich auch die ersten, die Kaninchen züchteten, denn ungeborene oder neugeborene Kaninchen, die schon bei den Römern als Delikatesse galten, wurden im Mittelalter, wie die Eier, nicht zum „Fleisch" gezählt.
Im späteren Mittelalter machte die Kirche Zeiten strenger Askese durch, in denen nicht nur Eier, Fleisch und Kaninchen verboten waren, sondern auch Milch und Butter, wofür jedoch Fisch und Wild reichlich Ersatz boten.
Im allgemeinen war es um die Kochkunst im Mittelalter nicht allzu gut bestellt, wenn man sie mit den raffinierten Kochrezepten des Apicius, eines römischen Feinschmekkers aus dem 1. Jahrhundert, oder den gastronomischen Aufzeichnungen aus dem 13. Jahrhundert vergleicht. Altes Brot, geräucherte Fische und Rindfleisch waren die Alltagskost des Ritters.
Im deutlichen Gegensatz zur einfachen Alltagsmahlzeit stand allerdings der Aufwand bei Hochzeiten. Ottokar von Horneck schildert ein Festmahl anläßlich der Vermählung König Belas von Ungarn mit der Nichte Ottokars von Böhmen im Jahre 1264 folgendermaßen: *„Des Überflusses war da genug. Kaum trug die Donau in*

den Schiffen die Last der Speisen und manches barst da im Gedränge." Vor dem 12. Jahrhundert aßen beide Geschlechter getrennt in verschiedenen Gemächern. Später wurde ein gemeinsamer Speisesaal üblich, an der einen Wand die Damen, an der anderen die Herren, während in der Mitte Platz für die Diener zum Servieren freiblieb. Der Übergang vom Liegen zum Sitzen bei Tische läßt sich heute nicht mehr genau feststellen. Auf Grund bildlicher Darstellungen kann man ihn aber auf die Zeit der Karolinger (9. Jahrhundert) datieren.
Noch vor der Jahrtausendwende scheint diese Entwicklung abgeschlossen gewesen zu sein. Einen Eßtisch im heutigen Sinn gab es allerdings noch lange nicht, denn der Tisch war kein fester Bestandteil des dürftigen mittelalterlichen Mobiliars. Ein Brett über zwei Schragen gelegt genügte: Das war schnell aufgestellt, und ebenso schnell konnte die Tafel nach dem Mahl wieder aufgehoben werden. Erst ab dem 16. Jahrhundert begann sich der feste Tisch durchzusetzen. Die Teller waren aus Holz oder Zinn, Steingutgeschirr wurde erst gegen Ende des Mittelalters verwendet.
Zur Zeit der Minnesänger hatte der Gastgeber die Pflicht, den Mann neben die Dame seiner Wahl zu setzen. Das Paar erhielt einen gemeinsamen Teller und speiste mit den Händen, wobei der Ritter das „minnigliche Weib mit liebevollen Worten und guten Bissen bedachte". Die gemeinsame Suppenschüssel hat sich bis ins 19. Jahrhundert hinein erhalten.
Hatte man früher beim Liegen nur eine Hand zum Essen freigehabt, konnte man beim Sitzen nunmehr beide Hände benützen. Das ist der Beginn der Geschichte unseres Eßbesteckes. Die ersten Darstellungen von Messer und Gabel als Eßwerkzeuge stammen bereits aus dem 11. Jahrhundert aus Italien. Ab dem Spätmittelalter findet neben dem Löffel das Messer als Eßgerät Verwendung. Die Gabel hingegen verbreitete sich erst ab dem 16. Jahrhundert von Italien ausgehend über Frankreich in Europa und hat sich erst gegen Ende des 17. Jahrhunderts wirklich durchgesetzt. Anna von Österreich, die 1601 geboren wurde, fuhr, nach Ausführungen des Chronisten, noch mit der ganzen Hand ins Ragout. Erst im 18. Jahrhundert kommt die Dreizink- und später die Vierzinkgabel in Gebrauch. Obwohl der Löffel bis in die Steinzeit zurückreicht, schlürften die Hungrigen die Suppe noch bis gegen 1500 aus ausgehöhlten Brotrinden. Der Löffel diente nur zum Herausfassen. Das Messer als Werkzeug reicht zeitlich ebenfalls weit zurück, und Messerschneiden gab es bereits im 10. Jahrhundert. Bei Tisch wurde das Messer im Mittelalter jedoch nur vom Hausherrn zum Vorschneiden verwendet. Zahnstocher dagegen wurden schon in prähistorischen Gräbern entdeckt. Aus den Anstandsbüchern der damaligen Zeit kann man über Tischsitten und Tischunsitten eine Menge erfahren. So legte man bis zur Mitte des 15. Jahrhunderts riesige Tischtücher über das lose aufgelegte Tischblatt, das nach Beendigung des Mahles wieder aufgehoben wurde. Ehe man in die Schüssel langte, wischte man sich jedesmal die Hände am Tischtuch ab, sodaß dieses bei großen Tafeln während des Mahles mehrmals gewechselt werden mußte. Die Serviette, die ab dem 16. Jahrhundert viel zur Reinlichkeit beigetragen hat, ist erst seit etwa 1450 bekannt. So schildert della Casa, nachdem er von Vielfraßen gesprochen hat, die die Arme beinahe bis zu den Ellbogen in die Schüsseln tauchten, wie sie ihre Servietten beschmutzten. *„Und mit eben diesen Servietten"*, fährt er fort, *„trocknen sie sich den Schweiß ab, ja schneuzen sie sich gar die Nase. Du darfst deine Finger nicht so schmutzig machen, daß du die Serviette besudelst, wenn du sie darin abwischst, und auch an dem Brot, das du dann essen willst, darfst du sie nicht abputzen."* Fra Bonvicino meint: *„... überall herumzustochern, wenn du Fleisch, Eier oder dergleichen Gerichte hast, gilt als unfein. Wer suchend die Speisen auf der Platte umdreht und betastet, erregt Abscheu und ärgert seinen Nachbarn bei Tisch."* Und Tannhäuser tadelt jene, die die Gewohnheit haben, *„... einen Knochen, nachdem sie daran genagt haben, in die Schüssel zurückzulegen."*

Derlei Speisereste warf man tunlichst auf den Boden, der mit Binsen ausgelegt und mit süß duftendem Basilienkraut und Eberraute bestreut war. So war es auch in den vornehmsten Häusern Brauch.
Zurück zum jagenden Kaiser Maximilian. Er liebte besonders das Gamstreiben in den Bergen des Salzkammergutes. Dabei mußte die Treibwehr mit ihren Hunden das Wild von den Höhen ins Tal, in die Nähe der Jagdhäuser treiben, von wo aus die Damen der Hofjagd den Verlauf der Treibjagd und das sogenannte „Gamsstechen" mitverfolgen konnten.
Das „Gamsstechen" war zu Zeiten Kaiser Maximilians natürlich eine „ritterliche" Jagdart, die am ehesten mit einem Turnier vergleichbar ist. Sie ging derart vor sich, daß die Wechsel eines Jagdreviers mit Netzen verstellt wurden und Treiber und Hunde sodann das Wild von der Schneeregion abwärts trieben. Gelang es, ein Tier abzusondern, sodaß es im Fels nach keiner Seite mehr entkommen konnte, stieg der Jäger nach und „warf" das Wild mittels eines bis zu zehn Meter langen Schaftes, an dem ein „Tillmesser" befestigt war, „aus", das heißt, er stach es herab.
Nach der Jagd traf man sich in einem großen Saal beim Jagdessen, wo aus goldenen Krügen reichlich Wein aus Burgund oder aus Tirol kredenzt wurde.
Aus Mailand kamen die gelben Melonen, die Pfirsiche und Trauben, die auf silbernen Schüsseln bereit lagen, am Spieß wurde das Wildbret gebraten.

Die Jagdgesellschaft, bei der sich stets auch Jägerinnen befanden, war, entsprechend der Geisteshaltung der anklingenden Renaissance, in prächtige kurze Brokatmäntel gekleidet. Kappen und Gewänder waren mit Schmuckstücken verziert, und sogar die edlen Hunde, die zu Füßen ihrer Herren lagen, trugen juwelenbesetzte Halsbänder. Kein Fest fand ohne Musik statt, und der Kaiser unterhielt eine eigene Kapelle, die ihm überallhin folgte, denn, so schrieb er an einen Freund, „ohne Musik wär ich ein Wüterich oder trauriger Narr". Daß natürlich der „großmächtige Waidmann" – wie sich Kaiser Maximilian I. nannte – nur Frauen ehelichte, die auch der Jagd frönten, versteht sich fast von selbst. Zwei von seinen drei Frauen verlor der Kaiser durch Jagdunfälle. Über den Tod seiner letzten Frau, der schönen Maria von Burgund, wird berichtet: *„Als sie den 16. Martii 1482 auf der Reiherbeiz, an welcher Jagd sie besonderes Belieben hatte, ausgeritten auf einem mutigen Klepper ihrem Falken zurennete, zersprang der Gurt am Sattel und machte, daß sie zur Erde stürzend, an Lenden und Hüften übel verletzt wurde. Sie verbiß den Schmerz, ihren Gemahl nicht zu betrüben und machte sich etliche Tage stärker als sie war. Sie habe auch aus sonderbarer, weiblicher Schamhaftigkeit lieber sterben, als den Schaden einem Arzt entdecken wollen. Als schlug am neunten Tage ein Fieber darzu und mußte sie den Geist aufgeben, ihres Alters erst im 25. Jahr und, wie man davon hielte, eines Kindes schwanger."*

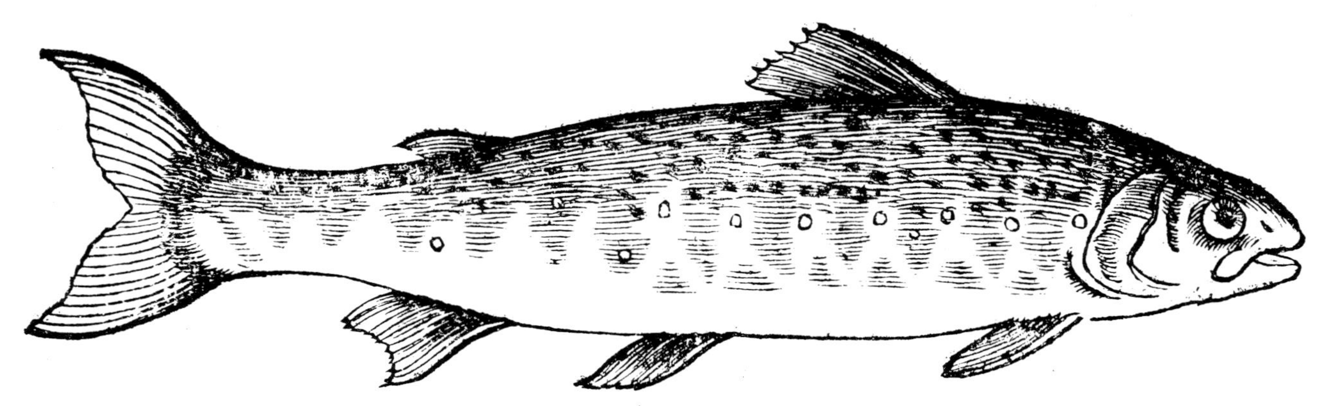

Der Leihopa der Nation, Alfred Böhm, erzählte mir einmal folgende Geschichte: An einem wunderschönen Maientag, die Sonne stand schon warm am Himmel, das Wasser aber war noch eiskalt, pilgerte Fredi Böhm mit Gattin Traudl zur Erlauf, um der edelsten aus der Familie der Salmoniden, der Bachforelle, nachzustellen. Als begeisterter Fliegenfischer watete er natürlich, mit überlangen Stiefeln angetan, bis in die Mitte des Flusses, um von dort aus der Rotgetupften seine Fliegen anzubieten. Begeistert warf er die Angel aus, bis er dabei einmal auf den glitschigen Steinen ausrutschte und der Länge nach in den Fluß fiel. Bis auf die Haut durchnäßt, krabbelte Fredi aus den kühlen Fluten, und da, wie gesagt, die Sonne schon recht warm schien, beschloß er, seine Kleider auf dem umstehenden Gesträuch zum Trocknen aufzuhängen. Gesagt, getan. Kurz darauf stand der „Leihopa", so wie ihn Gott erschaffen hatte, nur mit seinen Stiefeln – die er vorher ausgeleert hatte – bekleidet da, denn um die teure Tageskarte nicht ungenützt verfallen zu lassen, wollte er unbedingt weiterfischen, während seine getreue Traudl die Kleider bewachen sollte. An dem stillen Plätzchen, so glaubte er, würde ihn niemand stören oder an seinem Adamskostüm Anstoß nehmen. Dies stellte sich allerdings als gewaltiger Irrtum heraus, denn schon nach kurzer Zeit hörte er helle, muntere Stimmen, die rasch näher kamen. Um eilig aus dem Wasser zu steigen, war es schon zu spät, und als im nächsten Augenblick eine Mädchenklasse an der Wegbiegung erschien, blieb Fredi nur mehr übrig, bis zum Hals in die eisigen Fluten unterzutauchen. Es mußte für die Schülerinnen ein Mordsspaß gewesen sein, denn als ihn die erste erblickte, rief sie laut und vergnügt: „Jö, durt schauts hin ins Wasser. A Narrischer tuat baden…"
Natürlich erkannten sie Fredi zu seinem Glück nicht, und Traudl hatte nichts Eiligeres zu tun, als die Lehrerin aufzuklären, um sie mit ihrer Klasse zum schnellsten Räumen des Platzes zu veranlassen. Das geschah dann auch gerade noch rechtzeitig, bevor Fredi vor Kälte erstarrte. Und die Moral aus der Geschicht': Ohne Kleider geht es nicht. In der Tat, die Kleidung ist für Jäger und Fischer ein wichtiges Requisit. Das wußte schon Kaiser Maximilian I., als er im Jahre 1502 in seinem „Haimlich Gejaidt Puech" empfiehlt: *„Du sollst alle Zeit zwei Paar Schuhe haben; wenn du auf das Gebirg gehst in den Schnee und die Schuhe naß werden, daß man die trockenen hervornehme. Die Schuhe sollen mit Rändern gemacht sein, damit keine Steine hineinfallen. Du sollst auch wollene Socken mittragen. Ein Hütlein mit Taffet überzogen, wenn die Hitze groß ist. Sonst aber ein graues Hütlein, mit einer umgeschlagenen Krempe und einem Bande daran, daß es der Wind nicht herabweht. Laß mit dir führen zwei gute Schäfte, den Schaft aus naturwüchsigem Holz, daß er sich nicht biege und daran gute, zähe gestählte Spitzen. Wo du dir zum Anstand erwählst, auf dem du lange bleiben mußt, so nimmt dir einen Stuhl zum Zusammenschrauben, damit du ruhen magst, bis der Trieb kommt!"*
Dem ist auch heute, nach fünfhundert Jahren, fast nichts hinzuzufügen. Teilweise ist die Kleidung des Jägers ja auch den Modeeinflüssen unterworfen, doch sollte sie trotzdem immer zweckmäßig bleiben. So wird auch Wildleder als Jagdbekleidung immer Verwendung finden, da sich ja schon unsere Urahnen in diesem Material kleideten und sich um Tierhaut und Leder der Aberglaube entwickelt hat, daß diese krankheitsabwehrend seien. Blankleder ist allerdings als Jagdbekleidung verpönt. Der gebräuchlichste Stoff für die Jägerbekleidung ist aber Loden, wobei die Farben der Natur angeglichen sein sollen.
Daß auch hier Ausnahmen die Regel bestätigen, beweist die Geschichte eines Revierjägers, die der bekannte Jagdschriftsteller Friedrich von Gagern erzählt: Dieser Revierjäger brachte immer die ältesten und stärksten Böcke mit nach Hause. Auf die Frage, wie er das denn nur zuwege bringe, antwortete er einfach: „Im Sommer ich pirsche immer mit weißem Leinenrock. Glauben Reh' dann, ich bin Stein!"
Gewußt wie, kann man dazu nur sagen!
Einen wichtigen Bestandteil der Jagdbekleidung stellt auch der Hut des Jägers dar. Dieser kann wohl ein alter, verschossener Filz, darf aber keine Ruine sein. Auch sollte man nicht unbedingt extrem modische Hüte tragen, wenn sie einem nicht zu Gesicht stehen. Ich denke

dabei an die Gebilde mit überbreiten Krempen, die kurze Zeit sehr in Mode waren. Hinten hingen neckisch eine oder zwei Quasten herunter. Tauchte ein derart „behüteter“ Grünrock im Kreise zünftig gekleideter Jäger auf, war ihm der Heiterkeitserfolg sicher.
Dieser erhöhte sich noch um etliche Grade, falls der Träger eines derartigen Ungetüms klein von Wuchs und beleibt im Umfang war. Von hinten war es da oft unmöglich zu erkennen, ob ein weibliches oder ein männliches Wesen unter dem Kopfschmuck steckte.
In jagdfremder Dress – etwa in Skiaufmachung – zur Jagd zu erscheinen, ist nicht nur deplaciert, sondern auch unklug. Ein solcherart Gekleideter darf sich nicht wundern, wenn der Jagdleiter zu dem die Schützen anstellenden Jäger sagt: „Nehmen Sie die zwei Jäger mit und den Skiläufer…“

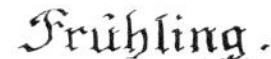

Frühling.

Der Hase gehört wie Fuchs, Marder, Otter, Biber und andere Tiere zur niederen Jagd. Das Bejagen dieses Wildes war den Unfreien überlassen, soweit sie Waffen führen durften. Das Federwild fing der Reiche mit Beizvögeln, der Arme mit Netzen und Schlingen. Ein großer Jäger war Karl der Große, der erste deutsche Kaiser. Ab seiner Regentschaft wurde zwischen der hohen und der niederen Jagd unterschieden, wobei die hohe Jagd ausschließlich Privileg der Fürsten war. Kaiser Rudolf II. präzisierte diesen Begriff in der Raisgejaid-Ordnung vom 20. Juli 1581, wobei für den romantischen Begriff „Raisgejaid" heute einfach „Küchenwildbret" verwendet wird. In dieser „Raisgejaid-Ordnung" heißt es: *„Zum Wildbann gehört nur das Hochwild – Hirsch, Tier, Kalb und das wilde Schwein; alles andere, welchen Namen es auch habe, ist Raisgejaid"*. Die Einteilung des Wildes in hohe bzw. niedere Jagd unterlag in den nachfolgenden Epochen vielfach wechselnden Launen und Moden. So kamen Fasan und Auerhahn zur Fürstenbürtigkeit; dem Gams wurde diese Ehre erst viel später zuteil, nämlich unter Karl VI. (1711 bis 1740), während das Reh immer beim Raisgejaid verblieb. Heute hat dieser Begriff nur noch historischen Charakter.

Zurück zu Karl dem Großen. Sein Biograph, Notker der Stammler, Mönch von Sankt Gallen (840 bis 912), weiß Köstliches über dessen Jagderlebnisse zu berichten: Eines Tages zog der Kaiser hinaus, um einen Wisent zu erlegen. Ein Waldstück wurde umstellt, die Hunde geschnallt, und bald war ein Wisentbulle gestellt. Karl ritt auf ihn zu, um ihm mit seinem Schwert den Todesstoß zu geben. Der Hieb ging jedoch daneben, und augenblicklich nahm der Bulle den Kaiser an. Mit seinem Gehörn zerfetzte er des Herrschers Beinkleider, sodaß dieser plötzlich nur mehr in Unterhosen dastand. Einem Höfling gelang es schließlich, den Wisent zu töten. Als aber die persischen Jagdgäste den Kaiser im Negligé sahen, zogen auch sie sich bis auf die Unterhosen aus, denn, wenn der Kaiser in Unterhosen ging, schickte es sich natürlich für die Untertanen nicht, anders gekleidet zu sein. Als Karl der Große dies sah, schüttelte er sich vor Lachen, denn eine solche Unterwürfigkeit gefiel ihm. Diesen Spaß wollte er auch seiner Gemahlin zuteil werden lassen und er befahl: „In solchem Zustand laßt uns zu Hildegard gehen!"

Die Chronik verschweigt jedoch diskret, ob auch die hohe Frau am Anblick der halbbekleideten Jagdgesellschaft ihren Spaß gehabt hat…

Die Bannforste Karls des Großen wurden scharf von Beamten bewacht, damit kein Unberufener darin jagte. Auf seinen Schlössern waren Jagdzeug und Netze aller Art zu finden sowie zahlreiche Hundemeuten vorhanden. Er besaß sogar einige Geparden und verwendete sie mit Vorliebe auf der Jagd.

Karl der Große regierte nicht von einer festen Residenz, sondern von den über das Reich verstreuten Pfalzen aus. Diese Pfalzen, umgeben von Mustergütern, waren wohl in der Lage, Hofstaat und Gefolge für eine Weile zu verpflegen, aber das geltende Recht erlaubte die Jagd nur auf eigenem Grund und Boden. Bei Verlassen des eigenen Besitzes wurde fremdes Revier betreten. Dort war das Jagen natürlich verboten. Karl der Große wußte sich zu helfen: Er erklärte alle herrenlosen Gebiete, die bis dahin weder von einem einzelnen noch von einer Markgenossenschaft in Besitz genommen waren, zu königlichem Eigentum–eben den sogenannten Bannforsten. Damit entwickelte sich die Jagd zum Privileg des Adels und geriet gleichzeitig zu Tyrannei und Barbarei. Der hohe Adel in Frankreich und England richtete überall Parforcejagden auf Rotwild, Sauen, Füchse und Hasen ein. In Frankreich gab es sogar eine königliche Parforcejagd auf Wölfe. Die Prinzen und der adelige Nachwuchs wurden nur in der Führung der Waffen und in der Jagd unterrichtet. Kein Edelmann zog über Land oder in den Krieg, ohne seine Meute bei sich zu haben. Schonzeit gab es nicht, doch trotzdem nahm das Wild so stark überhand, daß die Bauern es mehr fürchteten als Krieg, Unwetter und Pestilenz. Sicher ist vielfach bekannt, daß

Karl der Große auch eine Reihe von Verordnungen erließ, die das Fischereiwesen betreffen. Weniger bekannt dürfte sein, daß er an allen seinen Residenzen gepflegte Fischteiche anlegen ließ. Dieser Brauch wurde in den folgenden Jahrhunderten vom Adel und von den Klöstern weitergeführt. Mit der Einführung des aus China stammenden Karpfens war der bis heute dominierende Teichzuchtfisch gefunden.

In der Volksmedizin wird übrigens den Fischen auch mancherlei Heilwirkung nachgesagt. So wurde etwa vom Karpfen Fett, Galle und Karpfenstein, das ist ein Knochen aus dem Rückgrat, der vom Barsch auch als Barschstein gewonnen wurde, verwendet. In deutschen und holländischen Küstengebieten kennt man ein Sprichwort, das sagt: „Den Hering ins Land und den Doktor auf die Seite". In den Apotheken gab es deshalb früher auch Heringsblasen, Heringsmilch, Heringsrogen und auch ganze Heringe als Heilmittel. Der Schleienschleim etwa wurde zur Wundheilung verwendet. Beliebt waren auch das Krebsauge gegen Augenkrankheiten, die Grundel gegen den Grind, und Konrad von Gesner, auch deutscher Plinius genannt, riet, Aalfett zu nehmen, um *„die kalköpff mit Haar zu bezieren"*.

Die große Bedeutung, die vielfach aus Fischen gewonnenen Medizinen vom Mittelalter bis in unser Jahrhundert zugemessen wurde, geht zum Teil auf eine Bibelstelle zurück, wo vom alten Tobias berichtet wird, der wieder einmal des Nachts Tote bestattet hatte und dadurch nach jüdischem Gesetz unrein geworden war. Als er heimkehrte, wollte er die vorgeschriebenen rituellen Waschungen vornehmen, doch er war müde, daß er im Hof seines Hauses einschlief. Jahwe zürnte ihm und bestrafte ihn prompt. Er schickte eine Schwalbe, die den Hof überflog und so treffsicher „schmatzte", daß ihre heißen Exkremente die Augen des Tobias versengten. Er erblindete. Der Jammer war groß, doch Gott war barmherzig, zumal Tobias die Prüfung geduldig trug. Als der Sohn des Tobias eine Reise unternahm und dabei an den Fluß Tigr kam, fuhr ein Fisch aus der Flut und drohte ihn zu verschlingen. Da schickte Gott den Engel Raphael, der dem Sohn des Tobias befahl, er solle den Fisch auseinanderhauen und dessen Herz, Galle und Leber, die als Arznei gut seien, behalten. Der Sohn führte die Reise zu Ende, kehrte, vom Engel beraten, zurück und bestrich seines Vaters Augen eine halbe Stunde lang mit der Fischgalle, worauf sich der Star von dessen Augen löste „wie ein Häutlein von einem Ei".

Seit Karl dem Großen, dem Beschützer der Christenheit, erfreute sich die Kirche der besonderen Gunst des Kaisers, und reichlich waren die Schenkungen von Forsten und Jagdgründen. Schon um das 8. Jahrhundert kamen geistliche Machthaber zu Landsitz mit fast stets uneingeschränkten Jagdrechten. So schenkte etwa König Karlmann im Jahr 865 die Gebiete Schmida-Zögersdorf in Niederösterreich dem Kloster Kremsmünster, wobei diesem auch das Jagdrecht überlassen wurde. Im Jahr 890 räumte König Arnulf dem Salzburger Erzbischof in der Steiermark bei Lafnitz das Jagdrecht auf „swine und bere" – also auf Schweine und Bären – ein. Im Jahr 1002 schenkte König Heinrich II. den babenbergischen Grafen Teile zwischen Triesting und Liesing im Wienerwald mit Jagdrecht, und im Jahre 1156 belehnte Kaiser Friedrich I. die österreichischen Herzöge mit dem jagdlichen Hoheitsrecht. Aber auch die großen Bistümer, wie Salzburg, Passau, Regensburg, sowie Stifte und Klöster in der bayrischen Ostmark, wurden mit Belehnungen und Schenkungen im Raume der österreichischen Stammlande bedacht, wobei aber auch immer das Jagdrecht als miteingeschlossen galt. Natürlich brachten diese Grundherren aus ihrer Heimat Siedler mit, die eine starke Mark – ein Befestigungssystem – bildeten, das der Verteidigung des gewonnenen Landes diente. So bauten etwa die Kuenringer ihr Hoheitsgebiet um Zwettl im Waldviertel auf. In diesem Viertel hatten schon in den letzten Jahrzehnten des 11. Jahrhunderts verschiedene Grafengeschlechter mit Rodungen begonnen und die „Wald- und Wildgrafschaften" Pernegg und Raabs errichtet.

Schonzeiten für das Wild waren im Mittelalter unbekannt, obwohl sich aber die ersten Ansätze dazu bereits finden. In den Weistümern steht: *„Wenn jemand bei*

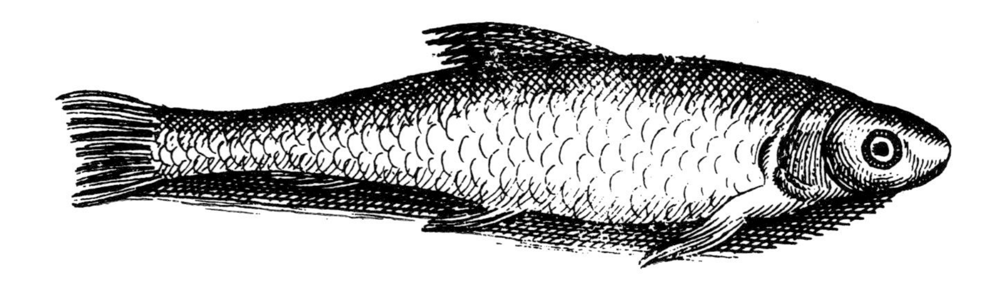

Neuschnee mit Hunden oder mit Netzen jagt, der wird mit Bann belegt. Ebenfalls darf von Mitte April bis Mitte Juni niemand einen Hund in den Hochwald führen, auch nicht in bebaute Felder.“ Und: *„Auch soll niemand 7 Tage vor Mai bis 7 Tage nach Mai mit dem Hund den Wald betreten, dem Hund nicht zu jagen erlauben, aber ihn auch nicht an der Hand führen, bei einer Strafe von 60 Schillingen.“*
Eine sehr kluge Vorschrift, die auch heute noch Geltung haben sollte, denn um diese Zeit ist die Kinderstube in der Natur, und es sind nicht wenige Rehkitze und Junghasen, die dem scharfen Gebiß wildernder Hunde zum Opfer fallen.
Jagdarten und Jagdgeräte waren noch immer die gleichen, wie schon bei den Griechen beschrieben: Die Fangjagd war die wichtigste Jagdmethode. Dabei wurde das Wild mit Hunden und Treibern gegen künstlich angelegte Hecken aus Dornengestrüpp getrieben, mit denen Wald und Felder umgeben waren. Das Wild wurde sodann an den Öffnungen der Hecken entweder in Netzen gefangen oder durch Hetzen von Berittenen zur Strecke gebracht. Das Erlegen von Wild auf der Pirsch oder dem Anstand, mit Pfeil und Bogen oder später mit Armbrust und Büchse, galt bis ins 18. Jahrhundert als unwaidmännisch und den Wilddieben vorbehalten. Welch geringen Ansehens sich Pirschjäger der damaligen Zeit erfreut haben, zeigt das Zitat von Hademar von Laber: *„Als vormals die Alten stark und schön ihre Fährten konnten halten, da hörte man auch des Jagens süßes Getön. Nun will man mit Pürschen den Wald so durchwalken, daß das Wild vor Not verkommen muß. Wenn ein Pürscher das Wild hinter einer Dickung anschleicht, graust mir davor noch mehr, als wenn die Jäger hetzen. Sein Pfeil kann manches erreichen, was er doch nicht erjagt und das Wunde kann den Wölfen nicht entgehen, vor denen es verzagen muß.“*
Hetzjagden fanden zu allen Jahreszeiten statt. Meist galten sie im Jänner und Februar Wolf und Fuchs, dem Hirsch von Juni bis Oktober, am liebsten zur Feistzeit, und den Sauen im Herbst. *„Zur heiligen Kriuzes messe, so die wilden eber sint ze jagen zitic und der wint daz loub beginnet r´eren“* (wenn das Laub fällt), wenn sie nach reichlicher Buchen- und Eichelmast genug Weißes angesetzt hatten. Diese Jahreseinteilung ergab sich aus Nützlichkeitsgründen. Gaston II., genannt Phoebus, einer der großen Lehensherren im Frankreich des ausgehenden 14. Jahrhunderts, hat uns mit seinem Buch der Jagd ein klassisches Meisterwerk der Waidmannskunst hinterlassen, dem folgende Beschreibung über die Organisation des Sammelplatzes im Sommer und Winter entnommen wurde: *„Am Vorabend des festgelegten Tages versammelt der Jagdherr seine Jäger, seine Gehilfen, seine Knechte und Pagen. Er weist jedem das Gebiet an, das sie mit Anbruch des Tages für die große Reitergesellschaft auskundschaften sollen. Er bestimmt den allgemeinen Treffpunkt, der, wenn möglich, auf einer schattigen Wiese an einer Quelle oder einem Wasserlauf liegen sollte. Am nächsten Morgen finden sich die Jäger dort ein und gruppieren sich um den Meister, um seine Ratschläge zu hören. Währenddessen bereitet das Gesinde auf dem Gras Tischtücher und Servietten aus und stellt Getränke und Lebensmittel bereit. Die frische Luft erhöht zwar den Appetit, aber bevor er das Zeichen zur Mahlzeit gibt, zu der er seine Gäste einladen wird, hört der Jagdherr erst den Bericht seiner Spurenleser, untersucht die von ihnen mitgebrachte Losung und bestimmt daraus den Hirsch, den es zu verfolgen gilt. Wenn alle sich gestärkt haben, gibt er den Befehl zum Aufbruch, ein wahres Konzert von Hörnerklängen, Wiehern und Gebell.“*
War die Jagd erfolgreich, wurde der Hirsch enthäutet und in Stücke zerteilt. Eine Beschreibung der Gepflogenheit befindet sich bei Phoebus: *„Der Jägermeister hat zum Tod des Hirsches geblasen, und alle Teilnehmer der Reiterei haben ihre langanhaltende Antwort zurückgegeben. Bevor sie ausgehungert und todmüde ins Herrenhaus zurückkehren, bilden sie einen Kreis um die Jagdbeute, bereden die Ereignisse des Morgens und spenden ihr Lob der Waidmannskunst aller Gehilfen und Knechte, die auf ein Zeichen ihres Herrn warten,*

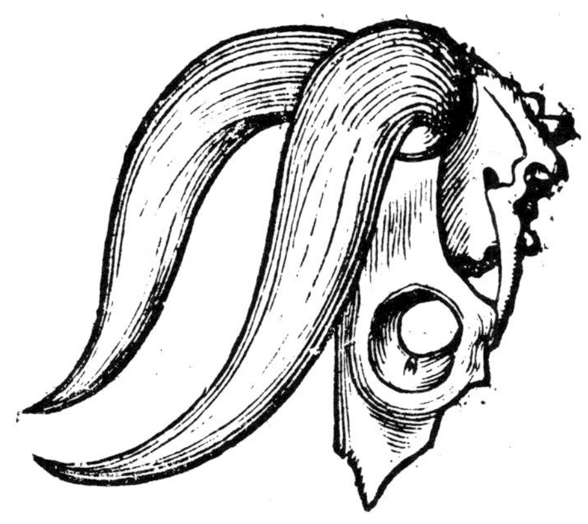

um die Arbeit des Fellabziehens und Zerstückelns zu beginnen. Während einige von ihnen einen dicken Ast abschneiden und schälen, auf dem später die Fleischbrocken aufgespießt werden, legen andere die Beute auf eine Schicht Blätter, drehen das Tier mit dem Bauch nach oben und beginnen mit ihren scharfgeschliffenen Messern das Enthäuten, nachdem sie die dafür notwendigen Schnitte vorgenommen haben. Sie entblößen Schultern und Keulen des Wildbrets, dann Brust und Bauch, und schließlich den Rücken, wobei sie immer darauf achten, daß der Körper nur auf seiner Haut zu liegen kommt. Das Zerteilen in einzelne Fleischstücke folgt einem unverständlichen Ritus: Man nimmt die Hoden ab, löst die Zunge heraus und trennt die Schultern ab. Dann öffnet man den Bauch, um Leber und Nieren herauszunehmen und von Eingeweiden und Därmen zu säubern. Daraufhin zerlegt man die Keulen, und schließlich wird der Kopf abgetrennt. In der Reihenfolge, wie sie vorbereitet werden, finden sich die edelsten Stücke auf dem Ast aufgespießt wieder. Von starken Schultern fortgetragen, wandern sie in die Küche des Jagdherren."

Der Hang des Menschen zum Prassen und zur Völlerei ist uralt. Buddha warnt davor, die Bibel wettert dagegen, und berühmte Maler des Mittelalters wie Hieronymus Bosch van Aken oder Pieter Brueghel stellten, der Weltuntergangsstimmung jener Epoche entsprechend, die Genußsucht in ihren Bildern eindringlich dar. Auf den Bildern, vor allem der niederländischen Maler, werden häufig Fische auf den Stilleben dargestellt, und zwar Aale und die merkwürdigen Aalraupen. Die Aalraupe, auch Trüsch, Triesche, Ruppe oder Quappe genannt, ist der einzige Fisch der Dorschfamilie, der zu Beginn des Quartärs aus dem Meer ins Süßwasser gewechselt ist und sich dort stark verbreitet hat. Die Aalraupe muß Kaiser Maximilian I., dem letzten Ritter, besonders gut geschmeckt haben: Bereits um 1500 befahl er, daß allwöchentlich ein Zentner Ruppen aus dem Achensee an seinen Hof zu Innsbruck zu senden seien. Die Leber der Ruppen war eine berühmte Spezialität. In dem Buch *„Wohlbewährte Fischgeheimnüsse"* wird folgendes berichtet: *„Es schreibet man von einer Gräfin von Bäuchling, die soll an dieser Leber die gantze Grafschafft Bäuchling verfressen haben, das ist eine epicureische Lust gewest. Man sagt auch, daß ein Fürst in Schlesien gewest seyn, dessen Amme habe nichts anderes denn eitel Ohlruppen-Leber essen wollen. Als er ihr aber nicht habe genug verschaffen können, sey er endtlich unwillig geworden und habe die Amme in die Oder werffen und ertränken lassen und gesagt: „Auf einen guten Bissen gehört ein starcker Trunk!" Auch von Elisabeth von Matzingen, Äbtissin eines Zürcher Frauenklosters, wird berichtet, daß sie in Ruppenlebern das gesamte Klostervermögen verschenkte und niemand anders als die schöne Philippine Welserin dürfte dahintergesteckt haben, als Erzherzog Ferdinand, ihr Gemahl, am 1. März 1566 mittels Eilkuriers danach verlangte, es mögen ihm die Budweiser rasch drei oder mehr Schock großer Aalraupen aus Flüssen übersenden."*

Gaston Phöbus schreibt über die Jagdarten jener Zeit: *„Keiner ist ein guter Jäger, der die Tiere nicht sowohl durch die Parforcejagd, das heißt mit Pferden und Hunden, als auch mit Fallen erlegen kann. Aber ich spreche nur ungern von ihnen, denn ich möchte eigentlich nicht lehren, sie damit zu fangen. Man sollte das Wild mit Edelsinn und Vornehmheit erlegen, damit man gute Unterhaltung hat und mehr Tiere übrigbleiben. Sie sollten nicht auf unkorrekte Art getötet werden, damit immer welche zur Jagd zu finden sind."*

Aus diesen Sätzen ist klar ersichtlich, in vielen Ländern Europas war manche Wildart durch Fallenstellen, Schlingenlegen und Jagd bereits stark dezimiert. Die Parforcejagd war die seit alters her übliche Hetzjagd und wurde von den Franzosen weitergeführt, die sich rühmten, daß sie von keiner anderen Nation der Welt als von ihnen allein „inventiret" worden sei, *„nemlich einen Hirsch als ein tapferes und edles Thier in freyem Felde aus heroischem Gemüthe par FORCE (mit Kraft) zu erlegen und nicht, wie andere nationen, sich hinterlistiger Nachstellungen, Tücher, Netze, Büchsen und dergleichen zu bedienen."*

Von dem Par Forçe-Jagen.

Ob wohl das Par Forçe-Jagen zu beschrieben, mir als einem teutschen Jäger, nicht zuzukommen, noch anständig zu seyn scheinen möchte; So will ich dennoch hiervon auch etwas melden, weil dergleichen Jagen, ob es wohl an sich selbst ein höchst Leib- und Lebens-gefährliches, anbey auch wegen der vielen Hunde und Pferde, so darbey gebrauchet werden, ein kostbares Werck ist, dannoch heut zu Tage von grossen Herrn offt beliebet wird. Die Frantzosen berühmen sich, nach des Herrn Robert de Salnove herausgegebener Königlichen Jägerey, als ob diese Wissenschafft von keiner andern Nation in der Welt, als nur allein von ihnen inventiret worden sey, nemlich einen Hirsch als ein tapferes und edeles Thier in freyem Felde aus heroischem Gemüthe par Forçe zu erlegen und nicht, wie andere Nationen, sich hinterlistiger Nachstellung, Tücher, Netzen, Büchsen, Ankörren und dergleichen zu bedienen; Weßwegen diese par Forçe-Jäger solcher Nachrede wegen in steter Feindschafft mit den teutschen Jägern leben, und zwischen ihnen und denselben sich gleichsam eine Antipathie befindet. Ob aber eben auch so gar gewiß, daß die Frantzosen dieses Par Forçe-Jagen, oder vielmehr die Engelländer, oder Tartern auch vielleicht gar andere Nationen erfunden haben, laß ich an seinen Ort gestellet seyn, und mögen sie mit einander streiten, und die Sache ausmachen. Was nun eigentlich insgemein die Par Forçe-Jagd betrifft, geschiehet solche folgender Gestalt: Wann der König Par Forçe-jagen Willens ist, und den Ober-Jäger-Meister hierzu beordert, dieser aber ferner dem unter sich habenden Jagd-Officier, Cavallier, oder Jagd-Juncker, so die Jour hat, Ordre ertheilet hat, so befiehlet dieser dem Jagd-Fourier, eyligst abzureiten, an dem von König bestimmten Ort die Quartiere vor Jhro Majestät und die sämtliche Jägerey einzutheilen, sonder einigen Verzug, oder Geldnehmens; Jngleich der Hunde wegen, um denenselben benöthigten Hof, Zwinger und Wasser, Stallung, und Fütterung einzurichten, muß ein Hunde-Knecht zugleich nebst einem Stall-Knecht wegen der Pferde, deren Stallung und Fütterung betreffend, mitreuten, und was ihnen tüchtig oder untüchtig vor-

kommet, aussuchen; Die Jagd-Pagen werden billig bey die Jagd-Officier zugleich logiret, damit sie nicht allein gnugsame Information erlangen, sondern auch in Moribus profitiren mögen. Wann nur der Tag bestimmet, an dem die Hunde abmarchiren sollen, muß der, so das Commaudo hat, denselben, nachdem ein jeder geputzet, ein Stücklein Brod geben, und mit dem frühsten im kühlen abgehen und langsam marchiren lassen, damit sie nicht übertrieben, und, so sie an den verlangten Ort ankommen, mit dem benöthigten versehen werden. Auf fernere Ordre des König werden die Vorsuche dem Ober-Jäger-Meister anbefohlen, die bestimmten Oerter durch die Leith-Hunde-Knechte zu besuchen, worbey die Jagd-Pagen zugleich bey den besten und erfahrensten Besuch-Knechten mit ausziehen sollen, um was zu lernen und zu begreiffen. Was nun ein jeder Besuch-Knecht in seinem anbefohlenen Besuch vor jagdbare oder geringe Hirsche angetroffen, so die Nacht über auf dem Felde gewesen, und der Jahrs-Zeit Früchte genossen, vor Tages aber zu Holtze gekehret, werden durch des Leith-Hundes Bemerckung oder nach des Besuch-Knechts Augen-Maß, entweder am Gehöltze, am Gewände des Gehörns, oder an der Gefährde oder Geloß erkannt, und so es ein Hirsch, wie gebräuchlich, sowohl hoch, als nieder verbrochen, oder bemercket, wo er zu stehen vermuthet wird, ferner damit vorgegriffen, umzogen, und bestättiget, alsdann sogleich hiervon, was ein jeder in seinem Besuch vor Hirsche gehabt, und wie starck jeder bestättigte Hirsch, sowohl an Gehörne, als Wildpret zu vermuthen, dem Jagd-Officier angezeiget, damit dieses dem Ober-Jäger-Meister, derselbe aber es ferner dem Könige rapportiren könne, sonderlich, was dabey der Gefährd des Hirsches vor Neben-Merckmahle oder Zeichen observiret worden, ob er lange, oder kurtze, runde oder spitzige, scharffe, oder etwan dabey eine zerbrochene Lauff-Klaue gehabt, angeben, damit die Piqueur zu Pferde allezeit den aufgesprengten Hirsch durch solche Zeichen erkennen, und im Continuiren darauf acht haben mögen. So nun unter denen bestättigten und angezeigten Hirschen sich ein alter jagdbarer Hirsch befindet, welcher dem König beliebig wäre, (maassen notorisch, daß die jagdbaren Hirsche des Monats May und Junii ihren Stand in einem Wald besonders erwehlen, und gern allein sind:) so wird derjenige Forst-Bediente, in dessen Revier der bestättigte Hirsch ist, weil er der Gelegenheit, und Wechsel kundig ist, befraget, dessen genaue Kundschafft zu rapportiren, wohin wohl eigentlich derselbe Hirsch hinaus lauffen, und seine Retirade oder Ausflucht nehmen möchte, auf solche Gelegenheit wird reflectiret, und die Relais oder Vorlagen auf Königliche Ordre eingetheilet. Diese höchstwichtige Sache, so von Alters jederzeit eine hohe Adeliche Function gewesen, kommet al-

lein dem König, den hohen Printzen oder Ministris zu, so von Natur hierzu eine angebohrne Lust, gesunde Natur, und Jagd-Erfahrenheit haben, zu rechter Zeit angreiffen, verständig sind und nicht zu hitzig verfolgen, so machet auch das zu rechter Zeit wohl angebrachte Relais um destomehr ein sicheres fangen; Und muß derjenige, dem die Vorlage zu commendiren aufgetragen, auf solchem Platz bey einem schönen grünen schattigten Baum, die Hunde und Pferde abzukühlen, (wie er denn den Knechten anzubefehlen hat, des Sommers dieselben vor den Fliegen zu schützen,) sich stille verhalten und weder Feuer, Rauch, Tumult oder Geschrey verursachen. Auf solche Relais werden die alten Kuppeln mit dem besten Hunden und frischen unterlegten Pferden zur Reverse zu halten ordiniret, und sich sowohl feste zu halten, als nicht laut werden zu lassen, scharff anbefohlen, wovon ja sonst der Hirsch hinwiederum zurück kehren, und sich confundiren möchte. Wann nun der auf dem Relais postirte Commandeur alles ordiniret, und das Jagen höret, auch vermuthet, daß der Hirsch schon aufgesprenget worden, und solchen endlich vorbey lauffen siehet, muß er ja nicht die Hunde sogleich lösen, sondern eine Zeitlang die erste Hitze in etwas vorbey gehen lassen. Wann nun alles besagter maassen ordiniret, versammlet sich ein jeder auf den Assemblee- oder Sammel-Platz, welcher von Rechtswegen recht in der Mitten ordiniret seyn soll, damit sowohl die Besuch, als Vorlagen der Relais nicht weit haben. So bald nun der König angelanget, führet der Ober-Jäger-Meister dessen unterhabende Bedienten in einem Gefolge zum König den Bericht abzustatten, da dann der König nach altem hergebrachtem Gebrauch die kalte Küche an einem bequemen Ort, nebst belieblichem Geträncke vom Haus-Hof-Meister zum benöthigten Frühstücke reichen lässet, worauf nach geendigter Mahlzeit, und ehe der König aufstehet, ein jeder das Horn an der Seite gleich zu Pferde sitzend parat hält; Die Hunde-Knechte præsentiren dem König, dem Ober-Jäger-Meister, denen Printzen, denen vornehmen Ministris, denen Jagd-Officieren und fremden Cavalliers, jedem einen einer und einer halben Ellen lang, und Daumens dicke Hasel- oder Bircken-Stock, im Jagen damit die Aeste oder Zweige der Bäume abzuhalten, welche sie vorhero parat haben müssen; Und daferne der bestättigte Hirsch das Gehörn geschlagen, müssen die Stäbe auch gescheelet seyn; Da er aber noch die rauhen Kolben hätte, behalten sie die Rinde. Der Ober-Hunde-Knecht nebst denen andern, vertheilen auf Befehl und Ordre des Jäger-Meisters die drey ordinairen postirten Relais, deren eine jede mit sechs alten Hunden wohl besetzet seyn soll; Sodann ziehet ein jeder mit den behörigen Pferden und Hunden nach seinem anbefohlenen Relais, sich zu postiren.

Die Überlieferung der Eßkultur zwischen der Römerzeit und dem 12. Jahrhundert ist nicht mehr als ein weißer Fleck. Lediglich von Karl dem Großen ist bekannt, daß er seine Ärzte gehaßt hat, weil sie ihm rieten, das gebratene Fleisch, an das er gewöhnt war, aufzugeben, und gekochtes zu essen. Seine Hauptmahlzeit wurde in vier Gängen aufgetragen, den Braten nicht mitgezählt, den Jäger mit Spießen hineinzutragen pflegten.
Viel mehr als das hat uns die zeitgenössische Literatur nicht über den Kochstil des frühen Mittelalters zu berichten. Auf dem Gebiet der Jagd tat sich im Mittelalter unter Karl V. allerdings Großes. Die Christianisierung schritt voran, daher mußte die heidnische Jagdgöttin Diana durch einen Jagdheiligen ersetzt werden.
Gedanklich nahe stand dazu als Schlüsselfigur natürlich der Hirsch, dem schon in der indogermanischen Mythologie die Sonne und ein in seiner Bedeutung bisher noch nicht klar erkanntes weibliches Wesen zugeordnet waren. Auch von altnordischen Felsbildern ist diese Darstellung bekannt. In der Poesie ist von einem Hirsch die Rede, dessen Geweih in den Himmel, also der Sonne entgegen, wächst. Bei den Germanen war der Sonnenlauf mit seinem immer wiederkehrenden Auf- und Untergehen des Gestirns altes Kulturgut, und natürlich hatten auch das Abwerfen des Hirschgeweihes und das rasche Wiederwachsen etwas ähnlich Geheimnisvolles an sich.
Das Hirschgeweih wird im Aufbau zur Zeit der Sommersonnenwende abgeschlossen, es ist somit der auf den Sonnenlauf abgestimmte Kult unserer Vorfahren durchaus zu verstehen und der Zusammenhang zwischen Hirsch und Sonne folgerichtig. Vielleicht leitet sich aus dieser Überlegung auch die Verwendung des Hirsches als bevorzugtes Opfertier ab. Zur Zeit der Christianisierung wurde der Hirsch zum Symbol Christi und damit Attribut vieler Heiliger. In fast allen Legenden tritt der Hirsch als Hilfesuchender oder als Bekehrender auf, wie etwa in der Hubertuslegende: Hubertus war vorerst ein rücksichtsloser Jäger, der trotz Mahnung auch an geheiligten Tagen seiner Leidenschaft frönte. Als er an einem Karfreitag wieder zur Jagd ritt, erschien ihm ein weißer Hirsch mit einem leuchtenden Kruzifix zwischen den Geweihstangen. Diese Erscheinung bekehrte den wilden Jäger, und er wurde fortan zum Beschützer aller Tiere.
Eine fast gleichlautende Erzählung liegt der Überlieferung des heiligen Eustachius zugrunde, der etwa 600 Jahre früher lebte und vor seiner Bekehrung und Taufe ein römischer Feldherr namens Placidus gewesen war. Nach den Acta sanctorum starb er 118 n. Ch. unter Kaiser Hadrian zusammen mit seiner Gattin Theopistis und seinen Söhnen Agapius und Theopostus den Märtyrertod. Seine Reliquien wurden von Rom nach Paris in die Kirche St. Eustache überführt. Hubertus starb am 30. Mai 727 zu Tervueren bei Lüttich, wo er in der von ihm erbauten Lamberti-Kirche beigesetzt wurde. Am 3. November 828 wurden die sterblichen Überreste in die Petruskirche von Andagium (franz. Andain) überführt, die ihm zu Ehren in St.-Hubert-des-Ardennes umbenannt wurde. Das Ardennenkloster Andain liegt bei dem gleichnamigen Städtchen in Luxemburg. Nördlich davon erstreckt sich der große Foret de St. Hubert. Der 3. November – der Tag der Überführung der Gebeine Huberts nach Andain – wurde zum Festtag der Jäger bestimmt. Als erster Fürst beging diesen Tag der französische König Ludwig IX., der Heilige, (gest. 1270) mit einer größeren Feier. Hanns Friedrich von Fleming schrieb in seinem Neuw Jagd- und Weydwerck-Buch 1582: *„An diesem Tag soll jeder rechtschaffene Jäger auf die Jagd gehen und keinen um sich leiden, welcher wider die Jagdreguln das Wild mutwilligerweise verderbt…“*
Das Kloster St. Hubert war einst berühmt wegen der dort angeblich erzielten Heilerfolge bei Tollwut. Zur Heilung tollwütiger Hunde und der von ihnen gebissenen Menschen diente der eiserne Schlüssel, dessen goldenes Urbild einst Petrus dem heiligen Hubertus übergeben haben soll. In einer Gebrauchsanweisung für den Schlüssel aus dem Jahre 1757 liest man: *„Sobald man spürt, daß einiges Vieh von einem anderen wütend gebissen worden, muß der Schlüssel glühend gemacht werden, und wo es füglich geschehen mag, auf den*

Schaden – so aber nicht auf der Stirn – bis zum letzten Fleisch gedruckt werden.
Es muß also gleich geschehen, denn die Erfahrnis lehret, daß es gefährlich sei, lang zu warten. Es wird auch nützlich sein, daß das beschädigte Vieh neun Tage eingeschlossen werde, auf daß das Gift nicht durch unmäßige Bewegung ausgebreitet werde. In den neun Tagen soll man eifrig zur Mutter Gottes und dem Heiligen Hubertus beten und dem kranken Vieh täglich vor allem anderen Essen ein Stück gesegneten Brotes oder aber gesegneten Haber langen.
Hier neben wird auch angezeigt, daß kein bessere Arznei zu finden sei, als sich bei Zeit in die Bruderschaft des Heiligen Huberti einschreiben zu lassen und einen jährlichen Zins nach Belieben und Andacht auszurichten."
Weniger erfolgversprechend als das Ausbrennen der Wunden erscheint das andere Verfahren, nach welchem die Stirnhaut des Kranken geöffnet und ein Faden aus der Stola des Heiligen in den Schnitt gelegt wurde. Anscheinend dürfte der Erfolg jedoch nicht so gering gewesen sein, denn noch zwischen 1806 und 1868 wurden 8762 Tollwutverdächtige so behandelt, obwohl schon 1671 die Ärzte der Sorbonne derartige Methoden abgelehnt hatten.
Und was taten die Vorfahren, wenn sie nicht in der Nähe des Klosters St. Hubert wohnten, bei Wutanfall ihrer Hunde? Wahrscheinlich blieb ihnen nichts anderes übrig, als folgende Regel zu befolgen:
„Leidet also eine Kuppel von der Wuth einen Anfall, so muß man geschwinde alle Hunde von einander bringen, und ihnen insgesamt Gegengifft oder Venedischen Thersac eingeben; Man muß sie alle in salzigem Wasser baden, oder sie zum Meer führen. Man muß sie mit Senes-Blättern purgiren, die man in warmer Milch einweichen läßet: Hunden, die es nicht gerne einnehmen, muß man es in klarer Suppe, oder in Molcken (in Wasser von der geronnenen Milch), oder in geschlagener Milch eingeben. In denen Oertern, wo sie sind, muß man viel Wacholder- und Tannen-Reiß anzünden, und damit räuchern, auch viel Eßig auf eisernen glantzglühenden Schaufeln braten.
Hat man die Hunde wohl purgiret, so muß man ihnen zur Kühlung eine vom Kalbs-Kopf gemachte Suppe geben und in diese Suppe viel Wegwarth, Lactucke, nebst allerhand kühlenden Kräutern thun, vor allemn Dingen muß man ja die Mittags-Sonne nicht in den Hunde-Stall scheinen lassen. Sind Hunde darunter, die etwas treuger, als die andern, und darbey trüber und finsterer mit dem Augen aussehen, dieselben muß man mehr purgiren, als die anderen, und schadet es nicht, wenn sie auch schon mager darvon werden, denn wenn nun erst die böse Lufft gereiniget, bekommen sie bald wieder Fleisch, und ist nichts besser, als die Munter- und Wachsamkeit derer Knechte, die eine von Kranckheiten angefallene Kuppel wieder in Stand setzen kan, und wenn sie nur das practicieren, was itzo gesaget worden, wird es nicht leicht mit der Kranckheit viel zu bedeuten haben. Es ist auch nicht schädlich, ihnen den Wurm unter der Zunge zu nehmen, weil sie alsdann, wann sie gleich toll würden, niemahls beissen, sondern eher, wie an einer anderen Kranckheit, hinwegsterben."
Nach den heutigen Erkenntnissen hat die Therapie genauso wenig Erfolg wie die nachstehenden „Rezepturen" gegen die Tollwut. Sie seien angeführt, um darzulegen, mit welch unzulänglichen Mitteln damals dieser gräßlichen Krankheit begegnet wurde.

DASS DIE HUNDE NICHT WÜTIG WERDEN

„Die Hunde haben unter ihrer Zungen eine Ader / in Gestalt eines Würmleins / von rund und langer Form wann man selbige heraus nimmt / so wird der Hund von allem Wüten befreyet bleiben; ja man wird dardurch verschaffen / daß er kein gar ungestümes Anbellen wird von sich hören lassen / noch jemand einigen gefährlichen Biß versetzen.

DEN BISS VON WÜTIGEN HUNDEN AN DEM VIEH ZU HEILEN.

So ein wütiger Hund ein Vieh oder andern Hund gebissen hat / so tauchte das Vieh geschwind ins kalte Wasser /und gieb ihme Butter und Brod zu essen / und bind ihme nur bald den Menschen-Harn darauf. Item nimm weissen Senff / Jachandelbeer oder Wacholderbeer und Eibenholz. Dieses alles untereinander gestossen und geschabet/und im Honig dasselbige zuvor ein wenig warm lassen werden und zulassen. Darnach Mayen Butter auf ein Stück Brod gestrichen/und obgemeldte Stücke oder materien/so viel einen deucht/aufs Brod und Butter gethan/und dem Vieh oder Hund zu essen geben.

DEN BISS VON WÜTIGEN HUNDEN AN DEM MENSCHEN ZU HEILEN

Nimm Angelica / Kraut und Wurtzel / und Raute / und zerstosse diese drey Dinge wol / und mach mit Honig ein Plaster daraus / legs über den Schaden / es sey Schlangen oder thörichter Hunds-Biß/so zeucht dir das Plaster alle Gifft heraus. Oder: Nimm Gummi Oppopanac 3. Loth / Pech 12. Loth / zerlasse das Gummi in guten starcken WeinEssig/mische es durcheinander / und mache ein Pflaster daraus / und legs auf den Schaden."

So die Wuth oder Rasen an denen Hunden zu besorgen.

Ich hätte hiervon oben, da ich von derer HundeKranckheiten geschrieben, handeln sollen, weil es aber daselbst aus Versehen nachgeblieben ist, so hoffe ich nicht unrecht zu thun, wann ich dieses annoch hier anhänge: Leidet also eine Kuppel von der Wuth einen Anfall, so muß man geschwinde alle Hunde von einander bringen, und ihnen insgesamt Gegen-Gifft oder Venedischen Theriac eingeben; Man muß sie alle in saltzigtem Wasser baden, oder sie zum Meer führen. Man muß sie mit Senes-Blättern purgiren, die man in warmer Milch einweichen läßet: Hunden, die es nicht gerne einnehmen, muß man es in klarer Suppe, oder in Molcken (in Wasser von der geronnenen Milch,) oder in geschlagener Milch eingeben. In denen Oertern, wo sie sind, muß man viel Wacholder- und Tannen-Reiß anzünden, und damit räuchern, auch viel Eßig auf eisernen glantzglüenden Schaufeln braten Hat man die Hunde wohl purgiret, so muß man ihnen zur Kühlung eine vom Kalbs-Kopf gemachte Suppe geben und in diese Suppe viel Wegwarth, Lactucke, nebst allerhand kühlenden Kräutern thun, vor allen Dingen aber muß man ja die Mittags-Sonne nicht in den Hunde-Stall scheinen lassen. Sind Hunde darunter, die etwas treuger, als die andern, und darbey trüber und finsterer mit den Augen aussehen, dieselben muß man mehr purgiren, als die andern, und schadet es nicht, wenn sie auch schon mager darvon werden, denn wenn nun erst die böse Lufft gereiniget, bekommen sie bald wieder Fleisch, und ist nichts besser, als die Munter- und Wachsamkeit derer Knechte, die eine von Kranckheiten angefallene Kuppel wieder in Stand setzen kan, und wenn sie nur das practiciren, was itzo gesaget worden, wird es nicht leicht mit der Kranckheit viel zu bedeuten haben. Es ist auch nicht schädlich, ihnen den Wurm unter der Zunge zu nehmen, weil sie alsdann, wann sie gleich toll würden, niemahls beissen, sondern eher, wie an einer andern Kranckheit, hinwegsterben.

Ein Jäger ohne Hund ist ein Aasjäger". Dieser bekannte Ausspruch stammt nicht von mir, sicher jedoch von einem Jäger mit viel Erfahrung. Ich erinnere mich eines Jagderlebnisses auf ein Wildschwein. Es war im Spätherbst, als ich in einer mondhellen Nacht auf eine Sau ansaß. St. Hubertus war mir gnädig, und es kamen siebzehn Überläufer um die zehnte Abendstunde auf schußgerechte Entfernung. Ich beschoß ein Stück – und die ganze Rotte ging ab „wie die Feuerwehr". Über eine etwa 200 Meter lange Wiese flüchtete die „Wilde Jagd" hinein in den Einstand. Mein Pirschführer hatte seinen erkrankten Hund nicht mitnehmen können, und so blieb uns nichts übrig, als selber nachzusuchen. Am Anschuß war kein Tropfen Schweiß, was allerdings nichts besagte, da die Schwarte die Einschußöffnung beim Wegflüchten meist verschließt. Doch auch dort, wo die Schwarzkittel im Unterholz verschwanden, war nichts zu finden. Wir suchten bis tief in den Wald hinein, jedoch ergebnislos. Blieb nur übrig, am folgenden Tag einen Hundeführer zur Nachsuche zu bestellen, und dies geschah dann auch. Der Überläufer wurde nach 150 Metern im dichtesten Unterholz gefunden, und die Füchse hatten ihn bereits angeschnitten…

Daß wir aber das Wildbret noch vor dem „anbrüchig" werden retten konnten, war wieder einmal der „guten Nase" des Hundes zu verdanken. Wie nützlich wäre es manchmal, ebenfalls ein derartiges „Riechorgan" zu besitzen. Es ist ja auch phantastisch, wenn man bedenkt, daß die Riechfläche der menschlichen Nase nur 5 cm^2 beträgt, während der Jagdhund über eine solche von 152 cm^2 verfügt. Hat der Mensch nur 5 Millionen Riechsinneszellen, so besitzt dagegen ein Jagdhund 230 Millionen davon, und selbst ein kleiner Dackel nennt noch 125 Millionen sein eigen.

Derart „riechmäßig" ausgerüstet, ist es für den Hund ein leichtes, millionenfach verdünnte Fettsäure – ein Schweißbestandteil – festzustellen, und so gelingt es ihm z.B., einen Menschen, der sieben Meter tief unter einer Lawine begraben ist, noch aufzuspüren. Auch besitzt unser vierbeiniger Freund die Fähigkeit, an der Intensität der „errochenen" Buttersäure festzustellen, wie weit das verfolgte Beutetier oder der Mensch von ihm noch entfernt ist, ob sich der Abstand zum gejagten Objekt verringert oder vergrößert, und letzten Endes, ob sich die Verfolgung überhaupt noch lohnt.

Die enorme Riechleistung eines Hundes mag folgendes Beispiel veranschaulichen: Würde man in einem Wiener Bürohaus ein Gramm Buttersäure versprühen, könnte der Mensch dies gerade für einen kurzen Augenblick wahrnehmen. Der Hund dagegen würde diesen Duft noch in einer Höhe von 100 Metern über ganz Wien registrieren.

Es gibt heute bereits mehr als 400 verschiedene Hunderassen, wobei manche davon für einen bestimmten Verwendungszweck gezüchtet und ausgebildet werden. So kennen wir – um nur einige zu nennen – den Schlittenhund zum Transportieren, den Wachhund zum Bewachen, den Blindenhund als Ersatz für verlorene Sehkraft, den Bluthund zum Verfolgen, den Drogen-Spezialisten zum Aufspüren von Rauschgift, die Meldehunde für das Militär, die Lawinenhunde, die Jagdhunde, die Windhunde für Wettrennen, die Hirtenhunde zum Zusammenhalten der Schaf- oder Rinderherden, die undefinierte Spezies der Schoßhunde, und so weiter und so fort.

Eine ganz spezielle Hunderasse, die man heute meines Wissens nahezu ausschließlich in England kennt, sind die Otterhunde, die hier interessehalber näher vorgestellt werden sollen. Berichte über diese Hunde sind bereits im 12. Jahrhundert zu finden, und König „Johann I. ohne Land", dessen Regentschaft vom Jahr 1199 bis 1216 dauerte, gilt als erster „Master of Otterhounds". Die Meutejagd auf den Otter hat damit eine längere Tradition als die auf Schalenwild oder Fuchs. In Großbritannien hat sich die Otterjagd bis heute erhalten, doch sei gleich vorweg zur Beruhigung aller Tierschützer gesagt, daß diese Ottermeute heute nur noch für die Zuschauer jagt. In England und Wales ist nämlich der Fischotter seit 1980 ganzjährig geschützt und darf nicht mehr verfolgt werden.

Die traditionelle Jagd auf den selten gewordenen Wassermarder, die jahrhundertelang praktiziert wurde, wird heute von einer Reihe von Clubs und Gesellschaften lediglich nachempfunden. Dies geschieht derart, daß an bestimmten Tagen mit einer Meute von Otterhunden

die Flußufer abgesucht werden. Der einzige Gegensatz zu früher ist, daß man sich vor der „Jagd" vergewissert, ob dadurch auch kein zufällig im Jagdgebiet vorhandener Otter in Gefahr geraten kann. Im Prinzip verläuft diese Jagd, deren Ursprünge auf die Kelten zurückgehen, nach genau überlieferten Regeln. Oft nehmen an diesem „otter-hunting" hunderte, ja sogar tausende von Schaulustigen teil. Die „Otterjagd" ist heute zu einem Wochenendvergnügen geworden. Von den Zuschauern wird Ausdauer und körperliche Kondition verlangt, denn zwanzig Kilometer und mehr legen die Meute und ihre Führer manchmal an einem Tag zurück. Dabei geht es nicht nur über Stock und Stein, sondern vielfach auch durch tiefes Wasser, und all das nur in Halbschuhen, da Gummistiefel verpönt sind. Der Ottermeute selbst, die aus etwa zwanzig bis fünfzig Hunden besteht, machen derartige Anstrengungen überhaupt nichts aus, denn sie sind für eine Suchjagd dieser Art besonders ausgebildet.
Mindestens ein Terrier war stets bei der Meute zu finden, und seine Aufgabe war es, den Otter aus dem Zufluchtsort zu sprengen oder ihn dort festzuhalten. Im Otterhund der jüngsten Zeit vereinigen sich viele verschiedene Rassemerkmale, die durch Züchtungen erreicht wurden. Zwei wichtige davon stammen vom Griffon sowie vom Bluthund, doch auch andere Merkmale wie die vom Foxhound und der Bracke lassen sich im „Otterhound" finden. Durch die Vermischung vieler Rassen ist auch sein Aussehen sehr unterschiedlich geworden, jedoch haben sie allesamt eine Reihe gemeinsamer Eigenschaften, wie etwa eine besonders gute Nase. Sie können ausgezeichnet waten sowie schwimmen und haben eine tiefe Stimme, welche vom Bluthund stammt. Ihr Fell ist dicht, rauh und wasserabstoßend. Trotz der mannigfaltigen züchterischen Vergangenheit des Otterhundes versucht man heute, seine Maße auf eine einheitliche Norm zu bringen. So sollte der Rüde 67 Zentimeter und die Hündin 60 Zentimeter in der Schulterhöhe messen. Mit einem Gewicht von 30 bis 45 Kilogramm eignet sich diese Rasse ganz gewiß nicht als Schoßhund. Im Gegenteil, sie haben es überhaupt nicht gerne, etwa in den Arm genommen zu werden, und gegen das sogenannte „Abschmuddeln" seitens des Menschen wehren sie sich schon als Welpen. Als „reinrassig" im Sinne ihrer Gebrauchsfähigkeit gelten heute überhaupt nur noch zwei Rassen: die „Kendal and District Otterhounds" und die „Dumfriesshire Otterhounds". Diese besitzen neben dem richtigen Aussehen auch noch die Eigenschaft, eine drei Tage alte Otterspur aufnehmen zu können. Der „Otterhound Club" in England ist sehr darum bemüht, daß diese besondere Hunderasse und das damit verbundene Brauchtum nicht ausstirbt. Kulturgeschichtlich lebt der Hund seit etwa 15.000 Jahren mit dem Menschen zusammen. Eine Symbiose, die sich bis zum heutigen Tag vor allem für den Menschen positiv ausgewirkt hat. In Österreich kennt man fünf Gebrauchshundetypen, die sich für die landläufigen Jagdarten besonders eignen. Es sind dies der Dachshund, der Vorstehhund, der Schweißhund, der Brackierhund und der Stöberhund. Aber auch hier versucht man es immer wieder mit ausländischen Rassen, und teils auch mit viel Erfolg. Ich denke da etwa an einen meiner Freunde, der zu Niederwildjagden einen Labrador Retriever verwendet. Es ist dies ein ruhiger, suchfreudiger und starker Hund, der spielend einen Hasen über weite Strecken im Fang trägt. Ein Allrounder ist der „Vorstehhund", und mit einigen Erinnerungen an Hunde dieser Rasse soll diese Betrachtung enden:
Sie hieß „Cilly", war ein „Deutscher Kurzhaar" und ein großartiger Jagdhund. Ein sogenannter „Professor", mit einer ungeheuren Jagdpassion. Ich erinnere mich an einen wunderschönen Jagdtag im Burgenland. Wir – das waren mein Freund Helmut und ich – waren auf dem Entenstrich. In dem dichten Schilfgürtel des Neusiedlersees waren Schneisen geschnitten, wo wir gedeckt den Entenstrich erwarteten. In der Dämmerung gelang mir dann eine Doublette auf eine Ente, die etwa 20 Schritt von mir entfernt in das dichte Schilf fiel – für mich unerreichbar. Nicht jedoch für Helmuts Cilly. Mit einem Eifer sondergleichen bahnte sich die damals schon etwas betagte Hundedame einen Weg durch den Schilfwald und brachte bald darauf wirklich die Ente. Es war meine erste. Einige Knackwürste waren ein kleiner Dank von mir an diesen treuen Jagdkameraden. Erst bei näherer Betrachtung im Licht sahen wir dann, daß sie aus

mehreren Schnittwunden blutete, die ihr die messerscharfen Schilfblätter zugefügt hatten. Aber ohne die positiven Anlagen Cillys schmälern zu wollen, muß hier auch eine Eigenschaft von ihr erwähnt werden, die sich manchmal ziemlich negativ ausgewirkt hat – sie war nämlich eine sogenannte „Totengräberin". Darunter versteht man die Anlage eines Hundes, die verschiedensten Dinge zu vergraben. Und hier einige ihrer Missetaten: Eines frühen Morgens im Sommer konnte ich im Revier meines Freundes einen meiner besten Rehböcke erlegen. Helmut schlief nach einem langen Abendansitz noch in der Jagdhütte, als ich mit dem Bock ankam. Ohne ihn daher zu so früher Stunde aufmüden zu wollen, versorgte ich den Bock und kappte auch das Haupt, um es später auszukochen.
Inzwischen legte ich es erst einmal auf die Bank vor der Jagdhütte und ging dann nach getaner Arbeit hinein, um meinen Freund aufzuwecken. Beim Öffnen der Türe sprang Cilly vor Freude zuerst an mir hoch und dann aus der engen Hütte ins Freie. Während ich nun dem Freund voller Eifer mein Erlebnis berichtete, fiel mein Blick zufällig durch die halbgeöffnete Hüttentür, und dann stockte mir vor Schreck fast der Atem. Cilly strebte gerade putzmunter und mit dem Bockhaupt im Fang dem nahen Wald zu. Ich hatte diese Wahrnehmung Freund Helmut kaum halb mitgeteilt, als dieser – sehr notdürftig bekleidet – mit einem gewaltigen Satz aus dem Bett sprang und unter lauten Zurufen seinem Hund nachhetzte. Später haben wir uns noch oft köstlich über diese ganze komische Situation amüsiert, aber damals war mir gar nicht nach Lachen zumute. Helmut rannte, was ihn die Beine trugen, und als er endlich Cilly einholte, hatte diese das Rehhaupt bereits vergraben. Hektisch suchte er Stück für Stück das Gebiet ab, bis er endlich eine winzige Geweihspitze aus dem Laub ragen sah, und ich hatte damit meine Trophäe wieder. Sofort steckte ich das gute Stück in den Kofferraum – und dort blieb es auch.
Ein andermal konnte mein Freund seinen Hund, der, wie bereits geschildert, sehr temperamentvoll war, der nötigen Ruhe wegen zu einem kurzen, frühen Ansitz nicht mitnehmen, und in der irrigen Ansicht, daß dieser sowieso noch schlafen würde, schlich er sich leise und verstohlen aus der Hütte, die Türe vorsichtig hinter sich zuziehend. Als er wieder zurückkam und der weit offenen Hütte gewahr wurde, schwante ihm bereits Fürchterliches. Cilly war verschwunden und mit ihr seine Hose, in der ausnahmsweise sämtliche Schlüssel, die Ausweise sowie die Brieftasche mit dem Geld waren. Voller Verzweiflung wurden alle Jagdfreunde mobilisiert, bei der Suche nach Hund, Hose und Inhalt mitzuhelfen, was vorerst in dem weitläufigen Akazienwäldchen erfolglos blieb. Endlich fand einer der Helfer die herausgefallene Brieftasche, etwas später ein anderer die Schlüssel und dann Stück für Stück die ganze weitverstreute Habe, bis sie nach mühsamem Recherchieren zum Glück auch noch die gut vergrabene Hose – von der man nur ein Stück der Gürtelschnalle im Laub aufblitzen sah – entdeckten. Die rauhen Worte, welche meinem tierliebenden Freund damals entschlüpften, können hier nicht wiedergegeben werden, und Cilly, die Schlaue, ließ sich erst dann wieder blicken, als sie sicher sein konnte, daß der erste Zorn verraucht war.
Und zum Abschluß noch ein weiteres Husarenstück dieser einmaligen Jagdhündin, die hart im Nehmen, aber auch im Geben war:
Mein Freund mußte eines Tages auf seinem Weg ins Jagdrevier eine kurze Unterbrechung wegen eines Arbeitsgespräches einlegen, und da er wußte, daß Cilly einem gelegentlichen Raufhandel nicht abgeneigt, der Hund seines Gesprächspartners aber sehr sensibel war, wurde ein schattiger, kühler Platz gesucht und auch bald gefunden, die Hündin gut versorgt und die Fenster gerade so weit geöffnet, daß es im Auto nicht an guter Luft mangelte, Cilly aber nicht entwischen konnte, was sie – wie er aus leidvoller Erfahrung wußte – sonst auch umgehend getan hätte.
Die Hundedame verfolgte all diese Vorbereitungen höchst ungnädig und mit deutlichem Mißfallen, was ihr aber diesmal nichts nützte. Mit der ernsten Ermahnung,

ja recht brav zu sein und der Versicherung, bald zurückzukommen, wurde sie alleingelassen. Nach einer knappen halben Stunde kam Helmut, der sich die ganze Zeit über eines unguten Gefühls nicht erwehren konnte, zurück, und als er seines schönen Wagens ansichtig wurde, erstarrte er zu der sprichwörtlichen Salzsäule. Das Auto war innen total zerlegt, der „Himmel" hing in streifigen Fetzen herunter, Polster und Türverkleidungen waren zerbissen, herausgerissen, und der ganze zerstückelte Inhalt malerisch über die Sitze verteilt. „Cilly, die Schreckliche" aber thronte lässig obenauf und hielt den Kopf beleidigt abgewendet. Beim Öffnen der Autotür entschlüpfte sie gewandt jeglichen eventuellen Repressalien und kam erst nach stundenlangem Suchen gemächlich zurückgetrabt, wo man sie zwar nicht übertrieben herzlich, aber doch sehr erleichtert empfing.

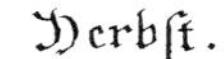

Vom Sonnen-Zeiger

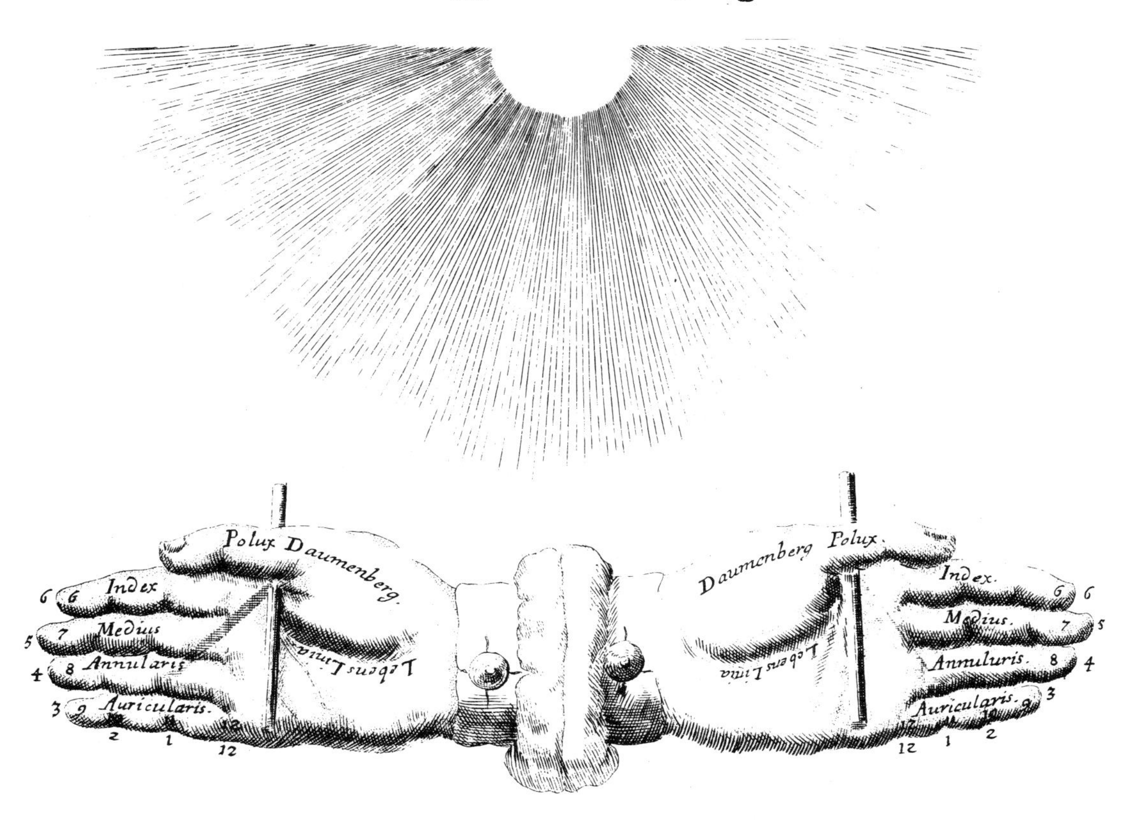

Nachdem die wenigsten Jäger in dem Stande sind, daß sie Sack-Uhren bey sich führen und bezahlen können, und gleichwohl mancher, wenn er sich in einem wüsten Walde befindet, gerne wissen mögte, welche Zeit es wäre, damit er zu rechter Zeit, um seine ordentliche Beruffs-Geschäffte zu expediren, wieder zu Hause seyn könte, so dürffte manchem ehrlichen Weydemann folgende Invention nicht gantz unangenehm seyn. Man nimmt die rechte Hand, und hält sie gantz flach ausgestrecket, die Finger und den Daumen erhält man neben einander, doch dergestalt frey, daß der Arm nach dem Leibe gegen Morgen, die flache Breite gegen Mittag, die Fingerspitzen gegen Abend, und der Hand Rücken nach Mitternacht zu gekehret seyn; Hernach nimmt man ein Stücklein Strohalm, hält es zu oberst zwischen dem Daumen und Zeige-Finger, daß es einen Triangul in der Hand macht. Wenn nun die Sonne vom Aufgang zeiget, wirfft der Schatten von dem Strohalm auf den Zeige-Finger fünff Uhr, auf den Mittel-Finger sechs Uhr, auf den Gold-Finger sieben Uhr, auf den kleinen Ohr-Finger acht Uhr, auf das letzte Glied neun Uhr, auf das erste zehn Uhr, auf den Anfang des kleinen Fingers 11. Uhr, und letzlich in der flachen Hand-Linie 12. Uhr oder Mittag. Ist es nun Nachmittag, so brauchet man die lincke Hand. Alsdenn ist der Anfang des kleinen Fingers der Zeiger auf 1. das erste Glied weiset 2. Uhr, das letzte 3. Uhr, die Spitze des kleinen Fingers 4. Uhr, des Gold-Fingers 5. Uhr, des Mittel-Fingers 6. Uhr, des Zeige-Fingers 7. Uhr. Es verstehet sich von selbst, daß, wenn die Praxis glücklich von statten gehen soll, wohlgewachsene Hände, gerade Finger, und gute Lineamenten hiezu erfordert werden. Die Methode dieses natürlichen Sonnen-Zeigers habe einsten von einem einfältigen Bauersmann gelernt.

Das Jagdhorn war seit altersher ein Signalgeber für die verschiedenen Stationen der Jagd, vom Weckruf über das Anblasen und Abblasen der Jagd bis zum „Hirsch- (Gams- oder Sau-) tot" Ruf. Die Germanen verwendeten dazu das Horn des Auerochsen oder des Wisents; und die „Greifenklauen" aus Büffelhorn, die seit dem 13. Jahrhundert in silbervergoldeter Fassung als Kredenzschmuck am Tisch der Fürsten standen, waren wohl ursprünglich Jagdhörner oder Erinnerungen daran. Auch der „Olifant", das sagenhafte, aus Elfenbein gefertigte Jagd- und Rufhorn des Helden Roland, kam wohl erst mit den Kreuzzügen aus dem Orient, wo die arabischen Herrscher eine zeremonielle Form der Jagd betrieben, die zum Vorbild der europäischen Jagdkultur wurde.

Mit dem Rufhorn Herzog Phillips des Guten von Burgund (um 1440) begann der französisch-burgundische Einfluß auf die Jagdbräuche. Maximilian I., der 1477 das burgundische Reich geerbt hatte, brachte die neuen Bräuche besonders für die Parforcejagd auf Hirsche nach Österreich. Das Jagdhorn war ursprünglich dem Jagdherrn vorbehalten, ging aber schon im 14. Jahrhundert an die begleitenden Jäger über. Es ist zum besonderen Standeszeichen des Jägers geworden und wurde diesem nach bestandener dreijähriger Lehre anläßlich der Freisprechung überreicht. Maximilian benützte 1512 *„ein deutsches Hörndl, mit schwarzem Samt beschlagen, zwei Waidbänder und ein Täschl mit goldenen Borten besetzt und ein welsches Hörndl, das ganz mit goldenen Fäden umwickelt war"*. Für die Wildschweinjagd gab es das deutsche, für die Hirschjagd das krumme niederländische Horn. Aus dem alten geraden Rufhorn oder Hafthorn hat sich das kleine, leicht gebogene Jägerhorn entwickelt. Seit 1680 wurde das bei den Parforcejagden verwendete große französische Jagdhorn (Parforcehorn) auch bei uns üblich. Das kleine deutsche Jagdhorn wird seit dem 19. Jahrhundert nach dem Ende der großen Treibjagden des Hofes verwendet. Auch heute ist es noch gebräuchlich.

Das Waldhorn und das Flügelhorn der Musikkapellen stammen ebenfalls aus dem Bereich der Jagd.

Von dem Herzog von York, er war Wildmeister König Eduards I., ist eine Beschreibung von Jagdhörnern überliefert. Herzog von York übersetzte zwischen 1406 und 1413 den „Gaston Phöbus" unter dem Titel „Der Wildmeister" ins Englische und fügte dem Text hinzu, was für die Jagdausübung in England erforderlich war. Seiner Beschreibung nach dürften die Jagdhörner in England wichtiger gewesen sein als auf dem Festland: *„Es gibt verschiedene Arten von Hörnern, das heißt Waldhörner, große Abtshörner, Jagdhörner, Trompeten, kleine Försterhörner und geringe Hörner zweier verschiedener Arten."* Über die richtige Größe der Jagdhörner fügte er hinzu: *„Zwei Spannen lang, weder zu krumm, noch zu gerade."*

Bei den Parforcejagden wurde natürlich sehr viel geblasen. Bestimmte Signale gaben an, wann die Hunde gekuppelt wurden, wann sie anfingen zu jagen, wann sie die Fährte verloren, wann sie die Fährte wiederfanden, wann „dieselben gar gut jagen", wann der Hirsch erlegt wurde und wann die Jagd zu Ende war.

Wann die Hunde losgekuppelt werden.

Wann die Hunde anfangen zu jagen.

Wann sie die Fährd verlohren.

Wann sie die Fährd wieder gefunden.
Wann die Hunde gar gut jagen.
Wann der Hirsch erleget worden.
Wann die Jagd zu Ende und vollbracht ist.

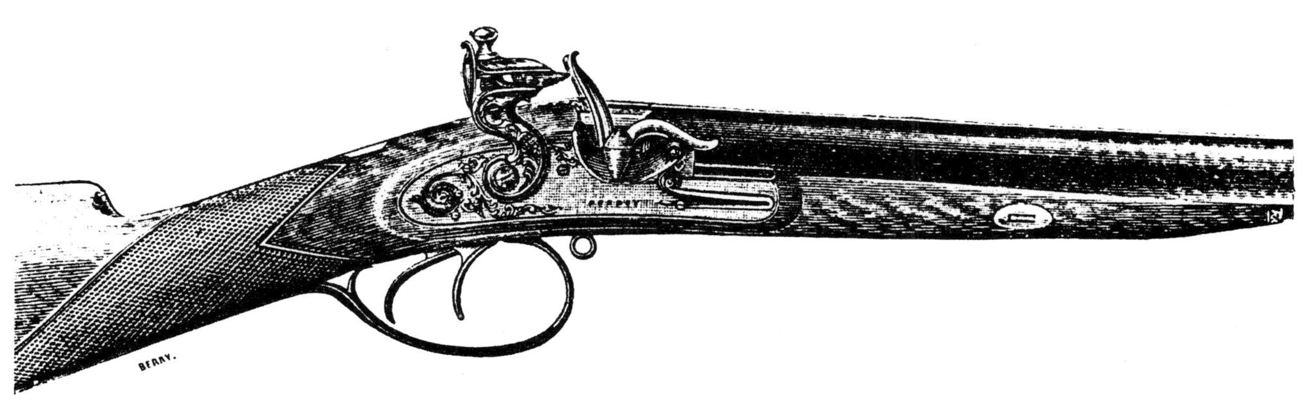

Als Jagdwaffen fanden Armbrüste, Balläster und Schnepper – wobei die beiden letzteren Abarten der ersteren waren – immer häufiger Verwendung. Mit stumpfen Bolzen oder Steinen (aus Ballästern und Schneppern konnten auch Kugeln aus Metall und Lehm verschossen werden) ließ sich erfolgreich Federwild jagen. Als mit dem zu Ende gehenden Mittelalter der Schutz der Wildvögel zunehmend unwirksamer wurde, setzten sich zur Erbeutung von Vögeln und kleinerem Wild Netzfang, Fallenstellen und Leimruten sowie die Jagd mit Lockvögeln immer mehr durch. Trotzdem war die Menge an Federwild so groß, daß keine Abnahme der Populationen beobachtet werden konnte. Erst durch die Erfindung des Luntenschloßgewehres ging der Vogelbestand schnell und drastisch zurück. Die ersten tragbaren Feuerwaffen, die um die Mitte des 14. Jahrhunderts hergestellt wurden, bestanden aus einem metallenen Rohr, das in einen hölzernen Schaft eingelassen war. Am hinteren Ende des Rohres befand sich eine kleine Pfanne für das Zündpulver und eine Bohrung, die zur Landung führte. Gezündet wurde mit einer langsam brennenden Lunte aus salpetergetränktem Hanf. Diese „Handbüchsen" waren eigentlich kleine tragbare Kanonen. Zum Abfeuern bedurfte es einer Auflage, und entsprechend heikel waren sie zu handhaben.

Der Soldat oder der Seemann, der im Krieg die tödliche Wirkung des „Feuerrohres" kennengelernt hatte, benutzte dieses nun auch bei der Jagd auf Wildvögel. Selbst des Königs Hochwild in den Wäldern dürfte nicht sicher gewesen sein, obwohl die verräterisch brennende Lunte und die erforderliche Gewehrauflage das Wildern bestimmt sehr erschwert haben. Diese Soldaten und Seeleute, die kein Land und kein Jagdrecht besaßen, waren auch sicher der Anlaß für eine frühe Gesetzesvorschrift Heinrichs VII., die besagte, es sei „gewöhnlichen Leuten", d. h. Personen ohne ein gewisses Vermögen an Grundbesitz oder Geld, nicht gestattet, zu besitzen: *„Schußwaffen, Bogen, Wind- oder andere Hunde, Frettchen, Vogelfangnetze, Glocken an langen Seilen, um Hasen und anderes Wild in Netze zu treiben. Hasenfangnetze, Hochwildnetze, Bockzäune und andere Schlingen oder Einrichtungen, die zum Fangen von Wild dienen. Außerdem soll sich bei Strafe von zehn Pfund Sterling niemand mit Waffe oder Tier an irgend ein Stück Schalenwild anschleichen, es sei denn in seinem eigenen Wildpark."* Im Jahre 1533 wurde dann ein Gesetz erlassen, wonach niemand irgendeine Armbrust, Feuerrohr, Arkebuse oder Halbhaken abfeuern oder in seinem Hause haben solle, der nicht Ländereien besäße, die mindestens einhundert Pfund im Jahre einbringen; bei Strafe von zehn Pfund für jede Zuwiderhandlung. Das gleiche Gesetz bestimmt auch, daß niemand mit einer Feuerwaffe *„unter einem Yard* – das sind 91,44 cm – *in der Länge schießen dürfe."* Ganz sicher ist, daß man mit den Feuerwaffen jener Zeit aus dem massiert vorkommenden Wasserwild eine Gasse herausschießen oder mit einem einzigen Schuß ein ganzes Hühnervolk ausrotten konnte.

Die Vögel von den Früchten abzuhalten.

Die Vögel von den Früchten und Korn-Stengeln ab zu schrecken / hänget Knoblauch an die Bäume und Korn-Stengel / so werden sie nicht darzu kommen.

Die rauhen Zeiten des Mittelalters, voll Kriegslärm, Fehde, Abenteuer und Ritterspiel, voll höfischen Treibens oder seelischer Erschütterung durch die Kreuzzüge, brachten eine gewisse Abgestumpftheit und Gleichgültigkeit, ja sogar Rauheit gegenüber dem Tier mit sich. Diese Geisteshaltung spiegelt sich auch in den Tierbeschreibungen des Mittelalters wider. Vom Tier selber und seinen Lebensbedingungen ist darin kaum die Rede, lediglich von einer Nützlichkeit für den Menschen wird gesprochen und von seinem „bösen Geist“, der, den heidnischen Mächten verbunden, dem Menschen schaden will. Im „Buch der Natur“, der ersten Naturgeschichte in deutscher Sprache, schreibt Konrad von Megenberg über die *„wilde Ziege, Gemse genannt“*, folgendes: *„Die Wilde Ziege ist ein sehr kluges Tier. Ihr behagt es auf den hohen Bergen. Aus weiter Ferne sieht sie es sich bewegenden Menschen an, ob es Jäger sind oder andere Leute. Einige sagen, die Gemsen holten weder durch die Ohren noch durch die Nase Atem. In der Brunst verdrehen die Böcke die Augen im Kopf. Sie sehen bei Nacht so gut wie am Tage. Deshalb ist ihre Leber für diejenigen gut, die bei Nacht sehen konnten und diese Fähigkeit verloren haben.“*
Wahrscheinlich wurde der Hase zu jener Zeit besonders scharf bejagt, weil man aus seinen Nieren eine beliebte Arznei gewann. Man war nämlich der Meinung: *„Des Hasen Nieren seynd dem Stein allmassen gut / Und helfen dem / der nit mit Willen pissen thut.“* Und wer keinen Hasen hatte und trotzdem einen essen wollte, der hat sich sicher an folgendes Rezept gehalten: *„Ein Lämmernen Haasen zu braten. Schneid einem Lämpel den Leib mit den vorderen Füssen hinweg / wie mans mit einem Haasen zu machen pflegt / spick ihn mit kleinen Speck / brate ihn / und mach ein Sardellen – Suppen darunter.“*
Schauriges weiß Konrad von Megenberg über den wilden Eber zu berichten: *„Der Eber ist ein starkes Tier, völlig ungelehrig, wenn man ihn zähmen und gefügig machen will. Er ist schwarz und hat große hauende Zähne, einen halben Fuß lang. Der Eber ist uns das Sinnbild der grimmigen Leute, die keine Lehre zu guten Werken annehmen wollen und allzeit grimmig in ihren Sünden schwarz bleiben. Diese Leute haben ihre Zähne gegen sich selbst gekehrt, denn wer anderen zu schaden trachtet, schadet sich selbst zuerst. Sie schädigen des Nächsten Leib, der Seele aber vermögen sie nicht zu schaden.“*

In der Beurteilung des tierischen Verhaltens jedoch mischten sich Beobachtungsgabe und Phantasie des Chronisten zu mitunter recht absonderlichen Feststellungen:

VOM HIRSCH:
„Haben die Hirsche ihr Geweih abgeworfen und wächst das neue Geweih wieder hervor, so stellen sie sich an die Sonne, wie Aristoteles und Plinius angeben, damit die Hörner trocknen, wachsen und durch die Sonnenwärme kräftig werden. Dann fegen sie das Geweih an Bäumen und versuchen es. Ist es kräftig, so gehen sie mit dem Gefühl der Sicherheit davon, denn sie haben nun eine Waffe, mit der sie sich wehren können. Vorher konnten sie das der Wölfe wegen nicht wagen, sondern mußten sich verbergen und des Nachts ihre Nahrung suchen. Sie werfen ihr Geweih ins Wasser ab, damit es den Menschen nicht von Nutzen wird. Sie wissen nämlich recht wohl, daß es den Menschen zu großem Nutzen ist; besonders das rechte Gehörn ist gegen Schlangenbiß gut. Die Nattern fliehen vor dem Geruch des verbrannten Hirschhorns, gleich ob es das linke oder das rechte Horn ist.“

DER BIBER:
„Das Bibergeil ist für viele Arzneien gut. Der Biber hat die Gewohnheit, daß er sich die Geilen selbst ausbeißt und sie liegen läßt, wenn der Jäger ihn jagt, denn er meint, man jage ihn ihretwegen.“ Bibergeil ist eine lebhaft riechende Substanz, welche aus den Drüsensäckchen gewonnen wurde, die beim männlichen wie beim weiblichen Biber zwischen dem Geschlechtsteil und dem After liegen. Bibergeil diente ebenso wie Reiheröl auch zum Anlocken von Fischen.

Maximilian I. ging auch gerne alleine, nur mit seinen Jagdgehilfen, auf die Gamsjagd, die ihm als die edelste erschien. Die Gemsen erlegte der Kaiser dann entweder mit der Armbrust, oder er stach sie, wie bereits beschrieben, mit dem langen Gemsenspieß aus dem Fels. Maximilian schreibt: *„Wenn die Gemsen in den hohen Wänden stehen, so sollst du dich anseilen und mit Seilen hinaufziehen, wenn sie in den niederen Wänden sind, kannst du sie mit dem Spieß ausfällen.“* Für die Gebirgsjagd hatte Maximilian I. auch eine eigene Ausrüstung mit Steigeisen, Rucksack, Schneereifen und Sturzhelm entwickelt. Der Chronist berichtet weiter: *„In einer Jägerkammer in Schloß Ambras befand sich sogar ein Aufzug aus Seilen, darin Ihre Durchlaucht sitzen und sich von sechs Bauern mit Steigeisen in die Felsen zu den Gemsen hinaufziehen lassen konnte.“* Daß Gemsen zur Zeit Maximilians bereits mit Feuerwaffen geschossen wurden, bezeugt eine Nachricht, worin der Büchsenschütze Hans, der im Jahre 1508 im Pustertal *„auf dem Gejaid ain Gembswild schoss“*, vom Freiherrn von Künigl zwei Pfund Trinkgeld erhielt. Ein anderer Bericht – der sicher nicht in den jagdlichen Ruhmesblättern zu lesen ist – besagt, daß Erzherzog Leopold V. im Jahr 1628 die Gemsen auf der Martinswand bei Zirl mit kleinen Kanonen herabschießen ließ. Hätte der Herrscher folgendes Rezept befolgt, wäre er kräftig genug gewesen, um den Gemsen selbst nachsteigen zu können: *„Das Inschlitt oder Fett / das man auß Gemsen macht / Mit Milch gebrauch / die Lung die wird zurechtgebracht. Es wird auch von der Gall ein Wasser präpariert / Das allen Staub und Wust bald aus den Augen führt. Die Gemsen-Stein / so man die Gemsen-Kugel nennt / Durch funffzehn Gran dem Gifft der Weg wird abgerennt.“* Im Jahr 1519 starb – wie er sich selber nannte – der großmächtige Waidmann, Kaiser Maximilian I. von Österreich. Den englischen Bogenschützen, die unbestritten die besten waren, galt er als ebenbürtig. Er war aber auch ein Meister im Armbrustschießen und mit dem Balläster. Mit dem Langbogen z. B. schoß er einen hölzernen Pfeil ohne Spitze durch ein drei Zoll (7,62 cm) starkes Lärchenholz und mit der Armbrust erlegte er einmal von 104 abstreichenden Enten 100 – so die Chronik. Weiters berichtet man von ihm, daß er 26 Hasen nacheinander ohne Fehlschuß erlegt habe.

Der Übergang vom Mittelalter zur Neuzeit fand im späten 15. und im 16. Jahrhundert statt. Obwohl in vielem noch der Tradition verbunden, bahnen sich gesellschaftliche Veränderungen mit neuen Verhaltensnormen an. Allmählich wurde auch der Tafel erhöhte Aufmerksamkeit geschenkt. Der Drang nach neuem Wissen, eine andere Weltanschauung, verstärkte Reise- und Handelstätigkeit durch Entdeckung neuer Kontinente sowie kürzere Seerouten wirkten sich auf das tägliche Leben ebenso aus wie die Schwächung und Lockerung kirchlicher Regeln und Gebote.

Auch im jagdlichen Bereich war dieser Wandel spürbar. Bis weit in die Neuzeit hinein war das Jagen an Sonn- und Feiertagen verboten, dieses Verbot wurde dann dahingehend gemildert, daß erst nach der heiligen Messe gejagt werden durfte. Damit man nun eher zum Jagen kam, mußte die Messe möglichst kurz sein. Daher heißt eine kurze Messe noch heute „Jägermesse". Angeblich soll der Ausdruck – wenn er nicht noch älter ist – von Kaiser Ferdinand I. (1558 - 1564) stammen. Aufgezeichnet wurde dazu folgende Geschichte: *„Es wollten Seine Kaiserliche Majestät Ferdinandus einstmalen auf die Jagd reiten und ließen derowegen Ihrem Hofcapellan andeuten, er solle eine Jägermesse lesen, das heißt, er solle es fein kurz machen. Der Capellan blätterte das Meßbuch lange hin und wieder, bis endlich Se. Majestät ungeduldig ward und ihm zu sagen befahl, was er so lange verziehe und warum er nicht anfange. Worauf dieser zurückvermelden ließ, er könne keine Jägermesse in seinem Buch finden. Erzürnt sprach der Kaiser: „Ei, so soll er in Teufels Namen eine andere lesen!"*

In der Waffentechnik vollzog sich um diese Zeit mit der Einführung des gezogenen Laufes und des Radschlosses eine Revolution. Obwohl auch Leonardo da Vinci einen Radschloßmechanismus entwarf, war er nicht der Erfinder dieser Konstruktion. Der wirkliche Erfinder blieb unbekannt. Im wesentlichen bestand das Radschloß aus einem Stahlrädchen, das sich, von einer starken Feder angetrieben, unter einem daraufgepreßten Stück Schwefelkies drehte und dabei einen Funkenstrom erzeugte, der das Pulver zur Entzündung brachte. Für den Schützen war diese Weiterentwicklung des Gewehres von enormer Wichtigkeit, da er seine Aufmerksamkeit nun ausschließlich auf das Ziel konzentrieren konnte, während er früher dauernd prüfen mußte, ob die Lunte noch richtig saß und brannte.

Das neue Denken der Renaissance, das sich über ganz Europa ausbreitete, hatte natürlich auch Rückwirkungen auf die Jagd. Mit dem Knall der Waffen brach in die Stille der Natur ein Geräusch ein, an das sich das Wild nicht gewöhnen konnte. Der Italiener Boccamazza schrieb im Jahre 1548, daß ein beträchtlicher Teil des Wildes, erschreckt durch die Jagd mit der Büchse, die Umgebung von Rom verlassen habe.

Es gab natürlich auch in der Zeit der Renaissance geradezu fanatisch begeisterte Jäger. Einer von ihnen war Karl IX. von Frankreich, über den berichtet wird, daß er dem Hirsch von der Deckung durch den Leithund bis zur Erlegung allein folgte. Er starb im jugendlichen Alter von 24 Jahren an einer Lungenentzündung, die übermäßigem Jagdhornblasen zugeschrieben wurde. Aber auch die Genußsucht, die sich während der folgenden 150 Jahre zum Extrem steigerte und das Waidwerk als solches in seinen Grundfesten erschüttern sollte, setzte damals schon ein.

In seinem 1561 veröffentlichten Buch „Das Waidwerk" schlägt der Franzose Jacques du Fouilloux zum Beispiel vor, *„... man solle für die müßigen Augenblicke während der Jagd immer ein Bauernmädchen aus dem nächsten Dorfe bereithalten, damit sich der Jagdherr daran erfreuen könne..."* Wie man sieht, ist die „Freundin" nicht erst eine Erfindung unserer Zeit, und dieser Ratschlag mag sicher auch so manchen Jäger veranlaßt haben, verstärkt dem Hirsch nachzustellen, denn ein Spruch belehrte ihn:

„Hirsch-Hoden / so sie gepülvert seyn / Nehmt dreyssig Gran/getrunken in Wein/Macht wunderlich geil / Den Samen rein / Und hurtig hinter den Weiberlein."

Natürlich gab es auch im Zeitalter der Renaissance schon Jagdunfälle, so berichtet John Chamberlain: *„Die Königin* (gemeint ist die Gattin Jakobs I.) *auf einen Hirsch schießend, verfehlte ihr Ziel und tötete „Juwel", des Königs Leit- und Lieblingshund, worauf dieser eine Weile fürchterlich gewütet. Aber nachdem er erfahren, wer es getan, war er schnell beruhigt und bat sie, nicht traurig zu sein, er liebe sie dieserhalb nicht minder. Und am nächsten Tage sandte er ihr einen Diamanten, 200 Pfund wert, als Erbe von seinem todten Hunde."*

Treffend spiegelt sich die Einstellung in der damaligen Zeit zu Tier und Mensch in der folgenden überlieferten Episode, die sich etwas später zutrug. Als der Erzbischof von Canterbury unabsichtlich einen Jagdaufseher erschoß, beruhigte ihn der König damit, *„daß solcher Unfall jedem Menschen geschehn könne. Seine Königin habe auf gleiche Weise die beste Bracke getötet, die er je gehabt..."*

Unwillkürlich kommt einem bei diesen Sätzen ein Zitat aus dem „Buch von der Jagd" in den Sinn, das 1576 in England erschienen ist. Dort heißt es: *„Es gibt so viele berittene Jäger, die weder blasen, noch durch Hallo-Rufe anspornen, noch vernünftig reiten können! Sie geraten zwischen die Hunde, sprengen quer durch die Meute und stören dadurch deren eingeschlagene Richtung; es ist, als ob es ihnen unmöglich wäre, richtig zu jagen..."* Auch heute noch kennt man Jagdteilnehmer dieser Art.

Wegen der damaligen Jagdweise war die Nachfrage nach gut abgeführten Jagdhunden natürlich sehr groß, und als die Meuten an den Fürstenhöfen immer stärker wurden, kam es zur „Hundelege". Dies bedeutete, daß Fleischhauer, Müller und Klöster die Hunde der Herrschaft in Kost und Quartier nehmen mußten, was gebietsweise zu einer harten Fron für das Landvolk wurde. 1525 etwa beschwert sich die Gemeinde Bußmannshausen beim Schwäbischen Bund: *„... weiter ist die ganze Gemeinde beschwert wegen der Hunde unseres Junkers. Denn er überweiset die Hunde seinen Hintersassen, und wenn er hört, daß sie es nicht gern haben, droht er ihnen mit Leibesstrafe. Damit erschreckt er den Hintersassen so, daß er dem Hund zu fressen gibt, so gut er kann, und sollten seine kleinen Kinder Mangel leiden. Und wo der Hund nicht feist genug ist, da schädigt er dasselbige Volk in so gehässiger Weise, es sei Mann, Frau oder Kind."*

Wen wundert bei diesem Vorgehen, daß das Landvolk durch die Lasten und Frondienste, die ihm durch die Jagd auferlegt wurden, dem Wild und den Jägern gegenüber nicht gerade freundlich gesinnt war. Leiden und Leidenschaft der Jagd mündeten schließlich in die Wirren der Bauernkriege. Streng waren in der Renaissance die kirchlichen Fastengebote. Menschen, die sich heute an einem Aschermittwoch etwa einen fetten Schweinsbraten schmecken lassen, werden sicher für die strengen Fastensitten der damaligen Zeit wenig Verständnis aufbringen. Als Fastenspeise war in jener Epoche ausnahmslos Fisch gestattet. Vielleicht mag der Grund darin zu suchen sein, daß kirchliche Vorschriften der Geistlichkeit jahrhundertelang wohl die Jagd auf Warmblüter, nicht aber den Fischfang verboten hatten.

Die einschneidendsten Fastenregeln gab es in Rußland: Dort dauerten die Großen Fasten 48 Tage, die Petrifasten 31, die Uspenkijfasten 14 und die Weihnachtsfasten 39 Tage. Alles in allem war also an 132 Tagen des Jahres Fleischgenuß verboten, Fischspeisen dagegen waren erlaubt. Wen wundert es, daß sich der Klerus zu helfen suchte und mit jesuitischer Schläue beispielsweise auch den Biber zu den Fischen zählte, da dieser ebenfalls im Wasser lebt.

Warum die Mönche allerdings auch den Dachs als Fastenspeise schätzten, ist nicht zu ergründen. Übrigens ist nicht jeder Dachs genießbar. Zum Essen eignen sich nur Dachse mit weißem Feist. Sie schmecken wie Jungschweinernes und waren als Leckerbissen sehr geschätzt. Dachse mit gelbem oder dunklem Feist dagegen sind ungenießbar. Unsere Vorfahren unterschieden daher den Schweins- vom Hundsdachs, doch handelt es

sich hiebei nicht um zwei verschiedene Arten. Der Unterschied dürfte wohl nur in der Äsung liegen. Was besser geschmeckt haben mag – ein Schweinsdachs oder ein in Essig, Zucker und Safran gekochter süßsaurer Biberschweif – das kann hier nicht gesagt werden. Nachdem, wie ein Sprichwort besagt, ein Fisch schwimmen muß, gehört auch ein guter Tropfen Wein zum Mahl; dafür gibt es ein jagdliches Ritual: Der Waidmann prostet und trinkt grundsätzlich mit dem Glas in der linken Hand. Dieses Linkstrinken dürfte ein uralter Brauch sein, denn schon im Buche des bereits erwähnten Franzosen J. de Fouilloux „La veneri" aus dem Jahre 1585 zeigt ein Holzschnitt eine jagdliche Szene, bei der alle Jäger die Pokale in der linken Hand halten.

Die Neuerungen der Renaissancezeit machten sich auf allen Lebensgebieten bemerkbar. So ging die Führung im kulturellen Leben, die vormals die Ritterschaft und nach ihr das reiche Bürgertum innegehabt hatten, durch erneute Verschiebung der Machtverhältnisse auf die Landesherren über. An ihren Höfen entstand eine neue Kultur, die auch dem Jagdwesen ihren Stempel aufdrükken sollte. Vorerst begann der wohlhabende Adel im höfischen Umkreis vor allem auf ein feineres Benehmen Wert zu legen, von dem bei den kleineren Rittersleuten allerdings noch wenig zu bemerken war. Den meisten genügte ein „wildes Jagen, Streiten und Saufen". Mit der Zeit aber paßte sich auch der niedere Adel der neuen, gesitteten Lebensführung an. Er sandte seine Söhne an einen deutschen oder ausländischen Fürstenhof, wo sie neben der Übung ritterlicher Künste auch ein feineres Betragen erlernten. Die jagdliche Ausbildung stand an erster Stelle. So schreibt Hans Sachs:

„Einem jungen adeligen Mann, dem stehet gar wohl und höflich an,
daß er im Waidwerk sei erfahrn, mit dem Windspiel, Netzen und Garn.
Im Wald die Lücken künnt verstelln, die Jagdhörner laut erschelln,
die Leithund und die Rüden führn, das Wild auftreiben und ausspürn.
Und auf rechtem Gespur nachhängen, fürstlich rennen und sprengen das Wild treiben in die Garn."

Im Waidwerk erfahren zu sein, wie Hans Sachs schreibt, war besonders auf der Saujagd erforderlich. Aus Briefen des 16. Jahrhunderts wird deutlich, daß die Gefahren der Hetzjagd auf Sauen erheblich waren.

Obgleich die Redensart übertreibt, die behauptet, daß, wenn ein Jäger und drei Hunde einen Keiler zur Strecke bringen wollen, ein Jäger, zwei Hunde und ein Keiler auf dem Platz bleiben, hat das Sprichwort recht:

„Wer Schweineköpfe haben will, muß Hundeköpfe daran wagen."

In der Renaissance waren Festmahle sehr prunkvoll. Wie ein solches aussah, beschreibt Barolomeo Scappi, der Geheimkoch des Renaissancepapstes Pius V., in dem Buch „Opera". Darin wird von dem Festessen im römischen Stadtteil Trastevere berichtet, das Kardinal Lorenzo Campeggio von Bologna für Kaiser Karl V. während der Fastenzeit des Jahres 1536 gegeben hat: *„Zuerst wurde der Tisch mit vier parfümierten und reich bestickten Tischdecken, zwölf Servietten, fünf Gedecken für die Speisen vom kalten Buffet und sieben für die warmen Gerichte der Küche ausgestattet, jedes zu drei Teilen, von drei Truchsessen und drei Tranchiermeistern serviert."*

Von den weit über hundert Speisen dieses Menüs sollen hier nur einige angeführt werden:

Enthäutete Störscheiben am Spieß gebraten, in schwarzer Sauce mit Pistazienkonfekt serviert, Zwiebeln à la Romanesca, d. h. Krapfen aus gelben Erbsen, Zucker, Zibeben, Rosinen und Datteln,
Frikadellen von gehacktem Fisch in Form von Geflügel,
In Wein gesottene Forellen mit viel Gewürzen, heiß aufgetragen und mit Veilchen garniert,
Fisch in Gelee, goldschimmernd und in Würfel geschnitten,
Suppe von Stör, Pflaumen und getrockneten Weichselkirschen,
Marinierte Karpfen in Weinessig mit Zucker bestreut,
Am Rost gebratene Seezungen mit Granatapfelkernen bestreut,
Aal und Fischhaschee in Form eines Widderkopfes,
Pastetchen mit Schildkröteneingeweiden,
Schildkröten aus Teig, vergoldet und versilbert,
Lachs in Gelee so zubereitet, daß er wie Schinken aussieht,
Gebratene Erdbeeren mit gelben Stiefmütterchen geschmückt,
Gebackene Langustenschwänze mit Rosinensauce,
Pasteten voll von lebenden Vögeln,
Kuchen mit dem Wappen Seiner Majestät etc. ...

Bei der Vorliebe der Renaissancemenschen für Pracht und Schauspiele ist es auch nicht verwunderlich, daß neben ausgesuchten Gerichten auch die sogenannten Schauessen eine beträchtliche Rolle spielten. Dabei wurden oft Fontänen wohlriechenden Wassers verspritzt, Zitronen- und Orangenbäume zierten die Tafel, die mitunter vom einen bis zum anderen Ende in einen blühenden Garten umgewandelt wurde. Außer vergoldeten Pfauen, Schwänen und vielerlei Pasteten, die in Form von Rehen, Hasen, Spanferkeln oder Delphinen gebakken wurden, gab es jedoch auch „belebte Schauessen", bei denen Pasteten aufgetragen wurden, denen beim Anschneiden ein Zwerg oder leichtbekleidete Mädchen entsprangen. Die Art, wie ein Festbankett der damaligen Zeit von Vorschneidern, Mundschenken, Truchsessen, Pagen und Zeremonienmeistern in Szene gesetzt wurde, glich einer Theatervorstellung.
Aber nicht nur am Hofe scheint zur Renaissancezeit der Tafelaufwand groß gewesen zu sein. Auch bei der Hochzeit eines reichen Berliner Bürgers anläßlich der Vermählung seiner Tochter nahmen im Jahr 1591 siebenhundert Personen teil. An langen Tafeln wurde gegessen, deren Mitte riesige Käse schmückten. Die Mahlzeit begann mit einer stark mit Pfeffer und Ingwer gewürzten Biersuppe. Danach folgten ein mit Safran gefärbter Hirsebrei mit Würsten, Hammelköpfe mit Grünkohl, mit Safran gefärbtes Kalbfleisch, Rehbraten mit Knoblauch und Zwiebeln, ein Wildschweinbraten und Thorner Pfefferkuchen. Die zweite Tracht bestand aus Schinken und Brot, noch einmal den so beliebten Hirsebrei, dazu Brot mit Kümmel und Fenchel, Fische auf ungarische Art gesotten, vielerlei Wildbret in Teig gebacken und Mandelmus in mehreren Farben. Gemüse war nicht sehr beliebt, dafür wurde aber umso reichlicher Umtrunk gehalten. Wie man sieht, waren Wildschweinbraten sehr beliebt, doch die Sauen mußten erst erlegt werden. Und diese Schweinejagden waren nicht ungefährlich.
Landgraf Philipp der Großmütige von Hessen berichtet seinem Sohn Ludwig im Jahr 1565 von einer Sauhatz: *„Wir sind an eine ziemlich große Sau kommen, die an einem sticklen Berg, da viel Sau Geraffteln gewesen, da wir zu Pferd nicht zu ihr konnten, denn der Schnee hat geglitten und sich geballt, sind wir abgesessen und neben Karlowitz, Jost Jäger und Hans v. Rotenburg zu ihr gangen. Wie die Sau unsrer sichtig worden, ist sie den nächsten von uns doch angelaufen, daß wir auf dem Rücken gelegen, desgleichen Karlowitz auch. Und haben sie Jost Jäger und Hans v. Rotenburg von uns gestochen. Sie hat uns durch einen Stiefel gehauen, aber nicht wund und ist eine sehr lustige Jagd gewesen."*
Saujagden gingen nicht immer so glimpflich aus: Der Bericht des Landgrafen Wilhelms IV. von Hessen beweist es: *„Wir wollen auch Euer Liebden nicht vorenthalten, daß wir jetzt allhier einen blutigen Krieg mit den wilden Sauen führen, deren wir auf drei Jagden 413 erlegt haben, wiewohl sie sich – wie wir ihnen nachrühmen müssen – redlich gewehrt. Sie haben Fürsten und Adlige, darunter große Reiter, die vor Maastricht ihre Pferde unbeschädigt davon gebracht haben, auch die Pferde etlicher vom Adel, Jäger und selbst Bauern geschlagen und übern Haufen gelaufen. Sind den Bauern, so auf Bäume entfliehen wollten, nachgesprungen, haben sie bei den Füßen erwischt und wieder herab gezogen. Doch sind unsre englischen Rüden bisher noch leidlich davon gekommen."*
1581 schildert derselbe Landgraf Wilhelm dem Herzog Adolf von Holstein den Tod seines Jagdjunkers, der einen groben Keiler abfangen wollte, so: *„Da schlägt ihm das Schwein den Spieß aus und schlägt dem armen Jungen gleich überm Knie eine dermaßen tiefe Wunde, daß alle Adern durch und durch bis aufs Bein entzwei gewesen. Und ob ihm wohl unser Jäger einer zu Hilfe kommen wollte, so hat er solches wegen eines tiefen Grabens, der zwischen ihnen gewesen, so bald nicht tun können. Also ist Rantzau umgefallen, und als man ihm nah kömmt und etliche Wort zugeredet und ihn zu Gott ermahnt, hat er noch etliche Mal geseufzt und ist sobald selig entschlafen."*
Bei dieser Art von Saujagden war der Verschleiß an Hunden groß. Diese Hunde – samt den Jägern – brauchten Nahrung. Die Herrscher wußten sich zu helfen. Sie privilegierten den Ritteradel in Form der Belehnung mit

Jagdrechten und Gnadenjagden, wie es die württembergischen Herzöge in gleicher Weise gegenüber den Klöstern handhabten, wobei es sich hier in der Regel um die Kompensation für die Dienstleistungen im Interesse der Jagd handelte: Beistellung von Pferden und Ochsen als Reit- und Zugtiere für den Jagdtroß, Hundehaltung und Verpflegung und Quartier für die Jagdbediensteten.
In einzelnen Klöstern, so namentlich in Bebenhausen, Nellingen und im Salmansweilerhof zu Nürtingen, waren das ganze Jahr über dreißig bis vierzig samt Pferden, Hunden und Falken stationiert. Die Verpflegungsnormen wurden erstmals von Herzog Christoph von Württemberg in der von ihm 1556 erlassenen ersten Jägerordnung gesetzt. *„Wenn die Jäger im Kloster still liegen, erhalten sie morgens Suppe und Brot, mittags ebenso, und am Abend vier Gerichte wie mittags: An Wein sind zu geben fünf Viertel bis zwei Maß pro Mann und Tag, je nach der Charge, und dazu den höheren Chargen mittags ein Ehrenwein. Wenn gejagt wird, so erfolgt eine Weinzulage von einem Viertel bis drei Maß pro Mann und Tag, so daß der Meistbegünstigte, der Windmeister, täglich fünf Maß erhält."*
Wie reichlich und gut diese Verpflegung war, das ist aus einer Verantwortung des Klosterverwalters zu Bebenhausen über ein im Jahre 1607 von der Jägerei beanstandetes Mittagessen zu ersehen: Vorspeise, Suppe, Fleisch mit gedörrten Kirschen und Apfelschnitzeln, gesalzener Fisch, Bratwürste, Münster Käse, Nürnberger Lebkuchen, Äpfeln und Birnen. Konnte ein Jäger wegen zu großer Entfernung das Kloster nicht zu den Mahlzeiten erreichen, bekam er seine Verpflegung im Wirtshaus nach denselben Normen. Die Rechnung ging direkt an das Kloster.
Einzelne Jäger erhielten zwölf bis vierzehn Kreuzer pro Tag und fünf Kreuzer Stallmiete und hatten dafür ihre Verpflegung selbst zu bestreiten. Wenn sie nicht zur Mittagstafel im Kloster erschienen, war für sie eine Entschädigung von acht bis zehn Kreuzern für den trockenen Tisch und von drei Kreuzern allein für die Morgensuppe festgesetzt. Die den Klöstern angelasteten Verpflegungskosten wurden von den Jägern durch Mißbräuche und Unfug aller Art erhöht. Häufig war über die vielen fremden Gäste zu klagen, die sich stets mit der Jägerei einfanden und das Kloster zu einer Gastherberge machten. Einzelne Jäger dehnten ihren Klosteraufenthalt so lang wie möglich aus, um kostenlos gut untergebracht zu sein. Von 1612 bis 1615 sind von den Württembergischen Klöstern 29.701 Gulden teils in Geld, teils in Naturalien geleistet worden. Schon in frühester Zeit hatten einzelne von ihnen zur Beschaffung und Unterhaltung der Garne und der Seilwagen Beiträge zu leisten. Infolge der Reformation wurden diese Beiträge immer höher: Im 18. Jahrhundert wurden sie schon als ordentliche Steuer dem geistlichen Gut auferlegt und der Kirchenrat als die gemeinsame Administrativbehörde zur Bezahlung verpflichtet. Weil jedoch die daneben bestehenden Verpflichtungen weiterhin für die Klöster sehr groß waren, drängte der Kirchenrat auf einen Vergleich mit der Herrschaft der württembergischen Herzöge. Dieser Vergleich kam im Jahre 1777 zustande. Er entband den Kirchenrat von allen bis dahin geleisteten Diensten an Besoldungsbeiträgen für die Jägerei, vom Kostgeld und der Fourage für dieselben, von der Unterhaltung des Jagdzeugs, der Seilwagen und Jagdschirme, von den in den verschiedenen Klöstern eingerichteten Hundezwingern, von der Verpflegung der Jagdhunde, von der Anschaffung des Hundegeschirrs, Lieferung der Medikamente für erkrankte Hunde, des Weines für die Kavalierspost und von den Kosten für Post- und Vorspannpferde. Dagegen bezahlte der Kirchenrat eine jährliche Summe von 12.002 Gulden, halb in Geld, halb in Naturalien. Zum Vergleich: 1763 betrug der Aufwand nur 3.272 Gulden.
Die Freude an dieser Fronpflicht, auch „Nachtselde" genannt, war eher gering, zumal sie auch noch zu Unrecht beansprucht wurde, denn das von Karl dem Großen eingeführte Recht auf Herberg und Verpflegung, das „ius albergariae", besagte nur, daß die Nachtselde nach dem Kaiser nur seinem Gefolge sowie kaiserlichen Botschaftern auf ihren Dienstreisen zukam. Doch hatten auch schon Jäger und Falkner des Kaisers diese Vergünstigung auf sich bezogen und ausgenützt, weswegen

sich der Kaiser in einem Brief an seinen Sohn Pipin beschwerte:
„Kein Amtmann darf bei Unseren Untergebenen zur Förderung seiner Wirtschaft Unterkunft mit Verpflegung fordern, auch nicht für seine Hunde, insbesonders auch nicht in den königlichen Forsten."
Diese lukrative Einrichtung bot eher Anreiz zur Ausweitung als zur Abschaffung. Im Jagdsaalbuch des Herzogs Ludwig im Bart von Bayern-Ingolstadt über die Nachtseldeverpflichtung für 21 Klöster Oberbayerns steht zum Beispiel:
„Zum ersten so sollen die Klöster die Zeit, als ihnen angelegt ist, halten: 3 Jäger, 19 Hundknecht oder Jagerknecht, 5 Pferde und 42 Hunde. Tegernsee 6 Wochen; Benediktbeuren 4 Wochen; Scheiren 3 Wochen; Zell (Ditramszell) 2 Wochen; Etthal 2 Wochen; Schäftlarn 2 Wochen; Fürstenried 2 Wochen usw."
Um ihren Landesherren nicht nachzustehen, haben sich auch die Vögte der – für sie – segensreichen Einrichtung der Fronpflicht bedient. Die Klöster haben nicht selten den Vögten Nachtselde gewähren müssen. Natürlich bezog sich diese Pflicht auch auf deren Klostergüter. In der Märkerordnung von Fahr, Genersdorf und Wolfenburg im Westerwald ist festgelegt:
„Was den hof des abtes auf Hüllenberg betrifft, erkennen wir, daß er oder sein hofmann zuforderst schuldig ist, unserem gnädigen herrn von Wied jederzeit, wann ihro gnaden jäger mit den hunden kommt, einen freien hundestall zu halten. Zudem ist er schuldig, des jägers pferd zu beherbergen und es mit streu und rauhem Futter (Hafer) zu versorgen, und dies also gewiß, daß auch der jäger Macht hat, dem hofmann seine pferde und kühe, falls es nötig, aus dem stall zu treiben und das seinige auf den platz zu stellen. Und sollen des jägers jungen die kost und speis mitgeben, so gut es des hofmanns gesinde selber hat. Außerdem erkennen wir, daß der abt oder der hofmann schuldig ist, jedes jahr dem holzgrafen, dem holzknecht und den 4 förstern ein freiessen zu thun, und soll solches ein oder zwei tage vorher dem holzgrafen anzeigen. Und auf dem tag, wann das essen sein soll, soll der holzgraf finden ein feuer ohne rauch, das weib oder den koch ohne zorn, weißes und grobes brot, rot- und weißen wein, gebratenes und gesottenes, in summa, daß alles genug da sei."
Heute ist es der Jäger, der Unsummen für Jagdpacht, Wildschaden, Fütterung des Wildes etc. bezahlt. So ändern sich eben die Zeiten. Weiter bei unbeliebten Einrichtungen: Noch mehr verhaßt als die Jagdfronen waren die Robotdienste, die die Grundherren von ihren Untertanen zur Vertilgung des Raubwildes forderten. Es läßt sich ermessen, wie sich die einfachen Menschen fühlten, als sie das Banntaiding des Stiftes Lambrecht in der Steiermark lasen, worin verfügt wurde: *„Der bösen tier halber, so da sein Peern, wolf, luchs und wildschwein, sollen im landgericht viertelmaister gesetzt werden, diese sollen gewalt haben. so es not thuet, gejädt an zustellen und die gerichtsleuth zu solchen gajädt zu erfordern. Und welcher sich ungehorsamlich hielte, der ist dem gericht verfallen."*
Der Schaden, den die „bösen tier" anrichteten, war nicht unbeträchtlich, daher wurden Listen ersonnen, des Wildes habhaft werden zu können, ohne selber Schaden zu erleiden. Hierzu gab es viele, heute exotisch anmutende „Rezepte". Zwei davon sollten hier angeführt werden:

DIE BÄREN MIT HONIG ZU FANGEN:

Der Bär frisst gern Honig aus den Beuten im Walde / und aus den Bienenstöcken der Gärten / wann er nur darzu kommen kan. Aber da nehm er nur das Vordertheil vom Wagen / und mache forn an die Deichsel ein scharff spitzig Ding / und bestreichs forn mit Honig / und man mache ihm eine Hütte zwischen beyde Rade. Wann nun der gute Herr kommet / und forne daran lecket / so stosse ihm die Spiesse vollend in den Hals hinein.

AUF EINE LISTIG UND LUSTIGE ART DIE BÄREN ZU FANGEN:

Weil der Bär gerne das Maul süsse machet / so haben die Jäger den Ranck auf ihn erdacht / unten haben sie einen hauffen spitzige Pfeile um den Baum herumb / da der gute Herr hat pflegen hinauf zu steigen und zu zeideln / ziemlich tieff in die Erde gesetzt / und haben einen schwehren Hammer an eine Weide neben die Beute gemachet / da er hat pflegen die Beute aufzureissen / und das Honig herauszu nehmen / daß er dazu hat kommen können / und also hat er den Hammer mit dem Kopff zuvor weggestoßen / daß er zum Honig kommen könnte. Wann er aber das gethan / so ist der Hammer bald wieder an seinen Kopff gefallen. Dieß hat den unleidlich zornigen Herrn verdrossen / und hat den Hammer mit dem Kopff aus Zorn hart von ihm gestossen. So ist der Hammer wieder zornig worden / und hat weit ausgeholet / und ihn besser vor den Kopff geschlagen; darüber hat er sich abermals erzürnet / und hat ihn noch weiter von sich gestossen / so hat er abermals härter geschlagen / daß er herunter in die spitzige Pfeil gefallen / und die Mahlzeit also mit seinem Tod theuer bezahlen müssen.

Allzuviel dürften diese Anleitungen allerdings nicht genützt haben, wie aus einem Brief des Landgrafen Wilhelm IV. von Hessen hervorgeht: Schmalkalden, den 1. August 1548: *„Die Bären, deren dann eine ziemliche Notdurft, Gott lob! hie ist, haben uns großen Schaden gethan, Ochsen, Hirsche, Reher und Wildskälber zerrissen, sonderlich an einem Ort genannt die Hornberge, da die Förster vormals mehr als 30 große Hirsche angegeben, dermaßen gehauset, daß unser Jägermeister sich nicht getrauet, zwei jagdbare Hirsche daselbst einzustellen. Als auch in einem Jagen, die Möse genannt, so wir gestern Freitags einthun lassen und gemeint unter 30 gute Hirsche nicht darin zu finden, dermaßen gleichfalls gehauset, daß wir nicht mehr als 12 Hirsche gefunden. Es sind aber 5 Bären, 2 alte und 3 junge, mit in die Stallung (das eingestellte Jagen) gekommen. Damit haben wir uns heute Sonnabend fast den ganzen Tag zerjaget; endlich ist eine Bärin samt ihrem Jungen auf den Lauf kommen, da haben wir ihr einen Schuß geschenkt, möchten wünschen Euer Liebden hätten gesehen, wie sie herum sprang, darnach mit etztlichen Winden gehetzt und beide, die alte, wie auch das Junge, gefangen. Schicken Euer Liebden beid, vom alten und jungen, von einem jeden zwei Datschen zu, die wollen Euer Liebden sammt ihren Tischgenossen von unsertwegen in Fröhlichkeit verzehren.“*

Zur Bekämpfung der Bären wurden von den Grundherren ausführliche Bärenjagdordnungen erlassen, die den Viertelmeistern, auch Hauptleute genannt, sowie den Untertanen, die zum Robotdienst verpflichtet waren, genaue Vorschriften machten. In der Bärenjagdordnung des Abtes Heinrich von Tegernsee aus dem Jahre 1508 steht:

„Wenn ein Haubtmann seinen Leuten ein Perngejaid verkundt: welcher auf die Stund, die ihm verkundt ist, zu späht kumbt oder gar ausbleibt, der gibt zu Puß 12 pf. Ein jedes Haushaben, er sei der ein oder mehr in einem Haus, das soll einen dapfern und mannbaren Mann mit einem guten Spies und keinen kleinen Knaben schicken. Wer das übertritt, zahlt 18 pf.

An welchem Perngejaid das Zeug gerichtet soll werden, alsdann soll unser Jäger sambt den Haubtleuten, ungeferlich 10-12 Mann, die zum Zeugrichten und Aufheben nutz und gut sind, aus der ganzen Gemein irs gefallens nehmen und des soll sich keiner wildern bei Puß 12 pf.

Wenn einer einen Pern, der ihm am Perngejaid zugeht, es sei bei dem Zeug, auf der Wer oder aufm Holz, nicht angreift und ihm seine Gesellen nicht helfen oder Beystand tuen oder gar von ihm weichen, der oder dieselben und ein jeder, der solches überführt, zahlt 42 pf. zur Puß, und den wollen wir mit allen unsern Ungnaden strafen.

Wo besteht Pern in einem Gejaid, wer diesen Pern mit Holzschlahen, Holzfüern oder anderem nicht vertreibt, der oder dieselben gibt je 12 pf.

Item, unsere christliche Mahnung und Will ist, daß ein jeder Haubtmann selbst am Perngejaid ist, seine Leute fleißig anstellt und bei ihnen bleibt, wenn er das nicht tut, soll er 12 Pf. geben.
Item, das alles ist unser ernstlicher Befehl und Geheiß; daß deshalb die verordnet Pußen in ein Püx komme und fürter nach unser und des Haubtmanns Rat und gut Dünken der ganzen Gemein zu Nutz und Notdurft angeleget werden."
Der Bär gehörte zur „Hohen Jagd", war aber wegen seiner Schädlichkeit Freiwild. Die Teilung der Beute setzte der Abt von Tegernsee folgendermaßen fest:
„Wenn ein Per einem armen Mann ein Vieh schlägt, so mag der arme Mann oder sein Nachbarn den Pern in schüssen, stechen oder mit schlageisen vahen, wie er ihn töten mag. Und die 4 Pranken, den Kopf, die Haut, das Fett soll er gen Hof abgeben. Die Wylpret soll ihm bleiben, dazu soll man ihm aus der Püx der Gemain geben, 1 Gulden rheinisch. Welcher aber einen Welf (jungen Bären) vacht, der soll ihn gen Hof bringen."
In den Gerichten Kitzbühel, Kufstein und Rattenberg stand laut Bären- und Wolfsjäger-Recht und Ordnung aus dem 16. Jahrhundert, den Jägern folgender Beuteanteil zu:
„Wenn die Jäger einen Bären fangen, so gehört davon der Herrschaft das Haupt und die rechte Hand (Pranke), dem Pfarrer die Tengt (linke) Hand, in dessen Revier und Pfarrei der Bär gefangen wurde. Von demselben Bären gehört den Jägern die Haut, das Schmer (Fett), der Fürschlag (die vorderen Teile) und die Brust. Und sie sollen diese Teile nicht außerhalb unserer Herrschaft verkaufen. Das andere Teil des Wildbrets sollen sie teilen unter die Bauernschaft, die ihnen die Bären fangen helfen."
Da es damals genug Bären gab, wird des öfteren natürlich auch ein Bärengericht auf den Tisch gekommen sein. Einige Rezepte aus den verschiedenen Erdteilen mögen eine kleine Auswahl davon darstellen. Und so bereitete man in Deutschland „Bärenleber" auf Waldläuferart zu. Das Rezept ist für 6 Personen gedacht:

1.2 kg Bärenleber; 200 g grobe Buchweizengrütze; 100 g Bärenfett oder Butter; 6 1/2 dl heißes Salzwasser. Kochzeit der Kascha: 2 Stunden; Bratzeit der Leber: 10-15 Minuten.

Die Buchweizengrütze in etwas Bärenfett, notfalls Butter, goldgelb rösten und in einen feuerfesten Steintopf füllen. Nach kurzem Abkühlen mit dem heißen Salzwasser aufgießen und den Rest des Bärenfettes oder der Butter hinzugeben. Den Topf unbedeckt in den heißen Ofen stellen, wobei die Oberfläche der Kascha sich während des Garens schön bräunen soll. Die fertige Kascha aus dem Topf nehmen und flüchtig mit der Gabel auflockern. Die Bärenleber in ungefähr 40-50 g schwere Stücke schneiden, auf lange Metallspieße stekken und auf offenem Feuer (Grill) rösten. Die Leber erst nach dem Rösten würzen, damit die austretenden Säfte direkt auf die Kascha tropfen, auf der man die Spieße anrichtet. Die gezeigte Anrichteweise ist der originalen russischen Pelzjägerart ähnlich, die das Gericht meistens in einem ausgehöhlten Baumstamm bereiten.

In Kanada bereitet man „JUNGBÄRENRAGOUT" für 6 Personen nach folgendem Rezept zu:

2,5 kg enthäutetes Vorderblatt; 60 g Fett; 200 g Mirepoix; 2 zerdrückte Knoblauchzehen; 10 zerdrückte Wacholderbeeren; 1 Kräuterbündel; 40 g Mehl; 1/4 l guten Rotwein; 3/4 l braunen Fond, notfalls Wasser; 100 g Cranberry Jelly (Kronsbeeren- oder Preiselbeergelee); 120 g kernlose Sultaninen; 100 g geröstete Mandelsplitter. Schmorzeit: ungefähr 2 1/2 Stunden.

Das Fleisch vom Vorderblatt sauber ablösen, entsehnen und in Würfel von 50 bis 60 g schneiden. In dem heißen Fett anbraten, die Mirepoix, Knoblauch und Wacholderbeeren hinzugeben und noch etwas anlaufen lassen. Mit dem Mehl bestäuben, etwas anbräunen, den Rotwein und den Fond aufgießen, salzen, gut durchrühren und zum Kochen bringen. Das Kräuterbündel beifügen, die Kasserolle zudecken und das Fleisch bei mäßiger Hitze im Ofen gar machen. Das Fleisch in eine saubere Kasserolle ausstechen und die in heißem Wasser aufgequollenen Sultaninen und die Mandelsplitter zum Fleisch geben. Die Sauce passieren, gut abfetten, mit dem Gelee vermischen, abschmecken, über das Fleisch gießen und noch einmal aufkochen. Dazu kleine, gleichmäßige, in der Schale gekochte, gepellte, in Zucker mit Butter gut gebräunte Kartoffeln servieren.

Ein neues Jahr hatte wieder seine ersten Gehversuche hinter sich gebracht. Nachts herrschte klirrender Frost, und selbst wenn sich die blasse Scheibe der Sonne tagsüber am Himmel zeigte, reichte ihre Kraft nicht aus, die erstarrte Natur aus ihrem Schlaf zu wecken.
Es ist dies die Zeit, wo der Jäger die Büchse mit dem Futtersack vertauscht, denn das ihm anvertraute Wild erwartet sein Kommen Tag für Tag. Das Schwarzwild hat jetzt Rauschzeit, und da ein Freund von mir im Waldviertel ein herrliches Schwarzwildrevier besitzt, darf ich um diese Zeit meist auf eine Einladung zu einem Sauansitz hoffen. So auch diesmal. Eines Tages läutete das Telephon und ich hatte die Einladung „im Ohr". Zum Wochenende sollte es losgehen. Das erste nach dem Auflegen des Telephonhörers war der Griff zum Kalender. Herrlich! Der Tag meines geplanten Sauansitzes fiel auf zwei Tage vor Vollmond. Besser konnte es nicht sein. Wie immer verging die Zeit bis zur geplanten Abfahrt mit schneckenartiger Langsamkeit. Doch dann war es endlich soweit. Meine Frau und getreue Jagdgefährtin, die zwar nicht selber jagt, mich auf meinen Ausflügen aber meist begleitet, kam auch diesmal mit. Als wir mittags losfuhren, waren wir froh, der mit rußgeschwärztem Schnee bedeckten und intensiv nach den Abgasen des Hausbrandes riechenden Großstadt für ein paar Tage entfliehen zu können. Viel zu langsam bahnte sich unser Wagen den Weg durch die verstopften Ausfahrtsstraßen, bis wir endlich das Häusermeer im Dunstschleier hinter uns ließen.
Das Land vor uns wurde allmählich eben, und nur die unter der Schneelast niedergeduckten Häuser geboten dem Blick in die Weite Einhalt. Bald lag auch der Manhartsberg hinter uns. Horn mit der mittelalterlichen Stadtbefestigung tauchte auf, und schon ein wenig später Stift Altenburg, das die weltbekannten Sängerknaben beherbergt. Mächtige Fichtenbäume säumen hier die Straße. Wie ein grüner Teppich breiten sie sich links und rechts in schier endloser Weite über das Land und geben dieser Gegend ihren Namen – Waldviertel. Wir waren am Ziel. Pünktlich. Nach dem traditionellen Willkommenstrunk hielten wir eine kurze jagdliche Besprechung ab. Ich solle mich auf den „Sauhochstand" setzen, meinte mein Freund, denn dort kämen drei Frischlinge ohne Bache, die vorrangig zu erlegen wären. Ansonsten hätte ich auch Überläufer frei. „Waidmannsheil und guten Anblick!" Die Sonne war schon im Untergehen, als meine Frau und ich auf dem geschlossenen Hochstand Platz bezogen. Vor der Kanzel lag eine weite, freie Schneefläche, von dichtem Unterwuchs begrenzt. Ein richtiger „Sauwald". In der Kanzel selbst herrschte wohlige Wärme, denn die Wände waren mit Glaswolle gedichtet, die kein Quentchen Kälte durchließ. Das Bild eines riesigen Keilers hing an der Wand. Vermutlich hatte es einmal ein erfolgloser Jäger hier aufgenagelt, um, wie in grauer Vorzeit, das Wild auf den Platz zu bannen. Doch nein, hier brauchte man es nicht zu beschwören, denn noch niemals hatte ich *den* Sauhochstand ohne Anblick verlassen. Auch jetzt – wir hatten kaum Platz genommen – zog von der rechten Waldseite her zögernd eine Rehgeiß zum Fütterungsplatz. Immer wieder sicherte sie, um sich dann aber doch, unter ständigem Aufwerfen, an den Rüben gütlich zu tun. Es war bereits ziemlich dunkel geworden, doch die weiße Schneefläche vor der Kanzel bot genug Kontrast, um jedes Stück und jede Bewegung sofort wahrzunehmen. Außergewöhnlich lange sicherte nun die Geiß in den Wald hinein – dann sprang sie plötzlich ab. Im knirschenden Schnee ließ sich ihre Fluchtrichtung genau verfolgen.
Hernach tiefes Schweigen. Die beiden mit Holzdeckeln überdeckten Kirrplätze waren die einzigen dunklen Punkte auf der weißen Fläche. So mag eine halbe Stunde vergangen sein, als sich vom gegenüberliegenden Waldrand ein schwarzer Fleck löste. Ein Blick durch das Glas zeigte einen Überläufer, der, immer wieder sichernd, vorsichtig näher kam. Plötzlich verhoffte er, und seine „Teller" spielten zum Hochstand herüber. Von uns konnte er doch keinen Wind bekommen, überlegte ich, aber da sah ich schon die Ursache seiner Vorsicht. Unter der Kanzel traten zwei Muffelwidder aus und bewegten sich in Richtung Zuckerrüben.
Ohne Umschweife, so als wären sie hier weit und breit allein, begannen sie zu äsen. Unendlich langsam und mißtrauisch kam der „Schwarzkittel" aus dem Schatten des Waldes. Ich konnte seine abwartende Haltung gut

verstehen, denn mit den beiden Widdern war sicher nicht zu spaßen, falls er ihnen das Futter streitig machen wollte. Jetzt drehte er gegen die linke Seite ab, und nun galt es rasch zu handeln. Vorsichtig klappte ich das Fenster hinauf. Nur mit dem Gewehr nirgends anstoßen! Gott sei Dank, der Lauf war draußen.
Nun mußte ich noch den Überläufer ins Glas bekommen. Ja, er verharrte noch, unschlüssig, was er tun sollte. Das Fadenkreuz stand nunmehr im Blatt. Er blieb im Feuer, hat den Schuß sicher nicht mehr vernommen. Die beiden Muffelwidder überquerten in langen Fluchten die Schneefläche und verschwanden im gegenüberliegenden Wald. Das Fenster wurde wieder heruntergeklappt, um die Kälte nicht eindringen zu lassen. Eine kurze Verständigung mit meiner Frau: Ich wollte noch sitzen bleiben, in der Hoffnung, daß die drei mutterlosen Frischlinge kämen. Draußen war es wieder still geworden, nur in der Ferne bellte hin und wieder sehnsuchtsvoll ein Fuchs. Wohl eine Stunde mögen wir so dagesessen sein, als sich von der rechten Waldseite her ein ganzes Rudel Muffelwild den Rüben näherte. Nachdem die Gesellschaft halbwegs zur Ruhe gekommen war, entdeckte ich in einiger Entfernung auch die drei Frischlinge. Sie schienen sich dem Schutz des Muffelwildes anvertraut zu haben, wagten sich jedoch nicht allzu nahe heran: Zwei der Frischlinge standen meist beisammen, während es der dritte vorzog, mehr in der schützenden Waldnähe zu bleiben. Ich richtete mich zum Schuß.
Also wieder das Fenster vorsichtig hochgeklappt, das Gewehr „ausgefahren", das Ziel im Glas gesucht. Als ich soweit war, konnte ich nur noch einen der Frischlinge sehen. Die beiden anderen hatten offenbar Fersengeld gegeben. Nun aber rasch das Fadenkreuz ins Blatt gesenkt, bevor es sich der dritte auch noch überlegte. Doch da geschah etwas Seltsames: Im Schuß schien sich der Frischling zu teilen. Während die eine Hälfte nach der linken Seite flüchtete, strebte die andere der rechten Waldseite zu. Dann blieben zwei dunkle Punkte im Schnee liegen. Des Rätsels Lösung zeigte nun das Glas. Beide Sauen waren derart hintereinander gestanden, daß ich sie für eine gehalten hatte. Die Kugel hatte beide getötet. Kaum zu glauben, aber wahr! Auf der weißen Fläche lagen jetzt drei schwarze „Flecken" – drei Wildschweine.
Ich überlegte: Wenn ich noch eine Weile sitzen blieb, kam vielleicht der dritte Frischling zurück. Ringsherum war wieder tiefe Ruhe eingekehrt. Als meine Frau dann aber kaum noch zu übersehende Anzeichen von Ungeduld zeigte, entschloß ich mich abzubaumen. Vorher wollte ich aber doch kurz „hinaushören", ob sich nicht ein Stück Wild näherte. Wieder vorsichtig das Fenster geöffnet und ein Ohr hinausgehalten. Da – aus der nahen Dichtung drang deutlich das Grunzen einer Sau – und gleich darauf stand sie auch schon im Freien. In richtigem „Schweinsgalopp" näherte sich der Überläufer seinem Artgenossen, den ich als ersten erlegt hatte. Längst folgte ihm der Lauf meiner Büchse, und als er kurz verhoffte, erreichte ihn die Kugel.
Vier Sauen in etwa drei Stunden von einem Platz aus erlegt – wenn das kein gutes Omen für das neue Jahr war! Erst als ich dann tatsächlich vor jedem einzelnen Stück stand, wurde mir das eben Erlebte so richtig bewußt. Das Versorgen des Wildes kostete mich noch einige Mühe, doch dann hatte ich auch das geschafft. Kurz vor 22 Uhr waren wir wieder bei meinem Freund. Gerade noch rechtzeitig, um ihm von meinem Waidmannsheil zu berichten. Er hörte meinen Ausführungen auch aufmerksam zu, wie mir schien, und erst seine Frage, ob ich etwa den Rotwein in der Vorratskammer schon gefunden hätte, zeigte, wie sehr er am Wahrheitsgehalt meiner Ausführungen zweifelte.
Erst am anderen Tag konnte er sich mit eigenen Augen überzeugen, daß ich seinen Weinvorrat nicht vorzeitig verringert hatte.

Jagd und Jäger haben ja schon früh Eingang in die Mythologie gefunden. In der Renaissance war die Tendenz zu dieser Gedankenwelt sehr ausgeprägt. So geisterte zu jener Zeit der gehörnte Hase in der Jagdliteratur herum. Dem Hasen wurde bereits in heidnischer Zeit ausgeprägter Symbolcharakter zugesprochen. In vorchristlicher Zeit stand der Hase in Zusammenhang mit dem Lichtmythos. Noch auf einem oberösterreichischen Lebzeltmodel aus dem 18. Jahrhundert findet sich der Körper des Hasen mit einer Rosette geschmückt, und diese Rosette hat als Lichtzeichen nicht nur in der Sinnornamentik der Volkskunst große Bedeutung, sondern kommt als kosmisches Lichtsymbol schon an Tierköpfen, besonders des Stieres, der sumerischen, ägyptischen und mykenischen Kultur vor. In der Volkskunst tritt eine Komposition von drei Hasen, die mit den Ohren zusammenhängen und dadurch eine Zwischenform von Dreieck und Kreis bilden, auf. Bedeutungsvoll ist diese Hasengruppe dort, wo sie zum Jagdzauber wird, wenn sie zum Beispiel der Jäger als Amulett trägt. Die Zusammenführung von drei Hasen bedeutet das höchste Symbol für die Dreieinigkeit. Dem Volksglauben nach bringt die Erscheinung des Hasen jedoch grundsätzlich Unglück, da er mit Hexen und Kobolden in Beziehung gebracht wird.

Aber nicht nur beim Hasen, auch bei den Fischen gibt es Dreiergruppen sehr häufig, wobei die Körper der Tiere wie Speichen eines Rades von einem Kopf als gemeinsamem Zentrum ausgehen. Auch dieser Darstellung liegt der Gedanke der Dreieinigkeit zugrunde, wobei jeder Fisch für sich ein göttliches Wesen repräsentiert. Für den bäuerlichen Menschen galt der Fisch auch als phallisches Symbol und wurde von Männern in Anhängerform getragen. In seiner ursprünglichen Funktion dürfte der Fisch als Lebens- und Fruchtbarkeitssymbol gegolten haben. Dies kommt auch in den Gebildbroten in Fischform im Hochzeitsbrauchtum zum Ausdruck für den Wunsch nach reichlichem Kindersegen.

Ein weiteres Tier des Wassers, der Narwal, stand für ein Fabeltier der Wälder Pate – das Einhorn. Der Narwal, ein in den nördlichen Eismeeren beheimatetes Tier, besitzt zwei mächtige, 2 bis 3 Meter lange, von rechts nach links spiralig gewundene Stoßzähne, die waagrecht im Oberkiefer stehen, wobei allerdings der rechtsseitige in der Regel verkümmert ist. Schon zur Zeit Kaiser Konrads II. (1024 – 1039) wurden die Zähne des Narwals immer häufiger in den Schatzkammern geistlicher und weltlicher Fürsten gehortet, was zeigt, wie weit die Wertschätzung dieser eigenartig geformten Zähne zurückreicht. Wahrscheinlich wußte niemand, von welchem Tier diese merkwürdigen Gebilde stammten, denn sonst hätten diese Zähne nicht für das Gehörn des sagenhaften Einhorns gehalten werden können. Wieso allerdings dieses magische Fabeltier zu der Ehre kam, mit diesem prächtigen Kopfschmuck bedacht zu werden, ist unbekannt. Zweifellos verdankt das Einhorn seine Existenz östlicher und fernöstlicher Phantasie. Das chinesische Einhorn hat einen drachenähnlichen Kopf mit einem Horn oder einem Höcker auf der Stirn, einen Körper wie ein Hirsch und einen buschig gekräuselten Schweif wie ein Löwe. Seine Schultern schmücken kurze, flammenartige Flügel als Attribute seiner himmlischen Abstammung. Die Deutschen gaben dem Einhorn das Aussehen eines kleinen Pferdes von oft gazellenhafter Schlankheit, mit dem Kopf und den Schalen (Hufen) eines Hirsches. Mit dem Einhorn war auch der unverbrüchliche Glaube verbunden, daß dieses unbezähmbare Tier sich von keinem Jäger fangen ließe, sähe es jedoch eine Jungfrau, würde es friedlich sein Haupt in ihren Schoß legen und dabei einschlafen. Dabei war der geistliche Gedanke nicht mehr fern, diese Legende auf die göttliche Allmacht zu beziehen, die im Schoß der Jungfrau Mensch geworden ist. Das Einhorn hielt Einzug in die Welt der Kirchen und Kathedralen. Zahlreich sind die Bilder, die Maria mit dem Haupt des Einhorns im Schoß darstellen, während der jägerisch ausgestattete Verkündigungsengel jubelnd in das Horn stößt. Schließlich wurde das Einhorn zum Christussymbol überhaupt. Durch seine Verbindung mit Christus und Maria, die in der Verkündigung und damit in der Erlösung der Menschheit durch die göttliche Macht gipfelt, wurde das Einhorn zu einem Symbol der

Herrschaft überhaupt, weshalb es auch oft die Insignien europäischer Herrscherhäuser ziert. Der Griff des Habsburger Zepters, gefertigt 1615 aus einem Narwalzahn, ist ein beredtes Beispiel. Zusammen mit der Krone Rudolphs II. und dem Reichsapfel bildete es die Insigniengarnitur der Habsburger als römische Kaiser. Weltberühmt wurde das AINKHÜRN-Schwert Karls des Kühnen, das mit dem Erbe seiner Tochter Maria an Maximilian I. übergegangen ist. Griff und Scheide dieses kostbaren burgundischen Schwertes sind aus Narwalzahn gefertigt. Neben dem Symbolcharakter wurden späterhin dem „AINKHÜRN" besondere Heilkräfte zugeschrieben. Aus diesem Grund war es hochgeschätzt und durfte in keiner größeren Apotheke und in keiner fürstlichen Schatzkammer fehlen.

In der Blütezeit des Glaubens an das Einhorn kostete das vom Horn abgeschabte Pulver soviel wie sein zehnfaches Gewicht in Gold. Die kostbaren Hörner mußten daher vor dem unbefugten Abschaben gesichert werden. In Venedig beschloß der Rat der Zehn, die Hörner des Schatzes von San Marco ganz in Silber zu fassen, und für den berühmten Narwalzahn im Dresdner Schloß wurde die Vorschrift erlassen, daß nur in Gegenwart zweier Personen im fürstlichen Rang etwas von dem Horn für medizinische Zwecke abgeschabt werden dürfte.

Aber nicht nur der Narwalzahn stand als Arzneimittel hoch im Kurs. Auch das Hirschgeweih hatte seinen Preis. In dem ebenso seltenen wie amüsanten Hirscharzneibuch von Johann Georg Agricola schreibt der Medicus, es gebe kein Leiden, das nicht irgendwie durch ein Organ des Hirsches geheilt werden könnte. Er schreibt unter anderem *„von dem Hirschbein oder Creutze, so in dem Hertzen gefunden wird,"* daß dieses in seltenen Fällen, aber nur bei jungen Tieren, *„zwischen beiden Mariae Festtägen in dem Hertzen des Hirschen"* gefunden werde. Es ist unglaublich, wozu dieses „Wunderkreuz" gut gewesen sein soll. Absolute Heilkraft von den einfachsten Kinderkrankheiten über die unglaublichsten *„Herzbeschwerungen"*, wie etwa dem *„nagenden Herzwurmb"*, bis zu den schwersten psychischen Leiden wurden ihm zugeschrieben. Die Anleitung zur Zubereitung dieser „Medizin", wie sie bei einem neugeborenen Kind angewendet wurde, verdeutlicht die zugeschriebene Wirkung:

Nimb ein Hirschkreutz von einem kleinen Hirsch / Thu es in ein kleins Dockenhäfelein / decks mit einem Deckelin zu / setz es in ein Glut / biß das Creutz gar schwartz wird / so geuß ein Tropffen Rosenwasser darauff / setzs wider in die Glut / und laß darinn / biß es wider gar schwartz wird / läst es sich stossen / unnd wird ein Aschenfarb Pulver darauß / das mach gar rein und zart: Nimb dann Ungerisch Gold / bereite Perlein / Eichinmistel / eins so viel als deß andern: Mischs wol under einander / ohn das Hirschkreutz / dessen sol so viel seyn / als der andern aller mit einander / mischs auch darunder. Gibs dem Kind / so bald es gebohren wird / inn einem Löffel voll Süßmandelöls eyn / oder in einem waich gebratnen Apffel."

Wundersame Heilwirkung erwartete man sich aber auch vom Hirschhorn, wie nachstehende Rezepte zur „Hertz – Stärckung" beweisen.

EIN HERTZSTÄRCK – WASSER IN SCHWACHHEITEN ZU GEBRAUCHEN:

Nimb 1. Quintl – Augen / 2. Quintl Hirschhorn / beyde praeparirt / ein Messerspitz Alkermes / vermischt mit Ochsenzungen- und Boragi-Wasser / und gibs einem auff 3. mahl.

SULTZ VON HIRSCHHORN / WELCHE IN GROSSEN SCHWACHHEITEN ZU GEBRAUCHEN:

Erstlich nimb das Hirschhorn / laß es mit einem Reiff – Messer klein schneiden / wie die allersubtileste Hobelschaiten seynd / hernach nimb 3. Hand voll geschnittener Schaiten / gieß darauff 1. Seitl Boragi-Wasser / darzu legt man auch gebrennt Hirschhorn / Saffran / jedes ein wenig / Muscatblühe nach Geduncken / misch alles durcheinander / thue es in ein Flaschen / und gieß

hernach frisch Brunnen-Wasser daran / so viel / daß es 3. Finger über die Species gehe / vermach die Flaschen wohl / daß nichts herauß kan / setz es in einen Kessel mit Wasser zum Feuer / laß also 5. Stund lang sieden / nach diesem nimbs herauß / und zwings durch ein einfaches Tuch / in ein Beck / darunter thue von 2. Ayrn die Clar / gar wohl abgeklopfft / laß ein halbe Stund sieden / und kurtz vorhero / ehe mans vom Feuer nimbt / so thue man das Saure von Lemoni / und ein klein wenig Zucker darzu / wann es also 3. Sud gethan / so nimbs vom Feuer / und seyhe es durch ein vierfaches Tuch / wie es von sich selbsten durchlaufft / weil es noch am heissesten ist / setz es in einen Keller / es gestehet gleich über Nacht / und wird ein schöne Sultz."
Neben dem Hirsch galt auch der Steinbock von alters her als „wandelnde Apotheke". Der Schweiß (Blut) des Steinbockes war gut gegen alles, während das pulverisierte Gehörn, ähnlich wie das des Nashorns in China, als Aphrodisiacum mit Gold aufgewogen wurde. Dabei war das Steinwild schon zu Zeiten Kaiser Maximilians fast ausgerottet. Bereits in seinem Buch „Weißkunig" berichtet der Herrscher darüber folgendes:
„Alß der jung kunig die stainpockh angefangen hat zu hayen (hegen), sein nit ueber vier stainpöckh gwesen, aber in sölicher haynung haben sy sich gar wol gemeret..." Das war 1490.
Interessant ist auch in Geßner's Thierbuch aus dem Jahre 1696 über den Steinbock zu lesen, *„Wo diß Thier zu finden"* und *„von Geschwindigkeit / Art / Natur und Eygenschafft dieses Thiers."*

WO DIß THIER ZU FINDEN:

Unter die wilden Geissen wird auch der Stein-Bock gezählet / ist ein wunderlich / verwegenes und geschwindes Thier / wohnet in den höchsten Plätzen und Orten der Teutschen Alpen / Felsen / Schrofen / und wo es alles gefroren / Eyß und Schnee ist / welche Orte genannt werden der Firn und Glättscher: Dann von wegen seiner Natur erfordert dieses Thier Kälte / sonst würde es erblinden. Die Form solches Thiers ist: Siehet von Farben Braun-Roth / im Alter aber sollen sie grau werden / haben über den gantzen Rücken einen schwartzen Strich / helle/ frische Augen / und gespaltene spitze Klauen: Wann die Hörner zu vollkommener Grösse kommen / wigen sie offt sechszehen oder achtzehen Pfunde / und hat derer Bellonius gesehen / welche 4 Ehlen lang gewesen sind / sie wachsen ihne alle Jahr / und kan man auß ihrem Absetzen / welche gemeiniglich auf 20. kommen / sehen / wie alt sie seyn / wie man bey den Hirschen wegen der Zahl ihrer Enden zu judiciren pfleget.

VON GESCHWINDIGKEIT / ART / NATUR UND EYGENSCHAFFT DIESES THIERS:

Was für geschwinde und weite Sprünge dieses Thier von einem Felsen zu dem anderen thu / ist unmüglich zu glauben / wer es nicht gesehen: Dann wo es nur mit seinen gespaltenen und spitzigen Klauen hafften mag / so ist ihm keine Spitze zu hoch / die es nicht mit etlichen Schritten überspringe / auch selten ein Felß so weit von dem andern / den es nicht mit seinem sprung erreiche: Und so ihm der sprung fählet / oder es sonst stürtzet / so fällt und steuret es sich auf seine Hörner / welche es wie gedacht / gantz läg / starck und schön trägt / die sich fast über den gantzen Rücken hinauß erstrecken. Es soll auch die grossen Steine / so gegen ihm oben abfallen / mit den Hörnern auffangen / und also abwenden: Joannes Stumpffius, ein Geschichtschreiber / sonst ein gelährter und wohlerfahrener Mann / erzält in seiner Chronika viel lustige Historien von solchen Steinböcken / welche wol zu lesen sind. Die Jäger / schreibt er under anderen / treiben solche Thier auf hohe und glatte Felsen; Wann sie nun weder mit Springen / noch sonst davon herab kommen können / so erwarten sie mit Fleiß deß Jägers / stehen still / und nehmen wahr / ob sie nirgends eine Schrunden oder Lücke zwischen dem

Jäger und Felsen sehen können. Ersehen sie dann eine / so fahren sie mit grosser Ungestümmigkeit hindurch und stürtzen den Jäger hinab. Wann aber der Jäger in dem / da er nachsteigt / sich eben so glatt an den Felsen hält / daß der Steinbock zwischen ihm unnd dem Felsen gar im geringsten nicht durchsehen kan / so bleibt das Thier still stehen / und wird also entweder gefangen oder getödet: Ein sehr lustiges / und kurtzweiliges / aber auch gantz gefährliches Jagen soll es seyn / darumb werden diese Thier mehrerntheils mit den Büchsen geschossen. Die Walliser / so bey Sitten umbher wohnen / sagen daß die Steinböck / so in jungem Alter gefangen worden / zahm / und mit anderen Geyssen zur Wayd / und wiederumb davon getrieben werden: Jedoch wann sie älter würden / so verliessen und vergässen sie die wilde böse Art nicht gantz und gar. Das Weiblein soll kleiner / als das Männlein / und den Gemsen / mit kleinen Hörnern nicht ungleich seyn / und Hörner haben wie die Gemsen / oder zahme Geissen und Ziegen.
Etliche Jäger geben vor / wann der Steinbock mercke / daß er sterben müsse / so steige er auf den allerhöchsten Schroffen des Gebürgs / und stütze sich mit dem Gehörn an einen Felsen / und höre nicht auf / biß das Horn abgeschlieffen / da er dann herab falle und also sterbe.“
Natürlich gab es auch vom Steinbock eine Unmenge von Arzneimitteln.

Eine edle Artzney für das Hauptweh und Gliedergiecht: Die Bönlein oder der Koot des Steinbocks sollen bey altem / oder vollem Monden gesamblet / und derselben in ungerader Zahl so viel genommen werden / als in eine Hand möge gebracht werden / die soll man in einen Mörser thun und gar wol stossen. Hierzu soll man noch thun 25 Pfefferkörnlein / auch wol gestossen / und von dem allerbesten Honig den vierdten Theil einer Maß / und des alleraltesten und besten Weins ungefährlich eine gute Maß voll / so dann dieses alles wol mischen und in einer gläsernen Flasche auffheben / damit man solche Artzney im Fall der Noth bey der Hand haben können.“
„Das Blut des Steinbocks loben etliche wider den Blasenstein / und bereiten dasselbige auf nachfolgende weisse: Sie nehmen Petersilienwein / das ist / Most / in dem gedörrtes Petersilienkraut / oder Saamen gejohren / 6. Theil / und von gedachtem Blut 1. theil / solchs sieden sie mit einander / unn heben es dann auff: Hernach gebe sie dem Patienten deß Tags 3. mal davon zu trincke / als des morgens früh (und dann soll der Krancke in ein Bad gesetzt werden) zu Mittag / und des Abends: Das soll drey Tage getrieben werden / dann es soll den Stein zu Sand machen / und mit dem Harn herauß treiben / ohne das helffe sonst keine andere Artzney etwas.

Die Apotheke war also quasi vor der Haustür, kaum einer konnte der Versuchung widerstehen, die „Arzney“ selbst zu schießen. Das heißt, das Wildererturn blühte, obwohl für Wilddiebstahl drakonische Strafen verhängt wurden, wie eine alte Chronik über die „Bestraffung der Wildprets-Diebe“ berichtet:

„Es bestraffen grosse Herren dieses Verbrechen mit der Todes-Straffe, und zwar, entweder, daß sie den Verbrecher auf einen lebendigen wilden Hirsch mit Händ und Füssen fest anschmieden, un denselben damit lauffen lassen, oder lassen den Übelthäter aufhengen, oder auf andere Art vom Leben zum Tode bringen.“

Aber man nahm sich durchaus die Mühe, die „freien“ Argumente des Wilderers von vornherein zu zerpflükken: *„... zwar ist es hierinn vielleicht ausgemacht, daß solche Wildprets-Schützen eben keinen Diebstahl begehen, weil selbiger mit Wegnehmung eines andern Gut begangen wird, das Wildpret aber im Wald (ein anderes ist in einem Thier-Garten, da es schon occupiert ist, und seinen Herrn hat) keinem Herren unterworffen ist, sondern in seiner natürlichen Freyheit herum vagiret, mithin ein Wild-Schütze keinen Diebstahl begehet und als ein Dieb nicht gestraffet werden kan. Alldieweilen aber gleichwohl dergleichen muthwillen Wild-Schützen nicht so blosser Dinge nachzusehen ist, so fragt sichs: Ob dann deren Bestrafung mit dem Tode geschehen könne? Und hegen die meisten die negirende Meynung, weil keine Vergleichung zwischen einem nach Gottes Bild geschaffenen Menschen, und einem unvernünfftigen Thiere statt hat: Der es auch sodann selbst admittiret, wann keine gewisse Straffe wider dergleichen Wild-Diebe vorgeschrieben, und publiciret worden; Wo aber dergleichen vorhanden, so soll sie zwar exequiret werden, jedoch daß sie das erste mahl nicht capital sey, das andere mahl etwan der Staupenschlag und die ewige Landes-Verweisung erfolge; Das dritte mahl aber gleichwohl das Leben ihme abgesprochen werden könne; Maassen sie alsdann nicht so wohl als Wild-Schützen, sondern als boshafte Verächter des Hoch-Fürstlichen Verboths abgestraffet werden, und dieses um so viel mehr, wann sie zuvor schon beyde Gradus Poenarum ausgestanden haben: Doch soll auch die Todes-Straffe an ihnen nicht auf eine grausame Art exequiret oder vollzogen werden, daß man sie etwan den wilden Thieren vorwerffen, oder auf Hirsche schmieden wolte. Wobey auch auf diese Umstände mit zusehen:*

1. Was den Wildpret-Schützen zu Tödtung des Wilds bewogen, ob ers aus Zorn, weil er Schaden davon gelitten, oder aus Nutzen oder Muthwillen gethan;
2. Ist auf die Person zu sehen, ob selbige eines honetten oder geringen Standes, jung oder alt sey;
3. Soll auch auf den Ort gesehen werden, denn wer auf den besten Wild-Fluhren, da das Wildpret seinen Stand hat, dergleichen Verbrechen begehet, sündiget freylich härter, als sonsten;
4. Seynd die Qualitates zu erwegen, ob der Schütz mit Gewehr, um sich damit zu wehren, oder nur dem Forst-Herren zum Schimpf zu jagen ausgegangen;
5. Muß auch die Zeit in Confideration kommen, ob es bey Tag- oder zur Nacht-Zeit geschehen; Wie auch
6. die Anzahl der erschossenen Stücke. In der alten Chur-Fürstlichen Sächßischen Siebenden Constitution, von Straffe der Wildprets-Beschädiger, Anno 1572. ist denen Schöppen Stühlen zu sprechen auferlegt, solche freventliche muthwillige Verbrecher mit Staupen-Schlägen des Landes ewig zu verweisen, oder auf die Galleren oder den Vestungs-Bau, in harte Metalle, und stets währende Arbeit, auf ewig, oder mit Abhauung einer Hand oder Fuß zu condemniren. In der Churfürstlichen Brandenburgischen Forst-Ordnung in der Marck wird dieses Verbrechen hinwiederum auf eine gewisse grosse Geld- Busse gesetzet, als vor einen geschossenen Hirsch 500. Thlr. so nach Proportion des anderen Wildes einzurichten, welches jedoch meist bey denen Reichen und Vermögensten zu practiciren, bey denen Geringeren aber es dannoch auf eine Leibes-Straffe ankommet. Nam qui caret aere, luat in corpore, nach dem gemeinen und bekannten Sprichwort.“

Eines Tages kam eine Bekannte zu mir und fragte mich ziemlich verzagt, ob ich ihr nicht helfen könne. Es ginge nicht um sie, sondern um ihren Mann, der wegen Wilderei angezeigt worden wäre. Und dann rollte sich vor mir ein Bild modernen Wilderertums auf. Sie habe, so erklärte mir die verzweifelte Frau, nichts vom Tun ihres Mannes gewußt, und da er Schichtdienst hatte, fiel es ihr nicht weiter auf, wenn er des öfteren nachts nicht daheim war. Doch der Gute ging dann meist gar nicht zur Arbeit, sondern mit einem Kumpanen wildern. Aber er habe ja nicht geschossen, beteuerte sie mir, sondern „nur" mit dem Scheinwerfer das Wild angeleuchtet und dadurch geblendet. Erlegt habe es stets der andere.
Ich habe dann die Gerichtsverhandlung verfolgt, bei der sich herausstellte, daß die beiden innerhalb von zwei Jahren über 700 Stück Rehwild getötet hatten.
Wilderei dieser „modernen" Art gehört wohl zu den übelsten Handlungen, die ein Mensch begehen kann. Ganz abgesehen davon, daß es Diebstahl ist – trotz der weitverbreiteten irrigen Ansicht, wonach das Wild für „alle" da wäre. Dies hätte bestenfalls dann Gültigkeit, wenn der Jagdpächter für sein Revier nicht horrende Summen an Pachtgebühr, Wildschaden, Fütterungskosten und dergleichen auf den Tisch legen müßte. Bei der Autowilderei können die Täter in einer Nacht ein riesiges Gebiet „abwildern". Dabei wird geschossen, was vor den Lauf beziehungsweise die Scheinwerfer kommt. Ob das nun ein Rehkitz oder eine trächtige Geiß ist, berührt diese Menschen nicht. Nachdem die jeweilige Aktion sehr schnell durchgeführt werden muß, wird das Wild überdies oft nur angeschossen und schleppt sich dann weiter, um irgendwo qualvoll zu verenden. Daher ist – bis man das Stück findet – das Wildbret meist nicht mehr zu verwenden, weil es schon anbrüchig geworden ist. Da die Wilderer aus Angst vor dem verräterischen Knall hauptsächlich kleinkalibrige Büchsen verwenden, ist auch die Wirkung des Geschosses, vor allem bei weiten Schußdistanzen, nicht immer tödlich.
In früheren Zeiten war das Wildererwesen besonders in den Alpenländern sehr verbreitet, denn die schwere Arbeit und das karge Leben machten die Bergbewohner von jeher zu einem harten und rauhen Volk. Die Jagdleidenschaft war so tief verwurzelt, daß es regelrechte Kriege zwischen Jägern und Wilderern gegeben hat. „Wildprathschitzen", wie man sie in alter Zeit nannte, gab es nicht nur im Bauern- und Arbeiterstand, sondern auch in adeligen und bürgerlichen Kreisen, ja selbst im Klerus. Allerdings wurden jagdliche Vergehen „firnehmer Wildprathschitzen" nicht öffentlich angeprangert. Bis zur Zeit Kaiser Maximilians I. (1486 – 1519) sind nur wenige Berichte über die Wilderei bekannt geworden. Nach Kaiser Maximilians Tod brach jedoch ein förmlicher Aufstand aus. Die „gemeinen Gerichtsleut" erhoben sich gegen das „Regiment" – das war die oberste Regierungsbehörde in Innsbruck – und unterstanden sich, mit aller Macht die Hirschen und des Fürsten „gefreytes Wildpräth" zu jagen, zu schießen und zu vertreiben. Unmengen Wildes sollen damals von den „Unterthanen" erlegt worden sein. An dieser Metzelei beteiligten sich aber nicht nur Männer und Burschen, sondern auch Frauen und Mädchen.
Wegen des Verbotes der Jagd auf Rotwild entstand im Jahr 1665 in Axams ein Aufstand, bei dem die Tochter des Jägers aus Rache ermordet wurde, und im selben Jahr rotteten sich auch die Wildschützen aus Rum, Thauer und Absam zusammen, um gegen das Jagd- und Forstpersonal vorzugehen.
Anno 1666 wurden dann bei den Gerbern im Bezirk Reutte alle Wilddecken beschlagnahmt. Daraufhin zogen 50 Wilderer nach Reutte, um die Herausgabe dieser Trophäen zu fordern. Die Rädelsführer wurden ausgeforscht und einer von ihnen dann 1667 zu drei Jahren Kerker sowie anschließendem Landesverweis verurteilt. In weiterer Folge mußten auch 25 Ehrwalder das Land verlassen.
Um 1700 setzte eine zweite, verstärkte Welle des Wilddiebstahls ein, wozu ein Gerücht maßgeblich beigetragen hat, welches besagte, daß die Jagd von der Regierung freigegeben worden sei. Daraufhin soll der Pfarrer von Breitenwang im Bezirk Reutte zwei Dankgottesdienste abgehalten haben. Einen aus Dankbarkeit, *„weil nunmehr die Jagd frei sei und das Blutvergießen ein Ende haben würde"*, und den anderen für den Forstwart, der *„dem Volk so viel Wild gehegt hat"*. Das Forstperso-

nal war Tag und Nacht auf Vorpaß gegen die Wilddiebe. Und oft auch mit Erfolg. Der Forstwart namens Martin Zwerger etwa legte in siebzehn Jahren nicht nur hundertdreißig Wilderern das Handwerk, sondern brachte auch noch an die 300 Gulden Strafgeld herein. Zwischen 1699 und 1704 rotteten sich dann im Tiroler Außerfern ganze Wildererbanden zusammen, aber auch in anderen Gerichtsbezirken wurde das Wildtöten schwungvoll betrieben. So hat das gesamte Landgericht Sonnenburg südlich von Innsbruck die Wildbestände ohne Rücksicht auf Setz- und Schonzeit niedergemetzelt. Die verwegensten und hartnäckigsten Wilderer waren in Arzl, Thaur, Absam, und Gnadenwald daheim. Am 23. Jänner 1797 gingen neun Wilderer aus Ehrwald und Lermoos auf bayrisches Gebiet jagen. Nach viertägigem Umherstreifen wurden sie dann am 27. Jänner in der Nähe von Ettal durch fünf Klosterjäger, fünf Reiter und zwei Amtsdiener gestellt. Drei der Wildschützen wurden dabei erschossen, einer verwundet und die anderen gefangengenommen. Daraufhin brachen die Wilderer von Ehrwald, Lermoos und Biberwier zur Befreiung der Kameraden auf. Bevor es jedoch noch zu Gewalttaten kam, gelang es dem Kuraten (= katholischer Geistlicher mit eigenem Seelsorgebezirk) von Ehrwald, bei dem Prälaten von Ettal und dem Pfleger von Murnau die Freigabe der Gefangenen zu erwirken. Bis zu diesem Zeitpunkt waren die Tiroler bereits bis Garmisch vorgerückt.
Auch der berühmte Anführer im Tiroler Befreiungskampf 1809, Josef Speckbacher, war ein gefürchteter Wilderer, der bei einem Wilderergang in seiner Jugendzeit im Karwendelgebirge einen harten Kampf mit den Jägern des Bischofs von Freising bestanden hatte.
Die Bestrafung der Wilddiebe war zu allen Zeiten streng und zu ihrem Aufspüren verwendete man eigene Leithunde.
Als Strafe mußte ein Wilddieb zum Beispiel zwei Tage hintereinander je eine halbe Stunde mit umgehängtem Hirschgeweih und einer angebundenen Hand auf einem hölzernen Esel durch die Stadt reiten. Anderen wieder schnitt man die Nasen ab oder stutzte ihnen die Ohren, aber auch die Hand wurde zur Strafe häufig abgeschlagen. Im Wiederholungsfall wurde der Wilderer geblendet. War der Gefangene ledig, brachte man ihn auf die Galeeren nach Genua. Verheiratete wurden an einem Schenkel gelähmt, damit sie zu Hause bleiben mußten, aber noch für die Familie sorgen konnten.
Der bekannte Innsbrucker Lokalhistoriker Prof. Hugo Klein weiß aber auch von Untaten der Wilderer an Jägern zu berichten. So schreibt er: *„Auf der Baumgartenalm (Unterinntal) überwältigten einmal einige geschwärzte Kerle den alten Förster, hefteten ihn mittels Latschenzweigen mit gespreizten Beinen und Armen auf den Rasen, bestreuten ihn dann mit Viehsalz und trieben eine Herde in der Nähe weidender Schafe zum geknebelten Förster. Die nach Salz lechzenden Tiere stürzten sich wild auf den am Boden liegenden Mann und trampelten ihn zu Tode."*
Eine andere Geschichte erzählt von einem Jäger aus dem Achenseegebiet, der von Wilderern überwältigt, nackt ausgezogen und mit dem Kopf nach unten an einem starken Ast aufgehängt wurde. Ein unter dem Baum befindlicher Ameisenhaufen sorgte für einen langsamen, grausamen Tod des Unglücklichen.
Gegelentlich kommt es auch heute noch zu Zusammenstößen zwischen Jägern und Wilderern, die mit dem Tod eines der Widersacher enden. Es sei hier nur an den tragischen Ausgang eines Zusammentreffens zwischen einem Jäger und dem jüngsten Sproß der Walder-Familie in Innervillgraten in Osttirol erinnert, bei dem der Wilderer ums Leben kam.
Ich hatte die Möglichkeit, anläßlich einer Exkursion mit der Akademie der Wissenschaften die Familie Walder zu besuchen und darf vorausschicken, daß wir eine nette, gastfreundliche Familie angetroffen haben. Auf meine Frage an Herrn Walder, warum er denn nicht Jäger werden wolle, heute stünde es doch fast jedermann frei, einen Jagdschein zu erwerben, war seine Antwort:
„Die Jäger ließen ihn nicht mitgehen." Inwieweit er dazu den Versuch unternommen hat, entzieht sich meiner Kenntnis. Doch über eines habe ich mich später sehr gefreut. Prof. Otto Koenig, der die „Walder-Buam" öfter besucht, hat mir ein Photo mitgebracht, welches Herrn Walder mit einem Rehkitz im Arm zeigt, und ich habe selten einen Menschen mit einem so

glücklichen Ausdruck gesehen wie diesen. Prof. Koenig erzählte mir dazu, daß die Jägerschaft Herrn Walder das verwaiste junge Reh zur Aufzucht überlassen habe und es ganz prächtig gedeihe. Wenn das nicht ein positives Omen ist ...

Wie schon gesagt, es gibt auch heute noch Wildschützen, allerdings ist das Motiv gegenüber früher meist ein anderes geworden. Und deshalb konnte und wollte ich der eingangs erwähnten Bekannten nicht helfen... Aus dem „Triebwilderer" von einst sind die berufs- und gewerbsmäßigen Fleischwilderer geworden, die dieses dunkle Handwerk als eine Art guten Nebenverdienst betreiben. Dann kommt noch eine neue Gruppe hinzu, das sind die „legitimen Wilderer". Sie haben noch nie etwas davon gehört? Vielleicht gehören Sie gar selbst dazu? Diese haben unbestritten den größten jagdlichen Erfolg und ihre Strecke geht in die Hunderttausende. Sie wissen nun schon, wen ich meine? Ganz richtig – die Autofahrer. Also, in diesem Sinne „Waidmanns-Heil". Doch wer etwa denkt, daß es früher nur bei jagdlichen Vergehen harte Bestrafungen gab, der irrt gewaltig. Auch Fischdiebe hatten Furchtbares zu gewärtigen: Menschen wurden in Eisen geschmiedet, gestäupt und vom Scharfrichter der Tortur unterworfen. Nach „Kaiser Karl V. und des Heiligen Römischen Reiches peinlicher Gerichtsordnung", der Carolina von 1532, konnte Fischdieberei auch mit dem Hängen oder, auf Anordnung des Landesfürsten, mit dem Köpfen bestraft werden. Und im „Lydizer Gerichts Articul 32" heißt es: *„Im nahmen des ehrwürdigen, jungfraulichen convents dießes stiefts"* (gemeint ist das Nonnenkloster) unter anderem: *„Das fischen und krebsen in ihr gnaden teich und böchen ist verbotten bey augen außstechen."* Sicher kein Akt christlicher Nächstenliebe. Wer konnte angesichts dieser Strafverordnungen des Menschen seinesgleichen gegenüber, wohl Humanität dem Tier gegenüber erwarten?

n einer fröhlichen Fischerrunde wurden Erlebnisse getauscht. Je später die Stunde, desto größer die gefangenen Fische. Einer aber trieb es besonders arg. Bald reichte die Spanne seiner Arme nicht mehr aus, um die Länge der Beute demonstrieren zu können. Das war nun aber sogar seinen Anglerfreunden zuviel, und sie banden ihm kurzentschlossen die Hände zusammen. Der wußte sich jedoch auch in dieser Situation zu helfen: „Ihr werd's es net glauben", meinte er und deutete auf seine Hände, die er zu Fäusten geballt hatte, „aber so große Augen hat er ghabt!"
Ja, das ist altes Fischerlatein reinsten Wassers. Die Jäger stehen da nicht im geringsten nach: Trifft ein Jäger, der eine Nebelkrähe gefangen hatte, im Wald einen Spaziergänger, der ihn mißtrauisch fragt: „Was machen S' denn mit dem „Raben"? Meint drauf der Jäger: „Ah, den trag' ich mir nach Haus' und fuatter ihn, weil ich nämlich gern wissen möcht', wia alt als er wird." Und damit war der Spaziergänger zufrieden. Sicher wußte er nicht, daß Rabenvögel einige 100 Jahre alt werden können...
Das älteste und bis heute auch sicher unübertroffene Paradestück an Jägerlatein – welches allerdings nicht allzu bekannt ist – liefert sicherlich das Gilgamesch-Epos und ist in der Tontafelbibliothek des Königs Asssurbanipal (668-626 v. Chr.) in der einstigen Residenz Ninive zu finden.
„Vom Götterberg herab schickt der Himmelgott den Himmelsstier. Nach Uruk der Stadt läßt er ihn kommen. Über Saat und Felder tobt er daher, hundert Mann allein fegt sein feuerschnaubender Atem hinweg. Wie er daherstürmt, springt Enkidu zur Seite und faßt ihn am Horn. Der Stier reißt sich schnaubend los, stürzt sich auf zweihundert Männer und macht sie nieder. Als er zum drittenmal schnaubend herankommt, springt Enkidu zur Seite und packt ihn fest an der Dicke des Schwanzes. Gilgamesch stößt ihm das Schwert in die Brust, röchelnd sinkt er zu Boden. Und Gilgamesch, ein Waidmann, erfahren in der Wildstierjagd, trennt zwischen Nacken und Hörnern das Haupt vom mächtigen Rumpfe. Enkidu aber spricht zu Gilgamesch: Freund, unsere Namen haben wir herrlich gemacht: wir erschlugen den Himmelsstier!"
Zu dieser unglaublichen Geschichte ist eindeutig die religiös-mythische Ursache der übersteigerten Berichterstattung zu sehen: Die Ehre des Helden möge möglichst strahlend leuchten – man vergleiche dazu die griechischen Helden der Mythologie oder Siegfried...
Aber wie es dazu gekommen ist, ist vorstellbar.
Man denke nur an unsere Urahnen. Damals gab es noch riesige Wälder, und außer dem Jäger hat sich wohl selten ein Mensch in diese geheimnisvolle und bedrohliche Anhäufung von Bäumen und Sträuchern hineingewagt. Ja, man mied diese Orte sogar, da man darin Hexen und Geister, wenn nicht noch Ärgeres, vermutete. Kam der Jäger von der Jagd zurück, wurde er gewiß ausgefragt, was er erlebt und gesehen habe. Nun braucht man nur an seine eigenen jagdlichen Eindrücke denken – etwa an einen nächtlichen Ansitz auf Wildschweine. Wie klar erkennt man doch alles bei Tageslicht, da steht ein Strauch und dort ist ein Baumstrunk. In der Dämmerung dagegen nehmen diese Gebilde schon eine ganz andere, verschwommene Gestalt an. Wenn man es nicht ganz genau wüßte, so könnte man jetzt anstatt des Baumstrunks schon ein Wildschwein vermuten, und kommt dann erst der Mond hinzu, scheinen sich diese Gebilde doch tatsächlich auch noch zu bewegen.
Zum Bewegungstrieb des Menschen gehört auch das Reden. Dabei ist es gar nicht so wichtig, welche Botschaft mittels Schallwellen übermittelt werden soll. Der Jäger gibt sich seinem Bewegungsdrang hin, die Zuhörer spüren angenehme Schauer über den Rücken tanzen, in der Vorstellung des Jägers setzt ein merkwürdiges Wachstum seiner Beutetiere ein.
Am Wirtshaustisch entstehen mit etwas Fabulierkunst und dem nötigen Alkoholspiegel im Blut die tollsten Geschichten. Voraussetzung für die Wirkung ist nicht einmal die Glaubwürdigkeit, sondern die Präsentation. Noch heute fällt mir manchmal meine Mutter auf solche Geschichten herein. Ich erinnere mich, daß mir – noch vor gar nicht so langer Zeit – beim nächtlichen Sauansitz ein Dornenstrauch einen mächtigen Kratzer im Gesicht hinterlassen hat, und auf die besorgte Frage meiner Mutter erzählte ich ihr folgende Geschichte:
„Also stell dir vor, da ist mir noch am hellichten Tag ein

Mordskeiler gekommen. Ich lege an, doch die Kugel geht daneben. Ich repetiere, will nachschießen, doch der Schuß geht nicht los. Inzwischen hat mich die erboste Sau aber bereits angenommen und kein Baum steht in Nähe, auf den ich mich retten könnte. Also werfe ich das Gewehr weg und laufe, was ich nur kann, der Keiler hinter mir her. Ich höre ihn bereits furchterregend hinter mir blasen – da stolpere ich in Todesangst über einen Dornenstrauch – und bin bewußtlos... "
Meine Mutter war entsetzt und sprachlos. „Und was war mit dem Schwein?" wollte sie endlich wissen. „Nun", erzählte ich ihr weiter, „als ich wieder zu mir kam, schlug ich die Augen auf und sah die Wildsau, furchterregend die Waffen wetzend, über mir." „Um Himmels willen", entfuhr es meiner arglosen Mutter, und was war weiter?" „Ja dann", sagte ich mit der unschuldigsten Miene der Welt, dann sprach das Wildschwein: „Was is, pack ma's wieder...". Sicherheitshalber suchte ich daraufhin – das halb lachende, halb empörte Schimpfen meiner Mutter im Rücken – fürs erste doch lieber das Weite. Natürlich wird auch unter den Jägern „Latein" erzählt, doch liegt diesen „Schnurren" – ganz besonders, wenn Anfänger oder Neulinge anwesend sind – meist freundschaftliche List zugrunde, wie etwa in einer lustigen Jägerrunde der alte Oberförster erzählt: „ Also Rebhendl hab i in mein Revier, so viel, daß i, wenn i pirschen geh', auf Schritt und Tritt aufpassen muaß, daß i kane z'amtritt. Und unlängst kumm i in Wald eine, sitzn de Hendln sogar traubenweis auf de Bam umanand." Meint ein Jäger aus der Runde: „Des kannst daham deiner Alten dazöhln, de glaubt dirs vielleicht. Rebhendln am Bam! De sitzn do gar net auf de Bam!" Meinte todernst der Oberförster: „Wo hätten's denn nacha sitzn solln, wann am Boden herunt ka Platz mehr war." Diese Geschichte kommt schon fast an Münchhausen heran. Heute würde niemand mehr ein solches Märchen abnehmen, da die Rebhühner durch die Pestizide und veränderte Umwelt (Komassierungen) in ihrem Bestand sehr gefährdet sind.
Allerdings gibt es durch die fürsorgliche Hege der Jägerschaft noch eine Menge Gamswild in unseren Alpen, und das wieder lockt ganze Scharen von Neugierigen in die Berge. Wer will nicht wenigstens einmal die seltenen Gemseneier sehen?

Die Besoldung der Jäger war nie überragend. In der Besoldungsordnung des Herzogs Ulrich von Württemberg aus dem Jahre 1540 steht: *„Was ein Birsch-Schütz" haben soll: von einem Hirschen oder Wild den Hals, den Fürschlag, das Feist und die Haut… "*
Das war, um eine Familie zu erhalten, recht wenig, daher bürgerte sich zu diesem „Jägerrecht" im 17. Jahrhundert die Gepflogenheit ein, die Besoldung des Jägers durch „Schußgelder" zu erhöhen. Der Jäger erhielt für jedes gestreckte Stück Wild von der Herrschaft Prämien. Daß sie nicht allzuhoch waren – versteht sich. Erst im 19. Jahrhundert wurde allgemein das „Große Jägerrecht" mit Bargeld abgelöst.
Das komplizierte Radschloß wurde im Barock durch das Steinschloßgewehr mit dem leichten französischen Kolben verdrängt. Ebenso änderte sich das Jagdwesen zusehends, Prunk wurde wichtig, doch dieser konnte die Grausamkeit nicht aufheben, die dem Wild entgegengebracht wurde. Bei einer Jagd am Starnberger See im Jahr 1772 begaben sich der Kurfürst mit der Kurfürstin, die Prinzessinnen, der Kurfürst von Köln, die Hofdamen und zahlreiches Gefolge auf mehreren Schiffen auf eine für heutige Verhältnisse unfaßbare Treibjagd. Die höchsten Herrschaften hatten den Bucentauro, ein Prunkschiff, bestiegen, die übrigen, je nach Rang, die kleineren Schiffe. Im Park von Forstenried war ein Auslaß so eingerichtet, daß der gejagte Hirsch gezwungen werden konnte, dort auszubrechen und sich in den See zu stürzen. *„Die Fürsten und ihre Jäger, durch Kanonenschüsse von der Ankunft der Prinzessinnen auf den Schiffen benachrichtigt, jagten den Hirsch auf und zwangen ihn durch den Schall des Waldhorns, aus seinem Hinterhalt hervorzubrechen. Wohl zwanzigmal kam er ans Ufer und ging jedesmal, durch den Anblick der Schiffe geschreckt, wieder zurück. Endlich, durch die Hunde gedrängt, welche durch die immer blasenden Jäger unterstützt waren, sprang er ins Wasser, und die Hunde setzten ihm schwimmend nach und umringten ihn. Sogleich tauchte er unter und verlor sich aus dem Gesicht, aber bald erschien er wieder auf dem Wasser und wurde aufs neue von den Hunden verfolgt. Je mehr er sich verteidigte, umso mehr wurde er angegriffen; dieser Kampf dauerte beinahe eine Stunde und gewährte unendliches Vergnügen. Die Trompeter bliesen während dieser Zeit abwechslungsweise.*
Der Hirsch kämpfte endlich seinen Todeskampf, und die Jäger bliesen seinen Tod; vier Gondolieri bemächtigten sich hierauf des Hirsches am Geweih und brachten ihn an Bord, wo er sogleich verendete.
Ein Jäger schnitt ihm den Lauf ab und brachte ihn der Kurfürstin, und diese erlauchte Gesellschaft hatte das Vergnügen, bei dem Schalle der Hörner das Jagdrecht der Hunde zu sehen. Die Kurfürstin ließ sich hierauf vom Kurfürsten zur Bayerin taufen; er bespritzte sie mit einigen Tropfen Wasser sowie auch die Schlüsseldamen und Edelleute von ihrem und des Kurfürsten von Köln Gefolge. Diese Jagd wurde zu Pferd gehalten, war also eine Parforcejagd, die der Kurfürst sehr liebte. Er hielt dazu 300 Pferde und 400 Hunde."
Zur damaligen Zeit galt der linke Vorderlauf des Hirsches als Trophäe. Dieser wurde knapp über der Schale abgetrennt. Der Erleger hing ihn über dem Hirschfänger an die Wand. Das Geweih diente als Rohstoff für Arzneien und Gebrauchsgegenstände. Im Jahre 1719 steht im Buch „Der vollkommene teutsche Jäger" erstmals zu lesen:
„Das Geweih des geschossenen Hirschen wird auf ein Brett befestigt und dient als Zimmerschmuck."
Und was ist aus dem Trophäenkult geworden? Oberstjägermeister Ulrich Scherping stellte fest:
„Die Überbewertung der Trophäe mit dem bis ins Lächerliche übersteigerten Formelkram schaffte ein Zerrbild dessen, was wir Waidwerk nennen."
Und zynisch taxiert er:
„Bis 160 Punkte sind es Beamtenhirsche, von da ab Gästehirsche für solche Gäste, die man als lästiges Übel in Kauf nehmen mußte; 190 bis 200 Punkte waren für Minister und Generale und alles was darüber war für Staatsoberhäupter."

Hoher Stellenwert kommt dem Hirschfänger als stets zur Schau getragenem Zeichen eines hirschgerechten Jägers zu. Ein Kuriosum dieser Art soll hier erwähnt werden. Es handelt sich dabei um ein Exemplar mit Hirschhornknopf und feuervergoldeter Bronzemontierung aus dem Jagdschloß Kranichstein. Das Außergewöhnliche ist die gravierte, vergoldete Klinge, die mit einem sechsstelligen (!) Zählwerk ausgestattet ist. Das „Hagelgeschoß", also Schrotkörner, war lange verfemt. Ein bayerisches Mandat aus dem 17. Jahrhundert gebietet:
„... unseren churfürstlichen Überreitern, Förstern und anderen Jagdbediensteten sey nur die gezogene Kugelpixen gestattet, das Hagelgeschoß alleyn allda, so inen zum Hof-Küchen-Ambt von edlem Federwiltpreth was zum schießen anbefohlen wird."
Nun, sicher konnten „Hagelgeschosse" in manchen Gebieten sehr gut auf den Fasan ausprobiert werden, zur Freude der Hofküche, denn dieser Vogel war nur auf „durchlauchten" Tischen zu finden, außer das gemeine Volk hätte ihn gewildert, denn strenge Patente beschützten den gefiederten Leckerbissen. So lautet eine Verordnung aus dem Jahre 1678:
„Seine Churfürstliche Durchlauchtigkeit zu Brandenburg hat vor einiger Zeit eine Anzahl Fasanen aus fernen Orten mit großen Unkosten bringen, zu dero Erlustigung hegen und zu dem Ende in der Ämtern Zossen und Potsdam Fasan-Gärten anlegen zu lassen. Da nunmehr dieselben ins Wild sich begeben und allda sich zu vermehren beginnen, befehlen Seine Churfürstliche Durchlauchtigkeit, daß sich niemand, wer da auch sei, gelüsten lassen, nach die Fasanen zu schießen, noch dieselben zu fangen oder zu inkommodieren..."
Zur Barockzeit war bekannt, wie Fasane im selben Revier zu halten seien. Diese Methode ist heute weitestgehend vergessen, weshalb sie hier in Erinnerung gebracht werden soll: Die jungen, in den Fasanerien aufgezogenen Vögel wurden öfters über den Rauch eines Feuers gehalten, dem Mastix, Kampfer, Eisenhut, Kümmel, Wachs und Zucker beigegeben war. Später brannte man dann an den Futterschütten, sooft frisches Futter gegeben wurde, das gleiche Feuer ab. Ging die Jagd auf, brauchten die Jagdgehilfen bei den Schützenständen bloß jene Krautfeuer zu entfachen, um die Fasanen zum Einstellen zu veranlassen.
Wer jemals Fasan gegessen hat, weiß, wie ausgezeichnet dieses Wildbret schmeckt. Jason, griechischer Held der Argonauten-Sage, der mit Hilfe der zauberkundigen Kolcherprinzessin Medea das „Goldene Vlies" holte, bewies ausgezeichneten Geschmack, denn er und seine Gefährten waren es, die den Fasan vom Flusse Phasis (aus der griechischen Schwarzmeer-Kolonie Kolchis) – von der dieser Vogel den Namen erhielt – von der Argonautenfahrt mit nach Hause brachten. Bereits seit Karl dem Großen setzten die abendländischen Fürsten ihren Ehrgeiz ein, einander mit prächtigen und ausgedehnten Fasanerien zu übertrumpfen. Die Jagd auf den Fasan begann allerdings erst Bedeutung zu erlangen, als die Schrotflinten soweit entwickelt waren, daß damit auch Flugwild bejagt werden konnte.
Münchhausen jagte mit Kirschenkernen, Kaiser Leopold I., der Urgroßvater Kaiserin Maria Theresias, hielt sich kaiserliche Jagdleoparden. Der Unterschied zwischen beiden Jagdarten ist eindeutig, die Jagd mit Leoparden hat es tatsächlich gegeben. Walter Norden schreibt darüber in seinem „Jagd-Brevier" unter Hinweis auf eine im Jahr 1713 erschienene Schrift: *„Es ist noch eine Art von Jagd in Wien bekannt gewesen, welche noch kein Kaiser in Europa genossen, nämlich die Leopardenjagd. Der türkische Kaiser hatte mit der letzten Gesandtschaft unter anderem zwei zum Jagen abgerichtete Leoparden präsentieren lassen, womit sich Seine Majestät zum höchsten Vergnügen öfters divertirte. Diese Thiere waren so zahm als der allergewöhnlichste Hund, saßen ihren Wärtern allezeit hinten auf der Kruppen und sahen sich bei der Jagd weit um, ob sie was gewahr würden. Erblickten sie nun Hasen, Rehe und dergleichen Thiere, so sprangen sie ab und in vogelschnellem Schuß hatten sie das Wild eingeholt,*

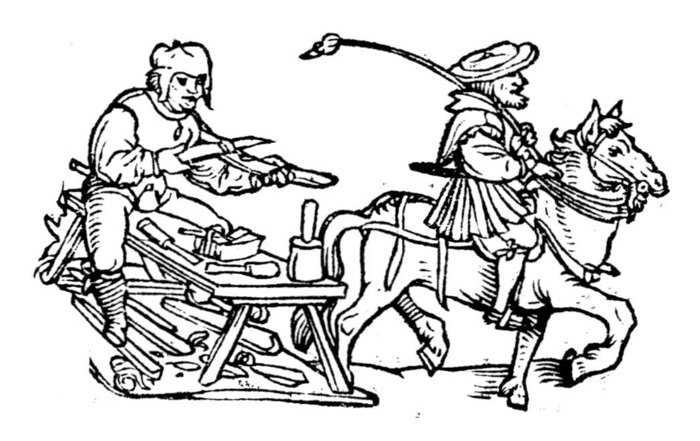

worauf sie sich wieder hinter ihren gewohnten Jäger auf das Pferd setzen und einen neuen Fang ablauschten. Als aber die hungarischen Rebellen vor einigen Jahren bis fast in die Vorstädte von Wien einbrachen, haben sie diese Thiere niedergehauen, sich der Felle für ihre husarische Tracht zu bedienen...“

Tierfelle waren bei den Ungarn als Schulterschmuck schon immer sehr beliebt gewesen, und seit jener Zeit trug die von Ungarn gestellte kaiserliche Trabantenleibgarde bis zum Ende der k. u. k. Monarchie Leopardenfelle als Zutat zur Uniform. Das über die Schulter getragene Leopardenfell hatte jedoch sicher nur sekundär schmückende Wirkung. Primär muß die Symbolkraft des Leopardenfelles als Amulett gegen den bösen Blick gewertet werden.

In seinem Buch "Urmotiv Auge“ hat Prof. Otto König über die enorme Bedeutung dieses Sinnesorganes geschrieben. Aus der Fülle der vielschichtigen Erkenntnisse dieses weit über die Grenzen Österreichs hinaus bekannten Verhaltensforschers soll hier aber nur auf jene eingegangen werden, die im Zusammenhang mit dem vorerwähnten Leopardenfell interessant sind. Die morphologischen (gestaltlichen) Besonderheiten wie auch das seltsame Eigenleben des Auges haben bereits den Frühzeitmenschen stark beschäftigt. Dies mag im Urinstinkt der Angst vor dem Angeschautwerden und somit Erkanntwerden liegen.

In der Gedankenwelt des Menschen wurde das glänzende, für den Betrachter so körperunabhängig wirkende Auge zu einem eigenständigen Gebilde, das böse und gefährlich werden kann. Die damit in engstem Zusammenhang stehende Vorstellung vom „bösen Blick“ ist daher bei allen Völkern weltweit verbreitet. Da sich das Auge schnell und sicher auf ein Ziel einzuorientieren vermag, zugleich aber auch spontanstes Signalisierungsinstrument für innere Stimmungslagen ist, enthält der Blickkontakt immer etwas Entlarvendes, denn gegenseitiges „Anschauen“ wird leicht zum „Durchschauen“. Die Eigenschaft des Menschen, zu sehen und zu erkennen, ohne selbst gesehen und erkannt zu werden, die zutiefst in seiner Wildbeuternatur verankert ist, veranlaßte den Homo sapiens schon früh, den Blick des Gegners oder Gegenübers von sich abzulenken. So schuf er sich Augenattrappen, die bevorzugt im Kopfbereich angebracht wurden, um den Kontakt des auf ihn gerichteten Augenpaares zu verzögern und ihn zu erschweren. Ohrringe, Stirn- und Halsschmuck mit Augensymbolen sind daher häufig. Aber auch andere, stark gefährdete Körperteile wie Gelenke und Rücken werden mit Hilfe von Amuletten geschützt.

Da der Mensch infolge der Vorwärtsorientierung der Augen ein relativ kleines Blickfeld hat, ist es ihm auch ein elementares Bedürfnis, den Rücken zu decken. Beobachten wir uns doch selbst. Wenn wir etwa in ein Restaurant eintreten, das gänzlich leer ist, werden wir einen Tisch wählen, wo wir mit dem Rücken zur Wand sitzen. Unbewußt natürlich. Diese „Rückendeckung“ ist auch der Grund des umgehängten Leopardenfelles über die rote Uniform der ungarischen Leibgarde, denn die schwarzen Flecken auf dem gelblichen Fell stellen Augensymbole dar und sollen vor dem Bösen Blick schützen und ablenken. Hier noch ein paar Worte zur Uniform selbst. Die frühe Kriegerkleidung war weitgehend mit der Gruppen-, Stammes- oder Volkstracht identisch. Mit der Anwerbung von Söldnern änderte sich die Situation, da völlig unterschiedliche Menschen aus verschiedenen Trachtenregionen in einer Truppe vereinigt waren. Es war auch unmöglich geworden, etwa im Nahkampf Freund und Feind an der Kleidung zu unterscheiden. Im Dreißigjährigen Krieg wurden die bisher wahllos gekleideten Söldner durch einheitliche Bekleidungsmerkmale gekennzeichnet.

Sogar die Regel, Frauenkleidung nach links, die der Männer nach rechts zu knöpfen, hat ihre Geschichte. Die Gewänder der Griechen und Römer waren nämlich großteils Wickeltrachten. Tücher also, die man um den Körper wand. Um nun die rechte Schulter und damit den Kampfarm frei zu haben, führten die Männer ihre Toga

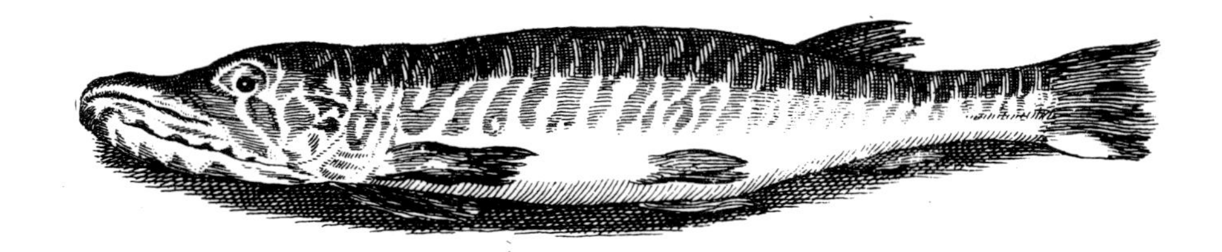

zumeist von der linken Schulter schräg nach rechts. Diese Gewohnheit findet sich heute noch bei manchen stark arabisch beeinflußten afrikanischen Völkern. Auch in der abendländischen Schneiderkunst ist die antike Regel bis heute spürbar.
Grausamkeiten waren auch in der Fischerei verbreitet. Als Kurzweil und zur Ergötzung herrschaftlicher Dienerschaften wurden bis ins 17., teilweise sogar bis ins 18. Jahrhundert das „Barbentreiben" durchgeführt. Diese „Jagdtechnik" ist nichts anderes als das Erschlagen von sich anläßlich eines Laichzuges an seichten Stellen zusammendrängenden Lachse. Also eine üble Schlächterei, die als lustig empfunden wurde. Es muß ein erbärmliches Schauspiel gewesen sein, wenn sich Frauen und Männer im Schlamm wälzten, um Fische zu erbeuten. Vergleichbar ist diese Art der perversen Lustbarkeit dem Ausfischen von Teichen, wenn dem Volk erlaubt wurde, ohne Beschränkung Beute zu machen und die Menschen ihren Sadismus ausleben konnten.
Die Abgaben und Dienste, die die kleinen Fischereipächter zu leisten hatten, waren drückend. Nicht selten mußten sie auch erniedrigende Fronarbeit leisten. Die Klage im „Wohlerfahrenen Österreichischen und Böhmischen Haushalter" von Josef von Feldeck aus dem Jahre 1719 gibt Auskunft:
„ ... in jetziger Zeit wird kein Strich Getraid, kein Zuber Karpffen, in summa nichts verkauft, da nicht der Hauptmann sein Theil davon hat, so daß solcher Hauptleute Häuser mehr Krafft haben als der Magnet, sintemal dieser nur Eisen an sich ziehet, jene aber alles ohne Unterlaß verschlingen. Die Hauptleute reiten die Bauern, die Herren reiten die Hauptleute – kommbt der Teuffl, reitet sie alle!"
Leicht vorstellbar, wie bei dieser Einstellung und Gepflogenheit auch der Fischdiebstahl blühte, obwohl das Fischessen schon damals nicht jedermanns Sache wegen der „Gräten" war. So mancher Fischer wird beim Fang eines Döbels, einer Brachse oder von Nasen oder Rotaugen seine Beute wieder in ihr Element zurückgesetzt haben, wenn er an den Ausspruch seiner besseren Hälfte dachte: „Wieder lauter Gräten". Jagd und Aberglauben, aber auch Jagd und Magie sind eng miteinander verbunden.
Seit alters her, bis in das 19. Jahrhundert hinein, war die Meinung verbreitet, der Jäger verfüge über magische Kräfte. Manche meinten, er wäre imstande, das scheue Wild zu bannen, andere glaubten, der Jäger sei mit dem Teufel in die Schule gegangen oder habe mit ihm einen Pakt abgeschlossen. Deshalb sollte der Jäger auch keine Wöchnerin oder Neugeborene besuchen. Natürlich konnte der Jäger auch Arzneien beschaffen, wie Herzkreuzeln vom Steinbock, die gegen alles gut waren, oder Klauen vom Elch, welche die Geburt erleichtern, und Bezoarkugeln aus dem Pansen der Gams, die großartig gegen die Lungensucht wirken sollten.
Viele meinten, der Jäger begegne im Wald dem Teufel, den Hexen und dem Tatzelwurm. War es da so abwegig, Rezepte zu erfinden, damit man „gewiß schießen könne"?
„Man soll keine Kugeln gießen, wenn die Sonne in den Schützen getreten, welches im November geschieht. Oder auch, wenn der Mond den Schützen berühret, wenn nämlich im Kalender der Schütze 3 Tage aufeinander stehet. Hierzu gehören folgende merkwürdige Handgriffe: Haue, steche oder schneide an solchen Tagen Mittags in der zwölften Stunde mit einem Instrument solche Kalenderzeichen heraus, gieße Kugeln und thue allemal eins davon in das Modell, so wirst du mit solchen Kugeln niemals fehl schießen. Man soll Späne von einer Eiche nehmen, worein das Wetter geschlagen, solche klein zu Mehl feilen, hernach während des Kugelgießens davon in die Form werfen.
Nimm einen Strick, daran ein Dieb gehangen, brenne ihn zu Pulver, und vermische damit das Schießpulver. Oder nimm ein Stück von einer Kette, daran ein Schelm gehangen, feile selbiges ganz klein und mische davon unter das zerflossene Blei.
Nimm Herz und Lunge von einem Wiedehopf, der niemals auf die Erde gekommen, binde sie auf den linken Arm, so triffst Du, was Du kannst.

Man kann auch das Herz von einer Fledermaus unter das Blei bei dem Gießen mischen, damit kann man Alles tödten, was recht getroffen worden.
Wenn ein Jäger gewiß schießen will, so soll er das Blut von seiner rechten Hand pulverisiren und unter das Pulver mischen. Diese Kraft soll auch das Blut von jungen Wiedehopfen haben. Man nimmt von diesen einen Vierling unter 4 Pfund Schießpulver.
Such er eine Natter vor S. Georgi, haue ihr den Kopf ab, thue alsbald in beide Augen und Mund eine Erbse, grabe den Kopf unter eine Brücke, worüber man reitet und fährt. Lasse ihn 7 Wochen und 3 Tage darunter, so werden die Erbsen wachsen; diese stoße zu Pulver, so wirst du gewiß keinen Schuß fehlen, wenn Du deine Ladung damit vermischet hast.
Mache einen guten Magnet zu Pulver, ein gerechtes Wismuth, Erz und Auripigment desgleichen. Wenn es wohl gemischt, so nimm ebenso schwer granulirt Blei. Lasse inzwischen einen Tiegel glühend werden und trage per partes die Mixtur hinein, lasse sie eine gute Stunde im Fluß stehen und gieße nachher Kugeln daraus. Es geschieht solches am besten, wenn der Mond im Schützen 3 Tage nach einander läuft, auch in sonderheit Dies Martis eintrifft und das der Guß in Hora Martis nicht geschehe."
Der festliche Rausch der Barockzeit kam natürlich auch auf jagdlichem Gebiet zum Tragen. Die Jagd wurde zum Mittelpunkt aller Vergnügungen. Sie gewann Bedeutung wie nie zuvor. Keine Mittel wurden gescheut, um die Jagden so glanzvoll wie möglich zu gestalten. Daß dabei die Grundsätze echten Waidwerks verlorengingen, war die Folge. Die Jagd artete zum höfischen Schauspiel aus, und die Kunst, durch Hörnerklang die Stimmen nahenden Unheils zu übertönen, die Jagdausübung mit klingender Feierlichkeit, großer Kunst und edlem Stilwillen zu verbrämen und damit über die Alltäglichkeit hinauszuheben, machte den goldenen Schimmer jener Zeit aus. Bei Abzug, was zum Drumherum der großen Jagden jener Zeiten gehörte, wie etwa die goldgeborteten Uniformen, das ausgefeilte Zeremoniell, Wappen, Fahnen, Orden, bleibt aus heutiger Sicht ein ernüchterndes Resultat: Eine Zeit furchtbaren Martyriums für die wildlebende Kreatur. Heute nahezu unvorstellbar, welch unermeßliche Brutalität sich hinter der vielbesungenen Poesie der Barock-Jagd verbarg. Besonders deutlich wurde dies, als im Verlaufe weniger Jahrzehnte statt der Parforcejagd, die von den Teilnehmern doch ein gewisses Maß an Mut und persönlichem Einsatz forderte, mehr und mehr das eingestellte oder „teutsche" Jagen in Mode kam. Dabei wurde das Wild auf engstem Raum zusammengetrieben, um vor prunkvoller Kulisse von den Jagdteilnehmern niedergemetzelt zu werden. Als auch dieses „Vergnügen" zum Überdruß führte, wurde eine andere Art sadistischer Tierquälerei ersonnen, die als das „Fuchsprellen" in die Jagdgeschichte eingegangen ist.
Auch am österreichischen Hofe gab es zur Barockzeit natürlich große, zeremonielle Jagdfeste. Anläßlich der Vermählung Kaiser Leopolds I. mit Margarethe von Spanien fand im Dezember 1666 im Wiener Prater ein derartiges Prunkfest statt. Melchior von Küsell hat dazu geschrieben: *„Allerlei Wild wurde in Tirol und in den Bergstätten zusammengefangen und zu dieser Hauptjagd nach dem Prater gebracht. Sobald der Obristjägermeister, Herr Graf von Ursenbeck, die Jagd mit den bei sich habenden Jägern, (über 80 woll gekleidet) angeblasen hatte, wurde alsdann der Boden, worin das rothe Wildpret war, eröffnet und sind zur Bewunderung über 500 Stück in einer Schar herausgebracht worden. Da ihre Majestäten etliche Stück gefället, wurde befohlen, das übrige auszulassen."* ... *„Sodann wurde das Schweinsjagen angeblasen. Dem größten Schwein haben ihre Majestät selber, nachdem es mit zwei geharnischten Hunden gehetzt wurde, mit dem Spieß dem Fang gegeben."* Und so ging es noch tagelang weiter. Daß allgemein auf alles geschossen wurde, was sich bewegte, belegen Jagdberichte, die im Jagdmuseum von Schloß Marchegg besichtigt werden können: Vom Hausschwein bis zu Igeln und Fröschen blieb jedes Wild auf der Strecke ... Die Form dieser – aus heutiger Sicht unwaidmännischen – Jagden, das „eingestellte" Jagen,

**Der Teutsche wohlgewohnt der Kält,
Auf dem Gebürg' liegt, biß er fällt
Den wilden Bären in dem Schnee,
Und tracht't, daß ihm kein Hirsch
entgeh.**

wurde durch mehr als ein Jahrhundert gepflegt. Den Höhepunkt bildete das sogenannte Hasen-, Fuchs- und Sauprellen. Das arme Wild wurde von Herren und Damen des Gefolges auf einem großen viereckigen Leinentuch solange hochgeschleudert, bis es keine Luft mehr bekam und qualvoll verenden mußte.
Zahlreiche Zeitzeugen haben anschauliche Bilder jener Zeit hinterlassen, von denen einige hier wiedergegeben werden. So sind aus der Zeit Karl Albrechts mehrere große Jagden auf Rot- und Schwarzwild überliefert. Im Geisenfelder Forst wurde im Jahr 1729 eine Rot- und Schwarzwildjagd mit einem Aufgebot von 1270 Mann, 282 Pferden und zwölf Fuhren abgehalten. Dieses Aufgebot glich eher einem Kriegszug als einer Jagd. Eine recht merkwürdige Jagd, die für jene Zeit besonders charakteristisch ist, wurde am 10. November 1736 am Ammersee von Kurfürst Karl Albrecht und seiner Gattin in Anwesenheit der Herzoginnen Antonia und Theres abgehalten. Dr. Karl Sälzle und Prof. Hans Schedelmann belegen im Katalog 1977 des Deutschen Jagdmuseums München darüber:
„Es wurde eine Maschine auf Flößen im Wasser erbaut, gleich einem großen Haus, welches mit grünem Laubwerk auf das prächtigste ausgeziert, aus welchem die durchlauchtigsten Herrschaften mit aller Bequemlichkeit die in das Wasser eingesprengten Schweine zu schießen und theils anschwimmen zu lassen gnädigst beliebten, also zwar daß deren bis 11 Stück erlegt wurden, worunter sich oben auf einer Gallerie die Trompeten und Pauken beständig hören lassen, und eine Tafel von 30 Personen, darunter auch der in Regensburg residirende holländische Gesandte Herr von Gallines mitzuspeisen und diese Wasserjagd zu sehen die höchste Gnade genossen, zum Frühstück zugerichtet gestanden.“
Die Jagd als ausgesprochenes Hoffest blieb dem 17. und insbesondere dem 18. Jahrhundert vorbehalten. Mit der Poesie der Jagd, von der schon in vorhergegangenen Zeiten nicht viel übrig geblieben ist, war es nun endgültig vorbei. Der Jagdherr und seine Gäste schossen auf engstem Raum eingekammertes Wild tot, wobei das Hauptaugenmerk dieser Jagden neben den riesigen Wildmassen, die zur Strecke kamen, auf die glanzvolle Ausschmückung des Laufes und auf die üppige Ausstattung des Jagdschirmes gelegt wurde, der meist zugleich als Schießstand und Gastraum diente, in dem das Jagdfrühstück eingenommen wurde. Besonderer Vorliebe erfreuten sich die Wasserjagden. War kein See vorhanden, wurde einer eigens für das Fest angelegt. Kosten schienen keine Rolle zu spielen.
Eine übersichtliche Darstellung eines großen fürstlichen Hirsch-Wasser-Jagens anläßlich der Hochzeitsfeierlichkeiten des Herzogs Karl von Württemberg mit Elisabeth Friederike Sophia, geborene Markgräfin zu Brandenburg-Bayreuth, gibt ein Bericht vom 8. Oktober 1748. Die Jagd wurde in Leonberg, etwa 15 Kilometer westlich von Stuttgart, abgehalten.
„Umfangreiche Vorbereitungen hatte man zu diesem Brunft- und Hatzjagen getroffen, das in dem von einem weiten Waldgebiet umgebenen Wasserbachthal an einer Stelle stattfand, wo durch Stauen des Baches ein größerer See angelegt werden konnte. Die sanften Hänge des Tals eigneten sich besonders zum Aushub von Terrassen und zur Erstellung von reichen, dekorativen Ausbauten. Besonderes Augenmerk war darauf gerichtet, das Wild nach Öffnen der Kammertore, hinter denen gegen 800 Stück Rot- und Schwarzwild harrten, auf eine möglichst überraschende Art vor die Augen und die Büchsen des fürstlichen Jagdherren und seiner geladenen Gäste gelangen zu lassen. Wie die zeitgenössische Beschreibung des Festes berichtet, standen zu beiden Seiten des Auslaufs zwei mächtige, aus Holz gezimmerte und bemalte Kastelle; in der Mitte zwischen diesen war eine prächtige Triumphpforte errichtet, die mit den perspektivisch gemalten und mit hohen Türmen bewehrten Kastellen durch je vier kleinere Bogengänge verbunden war. So war alles darauf angelegt, daß diese ganze Baulichkeit einen prunkvollen Hintergrund für das blutige Schauspiel abgeben konnte. Ahnungslos sollte das nun unter jenen Bogen heranstürmende Wild gegen

den durch eine Hecke verdeckten See rennen, um unvermutet über die steile Böschung herab ins Wasser zu stürzen. Der Triumphpforte unmittelbar gegenüber, nur durch den See getrennt, stand der prächtig ausgestattete Jagdschirm, der Raum für 50 Personen bot. Zu beiden Seiten des erwähnten festungsartigen Aufbaus befanden sich die Räume für die Zuschauer und die Tribüne für das Musikkorps. Hinter dem Schirm umschlossen auf ansteigendem Gelände mit fensterartigen Ausschnitten versehene Bogen und Festons aus Moos und Laub die mit Treppen verbundenen Terrassen.
Unter dem Getöse von Pauken und Trompeten fanden sich die fürstlichen Herrschaften mit ihrem Gefolge im Jagdschirm ein, und darauf zog die Jägerei zu Holz, um die Kammer zu öffnen. Das Gewild kame durch die bey obbemeldten Castellen besonders zubereitete Schwibbögen hauffenweise heraus und wurde daselbst von einer Höhe zu 14 Schuh in das Wasser herabgesprengt und alsdann unter währendem Schwimmen aus dem Schirm heraus von anwesenden hohen Herrschaften geschossen."
Der Bericht betont ferner, wie sehr die Jagdgesellschaft hierbei das erwünschte Vergnügen gefunden hat: *„Sie ergötzten sich bald an den artigen Erfindungen und Einrichtungen dieses Jagens, bald über das Herunterpurzeln des Gewildes an dem dazu gemachten Absprung, bald über das ängstliche oder noch vergebliche Fliehen desselben."*
In der Pause wurde das Frühstück gereicht; während die Marschall-Suite im Jagdschirm speiste, tafelten die Kavaliere im Freien auf den Terrassen in den Rondellen. An die 400 Stück Wild waren nach Schluß des Jagens erlegt und von Schiffern aus dem Wasser gezogen worden; die noch übrigen Hirsche und Sauen wurden wieder in Freiheit gesetzt.
Dazu mag noch erwähnt werden, daß den krönenden Abschluß dieser Jagd das großartige Festbankett im zauberhaft erleuchteten Rittersaal des Schlosses zu Ludwigsburg bildete. Hier tafelte die feine Gesellschaft unter einem 30 Fuß hohen Dianatempel, dessen Säulen und Schwibbogen mit grünem Bindwerk und Jagdtrophäen geschmückt waren. Inmitten des Tempels warfen vier Fontänen funkelnde Wassergarben um eine vergoldete Dianastatue. Unter dem Konfekt erschien als Schaugericht diese Göttin in einem mit acht Löwen bespannten Triumphwagen;
„Die grüne Livree der Jäger war prachtvoll mit Silber und seidenen Borten besetzt, und beim Einzug in Stuttgart ritt der Oberjägermeister Baron Geyers von Geyersberg in grünsamtener, goldgestickter Kleidung der Jägerei voran; ihm zur Linken ging ein Läufer in grüner, reich mit Silber verzierter Gewandung. Dreizehn adelige Forstmeister, alle in Hellgrün mit Gold gekleidet, folgten auf Schimmeln, während die Jagdpagen, die Hofjäger und 62 riesige Forstknechte auch Rappen ritten."
Der Vollständigkeit halber muß auf einige wenige Ausnahmeerscheinungen unter den Herrschern hingewiesen werden, deren Jagdtrieb sich nicht allein darin äußerte, Unmengen von Wild auf geradezu perverse Art zur Strecke zu bringen. Die österreichische Kaiserin Maria Theresia war eine dieser Persönlichkeiten.
Es wurde überliefert, daß zu den bedeutendsten Festlichkeiten des 18. Jahrhunderts jener prächtige Empfang zählte, den Herzog Josef Friedrich zu Sachsen-Hildenburghausen in Schloßhof, einer damals ihm gehörigen Herrschaft an der March, für Franz I. und Maria Theresia sowie den Erzherzog Karl gab und bei dem die Jagd eine wesentliche Rolle spielte, bei der aber nun etwas ganz Merkwürdiges geschah. Diese Jagd wurde an den Ufern der March gehalten, wofür nicht weniger als 800 Hirsche zusammengetrieben wurden. Ganz ähnlich wie bei Leonberger Festjagden waren auch hier Triumphbögen errichtet und in den Fluß hineingeschoben, von denen aus die Hirsche in klaftertiefem Sprung in das Wasser gejagt werden sollten. Am anderen Ufer der March war der Schießschirm der Gloriette von grünem Laubwerk zierlich zugerichtet. Schiffe in Form des venezianischen Bucentauro, aufs köstlichste ausgeschmückt, brachten die hohe Jagdgesellschaft an Ort und Stelle. Musikanten in roten und gelben Masken-Habits, mit schönen Federn auf den Köpfen, und Sängerinnen, als Nymphen verkleidet, erfreuten dabei Auge und Ohr.

Sobald die Herrschaften in den Schießschirm eingetreten waren, gab der Prinz das Zeichen, daß die Jägerei zu Holz ziehen sollte, Hift- und Waldhörner erschallten zu dem Waldgeschrei der Jäger, das Blendtuch hob sich, und einige hundert, wiederum rot und gelb gekleidete Bauern, die rote und weiße, mit dem österreichischen Wappen versehene Fahnen in den Händen hatten, traten, vermischt mit den Jägern, aus dem Gebüsch hervor und jagten eine Menge Hirsche den Berg hinunter, durch die schon erwähnten Triumphpforten hindurch in das Wasser. Nun war es die Intention des Prinzen, daß die anwesenden Kavaliere sich auf die eigens dazu bestimmten kleinen Schiffe begeben und die Hirsche auf der March mit den auf diesen Booten bereitgestellten und mit Federbüschen garnierten Jagdspießen erlegen sollten. Aber jetzt trat jenes Merkwürdige ein, von dem wir oben gesprochen haben und was in der Jagdgeschichte jener Zeit als Kuriosität betrachtet werden darf: Ihro Majestät – die Kaiserin nämlich, die wie Friedrich der Große an der Jagd wenig Gefallen fand –
„Dero mitleidiges Herz nicht einmal, daß einem Tier wehe geschehen, zusehen kann, haben nicht allein ersagtes Dardieren (von fran: le dard, der Wurfspieß. Anm. d. Verf.) nicht zugegeben, sondern auch weder selbsten auf das hohe Wild schießen, noch andern solches zu erlauben, und vielmehr haben wollen, daß man ihm die Freiheit schenken sollte. Und so geschah es auch."
Wie stand Maria Theresia grundsätzlich zur Jagd? Sie hatte bereits bei ihrem Regierungsantritt im Jahre 1740 die von Maximilian I. begründete und von Erzherzog Karl ausgebaute Jagd geschmälert übernommen. Schon unter Leopold I. (1658-1705) war begonnen worden, aus finanziellen Gründen die landesfürstlichen Forste zu veräußern. Diese Entwicklung setzte sich unter Maria Theresia fort, die für Kriegsführung und innere Reformen immer neue Mittel brauchte. Während Friedrich der Große durch die Tatkraft und das organisatorische Talent seines Vaters einen wohlgeordneten Beamtenstaat, das bestgeschulte Heer und einen vollen Staatssäckel übernommen hatte, war Maria Theresia gezwungen gewesen, diese Grundlagen einer erfolgreichen Politik und siegreicher Feldzüge erst zu schaffen. Sparsamkeit war es auch, die sie veranlaßte, die Kosten der Jägerei durch den Verkauf und die Verpachtung der Forste einzuschränken; doch mußten die Pächter adeliger Herkunft sein. Lediglich die Leibreviere und Reservejagden rund um Wien wurden wegen der Versorgung des Hofes mit Wildbret und für die Fleisch-Deputate beibehalten. Um den Bauernstand wirtschaftlich zu kräftigen, wurden Zäune als Abwehr gegen Wildschaden erlaubt und grundsätzlich der Anspruch auf Vergütung von Wildschäden anerkannt. Am 7. Januar 1741 erließ die Kaiserin einen Ausrottungsbefehl gegen das Schwarzwild, und am 20. Januar wurde nochmals besonders Käufern und Pächtern der landesfürstlichen Forste die Vernichtung dieses Wildes zur Pflicht gemacht. Schließlich wurde 1770 das Halten von Wildschweinen nur noch in Tiergärten gestattet. Diese Maßnahmen führten in Österreich zur völligen Vernichtung des Schwarzwildes, das erst später wieder aus Ungarn einwanderte.
Um die allgemeine Verärgerung der Jagdbesitzer zu mindern, die in ihren Rechten empfindlich eingeschränkt worden waren, betraute die Kaiserin sie mit der Aufgabe, der Wilderei Einhalt zu gebieten.
Aus dem absoluten Rechtsgefühl heraus, das den Beamtenstaat, den zu schaffen sie bestrebt war, auszeichnet, wurden Verfehlungen gegen die Verordnungen scharf geahndet; die Wildererstrafen erreichten eine Schärfe wie nie zuvor.
Die Strafen bestanden in Auspeitschen, langjähriger Zwangsarbeit, Vertreibung von Haus und Hof, Einziehung als Rekrut.

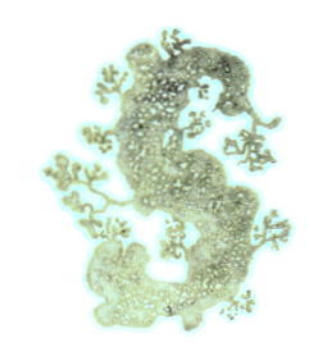

Sehr zu schaffen machte im 18. Jahrhundert den Europäern die Wolfsplage, weshalb die Landesherren oft fast sämtliche Untertanen zur Treibjagd befahlen. Die Wölfe traten in derart großen Rudeln auf, daß die Tore der Stadt Schwerin zum Schutz vor den Wölfen ab 1637 auch tagsüber geschlossen gehalten werden mußten. Auch vor den Toren Wiens war der Wolf daheim. Im Jahre 1604 wollten die Bewohner von Neustift am Walde eine eigene Kirche, weil ihnen der Weg zum Gotteshaus in Sievering wegen der Wölfe zu unsicher und gefährlich erschien. Natürlich kannten die Menschen Rezepte zur Abwehr von Wölfen, die Wirksamkeit ist mehr als zweifelhaft.

„Daß einem kein Wolff schaden thun kan.
Es fürchten sich die Wölffe sehr vor dem Gethöne und Klingen der Schwerdter und andern Wehren und Waffe / wann man selbige aufeinander schlägt. Im Winter sollen die Wandersleute allzeit Feuer bey sich tragen / wann tieffer Schnee ist/und zum wenigsten zwenn Kieselsteine / und Diesselbe im äussersten Nothfall hart zusammen schlagen / daß sie Feuer von sich geben / so weichet der Wolff.“

„Daß einem kein Wolff in seinen Hof oder Stall komme.“ Joannes Jacobus Weckerus schreibt aus dem Rhale und Alberto Magno, „wann man einen Wolffsschwantz in einem Forwerg oder Meyerhof begrabe / so dürffe sich kein Wolff hinein wagen / und wo derselbe in einem Hause aufgehangen wird / da komme kein Fliege hin“. Alberto Magno berichtet, wann man einen Wolffsschwantz über die Krippe der Kühe oder anderes Viehes hängt / so soll kein Wolff darzu kommen / es sey dann / daß man den Schwantz wieder hinweg nehme.

Viele Wölfe zusamm zu bringen / und übereinander todt zu schlagen.
Nimm der kleinen Fischlein im Meer / die nennet man Blemmos und Wülfflein / zerstosse sie in einem Mörser / mache ein Feuer an dem Ort / da sich die Wölffe halten/ und am allermeisten / wann der Wind wehet / darnach nimm einen Theil von den zerstossnen Fischen / und lege sie auf die Glut / nimm darnach den Saft von den Fischen und Lamm-Fleisch/welches auch zerstossen ist / mische es wol untereinander/und legs zu den Fischen auf die Glut / und gehe davon. Wann dann der Geruch aufgehet / so versammeln sich alle Wölffe / die in derselbigen Gegend sind / wann sie dann von demselbigen Fleisch fressen / so macht sie dasselbe und der Gestanck vom Feuer truncken / daß sie nieder fallen als schlieffen sie/so kan man sie hernach seines Gefallens tödten.“
Wirksamer erwies sich da schon der Erlaß, den der Herzog Adolf Friedrich zu Mecklenburg am 18. Dezember 1648 zur Bekämpfung der Wolfsplage erlassen hat.

„Demnach die unumgängliche Notdurft erfordert, daß die schädlichen Wölffe nach Möglichkeit vertilget und verfolget werden, haben wir zu dero beheuff morgen ein Wolffsjagd im Heinholtz anzustellen ernstlich befohlen. Zu welcher Jagd Wir nicht allein alle unsere Ambtsuntertanen, Müller und Scheffer mit ihren Hunden bedürfen, besonders damit solche Jagd desto besser vor sich gehen und bestellet werden möge. Also befehlen wir unseren pensionarien (Zinsleuten) hiemit ernstlich, daß sie morgen mit dem Tage mit ihren Hoff- und Priesterhunden, wie auch Müller und Scheefferhunden, wobey ein jedweder seinen Knecht mitschicken soll, wie auch mit seinen anbefohlenen Untertan mit deren Hunden zwischen Blaßhegen und Hainholtz bey Straff unser högstes Ungnaden sich gestellen und die Jagd, zumal weil ihnen selbst mit daran gelegen, mit Fleiß mitbeziehen und verrichten helfen sollen. Daran verrichten sie Unsern gnädigen auch ernsten Willen und Meinung.“
Jene Dorfbewohner, die zur Dienstleistung bei Wolfsjagden verpflichtet waren, wurden in „Mann-Listen“ geführt. Wer nicht zum angesagten Treiben erschien, wurde streng bestraft. Wie schwierig Wolfsjagden waren, beschreibt Freiherr von Riedesel 1617: Mehrere Tage habe er einen Wolf verfolgt und offensichtlich habe

dieser auch über mehrere Leben verfügt, so oft sei das Tier mit Schußverletzungen noch weit geflüchtet. Wurde in einem Revier ein Wolf aufgespürt, wurde er mit Wolfsgarnen (Netzen) umgeben. Treiber mit Fackeln umstellten nachts den Raum, das übrige Wild war vorher weggetrieben worden, sodaß der Wolf zu einer vorbereiteten Grube gelockt werden konnte. Und diese mußte fünf Meter breit und drei Meter tief sein…

„Dir soll ich nitt bergen, daß wie dieser Orten etliche Schafhändler und Weidleute bekommen, den wir keinen Boten geschicket wegen 3 Wölfen, welche großen Schaden in die Wildfuhr nicht allein tun, sondern auch den armen Leuten. Da habe ich am Montag einen bei Hopfgarten ausgekreist und ihn mit dem Volke wohl umstellet; habe ihn auch mit meiner Kugelbüchse mitten durch den Leib durch und durch geschossen. Ist mir aber durch die Hasengarne, welche ich doppelt gezogen, gelaufen und durch den Schwalm geschwommen. Den andern Tag habe ich ihn ungefähr wieder, als ich den Leuten an Homberg Holz anweisen wollte, angetroffen. Ist er krank gewesen und habe ich ihn zum andern mal eingestellet; ist mir durch die starken Hasengarne gelaufen und hat ein großes Stück mitgenommen. Und habe alle unser Jagdhunde daran gehetzt, Wind- und Birshunde und haben sie ihn fast eine viertel Stunde herumgehetzt. Ist mir aber endlich wieder entkommen. Da habe ich einen Boten dieselbe Nacht abgefertigt an Euch und Euch gesendet nach Eisenach um etliche Wolfgarne zu holen. Ich habe gestern, als der Wolf wieder in die Stellung gelaufen, alsbald wieder umsetzen lassen den ganzen Wald und diese Nacht Feuer darum gehabt, aber er ist mir wieder ausgebrochen. Der eine, halte ich davor, wird kein Schaf mehr fressen, da ich nicht glaub, daß er mit dem Leben davon kommt, weil er durch und durch geschossen ist. Sie haben schon über 12 gerissen und großen Schaden im Perch getan. Es ist eine Wölfin daruntern, die hat lange Mempel. Wo sie all die Jungen hat, kann ich nicht wissen. Die fällt am hellen Tag unter die Schafe und nimmt ein junges Lamm, läuft mir davon, und wenn die Schäfer mit Stecken nach ihr schlagen, stellt sie sich in die Wehr. Du kannst nicht glauben, wie es mit den Lappen so schön angehet. Ich habe den einen Stall zwei Tage nach einander eingelappt, so daß der Wolf nicht begehret hat, durch zu laufen. Ich habe schon kurzweil mit ihm gehabt, aber noch nicht bekommen. Verhoff aber auf die andere Nacht. Ich bitt nun Dich freundlichst um Verzeihung, daß ich die Garne behalten hab.“

Die Brunftzeit war schon einige Wochen vorüber, als mir Freund Ernst mitteilte, daß es ihm gelungen sei, für ihn und auch für mich in seinem Heimatort in der Steiermark eine Einladung zum Kahlwildabschuß zu bekommen. Als Jungjäger mit nicht allzuviel Gelegenheit zur Jagdausübung war ich darüber natürlich hocherfreut. Als Termin wurde das Wochenende vereinbart, und pünktlich am Freitag nach Büroschluß holte mich mein Jagdfreund mit seinem fahrbaren Untersatz ab. Dieses Gefährt mit „Wagen" zu bezeichnen, wäre eigentlich überheblich gewesen. Gewehr und Rucksack hatten wir bald verstaut und sogar für uns beide blieb noch Platz. Wenn es auch mit diesem Miniaturfahrzeug nicht gerade bequem zu reisen war, so brausten wir doch mit 80 Sachen dem Semmering entgegen.
War es bei unserer Abfahrt in Wien naßkalt und regnerisch gewesen, so schneite es am Semmering bereits derart stark, daß wir kaum 20 Meter sehen konnten. Daher dauerte es auch dementsprechend lange, bis vor uns endlich die Ortstafel Knittelfeld auftauchte. Aber dann war es nicht mehr allzuweit bis zum Ziel. Kurz vor 10 Uhr abends erreichten wir das Forsthaus, wo uns seine Eltern bereits ein wenig besorgt erwarteten. In der urgemütlichen Jagdstube wurden bei einem „Jagatee" die Chancen für die kommende Jagd erörtet. Ernsts Vater, ein pensionierter Oberförster, prophezeite schönes Wetter für den nächsten Tag, und so schlüpften wir weit nach Mitternacht zufrieden und in Vorfreude der kommenden Jagderlebnisse in unsere Betten.
Die Nacht war viel zu kurz, und ziemlich verschlafen krochen wir sehr früh aus den Federn – wirklich, es hatte zu schneien aufgehört. Aber nicht lange, und unsere freudige Erwartung auf besseres Wetter wurde endgültig zunichte, als auf dem Weg zur Sonnleiten hinauf erneut ein dichtes Flockengewirr auf uns herabtanzte. Im Bauernhaus, das unserem Jagdherrn gehörte, brannte schon Licht. Wir wurden also bereits erwartet, und die Begrüßung war überaus herzlich. „Habts enk bei den Sauwetter do zu mir aufatraut?", meinte dann Max, der Jagdherr, anerkennend und mit einem etwas mißtrauischen Seitenblick auf unser Fahrzeug. „Also nocha steigts um in mein Jeep. Mir fahrn zerst ins Ramlach eini. Vielleicht, daß ma durt a Stuck kriagen." Max' Jeep war ein Wunderfahrzeug – denn es war ein Wunder, daß es fuhr. Im Blech unzählige Beulen, die Türen mit Draht angehängt, und als es steil bergab ging, hatte ich nicht immer das Gefühl, daß auf die Bremsen unbedingt Verlaß sei. So fuhren wir gottergeben durch die Dunkelheit. Der Wind pfiff eisig ums Gesicht, und auch das Schneetreiben wurde stärker.
Ganz langsam zog jetzt der Tag auf, und noch immer fraß sich unser Gefährt durch die wäßrigen Schneemassen. Endlich stellte Max den Motor ab. „So", meinte er zu mir gewendet, „drüberm Bach is a Sitzl und durt bleibst. I geh mit'n Ernstl drucken. Gschossen wird Tier, Kalb, und wann a passends Hirschl kimmt, kannst es a nehma." Sprachs und stapfte mit einem „Guten Anblick" ins weiße Nichts. „A passends Hirschl", hat er gesagt. Diese Worte klangen verheißungsvoll im Ohr und hielten mich für einige Zeit warm. Doch allmählich kroch dann doch die Kälte an den Beinen hoch. Ich bohrte meinen Blick unentwegt in den Nebel, um vielleicht doch den dunklen Körper eines Stück Hochwildes zu erspähen. Nach eineinhalb Stunden kamen Max und Ernst zurück. Verschwitzt, ebenfalls erfolglos und müde. „Bei dem Wetter geht uns nix ausse", philosophierte Max. Also saßen wir auf, und in luftiger Fahrt ging es wieder heimwärts. In der warmen Stube tauten wir allmählich wieder auf und nach einigen Tassen Tee zog es uns schon wieder hinaus ins Revier. „Nach dem Essen fahren mir ins Hochbrand aufe", sagte der Bauer, „durt wird scho was gehn."
Um die Mittagszeit wurde es dann etwas heller, und als wir zu unserem Reviergang aufbrachen, schien sogar schon die Sonne. Max nahm diesmal auch sein „Hündl" mit, den Langhaardackel Rex. Die Fahrt auf das Hochbrand war kurz und verlief wegen der wärmenden Sonnenstrahlen auch recht angenehm. „So", sagte unser Gönner vor einer Wegbiegung, „du sitz di durt zu der Feichtn zuwe. Von durt hast an guaten Ausblick. Schiaßen kannst Tier, Kalb und an Fuchs, wann da ana kimmt. In Ernstl sitz i übern Riedl an, und i druck mitn Hündl durch. Also, guaten Anblick!" Eine Weile hörte ich noch das sich langsam entfernende Rattern des Jeeps, dann war es still um mich. Tief unter mir lag das

breite, langgestreckte Tal, durch das sich jetzt milchig-weißer Nebelschleier wand. Rundherum gleißten die schneebedeckten Berggipfel in der spätherbstlichen Sonne, und keine 20 Schritt unterhalb meines Ansitzes lag der schmale Forstweg, auf dem wir gekommen waren. Zu meiner Linken erstreckte sich der Hochwald bis weit ins Tal hinab, und vor mir lag ein etwa 50 Meter breiter Schlag, der in eine Dickung überging. Es mochten an die dreißig Minuten vergangen sein, als ich im Hochwald brechen hörte.
Das könnte Hochwild sein. Behutsam machte ich meine Büchse bereit. Eine Weile war es still, dann trat vorsichtig ein Hirsch aus. Langsam zog er auf den Schlag und äste, keine dreißig Schritte von mir entfernt, an einem Himbeerstrauch. Der täte passen! Sechser, lange Enden, geringe Auslage. Doch diesmal hatte mir Max keinen Hirsch freigegeben. „Schiaßen kannst a Tier, a Kalb und an Fuchs, wann da ana kimmt", hatte er gesagt. Hirsch war da keiner dabei. Also hieß es, den Finger gerade zu lassen. Gute zehn Minuten stand der Hirsch vor mir, als wüßte er, daß ihm heute nichts passieren würde. Dann überquerte er mit einer eleganten Flucht die Straße und zog keine zehn Schritte neben mir bergauf ins Holz.
Ich glaubte zu träumen, und erst, als nach geraumer Weile Dackel Rex mit tiefer Nase der warmen Fährte folgend am Schlag erschien, wußte ich, daß es Wirklichkeit gewesen war. Dicht hinter Rex kam auch der Jagdherr. „Hast nix gsegen?" war seine erste Frage. Ich erzählte von meiner Begegnung mit dem Hirsch. „Ja, warum hast'd denn net gschossen?" fragte Max, ehrlich bestürzt. „Dem alten Mörderhirsch rennan mir ja schon lang nach." Als ich ihm entgegnete, daß er mir ja keinen Hirsch freigegeben hätte, meinte er:
„Also alle Achtung! Viele meiner andern Gäst hätten gwiß geschossn, wann eahna der Hirsch kemma war, a wann i eahna koan freigebn hätt. Daß's so was no gibt. Des is anständig."
Vielleicht war das mit ausschlaggebend dafür, daß mich Max für das kommende Jahr auf einen Hirsch einlud, denn im selben Jahr war mir kein Waidmannsheil mehr auf Hochwild beschieden, aber auch in den folgenden Jahren nicht.

Erst vier Jahre nach meiner ersten Begegnung mit dem Hirsch vom Hochbrand sollte es klappen.
An einem 27. Oktober fuhr ich also wieder in die Steiermark. Die Tage vorher hatte es ziemlich stark geschneit, doch bei meiner Ankunft schien die Sonne. Knapp nach Mittag traf ich bei Max ein und sah schon von weitem ein paar Jäger vor dem Haus beisammenstehen. Die Begrüßung war laut und herzlich. Max lud mich sofort ein mitzugehen. „Mir machn heut an kloan Hirschriegler", klärte er mich auf. „Wannst willst, sitz i di wieder auf dei Platzl aufs Hochbrand aufe!"
Und ob ich „wollte"! Schnell nahm ich Gewehr und Rucksack, stieg in den jetzt schon sehr alten Jeep und los gings. Wir waren im wahrsten Sinne des Wortes „geschlichtet wie die Sardinen". Sogar auf den beiden Kotflügeln und auf dem Kühler saßen Jagdteilnehmer. Ein Glück nur, daß das „Auge des Gesetzes" nicht bis hierher reichte! Nach und nach leerte sich der Jeep und schließlich war auch ich an der Reihe auszusteigen. Max rief mir noch „Guten Anblick" zu, und dann war ich allein auf meinem Ansitzplatz. „Wenn hier auch heute wieder ein passender Hirsch ausziehen würde, so wie damals", sinnierte ich. Um halb drei Uhr sollte der Trieb beginnen, und jetzt war es erst etwas nach halb zwei, also noch genügend Zeit. Meine Büchse lehnte neben mir am Baum, und ich hatte mich so bequem wie möglich eingerichtet. Einmal flüchtete Rehwild über den Schlag. Sicher waren ihm die Treiber schon zu nahe. Meine Uhr zeigte bereits drei Uhr und noch immer war kein Schuß gefallen. „Wird wahrscheinlich oben stehen, das Hochwild", dachte ich. „Sicher wird es wieder warm..."
Da brach beim linken Nachbarn ein Schuß. Jetzt wurde es aber höchste Zeit, mich herzurichten, denn es konnte leicht sein, daß auf den Schuß hin das Hochwild auf meine Seite wechselte. Weich, auf meine Handschuhe gepolstert, lag nun die Büchse vor mir in einer Astgabel bereit. Etwa fünf Minuten blieb es still, dann schnürte ein Fuchs pfeilgerade aus dem Hochwald auf den Schlag heraus auf mich zu. Der kam mir gerade recht. „Wenn er die Breitseite zeigt", dachte ich, dann..., aber der Rotrock machte kehrt und verschwand blitzartig

wieder im schützenden Wald. Was war bloß los? Wind konnte er von mir nicht bekommen haben, und eräugt hatte er mich sicher auch nicht. Nun nahm ich abermals eine Bewegung wahr, und diesmal war es ein massiger Körper, der auf mich zukam – ein Hirsch. Und was für einer! Sechser, stark im Wildbret, kurze Läufe – der paßte! Das Fadenkreuz meines Glases erfaßte den Vorschlag und folgte ihm. Kaum aus dem Hochwald heraußen, schwenkte er nach links ab, war dabei für einen Augenblick breit, und ich schoß. Der Hirsch quittierte die Kugel mit einer Riesenflucht steil in die Höhe, und ich repetierte sofort. Als er hinter einigen Jungfichten wieder hervorkam, ließ ihn ein zweiter Schuß auf den Träger blitzartig zusammenbrechen. Stille wieder rund um mich. Doch nicht lange.
Die anderen Schützen kamen herbei, um das erlegte Wild zu begutachten. Ein herzliches „Waidmannsheil" allseits und dann gings ans Hirschziehen. Mit vereinten Kräften gelang es nach einigen Mühen schließlich doch, das etwa 120 Kilo schwere Hochwild zum Fahrweg zu bringen und auf den Jeep zu wuchten. Auf dem Heimweg berichtete ich voller Freude jedem, daß dies mein erster Hirsch sei – und das war sehr unvorsichtig, wie ich bald merken sollte.
Sofort waren sich die Jagdgefährten einig, daß ich nun zum Jäger geschlagen werden müsse. Mit einigem Bangen sah ich meinem Dienstantritt zum Wochenbeginn entgegen.
Als dann einer in der Runde auch noch das alte Volkslied: „Ja in der Steiermark, da san d'Leut groß und stark" anstimmte, rechnete ich mindestens mit einem vierzehntägigen Krankenstand.
Doch St. Hubertus war mir gnädig, und der Jägerschlag fiel milder aus, als ich befürchtet hatte...

Eine besondere Stellung nahm im Jagdrecht die Kirche ein, war doch der von weltlichen Machthabern auf die Kirche übertragene Grundbesitz gewaltig. Das Hochstift zu Salzburg beispielsweise besaß bereits Ende des 8. Jahrhunderts 1631 Höfe und 17 Herrenhöfe. Natürlich hatte die Kirche auf allen diesen Besitzungen das Jagdrecht. Dazu gehörten die schönsten und reichsten Reviere, wie die von Oberbayern, die fast völlig im Besitz der Bistümer Salzburg und Augsburg sowie des Klosters Tegernsee waren. Früh schon hatten allerdings auch Kaiser bei Schenkungen an die Kirche das Jagdrecht für sich behalten. In einer Urkunde Ludwigs des Frommen aus dem Jahre 848 steht: *„...zusammen mit einem Wald, der Madam genannt wird, nur die Jagd ausgenommen“*, oder es lagen ältere Jagdrechte anderer vor, wie sie das Weistum von Kirburg 1582 kennt: *„Was die hoch und niedere Jagd anbelangt, so ist ein Graf von Sayn seit menschengedenken ihr höchster jäger gewesen und auch von allen dafür gehalten worden. Der abt hat allein hasengarne gehabt und damit gejagt. Wenn in seine garne rehe oder hochwild sich gefangen, so hat der graf und der abt solche mit einander gegessen.“*
Auf ihren ausgedehnten Grundbesitzungen haben Kirche und Klöster vielerlei Jagdrechte gehabt, die mit der Durchführung des Jagdregals auf die „Niedere Jagd“ beschränkt wurden. Die Ausübung der Jagd allerdings ist seitens der Geistlichkeit grundsätzlich stark umstritten gewesen. Schon im frühen Mittelalter vergaßen viele Priester und Mönche wegen ihres Jagdeifers kirchliche Pflichten. Nicht grundlos ordnete das Konzil von Agde, welches Alarich II. anno 506 einberufen hat, in der Satzung 55 an:
„Den Bischöfen, Presbytern und Diakonen ist es nicht erlaubt, Hunde und Falken zum Jagen zu halten.“ Auch in der karolingischen Zeit waren derartige Verbote üblich. Karlmann verfügte im Kapitular von 742: *„...ebenso verbieten wir den Geistlichen die Jagden und Waldzüge mit Hunden; gleichfalls dürfen sie keine Falken und Hunde halten.“*
Karl der Große wiederholte dieses Verbot 798 fast wörtlich: *„ ...daß die Bischöfe, Äbte und Äbtissinnen keine Hundemeute und Habichte halten sollen.“*
Obwohl nicht nachweisbar, so war für die Jagdverbote der Satz des Ivo v. Chatres (gestorben 1117) mitbestimmend, der in den Dekretalen enthalten ist: *„Esau war ein Jäger, weil er ein Sünder war. Und beinahe finden wir in den heiligen Schriften keinen heiligen Jäger, heilige Fischer finden wir.“*
In diesem Zusammenhang sei an dieser Stelle auf eine seltene Darstellung „Christus als Jäger“ mit grünem Jägerhut und Joppe, das Gewehr – auf das Laster – angelegt, hingewiesen, die sich, von einem unbekannten Künstler Ende des 17. Jahrhunderts gemalt, als Deckengemälde im Festsaal des ehemaligen Benediktinerklosters zu Benediktbeuren befindet.
Der früheste Erlaß für den Gesamtbereich der katholischen Kirche kam auf dem ökumenischen Konzil von Trient in der 24. Sitzung am 11. November 1563 zustande. Dort heißt es: *„Ferner sollten sie sowohl in der Kirche als außerhalb beständig einer ziemlichen Kleidung sich bedienen und von unerlaubten Jagden, Vogelstellen, Tänzen, Gelagen und Spielen sich enthalten und sich so durch Sittenreinheit auszeichnen, daß sie mit Recht der hohe Rat der Kirche genannt werden können.“*
Aus allen diesen Verboten spricht die Auffassung, daß nur die laute Jagd (venatio clamorosa) unziemlich ist; diese bestand in Hetzjagd und Beize. Die stille Jagd (venatio quieta), also das Fischen, dagegen war erlaubt, ein Standpunkt, den die Kirche auch heute noch einnimmt.
Trotz dieser Verbote haben zu allen Zeiten, besonders aber im Goldenen Zeitalter der Jagd (17. und 18. Jahrhundert), die höchsten geistlichen Würdenträger dem Waidwerk mit größter Leidenschaft gehuldigt und das ihrer weltlichen Stellung anhaftende Jagdregal mit derselben Hartnäckigkeit durchzusetzen versucht wie ihre weltlichen Amtsgenossen. Auch haben sie schärfer noch als diese befohlen, den Wildfrevel durch strenge und grausame Strafen zu sühnen. Die Vorsteher der Klöster

hingegen, denen durch ihre Zugehörigkeit zu den Landstädten ebenfalls das Recht auf Ausübung der Jagd zustand, waren im allgemeinen im Jagdbetrieb maßvoll. Der Klosterjäger versah die Brüder mit Wildbret, oder es war Aufgabe der klösterlichen Beamtenvogte, die Jagd zu versehen.

Einige von den zahllosen jagdlichen Begebenheiten, die der Kirche zugute gekommen sind, werden im folgenden dargestellt: Tassilo erbaute 777 Kloster Kremsmünster in Oberösterreich an der Stelle, wo sein Sohn Guntar von einem Keiler so geschlagen wurde, daß er neben dem von ihm noch erlegten Tier verschied. Den Dom zu Aachen soll Karl der Große an einer Stelle errichtet haben, die ihm ein Hirsch wies. Heinrich Borwin von Mecklenburg erneuerte 1135 das zerstörte Kloster Doberan an der Stelle, an der er einen starken Hirsch erlegt hatte; zudem gab er dem Kloster folgenden Spruch zum Wahrzeichen:

„Ein Hirsch, Bischofsstab und Schwan,
Das Kloster Dobberan,
Vor sein eigen Wappen soll han."

Ritter Balduin von Blankenburg, der auf der Burg Campe bei Braunschweig lebte und sich oft von Campe nannte, ließ 1244 die Kirche zu Steinhorst zum Andenken an seinen einzigen Sohn Jürgen erbauen, der auf einer Hasenhetze durch Fall vom Pferde tödlich verunglückte.

Im Lande Salzburg folgten die Fürsterzbischöfe sowie die anderen Reichsfürsten dem Beispiel, das Karl der Große und seine Nachfolger gegeben hatten. Sie zählten nach römischem Rechtsgrundsatz das Wild den herrenlosen Gütern zu und begründeten dadurch ihren Rechtsanspruch auf das Jagdregal. Das heißt, daß die bäuerlichen Gemeinden in ihren Gemarkungen des Jagdrechts verlustig waren. Davon ebenso betroffen waren die Lehensträger von Grund und Boden des Erzstiftes. Da vom 13. bis zum 15. Jahrhundert alle hochfreien Adelsgeschlechter im Land Salzburg, wie etwa die Grafen von Plain, von Peilstein, von Mittersill, von Matrei-Lechsgemünde sowie von Lebenau und Velber, und ebenso die aus dem Dienstadel der Ministerialen hervorgegangenen reichbegüterten Adelsfamilien der Goldegger und Kuchler entweder ausgestorben oder durch Kriegsereignisse ihrer Besitzungen verlustig gegangen waren, gewannen die Bischöfe durch vermehrten Besitzstand unumschränkte Gewalt. Sie herrschten absolut, weshalb an ihren Verordnungen innerhalb des Jagdwesens nicht gerüttelt werden konnte. Daher lag es auch in ihrem Gutdünken, wem im Lande ein Reißgejaid zukommen sollte und welche Auflagen daran geknüpft waren. An Gemeinden wurden jedenfalls Reißgejaide nur in seltenen Fällen vergeben. Meist wurden sie den Inhabern der Pfleggerichte zugesprochen, wobei umfangreiche Auflagen mitverbunden waren. In der Hauptsache gehörten dazu: Bereitstellung von Treibern, Fuhrleuten und Wagengespannen für die hochfürstlichen Jagden; eine als „Jägerheld", auch „Jägerhaber" bezeichnete Gemeindeumlage an die Kasse der hochfürstlichen Oberjägermeisterei; der Transport von Lecksalzen aus den fürstlichen Salzbergwerken bis zu den für das Rot-, Reh- und Gamswild angelegten Sulzen in den hochfürstlichen Gejaiden; Stellung von Robotdienst beim Bau oder bei Reparaturarbeiten von Jagdhäusern; ein Liefersoll von „Hundshaber", entweder in Natura oder in Ablöse durch Geld (mit „Hundshaber" wurde die Naturalabgabe für die Jagdhundeerhaltung der fürstlichen Jägermeistereien bezeichnet); der Transport des erlegten Wildes an zugewiesene Plätze, ebenso die Ablieferung von gefundenen Abwurfstangen der Hirsche und von Marder-, Fuchs- und Luchsbälgen an die fürstliche Jägerei; Bereitstellung eines großen Aufgebotes aller tauglichen Bauern bei Wolfsjagden.

Reißgejaid hieß die Jagd auf die der niederen Art zugezählten Wildarten. Zu denen gehörten: Hase, Auerwild, Edel- und Steinmarder, Wildkatze, Iltis, Wiesel, Fuchs, Dachs, Eichhörnchen, Birkwild, Haselhuhn, Schneehuhn, Steinhuhn, Rebhuhn, Wildente, Schnepfe, Wachtel, Wildtaube, Fischotter und (ab 31. Oktober 1708) alle Tag- und Nachtraubvögel. Zur Hohen Jagd zählte im fürstlichen Erzbistum Salzburg: Rotwild, Fahlwild (Steinböcke), Schwarzwild (als solches wurde wie in allen altösterreichischen Ländern früher das Gamswild be-

zeichnet), Wildschwein, Rehwild, Auerwild (ab 1688), Fasan (ab 1690). Trappe, alle vorkommenden Falken, Bär, Luchs, Wolf, Fuchs und Iltis gehörten in älterer Zeit weder der Hohen noch der Niederen Jagd an, sondern waren Freiwild. Weder zur Hohen noch zur Niederen Jagd zählten die Biber und das Murmeltier. Der Biber wurde der Fischerei zugerechnet und deshalb auch als Fastenspeise erlaubt. Das Murmeltier zu fangen oder zu schießen war bei hoher Strafe verboten. Es galt nicht als jagdbares Wild. Bär, Luchs und Wolf waren in Salzburg noch bis ins 19. Jahrhundert heimisch. Ihr Abschuß oblag dem Jagdpersonal, obwohl wegen des hohen Schadens, den diese Tiere anstellten, ihre Bejagung auch nicht selten den von ihnen bedrohten Gemeinden freigegeben wurde. Wölfe wurden bei Bauerntreibjagden in aufgestellte Fanggarne getrieben und mit Knüppeln totgeschlagen. Bären wurden zumeist in Gruben oder in Bärenstuben gefangen.
(Eine Bärenstube war ein Fangstall aus doppelreihig eingeschlagenen Piloten, die mit Astwerk verflochten waren. Die Bärenstube war 2,5 Meter hoch und mit einer Falltüre ausgestattet. Der Köder lag in der Mitte.)
Diese – eine wurde 1692 am Rasteck auf der Neßlwand in Abtenau errichtet – mußten von den Gemeinden unterhalten werden. Abtenau kostete die Bärenstube 86 Gulden und 56 Kreuzer. Gute Bäreneinstände waren das Blühnbachtal und der Oberpinzgau.
Die beiden letzten Bären in Salzburg wurden 1825 in Großarl und 1830 am Ebenauer Schafberg erlegt.
Der Luchs wurde etwa um dieselbe Zeit ausgerottet. Im Jahre 1824 wurde noch ein Luchs auf der Pechauer Scharte auf dem Gaisberg erlegt. Wenige Jahre später sind die letzten Exemplare im Blühnbachtal gefangen worden. Im Harz wurde der letzte Luchs im Jahre 1818 während einer Treibjagd erbeutet.
Den Ablauf dieser denkwürdigen Treibjagd beschreiben Marx-Kruse und von Campe in der „Chronik der deutschen Jagd" folgendermaßen: *„Sie fand am Hackelberg statt, dessen allberühmter Name hier sichtlich von der glücklichsten Vorbedeutung war. Ein furchtbares Wetter aber schwärzte den Himmel. Der Donner erscholl in vielfältigem Widerhall der majestätischen Gebirge des Harzes, zahllose Blitze durchkreuzten die Lüfte, und ein fürchterlicher Sturm durchbrauste den Wald. So harrte jeder eine Stunde mannhaft auf seinem Posten, und die Beharrlichkeit echter Jäger siegte auch hier. Endlich war der schlaue, so oft uns neckende Feind, am (den Hackelberg begrenzenden) Teufelsberge sicher bestätigt. Kaum waren nach der erneuten Einstellung 10 Minuten in tiefster Stille verflossen, als der frohe Laut des Halbenmondes ertönte; die Spannung stieg auf das Höchste.*
So verstrichen 5 Minuten, da krachte es zweymal schnell hintereinander auf dem linken Flügel, dann war wieder Stille. Doch nach wenigen Minuten feuerten von jenem Flügel her alle Schützen nacheinander ihre Gewehre los … und die bekannte todkündende Fanfare nebst dem Jubelgeschrey der Treiber erscholl durch die Berge. Kaum waren die nachgehenden Jäger 200 Schritte weit der Fährte gefolgt, als sie den Luchs frisch flüchtig spürten und folglich Laut gaben, worauf derselbe spitz im Trabe auf den Herrn F. zukommt, welchem aber sein wahrscheinlich naß gewordenes Gewehr versagt. Da springt nun zwar der Luchs in die Dickung zurück, kommt aber doch, obgleich nicht flüchtig, auf einer lichten Stelle, vor dem Königlichen Hannöverschen Förster Spellerberg breit heraus und stutzt auf 20 Schritte, in welchem Augenblicke ihm dieser eine Flintenkugel mitten durch das Herz schießt, worauf der Wütherich nach zwey Bogensätzen (wovon der erste über eine Picktanne von 6 Fuß Höhe 17 Fuß und der zweite 12 Fuß Weite hatte) entseelt niederstürzte. Jubelnd zog nun das Jagerheer mit der herrlichen Beute nach Seesen ab."
Allerdings galt Luchs als guter Braten, wie dem Jagd-Brevier von Walter Norden zu entnehmen ist:
„Der Luchs liefert einen guten Braten, feiner als Rehwild, und beim Congreß zu Wien 1814 kamen öfters Luchsbraten auf die Fürstentafel. Schon 1578 galt der Luchs in Hessen als eine Delikatesse…"

Über die Zubereitung des Luchses ist in den Kochbüchern jener Zeit allerdings nichts zu erfahren. Der Luchs, scheint's, bleibt ein Geheimnis der Hofküche. Jedenfalls reiht ihn das „Neue, große, geprüfte und bewährte Linzer Kochbuch von 1837" zu den kulinarischen Extravaganzen. Außerdem muß Luchsbraten nicht zu den billigsten gezählt haben, denn im Linzer Kulinarium wird festgehalten:

„Manche sind zu Grunde gegangen, weil sie solcher Ausgaben nicht geachtet und gesetzt auch, ein Haus ist so vermögend, daß ihm dergleichen Aufwand nicht schaden könne, so könnte solcher doch besser zur Unterstützung der Armen angewendet werden."

In Bayern wurde Luchsfleisch gegen Schwindel verschrieben, und schon Plinius empfiehlt die Asche von Krallen und Haut des Luchses gegen Hautjucken. Nach dem Glauben aller Völker, so schreibt Eduard Stemplinger in seinem Buch „Antiker Volksglaube", ist in der Asche der geopferten Tiere deren unverminderte Kraft enthalten. Man schätzte dies in der Aschenlauge im täglichen Gebrauch und ihre ätzende hautreinigende Wirkung in der Therapie.

Die letzten Luchse wurden 1821 in Niederösterreich bei Altlengbach, 1836 in Öd im Piestingtal, 1841 in Ödenwald bei Annaberg und am 22. November 1841 in Sternleiten bei Lilienfeld erlegt. In Oberösterreich soll der letzte Luchs um 1830 erlegt worden sein. Luchskrallen, in Silber gefaßt, dienten den Schweden schon in der Zeit der Völkerwanderung als Amulett, und bei den alten Preußen wurden die Krallen mit dem Toten verbrannt, um ihm das Ersteigen des Jenseitsberges zu ermöglichen.

Das in Unmengen anfallende Fleisch des Wildschweines erfreute sich viel geringerer Zuneigung. Aus der Zeit Friedrich Wilhelms I. berichtet die „Chronik der deutschen Jagd": *„Der König hielt vierzehn Tage vor und vierzehn Tage nach Weihnachten in den königlichen Saugärten der Mark und Pommerns Schwarzwildjagden ab. Die Beute war gewaltig, zumal der König großen Wert darauf legte, daß die Schweine recht feist waren. Die Saugärten bestanden aus zwei Abteilungen, die durch Tore verbunden waren. Im November und Dezember wurden die feisten Tiere in die Abteilung, in der gejagt werden sollte, getrieben. Nachdem die Hofküche versorgt und Geschenke gemacht waren, mußten Bürger und Beamte das übrige Wild, das auf der Strecke geblieben war, käuflich abnehmen."*

Der Jagdchronist Franz von Kobell schreibt 1859 in seinem Buch „Wildanger" folgendes: *„Das Übrige hingegen wird denen Königlichen Räten, Secretarien und Canzelisten, desgleichen vielen Bürgern, Buchhändlern, Kaufleuten, Gastwirten, Bierbrauern, Bäckern und Brandwein-Brennern vor baare Bezahlung zugeschickt. Bierbrauer, desgleichen Bäcker und Brandweinbrenner müssen ganze Schweine annehmen. Die Judenschaft kommt hierbei am schlimmsten weg, denn auch diese muß eine Anzahl wilde Schweine annehmen, die sie aber sogleich ohne Weigerung bezahlen und selbige in die Armen-Häuser schicken.*
Denen solches ward, nannte man fortan Saujuden…"

Wild wurde nicht nur gerne zum Essen, sondern auch in der Heilkunde vielfach verwendet, wie schon an anderer Stelle gesagt wurde:
„Gebrandten Hirschhorns man drey Drachmas giebet ein / Es stärcket / wärmt das Hertz / machts Blut vom Giffte rein. Tut Eure Glieder bald mit Hirschen-Unschlitt schmieren / Wann sie ermüdt / erhitzt / ihr nicht mehr könnet rühren. Und schmiert mit Hirschmarck offt / die Wunden so zerspalten / Es heylt und ziehet an / kan wol zusammen halten.
Gesundes Hirschen-Blut / das dörrt und nehmet ein / Es zieht von innen an und adstringieret fein."

Hirsch„beinl", Gamskugeln, „Bezoar", die Hirsch- oder Gams„tränen" galten als Arzneien gegen Lungenleiden oder Geburtswehen und mußten mancherorts sogar auf amtlichen Befehl gesammelt und abgeliefert werden. Ein Hofkammerbefehl an den Pfleger zu Golling im Salzburgerland vom 29. November 1663 rügte, daß *„Ihro Hochf. Gnaden wahrgenommen, daß bis dato nur wenige Beamte die Gamskugeln, auch Hirsch- und Gamskreuzlein einzuschicken angefangen und nicht wissen, wie es bei der Fällung der Hirsch, Wild, Reh und Gemsen eigentlich hergeht, auch ob hiervon die gewünschten Kugeln, Kreuzlein und Augenstein geliefert werden."*

Der Glaube an derartige Mittel herrschte nicht nur in Jägerkreisen, sondern auch unter den Ärzten, wie ein Brief des Doktors der Medizin Maffei aus München vom Jahr 1674 zeigt:
„Das Blut (von einem Steinbock) *überschicke man auch, indem man es einem Stubenofen, oder durch die Wärme eines nicht zu heißen Backofens dörrt, vorzüglich getrennt von jenem, das aus den Hoden kommt, welches von größter Kraft für den Stein und die Harnblase ist. Das Blut ist die Hauptsache, deshalb gebe man acht, daß es nicht verderbe."* Das Rehwild war in die Heilkunde miteinbezogen. Nicht nur Jäger glaubten an folgendes Rezept: *„Wann man Rehleber ißt / sie hilfft in böse Augen / Im Nasen-Bluten sagt man / soll sie auch wol taugen. Das Fleisch darvon muß man mit andern Speisen essen / Der Durchlauff und die Ruhr ihr Wüten dann vergesen."*

Auch dem Rebhuhn wurde Heilkraft zugesprochen:
Rebhühner Gall die lobt man in den Augen sehr / Bey aller Vögel Gall / hat sie die gröste Ehr.
Rebhühner Marck und Hirn ist der Gelbsucht gut / Derhalben man dasselbe in Wein eintrincken thut. Rebhühner Fleisch das nehrt / und macht den Saamen rein / Last euch ihr reichen Leut / solch Fleisch befohlen seyn.

Hand in Hand mit der Heilkunde geht auch der Glaube an die „unzulässigen Jägerkünste", der auf dem Gebiete der Jagd unausrottbar und noch fester verankert ist als in anderen Lebensbereichen. Ihnen widmet Altmeister Döbel in seinem Lehrbuch ein ganzes Kapitel. Unter anderem gibt er folgende Ratschläge:

„Es ist an dem, daß besonders bei dem Jagdwesen schon von Alters her viele Abergläubische Dinge exerciret worden und es geschieht auch von vielen noch jetzt, da sie sich nämlich feste machen, das Wildpret bannen, des anderen Leit-, Jagd- und Hühnerhunden die Nase verderben, oder aber das Gewehr, daß mit demselben gewehr nicht todt zu schießen ist, und allerhand dem Nächsten zum Schaden gereichende Dinge, welches aber alles ein gottloses Beginnen, und gänzlich wider die Liebe Pflicht und Schuldigkeit des Nächsten ist."

Wie man die Fülle möglicher Ver- und Bezauberungen vor allem an unerfahrenen Zeitgenossen ausprobierte und dabei offensichtlich seinen Spaß hatte, zeigt die folgende Beschreibung offensichtlich praktisch erprobter Gegenmaßnahmen.

„Es ist mir in meiner Jugend im Würtembergerlande mit meiner Flinte paßiret, daß ich nichts (ob es auch noch so nahe vor mir gesessen, gelaufen oder geflogen) damit todtschießen konnte, welches mir ein alter Waidmann getan, mir auch selbst zugestanden, daß er mich als einen jungen Menschen und als dortigen Ausländer, probiren wollen. Ich stund das Unglück über acht Tage aus, da ich, um mich dabei zu versichern, eine andere Flinte borgte. Mit selbiger konnte ich gute dienste thun, aber mit meiner nicht, bis ich mir geholfen. Ich gebrauchte eine Antipathie, welche auch hier mit anführen will.

Wenn eine Flinte verdorben ist:

Man nehme und schieße einen Sperling; man muß aber fein nahe dabei hingehen, daß ihn vollends fangen kann. Der Sperlingskopf wird an den Krätzer des Rohres von der verdorbenen Flinte geschraubt und damit in das Flintenrohr gefahren und durchgewischet. Nach diesem wird eine weiße Zwiebel genommen und ein Leinwandlappen damit bestrichen, vorher aber mit der Zwiebel auch in das Rohr hinein gefahren und darauf mit dem bestrichenen Lappen das Rohr vollends ausgewischt. Alsdann wird der Sperlingskopf und die Zwiebel in den Lappen gebunden und in den Schornstein und Rauch gehängt, so wird sich die Flinte alsbald ändern.

Wenn ein Rohr verdorben ist:

Zuwörderst befehle man sich dem dreieinigen Gott, ehe man aus dem Hause geht. Ferner, wenn man aus dem Hause kommt, ziehe man den Ladestock heraus und stoße denselben dreimal auf die Erde und sodann in den Lauf, und wider an seinen gehörigen Ort, desgleichen auch die Mündung vom Rohre auch dreimal auf die Erde gestoßen. Es ist solches eine Antipathie wider des andern Sympathie.

Wann das Wild aus einem Rohre nicht gut enden will:

Man lade das Rohr vorher mit Pulver, fange sodann eine junge Schlange und stecke sie in das Rohr, lasse sie etliche Stunden darinn und schieße sie alsdann an einen Eichbaum, so wird man nachgehends gewahr werden, daß es fernerhin besser daraus stirbt. Man heißet das den kalten Brand im Rohre."

Solltest du, lieber Zeitgenosse, eines Tages ganz unmotiviert den unseligen Entschluß fassen, einer Tätigkeit nachgehen zu wollen, die schon deine Vorfahren bis zur Wurzel ihres Bestehens hin als Hauptbeschäftigung betrieben haben – nämlich die Jagd –, dann erforsche vorerst gründlich, was dich dazu bewogen haben mag, dieser Neigung frönen zu wollen. Du kannst dir damit unter Umständen viel Ärger ersparen, denn es ist für den Gegenwartsmenschen meist alles andere als selbstverständlich, daß jemand den Wunsch hegen könnte, es den Ahnen nachzumachen.
Ist es mir jetzt gelungen, deine Neugierde zu wecken, dann lies weiter. Die Mehrheit deiner Mitmenschen sieht nämlich den Jäger als ein Relikt aus grauer Vorzeit an, und genau so wirst du auch behandelt. Du trägst ein Gewehr – die Masse trägt keines, also stehst du schon automatisch außerhalb der Gesellschaft, denn dieses äußere Zeichen deiner Jägerwürde wird zum Ziel der Kritik. Nun wäre es weit gefehlt, das negative Erscheinungsbild, das du deinen Mitmenschen bietest, damit entkräften zu wollen, daß die Waffe doch auch ein Gebrauchsgegenstand sei, wie etwa der Pinsel für den Maler oder der Besen für den Straßenkehrer. Wenn du dies glaubst, liegst du gänzlich falsch in deiner Denkungsweise, denn diese Definition ist nach Auffassung der Wissenschaft irrig. Folgende Erklärung möge dir zum leichteren Verständnis der wissenschaftlichen Versionen dienen: Das Gewehr symbolisiert, wie jeder leicht begreifen wird, Macht. Und als Machtsymbol gilt auch der Phallus – als Sinnbild der zeugenden Naturkraft. Bist du nun, als ein – wie du meinst – mit einem halbwegs normalen Menschenverstand versehener Bürger, überzeugt davon, daß doch das Gewehr im Grunde dazu dient, um Leben auszulöschen, während der Phallus gerade das Gegenteil bewirken soll, dann wärst du völlig falsch programmiert. Auf dieses Argument – so scheint es – kommt es nämlich gar nicht an, denn der springende Punkt dabei ist vielmehr, daß du das Gewehr öffentlich zur Schau stellst. Zu deutsch: Du präsentierst damit deine geschlechtlichen Attribute vor jedermann, und das wiederum läßt auf exhibitionistische Züge schließen. Doch damit noch nicht genug. Das Gewehr trägst du über die Schulter gehängt. Du merkst, worauf es ankommt? Richtig – auf das „Hängen". Unschwer wirst du nun begreifen, daß das hängende Gewehr nur Symbol deines unbewältigten, verdrängten und gestörten Sexualverhaltens sein kann. So ist das also, lieber Freund. Mit dem Verstehen dieser These wird sich der ältere Jäger naturgemäß etwas leichter tun als der jüngere. Das liegt in der Natur der Sache. Sicher hat auch die Wissenschaft eine gewisse Reife gebraucht, um zu dieser Erkenntnis zu gelangen. Auch ich kann mich – und ich gestehe es offen – den Erkenntnissen der Wissenschaft noch nicht anschließen. Wenn ich dennoch das Gewehr, soweit es nur möglich ist, in einer Schutzhülle befördere, dann nur deshalb, weil es mein angeborenes Schamgefühl einfach nicht zuläßt, mein Geschlechtssymbol öffentlich zur Schau zu tragen... Übrigens, es gibt auch immer mehr jagende Frauen! Dies sei als Denkanstoß für alle jene gedacht, die sich mit diesem Thema ernsthaft und einschlägig wissenschaftlich befassen.
Falls du dich, lieber Mitmensch, nach dieser seelischen Entblößung, trotzdem noch immer zum Jägertum bekennst, tritt als nächstes nunmehr das Problem der Kaliberwahl an dich heran. Dabei kommt es natürlich auf die Wildart an, die du zu bejagen beabsichtigst. Für ein schwaches Häslein zum Beispiel wirst du dementsprechend auch nur ein kleines Geschoßkaliber benötigen. Dagegen darfst du für ein zartes Rehgeißlein die Geschoßstärke schon stärker wählen, und bei einer groben Bache bedarf es natürlich auch eines speziell starken Kalibers. Der Fachmann wird dich diesbezüglich bestens beraten. Für Wachteln brauchst du hingegen nicht vorzusorgen – die sind ganzjährig geschont.
Bei der Auswahl des Gewehrschaftes kommt es wiederum in hohem Ausmaße auf den individuellen Geschmack an. So werden einen Schaft mit Schweinsrükken sicher vorzugsweise jene Jäger nehmen, die sich der Landwirtschaft verbunden fühlen, während einen „Monte-Carlo-Schaft" natürlich Spieler wählen werden, und eine bayrische Backe stelle ich mir gut für den begeisterten Biertrinker vor.
Nicht zuletzt ist selbstverständlich auch auf das Äußere der Waffe, nämlich die Schönheit, Wert zu legen. Dabei

ist es ein weitverbreiteter Irrtum zu glauben, daß eine schön ziselierte, mit Gold und Silber ausgelegte Waffe immer und ausschließlich den ausgeprägten Kunstsinn seines Trägers widerspiegelt...
Das allseits bekannte Motto, nach welchem das Gewehr die Braut nicht nur des Soldaten, sondern auch des Jägers ist, gibt dem Ganzen nicht nur einen gewissen militanten Anstrich, sondern stellt auch wieder den Zusammenhang mit dem schönen Geschlecht her. Das zu Beginn erwähnte gestörte Verhältnis zur holden Weiblichkeit wollen wir dabei außer acht lassen, was umso leichter fällt, als es ja sowieso nur in uns hineininterpretiert wurde. Wir können nunmehr also wieder normal agieren.
Der Waffe gehört – neben dem schönen Geschlecht, versteht sich – die ganze Liebe des Jägers. Sie besitzt aber auch, so unwahrscheinlich es klingen mag, die Seele und Empfindsamkeit einer Frau. Der Jäger hat ihr demnach äußerste Aufmerksamkeit und liebevolle Betreuung angedeihen zu lassen, andernfalls rächt sie sich furchtbar. Wie oft schon hat ein Jäger, der diese wichtigen Regeln außer acht ließ, seine Nachlässigkeit bitter bereuen müssen. Man denke nur, wie es zum Beispiel bei einer Gamsjagd zugehen kann. Da schleppt man unter Umständen die Büchse stundenlang den steilsten Berg hinauf und schießt schließlich daneben, nur weil man aus Unachtsamkeit die Waffe irgendwo härter angeschlagen hat. Auch für regelmäßige sorgsame Pflege ist sie äußerst dankbar.
Natürlich gibt es auch Grünröcke ganz spezieller Art – das sind die Waffen-Fetischisten. Wann immer eine neue, besondere Type auf den Markt kommt – sie müssen sie besitzen.
Da stehen sie dann – diese Prachtexemplare von Gewehren – fein säuberlich geputzt und poliert in einem Waffenschrank, neben einer Unzahl von anderen ihrer Art! Sie haben nie die Chance, jemals nur ein Quentchen Grün des Waldes zu erblicken, und lediglich ihr Besitzer wirft von Zeit zu Zeit sein lustvolles Auge auf sie, um den Schrank dann wieder sorgfältig zu verschließen, bis es ihn wieder einmal gelüstet, sich erneut an seinen Schätzen zu erfreuen.
Apropos „Fetischismus" – damit wird doch auch anormales geschlechtliches Verlangen nach Ersatzgegenständen des Sexualobjektes bezeichnet. Womit sich der Kreis wieder schließt – wie eingangs erwähnt.
Doch eines soll für den Ankauf einer Waffe festgehalten werden. Zu erwerben ist sie immer noch nur in Waffengeschäften.
In Sexshops wurde sie noch nicht gesehen...

Auf Rebhühner gab es eine Jagdart, die selbst ältere Jäger meist nur vom Hörensagen kannten: Die Hühnerjagd mit dem Drachen. Dabei wurde folgende Beobachtung genutzt, die der große Waidmann Karl Emil Diezel festgehalten hat: *„Wenn sie (gemeint sind die Rebhühner) einen jener spitzflügeligen Falken, die ihnen so furchtbar sind, in der Nähe bemerkt haben, drücken sie sich, nachdem sie in irgend einem Gebüsch oder anderem Hinterhalte Schutz gesucht haben, sehr fest auf, und man kann bisweilen ihren Feind beobachten, wie er sich vergebens bemüht, in die Dornenhecken einzudringen, wo sie einen sicheren Zufluchtsort gefunden haben. Kein Huhn wagt sich dann heraus, bis die Gefahr gänzlich vorüber ist, und man darf sicher darauf rechnen, daß sie gut aushalten werden, wenn man in einem solchen Augenblicke gerade dazukommt!"*
Die erschreckende Wirkung des in der Luft schwebenden Raubvogels auf die Rebhühner kann durch Nachahmungen ebenfalls hervorgerufen werden. Schlesische Jäger schleuderten große Kartoffeln, in welche sie von zwei Seiten Schwungfedern von zahmen Hühnern oder ähnlichem Hausgeflügel steckten, als Nachahmung eines Sperbers oder kleinen Falken in flachem Bogen über die Rebhühner. Für den Jagdbetrieb auf abgeernteten Feldern bedurfte man eines in die Ferne reichenden Mittels, des Papierdrachens (es gab auch kunstvoll bemalte Modelle mit Stoffbespannung) an einer Schnur, die länger ist als die Entfernung, auf welche die Hühner dann gewöhnlich noch aushalten. Man leitet den Drachen im Jagdrevier zum Steigen über die Stellen, an denen man die Hühner vermutet oder hat einfallen sehen, während die Hunde kurz gehalten werden. Natürlich muß die Person, welche den Drachen hält, auf das Schießen verzichten, und Diezel empfiehlt dazu: *„Am besten kräftige Knaben, denen diese Gelegenheit, sich an einer Jagd zu beteiligen, gewöhnlich großes Vergnügen bereitet."* In Österreich waren Jagddrachen bis in die 50er Jahre in Gebrauch. Der dichte Rebhuhnbestand im 17. und 18. Jahrhundert erlaubte ein „Abfischen" der Tiere mit Netzen von den Feldern. Tirassieren nannten die Jäger diese Art des Hühnerfanges, bei der zwei Pferde den Tiraß, eine Art Tennisnetz, über den Acker zogen und die Rebhühner gleich Fischen fingen. Eine andere Jagdart auf Rebhühner war so: An einem Ende des Ackers wurde ein halbballonartig geformtes Netz aufgestellt. Die Jäger, hinter einem weidenden Pferd versteckt oder hinter einer auf einem Schild gemalten Kuh verborgen, trieben die Hühner in das Netz. Auch mit der Flinte wurden um diese Zeit beachtliche Strecken erzielt. So wird von Friedrich Wilhelm I. berichtet: *„Die Rebhühnerjagd betreffend, so bedienen sich Ihro Majestät der König dieser Lust die Zeit über in Wusterhausen, wöchentlich 2-3 mal… Einstmalen habe ich gesehen, daß Ihro Majestät an einem Tag 160 Rebhühner schoß. Dem ohngeachtet ist diese Lust mit vieler Mühe verknüpfet und es kann sein, daß Ihro Majestät an manchem Tage 600 Schüsse und noch mehr tun…"*
Zur Freude der Patronenfabrikanten darf wohl angenommen werden: In der Zeit des Barocks und Rokokos waren die Feuerwaffen leichter geworden und gestatteten daher auch den Schuß auf Flugwild, weshalb diese neue Jagdart natürlich sehr an Bedeutung gewann. Um dem Prachtbedürfnis jener Zeit zu genügen, wurden Gewehre mit kostbaren Gravuren versehen und mit Elfenbein, Perlmutter und Edelmetallen verziert. Wie eine Prunkbüchse jener Zeit ausgesehen hat, wird im Inventarverzeichnis der Kurfürstlich Sächsischen Jägerkammer zu Dresden vom Jahre 1668 folgendermaßen beschrieben: *"Ein Stutz das Rohr mit 12 Zügen und messingen verguldeten Hirsch verborgen, an dem Hirsche ein silbern mit 8 kleinen und einem etwas größeren Türkis versetztem Halsbande, der Schaft von schwarzem Holz mit grün und weiß elfenbeinern Figuren zierlich eingelegt, woran ein messinger vergüldeter Bügel, welcher zu Berlin verfertigei. Auf der Innenseite des Schlosses Jacob Zimmermann 1664. Am hinteren Ende des Laufes ist das von einem gravierten Kranze umgebene seltene Miniaturbild des Großen Kurfürsten eingeschlagen."*

Trotz ihrer umständlichen Handhabung waren diese Waffen, in vergleichbaren Relationen natürlich, dem Durchschnitt der modernen in der Trefferleistung ebenbürtig. Der Barockschütze, der mit seinem Flintenschloß-Gewehr das Herz aus dem Spielkarten-As herausschoß, ist keine Legende. Das jagdliche und sittliche Vorbild jener Zeit für alle Fürstenhöfe kam – wie bereits erwähnt – aus Frankreich, sodaß Friedrich der Große spottete: *„Jeder will bis auf den letzten Sproß einer apanagierten Linie herunter ein Ludwig XIV. im kleinen sein. Er will sein eigenes Versailles bauen, seine eigenen Maitressen küssen und das Waidwerk ist die alleinige Kurzweil…“*
Bei einer Hofjagd Ludwigs XIV. – auch „Sonnenkönig“ genannt –, bei der immer auch Damen anwesend waren, flüchtete sich einmal ein gehetzter Hase unter die Krinoline der Königin. Ein Kavalier des Hofes, der sich bemühte, das verängstigte Tier unter den weiten Röcken hervorzuholen, mußte sich von seinem Herrscher folgende Zurechtweisung gefallen lassen: „Chevalier, das Jagen unter den Röcken der Königin steht allein dem König zu!“ Jagen, Lieben und königlich zu speisen, das waren die Lieblingsbeschäftigungen Ludwigs XIV.
Die Jagden am Hof des „Sonnenkönigs“ entsprachen ganz dem Stil jener Zeit. Man organisierte Parforcejagden wie Schauspiele: In großen Waldgebieten, die abgesperrt wurden, um das Wild am Entkommen zu hindern, wurden breite Reitwege geschlagen, um es den „Jägern“ zu ermöglichen, der Jagd mit einem Minimum an Unbequemlichkeiten und Schwierigkeiten zu folgen. Lichtungen wurden ausgehauen, um ihnen Rast und Erholung, manchmal auch anderes zu ermöglichen. Den Höhepunkt der Jagd bildete das von Ludwig XIV. eingeführte „Jägerrecht“ (La Curee), das durch einen gewaltigen Hornstoß aus den großen, kreisförmigen französischen Jagdhörnern angekündigt wurde, während gleichzeitig die Hunde angefeuert wurden, sich um das Gescheide zu raufen. Der Leithund oder „Limier“ wurde angetrieben, seine Fangzähne in das Haupt des Hirsches zu schlagen und die „Jagdtrophäen“, worunter damals Teile des zerwirkten (aufgearbeiteten) Wildes verstanden wurden, für alle sichtbar ausgestellt. Ludwig XIV. veranstaltete auch ausgefallene Jagden mit phantasievollen „verfeinerten“ Details, wie eine Mitternachtsjagd in Chantilly, bei welcher der Wald mit Fackeln erleuchtet wurde. Immer mehr Jagden wurden, als Launen französischer Könige oder Fürsten der deutschen Rheinpfalz, zu Masken- oder Kostümveranstaltungen, bei denen die ausgefallensten Gewänder getragen wurden.
Die Barockzeit und die damit verbundene Geisteswelt war ein großer Rausch, der die Sehnsucht wach rief, immer zu währen. Um diese Gesinnung zu verwirklichen, mußten natürlich auch die bildenden Künste ihren Beitrag leisten. Prunkvolle Jagdschlösser entstanden. Auch die Gartengestaltung mußte die Macht des Monarchen ausdrücken. Heute noch beeindrucken die linear angelegten Hecken und Alleen, wie wir sie zum Beispiel im Schloßpark von Schönbrunn oder im Prater finden. Sie sind Relikte des eingestellten Jagens, durch die das Wild aus der Kammer vor den Schießstand der Herrschaft getrieben wurde. Dabei darf nicht vergessen werden, daß jene Schlösser und Parks, die heute häufig inmitten des Häusermeeres unserer Großstädte stehen, damals weit draußen auf dem Lande lagen. Der Hof des Sonnenkönigs galt für Sitten und Kultur als Vorbild. Mit der allgemeinen Verfeinerung der Sitten trat am Hofe Ludwigs XIV. auch eine starke Verbesserung der Kochkunst ein. Immer aber wurden noch ganz beträchtliche Mengen gegessen.
Lieselotte von der Pfalz schrieb über den König: *„Er aß oft vier Teller Suppe, einen Fasan, eine Vorspeise, Salat, mehrere Scheiben Schinken oder Hammelbraten und zum Schluß noch einen großen Teller von Backwerk und Obst.“*
Durch eine Verordnung Ludwigs XIV. erhielten die Bratenköche im Jahre 1264 die Erlaubnis, gebratenes und gekochtes Fleisch sowie gekochte Fische zu verkaufen. 1475 wurde jedoch die Erlaubnis, Schweinefleisch abzugeben, widerrufen und den Wurstmachern übertragen. In einem Erlaß Ludwigs XII. erfolgte eine Neuregelung der Privilegien der Bratenköche. Sie hatten seither

die Erlaubnis, Ziegen, Lämmer, Wild, Wildgeflügel, Gänse und anderes Geflügel zu braten und zu vertreiben.

Friedrich der Große war kein Jagdfreund. Im Gegenteil – er haßte die Jagd, die ihm Inbegriff von Derbheit und Primitivität war. In seinem „Antimachiavell" widmete er der Jagd sogar ein eigenes Kapitel, in dem er feststellte: *„Das Waidwerk ist einer jener sinnlichen Genüsse, die dem Leib stark zu schaffen machen, aber dem Geist nichts geben; eine Leibesübung, Gewandtheit im Morden des Wildes; eine fortgesetzte Zerstreuung, die die innere Leere ausfüllt; ein brennendes Verlangen, irgendein Stück Rotwild zu hetzen und dann die grausame, blutige Genugtuung, es zur Strecke zu bringen…"* Doch der große Humanist und Freimaurer ringt sich selbst dort, wo er zutiefst verabscheut, Verständnis für jene ab, die nicht so empfinden wie er. Und so wird der Schluß dieser scharfen Abrechnung mit der Jagd gleicherweise ein Dokument der Toleranz eines freien Geistes: *„Nennst du mir die Jagd eine Leidenschaft, so kann ich dich nur bedauern, daß du keine ersprießlichere hast! Ist dir aber das Waidwerk ein Vergnügen, so antworte ich: recht so! Genieße es, doch ohne Übertreibung! Gott behüte mich davor, ein Vergnügen zu verdammen! Im Gegenteil: alle Pforten der Seele möchte ich auftun, daß die Freude beim Menschen einziehe!"*

Diese Stellungnahme entsprach seiner Erkenntnis, daß im Leben der Fürsten seiner Zeit Jagd wichtiger als Staatsgeschäfte geworden war. Sie verdrängte geistige Interessen. Dies bedürfe einer Änderung, einer Abkehr von den Sitten und Methoden des unbeschränkten Herrschertums, wenn nicht eine Krise folgen solle. Mit der Vorliebe des Königs für französische Sitten, die sich im Zeitalter des Rokokos unter dem Einfluß „Zurück zur Natur" von der Jagd zu Schäferspiel, Musik und Kartenspiel wandten, hatte seine Ablehnung der Jagd nichts zu tun. Trotz seiner Bewunderung französischer Kultur ist Friedrichs des Großen eigene geistige Haltung im Grunde genommen mehr der heroischen Antike zugeneigt gewesen, wie sich auch in den Fassaden seiner Bauten der Ansatz zum späteren preußischen Klassizismus findet. Wegen der ablehnenden Stellung zur Jagd ließ der König die jagdlichen Einrichtungen des Vaters eingehen.

An seinen Oberjägermeister Graf Schlieben schreibt er: *„…auf eure Vorstellung ist euch hierdurch in Antwort, daß ich an den Bärenhetzen kein Pläsir finde, und ihr veranstalten sollet, daß die im Königsberger Hetzgarten befindlichen Bären totgemacht werden.* (1751 wurde der Hetzgarten in Königsberg aufgelöst.) *So frage ich auch nicht viel nach der Elendsjagd* (Elchjagd), *sondern ihr sollet nur hinschreiben, daß gegen meine Hinkunft nach Preußen etwas vom Elende geschossen und mir die Knochen davon gelassen werden sollen."* (Die aus Elchmark hergestellten Klöße, die scharf gewürzt sein mußten, waren des Königs Lieblingsspeise.) Friedrich dürfte auch den Gaumenfreuden nicht viel abgewonnen haben, denn, obwohl die Speisen gut zusammengestellt und aufs beste zubereitet waren, wies seine Tafel in der Regel keine kostbaren Gerichte auf. Stets ließ sich der Monarch Vorschläge machen, ehe die Vorbereitungen begannen. Gewöhnlich bestand das Menü aus acht Gängen, von denen zwei nach dem besonderen Geschmack des Königs waren und nach seiner Vorschrift zubereitet werden mußten. Zu ihnen gehörten Heringe, grüne Erbsen, Aalpastete, Kohl mit Schinken und Melonen, die er stark mit Pfeffer und Salz gewürzt aß. Sechs bis sieben Tassen starken Kaffee trank Friedrich der Große bereits am Morgen und nach jeder Mahlzeit noch ein Kännchen.

Bei der großen Gegenspielerin Friedrichs des Großen, der österreichischen Kaiserin Maria Theresia, war die Tafel weit üppiger gedeckt. Die Galatafeln in der Wiener Hofburg waren berühmt. Vor allem Mehlspeisen in jeglicher Art liebte die Kaiserin, und sie konnte sich – genauso wie ihre Wiener – über zartgekochtes Rindfleisch mit Kren geradezu kindlich freuen.

Die Tischsitten waren nun bereits sehr verfeinert. Fleischspeisen wurden nicht mehr am Tisch tranchiert, sondern bereits filetiert serviert, sodaß die Freude am Geschmack durch den Anblick des toten Tieres nicht getrübt wurde. Es galt als unfein, mit den Händen zu

essen. Die Gabel als Eßgerät war unentbehrlich geworden.
In all diesen Veränderungen der Lebensweise wird diese Epoche deutlich. Auch Geschirr und Tafelgeräte selbst werden zur Zier. Ebenso wird die einheitliche Gruppierung von Tellern, Schüsseln und Terrinen reglementiert und in Anleitungen zum Tischdecken festgelegt.
Weit weniger pompös ging es in einem Jägerhaus der damaligen Zeit zu, wie dem Bericht einer alten Chronik zu entnehmen ist. Sicher ist es nicht unwichtig, einen kurzen Einblick in die Pflichten des Jägers der damaligen Zeit zu nehmen. Eine Anordnung des Grafen Corbinian Saurau zu Schwanberg in der Steiermark aus dem Jahre 1723 gibt eine Übersicht, die ein für diese Zeit anständiges waidmännisches Empfinden beinhaltet und exakt die erlaubten Fangmethoden aufführt: Fallen müssen in kurzen Abständen kontrolliert werden, Jäger müssen ohne Hilfe der Bauern jagen und dürfen keine Geschenke annehmen.(!)

Genannt sind hier nur die wichtigsten Punkte:

2. Da zu dem (herrschaftlichen Jägerdienst) ununterbrochene Treue und Fleiß erforderlich sind, werden als Antrieb den Jägern neben guter Besoldung auch Taxgelder gereicht.
3. Die Annahme von Geschenken ist verboten.
4. Gefangen und gepirscht soll nur in den von der Jägerordnung vorgeschriebenen Zeiten werden, wobei nicht nur auf die Eigenschaften des Wildes und des Ortes, sondern auch auf den Bedarf der Herrschaft Rücksicht zu nehmen ist.
5. Schlageisen, Fallen, Gruben, Netze und dergl. dürfen nur auf Krammetsvögel u. dergl. gerichtet werden. Auf Schnepfen, Wachteln und Rebhühner nur nach vorheriger Erlaubnis der Herrschaft, doch dürfen die Netze nur solange gestellt bleiben, als der Jäger selbst anwesend ist.
6. Auf Dachs, Iltis und Wiesel dürfen Fangvorrichtungen nur so gestellt werden, daß kein anderes laufendes Wild beschädigt werden kann. Auf Marder und Otter nur dort, wo der Jäger jeden Tag einmal nachsehen kann.
7. Fangnetze auf Adler, Geier, Eulen und andere Raubvögel müssen so hoch aufgerichtet werden, daß kein Federwildbret darin umkommen kann.
8. Da die Wolfsgruben nicht zu umgehen sind, muß vorher dem Verwalter ausführlich berichtet werden. Ebenso über die anzulegenden Sulzen und Schütten.
9. Die Jäger, die einen Hund halten müssen, erhalten als Unterstandsbeihilfe 2/4 Pfd. Hafer.
10. Die Jäger dürfen keinen Bauern oder sonst jemandem eine Erlaubnis zum Fangen oder Schießen erteilen, sondern haben ihren Dienst selbst zu versehen.
12. Wildernde Hunde und Katzen sind zu vertilgen, für Katzen wird ein Schußgeld von 30 kr. gewährt.
13. Hund, Katzen und Raubvögel sollen im Schloß angeliefert werden, damit sie zu Gunsten der Jäger verwendet werden. Taugen sie aber nicht mehr, so sollen sie den Schloßvögeln zum Fraß vorgeworfen werden.
16. Von allen Gejaidstrafgeldern gebührt dem Verwalter und Anzeiger je ein Viertel, der Rest der Herrschaft.
17. Da jedem Jäger ein besonderer Reisgejaid- und Wildbanndistrikt zugewiesen ist, darf keiner in seines Nachbarn Distrikt etwas fangen oder schießen. (Wegen des Schußgeldes)
18. Das Reisgejaid muß von den Jägern ohne Reichung eines besonderen Kostgeldes ausgeübt werden.
20. Jeder Jäger hat dem Verwalter allmonatl. einen genauen Bericht zu erstatten.
22. Dem Schloßjäger obliegt die Fütterung der Fische in den Kaltern und der Jagdhunde.
Die Einnahmen des Jagdpersonals reichten in vielen Fällen nicht aus, genug fürs Leben zu verdienen, die Waffen zu beschaffen und zu versorgen. Besonders in Salzburg war das Verhältnis zwischen den Erzbischöfen und der Jägerei gespannt. Vor allem deshalb, weil die in Salzburg gewählten Erzbischöfe mangels eines eigenen, bodenständigen Hochadels landesfremde Herren waren. Außerdem schufen die gerade in Salzburg praktizierten harten Verfolgungen der reformierten Bauern im ganzen

Volk viel Bitterkeit. Weiters wurden Übertretungen des Verbotes der Wilderei von den Erzbischöfen durch zuweilen drakonische Strafen geahndet. Darüber hinaus wurden den Jägern empfindliche Bußen auferlegt, wenn bei den Jagden nicht jene Stückzahl von Wild zustande kam, die bei vorausgegangenem Rapport in Aussicht gestellt worden war. So ließ z. B. Erzbischof Hieronymus Graf Colloredo (1772 bis 1803) den Meisterjäger Johann Wörz in Graßbach bei Titmoning zweimal vierundzwanzig Stunden in das Stockhaus einsperren, weil bei den Fuchsjagden in seinem Revier nicht so viele Füchse geschossen wurden, wie Wörz angekündigt hatte. Innerhalb von fünf Tagen wurden anstatt 160 nur 78 Füchse erlegt. Endlich verbitterte auch die schlechte Besoldung die Jäger. Es reichte oft nicht einmal für ein Paar Schuhe. Um die lebensnotwendigen Einkünfte mußten sich die Jäger selber sorgen. Einkünfte setzten sich aus Prämien, die ihnen ausgesetzt wurden, aus Schußgeldern für das in den Zwirchgaden der Residenz abgelieferte Wild und für die Festnahme und Überstellung von Wilderern oder des Wilderns verdächtiger Personen zusammen. Zwirchgaden ist ein Zerwirkraum. In diesen mußten die Gemeinden das in den fürstlichen Gejaiden erlegte Wild liefern, wo es, wie der Name sagt, zerwirkt wurde. Von dem Wildbret erhielt einen Teil die Hofküche, und ein Teil wurde als Natural-Deputat an die fürstlichen Beamten verteilt. Ein weiterer Teil wurde dem Oberjägermeister zu seiner *„diskreten Tafelnotdurft gegen Zahlung des Schußgeldes"* überlassen, einen weiteren Teil bekam der Rüdenmeister zur Fütterung seiner Jagdhunde. Bestimmte Innereien des Wildes wurden an die fürstliche Apotheke zur Herstellung von Grundstoffen für die Arzneien geliefert. Der Rest wurde unter den Armen der Stadt verteilt. Geschossene oder gefangene Biber, Otter und Fischreiher wurden, wenn sie nicht von der Hofküche beansprucht wurden, dem Hoffischmeister überlassen.
Und so sah es damals in einem herrschaftlichen Jäger-Hof aus:

„Wo eines grossen Herrn beliebige Residenz seiner Hofstatt vorhanden, daselbst wird auch gemeiniglich ein Jäger-Hof gefunden, darinnen einige Jagd-Bedienten wohnen, auch in absonderlichen Gebäuden der Jagd-Gezeug, und unterschiedliche Hunde, nebst anderer Gerätheschafft, aufgehoben und gehalten werden. Theils Orten, werden auch absonderliche Behältnisse fremder wilder Thiere, etwan zu Löwen, Bären, Tyger, und dergleichen veste verwahrte, solche bey hoher Herrschaft Beylagern, Kind-Tauffen und anderen vorfallenden Kampf-Jagden zu hetzen; Die übrigen Hof-Jäger und Jagd-Bedienten haben entweder darbey Wild-Meister-Dienste auf dem Lande, oder wohnen in der Residenz in eigenen Häusern, zur Herschafflichen Aufwartung nahe bey der Hand zu seyn. Was nun das Jäger-Haus betrifft, welches nach einer jeden hohen Herrschaft Verlangen, nachdem dieselbe davon ein Liebhaber ist, groß oder klein gebauet, steht in deroselben freyer Disposition und kan man hierinnen nichts gewisses ordiniren, wird aber, so viel möglich, geraumlich, rein und sauber erbauet, daß darinnen feine Stuben und Kammern, Küchen und Keller, zu nöthigem Gebrauch angelegt werden. Oben auf diesem Gebäude schicket sich nebst anderen Vor-Gemächern ein feiner Saal, welcher mit künstlichen Schildereyen oder Gemählden einiger Lust- und Wasser-Jagden und dergleichen, auch anderer lustiger Posituren auszezieret werden solte. Es solten auch daselbst zu finden seyn unterschiedliche accurate und richtige Geometrische Grund-Risse der Herrschaftlichen Haiden und Wäldern nach dem verjüngten Maaßstab, darinnen man alle Behältnisse, Moräste und Beflügelung deutlich sehen könne, so zur Nachricht gezeigt und beybehalten werden solte. Nicht weniger muß es auch an anderer herrlicher Meublirung der Tapeten und Teppichten, Tafeln, Schräncke, Stühle, und was mehr nöthig, nicht fehlen, sonderlich wohl in ventirte Willkommen unterschiedlicher Sorten, so bey Tractirung fremder Herrschafft nöthig sind, absonderlich aufgehoben und verwahret werden. Unten wohnt

gemeiniglich der Pürsch-Meister, nechst gegen über die Jäger-Pursche in absonderlichen Stuben und Kammern, welcher Pürsch-Meister das Directorium des gantzen Jäger-Hofes und alles befindlichen Zeugs und Hunde unter sich hat. Auf dem Boden in grossen Erckern und wohlverschlagenen Kammern gehöret sichs billig, die Jäger-Rüstung zu ordiniren, worinnen, als in einer Rüst-Kammer, die benöthigten Pürsch-Röhre, mit Teutschen oder Flinten-Schlössern, Sau-Stutze, Schrodt-Büchsen, Flinten, Pistolen, Selb-Geschoß, Wind-Büchsen, Fang-Eisen, Hirsch-Fänger, Schevelin, Wald-Hörner, Flügel-Hörner, Hüfft-Hörner, Weyde-Messer, Pulver-Flaschen, Spanner, Hänge-Seile und Halsungen der Leith-Hunde, Hunde-Kuppeln, Hals-Bänder, Hetz-Riemen, Fang-Stricke, Weyde-Taschen, Schroth-Beutel und Kugel-Formen, und in Summa, alles nöthige Werckzeug, groß und klein, zum nöthigen Gebrauch, aufgehoben werden muß. Nechst solchem Jäger-Hause, welches so wohl innewendig, als auswendig sauber berappt, und geweisset, sonderlich das Dach wohl verwahret seyn muß, gehöret sich zur rechten Hand darneben ein langer Hunde-Stall."

Ein besonderes Jägerrecht, das es nur in Salzburg und sonst keinem anderen deutschen Reichsland gegeben hat, war die „Pernsteuer". Im Jahrbuch des Jägers Band II berichtet Falk von Gagern darüber, daß der Jäger, der einen Bären erlegt hatte, mit dessen Kopf und Decke von Gemeinde zu Gemeinde in den nächstgelegenen Pfleggerichten umherzog und die Bauern in beredter Weise davon zu überzeugen suchte, daß er mit Gottes und aller Heiligen „Hülf" unter größter Lebensgefahr das ihrem Weidevieh drohende Unheil durch Erlegung dieses Untiers gebannt habe. Dabei rechnete er den Landleuten jene Verluste vor, die ihnen durch die Bestie ohne sein Eingreifen entstanden wären, und dann wurde der Hut hingehalten. Diese durch gerichtliche Bescheinigungen erlaubten Sammlungen bescherten den Jägern eine willkommene Aufbesserung ihrer Einkünfte aus den Naturaldeputaten, Schußgeldern und dem kargen Sold. Sie liefen unter dem Namen „Riether" oder wie erwähnt „Pernsteuer". Wenn Bärenkopf und Decke nach Tagen und Wochen das Umherziehens auch scheußlich stanken:

Es galt, diese selten eröffnete Steuerquelle bis aufs äußerste zu nutzen. War bei der Bärenjagd ein Gehilfe des Jägers durch den Bären verletzt worden, kam er nach herkömmlichem Brauch und guter Regel in den Genuß von eingesammelten Geldern.

Dennoch konnte der Erlös aus diesen Sammlungen nicht annähernd jenen Prämienbetrag in der Höhe von 100 Gulden erreichen, den Erzbischof Graf Thun mit Mandat vom 26. November 1689 für die Anzeige von Wilderern auf Steinwild aussetzte. Allerdings mußten die Wilddiebe ihrer Missetat überführt werden können. Es war die höchste Prämie, die jemals in Salzburg auf das Dingfestmachen solcher Frevler ausgesetzt wurde. Wegen dieser Prämie ist wahrscheinlich die blutige Fehde zwischen Jägern und Wilderern in den Steinwild-Revieren der Zillertaler Alpen entbrannt.

Mit dem Generale vom 3. Januar 1787 ist das Einsammeln der Bärensteuer von Haus zu Haus abgestellt worden, und den Bärenjägern wurde eine äquivalente Entschädigung in der Höhe von 10 bis 14 Gulden ausgeworfen.

Falls Sie, liebe Leserin, sich vielleicht als nichtjagende Dame einmal in einer Gesellschaft von Jägern befinden sollten, bei der einer der Grünröcke am Hut einen Bärenkopf aus Silber mit einem quer durchgehenden Knochen angesteckt hat, so fragen Sie – falls Sie nicht in Verlegenheit gebracht werden wollen – lieber nicht darnach, was denn dies bedeuten soll. Es ist nämlich der Penisknochen des Bären, den da der Jäger als Trophäe am Hut trägt. Sagen Sie jetzt bitte nicht voller Entrüstung: „Wie kann man nur so etwas als Schmuck betrachten", denn dazu muß man erst die Geschichte des Jagdschmuckes kennenlernen, und die möchte ich deshalb jetzt kurz erzählen. Versetzen wir uns doch einmal in die Zeit, wo man auf Höhlenwände verschiedene Jagdszenen gemalt hat. Diese Bilder dienten nicht zum Schmuck, sondern sie sollten das Wild bannen. Mit anderen Worten, das Wild – welches ja die Nahrungsgrundlage der frühen Menschen bedeutete – sollte mit einem Zauber belegt werden, damit es die Jäger leichter erbeuten konnten. Das Handwerk der damaligen Jägerei war höchst gefährlich, denn so riesige Raubtiere wie Höhlenbär oder Säbelzahntiger verschmähten auch den Menschen nicht. Und welche bescheidene Möglichkeiten zur Abwehr ihrer gefährlichen Zähne hatte man zu jener Zeit? Speere mit steinerner Spitze, Keulen und, wenn es hoch herging, einen Steindolch. Das waren aber auch schon so ziemlich alle Jagdwaffen, mit denen der Urzeitmensch seinen „Nahrungsquellen" zu Leibe rückte. Nur seine geistigen Fähigkeiten und Instinkte erhielten ihn an seinem kurzen Leben, das im Durchschnitt kaum Jahrzehnte währte. Sicher hatte der Mensch von damals auch schon eine zumindest dunkle Vorstellung, daß es dort oben, wo Tag für Tag die Sonne aufging, noch eine andere Welt geben könnte, und stellte so einen Zusammenhang her zu dem mächtigen Wesen, welches jeden Tag Licht und Wärme auf die Erde schickte. Er suchte und fand Zusammenhänge, etwa zwischen seiner Gewandtheit im Gebrauch der Hände, der Gewalt des Büffels, der Wildheit des Tigers, der Fruchtbarkeit des Hasen, der Schläue des Fuchses, und kam eines Tages zu dem Schluß, daß alles aus einer Quelle stammen müsse. Und da war die Frage naheliegend, ob diese Eigenschaften nicht auch austauschbar und übertragbar seien. Vielleicht dadurch, daß man sich einige Teile von jenen Tieren aneignete, welche für bestimmte Eigenschaften besonders charakteristisch waren? Die Zähne des Tigers, um den Hals getragen, sollten den Jäger selber so mutig und stark wie einen Tiger machen. Natürlich ließ sich das auch mit den Zähnen des Fuchses praktizieren, um ebenso listig zu werden wie er. Und die Hasenpfote könnte einem doch auch eine ebenso große Schnelligkeit sowie Fruchtbarkeit verleihen wie dem Tier, das diesen Teil besaß? Diese magischen Vorstellungen standen ursprünglich hinter allem Schmuck. Die Wurzel waren die Kleintrophäen des Wildes. Sie stellten ein Abwehrmittel bei Gefahren, aber auch gegen Dämonen dar, die den Menschen jener Zeit aus allen Ecken ihrer Höhlen bedrohten.

Die Vorstellungen unserer Ahnen wurden natürlich auf die jeweilige Zeit mitübertragen. So wurden die Grandeln des Hirsches oder Kiefer von Kleintieren zu Zahnamuletten. In übertragenem Sinne müßten diese Amulette doch auch imstande sein –so glaubten sie –, den Zahnwehdämon zu bannen. Bedenken wir nur, daß noch bis vor nicht so langer Zeit – gemessen am Bestand des Menschengeschlechtes – die Zähne Krankheitsherde ersten Grades waren. Da mußte doch ein „Hirschgrandel", z. B. an der Uhrkette getragen, dagegen Schutz bieten? Oder nehmen wir etwa Viehhändler oder Bauern. Was konnte ihren Besitz wohl besser zusammenhalten als die Fänge eines Adlers? Also kamen auch diese an die Uhrkette.

Früh schon war bekannt, daß Murmelschmalz gegen Rheuma eingerieben half, und auch gegen Lungenkrankheit war es gut. Was lag da näher, als daß diese Kraft auch den Nagezähnen des Murmeltiers zugeschrieben wurde – ein weiterer Anhänger für die Uhrkette.

Selbstverständlich mußten diese Zähne, Fänge und was immer es auch war, gefaßt werden, damit man sie an der Hals- oder Uhrkette befestigen konnte. Da jedoch dem Bauern das Tragen von Goldschmuck noch bis in das vorige Jahrhundert hinein verboten war, wurde Silber dazu verwendet. Das ist auch der Grund dafür, daß stilechter Trachtenschmuck noch heute aus diesem Edelmetall gefertigt wird.

Viele Menschen der älteren Generation kennen – wie auch meine Mutter – noch den Begriff der „Fraisenkette". „Fraisen" ist eine alte Bezeichnung für Krämpfe im Kindesalter. Doch in früheren Zeiten wußte man nicht so genau darüber Bescheid. Jedenfalls nahm man den Einfluß von Dämonen an, die wiederum nur durch abweisende Amulette bekämpft werden konnten – eben durch die „Fraisenkette". Sie setzte sich aus allen möglichen Bestandteilen, wie bestimmten Halbedelsteinen, denen schon seit jeher eine besonders geheimnisvolle und sichere Wirkung zugeschrieben wurde, sowie dem Zahn des Murmeltiers, dem Hirschgrandel, dem Waidkorn (Bezoar im Pansen des Gams-, Stein- oder Rotwildes) und dem „Herzkreuzl" zusammen.
Es lag nun in der Natur der Sache, daß all diese Dinge dem Jäger am ehesten zugänglich waren, und deshalb war er durch lange Zeit hindurch dem Bauern nicht ganz geheuer. Das hatte auch seine Gründe im Privileg des Jägers, Wild zu töten, in seiner Heimlichkeit, in der Bewaffnung und in seinem Aufenthalt im Wald – in jenen Zeiten ein ohnehin gefährlicher und unheimlicher Ort. All diese Aspekte stellten den Jäger daher seit jeher in die Nähe des mit magischen Kräften ausgestatteten Außenseiters, und sicher hat so mancher Jäger an diesem Image noch selber kräftig mitgewirkt.
Zum Schmuckstück wurde das dämonenabweisende Amulett erst im 19. Jahrhundert. Heute trägt auch der Nichtjäger zum Steireranzug auf seiner Uhrkette den in Silber gefaßten Sauzahn, die Rehklaue, das Gehörn eines Kümmerers, Adlerkralle, Fuchszahn oder Margergebiß, aber fast niemand weiß mehr um die tiefere Bedeutung dieser Trophäen, die da lustig auf der Kette um den Bauch baumeln.
Doch wenigstens der Jäger sollte wissen, daß der jagdliche Schmuck uralt ist und in den Augen unserer Vorfahren eine sehr tiefe Bedeutung hatte. So besehen könnte auch der Penisknochen des Bären am Hut des Gegenwartsjägers weit über das schmückende Moment hinausreichen…
Tragödien haben sich auch um den Gamsbart, die legitime Zier am Hute des Gamsjägers, zugetragen. Der Gamsbart bedeutet nämlich für die männliche Jugend der Alpen das Zeichen erlangter Reife, und es ist Ehrensache, daß der Bart von einem selbst erlegten Tier stammt. Der Brauch verführte oft zum Verstoß gegen Gesetze.
Der Chronist von Kobell schreibt:
„… und gibt es dadurch öfters Gelegenheit zu Prahlereien oder Händeln mit den Jägern."
Dies führte dazu, daß Erzbischof Graf Colloredo in seinem Generale vom 15. März 1785 bekanntgab, daß den Bauern und Handwerkern der Gemeinden das Tragen von Gamsbärten als Hutschmuck sowie Spielhahnfedern und andere Gestecke aus Wildfedern verboten ist. Bei Übertretung dieses Verbotes wurde der Betreffende im ersten Falle mit vierundzwanzig Stunden Arrest, im Wiederholungsfalle mit 2 Gulden 24 Kreuzern, bei Nichteinbringung mit vierzehntägiger Schanzarbeit und im Falle neuerlicher Übertretung nach obrigkeitlichem Ermessen noch schärfer bestraft. War es auch nicht erlaubt, daß jedermann sich mit Gamsbärten und Spielhahnfedern schmückte, der Sinn nach Schönem war deswegen nicht verkümmert.
Ganze Malergenerationen wurden aufgeboten, um den vom Waidwerk ausgehenden sinnenfrohen Rausch festzuhalten und unvergänglich zu machen.

en Abschluß der Barock- und Rokokoperiode bildet der legendenumwobene, im Volk unvergessene Sohn Maria Theresias, Josef II. Sein Bestreben war, das Wohl des Staates allem voranzustellen, seine Länder durch Zentralisation aller Staatsgewalt zu einem starken Österreich zusammenzuschweißen, um seine Aufklärung von oben durchsetzen zu können. Um dieses Ziel zu erreichen, hat er gewaltige Umwälzungen versucht, wobei die Reformen alle Gebiete des öffentlichen und privaten Lebens betrafen, auch die Jagd blieb von seinen Reformen nicht verschont.

Um den Adel zu treffen, der ihm bei seinen Reformen Widerstand leistete, erließ er am 21. August 1786 eine neue Jagdordnung, die die Interessen der bäuerlichen Untertanen weitgehend berücksichtigte. Neu war darin die Aufhebung der Schonzeiten:

„Den Inhabern eines Wildbannes steht vollkommen frei, das Wild, als ihr Eigentum, gleich jedem zahmen in einem Maierhofe genährten Vieh, in was immer für einem Alter, Größe oder Schwere, zu allen Jahreszeiten, wie es ihnen gefällig ist, zu fangen oder zu schießen und zum eigenen Genuß zu verwenden oder zu verkaufen."

Neu auch die Beschränkung der Wildfolge:

Ein in dem eigenen Wildbanne angeschossenes und verwundetes Wild, das in einen fremden Wildbann übersetzt, darf nicht verfolgt werden, sondern es bleibt dem Besitzer desjenigen Banns, in den es sich gezogen hat, frei, mit demselben wie mit seinem Eigentum zu schalten."

Wesentlich ist der § 8: *„Der hohe Wildbann und das Reisgejaid können nach Belieben verkauft oder verpachtet werden, jedoch ist der Bauern- oder Bürgerstand, dem dadurch nur Gelegenheit gegeben würde, Wirtschaft und Gewerbe zu vernachlässigen, von dem Kaufe oder der Pachtung einer Jagdbarkeit ausgeschlossen."*

Gegen das zu starke Anwachsen des Wildes heißt es im § 11: *„Die Kreisämter haben darauf zu sehen, daß die Jagdinhaber das Wild zum Nachteil der allgemeinen Kultur nicht übermäßig hegen, und sollen diejenigen, bei denen sie einen zu großen Anwachs des Wildstandes wahrnehmen, nach der bereits bestehenden Vorschrift ohne Nachsicht zur verhältnismäßigen Verminderung desselben anhalten."*

Den Landbewohnern werden andere Rechte eingeräumt: *„§ 13. Jedermann ist befugt, von seinen Feldern, Wiesen und Weingärten das Wild auf was immer für eine Art abzutreiben. Sollte bei einer solchen Gelegenheit ein Wildstück sich durch das Sprengen verletzen oder zu Grunde gehen, so ist der Jagdinhaber nicht berechtigt, dafür einen Ersatz zu fordern."*

„Alle Wildschäden, sie mögen in landesfürstlichen oder Privatjagdbarkeiten, an Feldfrüchten, Weingärten oder Obstbäumen geschehen, müssen den Untertanen nach Maß des erlittenen Schadens sogleich in Natura oder in Geld vergütet werden."

Weitere Paragraphen schützen die Jagdinhaber gegen Beeinträchtigung ihrer Rechte, besonders gegen die Wilddieberei.

Trotz dieser neuen Jagdordnung blieb die Ausübung der Jagd ein Vorrecht des Adels.

Erst nach den Napoleonischen Kriegen hielten sich die Grundherren, die dringend Geld benötigten, nicht mehr an diese Vorschrift – die 1824 aufgehoben wurde – und verpachteten ihre Jagden auch an reich gewordene Bürger. 1833 wurde eine kaiserliche Entschließung erlassen, die Juden, *„soweit sie nicht dem österreichischen Adel angehören"*, von der Jagdpachtung ausschloß.

Die 1786 aufgehobenen Schonzeiten haben sich praktisch nicht ausgewirkt, da die Grundherren bei Verpachtung ihrer Jagden sowohl beschränkten Abschuß vorschrieben als auch, wann dieser zu geschehen habe. Dies verhinderte eine weitgehende Schädigung des Wildbestandes, der sonst durch die Bestimmungen Josefs II. fraglos eingetreten wäre.

Der Wildschadenersatz hat sich bis zum Anfang des 19. Jahrhunderts auch in den anderen Ländern des Reiches und über weite Teile Europas durchgesetzt.

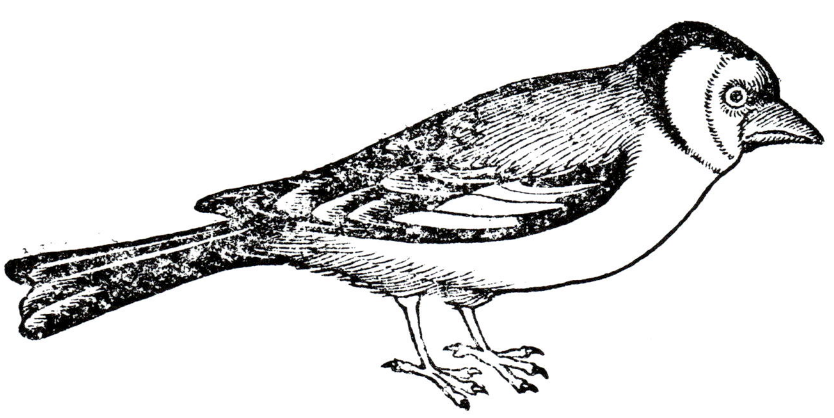

Das Europa des beginnenden 19. Jahrhunderts sah sich nicht nur allein der Machtentfaltung des revolutionären Frankreich, sondern auch dem Aufstieg zweier anderer Großmächte gegenüber: Preußen und Rußland. Die als Folge der Napoleonischen Kriege eingetretenen staatlichen und wirtschaftlichen Umwälzungen führten letztlich auch das Ende des „Goldenen Zeitalters der Jagd“ herbei. Die großen prunkvollen „Festin-Jagden“ wurden nur noch vereinzelt abgehalten. Das Aufgebot an Menschen und Zeug wurde geringer. Josef von Eichendorff, der Dichter zwischen Romantik und Revolution, erzählt von einer bescheidenen Jagd in seinem Jugendtagebuch:

„Am 10ten Dez. 1806 weckte uns frühzeitig Waldhornklang aus dem Hofe, worauf wir frühstückten und die ganze Caravane bis zu einem Jägerhaus ohnweit Barglow aufbrach, wo wir bereits einen großen Hau mit Netzen umstellt fanden und uns auf unsere Posten verfügten. Hier vereinigte sich zwar alles, die Sache so romantisch wie möglich zu machen: Der schöne reine Morgenhimmel – Waldhornklang hier und dort, aus fernem Hintergrunde (Breslau) unaufhörlicher Kanonendonner. Mir kam unter dieser männlichen starken Donnerwolke unsere Jagd heute bis zur Bangigkeit klein, unthätig und dumm vor. Nach einigen Stunden schied ich, der letzte, von meinem Posten und begab mich zum Jägerhaus, wo ich bereits die gantze Compagney in freundlichem Schalle... antraf... Die Beute: 7 Hasen, 1 Reh.“

An Stelle des Jagens mit Netzen und Lappen war die Treibjagd getreten, wie sie auch heute üblich ist. Obwohl sich die Schußwaffen immer mehr durchsetzten, wurden trotzdem alle Fangarten, besonders für Federwild, weiterhin eifrig betrieben.

Josef von Eichendorff, der Autor der eben beschriebenen Jagdgeschichte und Dichter so berühmter Volkslieder wie „Wer hat dich, du schöner Wald, aufgebaut so hoch da droben?“ oder „O Täler weit, o Höhen, o schöner grüner Wald“, schrieb in Lubowitz, dem Sitz seines Vaters, in sein Tagebuch:

„Am 24. Sept. Abends in Ganjowitz gelerchenfangt. 28 ten fingen wir Vögel vermittelst Vogelleim. 8 ten Oktober. Der einträglichste Lerchenfang, bestehend aus 23 Stück.“

Der Lerchenfang, wegen des Rückganges dieses Vogels heute undenkbar, wurde in der Epoche des 19. Jahrhunderts rege betrieben, da die Lerche ein Leckerbissen war, mit dem schwungvoller Handel betrieben wurde.

M. Marx-Kurse und E. von Campe schrieben in der Chronik der deutschen Jagd über den Lerchenfang aus der Umgebung von Leipzig:

„Die Gegend ist angenehm und mit fruchtbaren Feldern bebauet, daß sich eine so große Menge Lerchen dahin ziehet, daß die leipziger Lerchen durch ganz Deutschland wegen ihres guten Geschmackes und ihrer Fettigkeit berühmt sind. Die Accise von diesen Vögeln bringt Leipzig allein jährlich 6000 Thaler...“

Den Vogelfang betrieben nicht nur der niedere Adel, sondern auch die Geistlichen und Bürger, Knechte und Kinder. Bereits im Jahre 1517 heißt es bei Geiler im „Brösamlim“ über den kleinen Mann:

„Er vogelt mit den Kloben. Ihr wisset wohl, was ein Klob ist: es ist ein gespaltener Stecken, da geht ein Schnur durch. Sitzen die Vögel darauf, so ziehet er dann die Schnur und erwischet etwan ein Vöglin bei den Fittichen oder bei dem Köpflin oder bei den Kläuelin.“

Als Vogelherd diente ein freier Platz mit Lockfutter oder Lockvögeln. In bezug auf die Lockvögel rät Sigmund Feyerabend in seinem 1582 erschienenen „Neuw Jagd- und Weydwerck Buch: *„Es sollen unter Netzen zur Speis angebunden sein blinde Tauben, denen die oberen Augenbrauen oder Lider, damit sie nicht sehen mögen, mit einem Faden zusammengeheftet sind.“*

Aitinger schreibt 1653 in seinem Buch zum Vogelstellen gar: *„Es werden außerhalb der Finken wenige Vögel geblendet. Jedoch bisweilen Hänflinge und Goldammern und dergleichen. Man macht einen eysern Draht glüent*

und halt inen denselbigen in oder uffs äuglein, bes es wässert, so wächset mit der zeit ein dickes häutlein darüber. Die geblendeten Finken gerathen nit alle, es stirbt oft einer davon.“
Der Vogler beobachtete von einem verdeckten Unterstand vor dem Vogelherd aus das Einfallen eines Vogelschwarms und ließ dann mittels einer Zugleine die zum Fangen aufgestellten Netze zusammenschlagen. Cordula Tucher, ein elfjähriges Mädchen aus dem großen Nürnberger Patriziergeschlecht, berichtet 1517 über den Vogelfang in einem Brief an ihren Bruder:
„Nürnberg 30. Sept.: So wiß, daß der Thonlen Deinen vorjährigen Vogelherd zurecht gemacht hat. Des Hans Tuchers Knecht hat ihm Bäumer dazu gebracht und der Lienhart Tucher eine Lockmeise dazu gekauft.“
27. Okt. 1517: *„So wiß, daß der Thonlen dieser Tage wohl 8 Meisen auf seinem Vogelherd gefangen hat. Hat mir eine davon geschenkt, die will ich dem Hans Tucher (als Lockmeise) verkaufen und hoff, wir werden täglich mehr fangen.“*

Der Jäger geht auf den Strich, das ist der Fall, wenn er auf Schnepfenjagd, den „Schnepfenstrich“, geht. Die Schnepfe streicht auf ihrem Hochzeitsflug im Frühjahr des Abends und Morgens für kurze Zeit. Dieses wird vom Jäger zur Bejagung benutzt. Bis ins 16. Jahrhundert hatte die Schnepfe – deren Bejagung erstmals im Jahr 1632 in einem in Wittenberg erschienenen Jagdkalender nebenbei erwähnt wird – keinerlei nennenswerte Bedeutung. Erst 1746 finden sich in dem Buch „Des Jägers Practica“ Jagdmethoden auf den „Schneppff“: Kaum vorstellbar, wie viele Schnepfen es damals gegeben haben muß, da sie mit dem „Garn“ gefangen werden konnten. In Rußland gibt es noch heute sehr viele Schnepfen, sie werden vom Jäger derartig gering geschätzt, daß bisher nicht einmal ein eigener russischer Name für diesen Vogel entstanden ist. Die Russen nennen die Waldschnepfe in Verballhornung des deutschen Wortes „Woldschnjep“.

Zu der oft grausamen Behandlung dem Tier gegenüber, wie sie im 16. Jhdt. praktiziert wurde, zeichnet sich in einer Schrift Martin Luthers bereits Mitgefühl mit der leidenden Kreatur ab, wenn er über den Vogelfänger Wolfgang Sieberger herzieht und sich selbst mit den Vögeln identifiziert.
„Unserem gütigsten Herrn, Doctorio Martino Luthern, Prediger zu Wittenberg. Wir Drosseln, Amseln, Finken, Hänflinge, Stieglitze samt anderen frommen ehrbaren Vögeln, so diesen Herbst über Wittenberg reisen sollen, fügen Eurer Liebden zu wissen, daß einer, genannt Wolfgang Sieberg, Euer Diener, sich unterstanden habe und etliche alte verdorbene Netze teuer gekauft, damit einen Finkenherd anzurichten. Und nicht allein unsern lieben Freunden und Finken, sondern auch uns allen zu wehren vornimmt die Feiheit, zu fliegen in der Luft und auf Erden Körnlein zu lesen, von Gott uns gegeben. Dazu uns nach unserm Leib und Leben stellet, so wir doch garnichts verschuldet und solchen Zorn von ihm verdienet. Weil denn das alles uns armen freien Vögeln (so weder Scheune noch Häuser, noch etwas darinnen haben) eine große Beschwernis, ist an Euch Diener solcher Vermessenheit verweisen oder, wo das nicht sein kann, doch ihn dahin halten, daß er des abends zuvor streue Körner auf den Herd und morgens vor acht nicht aufstehe und auf den Herd gehe; So wollen wir denn unsern Zug über Wittenberg nehmen. Wird er das nicht tun, sondern freventlich nach unserem Leben stehen, so wollen wir Gott bitten, daß er ihm steure und er des Tages auf dem Herde Frösche, Heuschrecken und Schnecken an unserer Statt fange und zu Nacht von Mäusen, Flöhen, Läusen, Wanzen überzogen werde, damit er unsrer nicht vergesse. Warum gebraucht er solchen Zorn nicht wider die Sperlinge, Schwalben, Elstern, Dohlen, Raben, Mäuse und Ratten? Welche doch viel Leids tun, stehlen und rauben und auch aus den Häusern Korn, Hafer, Malz, Gerste enttragen, welches wir nicht tun, sondern allein das kleine Bröcklein und einzelne verfallene Körnlein suchen.“

Es hat viele große Geister gegeben, die in gastronomischen Dingen völlig anspruchslos waren. Der Humanist Eobanus Hessus besang in seinen Dichtungen fröhliche Geselligkeit und fand nur an deftigen Speisen Vergnügen. Größte Freude hatte er an einer Schüssel Speck mit Sauerkraut. Friedrich Schiller behielt stets seine junggesellenmäßigen Eßgewohnheiten bei. Angefaulte Äpfel inspirierten ihn. Mit Ironie berichtet er, daß sich stets eine Anzahl solcher Äpfel in seiner Schreibtischlade befinde.
Dagegen war Wolfgang von Goethe ein starker, aber ein sehr kultivierter Esser, dessen Lieblingsspeisen Wildbret und Geflügel waren. Zum Zehnuhrfrühstück bevorzugte er Forellen. Baumeister Johann Heinrich Wolff berichtete im Jahre 1828 über die Eßgewohnheiten: *„Er verzehrte unter anderem eine ungeheure Portion Gänsebraten und trank dazu eine ganze Flasche Rotwein."* Jean Paul drückte sich schon derber aus, wenn er sagte: *„Auch frisset er entsetzlich."* Zuweilen speiste Goethe bei der Herzogin Amalia von Sachsen-Weimar zu Mittag. Eines Tages, als er wieder Sauerkraut vorgesetzt bekam, stand er ärgerlich auf und ging ins Nebenzimmer. Dort sah er auf einem Tisch ein aufgeschlagenes Buch. Es war ein Roman von Jean Paul. Nachdem er einige Seiten gelesen hatte, warf er das Buch weg und rief aus: „Nein! Nein! Erst Sauerkraut und dann fünfzehn Seiten Jean Paul! Das halte aus, wer will!"
Der Dichter Ludwig Tieck brachte Theater und Gastronomie in engen Zusammenhang. Ein guter Tafelregisseur, war seine Überlegung, müsse auch ein guter Theaterleiter sein, denn Theater und Gastronomie seien nicht wesensfremd, wie es auch scheinen mag. Das eine vermittelt nur geistigen Genuß, das andere geistige und körperliche Freude.
Franz Abt, der bekannte Komponist, dessen Lied „Wenn die Schwalben heimwärts ziehen" äußerst bekannt ist, wurde einmal, als er in höchster Eile war, von einem Bekannten mit den Worten angehalten: „Wohin denn so eilig, mein Lieber?" Worauf Abt antwortete: „Ins Restaurant. Meine Lieblingsspeise essen, Truthahn." Der Freund, der seinen guten Appetit kannte, meinte voller List: „Hoffentlich ist die Tischgesellschaft nicht zu groß!" Worauf Abt erwiderte: „Sei ohne Sorge, o Freund. Wir sind nur zu zweit, der Truthahn und ich!"
Auch Gioacchino Rossini (1792–1868), der Komponist des „Barbier von Sevilla", „Wilhelm Tell", der „Diebischen Elster" u. a., war ein begeisterter Amateurkoch, der selbst einige Gerichte erfand und am glücklichsten war, wenn er selber am Herd stehen konnte. Wer kennt nicht die „Tournedos Rossini", zu deren Bereitung die von ihm geschätzten frischen Trüffeln, Gänsestopfleber und Madeirasauce gehören? Rossini gibt sich am besten in folgender Geschichte zu erkennen: Wann er in seinem Leben geweint habe, wurde er gefragt. Zweimal seien ihm Tränen aus den Augen gestürzt, antwortete Rossini. Einmal, als er Paganini hörte, und das andere Mal, als er zusehen mußte, wie ein Kellner aus Versehen einen mit Trüffeln gefüllten Truthahn in den Comer See fallen ließ.
Von seinem geliebten Essen handelt auch folgende Geschichte: Rossini besuchte in Paris das erste Spezialgeschäft für Lebensmittel, um höchst persönlich Makkaroni einzukaufen, die auf seinem Tisch natürlich nie fehlen durften. Als man ihm eine Sorte vorlegte, betrachtete er eine Stange davon mit wissenschaftlicher Aufmerksamkeit und stellte fest, daß sie aus Neapel stammten. Eine andere Sorte von Makkaroni erkannte Rossini als Erzeugnis von Bergamo und eine dritte sei aus Genua bezogen. Der Geschäftsinhaber war sprachlos. In der Unterhaltung gab sich Rossini als Komponist zu erkennen. Da meinte der Händler, der Rossini nicht kannte: Wenn er von Musik soviel wie von Makkaroni verstehe, müsse er herrliche Sachen schreiben. Das wies Rossini als Übertreibung weit von sich. Aber wahrscheinlich bildete er sich auf seine Spezialkenntnis der Makkaroni in der Tat viel mehr ein als auf seine Kompositionen. Dieser Lukullus der Musikgeschichte machte aus seiner Leidenschaft für ein erlesenes Mahl nicht im mindesten ein Hehl. *„Was mich betrifft"*, sagte er, *„kenne ich keine köstlichere Beschäftigung als das Essen, versteht sich, ein Essen,*

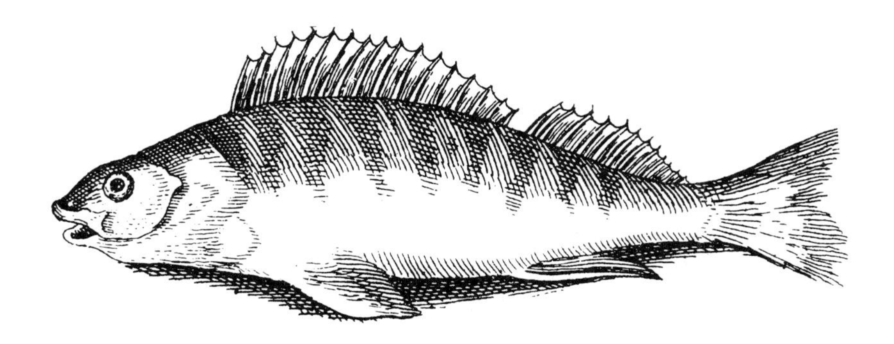

was man so recht Essen nennen kann. Was die Liebe fürs Herz, ist der Appetit für den Magen. Der Magen ist der Kapellmeister, der das große Orchester unserer Leidenschaften regiert und in Bewegung setzt. Den leeren Magen versinnbildlicht nur das Fagott oder die Pikkoloflöte. Er brummt wie jenes vor Mißvergnügen oder gellt wie diese vor Hunger. Der volle Magen ist dagegen die Triangel des Vergnügens oder die Pauke der Freude. Was die Liebe betrifft, so halte ich sie für die Primadonna par excellence, für die Göttin, die dem Gehirn Kavatinen vorsingt, die das Ohr trunken machen und das Herz entzücken. Essen, Lieben, Singen und Verdauen, das sind, in Wahrheit gesprochen, die vier Akte der komischen Oper, die das Leben heißt und die vergeht, wie der Schaum einer Flasche Champagner. Wer sie verrinnen läßt, ohne sie genossen zu haben, ist ein vollendeter Narr!"

Musik und Feinkost gewannen bei Rossini eine merkwürdige Korrespondenz, er charakterisierte die Schönheiten der Tonkunst oft durch besonders gelungene Erzeugnisse der Küche, verlieh aber auch umgekehrt geschätzten Feinschmeckereien Attribute aus der Musik. *„Der Trüffel"*, sagte er, *„ist der Mozart der Champignons! Ich kenne in der Tat keinen besseren Vergleich zum „Don Giovanni" als die Trüffel. Beide haben miteinander gemein, daß man um so mehr Reiz und Gefallen an ihnen findet, je öfter man davon genießt."*

Als Rossini einmal in einem Brief an Signora Colbrand ausführlich über seinen „Barbier" und dessen Riesenerfolg berichtet, kommt er unvermittelt auf sein Lieblingsthema zu sprechen: *„Aber was Sie wohl ebensosehr wie meine neue Oper interessieren wird, ist die Erfindung einer neuen Salatbereitung, die mir gelungen ist. Ich beeile mich daher, deren Rezept hier beizufügen. Nehmen Sie Provenzeröl, englischen Senf, französischen Weinessig, ein wenig Zitrone, Pfeffer und Salz und mischen Sie all dies gut untereinander. Fügen Sie dann dem Ganzen noch einige, in kleine Stücke geschnittene Trüffeln hinzu. Die Trüffeln geben der Sauce eine Art von Nimbus, fähig, einen Feinschmecker in Ekstase zu versetzen."*

Nach diesem Ausflug ins Kulinarische kehrt Rossini wieder zu seinem Ausgangsthema, dem „Barbier", zurück. Durch seine Vorliebe zur Kochkunst machte Rossini viele Bekanntschaften mit Meisterköchen. Sorgsam pflegte der Maestro den Umgang mit ihnen, führte er regen Meinungsaustausch in Fachfragen. Zu Rossinis Bekanntenkreis zählte auch Monsieur Careme, einer der größten Künstler in der Zubereitung hervorragender Speisen. Careme zeigte sich einmal für verschiedene Aufmerksamkeiten Rossinis dadurch erkenntlich, daß er dem Komponisten eine exquisite Wildpastete übersandte und auf die Schachtel die Widmung „Careme à Rossini!" schrieb. Voll der Freude über diese Aufmerksamkeit lief Rossini zum Schreibtisch und brachte eilends ein italienisches Lied zu Papier. Dann übergab er das Notenblatt dem Boten. Im letzten Augenblick besann er sich, nahm es noch einmal zurück und setzte darüber die Worte: „Rossini à Careme!" Als Schätzer guten Essens und eines edlen Tropfens standen auch Georg Friedrich Händel und Willibald Gluck im Rufe. Der „Mannberg", wie Händel wegen seiner Größe und Leibesfülle genannt wurde, legte sich beim Mahle keine Beschränkung auf. Er war daher oft Zielscheibe des Spottes.

Die Waffentechnik erfuhr im 19. Jahrhundert große Verbesserungen. Die Entwicklung der Niederwildjagd ist eng damit verknüpft. Durch die Erfindung des Zündhütchens um 1820 in England – dies sind kleine Kupfer- oder Messingkapseln, die, mit Knallquecksilber gefüllt, mittels eines Schlagbolzens zur Entzündung gebracht werden – war die Grundlage für den Bau des Perkussionsgewehres geschaffen. Mit dieser Konstruktion war die Zündung von Regen und Nässe unabhängig geworden. Die Explosion der Sprengladung des Geschosses erfolgte im selben Augenblick, in dem der Schlagbolzen niederging, und das früher so unangenehme Warten auf die Zündung, wie das Blitzen auf der Pfanne gehörte der Verhangenheit an. Bei dem 1827 von dem später geadelten Schlossersohn Dreyse erfundenen Zündnadelgewehr handelt es sich um den ersten gezogenen Hinterlader.

Bei dieser Konstruktion drang ein Nadelbolzen (Zündnadel), später durch einen Schlagbolzen ersetzt, in die Patrone ein und entzündete das Pulver. Mit Unterstützung der preußischen Regierung errichtete Dreyse eine Gewehrfabrik in Berlin, die die Waffen für die Armee lieferte. Seitlich ausschwingbare Läufe und seitliche Stiftzündung der Patrone brachte das um 1830 gebaute Gewehr des Franzosen Lefaucheux. Diese Neuerungen, so große Verbesserungen sie waren, bürgerten sich recht langsam ein; noch um die Mitte des Jahrhunderts war vereinzelt sogar noch das alte Feuersteingewehr im Gebrauch. Die neuen Waffen brachten neue Gefahren mit sich und mußten mit besonderer Vorsicht gehandhabt werden, um unzeitige Zündungen zu verhüten. Eine Jagdordnung von 1845 für die Kgl. Regie-Jagden in Unterfranken und Aschaffenburg weist die Schützen auf die Notwendigkeit größter Vorsicht hin:

„§ 2. Ein jeder Schütze hat Sorge zu tragen, daß die Gewehrschlösser in gutem Zustande sich befinden und nicht allenfalls in der Ruhe losgehen.

§ 3. Ein jedes Gewehrschloß, welches keinen Sicherheitsmechanismus besitzt, muß mit einer Unterlage an dem Zündstift von Leder, Filz, Horn oder Metall versehen seyn, damit das Gewehr nicht ohne Absicht des Schützen losgehen kann.

§ 5. Bei dem Anspannen des Gewehrs und Aufsetzen des Zündhütchens muß die Mündung desselben aufwärts gehalten werden.

§ 8. Das Ausbrennen der Gewehre darf nicht während der Jagd, sondern nur vor derselben an einem von dem Jagddirigenten bestimmten Orte geschehen."

Die Patronenhülsen, anfänglich aus Pappmasse oder Leinen, wurden schließlich aus Metall hergestellt und damit die Mehrladegewehre (Repetierer) ermöglicht, bei denen der Schütze nacheinander mehrere Schüsse abgeben kann, ohne zwischendurch neue Patronen einlegen zu müssen. Weitere Verbesserungen und Erleichterungen brachten die Kipplaufgewehre, die zuerst mit Hahn und später mit automatischer Spannung und Sicherung gebaut wurden. Gegen Ende des Jahrhunderts brachte die Verwendung des rauchschwachen Blättchenpulvers große Annehmlichkeiten für den Schützen, weil nun die Sicht – wie es bei Gebrauch von Schwarzpulver der Fall war – nicht mehr verdunkelt und die Rohre nicht mehr im früheren Ausmaß verschmutzt wurden. Seitdem wurden Schrotflinte wie Kugelbüchse dauernd verfeinert. Von größtem Einfluß auf die Jagd waren auch die Erfindungen und Verbesserungen auf optischem Gebiet. Perspektive hatte das 17. Jahrhundert schon gekannt, aber selten für jagdliche Zwecke verwertet. Zielfernrohre kamen am Anfang der neunziger Jahre des 19. Jahrhunderts auf. Die erst so schwerfälligen Jagdgläser, Binocles, wurden in leichterer Ausführung hergestellt, der Augenabstand der Gläser von mehr als 25 cm bis auf 8 cm verringert, und Lichtstärke wie Gesichtsfeld immer mehr vergrößert. Mit diesen verbesserten Waffen und Gläsern war größerer Jagderfolg gesichert. Jagdlich rückte nun immer mehr die Pirsch in den Vordergrund, und der Schuß auf Wassergeflügel, vor allem auf Enten, drängte die alten Fangarten zurück. Auch die früher so schwer zu bejagende Schnepfe wurde nun zum begehrten Jagdwild.

Der Vogel mit dem „langen Gesicht", wie die Waldschnepfe wegen ihres langen Schnabels (jagdlich „Stecher" genannt) auch bezeichnet wird, gehört zum Lieblingswild des Jägers in unseren Breiten. Und das nicht von ungefähr, ist er doch der erste jagdbare Vogel, der auf seinem Zug vom Süden in seine Brutgebiete im Norden ankündigt, daß der Frühling nicht mehr weit ist. Noch heute erinnere ich mich ganz deutlich, wie mir mein Vater immer wieder begeistert von den guten Schnepfenjahren nach dem Ersten Weltkrieg erzählte. Er verstand es so ausgezeichnet, mir diese Stimmung zu vermitteln, daß ich mir lange vor meiner ersten Jagdkarte wünschte, selber den Schnepfenstrich mitzuerleben. An einem wunderschönen Vorfrühlingstag war es, als ich zu meinem ersten Schnepfenstrich auszog. Am Treffpunkt herzliche Begrüßung, dann die Zuweisung der Stände. Schon halb im Ausgehen erreichte uns noch die Bitte des Jagdherrn, ja nicht auf die beiden Enten zu schießen, die täglich ums Dunkelwerden über den Bestand strichen. Diese Bemerkung veranlaßte mich zu besonderer Vorsicht, denn ich hatte ja noch nie eine Schnepfe in freier Wildbahn gesehen und wollte durch einen voreiligen Schuß ungern meinen jagdlichen Gastgeber vergrämen. Also hieß es doppelt aufpassen. Meiner Meinung nach hatte ich einen „Kaiserstand", denn ich war genau dort, wo Jungholz an einen Altbestand grenzte. Aus den Lehrbüchern wußte ich, daß sich die Schnepfe ungern über hohe Wipfel erhebt, sondern lieber am Rand des Altholzes entlangstreicht. Das Licht wurde langsam fahler, und auch das Gezwitscher der Vögel verstummte allmählich. Jetzt mußte bald der Abendstern am Himmel auftauchen, und wenn die Bücher recht hatten, dürften auch die Schnepfen nicht mehr allzu lange auf sich warten lassen. Da! Genau aus Richtung Sonnenuntergang strichen zwei Vögel auf mich zu. Die Enten – war mein erster Gedanke. Mit pflichtgemäß mäßigem Interesse beobachtete ich ihr Näherkommen. Immer größer wurden die beiden Vögel, die sich mir raschen Fluges näherten, waren nur knapp vor mir… Zu spät erkannte ich, daß ihre Schnäbel nicht breit, sondern lang und spitz waren. An einen Schuß war natürlich nicht mehr zu denken. Knapp darauf fiel auf dem Nachbarstand ein Schuß. Am Sammelplatz erzählte der Schütze dann den interessiert Zuhörenden, wie es gewesen war, und er wunderte sich sehr darüber, daß ich nicht geschossen hätte, wo man dieses Pärchen doch sofort als „Stecherpaarl" erkennen mußte. Ich sah ein, daß ich noch viel zu lernen hatte… Wenige Tage später rief mich ein Freund an, der wußte, daß ich gerne Wild aß. Er fragte mich, ob ich ein Rebhuhn wolle. Es sei ganz frisch. An und für sich wollte ich natürlich sehr gerne, doch jetzt zur Schnepfenzeit ein frisches Rebhuhn, das doch erst im Herbst Schußzeit hatte? Des Rätsels Lösung hat er mir dann umgehend verraten: Auch er war auf dem Schnepfenstrich gewesen, nur hatte sich ein Rebhuhn zu ihm verirrt. Er war eben besser im Treffen als im Ansprechen. Und dazu noch ehrlich! In den folgenden Jahren erhielt ich von meinem Freund regelmäßig die Einladung auf den Schnepfenstrich, doch ein Vogel mit dem „langen Gesicht" wollte mir nie zur Beute werden. Entweder die Schnepfen strichen nicht, oder außer Schußweite, oder ich konnte sie erst zu spät ansprechen. Als mein Freund in die ewigen Jagdgründe abberufen wurde, hatte ich dann viele Jahre keine Gelegenheit mehr, den Schnepfenstrich mitzuerleben.

Die Langschnäbel wurden für mich zu einer Wildart, die es nicht mehr gab. Bis mich eines Tages ganz unverhofft ein Waidkamerad fragte, ob ich nicht einmal zu ihm auf den Schnepfenstrich kommen wolle. Und ob ich wollte! Mit Freuden sagte ich zu, doch sofort regten sich in mir doch wieder die Zweifel. Diese Einladung wurde im Herbst ausgesprochen und bis zum Frühjahr blieb noch eine lange Zeitspanne… Nun, es würde sich ja weisen. Wie groß war daher mein Erstaunen, als mich mein jagdlicher Gönner eines Tages anrief und mir mitteilte, daß es nun soweit sei. Bereits am folgenden Tag verließ ich die Stadt Richtung Norden. Es war ein Tag, wie ihn sich der Schnepfenjäger erträumt. Lau lag die Frühlingsluft über dem Land. Die Weidenknospen zeigten schon einen grünen Anflug, und dort, wo die wärmenden Sonnenstrahlen hinreichten, lugten bereits die ersten Veilchen aus dem dürren Wintergras. Nur vereinzelt lagen noch auf der Schattenseite Schneereste. Ein weiterer Jagdgast, den ich nicht näher kannte, wurde

in einer Schneise angestellt. Ich stand etwa zwanzig Schritt hinter ihm. Im Stangenholz vor mir schäkerte eine Elster, und weiter entfernt, im Altholz, baumte gockend ein Fasanhahn auf. Irgendwo gurrte ein Tauber sein sehnsuchtsvolles Liebeslied in den Abend, und ein Hase hoppelte gemächlich feldwärts.
Von meinem Stand hatte ich einen wunderschönen Ausblick auf die Stadt, und das Lichtermeer zu meinen Füßen schien ein Spiegelbild des sternenübersäten Himmels.
Da! Ein tiefes „Quorr–quorr" vor mir – ein Feuerstrahl und gleich darauf der dumpfe Aufprall des Vogels im Dürrlaub. Mein Nachbar in der Schneise hatte eine Schnepfe erlegt. Ich rief ihm ein „Waidmannsheil!" zu, und dann stand er auch schon freudestrahlend neben mir. Sein Gewehr trug er gebrochen. Ich sollte seinen Platz in der Schneise beziehen, bedeutete er mir, da dort mit Sicherheit noch ein weiterer Schnepf zu erwarten sei. Er würde aber sowieso nicht mehr schießen, da einer genüge. So wechselten wir rasch die Plätze. Richtig! Kaum stand ich in der Schneise, strich eine Schnepfe mit ansehnlichem Tempo an mir vorbei. Der schnell hingeworfene Schuß erreichte sein Ziel nicht, und der Langschnabel verschwand im Dunkel. Nun war es Zeit, den Heimweg anzutreten. Das heißt, nach örtlicher Sitte folgte vorerst noch ein Kellerbesuch. Ein schöner Brauch. Nicht des Trinkens wegen, da ja die meisten Grünröcke mit einem Fahrzeug hier waren, sondern weil man grundsätzlich auch die Geselligkeit pflegen sollte. Da saßen wir also im gemütlichen Keller des Jagdleiters. Jeder packte sein Mitgebrachtes aus und legte es auf den Tisch. Den Wein dazu spendete der Jagdleiter. Wie konnte es auch anders sein – befanden wir uns doch im Weinviertel. Dem glücklichen Erleger der Schnepfe wurde ein Waidmannsheil zugetrunken, und einem anderen, der schon etliche Male gefehlt hatte, der freundschaftliche Rat erteilt, doch ein wenig bei einem erfolgreicheren Schützen in die Lehre zu gehen. Für den nächsten Tag – das heißt eigentlich für denselben, denn ein Blick auf die Uhr belehrte uns, daß der Zeiger schon nach Mitternacht stand – wurde ich aber dennoch neuerlich eingeladen.
Abermals stand ich auf „meinem" Platz in der Schneise. Diesmal kamen mir in der Dämmerung gleich drei Schnepfen zugleich. Ein Stecherpaar und nur wenige Meter dahinter ein einzelner Schnepf. Auf diesen schoß ich, und er fiel in weitem Bogen in ein nahes Gesträuch. Deutlich hörte ich den Aufprall im Astwerk, doch als wir suchten, fanden wir ihn nicht. Auch eine am nächsten Tag durchgeführte Nachsuche brachte die Schnepfe nicht zustande. Meine Stimmung war am Nullpunkt, der Schnepfenstrich mir verleidet. Als mich mein Jagdkamerad für den kommenden Tag abermals einlud, sagte ich daher dankend ab. Für dieses Jahr sollte es genug sein. Wenn es nicht sein wollte, dann eben nicht. Die Zeit heilt Wunden und läßt, Gott sei Dank, vergessen, denn als mein Jagdfreund nach einer Woche wieder eine Einladung zum Schnepfenstrich aussprach, nahm ich gerne und dankend an. Diesmal war ich früher als ausgemacht am vereinbarten Ort, da ich noch ein wenig photographieren wollte. So fuhren wir – für den Schnepfenstrich noch viel zu zeitig – ins Revier. Die Photos waren bald gemacht und, obwohl noch „hellichter" Tag, stellten wir uns schon auf unsere Plätze. Ich bekam wieder den Stand in der Schneise zugewiesen, den ich so sehr mochte. Es waren sicher noch keine fünf Minuten vergangen, seit ich meinen Platz bezogen hatte, als eine Bewegung zu meiner Rechten meine Aufmerksamkeit auf sich zog. Aus dem Gesträuch hatte sich ein Vogel erhoben und strich direkt auf mich zu. Eine Amsel, dachte ich, weil sich deren munterer Gesang überall um mich herum vernehmen ließ. Doch als der Vogel näher kam, sah ich den Stecher... Diesmal hat es geklappt. Nicht weit von mir endete der Flug „meines" Schnepfs. Wer könnte die Freude, die einen in diesem Augenblick überkommt, mit Worten ausdrücken? Fast zwanzig Jahre hatte ich auf diesen Augenblick warten müssen. Der Kellerbesuch dauerte an diesem Abend besonders lang. Immer wieder mußte ich mein Schnepfenerlebnis erzählen, was ich natürlich gerne tat. Als bislang glückloser Jagdgast war ich in diesen Kreis eingetreten, und als Freund schied ich an jenem Tag. Ich bin stolz darauf, von Jägern akzeptiert worden zu sein, die das Waidwerk noch in edelster Prägung pflegen.

Erhöhte Beachtung fand auch immer mehr das Rehwild, das als Küchenwildbret bisher nur gering geschätzt wurde. Dieser „Gesinnungswandel" hatte seine Wurzel in der Tatsache, daß das Rot- und Schwarzwild zu jener Zeit bereits stark dezimiert war. Grund dafür waren wirtschaftliche Aspekte. Hier waren es vor allem die rechtliche Anerkennung des Wildschadenersatzes, die von der ländlichen Bevölkerung in stärkstem Maße ausgenützt wurde und Fürsten und Grundherren zwang, durch erhöhten Abschuß eine Verringerung des Wildbestandes herbeizuführen, um die ständig steigenden Kosten herabzusetzen. Außerdem drängte die Forstverwaltung im Interesse des Waldes zu dieser Maßnahme. Der Zustand der Wälder war zu Anfang des 19. Jahrhunderts äußerst schlecht. Mehrere Gründe waren dafür maßgebend, wie der Notstand durch Kriege, vermehrte Nachfrage nach Streu und Schaden durch Wildverbiß. Immer mehr gewann der Wald als Einnahmequelle an Wert und dadurch die Forstwirtschaft an Bedeutung. Es begann eine Aufforstung in großem Maßstab, zu der man vorwiegend schnellwüchsige und anspruchslose Hölzer, wie Fichte und Kiefer, wählte und in Reinkulturen pflanzte. Diese ersetzten den alten Mischwald und gaben Gegenden, die ehemals mit Buchen bewachsen gewesen waren, einen vollständig veränderten Charakter. Die Bedeutung der Forstwirtschaft drängte die Jagd aus ihrer bevorzugten Stellung: Der „Jäger" wurde zum Forstmann. Um jedoch eine gänzliche Ausrottung des Rot- und Schwarzwildes zu verhindern und nicht vollständig auf die Freuden der Hochwildjagd verzichten zu müssen, entschlossen sich Fürsten und Grundherren, ihre alten Gatter wieder instand zu setzen oder neue anzulegen.
Der Fürst Karl Ludwig zu Löwenstein ließ etwa 1817 einen Großteil seiner Besitzungen einzäunen und verschaffte dadurch gleichzeitig der Spessarter Bevölkerung, die durch Mißernte in Not war, Arbeit und Brot.
Die Fürsten zu Sayn-Wittgenstein-Berleburg und Hohenstein, aus deren Geschlecht manch tüchtiger Waidmann voll Verständnis für Wald und Wild entsprossen war, setzten ihr 1811 von empörten Landbewohnern zerstörtes Wildgatter wieder instand und erreichten durch liebevolle Hege, daß ein Aussterben des Rotwildes im Sauerland vermieden wurde. Fürst Öttingen ließ einen Teil seines Hochwildes einfangen, bevor der Rest abgeschossen wurde und gab ihm in einem neu angelegten Tiergarten wieder die Freiheit. Ebenso entschloß sich 1836 der König von Hannover mit einem großen Kostenaufwand, den Saupark Springe anzulegen, in dem das Wild des Deisters, anfänglich 200 Sauen und 100 Stück Rotwild, eingetrieben wurde. Das Gehege umgab eine 2 Meter hohe und 1/2 Meter breite massive Steinmauer von 22 Kilometer Länge.
Von den alten historischen Gattern wurden der Reinhardswald in Hessen und der Tiergarten bei Potsdam wieder neu besetzt. Für letzteren fing man 119 Stück Edelwild aus dem Groß-Schönebeckschen Revier nach einem vom Oberforstmeister von Pachelb entworfenen kunstvollen Plan ein. Im „Magazin im Gebiete der Jägerei" (Deutsches Sporting Magazin) 1842 beschreibt Herr von Warburg, der den Einfang zu leiten hatte, sehr anschaulich dieses seltene Ereignis. Der Fangplan bestand darin, daß in einem begünstigten Teil des Reviers eine Fangkammer mit Netzen und Tüchern eingerichtet worden war, in die das Wild getrieben wurde. Hinter der Fangkammer befand sich eine Reservekammer, die bei Überfüllung der ersteren einen Teil des Wildes aufnehmen konnte. Die offenen Wechsel in die Fangkammer und von dort in die Reservekammer wurden nach Eintreiben des Wildes sofort durch bereitliegende Stangen und Tücher versperrt, um das Wild am Zurückwechseln zu hindern. Zum Transport des Wildes nach Potsdam, der auf Wagen geschah und etwa 18 bis 20 Stunden dauerte, hatte man 30 Hirschkästen herstellen lassen, von denen die großen 2 Schmaltiere aufnehmen konnten. Ferner standen mehrere Wagen mit Wassertonnen bereit, um das gefangene erhitzte Wild zu begießen und die Wassertröge der Hirschkästen zu füllen. In den ausführlichen Verhaltensmaßregeln für die Jägerei heißt es unter anderem: *„Der Transport eines Stück Wildes in*

den Kasten muß jedes Mal mit 5 Mann geschehen. Niemand darf sich auf das gefangene Stück werfen, sondern es werden Kopf und die 4 Läufe, letztere an den 2 Vorder- und 2 Hinterläufen, jede für sich, möglichst nahe zusammen festgehalten. Den Hirschen werden, sobald dieselben aus den Netzen gelöst sind, durch 2 oder 3 dazu besonders bestimmte, sachkundige Jäger die Geweihe 1 Zoll über die Augensprossen möglichst rasch abgesägt.“

Innerhalb von 4 Tagen wurden 119 Stück Rotwild gefangen. Vom ersten Fangtag berichtet Herr von Warburg: *„Durch Pistolenschüsse und einen laut aber nicht anhaltend jagenden Hund gegen das erste Netz getrieben, glückte dieser erste Fang so vollkommen, daß von diesen 24 Stück auch kein einziges über die 4 Netze fortkam. Das Herausnehmen aus den Netzen und das Transportieren der gefangenen Stücke in die Kasten ging mit einer solchen Geschwindigkeit und Leichtigkeit von statten, daß die armen Gefangenen sich in ihren Kerkern eigentlich unbewußt wie sie dahin gekommen, zu befinden schienen. Sie waren jetzt augenscheinlich in ihr Schicksal ergeben und taten sich größtenteils sofort nieder.“* Dritter Tag: *„Es begann also das Eintreten in die Fangnetze. Daß dieser, des Jägers Herz etwas zerreißende Akt bei der Masse des Wildprets in dem engen Raum stellenweise mit Lebensgefahr verknüpft war, ist keine übertriebene Behauptung. Wenn das Edelwild nicht so sehr gewandt, leicht und edel in allen Bewegungen wäre, so würden die, die hier die Treiber machten, unter denen sich auch der Berichterstatter befand, unfehlbar öfter von dem ganzen Rudel in den Staub getreten worden sein. Statt dessen flog aber stets dasselbe über uns dahin... Einige Pistolenschüsse indeß und der getreue Philax (der Jagdhund) jagte bald sämtliches Wildpret in die Netze und was über diese dahinkam, in die Reservekammer. Hier schien bisweilen die Gefahr eines ungleichen Zweikampfes zu drohen, denn ein Hirsch von 14 Enden fing an, den Spaß übel zu nehmen.“*

Die Maßnahmen zur Erhaltung des Rotwildes mußten sich auf umzäunte Reviere beschränken. In freier Wildbahn verschlechterte sich die Hochwildjagd von Jahr zu Jahr, bis 1848, das schwarze Jahr der deutschen Jagdgeschichte, beinahe ihren Untergang bedeutete.

Wie bereits gesagt, für die weitaus größere Zahl der Jäger, für die der Hirsch unerreichbar blieb, wurde nun der Rehbock zum begehrtesten Wild. Dem entsprechend mußten Gewohnheiten und Lebensgesetze studiert werden. Weit über ein Jahrhundert hatte Jäger und Jagdpresse die Frage beschäftigt, ob die Brunftzeit des Rehwildes im August oder im Dezember liege.

Schon Altmeister Döbel hatte hierüber seine Meinung geäußert, und ein großer Teil der Jägerschaft stimmte ihm noch 100 Jahre später zu, daß *„die Rehe ihre richtige Brunftzeit nicht im August, sondern mit Anfang des Dezember haben. Solches will ich beweisen“*, fährt Döbel fort: *„Nachdem ich in meinen jungen Jahren durch Reisen an große Höfe und Jägereien den Disput wegen der Rehbrunft von vielen Waidleuten vernommen, habe ich Ricken, die vor dem Monat Dezember geschossen oder im Jagen gefangen worden, aufgebrochen und genau darnach gesehen, aber kein Merkmal finden können, daß eine Ricke wäre beschlagen gewesen. Hingegen zu Ausgang des Dezember war es wie ein versammelter Schleim, im Januar sehe man, daß es sich proportionierte und einem jungen Rehe gleich sahe. Im Februar aber waren Jungen, die völlig proportioniert und wie eine Wälschenuß groß waren. Die Brunftzeit ist also zu Ausgang des November... Wie nun nicht zu leugnen, daß die Böcke die Ricken im August sehr herum jagen und auch zuweilen beschlagen... ist solches für eine bloße Geilheit zu erachten.“*

Erst die Forschungen Dr. Louis Zieglers und des Physiologen Professor Bischoff in Gießen brachten 1843 die endgültige Klärung dieser vielumstrittenen Frage, nämlich, daß die Brunft im Sommer sei, das Wachstum des Keimes jedoch erst im Dezember beginne. Eine Erklärung dieser merkwürdigen Tatsache versucht Schultze 1845 in einem Aufsatz im Sporting Magazin Nr. 34: *„Das Verfahren der Natur erscheint außerordentlich und höchst merkwürdig, allein wir können nicht sagen, daß es gegen die göttliche Ordnung streite. Zur Begattung ist*

Wärme erforderlich. Das Reh, als kleineres Tier, hat nun aber nicht so viel eigene Wärme als das Rothwild, und daher muß die äußere Luft ihm zu Hilfe kommen, seine Brunft mithin früher eintreten als die des Edelwildes. Gleichwohl aber setzt jenes mit diesem zu gleicher Zeit im Frühjahre, und solches muß auch wohl der Fall sein, damit das Kalb gedeihe und den Sommer hindurch vor Eintritt des Winters gehörig erstarke. Nun kann indessen, vermöge seines geringeren Körpers, das Reh nicht so lange tragen als das Wildbret, weil, wenn einmal die Frucht im Uterus zu wachsen anfängt, die des Rehes eher zeitigt, als die jenes. In diesem Mißverhältnis war es also erforderlich, ein Abkommen zu treffen, und da entschied der große Weltenschöpfer sich dafür, den empfangenen Samen nach dem Beschlage so lange im Schlafe zu belassen, bis die Tragzeit beginnen muß."
Im allgemeinen wurde das Rehwild mit Schrot beschossen, wenn auch gewissenhafte Jäger den Kugelschuß längst als das einzig Anständige betrachten, wie schon 1788 Friedrich Wilhelm II., als er in den näheren Bestimmungen zur Forstordnung von 1756 festgesetzt hatte, daß *„alles Hochwild vom Rehbock an, mit Kugelbüchsen gepürscht, nicht aber ferner mit Schrot oder Posten geschossen werden soll, wodurch so vieles, und vorzüglich das Rot und Schwarzwild, dem Verderben preisgegeben wird."*
Während zu Beginn der allgemeinen Jagdverpachtungen die Schar der neuen Jäger möglichst jeden Bock schoß, der vor den Lauf kam, setzte sich bald die Ansicht durch – die bis vor kurzem Geltung hatte –, daß nur der Sechserbock jagdbar sei, und der Jäger seine Ehre darein setzen müsse, nur gute Böcke zu schießen. Geschossen wurde, in Erwägung des möglichen Schußneides der Reviernachbarn, tunlichst in den ersten Tagen oder Wochen nach Jagdbeginn, also vor der Brunft. Geißen wurden entweder gar nicht geschossen oder sehr selten. Seitdem hörten die Klagen über Rückgang der Güte der Gehörne nicht auf.
Fast noch mehr als die Jagd auf Hochwild ist die Niederjagd abhängig von der Güte der Hunde. Über die Anforderungen, die an einen Hühnerhund zu stellen sind, äußert sich Diezel, der vielerfahrene Waidmann, als er im einundachzigsten Lebensjahr einen Hund für die Niederjagd suchte: *„Jung oder alt, schön oder häßlich, grün oder blau, Raubzeug würgend oder nicht, Hasen apportierend oder nicht: über alles gehe ich hinweg, wenn es sein muß; aber hoch und flüchtig suchen, gut finden, auf dem Hühnergeläufe vorsichtig nachschleichen und fest vorstehen, das ist alles, was ich verlange, und quetschen darf er nicht!"*
Noch im späten Mittelalter waren Hunde weniger nach ihrer Rasse als nach ihrer Verwendbarkeit eingeteilt worden. Dabei ergab sich, daß ein bestimmter Körperbau auch eine besondere Veranlagung zum „Leithund", „Spürhund", „Hetzhund" mit sich brachte. Bei dem Bemühen, diese Eigenschaften durch Zucht und Dressur zu fördern, entwickelten sich, durch die Abgelegenheit einzelner Landesteile begünstigt, ausgeprägte Rassen.
Im „Goldenen Zeitalter" begann gezielte Zucht bei Hunden verschiedenster Art, vor allem die Veranlagung des Vorstehens auszubilden, gestützt auf die Erkenntnis, daß zu den natürlichen Eigenschaften des Hundes gehört, beim Anblick des Wildes zu stutzen, um dann erst den wohlberechneten Sprung auf die Beute zu tun. Bei der Hühnerjagd mit gezogenen oder geworfenen Netzen hatte sich diese Eigenschaft des Vorstehens bereits bewährt, weil sie dem Jäger Zeit ließ, von der entgegengesetzten Seite mit seinem Netz an die Hühner heranzukommen.
Das Revolutionsjahr 1848 vernichtete auch viele Ergebnisse auf dem Gebiet der Hundezucht, da bei dem plötzlich auftretenden Bedarf an Hunden jeder nahm, was sich bot und Unerfahrene die Rassen derartig durcheinander kreuzten, daß nur ein geringer Rest von rassereinen Tieren zurückblieb. Mit diesen wenigen mußte der Neuaufbau begonnen werden, was umso schwieriger war, als viele tüchtige und zahlungskräftige Jäger sich mittlerweile daran gewöhnt hatten, ihren Bedarf aus England zu beziehen, wo bei anders gelagerten Jagdverhältnissen schon seit hundertfünfzig Jahren planmäßig

Hunde für die Niederjagd (Pointer, Setter, Spaniel) gezüchtet worden waren. Englisches Blut diente auch zur Hebung der einheimischen Hunderassen, und dank der Arbeit, die anfangs von einzelnen Züchtern, bald von den Zuchtverbänden aufgenommen wurde, konnte vorzügliches und vielseitig verwendungsfähiges Material erzielt werden, wie es der deutsche Jagdhund in allen seinen Abwandlungen darstellt. Die Merkmale für die einzelnen Rassen wurden nach sorgfältigster Überlegung festgesetzt, erstmalig bei der internationalen Ausstellung zu Hannover 1879 zur Grundlage der Beurteilung gemacht und später nach Bedarf genauer bestimmt. Je klarer die Anforderungen wurden, die an eine Hundeart gestellt wurden, desto deutlicher unterschieden sich die Zuchtergebnisse, die sich auf die Erkenntnis gründen, daß nur aus reinem Blut mit größter Wahrscheinlichkeit diejenige Hochleistung erzielt werden kann, die der Art gemäß ist.

Der Treiber ist von der Jagd so wenig wegzudenken wie der vierbeinige Helfer, der Jagdhund. Beide sind unentbehrliche Gehilfen für den Waidmann, und der Erfolg einer Treibjagd hängt wesentlich von ihnen ab. Allein schon das bunte Bild des meist lustigen Treibervölkchens ist eine Bereicherung jeder herbstlichen Niederwildjagd. Diese meist mit Stöcken oder Klappern „bewaffneten" Helfer sind für gewöhnlich auch die ersten, die schon lange vor dem eigentlichen Jagdbeginn das Gasthaus bevölkern, welches in der Regel als Treffpunkt dient. Mit Kennerblick taxieren sie die eintreffenden Jagdgäste, denn von der Gebelaune dieser Spezies hängt ja die Anzahl der gespendeten Liter ab. Ich kenne Treiber – pardon, ich meine natürlich „Jagdgehilfen"–, die haben einen eigenen Terminkalender für ihre Tätigkeit, so tüchtig und gefragt sind sie. Man trifft sie in der näheren und auch weiteren Umgebung immer wieder bei den angesagten Jagden, von der „gewöhnlichen" Treiberwehr oft humorvoll mit „Obertreiber" tituliert. Sie sind wahre Profis, tragen dem meist nicht allzu gut auf den „Läufen" befindlichen Jäger aus der Stadt den prall mit Patronen gefüllten Rucksack, führen auch noch dessen Hund – so er einen hat – an der Leine mit sich, damit sein Herr nicht am Schießen gehindert werde und befördern seine „Beute", meist die „geflaxten" (d. h. mit Spagat an den Hinterläufen zusammengebundenen) Hasen, am Stock aufgefädelt und sodann geschultert, zum Sammelplatz.
Dafür gibt es dann das „Treibergeld", ein paar Schilling pro Hase. Nur bei großen Treibjagden kommt da ein Körberlgeld zusammen. Essen und Trinken sind frei, auch ist noch ein fixes Entgelt vom Jagdherrn zu erwarten, aufgefettet durch die Einnahmen aus dem „Jagdgericht", welche ebenfalls der Treiberwehr zugute kommen und normalerweise recht ansehnlich sind. Dieses wird in der Regel am Abend nach der Jagd und noch vor dem „Schlüsseltrieb" abgehalten und ahndet streng jedes noch so kleine Vergehen gegen Jagdvorschriften und Brauchtum. Erstens der nötigen Disziplin wegen und zweitens, um genügend „Bußgelder" für die Jagdhelfer einzusammeln.
Natürlich sollte der Treiber für seine Aufgabe auch gut gerüstet und vor allem geeignet sein. Es ist zwar nicht so, wie das Gerücht vermeldet, daß Rothaarigen nicht besonders zu empfehlen sei, diese Tätigkeit ohne genügende Kopfbedeckung auszuüben. Warum? Weil – so erzählt man sich – auch der Jäger nur ein Mensch und daher mit mehr oder weniger Fehlern behaftet sei. Hat nun so ein Grünrock in der Jägerschule gelernt, daß gegen Winter hin der Fuchs einen wunderschönen roten Balg besitzt – der noch dazu bei den Damen sehr begehrt ist –, was glaubst du, könnte da womöglich wohl passieren? Richtig geraten! Er könnte dich bei einer Waldtreibjagd, wenn du gebückt durchs Unterholz schleichst, für einen Fuchs halten. Du glaubst das nicht? Bitte, dann frage doch Treiber mit rotem Haar, falls du noch einen solchen findest. Auch rote Hunde sollen bei Waldtreibjagden recht gefährlich leben und der Großteil von ihnen sich bereits irrtümlich im Fuchsenhimmel befinden. Du meinst, lieber Mitbruder Treiber, daß dies einem fermen Jäger nicht passieren dürfe, da er ja das Wild zuerst genau ansprechen müsse? Das stimmt, doch bedenke, er hat dich hundertprozentig als Meister Reineke erkannt und merkt den Irrtum erst, wenn du schreist, falls du noch dazu kommst. Und weiter tätest du als Treiber im allgemeinen gut daran, eine feste, womöglich kugelfeste Kleidung zu wählen, falls einer der Grünröcke dein Gewand unbedingt auf Schrotdurchlässigkeit testen möchte. Es soll übrigens ganz höllisch brennen... Du fragst entsetzt, ob der Schuldige für eine derartig negative Imagewerbung denn nicht zur Rechenschaft gezogen wird? Aber ja. Und ein zweites Mal passiert es ihm auch sicher nicht mehr, dafür wird schon gesorgt, nur was nützt es dir, wenn du der erste warst? Und so machen diese schauerlichen Schnurren munter die Runde in der Treiberwehr, besonders dann, wenn ein Neuling dabei ist, um ihm damit einen gehörigen Schrecken einzujagen. Aber bitte glaub mir, die Jäger sind manchmal sogar besser als ihr Ruf.

Mit der beginnenden Industrialisierung setzten sich Ende des 18. Jahrhunderts reiche Bürger und Fabrikanten neben dem Adel als geschmackbildende Schicht durch. Dieses Bürgertum schuf sich auf Grund der Förderung des privaten Gewerbes unter Joseph II. einerseits und dem Verlieren an Bedeutung des Erbadels andererseits, einen neuen Lebensstil, der sich vor allem gravierend in der Privatsphäre auswirkte. Das adelige Landleben wurde zum Vorbild einer neuen Wohnkultur, und das wohlhabende Bürgertum lebte in der Biedermeierzeit sein Leben im Inneren des Hauses. Auf Öffentlichkeit wurde kein besonderes Interesse gelegt. Die Frau wurde im Bereich von Familie, Heim und Salon zur unbestrittenen Trägerin einer spezifischen, charmanten Lebenskultur, die ihre Phantasie, ihren Geschmack, ihr Gefühl und ihre Liebe immer in den Dienst des Hauses und seine gepflegte Atmosphäre stellte.
Einzelne Räume wurden bestimmten Zwecken gewidmet, und waren nicht genügend Zimmer vorhanden, wurden „Wohninseln" zusammengestellt. Neben dem Arbeitszimmer, der Bibliothek und dem Wohnraum kam dem Speisezimmer eine besondere Bedeutung zu, da dies der Ort war, an dem sich die Familie zum gemeinsamen Mahl versammelte. Aber auch Freunde konnten dort in familiärer Atmosphäre empfangen werden, ohne daß der Gastgeber unter Repräsentationszwang stand. Das Zentrum der Zimmereinrichtung bildeten der einfache runde Tisch mit seiner schön polierten Holzmaserung, die gepolsterten Sessel mit Holzrückenlehnen, die in ihrer Ausformung einen seltenen Formenreichtum und phantasievolle Gestalt aufweisen. Zum Abstellen des Geschirrs und zum Herrichten der Speisen erhalten wieder Kredenz, Buffet und Beistelltisch ihre Aufgaben. Ein blütenweißes Tischtuch, eine geschmackvolle Schale mit Blumen, ein Service aus altem Porzellan, ein zierlicher Flaschenuntersatz und ein wenig Grün als Aufputz erhöhten den Reiz auch eines bescheidenen Mahles. Repräsentiert wurde im Wohnraum. Dort stand auch der Glasschrank mit dem schönen Geschirr, den Porzellanservicen, den geschliffenen und bemalten Gläsern sowie Traditionsstücken und Arbeiten in Edelmetall. Es war jene Zeit, in die eine Kaffeejause, das hauchzarte, in Pastellfarben gehaltene Tischtuch, verschiedene handbemalte Biedermeierschalen, reizvolle Blumenarrangements, weiß bezuckerter Gugelhupf und duftender Bohnenkaffee gehörten. Es war auch die Zeit, in der man Mehlspeisen nicht nach dem Kaloriengehalt beurteilte. So erschien etwa auf der Tafel des österreichischen Adelsgeschlechtes der Grafen, späteren Fürsten von Trauttmansdorf, erstmalig der herrliche Sahnereis mit Früchten, zu dem ein Püree von frischen Himbeeren serviert wurde.
Erzherzog Johann (1782–1859), der volkstümliche und beliebteste Jäger der ersten Hälfte des 19. Jahrhunderts, war ein Nachkomme des „großmächtigen Waidmanns" Maximilian I. Es gab keinen Wirtschaftszweig in der Steiermark, für den der „Steirische Prinz" nicht großes Verständnis und Interesse aufgebracht hätte. Innerhalb der Möglichkeiten, die ihm als einem nicht regierenden Mitglied des Erzhauses Habsburg zu Gebote standen, wußte er den ritterlichen Tugenden und Taten seines Ahnherrn nachzueifern, indem er seine Kräfte Vaterland und Volk weihte und daher auch das „edle Waidwerk" in Ehren hielt.

„Kein Bergschütz lebt, der ihn nicht kennt,
kein Herz, das ihn nicht freudig nennt.
Es lebt der Nam auf Berg und Tal
von Herzog Johann überall",

besingt ihn ein Lied aus der Gasteiner Gegend. Die Tiroler, Steirer und Kärntner hatten alle Ursache, ihrem Herzog Johann Liebe und Vertrauen entgegenzubringen, denn nachdem seine militärische Laufbahn nach den verlustreichen Kämpfen von Hohenlinden und Wagram gegen Napoleon beendet war, widmete er seine vielfältigen Kenntnisse und Verbindungen dem Wohl dieser Bergländer. Seine Unterstützung des Tiroler Befreiungskampfes (1805, 1809), insbesondere des Helden Andreas Hofer, zog ihm zeitweise die Ungnade seines kaiserlichen Bruders zu, der, durch Verträge mit Napoleon

gebunden, von dieser Erhebung seiner Untertanen gegen die Fremdherrschaft weitere kriegerische Verwicklungen fürchten mußte. Ein wahrscheinlich vom Fürsten Metternich veranlaßtes Verbot, Tiroler Boden zu betreten, traf den Prinzen schwer; erst nach mehr als zwanzig Jahren kehrte er in das geliebte Land zurück. Von seinem Wohnsitz aus, dem Mustergut Brandhof in der Steiermark, wirkte er zum Wohl des Landes und förderte tatkräftig Landwirtschaft, Handel, das heimische Gewerbe und die neu entstehende Industrie. Das von ihm gegründete „Joanneum" in Graz diente den Wissenschaften; jede Kunstbestrebung fand Verständnis und Hilfe, vor allem aber die Pflege des Volkstums in Sitte, Brauch und Lied. Als einer der ersten Alpinisten trug er zur Erkundung des Landes bei. Er veranlaßte die Besteigung des Hochgolling und erklomm als erster den Großvenediger. In seinen Erinnerungen gedenkt er jener Zeit:

„Damals waren unsere Gebirge vollkommen unbekannt, es gab keine Touristen. Ich war der erste, welcher, von dem österreichischen Schneeberge aus die steyrischen Alpen sehend, mich dahin wandte und sie kennen lernte."

Von seinen Gebirgsjagden schreibt er, daß er sein erstes Stück Gamswild 1800 auf dem Traunstein schoß:

„Auf meinen Gängen, von einzelnen Jägern jener Gegenden begleitet, schoß ich so manches Stück und hatte mehr Freude daran, als an den großen Treibjagden, wo ich viele erlegte. Daß ich in meinem Leben über 1000 Gemsen erlegte, glaube ich sicher, doch geschah dies stets mit Schonung der Zucht, Gaisen und Kitze, mit einem einläufigen Gewehr, meistens allein von meinem Stande, mir selbst ladend."... „Mit einem Einläufigen lernt man rein schießen, seine Schüsse sparen und zur rechten Zeit abgeben. Ich lasse die Zahl der Schüsse anmerken, um zu sehen, wie oft und wie geschossen wird. Es ist keine Kunst, auf diese armen Tiere mit vielen Treibern, mit Jagdzeug, mit 2 oder 3 Doppelgewehren zu jagen, 10 bis 20 Gemsen zu erlegen, 100 bis 150 Schüsse zu machen. Vieles anzuschießen aber wenig rein auf die Decke zu legen, ist eine Metzelei und wird bei mir nicht geduldet. Ich bedaure nur, während meiner Jagden nicht alle Krucken oder wenigstens die schönsten aufbewahrt zu haben."

Seine Hege galt Edelwild, Rehen und Auerwild, vor allem aber dem Gamswild, dem im sogenannten Ring, einem Relstal bei Weichselboden, die notwendige Ruhe gesichert wurde, mit Salzlecken und Fütterungen in besonders strengen Wintern. Unzweifelhaft ist es das Verdienst Johanns, durch seine verständnisvolle Fürsorge den österreichischen Alpen das Gamswild erhalten zu haben, das sonst wahrscheinlich ebenso ausgerottet worden wäre wie das vom Jäger-Kaiser Maximilian einst gehegte Steinwild. Wie alles, was die Alpenländer betraf, fand auch die allen Bergjägern vertraute Kunde vom „Birgstutz" oder „Tatzelwurm" seine Aufmerksamkeit. Er ließ sogar 30 Dukaten für seine Einbringung aussetzen, hatte aber damit ebensowenig Erfolg wie alle Forscher alter und neuer Zeit. „Herzog Hans" war das erste Mitglied des Hauses Habsburg, das die starre, auch auf der Jagd beobachtete Hofetikette durchbrach und ein einfaches naturgemäßes Leben führte. In den Bergen trug er die graue Lodenjoppe mit grünen Aufschlägen, wie sie seitdem zur Gebirgsjägertracht geworden ist. Freundlich und unbefangen verkehrte er mit Jägern und Bauern, und das Volk, welches seine Hilfsbereitschaft, seinen Mut und seine Ausdauer bewunderte, wußte auch seine Einfachheit und Leutseligkeit zu schätzen und brachte ihm und seiner Gemahlin, der Postmeisterstochter Anna Plochl von Aussee, Liebe und Verehrung entgegen. Auch zeigte er den Bauern, wie sie besser wirtschaften konnten, um zu einem lebensfähigen Ertrag zu kommen. Er gründete mehrere Musterwirtschaften für den alpenländischen Pflanzenbau und die Viehzucht. Der Brandhof am Nordrand des Seeberges war die bekannteste „Versuchsstation".

Da die Bevölkerung in den Städten durch die immer stärker werdende Industrialisierung ständig zunahm,

KOPIE/PINXIT
OTTO ZEILLER
1960

Jacht Büch
Darin züsehen Wie es der
Durchleuchtige Hochgeborne Fürst
vnd Herr, Herr Johan Casimir Herzog zü
Sachsen Gülig, Cleue vnd Bergk, Landgraffe
in Thüringen, Marggraffe zü Meißen, Graffe
zü der Marck vnd Rauensperck, Herr züm
Rauenstein, Jehrlich in werender Sommer
Pflegen zü halten, vnd ist
solches Ihrer F. G. zü vndertenigen Ehren,
vnd Hochlöblichen ahndencken dürch dero
Mahlern
vor gebildt vnnd an Tag geben, vnd
sint auch vnderschiedliche Jagen
darbeÿ züsehen wie volget.
Im Jahr. 1639.

Ihm ist wohl
uns ist besser.
Bien pour lui
ieux pour

1733
Tapela Waß von Rothen und Swartzen wie
auch in feder Wilbreed gefangen geschossen
17 Und gehöst worden 33
482 Hirsch
14 Spiß
37 kölber
36 Swein
138 pachen
223 frißling
105 tändl gaiß
49 tändl kitz
3 täx
55 Füx
780 haßan
708 fassan
23 Rephiner
30 waltßnepf
34 wachtl
4 lerchen
5 Amering
6 Staren
2 höcher
8 Alstern
16 nachteül
Soma 3169

Sapela wass von Rothen, und schwarzen
wie auch in feder wiltbräd gefangen
geschossen und gehözt worden. 1735.
414 Hiersch
7 Spiß
90 Thür
39 Kölber
9 Ree
152 Schwein
59 angehente
176 Pöckher
406 Bachen
631 frischling
1 Wolff
38 Füx
303 Haasen
15 Königl
1 aichmandl
432 Fasanen
9 Rephiener
21 waltschnepff
2 amaßel
2 Trescherl
2 Höcker
4 alstern
23 Syll.
Suma 2836 Stuck.

Ich fischte fruih und fangte bald, Welches den Heidern gar nicht gfallt.
V.F. 1742

war die Landwirtschaft kaum noch in der Lage, die Arbeiter mit Lebensmitteln zu versorgen. Nachdem es noch keine Eisenbahnen gab, die Getreide, Milch, Gemüse und Fleisch in die neuen Ballungszentren gebracht hätten, konnten Agrarprodukte auch nicht von weit her gebracht werden. Städte und Industriebezirke mußten durch die Landwirtschaft der Umgebung versorgt werden.
Zur Förderung der Landwirtschaft diente auch die von Erzherzog Johann gegründete k. k. priv. Landwirtschaftsgesellschaft für die Steiermark. Aus der „Montanistischen Lehranstalt" in Vordernberg, die der soliden fachlichen landwirtschaftlichen Ausbildung dienen sollte und die ebenfalls von Erzherzog Johann ins Leben gerufen wurde, ging die berühmte „Montanistische Hochschule" in Leoben hervor.
Interessantes über die Essensgewohnheiten jener Zeit im ländlichen Gebiet der Steiermark übermittelt uns der steirische Dichter Peter Rosegger in seinem Kulturroman „Erdsegen". Er schreibt in den vertraulichen Sonntagsbriefen eines Bauernknechtes:
„Um sechs Uhr pfeift der Rocherl zum Frühstück. Weil er nicht dreschen kann, so besorgt er den Kaffee. Ach, schon den Namen möchte man hinabschlucken. Unterricht: Geröstetes Kornmehl mit etwas Butter und Kümmel in Wasser gekocht. Der echte ist hoffnungslos. Vor vielen Jahren soll in diesem Haus einmal eine Näherin Kaffee gekocht haben. Wirklichen! Eine Art Zeitrechnung datiert davon. Dazumal, wie wir den Kaffee gegessen haben! Im selbigen Jahr, wie der Kaffee ist gewesen. – Vorlauterweise habe ich einmal bei Tisch erzählt, daß es in großen Städten eigene Kaffeehäuser gibt, wo jahraus, jahrein nichts gekocht wird, als Kaffee! Darauf sagte der Hausvater – aber gutmütig dabei lächelnd, daß es nicht weh tun möchte – ich hätte doch ein Fleischhauer werden sollen, weil mir das Aufschneiden so gut von statten ginge. – So weit mein Freund, sind wir hier entfernt vom Kaffee!"
In Peter Roseggers „Sonntagsbriefen eines Bauernknechtes" findet sich noch folgende Passage über das Essen:
„Nach dem Frühstück gehe ich zu meinen Ochsen, die Barbel zu den Kühen, der Rocherl zu den Schafen. Das Vieh wird in zwei oder, Sonntags, in drei Gängen sorgfältig gefüttert, dann zum Brunnen geführt, der zwischen Haus und Stallung auf dem freien Platze steht und von dem Hausvater vorher mit einer Hacke eisfrei gemacht werden muß. Die Hausmutter trachtet, den Schulknaben flügge zu machen. Und dann fängt wieder das Dreschen an bis zum Mittagsmahl um elf Uhr. Menü: Brotsuppe aus obiger Milch, gespecktes Kohlkraut, Roggenklöße mit Rauchfleisch."

Erzherzog Johann war nicht nur ein bedeutender Politiker. 1828, ein Jahr nachdem Josef Ressel die Schiffsschraube erfunden hatte und Franz Schubert „Die Winterreise" komponierte, versuchte Erzherzog Johann mit einer Schar von Pinzgauer Gamsjägern die Erstbesteigung des Großvenedigers. Das Unternehmen scheiterte aber an einer Lawine, die den Jäger Rohregger, der als erster ging, verschüttete. Rohregger wurde gerettet und die Geschichte der Bergung ging als eine der ersten Schilderungen einer Lawinenbergung in die Alpenliteratur ein.
Erzherzog Johann half ausschlaggebend mit, seiner Zeit einen persönlichen Stempel aufzudrücken, denn er war nicht nur eine Antriebskraft im Bereich der Wissenschaft, der Kultur und der Industrieentwicklung, sondern er war auch ein Reformer der Landwirtschaft und hat durch sein ethisches Verständnis grundlegend auch ein neues, modernes Bild des Jägers und der Jagd geschaffen.

Von 1835 bis 1848 regierte in Österreich Ferdinand I., von dem gesagt wird, daß sich seine Begabung in Grenzen gehalten habe. Die Hofgesellschaft nannte den Monarchen „Ferdinand den Gütigen“. Schon drastischer drückte sich das Volk der Wiener Vorstadt aus. Die Leute sagten ganz einfach: „Unser Nandl is a Tepp.“ Außerdem war der Monarch krank, er litt an epileptischen Anfällen. Möglicherweise hatte die Ansicht des Staatskanzlers Fürst von Metternich, daß des alten Kaisers erstgeborener Sohn von der Thronfolge nicht ausgeschlossen werden dürfe, den Hintergrund, daß die Durchsetzung seiner Ideen dadurch nicht unwesentlich erleichtert worden war. Wegen seines Leidens machte Ferdinand I. entweder wenig oder gar keine Bewegung. Um so ungewöhnlicher war der eines Tages von ihm geäußerte Wunsch, auf die Jagd gehen zu wollen. Außerdem erklärte der Kaiser mit ungewöhnlicher Bestimmtheit, um jeden Preis einen Adler erlegen zu wollen. Der Hofjagdleiter, von diesem Wunsch verständigt, meinte nur skeptisch: „Aber bitt schön, der Kaiser kann doch gar nicht schießen. Wie soll dann da eine Adlerjagd veranstaltet werden?“ Doch Oberhofmeister Graf Mazzuchelli schnitt ihm kurz das Wort ab: „Wie Sie das machen, ist alleine ihre Angelegenheit. Bin ich k. k. Hofjagdleiter oder sind Sie das?“ Der derartig an seine Zuständigkeit erinnerte Hofjagdleiter mußte sich also an die an ihn gestellte Aufgabe heranmachen. Er beriet sich vorerst mit einem alten, erfahrenen Oberförster, der auch tatsächlich einen Ausweg wußte. Dieser schlug vor, für die Aktion einen zahmen, halbblinden und uralten Adler zu verwenden, der sich in einem bestimmten Revier befand. Sein Plan war, das Tier auf einen niederen Ast zu setzen, an den man den Kaiser ganz nahe herankommen lassen und zu Schuß bringen könne. Damit das Vorhaben auch hundertprozentig gelinge, sollte sich hinter dem Monarchen ein guter Schütze placieren, der gleichzeitig mit dem Kaiser zu schießen hatte. Vom hundertprozentigen Gelingen der Ausführung überzeugt, wurde Kaiser Ferdinand I. verständigt, daß es dem nimmermüden Jagdpersonal gelungen sei, einen starken Adler zu bestätigen und er nunmehr den Zeitpunkt der Jagd bestimmen möge. Der Monarch, den anscheinend das Jagdfieber gepackt hatte, bestimmte bereits den nächsten Tag als den erwünschten Termin. Alles klappte ausgezeichnet. Nach dem Ausziehen der Jagdgesellschaft und dem verhältnismäßig kurzen Aufstieg wurde dem Kaiser gemeldet, das Ziel sei da. Nun konnte den Herrscher nichts mehr zurückhalten. Ein Stand wurde bezogen, dem Allerdurchlauchtigsten der Adler gezeigt, der ungerührt auf dem niederen Ast einer Zirbe saß. Ferdinand der Gütige hob die Büchse, zielte und feuerte – gleichzeitig mit dem hinter ihm in „Stellung“ gegangenen Forstadjunkten. Wie vorausberechnet fiel der Adler im Feuer. Als der überglückliche Kaiser seine „Beute“ betrachtete, sagte er nach einer Weile mit enttäuschter Stimme: „Das soll ein Adler sein? Der hat ja nicht einmal zwei Köpf.“

Das Jahr 1848 war auch für die Jagd eine Zeit der Revolution. Ganz Europa wurde im Frühling dieses Jahres von Unruhen überzogen, so auch Wien, die Metropole des Kaisertums Österreich. Volksmengen zogen auch durch die Wiener Innenstadt, um in Sprechchören eine Verfassung, den Sturz des Fürsten Metternich und überhaupt eine „neue Zeit" zu verlangen, die besser sei als die alte. Natürlich drang der Lärm auch bis in die Hofburg und war auch für Kaiser Ferdinand nicht zu überhören. So fragte er ein Mitglied seines Hofstaates: „Ich bitt Sie, sagens einmal, was ist denn da eigentlich los?" Worauf der Kämmerer antwortete: „Majestät, die Wiener machen Revolution!" Der Kaiser überlegte eine Weile und sprach die klassischen Worte: „Revolution haben Sie gesagt? Ja, dürfens denn des überhaupt?"

Wie bei allen Revolutionen, so war auch 1848 die Jagd „des ernsten Krieges lustige Braut", wie Friedrich von Schiller sie getauft hatte. Sie wurde Gegenstand der Verfolgung. So nahm etwa die Nationalversammlung zu Frankfurt am Main, trotz Einspruchs einiger Einsichtiger, in ihrer 91. Sitzung am 5. Oktober bei dem Artikel der Grundrechte folgendes in seinen Folgen verheerendes Gesetz an: *„Die Jagdgerechtigkeit auf fremdem Grund und Boden, Jagddienst, Jagdfronen und andere Leistungen für Jagdzwecke sind ohne Entschädigung aufgehoben. Jedem steht das Jagdrecht auf eigenem Grund und Boden zu."*

Ein erheblicher Teil der Abgeordneten ging dabei von der Vorstellung aus, den vermuteten Rechtszustand während der Zeit der germanischen Vorväter wiederherzustellen, während andere wieder mit diesem Gesetz das bisherige Privilegium der Fürsten und des Adels treffen wollten.

Drei Wochen später erging in Preußen ein Gesetz über die Aufhebung des Jagdrechtes auf fremdem Grund und Boden sowie die Ausübung der Jagd:

„§ 1. Jedes Jagdrecht auf fremdem Grund und Boden ist ohne Entschädigung aufgehoben. Die bisherigen Abgaben und Gegenleistungen fallen weg.

§ 2. Eine Trennung des Jagdrechtes von Grund und Boden kann als dringliches Recht künftig nicht stattfinden.

§ 3. Die Jagd steht jedem Grundbesitzer auf seinem Grund und Boden zu.

§ 4. Das Recht der Jagdfolge ist aufgehoben.

§ 6. In Ansehung der abgeschafften Jagdgerechtigkeit sind die bestehenden Pachtverträge aufgelöst.

§ 7. Alle schwebenden Untersuchungen über Jagdkontraventionen sind aufgehoben. (Wilderei wurde von da an nur nach dem allgemeinen Strafgesetz geahndet.)

§ 8. Alle diesem Gesetz entgegenstehenden Bestimmungen..., desgleichen die jagdpolizeilichen Vorschriften über Schon-, Satz- und Hegezeit des Wildes werden hiermit aufgehoben."

Die jagdlichen Folgen waren, abgesehen von dem Unrecht an den Jagdpächtern, die ihr Jagdrecht dadurch ohne jeden Schadenersatz verloren, verheerend. Es entstanden, besonders im Westen des Landes, eine Vielzahl von kleinen Jagdbezirken, welche fast täglich durchstreift wurden, sodaß das Wild dauernd beunruhigt war. Auch eine ordentliche Hundeführung war dadurch ebenfalls unmöglich geworden, und da die Wildfolge entfallen war, verluderte eine Unmenge von krankgeschossenem Wild. Der damalige Jagdbetrieb wird in einem Artikel der „Behlenschen Forst- und Jagdzeitung" nur 10 Monate später äußerst anschaulich beschrieben: *„Die Nachgiebigkeit der Oberbehörden und die täglich wie eine Seuche um sich greifende Jagdmanie haben einen Jagdunfug ins Leben gerufen, der unter die wirklich bejammernswerten gehört und die nachteiligsten Folgen auf das ganze Revier äußert. Wie nur der Schnee geschmolzen ist und auf den Erderhöhungen trockene Stellen sich bildeten, stürmen Hans und Kunz, Säckler und Bürstenbinder mit ihren Stöbern auf die Felder hinaus und überall zugleich beginnt die lustige Frühlingskanonade: Dort stürzt eine Krähe, hier hat eine Lerche zum letzten Mal gejubelt, da zappelt eine Bachstelze, weiterhin erheben sich die Kiebitze hohnlachend höher und höher.*

Einige Glückliche schießen auf Hühner, hallo! – o ihr armen Tiere! Die Schützen sind flink, Hahn und Henne fallen zugleich ins Kreuzfeuer. Währenddessen stöbern die Hunde der Dilettanten lustig herum, einer gibt Laut hinter Krähen, Bachstelzen und Lerchen her, ein anderer macht sich zum Spaß, eine volle Häsin halbtot zu hetzen, Bürstenbinders Comtesse bringt ein halbzerrissenes Häschen von zu frühem Satz triumphierend ihrem überseeligen Herrn, Säcklers Caro heult furchtbar unter den Streichen einer neuen Peitsche und unter den Sporen neumodischer Korallen, weil er nach seiner Schoßhund- und Pudeldressur im Zimmer durchaus nicht begreifen will, was er bei Hühnern und Hasen auf dem Felde soll, und wenn er an der Leine sucht, aus purer Angst seinem Herrn Steine apportiert.“

Um diese Mißstände zu verhindern, die sich aus der uneingeschränkten Jagdfreiheit ergaben, bestimmte etwa das Preußische Gesetz vom 7. März 1850, daß der Grundeigentümer nur dann die Befugnis zur Jagdausübung zu erhalten hätte, wenn sein Besitz dreihundert zusammenhängende Morgen, das sind 75 Hektar, betrug. Gemeinden und Körperschaften durften das Jagdrecht auf ihrem Grund ab sofort nur durch einen angestellten Jäger oder Pächter ausüben lassen, kleinere Grundstücke mußten zusammengelegt und verpachtet werden, wobei eine Höchstzahl von drei Pächtern festgesetzt war. Die Jagd am Sonntag wurde verboten und die Jagdfolge der freien Vereinbarung der jeweiligen Nachbarn überlassen. Auch Schonzeiten wurden wieder eingeführt. Bezüglich des Wildschadens galt allerdings: *„Ein gesetzlicher Anspruch auf Ersatz des durch das Wild verursachten Schadens findet nicht statt.“*

In Gebieten, wo Industrie und Handel dominierten, stellte das Bürgertum den größten Anteil an Pächtern und bald auch an Eigenjagdbesitzern. Kamen anfangs hauptsächlich die in Ortsnähe liegenden Reviere zur Verpachtung, wurden mit der Verbesserung der Straßen und Verkehrsmittel auch abgelegene Gegenden erschlossen und Unruhe in die einsamsten Wälder getragen. Die Jagd, in früherer Zeit eine selbstverständliche Sache der „Hochgestellten“, war nun zu einem Vergnügen geworden, an dem jeder teilnehmen konnte, so er das Geld für die noch billige Jagdkarte oder Pacht aufbrachte. Obwohl sicher in vielen Fällen das Waidwerk vernünftig ausgeübt wurde, überwog doch lange Zeit die Anzahl der schießwütigen „Auchjäger“, die nicht einmal über die grundlegendsten Zusammenhänge und Jagdkenntnisse Bescheid wußten. Und wieder litt der Wildstand, dem schon durch die Ausbreitung der Städte, dem forcierten Bau von Industrien sowie durch die vermehrte Bodenkultivierung sein vorhandener Lebensraum eingeengt wurde, ganz erheblich. Die wichtigsten Reviere aus Staats- oder auch Privatbesitz wurden freilich eher selten verpachtet, doch in den meisten anderen Jagden konnte sich das Hochwild nur mehr schwer halten. Was nicht passionierten Nimroden zum Opfer fiel, überstellte sich in ruhigere Gebiete. Bereits 1849 beklagte Karl Emil Diezel:

„Das Schwarzwild wie das Rotwild und das ziegenfarbige Damwild sind bereits aus der freien Wildbahn verschwunden. Wir haben daher nur noch die niedere Jagd zu unserer Verfügung.“ So kam die Niederwildjagd, also das frühere „Raisgejaid“, zu neuer Bedeutung. Nachdem die französischen Einflüsse des „Goldenen Zeitalters“ auf die Hoch- und Niederjagd verschwunden waren, wurde wieder die alte bodenständige Waidmannssprache gebraucht.

Der englische Einfluß, vorher meist auf geistige und künstlerische Gebiete beschränkt, war nach dem gemeinsamen Kampf gegen Napoleon I. immer stärker geworden, bis England schließlich politisch, wirtschaftlich und gesellschaftlich zum Vorbild wurde. Natürlich wurden damit auch überall englische Waffen, Hunde, Jagd-, Reit- und Wagenpferde, englische Wagen und englisches Sattelzeug verwendet. Mit all diesen Dingen drang auch wieder der Sportgedanke von jenseits des Kanales in die Jagd ein. Die Fuchsjagd, die als höchstes englisches Reitervergnügen gilt (heute stellt allerdings ein Reiter den Fuchs dar), konnte aber in unseren Landstrichen, wo ein wesentlicher Teil der Jagden Kleinbesitzern gehörte, nur in wenigen Gebieten ausgeübt und hinter lebendem Wild wie Fuchs oder Schwarzwild geritten werden. Ein Ersatz wurde die Schleppjagd, bei der von einem Reiter eine Schleppe mit Wildwitterung mit der Fuchsrute am Arm gezogen wurde, dem dann in geraumem Abstand die Meute und das vom „Master" angeführte Feld folgten.
Die Pferde erhielten englische Namen, und die Jagdteilnehmer benützten für Gebräuche englische Worte, neben denen sich freilich auch noch die althergebrachten französischen Ausdrücke hielten. Man sprach vom master, huntsman, den hounds, scent (Witterung), aber auch vom Piqueur, Lanceur und last but not least, der Meute. Am Schluß der Jagd, wenn der schnellste Reiter dem „Fuchs" die Lunte entrissen hatte, galten die alten Bräuche vom ausgezogenen Handschuh der rechten Hand und dem aufgesteckten grünen Bruch für alle, die rechtzeitig zum Halali erschienen. Übrigens schätzte nicht jeder die Reitjagd. Der Dichter Heinrich Heine etwa, der kein sehr großer Jäger war, verfaßte einige Artikel im Pariser „Journal des Chasseurs". In dieser Jagdzeitschrift wurde zu jener Zeit eine erbitterte Debatte über die Parforcejagd geführt. Dabei ging es darum, daß die Vertreter der traditionellen Parforcejagd die neue Jagdausübung mit „Pirsch und Ansitz" als hinterhältig und unwürdig bezeichneten, während die Befürworter dieses neuen Stils wieder das feudale Parforcejagen eine brutale Tierquälerei nannten. Als nun Heinrich Heine eingeladen wurde, seine Meinung darüber dem Journal des Chasseurs darzulegen, schrieb er:

„Der Jäger auf der Pirsch und auf dem Anstand jagt mit dem Gesicht – der Parforcereiter mit dem Gegenteil. Wenn Sie meine Meinung wissen wollen: ich erachte das Gesicht für den edleren Körperteil, auch auf der Jagd!"
Aber auch die Pirschjagd konnte Anlaß zu sarkastischen Bemerkungen geben, wie folgende Anekdote über Alexander Girardi berichtet: Der berühmte Schauspieler und Urwiener war einmal zu einer Jagd geladen. Sie stand von Anfang an unter keinem guten Stern. Zuerst kam kein Wild, dann regnete es auch noch und zuletzt funktionierte der Kamin im Jagdschloß nicht. Naß und frierend saßen die Herren im großen Saal. Plötzlich sagte Girardi in die ungemütliche Stille: „Jetzt waß i, warum die Jagd auf französisch La Schaaß heißt! (Richtig: La Chasse)

Immer wieder ist im jagdlichen Brauchtum vom „Bruch“ die Rede. Der Jäger trägt zwei Brüche. Den Standes- und den Beutebruch, wobei der Standesbruch auf der linken Hutseite und der Beutebruch auf der rechten getragen wird. Es sind dies kleine Zweige, meist ein sogenannter „Dreisproß“ von Nadelholz. Bei Verwendung eines Bruches aus Laubholz sollte es ein Zweiglein mit nicht mehr als drei bis vier Blättern sein. Gewisse Holzarten taugen nicht als Bruch. Das geht auf alte Vorstellungen zurück: Weidenbrüche sind wahrscheinlich kaum auf einem Jägerhut zu finden, denn an einer Weide soll sich Judas erhängt haben. Auch die Erle ist ein „böser“ Baum, denn nach dem Volksglauben – im Gedicht „Erlkönig“ die literarische Bestätigung – wohnen gern Elfen und Wassergeister in ihm. Die Buche wiederum ist angeblich Heimstatt von Hexen, Waldgeistern und ähnlichen Unholden.

Der Beutebruch gebührt nach heutiger Auffassung allem trophäentragenden Schalenwild, dem Murmeltier sowie dem Auerhahn, Birkhahn, Rackelhahn und dem Haselhahn. Bei Treibjagden gebührt auch für den erlegten Fuchs ein Bruch. Der Bruch ist natürlich nicht von ungefähr in das alte Jagdzeremoniell aufgenommen worden. Schon im Volksglauben der Germanen und auch anderer Völker spielt der belaubte Zweig als unheilabwehrendes Mittel eine große Rolle. Das gebrochene Reis ist altes Rechtssymbol, und diese Bedeutung kommt dem Bruch in gewissen Belangen auch jagdlich zu. In der klassischen Literatur, die den Standesbruch überhaupt nicht kennt, wird der Beutebruch erwähnt, ohne aber festzulegen, daß er an bestimmter Hutseite zu tragen wäre. So schreibt Döbel im Jahr 1716, wenn ein jagdbarer Hirsch von 10 Enden erlegt wurde: *„... müssen alle Cavaliers und hohe Damen Brüche aufstecken, welches eigentlich das Ehrenzeichen von denen gefällten Hirschen ist; um unjagdbare Hirsche darf durchaus kein Bruch aufgesteckt werden.“* Dietrich aus dem Winckel schreibt 1805: *„... auch werden an die vornehmen Teilnehmer im Nadelholz kieferne, im Laubholz eichene Brüche verteilt, welche die übrigen Anwesenden sich selbst nehmen.“*

In den eben genannten Zeiten war der Beutebruch ebenso wie heute nur bei gewissen Voraussetzungen üblich. Kobell schreibt 1859: *„Wenn ein Hirsch von acht Enden oder darüber erlegt wird, steckt die Jägerei einen Eichenbruch auf oder sonst einen Bruch.“*

Der Beutebruch wurde eben „aufgesteckt“, ohne auf eine besondere Hutseite zu achten. Der Standesbruch wird erst im Jahre 1912 im Buch „Jägerehre und Waidmannspflicht“ erwähnt, wo es heißt: *„Der Bruch als Schmuck und Standesabzeichen bei besonders freudigen oder traurigen Anlässen, bei Zusammenkünften, Festlichkeiten und bedeutungsvollen Gedenktagen wird rückwärts an der linken Hutseite mit und neben dem etwa vorhandenen „Bart“ getragen. Der Bruch als Beutezeichen wird stets an der rechten Seite des Hutes getragen.“*

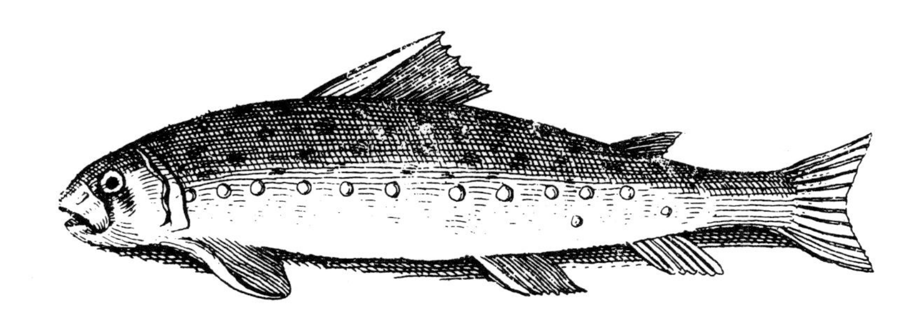

Die „Fliegenfischerei" gilt als die königlichste Art, Fische zu fangen. Im letzten Quartal des 19. Jahrhunderts schrieb der Engländer John Horrocks in seinem grundlegenden Buch „Die Kunst der Fliegenfischerei" über diese Fangart folgendes:
„Wir wollen nur daran erinnern, daß gerade viele der Männer, die sich im Kriege, in der Wissenschaft und Kunst hervorgetan haben, leidenschaftliche Fliegenfischer waren. Andere männliche Ergötzlichkeiten des Landlebens mögen eine heftigere Aufregung veranlassen, aber keine verlangt mehr Geschicklichkeit, keine nimmt die geistige und körperliche Gewandtheit mehr in Anspruch. Ein schneller Blick, ein Gehirn, welches lebhaft reagiert, eine behende und feine Tätigkeit der Hand, Schärfe und Zartheit des Tast- und Gehörsinns, physische Ausdauer, ein unablässiges Beherrschen der Ungeduld und unermüdliche Aufmerksamkeit sind dem Fliegenfischer unentbehrlich. Es grenzt ans Wunderbare, wenn man sieht, wie Angelhaken von liliputanischer Winzigkeit, Seidenwurmdarmseide, so fein wie ein Haar, und eine Ruthe, deren hölzerne und rohrene Aufsätze zum Theil weniger dick als ein Rabenfederkiel sind, zum Fang der allerstärksten Flußfische dienen. Wir erkennen hier den Triumph der Kunst über rohe Naturkraft und Gewalt."
Um die Forelle gibt es auch eine lustige Anekdote, die Max Reger zugeschrieben wird. Max Reger (1873 – 1916) war nicht nur Komponist, sondern auch ein gefeierter Pianist. Wenn er allerdings, und das besonders in den späteren Jahren, das Konzertpodium betrat, hatten die Zuhörer den Eindruck, ein wandelndes Fleischungeheuer vor sich zu haben. Auf dem riesigen Körper saß fast übergangslos der Kopf. Doch wie wunderbar spielte er Klavier! Sein Anschlag war samtweich, und zierliche Figuren gelangen ihm mit Leichtigkeit. Die körperliche Unförmigkeit Regers hatte natürlich ihre Gründe. Er trank und aß unheimliche Mengen. Dabei besaß Reger einen großartigen Humor, Wortspiele gebrauchte er pausenlos, niemals machte er billige Witze. Einmal spielte er den Klavierpart von Schuberts „Forellenquintett". Davon war eine Schubert-Freundin derart begeistert, daß sie ihm am nächsten Tag ein Paket köstlicher Forellen schickte. Reger ließ ihr mit seinem besten Dank ausrichten: Das nächste Mal würde er das Ochsenmenuett von Haydn spielen.

Gerne werden Eßgewohnheiten durch ein Sprichwort charakterisiert: „Was der Bauer nicht kennt, das frißt er nicht." Fallweisen Experimenten bin ich persönlich jedoch nicht abgeneigt. Doch Hand aufs Herz – wer könnte sich faschierte Eichhörnchen heute vorstellen? Und doch hat es derartiges gegeben. Zählte doch das Eichhörnchen zur Zeit der Fürsterzbischöfe von Salzburg zum Reisgejaid. Noch zur Jahrhundertwende hatte man von Jägerspeisen nicht die höchste Meinung. Dies zeigt auch ein Bericht, der einer Zeitschrift über die Kochkunst der damaligen Zeit entnommen ist. Der Autor dieses Artikels soll wegen der Originalität wörtlich wiedergegeben werden:
„Wenn des öfteren in Nachrichten über chinesische Küche von Hunden, Ratten, faulen Eiern oder dergleichen gesprochen, oder in letzter Zeit Nachrichten von Schlangenragouts, Eidechsenfricassées, Affen- und Papageienbraten, ja von Arrangements ganzer Schlangendiners über den Ozean kamen, so darf das nicht befremden."
Der einmal aufgestellte Satz, *„daß nur Vorurteile uns Menschen abhalten, alles Tierische zu essen"*, ist nur zu wahr. Das Vorurteil gegen das Essen von Hunden, Ratten, Schlangen, Eidechsen etc. ist eben bei diesen Leuten ein überwundener Standpunkt, und wer kann behaupten, daß eine Schlange am Rost etwas Verabscheuungswürdiges ist? Von der Hand eines Kochkünstlers zubereitet kann eine Schlangenspeise vorzüglich munden.
Es braucht nicht einmal von China, Amerika und Australien gesprochen zu werden; auch bei uns gibt es noch Vorurteile, wenn etwas anderes als Rind, Kalb, Schwein, Huhn, Gans und Ente auf der Speisekarte steht, und doch gibt es bei uns eine Menge Leute, die junge Hunde und Katzen oder dergleichen mit Vorliebe verzehren, das Fleisch des edlen Pferdes gar nicht gerechnet. In geringerem Grade vorurteilslos als viele Menschen sind, so der Autor, bereichern die Jäger ihr Küchenrepertoire durch eine Reihe von der großen Menge verpönter Tiere. Seine Erlebnisse mit diesem schrieb er wie folgt nieder:

„Eines schönen Tages nun (der Herr Graf war auf einige Zeit verreist) überbrachte mir ein Jagdgehülfe einige schöne Wildenten und ein Briefchen des Herrn Försters, worin mich dieser einlud, an einem Streifzug durch die Fasanerien mitzumachen, da sich im frischen Schnee Fuchsfährten zeigten.
Dies ließ ich mir nicht zweimal sagen.

Rasch in ein passendes Kleid gefahren, und schon eine Viertelstunde später befand ich mich auf dem Wege zur Försterei. Dort wurde ich herzlich empfangen, mit einer Flinte armirt und, von einigen Hunden begleitet, traten wir den Weg in den Forst an. Unterwegs plauderten mein Gastgeber und ich über diverse Dinge, die einen Jünger des heiligen Hubertus stets interessieren.

Der Förster blickte plötzlich ernst zu Boden und sagte: „Ah, ein Dachs pflegt hier zu schreiten." – „Ein Dachs?" gab ich zurück. „Ist dessen Fleisch genießbar?" – „Warum denn nicht?" antwortete mein Begleiter. „Ein junges Tier ist eine Delikatesse, ich habe einen solchen Braten schon gegessen." „Auch ein Ragout von den Jüngsten aus Malepartus (Fuchs) ist ein exzellentes Essen", fuhr er fort. „Und aber auch ohne „Latein" gewürzt?" frug ich zögernd. – „Ganz und gar! Ich werde Ihnen einmal einige schicken, wenn wir wieder einmal Herrn Reinekke ausfagiren; dann können Sie sich hiervon überzeugen." Beim Verfolgen der aufgefundenen Fährte dachte ich mir, ob er wohl heute besser zugänglich sei und stellte ihm neuerdings die Frage: „Welche Tiere, die von der Kugel getroffen, werden von einem Jäger wohl gespeist?"
„Fast alle, mit mehr oder weniger Ausnahmen", erhielt ich zur Antwort.
„Der beste Koch, den wir Jäger oft haben, ist der Hunger", fuhr er weiter fort, „und glauben Sie, daß ich nicht schon Wildkatzen gegessen habe? Wilde Indiane, Holztauben liefern kräftige Suppen. Igel und Hamster vorzügliche Ragouts. Biber und Fischottern einen guten Braten. Aus Hirschfüssen bereiten wir uns eine Sülze, wie die der Schweineschlächter. Auch gebacken und in Sauce schmecken sie gut."

Endlich erschien die Frau des Försters und teilte uns mit, daß das Essen aufgetragen sei. Sie zeigte heute ein ernstes, fast feierliches Gesicht, doch entging mir der sonderbare Blick nicht, den sie ihrem Gatten zuwarf. Die Hausfrau setzte mir einen Teller Suppe vor, und ich liess mich nicht weiter zum Essen ermuntern. Meine Gastgeber folgten meinem Beispiel. Ich versicherte der Hausfrau galant, daß ich noch nie so gute Suppe aß, was ich leicht thun konnte, da ich fast nie Suppe esse; da dies auch fast zutraf, konnte ich mit ernster Miene diesen Lobspruch thun.
Als zweites Gericht wurde ein Ragout aufgetragen, das ich als Tauben in Rahmsauce mit Pilzen bezeichnete und wieder für gut fand.
Nach diesem erschien eine Schüssel mit kleinen gehackten Karbonaden und die üblichen Zuthaten.
Beim Dessert frug mich die liebenswürdige Hausfrau: „wie schmeckte Ihnen der Braten?“ Nachdem ich zweimal versicherte, daß er „grossartig“ war, obwohl ich im Stillen etwas stutzig wurde, blickte sie voll Stolz auf ihren Ehegemahl, welcher auf einmal herausplatzte: „Wissen Sie, Freund, was Sie heute gegessen haben?“ – Ich antwortete: „Ja, so ziemlich.“ – „Ich parire“, lachte mein Jagdfreund, „Sie haben sich getäuscht.“ Nun machte ich vielleicht ein nicht sehr geistreiches Gesicht, indem ich fragte, was das zu bedeuten habe, und ich erfuhr, daß ich Jägerspeisen gegessen hätte. „Also doch kein Gift“, gab ich lachend darauf.
Raben- und Sperlingsuppe mit Nudeln, Wildtauben in Rahmsauce und Pilze, faschirte Eichkätzchen mit Einlagen, so lautete das Menü in Wirklichkeit.
Die Sache war höchst drollig und wir lachten herzlich darüber.
Erst spät Abends trennte ich mich von meinen Gastfreunden. Mein Vorurteil war wieder um einige Grade schwächer.“

Von Otto von Bismarck (1815–1898) stammt das Wort: „Das Jägerleben ist eigentlich das dem Menschen natürliche." Bismarck war selbst ein leidenschaftlicher Jäger, und er übte das Waidwerk in allen Abschnitten seines tatenreichen Lebens aus. Am deutlichsten tritt die Persönlichkeit von Fürst Bismarck aus seinen anschaulichen Jagdberichten hervor, die er in vielen Briefen festgehalten hatte. Und hier eine kleine Auswahl davon:
Aus einem Schreiben an seine Gemahlin Johanna, geborene von Puttkammer, Datum 1. November 1852:
„Mein Liebchen... In Letzlingen habe ich diesmal nicht so gute Jagd gemacht wie vor drei Jahren, es war Freitag. Drei Stück Damwild, voilá tout. Eins davon wird hoffentlich heut in Deinen Besitz gelangen. Das Wildschwein verzehrt mit Bedacht, und macht etwas Weißsauer davon, S. Majestät haben es Allrh. eigenhändig geschossen."
Ein anderes Mal, und zwar am 12. September 1857, berichtet er ihr von seiner Reise nach Königsberg folgendes: *„Ich habe, außer diversen Rehböcken und Damhirschen fünf Elen erlegt, darunter einen sehr starken Hirsch, der nach gradem Maß bis zum Widerrist 6 Fuß 8 Zoll hoch war, und dann noch den kolossalen Kopf darüber trug, wohl 9 bis 10 Fuß in der Luft. Er stürzte wie ein Hase, da er aber noch lebte, schoß ich mitleidig meinen anderen Schuß auf ihn, und kaum war das geschehen, so kam ein anderer, wohl noch größerer, mir so nah vorbei getrabt, daß Engel, der lud, hinter einen Baum sprang, um nicht überlaufen zu werden; und ich mußte mich begnügen, ihn freundlich anzusehen, da ich keinen Schuß mehr hatte. Diesen Kummer kann ich noch garnicht los werden, und muß ihn Dir klagen. Eins schoß ich außerdem an, das werden sie wohl noch finden, und eins gründlich vorbei. Acht Stück hätte ich also schießen können. Vorgestern Abend fuhren wir aus Dondangen, und legten die 40 Meilen ohn Chaussee, durch Wald und Wüste bis Memel in neunundzwanzig Stunden zurück, im offenen Wagen über Stock und Block, daß man sich halten mußte, um nicht herauszufallen. Nach drei Stunden Schlaf in Memel gings heute früh mit dem Dampfschiff hierher, von wo wir heut Abend nach Berlin abfahren... Ich hätte heut schon in Berlin sein müssen, meinem Urlaub nach; dann hätte ich aber die beste Jagd, die in Dondangen, mit den großen Hirschen, oder Bollen wie sie dort sagen, aufgeben müssen, und hätte nicht gesehen wie die Achse eines Bauernwagens unter der Last des großen Tiers brach. Am Montag kommt der Kaiser nach Berlin (aus Rußland), dazu soll ich vorher dort sein, und sollte einige Tage vorher kommen!"*
Neben all seiner Arbeitslast, zwischen politischen Sorgen, Kriegen und Ärgernissen fanden sich aber für ihn immer auch noch einige Tage der Erholung mit Waidmannsfreuden. So schreibt Bismarck am 12. August 1863 aus Gastein:
„Mir geht es wohl mein Herz, aber Courrier-Angst in allen Richtungen. Ich habe vorgestern 7000 Fuß hoch zwei Gemsen geschossen, dafür drei Stunden im Sonnenbrand am Felsen gesessen, ganz gebraten, trotz der Höhe. Am 15. fahren wir von hier nach Salzburg, 16. Stuttgart, 17. Baden. Ich kann wegen der Frankfurter Windbeuteleien (dem Frankfurter Fürstentag) nicht vom König fort. Seine königliche Hoheit hier, reist in einer halben Stunde, sehr freundlich zu mir, oben kühle Beziehung. Leb wohl, Zietel treibt zum Schluß. Dein treuster v. B."
Aus Schönbrunn schreibt der Kanzler am 25. August 1864: *„Mein Herz! Der König ist heut früh nach Salzburg, ich folge ihm morgen, habe heute 53 Hühner, 15 Hasen und 1 Kanikel geschossen und gestern 8 Hirsche und 2 Mufflons. Heut bin ich ganz lahm in Hand und Backe vom Schießen. Gute Nacht an alle, ich bin sehr müde."*
Bismarck sprach bei einem parlamentarischen Empfang am Anfang des Jahres 1877 von seiner Enttäuschung über politische Mißstände und von seiner Müdigkeit, aber auch von seinem ungebrochenen Willen zu neuerlichem Kampf, wenn es das Ziel wert wäre. Der passionierte Jäger umschrieb dies in folgendem jagdlichen Bild:

„Wenn ein Mann frühmorgens auf die Jagd geht, beginnt er auf allerlei Wild zu schießen, und ist leicht bereit, einige Meilen über schweren Boden zu gehen, um auf einen wilden Vogel zu Schuß zu kommen. Wenn er aber den Tag lang umher gegangen ist, wenn seine Jagdtasche voll ist und er sich nahe seiner Behausung befindet – hungrig, durstig, mit Staub bedeckt und todmüde – verlangt er nur noch Ruhe. Er schüttelt mit dem Kopfe, wenn der Jagdhüter ihm sagt, er brauche nur noch wenige Schritte zu machen, um auf einige Feldhühner auf dem angrenzenden Felde, ganz nahe dem Hause zu stoßen.
„Ich habe genug von diesem Wild", sagt er. Aber kommt jemand und sagt zu ihm: „Im dem dichtesten Teile des Waldes dort drüben können Sie auf ein Wildschwein ankommen", so werden Sie sehen, daß dieser müde Mann, wenn er Jägerblut in seinen Adern hat, seine Müdigkeit vergißt, sich aufrafft, losgeht und in den Wald eindringt, nicht eher befriedigt, als bis er das Wild gefunden und erlegt hat.
Ich bin wie dieser Mann. Ich bin seit Sonnenaufgang auf der Jagd gewesen. Es wird jetzt spät. Ich habe ein schweres Tagwerk vollbracht, und ich bin müde. Andere Leute mögen auf Hasen und Rebhühner schießen; ich habe genug von dieser Art Wild... Aber, meine Herren, wenn ein Keiler zu erlegen ist, lassen Sie mich davon wissen, ich will in den dichtesten Wald gehen und ihn zu erlegen versuchen."

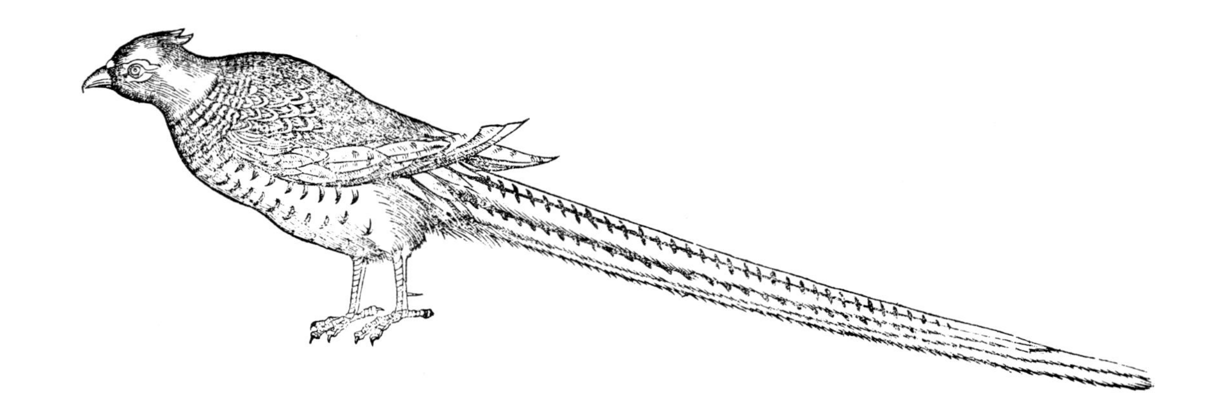

Ein Zeitgenosse des Fürsten Bismarck war der volkstümliche Prinzregent Luitpold von Bayern (1821–1912), der seit 1886 an Stelle seines unglücklichen Neffen, des Königs Ludwig II., und danach für dessen Bruder Otto die Regentschaft führte. Von Prinzregent Luitpold gibt es viele Geschichten, die Oberforstmeister Georg Hauber überliefert hat und der während fünfundzwanzig Jahren die Jagden des Herrschers leitete. Er erzählt: *„Für den Regenten existierte nur eine einzige Art schlechten Jagdwetters. Das war der Nebel. Strömender Regen, beißende Kälte und Unwetter waren keine Abhaltungen. Dafür ist aber der hohe Jäger auch oft für seine zähe Ausdauer mit Waidmannserfolg belohnt worden. Einst in Berchtesgaden ergoß sich strömender Regen und man hoffte, daß der schon in den achziger Jahren stehende hohe Herr die Jagd absagen würde. Der Leibarzt machte Einwände, der Oberstjägermeister sprach von einem voraussichtlichen Mißerfolg. Vergeblich, es wurde aufgebrochen. Das Reitpferd stand bereit. Der Regen strömte immer heftiger. Doch der Regent, eifrig wie ein junger Jagdbeflissener, der Angst hat, es könnte noch eine Abhaltung kommen, eilte auf das Pferd zu, bestieg so schnell er konnte das treue Tier, und ohne Säumnis ging es dem Jagdgelände zu. Es war schon ein merkwürdiger Anblick: Die wenig begeisterten Mienen der durchnäßten Begleiter und der jugendfrische, jagdfrohe Regent an der Spitze. Flott ging der Ritt bergan, in der Höhe verschwanden Wolken und Nebel, die Jagd gelang, und drei gute Gamsböcke brachte der hohe Waidmann zur Strecke.“*

Ein andermal, als der Prinzregent wieder trotz unaufhörlichen Regens nicht auf seine tägliche Jagd verzichten wollte, berichtete ihm der Jagdleiter, daß die Treiber bereits völlig durchnäßt seien und keine Kleidung zum Wechseln mit sich hätten. Der Regent ließ daraufhin die Jagd sofort absagen, denn ein Appell an sein Mitgefühl blieb von ihm nie ungehört. Alle, die den Regenten näher kannten, wußten um sein Rechtsgefühl, seine Bescheidenheit und um seine Fürsorge, und manchem seiner Jagdbegleiter sind diese Eigenschaften zugute gekommen. Einst wünschte der Monarch einem seiner Treiber, welcher sich durch besonderes Geschick ausgezeichnet hatte, die bronzene Medaille des St. Michaelordens zu verleihen. Die Obrigkeit hatte aber Bedenken und wandte ein, daß dieser Mann wegen Prügeleien im Wirtshaus bereits einige Male bestraft worden sei und daher einer solchen Auszeichnung unwürdig wäre. Prinzregent Luitpold meinte aber, „ich gebe ihm die Auszeichnung doch, gerade diese Krakehler sind oft die Besten.“

Den Wandel der jagdlichen Gesinnung spiegelt nichts so deutlich wider als ein Vergleich der Jagdberichte vergangener Zeiten mit der Gegenwart. Bedeutende Strecken waren der Ehrgeiz der Fürsten des „Goldenen Zeitalters“, sich bescheiden zu können im Interesse des Wildstandes, waren das Ziel des 19. und 20. Jahrhunderts. Oberforstmeister Georg Hauber berichtet vom Prinzregenten weiter:

„Im Jahre 1909, im Oktober, weilte der Regent zur Jagd in Bartholomä am Königsee. Eines Tages kam die Meldung, daß ein kapitaler Gamsbock mit einer ausnahmsweise hohen Krucke kurz über dem Seeufer stünde, es könne vom Schiff aus geschossen werden. Der Regent ließ sich bewegen, in Begleitung eines Herren zur betreffenden Stelle zu fahren. Der Gamsbock hielt aus und ließ das Schiff auf Schußweite herankommen. Da nahm der Regent die Büchse und, anstatt selbst zu schießen, reichte er sie dem Jagdgaste mit der Aufforderung, den Gams zu erlegen. Der fiel denn auch durch einen wohlgezielten Schuß. Ich erinnere mich an die herzliche gütige Art, wie der hohe Herr dem Schützen gratulierte, besonders als sich zeigte, daß die kapitale, über 20 Zentimeter Sehnenhöhe messende Krucke eine Trophäe darstellte, wie der Regent selber während seines langen Waidwerkes nur ganz wenige erbeutet hatte.“

Nach der Aufhebung der bayrischen Leibgehege im Jahre 1848 blieben den Wittelsbacher Herrschern nur noch die Reviere von Berchtesgaden, Ramsau, Oberammergau, Hohenschwangau und Vorderriß. Der Regent

pachtete die Niederwildjagden um München sowie die Gamsreviere im Allgäu dazu und setzte darin Rotwild aus. Durch unermüdliche Hegearbeit wuchsen die Wildstände überall rasch an, trotzdem berichtet Hauber:

„Wenn der hohe Herr in einem Jagdbogen mehrere Hirsche oder Gams zur Strecke gebracht hatte, dann quälte ihn schon wieder die Sorge, zuviel geschossen und stark in den Wildstand eingegriffen zu haben."

teigt das Barometer – so sagt man –, dann steigt auch der Gams. Daß Ausnahmen aber die Regel bestätigen, das sollte sich bei meinem Gams zeigen, den mir Freund Lois zum Geburtstag spendierte.
Wir hatten für den kommenden Tag eine Gamspirsch ins Ahornkar mit Übernachtung in der Jagdhütte vereinbart. Das Wetter war wunderschön, und kein Wölkchen trübte bislang unser Vorhaben. Einer erfolgversprechenden Pirsch am nächsten Tag schien also nichts im Wege zu stehen. Mehr aus Gewohnheit denn aus Neugier hörte ich am Abend den Wetterbericht, der allerdings das geplante Unternehmen mehr als in Frage stellte, falls stimmte, was man da an „regenschauerlichen" Sachen hörte. Nach der Meinung der Meteorologen sollte sich nämlich dem Alpenraum ein kräftiges Tief mit einer ergiebigen Regenfront im Gefolge nähern – und das schon in der Nacht. Da das Schlechte aber meist mit Sicherheit auch eintrifft, war die Wetterfront am Morgen schon da. Monotones Plätschern auf das Dach waren die ersten Zeichen dieser unerfreulichen Tatsache, die ich vom Bett aus registrierte. Ein Trost – allerdings ein schwacher – blieb mir: Da wir unseren Aufstieg erst für den Nachmittag geplant hatten, könnte es bis dahin vielleicht doch wieder besser werden? Es hofft eben der Mensch, solange er denkt, obwohl das Barometer unbarmherzig sinkt. Im Laufe des Vormittags wurde das Wetter weiter schlechter. Es goß in Strömen. Telephonisch verabredete ich mit Lois, auf dem Schießstand einen Kontrollschuß zu machen. Das konnte sicher nicht schaden. Am Schießstand war an diesem Tag reger Betrieb. „Kleinkaliberschießen" gibt an Regentagen immer wieder einen beliebten Zeitvertreib. Als Lois mit seiner 8 x 68 S auf die Scheibe schoß, waren die Kleinkaliberschützen von diesem „Donnerschlag" sichtlich überwältigt. Ehrfurchtsvoll bestaunten alle diese „Kanone". Freund Sepp, der Schießplatzleiter, hatte vorsichtshalber das Büchsenglas um fünf Zentimeter ober dem Mittelpunkt eingestellt. Das reichte, um einen Gams auf 200 Meter „oberzhackeln". Das Gewehr war eingeschossen, und während uns der Sepp ein Achtel „Roten" kredenzte, kam plötzlich – mit feinem Strahl – die Sonne ein wenig hinter den Wolken hervor. Jetzt aber schnell hinaus. In Windeseile ging es heim, die notwendigen Sachen wurden zusammengepackt, da stand auch schon Lois mit dem Wagen vor dem Haus. Als meine Frau, Lois und ich dem Grieskareck entgegenfuhren, war die Sonne allerdings schon wieder weg, und als wir auf der Koglalm ankamen, begann es gerade wieder, sich fein einzuregnen. An ein Umkehren dachte allerdings niemand mehr. Wir waren heroben, und es wäre gelacht, wollten wir vor dem bißchen Regen kapitulieren. Die eineinhalb Stunden, die wir ins Ahornkar brauchten, würden sicher nicht so arg werden – wo doch erst die Sonne geschienen hatte. So begannen wir unverdrossen den Aufstieg. Vor der Abzweigung in Richtung Ahornkar trafen wir den Sohn vom Koglbauern, der die Kühe zum Melken hinuntertrieb. Der staunte nicht schlecht, als er uns drei aufsteigen sah. „Aha, d' Jaga kemman", war seine Begrüßung, und aus dem Tonfall konnte man unschwer erkennen, was er damit meinte. Er sah auch zu, daß er bald wieder von uns los kam. Als ihm Lois nachrief: „Wia wird denns Wetter?" war seine alles offenlassende Antwort: „Des kann ma nit sagen", dann empfahl er sich schleunigst und eilte den Kühen nach, die zügig der Alm zustrebten. Vom Vieh sagt man, daß es bei Schlechtwetter dem Tal zugehe. Ich mußte bei diesem Gedanken lachen. Wie leicht könnte man damit die „Darwin'sche Lehre" widerlegen, denn eines stand fest: Wenn diese Regel stimmte, stammten wir drei sicher nicht vom selben Tier ab, denn wir strebten hinauf zu, in gläubiger Hoffnung, daß der Wettergott ein Einsehen mit uns haben möge. Doch er hatte es nicht. Als wir den Kamm entlanggingen, peitschten die ersten Sturmböen vom Tal zu uns herauf, und im Gefolge kam der große Regen. Von weitem mußten wir wie Bergsteiger ausgesehen haben, die sich mit flatternden Wetterflecken den Steig entlangkämpften. Es regnete jetzt in Strömen, und bald hielt auch der starke Loden diesem Wasserschwall nicht mehr stand. Langsam kroch die Feuchtigkeit bis an die Haut, und es war nur noch eine Frage der Zeit, bis wir völlig durchnäßt waren. Die tiefhängenden Wolken nahmen uns zeitweise gänzlich die Sicht, und obwohl

erst am frühen Nachmittag, war es so düster um uns, als wollte die Nacht hereinbrechen. Gegen die Frauenalm zu entdeckten wir eine Herde von Pferden, die sich schutzsuchend um einen „Palfen" (Felsblock) scharte. Neugierig schauten sie uns nach. Nach einer Dreiviertelstunde endlich bei der Hütte angekommen, war kein trockener Faden mehr an uns. Wir fanden auch schon Hausgenossen vor. Kaspar, der Besitzer der Alm, hatte mit seinen beiden Söhnen bereits die obere Kammer bezogen. Sie waren seit dem Vormittag heroben, um die Kühe mit Salz zu versorgen. So schnell es nur ging, entledigten wir uns der triefenden Kleidungsstücke. Gottlob fanden sich im Kasten trockene Sachen. Ein Umhang, ein Trainingsanzug und eine alte Hose. Das mußte fürs erste für alle genügen. Es dauerte dann auch gar nicht mehr lange, bis ein richtiges Höllenfeuer im gemauerten Ofen brannte. Die hölzernen Aufhängevorrichtungen waren überfüllt mit unseren nassen Sachen. Allmählich brach die Dunkelheit herein, und das war dann auch der Zeitpunkt für Lois draufzukommen, daß er die Kerzen daheim vergessen hatte. Auch gut. Mußten wir eben zeitiger zu Bett gehen. Vorerst aber stand noch eine kräftige Pilzsuppe mit Würsteln auf dem abendlichen Menüplan meiner Frau, und im Anschluß daran zauberte Lois einen richtigen Schlaftrunk – eine Flasche Met – aus seinem geräumigen Rucksack. Wir vereinbarten noch, daß jeder, der in der Nacht wach werde, auch nachheizen müsse und gingen schlafen. Wenn es heißt, daß der Met einst ein Göttergetränk gewesen sei, so hat dies sicher seine Richtigkeit, denn von einem „wach werden" war keine Rede. Erst der Wecker riß morgens Lois und mich aus den Träumen. Zweimal, so meinte meine bessere Hälfte, habe sie bereits nachgeheizt. Die Sorge, daß wir morgens nasse Kleider hätten, habe sie nicht schlafen lassen. Es geht doch nichts über ein liebend Weib! Unsere Sachen waren auch dank ihrer Wachsamkeit herrlich trocken. Ein Blick aus dem Fenster ließ allerdings die Hoffnung darauf, daß sie es auch bleiben würden, rasch sinken, denn es regnete in Strömen. Dem Wetter nach mußte der Barometerstand schon im „Negativen" sein. Mir fiel wieder das schöne Sprüchlein ein: „Wenn das Barometer steigt, dann steigt auch der Gams." Dem Sprichwort nach müßten sich heute also alle „Gams" verkriechen. Doch wenn wir schon heroben waren, wollten wir es auch mit der Jagd probieren. Auch Kaspar war bereits munter. Er wollte ins untere Kar auf einen Rehbock, und wir wollten es im oberen auf einen Gams probieren.
„Bis zur Fleischbank gengan ma", meinte Lois. Mir war es recht. Diese „Fleischbank" ist eine etwa 300 Meter lange Lawinenrinne. Wenn im Frühjahr dort die „Lahn" abgeht, nimmt sie nicht selten auch Wild mit in die Tiefe, und daher auch ihr bezeichnender Name.
Nun, heute saßen wir vergeblich hier, obwohl sich für gewöhnlich das Gamswild an diesem Platz sehr gerne aufhielt. Es kam auch keine Lahn herunter, dafür schoß das Wasser in einem wahren Schwall daher. Aussichtslos.
Wir pirschten hinüber zum „Holzsattel" – ergebnislos. Nach einer Stunde war unser Gewand abermals patschnaß, und wir hatten nur eines im Sinn: zurück zur Hütte. Bald baumelte das ganze triefende Zeug – wie gehabt – über dem warmen Ofen. Dann kam auch Kaspar von seinem Pirschgang zurück, und zu unserem großen Erstaunen wußte er zu berichten, daß er im unteren Kar wohl keinen Rehbock, dafür aber einen „Waschel" von einem Gamsbock gesehen habe. Was war das doch für eine verkehrte Welt! Während wir oben dem Gams nachstiegen, ging er unten bei Regen im Wald spazieren...
„Am Abend setz' ma uns zur untern Lärch", meinte Lois. „Irgendwo wird uns der Gams dann scho kemma." Vorerst ging mein optimistischer Pirschführer aber, nach einem von meiner Ehegesponsin fürsorglich hergerichteten Frühstück, noch einmal ins Bett. Ich selber blieb lieber am „Auslug". Gegen Mittag wurde es etwas heller, und auch der Regen ließ nach. Es war kurz vor 12 Uhr, als ich am gegenüberliegenden Hang einen Rehbock ausmachte, der dort an den Stauden naschte. Das brachte auch meinen Freund in Schwung. Das Stück Wild – es war ein guter Abschußbock – hatte sich inzwischen niedergetan, und ein Plan war bald gefaßt. Lois sollte ihn „angehen", während ich bei der Hütte bleiben und signalisieren sollte, wenn der Rehbock

„weg" wäre. Gesagt, getan. Vorsichtig pirschte Lois über den Graben, und bald verschwand er in mannshohen Ampferstauden. Dann sah man lange nichts von ihm, bis er endlich – wie ausgemacht – beim „Palfen", einem haushohen Felsen, sichtbar wurde. Der Rehbock hatte sich nicht vom Fleck gerührt, so daß ich meinem Freund ein beruhigendes „alles in Ordnung" winken konnte. Der pirschte nun um den „Palfen" und war verschwunden. Der Wind stand „herunter", also konnte das Unternehmen gelingen. Von Zeit zu Zeit sah ich mit dem Glas nach dem Bock, und als ich ihn wieder einmal anvisierte, glaubte ich zu träumen. Keine 300 Meter links von ihm stand auf gleicher Höhe der „Waschl" Gamsbock, und das gerade dort, wo Lois im Begriffe war, hinaufzupirschen. Der Gams aber stand wie eine Statue. Der konnte leicht gelassen dort stehen. Er wußte ja nicht, daß jede Sekunde mein Freund auftauchen konnte und dann – es war nicht auszudenken...

Ich sprang von einem Bein auf das andere. Wenn doch nur Lois irgendwo zu sehen wäre, daß ich ihm Signal geben könnte! Es dauerte bange zwanzig Minuten, bis er wieder beim „Palfen" sichtbar wurde, während der Gams noch immer unbeweglich oben stand. Aufgeregt signalisierte ich mit kreisenden Armbewegungen – der Rehbock ist weg. Dann bedeutete ich meinem Jagdkameraden, er möge bleiben, ich käme hinüber. Dieses Signal hat er allerdings mißverstanden, denn während ich behutsam „hinüber" pirschte, kam er „herüber". Die einzige, die sich darüber königlich amüsierte, war meine Frau, denn nun stand ich in der Nähe des „Palfens" und Lois war bei der Hütte. Jetzt signalisierte er: Gams oben. Ich sollte bleiben, wo ich war. Unter einer riesigen Wetterfichte, wo ich das ganze Gebiet gut übersehen konnte, richtete ich mich häuslich ein, denn es begann gerade wieder zu regnen. Mein trockener Unterstand sollte allerdings nicht von langer Dauer sein, denn plötzlich umschwirrte mich ein Schwarm Erdwespen. Einem dieser wehrhaften Tiere mußte ich besonders unsympathisch gewesen sein, denn es trieb mir seinen Stachel mitten in die Wange. Ich stand wie zur Salzsäule erstarrt, und erst als sich die Wespen beruhigten und wieder in ihrem Baumloch verschwanden, packte ich meine Siebensachen und gab Fersengeld. Bei der Hütte konnte man sich meinen Auszug von der Schirmfichte nicht erklären, und so stand Lois bald neben mir. Der glaubte mir die Geschichte von den Erdwespen nicht und machte es sich unter den schützenden Ästen der Fichte bequem, während ich im Regen stand. Doch sein Glück währte nicht lange, denn auch ihn litten die guten Tiere nicht, und bald standen wir beide einträchtig im Regen. Nach einer Stunde vergeblichen Wartens kroch uns dann doch allmählich die Kälte die Beine hoch und wir beschlossen, zur Hütte zurückzupirschen. Der Gams hatte sich bestimmt irgendwo niedergetan und würde vor einigen Stunden sicher nicht hoch werden. Und unsere Überlegung war richtig. Es war dann genau 18.15 Uhr, als der Gams auf den „Palfen" herausstieg. Lois, der gerade ein wenig „Augenpflege" betrieb, war sofort hellwach, und wieder ging es hinüber durch die triefenden Ampferstauden. Wie weit doch der Weg war, wenn man es eilig hatte! Dann sahen wir ihn, den Gamsbock, wie er gerade vom „Palfen" heruntersprang und für uns nicht mehr sichtbar ward. „Pirschen wir vorsichtig nach links", machte ich Lois den Vorschlag. „So lange, bis wir den Gams sehen." Das taten wir dann auch. Wir mochten so an die zwanzig Schritt gepirscht sein, als wir ihn wieder in Anblick bekamen. Diesmal stand er zur Abwechslung auf der anderen Seite des „Palfen" und machte bereits Anstalten, einzuziehen. Das Haupt war schon nicht mehr sichtbar. Nun hieß es rasch handeln. Rucksack herunter, Gewehr aufgelegt. Wenige Sekunden später zerriß der Schuß die Stille der Bergwelt, und ein vielfaches Echo hallte durch das Kar. Wir hatten ihn! Die Freude nach den ganzen Strapazen war übergroß. Noch dazu hatte es endlich zu regnen aufgehört, und weit

hinten am Horizont kam zaghaft ein schmal gebündelter Sonnenstrahl durch die Wolken. Es war fast, als wäre der Schuß das Signal für den Wetterumschwung gewesen. Während mein Freund hinaufstieg, um den Gams zu bergen, betrachtete ich das Land um mich. Der Wald dampfte, und vom Tal hörte man jetzt das Aveläuten herauf. Herrgott, wie schön hast du doch die Welt gemacht! Die rote Arbeit war bald getan, und dann ging's zurück zur Hütte, wo meine Frau schon mit dem Abendessen auf uns wartete. „Morgen schiaßt noch du dein Rehbock", sagte ich scherzhaft zu Freund Lois, „dann hat es sich richtig auszahlt, daß wir bei dem Sauwetter rauf sind." Und obwohl nur so im Spaß dahingesagt, mußte es St. Hubertus doch ernstgenommen haben. Als wir uns am Morgen zum Abstieg fertig machten und noch einmal „herumspekulierten", sahen wir auf etwa 200 Schritt, genau oberhalb der Hütte, das eisgraue Haupt eines Rehbockes auftauchen, während unter ihm die Geiß äste. „Lois, dein Bock!" konnte ich ihm noch zuflüstern, dann war er auch schon auf dem Weg zu einem nahen Stein, wo er auflegen konnte. Im Schuß war der Bock verschwunden. „Waidmannsheil!" rief ich ihm in ehrlicher Freude zu. Darauf Lois: „Du, des Goaßl is a ganz lötz (schlecht)!" „Dann nimm's a", gab ich ihm den Rat, und schon brach der zweite Schuß. Eine derartige Strecke hatte es in dem wahrlich schwer zu bejagenden Ahornkar noch nie gegeben: Einen Gamsbock, einen Rehbock und eine Rehgeiß! Das Problem war nur: Wie diesen „Segen" ins Tal bringen? Da hatte Lois eine blendende Idee. Im Holzschuppen fand sich eine Scheibtruhe. Mit ihr mußte es gelingen, unsere Strecke ins Tal zu befördern. Und es ging. Gamsbock, Rehbock und Geiß wurden aufgeladen. Ich nahm Gewehre, Rucksäcke, unsere Gläser und Lois „radelte" das erlegte Wild zu Tal, während meine Frau dafür sorgte, daß der „Radlbock" das nötige Gleichgewicht behielt und nicht zur Seite kippte, was sie zwang, meistens im Krebsgang zu marschieren. Es war ein mühevoller Transport über schmale, steinige Viehsteige, und so mancher Schweißtropfen blieb dabei auf der Strecke. Aber trotz der Rackerei mußten wir lachen, als wir an das Lied dachten, welches im Refrain heißt: Klaub' ma's glei alle zsamm, weil ma grad soviel habn...

Doch wie viele Male nachher würde Lois – wie schon vorher so oft – heraufsteigen und leer wieder hinunterkommen ins Tal? Diesmal hatten wir Waidmannsheil in überreichem Maße. Einmal in vielen, vielen Jahren. Wie leicht es doch geht, wenn St. Hubertus lächelt...

In der Zeit der Technisierung fand auch jagdlich ein Umdenken statt. Der Hegegedanke wurde immer stärker, den Hermann Löns in seinem Gedicht „Der Heger“ treffend zum Ausdruck brachte:

„Das Schießen allein macht den Jäger nicht aus,
Wer weiter nichts kann, bleibe besser zu Haus.
Doch wer sich ergötzet an Wild und Wald,
Auch wenn es nicht blitzet und wenn es nicht knallt,
Und wer noch hinauszieht zur jagdlosen Zeit,
Wenn Heide und Holz sind vereist und verschneit,
Wenn mager die Äsung und bitter die Not
Und hinter dem Wilde einherschleicht der Tod;
Und wer ihm dann wehret, ist Waidmann allein,
Der Heger, der Pfleger kann Jäger nur sein.“

Diesen Hegegedanken in hohem Maße vertrat ein Herrscher, der zu den bedeutendsten Waidmännern seiner Zeit zählte: Kaiser Franz Joseph I. Dr. F. Schnürrer berichtet in seinem Buch „Unser Kaiser als Waidmann“:

„Keiner von denen, die einmal Gelegenheit gehabt haben, unseren Kaiser auf der Jagd zu beobachten, hat sich dem Eindrucke und der Überzeugung entziehen können, daß alles das, was der erlauchte Waidmann bei der Ausübung des Waidwerkes tut, durchaus waidgerecht und von jenem ethischen Gefühle getragen ist, das frei von gemeiner Schießlust und nur durchdrungen ist von der Liebe zu Gottes herrlicher Natur und deren Leben. Darum ist ja auch die Jagdausübung, wie sie der Kaiser pflegt, richtungsgebend geworden in bezug auf das Streben, das Waidwerk nicht allein um seiner selbst willen, sondern in seiner Verbindung mit dem Naturgenusse, zur Erfrischung von Geist und Körper zu üben und unter Abstreifung des einst üblichen Pomps zur bescheidenen Einfachheit zurückzukehren.“

Einfach und genügsam ist der Kaiser auch für seine Person gewesen. Er schlief in einem Militärbett, aß und trank wenig und verfügte über eine durchaus schlichte Garderobe. Diese Einfachheit galt aber nur für ihn selbst. Mußte repräsentiert werden, war das Teuerste gerade gut genug. Der Monarch privat aß recht bescheiden: Klare Rindsuppe, gekochtes Rindfleisch mit gerösteten Bratkartoffeln und Spinat. Dazu wurde ein gewöhnlicher Landwein serviert.

Die meisten Mahlzeiten nahm der Kaiser jedoch im Kreise verschiedener Gäste zu sich, die auf das beste aus der kaiserlichen Küche bewirtet wurden. Doch die zahlreichen Gänge und die erlesenen Weine kamen nicht zur Wirkung, da der Hofetikette gemäß dem Monarchen als erstem die Speisen vorgelegt wurden und der Kaiser nicht nur wenig, sondern zum Verdruß der Gäste auch noch unverhältnismäßig rasch aß. War er jedoch mit einem Gang fertig, wurde auch schon der nächste aufgetragen. Jene Gäste, die dem Monarchen zunächst saßen, erhielten für gewöhnlich noch verschiedene Speisen auf den Teller, doch Gäste an den entfernteren Enden der Tafel sahen die kulinarischen Leckerbissen eher von der Ferne. Diese unerfreuliche Tatsache war allgemein bekannt. Abhilfe schuf ein vorhergehender Besuch im Hotel Sacher, um „an des Kaisers reichgedecktem Tisch nicht zu verhungern“.

Eines der glänzendsten Ballfeste jener Zeit wurde in der Faschingssaison in den Sälen des Rathauses abgehalten. Lange vor Beginn des Balles der Stadt Wien herrschte bereits fieberhafte Tätigkeit, da die Kochbrigade ihren ganzen Ehrgeiz darein legte, dem Kaiser und seinem hohen Gefolge einige Worte des Beifalles zu entlocken. Wie das Kaiser-Büffet ausgesehen hat, beschreibt ein Zeitzeuge folgendermaßen:

„Der Traiteur, sowie der Küchenchef des Rathauskellers waren bemüht, das im Vorjahre und früheren Zeiten arrangierte Büffet an Schönheit und Eleganz zu übertreffen. In der That keine leichte Aufgaben, wenn man bedenkt, dass der Gesamteindruck eines derartigen Bildes jedes Jahr in neuere Rahmen kommen muss. Das Mittelstück stellte eine grosse Ruine (die alte Habsburg im Aarthale) dar, aus deren Fensteröffnungen magisches Licht flutete. Links und rechts hiervon standen zwei Stilleben: „Die Jagd“ und „Die Fischerei“. Zwei grosse Prunkschüsseln mit den Ergebnissen von Jagd

und Fischfang in kulinarischer Vollendung beladen. Hieran schloss sich rechts und links eine „Waldidylle" mit einem Rehrücken, sowie ein Fliegenschwamm von riesigen Dimensionen mit Chaudfroidgerichten an. Diesen beiden Stücken reihten sich nun zwei Darstellungen einer „Wüstenidylle" an. Ein Strauss, ein Gigg mit Pasteten beladen ziehend, sowie ein „ruhendes Dromedar", ebenfalls Pasteten auf dem Rücken tragend. Sodann war „Danubius", mit kalten Forellen liebäugelnd, und „Meteor", mit Hummern beladen, den vorhergehenden Schüsseln links und rechts angereiht.

„Meteor", die naturgetreue Miniaturcopie des erzherzoglichen Luftballons, rief viel Heiterkeit hervor und veranlasste S. M. den Kaiser, sich an den Erzherzog wendend, zu der launigen Aussprache: „Du, Dein Luftballon", worauf die kaiserliche Hoheit an das Büffet herantrat und sich äusserte: „Eine wirklich gelungene Idee." Diese Worte galten dem Altmeister in der Dekorationskunst, Herrn Heinrich Cufs. Weiter erblickte man eine hübsche Schüssel „Schubert mit Mondsichel", mit „Cotelettes d'agneau en gelée" beladen.
Dem gegenüber eine reizende „Lyra mit Mozartbürste", Hühner-Chaudfroid tragend.
Eine „Windmühle" mit „Pain de foie gras", sowie ein „Bienenhaus" mit „Fettlebern gesulzt" figurierten als Gegenstücke. Die beiden Endstücke waren ein „Schwanenhäuschen" mit diversen Fischen und ein gefüllter Wildschweinkopf auf Sockel.
Zwischen den Prachtschüsseln waren noch eine Menge einfachere Schüsseln, mit allen erdenklichen Leckerbissen beladen, aufgestellt. Ausserdem waren noch vier weitere Büffets aufgebaut, zwei hiervon mit Konditorei. Bedenkt man, dass aus vier „warmen Küchen" eine Menge Portionen kredenzt wurden, so kann man sich einen Begriff über ein solch buntes Bild machen."

Unschwer vorstellbar, daß der Gesamteindruck dieses mit hunderten Lichtern beleuchteten Büffets auf den Betrachter überwältigend gewesen sein mußte.

olltest du erst seit kurzer Zeit stolzer Besitzer einer Jagdkarte sein, „Herzlich willkommen!“ im Klub der Grünröcke, lieber neugewonnener Hubertusjünger. Die Wirtschaft wird sich in weiterer Folge sehr an dir erfreuen und deinen großen anfallenden Bedarf an den verschiedensten Artikeln, zwecks Ausübung der Jagd ganz sicher mit dem größten Vergnügen decken. Und damit dir in Hinkunft Widriges möglichst erspart bleiben möge, seien dir nachfolgende Tips und Ratschläge zur gefälligen Kenntnisnahme gebracht.

Falls du gerade bei der Anschaffung der entsprechenden Jagdoberkleidung sowie Gerätschaften bist, könnte mancher Neuling meinen, daß es wohl genügen müßte, zum Beispiel ein Gewehr, ein Paar feste Schuhe, einen Mantel, Lodenhose mit Rock und Hemd, ferner einen passenden Hut, die richtigen Patronen nicht zu vergessen, sowie eventuell noch einen möglichst geräumigen Rucksack – natürlich alles in grüner Farbe – zu erwerben. Doch mitnichten, lieber Freund, da irrst du ganz gewaltig. Solches mag vielleicht in manch anderen Teilen der Welt seine Gültigkeit haben, im traditionsreichen Österreich aber ganz bestimmt nicht.

Dabei hast du sicher noch gar nicht bedacht, daß für jede Jagdart sowie Witterung eine gesonderte Bekleidung erforderlich sein wird. Doch davon später noch mehr. Beginnen wir gleich bei der Anschaffung der für dich nötigen Gewehre. Da wäre einmal ein Schrotgewehr für die Niederwildjagden, ferner ein Kugelgewehr für größeres Wild, ein etwas leichteres für anstrengende Bergtouren, eines fürs Gebirge, das noch auf weite Entfernungen möglichst punktgenau schießen und natürlich auch treffen kann, sowie ein Schonzeitgewehr kombiniert für Kugel und Schrot. Von der notwendigen Anzahl der verschiedensten Patronen und Kaliber für das jeweilige Jagdgewehr einmal ganz abgesehen, könnte sich auch der eventuelle Erwerb einer Handfeuerwaffe für dich sehr günstig auswirken. Diese dann bei nächtlichen Sauansitzungen immer mitzuführen, wäre sehr ratsam, da du ja stets mit einer möglichen Nachsuche rechnen mußt, in der du dann im dichten Unterholz in die prekärsten Situationen kommen könntest, sollte dich ein erzürnter Keiler oder eine Bache stellen und dich „annehmen“. Weiters brauchst du ein gutes Fernglas sowie ein Spektiv zum genauen „Ansprechen“ des Wildes, wenn du auch über eine längere Lernzeit hindurch nichts oder zumindest nicht viel sehen wirst, da das „Schauen“ mit dem Spektiv eine eigene Geheimwissenschaft darstellt.

Auch verschiedene Lockpfeifen sind natürlich vonnöten sowie ein Horn für den Hirschruf, den du das ganze Jahr über sehr fleißig üben mußt, auf daß der begehrte Hirsch deines unkundigen Gebrülls wegen nicht vor dir davonläuft, anstatt dich für einen zu bekämpfenden Rivalen zu halten. Eine für dich sehr nützliche Kleinigkeit nicht zu vergessen. Erwirb auch einen speziellen schlagfesten Wecker, dem eine rüde Behandlung möglichst nichts ausmacht, da du dich in Hinkunft daran gewöhnen mußt, nicht wie andere Menschen erst um sieben oder acht Uhr früh dein Tagwerk zu beginnen, sondern ziemlich oft bereits so gegen zwei oder drei Uhr morgens äußerst unwirsch aus den „Federn“ zu krabbeln. Den sehr wichtigen Pirschstock möchte ich bei dieser Gelegenheit auch gleich erwähnen; er wird dir nicht nur bergauf eine hilfreiche Stütze sein, sondern dich auch – nach dem Erlernen der Handhabung – bei steilen Abhängen vor so manchem Sturz oder gar Arm- oder Beinbruch bewahren. Ferner brauchst du selbstverständlich Taschenlampen in den verschiedensten Größen sowie eine genügende Anzahl von Reservebatterien, denn boshafterweise ermatten und erlöschen sie schließlich immer dann, wenn du sie am dringendsten benötigen würdest.

Dann hätten wir noch den zusammenfaltbaren Dreibeinhocker, den überall dorthin mitzunehmen – und auch zu gebrauchen –, wo ein längerer Ansitz erforderlich ist, ich dir besonders anraten würde, so du in späteren Jahren nicht von Ischias und sonstigen „Jägerleiden“ geplagt werden willst. Wenn dir an deinen Gewehren – die dich ja immerhin eine Menge Geld gekostet haben – liegt, wären ein normaler sowie ein zusammenlegbarer Putzstock – des bequemeren Transportes wegen –, Putzwatte und eine genügende Menge Waffenöl sehr zu empfehlen. Solltest du jedoch dein Gewehr liebevoll

damit gepflegt haben, vergiß vor dem Gebrauch nie, das eventuell noch vorhandene Öl im Lauf sorgsam zu entfernen; der Erfolg deiner stundenlangen Gewaltmärsche könnte sonst durch einen ungewollten Hochschuß zunichte gemacht werden. Für die Winterjagden im Gebirge wären da noch Schneebretter, feste Bergschuhe, spezielle lange Gamaschen sowie mindestens zwei einfach zu bedienende Taschenwärmer – die du auch zum stundenlangen Ansitzen auf Sauen dankbar verwenden wirst – vonnöten. Und ganz besonders wichtig ist ein riesiger Rucksack mit genügend Platz für den Proviant, das „Erste Hilfe"-Paket, verschiedene variable Utensilien, die bereits erwähnten Taschenlampen mit Ersatzbatterie sowie einen Satz Wäsche zum Wechseln, da du – schon des Inhalts wegen – ganz schweißnaß an deinem Ziel ankommen wirst.
Zu erwähnen wären noch hohe Pirschschuhe für den Wald sowie Moonboots für einen länger dauernden Ansitz in der kalten Jahreszeit. Auch warme Stiefel gibt es in großer Auswahl und diversen Ausführungen. Achte dabei aber nicht so sehr auf das schneidige äußere Aussehen, sondern vielmehr auf die Funktionstüchtigkeit, es könnte sonst leicht geschehen, daß du dir in den guten Stücken die Zehen abfrieren wirst. Überhaupt Stiefel. Du brauchst noch ein Paar wasserdichte Stiefel und am besten gleich eine gummierte Hose dazu, deren dringende Notwendigkeit du spätestens nach der ersten herbstlichen Niederwildjagd bei Regenwetter und dem Durchwaten von kniehohen Rübenfeldern erkennst. Bei dieser Gelegenheit komplettierst du dich auch gleich mit einer guten Schweißweste, willst du nach dieser Jagd nicht eine von Blutergüssen dunkelblau-rotgezeichnete – meist rechte – Körperoberseite dein eigen nennen.
Ein eigenes Kapitel betreffen die Hüte. Am besten, du schaffst dir einen Hut für Regen und Schnee, dazu eine warme Pelzkappe, einen Hut für trockenes Wetter, der etwas leichter sein darf, und auf jeden Fall noch einen zünftigen Strohhut gegen die sommerliche Hitze an. Als erlaubte Farben darfst du grün, grün und dann vielleicht noch grau oder braun wählen. Wegen des erforderlichen Hutschmuckes brauchst du dir dagegen weit weniger Sorgen zu machen, denn dieser wird sich mit der Zeit ganz von selber ergeben und hängt nicht unwesentlich von deinem künftigen Jagdglück ab, da ein echter „Grünrock" seine Kopfbedeckungen nur mit selbsterbeuteten Trophäen ausstattet.

Nach diesem kleinen Streifzug durch die „Hardware", welcher keinen Anspruch auf Vollständigkeit erhebt, kommen wir nun zur jagdlichen „Software", sprich Bekleidung. Ich würde vorschlagen, wir wählen fürs erste einen festen Pirschmantel, einen Lodenumhang, der dich und dein Gewehr bei Wind und Wetter schützen wird, diverse warme und leichte Hemden, Thermowäsche für den Winter, einige Paare kurze sowie lange Wollstutzen, welche über die Knie hinaufreichen, Strickwesten, Pullover, spezielle Jagd-Handschuh-Fäustlinge mit herabklappbarem Schießfinger, kurze Wollsocken, viele Taschentücher – welche du zum Abtrocknen deines Schweißes noch brauchen wirst – sowie diverse Joppen und Jacken mit und ohne Pelzfutter. Denke da bitte nicht daran, durch auszippbares Innenfutter vielleicht etwas sparen zu können, denn bereits nach dem ersten Mal, wo du es entweder nicht heraus oder nicht mehr hineinbringst, gibst du resigniert auf. Dazu möglichst noch einen warmen Sauansitzsack, alles grün natürlich wegen der Tarnung, und Hosen, Hosen, Hosen… Lange Hosen, Kniebundhosen, in Schnürlsamt, in leichtem Stoff, in schwerem Loden, doppelbödig verarbeitet für kalte Tage und selbstverständlich im klassischen Hirschleder. Diese sollen im Winter warm, im Sommer dagegen kühl und so überhaupt ideal für alle Zwecke sein. Was du auch gläubig hinnimmst, jedenfalls bis zum ersten Gewitter, bei dem dieselbigen und auch du patschnaß werden, worauf sie eine ganze Woche zum Trocknen brauchen. Wehe, wenn du da keine Ersatzhose mit hast oder sie – der Eile wegen – zu nahe an den heißen Kachelofen hängst. In Hinkunft könntest du sie dann nämlich immer aufstellen

anstatt legen, so bockig wären sie dadurch geworden. Bist du nun aber auch noch ein Petrijünger, und viele Jäger sind dies, brauchst du außerdem noch diverse Angelruten, Fliegen, Köder, einen Casher, verschiedene Behälter, hohe Fischerstiefel sowie eine spezielle Fischerjacke, wo der ganze sonstige Kleinkram untergebracht werden kann, selbstverständlich eine Fischerkarte und dann noch die Fischereierlaubnis für ein Gewässer. Du denkst vielleicht, ich habe mit meiner Aufzählung ganz gewaltig übertrieben, und es sei alles nur Jägerlatein? Nun, du wirst selber sehen, daß du – auch bei der sparsamsten Anschaffung – im Nu ein paar Wagenladungen von diversen Gegenständen, Kleidungsstücken sowie Stiefeln und Schuhen beisammen hast. Schwant dir schon Böses, lieber Freund der grünen Zunft? Du wirst, falls du ein Heim in der modernen Zwei Zimmer plus Nebenräumen-Größe hast, an einen baldigen Umzug in ein entsprechend größeres denken müssen, und solltest du gar ein nettes Häuschen dein eigen nennen können, plane bitte rechtzeitig den nötigen An- bzw. Umbau – du ersparst dir später viel Ärger dadurch. Es ist nämlich nicht anzunehmen, daß deine bessere Ehehälfte sehr erfreut darüber sein wird, wenn du sie langsam aber sicher aus fast allen Schubladen und Kästen verdrängst, weil du ständig in Platznöten bist. Der große Krach wäre dann letzten Endes unausweichlich und sei gewiß, daß du dabei bestimmt den kürzeren ziehen würdest.

Kaiser Franz Joseph war ein treffsicherer Waidmann, obwohl er in seinen jagdlichen Anfängen alles andere als ein Meisterschütze gewesen ist. Seinen ersten Gamsbock erlegte der jugendliche Erzherzog im Spätsommer 1843 am „Hohen Schrott“ bei Ischl unter der Pirschführung von Waldmeister Rupert Pichler. Eine genaue Beschreibung dieses Jagdtages verfaßte Kaiser Franz Joseph selbst. Der Aufsatz befindet sich in den „Deutschen Aufsatzheften“ aus der Schulzeit des Kaisers, die in der k. u. k. Familien-Fideikommißbibliothek in Wien, in der neuen Hofburg, aufbewahrt werden.

BESCHREIBUNG DER GEMSENJAGD AM HOHEN SCHROTT

„Schon lange freute ich mich auf diese so interessante Belustigung, denn niemals hatte ich einer Gemsenjagd beigewohnt. Die Hoffnung, eines dieser Tiere zu erlegen, war fest in mir zum heißen Wunsche geworden. Den Vorabend des großen Tages übte ich mich im Scheibenschießen, welches aber so schlecht ausfiel, daß ich ganz niedergeschlagen war. Abends fing es an zu regnen und ich verzweifelte ganz an der bevorstehenden Jagd. Doch wie erstaunte ich am anderen Morgen, als man mich um vier Uhr früh aufweckte und sich das Wetter mußte gebessert haben. Es war auch so; zwar war der Himmel nicht ganz rein, doch zu einer Gemsenjagd geeignet. Nach einem kurzen Frühstücke fuhren wir um halb fünf Uhr morgens von Ischl ab und kamen um fünf Uhr am Versammlungsplatze an, wo uns die übrigen Herren schon erwarteten.

Den Hohen Schrott, den Berg, von welchem die Gemsen heruntergetrieben wurden, vor uns, schritten wir durch ernste Tannenwälder rüstig fort und kamen nach einer Stunde an den Ort der Jagd. Die acht Stände der Schützen bildeten einen rechten Winkel; in dem Scheitel des Winkels teilten wir uns, nur drei Schützen, unter denen ich war, stiegen links weiter. Man stellte uns vor einen aus Geröll gebildeten Graben, in dessen Grunde sich große Steine befanden. Wir selbst standen im Walde und die andere Seite des Grabens war mit Bäumen und Krummholz bewachsen. Vor uns lag das hohe Schrottgebirge ausgebreitet und links von uns sahen wir einen kleinen Berg, über welchen die Gemsen kommen sollten. Von meinem Stande aus konnte man wegen der Bäume keinen der anderen Stände ausnehmen.

Eine Stunde mußten wir warten, während welcher ich oft einen sehnsuchtsvollen Blick nach dem linksliegenden Berge warf, doch nichts war zu sehen.

Endlich ertönte das Jauchzen und das Lärmen der Treiber, welches sich in vielfältigem Echo wiederholte; bald darauf erblickten wir etwa sieben Gemsen, welche auf dem vielbeobachteten Berge herumstiegen und bald stutzend das Gelärme der Treiber belauschten, bald in großen Sprüngen abwärts gegen die Schützen liefen, bald wieder, durch das Echo getäuscht, sich aufwärts gegen die Treiber bewegten. Diese kamen schon näher und jagten dadurch die Gemsen, deren Zahl gewachsen war, den Schützen zu.

Schon hörte ich einen Schuß, schon vernahm ich das Rollen der durch die Gemsen in Bewegung gesetzten Steine; meine Aufmerksamkeit spannte sich immer mehr und der Wunsch, wenigstens e i n e Gemse zum Schusse zu bekommen, wurde immer heißer. Mein Nachbar hatte schon einen Schuß getan, da hörte ich das Laub sich bewegen, ich spannte den Hahn meines Gewehres, eine Gemse erschien leicht und flüchtig auf der entgegengesetzten Seite des Grabens, ich wartete, bis sie sich besser zum Schusse stellen würde, und währenddem verschwand sie im Walde. Ich war ganz unglücklich und fürchtete, nun würde sich nichts mehr zeigen.

Nach einiger Zeit rauscht es wieder mir gegenüber und zwei Gemsen mit einem Jungen durcheilen im vollsten Laufe den Graben. Ich schieße, doch alle drei Gemsen laufen frisch und gesund neben mir in den Wald. Während allem diesem fielen immer einzelne Schüsse, das Geschrei der Treiber und das Rollen der Steine dauerte fort. Ich wartete einige Zeit; da kommt ein Gamsbock in leichten Sätzen einhergesprungen, von Zeit zu Zeit die

Fred Thomas Smith

Ohren spitzend. Als er uns gewahrte, blieb er plötzlich ganz nahe vor uns auf dem Gerölle, und zwar auf unserer Seite des Grabens stehen. Ich feuerte, und in den vorderen Lauf, so nennt man in der Jägersprache den Fuß, getroffen rollte er in den Graben und wollte sich schon auf der anderen Seite desselben hinaufschleppen, als ihm ein Schuß aus einem zweiten Gewehr den anderen Vorderlauf abschoß. Nun konnte er nicht mehr weiter, und um ihn zu töten, zielte ich zum dritten Male; doch statt der Platte (denn wenn diese „berührt" wird, ist das Tier auf der Stelle tot) traf ich den Bauch und, aus den drei Wunden blutend, blieb das arme Tier, noch immer lebend, während der ganzen Jagd liegen. Meine ganze Freude, daß mein lange gehegter Wunsch sich erfüllt hatte, war ungeheuer, so daß ich fast zu laut wurde, ich dachte nicht mehr daran, daß noch Gemsen kommen könnten; alsogleich steckte mir auch der Jäger einen Tannenzweig als Zeichen, daß ich eine Gemse geschossen hatte, auf den grünen, mit Federn geschmückten Hut, eine Kopfbedeckung, deren sich fast jeder Gemsjäger bedient, da weiße Hüte die Gemsen schrecken und verscheuchen.
Die Treiber konnte man schon sehen, und ihr Getöse erscholl immer näher; es fielen noch einzelne Schüsse. Ein ganz junges Rehkitz zeigte sich mir gegenüber, doch sehr weit; ich drückte los und das Reh blieb unversehrt stehen; der mir beigegebene Jäger schoß auch und fehlte ebenfalls. Die schon ganz nahe herangerückten Treiber riefen bald, ein Rehkitz befinde sich in den Sträuchern verborgen, und dasselbe kleine Tier erschien wieder, doch noch weiter; mein Gewehr knallte wieder, doch hatte ich wieder gefehlt, vielleicht hatte mein Schuß nicht einmal so weit gereicht.
Nun war die Jagd beendet. Ich und meine Jäger, wir stiegen in den Graben, um die Gemse zu töten. Ich gab ihr einen Schuß in das „Platt", der Jäger aber einen Stich in den Kopf und Treiber trugen sie uns noch zu dem untersten Stande, wo man sich versammelte. Fünf Gemsen waren von fünf Schützen getötet worden; keine große Anzahl für neun Schützen und vielleicht dreißig Gemsen. Drei derselben lagen auf dem Platze, zwei aber mußten erst später mit Hunden gesucht werden. Auf demselben Weg zurückkehrend, trafen wir um halb 12 Uhr mittags in Ischl ein.
Den September 1843."

Seit diesem Jagderlebnis wurde die hohe Jagd in freier Wildbahn das Lieblingsvergnügen und die einzige Erholung des Kaisers. Es waren ihm keine Strapazen zu groß, wenn sie einem Pirschgang auf Hirsche oder einer Treibjagd auf Gemsen im Hochgebirge galten. Ohne sichtliches Anzeichen einer Anstrengung kletterte er über Steingeröll und schmale Stege, tosende Wildbäche entlang und die steilen Bergwände hinauf zu seinem Stand, den er sich selbst stets so hoch wie möglich wählte. Die leichter zu erreichenden Plätze überließ er seinen Jagdgästen. Den besten Stand trat der Kaiser häufig seinem Schwiegersohn, Prinz Leopold von Bayern ab, der wie sein Vater, Prinzregent Luitpold von Bayern, zu den sichersten Schützen der Jagdgesellschaft zählte. Bisweilen watete der Kaiser bis an die Knie durch den Schnee, ohne auf die Eiszapfen zu achten, die bald von seinem Barte niederhingen. Er ließ sich auch in Gemütsruhe vom herabströmenden Regen bis auf die Haut durchnässen, denn das berühmte „Kaiserwetter" stellte sich zur Herbst- und Frühlingszeit droben im Gebirge nicht allzu pünktlich ein. Franz Joseph wußte, daß der Genuß einer Hochgebirgsjagd nur unter Mühen errungen werden konnte, und selbst wenn sich bei der Streckenlegung herausstellte, daß alle Anstrengungen vergeblich waren, daß das Jagderlebnis, durch die schlechte Witterung oder sonstige Zwischenfälle beeinflußt, kein günstiges zu nennen war, blieb seine Laune ungetrübt. Ja, er fand sogar muntere Scherzworte, um seine Begleiter und das niedergeschlagene Jagdpersonal zu trösten. Nur etwas war imstande, ihm die Stimmung zu verderben, wenn er nämlich merkte, daß die Ortsbehörde Maßnahmen zu seiner

persönlichen Sicherheit getroffen hatte. Dann machte ihm die Jagd kein Vergnügen mehr. Als ihm einmal der Bezirkshauptmann von Eisenerz den Schutz der Sicherheitsorgane anbot, erwiderte der Kaiser unwillig: „Ist gar nicht nötig! Meine Steirer sind brave Leute, die tun mir gar nichts." Auch bei der abendlichen Besichtigung der Strecke war der einheimischen Bevölkerung der Zutritt nicht verwehrt, und oft umringte den Kaiser dabei eine so dichte Menge, daß es zu argem Stoßen und Schieben kam. Bei einer derartigen Gelegenheit war es auch einmal, daß der „Allerhöchste Jagdherr" einen kleinen kecken Kerl von höchstens fünf Jahren bemerkte, der sich mit Gewalt zwischen den Beinen der Erwachsenen durchdrängen wollte. Schnell trat der Kaiser auf ihn zu, hob ihn mit sicherem Griff aus der erstaunt zurückweichenden Menge heraus und sagte: „Tretet mir meinen kleinen Steirer nicht zusammen!" Dann setzte er das verdutzte Bürschchen abseits vom Gedränge wieder zu Boden.

Mit einem Staatsbesuch aus Rußland hatte Kaiser Franz Joseph allerdings Ärger, und zwar als er im Jahre 1903 Zar Nikolaus II. zu einem Gamsriegler nach Mürzsteg einlud. Dem alten Kaiser und passionierten Jäger verschlug es fast die Sprache, als die russischen Gäste am Versammlungsort mit Flinten, Büchsenspannern und Munitionsträgern erschienen (Flinten werden für die Jagd auf Nieder- und Flugwild verwendet).

„Was ist das?" wandte sich Franz Joseph an seinen Adjutanten, „wollen die Krähen schießen?"

Die aufgeregte Diskussion zwischen den beiden Adjutanten der Monarchen endete in schallendem Gelächter. Die Dolmetscher des Zaren hatten nämlich die mündlich überbrachte Einladung zur *„Gemsenjagd"* mit *„Gänsejagd"* übersetzt. Erst als der eilige Hofzug aus Wien die richtige Bewaffnung für die hohen Gäste herbeigeschafft hatte, konnte der Gamsriegler mit einer vierundzwanzigstündigen Verspätung begonnen werden.

Die Jagdbekleidung Kaiser Franz Josephs war von denkbar größter Einfachheit und nur bedacht auf Zweckmäßigkeit. Eine Lokalchronik vermerkt einen Besuch im Jagdschloß am Offensee:

„Der Kaiser hatte über ein lila und weiß quadrilliertes feines Flanellhemd die Joppe umgeschlagen; er trug ein rotes Halstuch, die stark abgenützten kurzen Gamsledernen, die Knie nackt, während der Gamsbart allein den Hut zierte."

Kein Wunder also, daß diese bescheidene Jagdkleidung sehr oft Anlaß zu belustigenden Verwechslungen gegeben hat, wie die zahlreichen in den kaiserlichen Jagdrevieren verbreiteten Anekdoten beweisen.

Eine weitere Begebenheit, die Kleidung betreffend, erzählt folgende Geschichte:

Anläßlich eines Ausfluges wurde der Sicherheitsdienst um den Herrscher von den Grafen Hoyos und Wurmbrand Stuppach durchgeführt. Das gräfliche Jagdpersonal sicherte deshalb jene Wege ab, die der Monarch zu benützen beabsichtigte. Der Kaiser, nicht nur in Fragen militärischer Bekleidung sehr penibel, rief, als er den ersten Sicherheitsbediensteten erblickte, entsetzt aus: „Ja, da steht schon ein Jäger. Der hat aber blaue Gatien (lange Unterhosen) zur Lederhose an. Das kann ich nicht leiden. Nur nackte Knie gehören sich für einen Waidmann." Mehrmals auf der Strecke bemerkte Franz Joseph unwillig den Kopf schüttelnd: „Schon wieder einer in Unterhosen." Bei dem anschließenden Empfang hatte die Jägerschaft gehofft, dem Monarchen vorgestellt zu werden. Der Kaiser aber ließ sie – der „Gatien" wegen – vollständig außer acht.

Daß Kaiser Franz Joseph aber auch gesunden Humor besessen hat, beweist eine Geschichte, die Rudolf Püchel, der Leibjäger Kronprinz Rudolfs, niedergeschrieben hat. Es handelt sich dabei um eine Jagd auf Fischotter in Laxenburg. Püchel schreibt: *„Der Kronprinz arrangierte aus diesem Anlasse* (gemeint ist der Besuch des Kaisers beim Kronprinzenpaar in Schloß Laxenburg. Anm. d. A.) *eine Fischotterjagd. Er hatte schon im Sommer 1882 einen Fischotterjäger mit den Hunden aus Hannover nach Reichstadt beziehungsweise Prag kommen lassen*

und nach Laxenburg mitgenommen. Gelegentlich wurde nun ein Otter bestätigt. Der Kronprinz gab mir dann den Befehl: „Seine Majestät werden auf den Otter jagen. Fahren Sie mit drei Gewehren – zwei für seine Majestät, eines für mich – hinaus und erwarten Sie uns ab zwei Uhr auf der Achauerstraße beim Brückl." Ich bestellte telefonisch meinen Wagen im Hofstall, nahm die erforderlichen Jagdrequisiten an mich, erwartete vor dem Schlosse den Wagen, welcher bald erschien, und fuhr nach dem „Brückl". Eine halbe Stunde später erschienen der Kaiser und der Kronprinz. Dieser frug: „Püchel, ist der Otter noch da?" „Kaiserliche Hoheit, nach dem Verhalten der Hunde ist dies anzunehmen." Der Kronprinz frug weiter: „Wohin sollen sich Seine Majestät begeben – ich werde mich zum letzten Baum stellen." Als wir vorsichtig zum Kaiserstand gekommen waren, verlangte der Kaiser das Gewehr und die beiden Hohen Jäger flüsterten sich ein „Waidmannsheil!" zu. Kaum war der Kronprinz bei seinem Stand angekommen, begann die Jagd. Das Wasser des etwa vier Meter breiten Schwechatbaches zog schleichend ab, da er ein geringes Gefälle hat. An jener Stelle, wo ein langer, starker Weidenast auf dem Wasserspiegel auflag und bis in die Mitte des Baches reichte, kreiste langsam ein kleiner Wirbel. Plötzlich bemerkte ich an dieser Stelle etwas, was wie eine Nußschale aussah. Kaum hatte ich diesen Gegenstand wahrgenommen, tauchte der Kopf des Otters auf. Kaum hörbar flüsterte ich dem Kaiser zu: „Der Otter ist vor Eurer Majestät – bitte recht vorsichtig." Der Kaiser frug ebenso leise: „Wo?" „Bei dem Weidenast auf dem Wasserspiegel." Mit den ganz leise geflüsterten Worten: „Ich seh ihn schon", stieß der Kaiser ein wenig mit dem Gewehrlauf an einen winzigen, dürren Weidenzweig, der abbrach. Das schwache Geräusch genügte, den Otter zu veranlassen unterzutauchen. Der Kaiser, sich umwendend, sprach: „Püchel, das heiße ich Pech, aber auch Ungeschicklichkeit – hätten Sie schießen können?" „Sehr gut!" „Glauben Sie, daß ich noch zu Schuß komme?" „Majestät, es ist nicht ausgeschlossen, die Hunde jagen den Otter noch." Nach Verlauf von etwa fünf Minuten sah ich an derselben Stelle, wo der Otter aufgetaucht war, abermals einen Gegenstand, der ähnlich der Otternase, jedoch größer war. Ich zeigte ihn dem Kaiser, dieser frug: „Püchel, glauben Sie, daß das die Nase eines Otters ist?" „Majestät, mir erscheint er für eine Otternase zu groß."
Da dieser geheimnisvolle Gegenstand sich immer bewegte und ab und zu untertauchte, um gleich wieder zu erscheinen, so glaubte der Kaiser, den Otter wieder vor sich zu haben. Er bemerkte: „Da es Menschen gibt mit abnorm großer Nase, warum soll das bei Fischottern nicht auch der Fall sein? Ich sah kürzlich einen Wiener Fiaker, dessen Nase aussah wie eine große Kartoffel." Und mit den Worten: „Ah, nicht geschossen ist auch gefehlt", brachte der Kaiser das Gewehr in Anschlag, während ich dem Hohen Schützen noch schnell zuflüsterte: „Majestät, bitte unter der Nase nehmen!" Der Schuß krachte, die Otternase flog in die Luft und fiel wieder unten auf den Wasserspiegel. Ich eilte dorthin, fischte sie mit einer Weidenrute heraus und reichte sie dem Kaiser. Dieser rief überrascht und lachend aus: „Das ist ja ein Champagner-Pfropfen!" Nach dem Schusse kam der Kronprinz zum Kaiser gelaufen und rief aus einiger Entfernung: „Majestät, kann ich zum Otter gratulieren?" Der Kaiser ging seinem Sohn lachend entgegen und zeigte ihm den Korkenpfropfen als Jagdbeute. Dann erzählte er ihm herzlich lachend seine Erlebnisse, wie ich sie eben schilderte. Als der Kaiser geendet hatte, fügte er noch hinzu: „Aber es ärgert mich doch sehr, daß ich mir den Otter verpatzt habe – es wäre mein erster gewesen."

Kronprinz Rudolf jagte sehr gerne im Lainzer Tiergarten. Er war ein leidenschaftlicher Jäger und als passionierter Ornithologe liebte er besonders die Jagd auf Flugwild. Er bevorzugte gute Trophäen und große Strecken. So hat er während dreier Wagenpirschen hintereinander 52 Rehböcke geschossen. Auf seiner Orientreise ging die Wildstrecke wahrscheinlich in die Tausende. Leibjäger Rudolf Püchel beschreibt: „Eine Wagenpirsche im k. u. k. Tiergarten", wo Erzherzog Franz Ferdinand nicht gut wegkommt:

„Vor Beginn der Pirschfahrt im Auhof verlangt der Kronprinz von mir drei Zündhölzchen. Von einem derselben brach er den vierten Teil der Länge, vom

zweiten die Hälfte ab. Das dritte beließ er in seiner ganzen Länge, dann sprach er zu den Erzherzogen: Wer das längste Hölzchen zieht, hat den ersten, das mittellange den zweiten, das kurze den dritten Schuß. Die Pirsche begann. Es dauerte nicht lange, als ich drei Stück Kahlwild in einem alten Eichenstande stehen sah. Ich machte Erzherzog Franz Ferdinand, der das längste Hölzchen gezogen hatte, aufmerksam. Der Erzherzog brachte das Gewehr in Anschlag und gab im selben Moment einen Schuß ab, als das Wild flüchtig abging. Ich ging zum Anschuß und den Fährten des Wildes zirka 300 Meter nach, ohne Schweiß gefunden zu haben. Als ich zurückgekehrt war und dies gemeldet hatte, wurde die Fahrt fortgesetzt. Dies hatte kaum fünf Minuten gedauert, als ein Rudel Hochwild flüchtig unseren Weg kreuzte und nach ungefähr 100 Schritten in einem alten lichten Eichenbestande stehen blieb. Wir fuhren weiter und in dem Moment, als der Kronprinz den Erzherzog Otto (Erzherzog Otto war der Großvater des Dr. Otto Habsburg und soll immer zu lustigen Streichen aufgelegt gewesen sein), *welcher das mittellange Hölzchen gezogen hatte, auffordern wollte, sich schußbereit zu machen, sprang Franz Ferdinand aus dem Wagen und gab zwei Schüsse auf das Hochwild ab. Der Kronprinz sprang im Wagen auf und sagte: „Franzi, darauf war ich nicht gefaßt, Otto sollte schießen." Erzherzog Franz Ferdinand erwiderte: „Lieber Rudi, ich bitte dich um Verzeihung, ich dachte, ich darf so oft schießen, bis ich ein Stück auf der Decke habe." Der Kronprinz: „Lieber Franzi, auf diese Antwort war ich auch nicht gefaßt – sie ist naiv." Ich ging dann wieder zum Anschuß und mußte der Fährte jedes einzelnen Stückes nachziehen, da sich das Rudel nach allen Richtungen aufgelöst hatte. Als ich dem letzten Stück – einem Alttier, etwa 150 Schritte gefolgt war, fand ich Schweiß, jedoch sehr wenig, es war wahrscheinlich weidwund geschossen. Dasselbe war in einen jungen Buchenbestand eingezogen. Nachdem ich die Schweißfährte „verbrochen" hatte, eilte ich zum Wagen, um dem Kronprinzen das Endergebnis meiner Nachschau zu melden. Dieser erwiderte mißmutig: „So, das auch noch! Also fahren wir ins Hofjägerhaus Lainz – die Pirsche werden wir ein andermal fortsetzen." Als wir dort angekommen waren, erklärte ich dem Hofjäger genau, wo das kranke Wild eingezogen war mit dem Bemerken, daß der Bruch gut sichtbar sei.*
Nach kurzer Verabschiedung sprang der etwas verärgerte Kronprinz auf seinen Kutschierwagen – die Erzherzoge auf den ihren, um nach Wien zu fahren."
Oft war Kaiser Franz Joseph auch auf Jagd in Gödöllö, das die Stände Ungarns dem Königspaar als Krönungsgeschenk gewidmet hatten, einer der liebsten Aufenthaltsorte von Kaiserin Elisabeth, der Gattin des Kaisers. Ihr zuliebe, die eine passionierte Reiterin war, wurden hier öfters auch Parforcejagden abgehalten. Der Kaiser selbst jagte in Gödöllö auf Schwarzwild. Außer diesem gab es um Gödöllö auch einen großen Rotwildbestand, besonders zahlreich war aber der Niederwildbesatz. So wurden in den sieben Revieren des Gebietes vom 1. Februar 1905 bis zum 31. Jänner 1906 insgesamt 4.880 Hasen, 4.228 Rebhühner und 2.080 Kaninchen erlegt. Um sich eine ungefähre Vorstellung von einer Jagdsaison auf einem ungarischen Schlosse machen zu können, soll ein lokaler Chronist zu Worte kommen:
„Im Spätherbst, nachdem die reiche Ernte eingebracht ist, finden meist grosse Jagden statt und werden oft eine stattliche Anzahl erlesener Gäste geladen, welche dann ein frisches, frohes Leben in die sonst so stillen Hallen des Herrensitzes bringen.
Ochsenfleisch wird wohl in erster Qualität aus der Großstadt bezogen, während die weitere Abwechslung am Platze oder in der Nähe geboten wird.
Die herrschaftlichen Jäger sind fleissig bemüht, alles geniessbare Wildpret zu erlegen.
Der Maierhof liefert Kälber, Schweine, Ferkel, Lämmer und Hammel, sowie täglich zweimal frische Milch, Butter und Eier.
Die Fischteiche liefern Fische, soweit Fogas, Aale, Rutten, Hechte und Welse in Betracht kommen.
Delikatessen, Raritäten, sowie sonstige Marchandise

muss der Koch in der nächsten Stadt ankaufen oder von der Hauptstadt kommen lassen.
Sind die Gäste alle anwesend, so beginnen diese ihr Tagwerk mit einem Frühstück, welches sie alle gemeinschaftlich im Speisesalon einnehmen. Um für die Strapazen der Jagd gestärkt zu sein, muss dieses sehr opulent sein.
Da die Geschmacksrichtungen so vieler Anwesenden verschieden sind, so muss diesen auch Rechnung getragen werden und die Auswahl eine reichliche sein. Thee, Kaffee, Schocolade, Cacao, Bouillon, figurierten als Getränke. An warmen Gerichten werden grillirter englischer Speck, kleine Steaks und „Pommes de terre frites", Pasteten und englische Grillagen aufgetragen. Kaltes Fleisch und Geflügel, roher und gekochter Schinken, Szegediner Paprika-Speck, ungarische Salami, sowie kalte Pasteten sind in grosser Menge vorhanden. Auch weich gekochte Eier und solche pochirt werden verlangt. Marmeladen, Gelées, sowie Honig und Butter steht in grosser Auswahl auf dem Tische.
Süsses und gesalzenes Gebäck, gebähtes, frisches und butterbestrichenes Brot, sowie Trauben vervollständigen das Ganze.
Nach diesem Frühstück geht es „zu Ross und zu Wagen hinaus zum fröhlichen Jagen".
Das „Déjeuner á la fourchette" wird auf dem Felde eingenommen, wo unter einem grossen Zelte die Tafel gedeckt ist. Das Menü ist sehr einfach und fast allerorts das gleiche. Schöpsen-Pörkölt, Marhagulyás, Reh-, Hirsch- oder Hasenpaprikasch sind meist gang und gäbe. Sodann eine tortenartige Patisserie und frisches Obst.
Die Speisen werden im Schlosse halb gar gekocht und dann, oft meilenweit, über Felder geführt. Am Sammelplatze macht sie ein Gehilfe oder eine Gehilfin des Chefs gar und richtet sie an, worauf die Gerichte den Herrn von den Jägern kredenzt werden. Ist das Halali verklungen und die Herrschaften wieder im Schlosse angelangt, so ruft sie die Glocke um 7 bis 7 1/2 Uhr zum Diner.
Dasselbe entschädigt die Jagdteilnehmer in splendidester Weise. Es sind kleine Galadiners, welche man aus diesem Grunde veranstaltet. Sieben bis zehn Gänge der erlesensten Gerichte in regelrechter Reihenfolge kommen auf den Tisch.
Eine schmeichelhafte Zigeunermusik sorgt für die weitere Würze.
Selbstverständlich figurieren die Tiere des Feldes, des Waldes und des Sumpfes in erster Linie.
Auf solche Weise vergehen acht bis vierzehn Tage und muss für jeden Tag das Menü gleich sorgfältig sein und der Situation angepasst werden.
Zwei bis dreimal während dieser glänzenden Saison wird ein Ball arrangiert und ein kleines Büffet aufgestellt.
Eine Abwechslung besonderer Art bringt für einen Tag das Taubenschiessen, bei welchem Hunderte dieser Tiere fallen, um zuerst den Herrschaften zur Unterhaltung, sodann zur Speise zu dienen.
In verschiedenster Zubereitung von der „Essence des pigeons" bis zum „Pigeonneau roti" erreichen diese armen Tierchen ihren Endzweck.
Meist würzt frohe Laune die Speisen im hohen Maße und der Koch erntet neben klingendem Lohn auch wohlverdientes Lob. Nicht jeder ist einer solchen Aufgabe gewachsen und ist es meist ein besonderes Genre von Köchen, welche man zu diesem Zwecke engagirt und gut honoriert."

Wer die ungarische Küche kennt, der weiß, wie vorzüglich Wildbretgerichte in diesem Land zubereitet werden.

Der Winter wollte wieder einmal gar nicht weichen. Noch Ende April bogen sich die Äste der Bäume unter der überreichen Schneelast, und Telegraphenmaste knickten um wie Zündhölzer. Was mochte da aus meinem Hahn werden? „Zu Pfingsten kannst am Kloan Hahn kemma", hatte mir Freund Sepp gesagt, und bis dahin waren es kaum noch vierzehn Tage. Mir schwebte natürlich eine Balz vor, wie man sie oft in Büchern beschrieben findet: Eine grüne Alm, mit Frühlingsblumen übersät und einigen wenigen Schneeflecken, auf denen der Kleine Hahn seine temperamentvollen Balzsprünge vollführt. Träume. Die Wirklichkeit sah doch ein wenig anders aus.

Am Tag meiner Abreise war das Schneetreiben besonders arg, aber bereits in Salzburg hatte der Schneefall aufgehört, und als ich in Schwaighof aus dem Autobus stieg, wagte sich sogar die Sonne schon ein wenig aus der aufgelockerten Wolkendecke hervor. Im Bauernhaus erwartete mich der „Seppei", Sepps ältester Sohn. Er selbst aber war voraus nach Flachau gefahren. Es hatten sich mehrere ausländische Hahngäste angesagt, und Sepp wollte sich bemühen, den neugebauten Lift auf das Grießenkar in Gang zu bringen, denn ein Aufstieg wäre bei der hohen Schneelage nicht möglich gewesen. So „radelte" mich Seppei die paar Kilometer nach Flachau, wo sich bereits acht Jagdgäste mit ihren Pirschführern bei der Talstation versammelt hatten. Als Willkommenstrunk durfte ich einen Schluck aus einer fast schon geleerten Zweiliterflasche Obstler tun. Auf meinen bedeutungsvollen Blick hin wurde ich aufgeklärt, daß die Flasche nur deshalb bereits einige Male in der Runde „gekreist" sei, weil man den Mann noch nicht gefunden habe, der den Lift in Betrieb nehmen sollte. So gab ein Wort das andere und bald drehte sich das Gespräch nur mehr um die bevorstehende Hahnjagd. Mein Nachbar führte eine Bockbüchsflinte mit herrlicher Gravur, die schon einige Zeit meine Aufmerksamkeit erregt hatte. „Det Jewehr hab ik mir in Ferlach bauen lassen", erklärte mir sein Besitzer nicht ohne Stolz. „Schrot Kaliber 16, Kugel 7 × 57 R." Mit Schrot würde er auf der geräumigen Alm oben wohl nicht viel ausrichten auf den Kleinen, gab ich zu bedenken. Daraufhin war mein Gesprächspartner fast beleidigt. „Mensch, wo denkste hin. Denn hol ik mir mit der Kugel", und er zeigte mir eine Teilmantel-Rundkopf. Meinen Einwand, ob dieses Geschoß für den Kleinen Hahn wohl nicht zu brutal wäre, tat er mit einer geringschätzigen Handbewegung ab. „Det sag ik dir, die Kugel hat bei dem kleinen Körper gar keine Zeit, Schaden anzurichten. Da hab mal kene Sorge. Kaum is die Kugel drinn, is sie och schon wieder raus." Unser Gespräch wurde hier durch Sepp, der endlich mit dem Liftführer gekommen war, beendet. „Wie stehts mit den Hahnen?" lautet nach der Begrüßung meine erste Frage an ihn. „Net unguat", meinte er, „haun scho oa melden ghört." Das klang ja recht verheißungsvoll. „Paß auf", belehrte mich Sepp, „mir lassen die ganze Korona zerscht aufsitzen und fahren am Schluß, weil mir bei der Hütten abspringen." Diesem Abenteuer sah ich mit einiger Besorgnis entgegen. Wie hoch wir denn da hinunterspringen müßten, fragte ich vorsichtshalber. „So a vier, fünf Meter werden's schon sein", meinte er und entwickelte mir auch sogleich seinen Plan: Etwa 300 Meter unterhalb der Bergstation lag das Grießenkarhaus, in dem wir übernachten wollten. Damit wir aber unsere schweren Rucksäcke nicht so weit im tiefen Schnee hinuntertragen mußten, würden wir eben bei der Hütte abspringen. „I fahr als erscht", schlug Sepp vor, „und wann i abgsprunga bin, langst ma dei Gwehr und dein Buglsack oba und dann springst selber ab. Hinter deiner fahrt da Hias, der Hüttenwirt. Da kann da nix gschegen."

Nun, mir sollte es recht sein. Die ausländischen Gäste mußten noch ins Saukar hinüber. Nur zwei blieben in der Hütte von Sepps Schwager, die sich in der Nähe der Grießenkarhütte befand: Mein „Bockbüchsflinten-Gesprächspartner" von vorhin und sein Freund, ein Nichtjäger. Die meisten Jagdgäste schaukelten bereits in luftiger Höhe den Berg hinauf, und dann war die Reihe an uns. Wie ausgemacht, fuhr Sepp zuerst, ich in der Mitte und Hias, der Hüttenwirt, zum Schluß. Nach etwa 30 Minuten Fahrzeit begann Sepp vor mir unruhig am Sitz herumzurutschen. Er richtete sich zum „Absprung". Und nun schien er auch die richtige Stelle gefunden zu haben. Eine Wolke pulvrigen Schnees hob sich in die

Luft, Sepp war „gelandet". Jetzt ging alles sehr schnell. Zuerst mein Gewehr hinuntergereicht, dann den Rucksack und schließlich kam ich. Zuletzt hatte der Hüttenwirt zum „Aussteigen" angesetzt. Allzu viel war es ja nicht, was von uns noch aus dem Schnee ragte, und es kostete einige Mühe, bis wir uns zur Hütte vorgekämpft hatten. Mit der Geschicklichkeit eines routinierten Hüttenwirtes machte Hias in kürzester Zeit ein Höllenfeuer, während Sepp und ich Schnee für das Teewasser schmolzen. Eine mühevolle Arbeit, wie mir wohl jeder bestätigen wird, der es schon einmal versucht hat. Hias wußte aber bald Rat. Er schlug nämlich vor, das Schneegebräu mit „Zielwasser" zu verlängern, dessen Vorrat auf der Hütte schier unerschöpflich schien. Dies taten wir dann auch mit durchschlagendem Erfolg. Sepp war der erste, der mit hochrotem Kopf aufsprang, um sich Luft zu machen. „Wißts wos, hiatzt bsuach ma mein Schwogern. I muaß ma mit eahm sowieso ausschatzen, wo mir morgen fruah a jeder hingengan." „Du", sagte er zu mir, „nimmst dei Büchs mit. Kunnt leicht sein, daß uns a Fuchs in de Quer kimmt." Als wir die Hütte verließen, ging gerade die Sonne unter. „Morgen wirds schön", prophezeite Sepp nach einem prüfenden Blick zum Himmel. „Ja und daß i net vergiß, mir nehmen a glei a jeder a Bierkisten mit. De geben ma in Schirm eine, zum Draufsitzen für morgen."

Der Schirm war nicht weit von der Hütte entfernt. Sepp hatte ein Schneeloch ausgehoben, in dem wir beide bequem Platz fanden. Rundherum war Reisig zur Tarnung aufgesteckt. Nicht weit vom Schirm entfernt bückte sich Sepp plötzlich und hob eine winzige Feder auf. „Do schaug her", rief er erfreut aus, „do haben's graft, de Tuifeln. Do gengan ma morgen her." Der Besuch bei Sepps Schwager dauerte dann doch länger als geplant. Es wurden Hahnengeschichten erzählt und fleißig dem Vogelbeerschnaps zugesprochen, der, eine Spezialität des Landes, „soviel guat fürs Herz und gegen de Gripp" sein sollte, wie Sepps Schwager glaubhaft versicherte. Als wir dann endlich den Heimweg antraten, hatten wir wohl keinen Fuchs, dafür aber einen „Affen" bei uns. Bei einem kräftigen „Jagatee" als „Betthupferl", wie es Hias beschönigend nannte, hielt uns der Zauber des Hüttenlebens doch noch einige Stunden wach. Auf Mitternacht hat nicht mehr viel gefehlt, als wir unsere Schlafstätten aufsuchten. „Um halbe zwoa müaß ma wieder auf", sagte Sepp schon halb schlafend zu mir. „Stellst den Wecker, weil mir müassn im Schirm sein, bevor de Hahna munter wern." Dann drehte er sich auf die gute Seite und schlief schon. Nur ich lag noch eine Weile wach, in Gedanken an das kommende Erlebnis. Unbarmherzig riß uns der Wecker aus dem Schlaf. Das heißt vorerst mich, denn Sepp hörte ein wenig „hart", und es war gar nicht so einfach, ihn endlich wach zu bekommen. Hias schlief trotz unseres Gepolters tief und fest, sodaß uns Sepp den Tee brauen mußte. Tee ist eigentlich nicht der richtige Ausdruck, denn wir hatten ja jetzt noch weniger Wasser als am Vortag, und ich verdächtige Sepp heute noch, daß er nur den Schnaps aufgewärmt hat. Mit diesem „Kälteaustreiber" im Magen machten wir uns, jeder mit einer dicken Wolldecke unter dem Arm, auf den Weg. Mein Begleiter ging mit der Laterne voraus, ich folgte. Die Nacht war kalt und sternenklar. Schritt für Schritt tasteten wir uns vorwärts. Etwa 200 Meter vor dem Schirm löschte Sepp die Laterne.

Dann saßen wir, fest in unsere Decken gehüllt, auf den Bierkisten und warteten. Sepp war bald wieder eingeschlafen, und ich sollte ihn wecken, wenn die Hahnen einfielen. Es dauerte auch nicht lange – vom Kirchturm in Radstadt hatte es gerade drei Uhr geschlagen –, da hörte ich ein leises Blasen in nächster Nähe, wie mir schien. Ein Hahn! Sehen konnte ich nichts, denn es war noch zu dunkel. Jetzt wieder: Tschuchui! Tschuchui! Ich weckte Sepp. „Wird schon a Hahn sein", meinte er, „i hör halt amol nix." Einige Zeit war es still, dann ganz in der Nähe Schwingenschlagen und zorniges Blasen. Das hörte sogar Sepp. „Hiatzt rafen's." Es war inzwischen heller geworden, und plötzlich bekam ich auch den Hahn ins Glas. Es war ein wundervoller Anblick, wie er sich, immer wieder kullernd und blasend, drehte und seine Balzsprünge vollführte. Auch Sepp beobachtete ihn durchs Glas. „So", sagte er nach einer Weile, „hiatzt werd i eahm zuwaspotten" und schon erklang sein herausforderndes „Tschuchui" aus dem Schirm.

Fast augenblicklich machte der Hahn einen langen Stingel und verhoffte zu uns herüber. Wieder ein „Tschuchui" von Sepp. Das war dem Hahn zuviel. Mit burrendem Schwingenschlag fiel er etwa 80 Schritt links von unserem Schirm ein. Allerdings konnten wir jetzt nur noch sein zorniges Blasen hören, denn er selbst war durch eine Bodenwelle verdeckt. „Bua, der is vorsichtig", flüsterte mir Sepp zu. „Is a alter Herr. Vier krumme han i gsegn. Der tat passen." Vorerst allerdings ließ sich an einen Schuß nicht denken, obwohl ich das Gewehr bereits vorsichtig in Richtung Hahn aus dem Schirm geschoben hatte. Immer näher hörte sich das Blasen an und jeden Moment hoffte ich, daß der Hahn in Anblick kommen würde. Doch er blieb gedeckt. „Ba da Hütten unt müaßt ma hiatzt sein", meinte Sepp, „do kunnt ma eahm vom Bett aus schiaßen."
Im Bett freilich hätte ich jetzt um keinen Preis der Welt mehr sein mögen, denn die Natur bot mir einen einmaligen Anblick. Mit einem schmalen, hellen Streifen, der sich zwischen Dachstein und den Hohen Tauern spannte, hatte sich der Morgen angekündigt. Nun war die Sonne genau hinter der „Bischofsmütze" aufgegangen, und die schneebedeckten Bergspitzen blitzten unter ihren Strahlen auf wie Diamanten, die vom Licht getroffen werden. Ich war noch ganz in das wunderschöne Bild vor mir versunken, als plötzlich der Hahn mit rauschendem Schwingenschlag über unseren Schirm hinwegstrich und sich auf einer Lärche hinter mir einschwang. „Rühr di net", flüsterte Sepp. Er konnte den Hahn gut beobachten, da er in seiner Richtung stand. „Wann i dir's sag", raunte Sepp, „nocha ziagst des Gwehr Ruck um Ruck eina." So wartete ich bewegungslos, bis Sepp sein „hiatzt" flüsterte. Vorsichtig machte ich den ersten Ruck. Nach einer Weile wieder „hiatzt". Wieder ein Ruck. Es schien, als wollte der Gewehrlauf kein Ende nehmen. Sepp gab mir nämlich immer nur dann das Zeichen, wenn der nadelnde Hahn sich von uns abwandte. Endlich war es soweit, daß auch ich den Hahn sehen konnte. Sepp sagte nun nichts mehr. Ganz langsam schob ich das Gewehr in Richtung Hahn aus dem Schirm, und im Zeitlupentempo tastete sich das Fadenkreuz unter den Schwingenansatz. Da trafen die ersten Sonnenstrahlen den Hahn und ließen seine Balzrosen hell aufleuchten. Ganz still stand der kleine Ritter und äugte unverwandt der aufgehenden Sonne entgegen. Das Morgengebet!
Ich weiß nicht, wie lange er so dagestanden ist, nur daß ich jetzt nicht hätte schießen können. Erst allmählich kam wieder Leben in den Kleinen. Da brach der Schuß, und im Knall stürzte der Hahn. Sepp eilte zu ihm hin und hob jauchzend die kleine Beute in die Höhe. „So oan guaten Kloan Hahn haben mir da heroben scho seit etla zehn Jahr net mehr gschossen", sagte er fachkundig. Vier Krumme! Nach seinem kräftigen Waidmannsheil meinte Sepp: „So, und hiatzt gengan ma obe zua Hütten. Mir haben uns a guats Fruahstuck verdient." Langsam und schweigend stiegen wir zur Hütte ab, aus der bereits Rauch aufstieg. Hias war also schon auf. Eigentlich wollte er mit uns auf den Hahn gehen, doch wie mir Sepp sagte, wollte er dies schon öfter. Das Bett war ihm dann aber doch immer lieber. Unten angekommen, gab es eine freudige Begrüßung durch den Hüttenwirt. Der Hahn wurde vor der Hütte luftig versorgt, und da Hias noch eine Weile mit unserem Frühstück zu tun hatte, gingen Sepp und ich um Latschenzweige. „De brauch i zan Bettmachen für dein Hahn", sagte Sepp, und er beherrschte das wirklich meisterhaft. Kunstgerecht wurden die Latschenzweige ausgelegt, der Hahn kam darauf, und dann wurde das Ganze auf den Rucksack gebunden. „So", meinte er dann und betrachtete wohlgefällig sein Werk, „hiatzt können ma uns segen lassen drunt im Ort." Gleich nach dem Frühstück zogen wir los, denn Sepp wollte über das Grießenkar auf die andere Seite des Berges und von dort mit dem Lift hinunter ins Tal. Vorerst aber machten wir Station bei Sepps Schwager. „Bin neugierig", philosophierte mein Hahnenführer, „ob de an Kloan Hahn kriagt haben. Tuschen han i's nit ghört." Auch ich hatte es nicht „tuschen" gehört, aber dies hat auf dem großräumigen Almgebiet wohl nichts zu bedeuten, da verhallt ein Schuß bald irgendwo. Als wir uns der Hütte näherten, hörten wir bereits Stimmen, man war also schon zu Hause. Drinnen ging es hoch her, der ausländische Gast „Kaliber 7 mal 57 R" zeigte sich aber eher ein wenig

wortkarg. Dafür war jedoch sein nichtjagender Begleiter bester Laune. „Karlheinz hat nen Hahn jeschossen", begrüßte er uns. Nach dem kräftigen „Waidmannsheil" fragte ich: „Mit der Kugel?" „Is doch klar", meinte Karlheinz, „näher kommste an de Dinger ja nich ran." Nun wurde ich natürlich neugierig. Wo denn der Hahn hängt, wollte ich wissen. Der Schütze kam nicht zum Antworten. Sein Begleiter besorgte das für ihn. „Hängt is jut", gluckste er und hielt sich den Bauch vor Lachen, „jehen Se mal dorthin zum Fenster, da stehen zwei Säckchen. Und nu gucken Se mal rinn. Im linken Säckchen, also da jlaube ik, da sind de Federn drinn und im rechten Säckchen, nun da is det drinn, wat vo dem Hahn noch übrig ist, haha, den Karlheinz heute morjen erlecht hat." Mir tat der arme Karlheinz richtig leid. „Dabei wollte ik det schöne Tier präparieren lassen", jammerte er. „Nu geht det wohl nicht mehr." Sepp und ich sahen uns die Teile an. Kopf und Stingel waren heil und auch den Stoß konnte man zur Not noch herrichten. Für ein Stilleben würde es sich wohl ausgehen. „Aber schießen kann er, der Karlheinz, det muß man ihm wohl lassen. Der trifft so jut, dat nichts mehr vo dem Tierchen übrigbleibt", ulkte der Begleiter. Ja, wer den Schaden hat... Natürlich wollte Karlheinz auch meinen Hahn sehen. „Mensch", staunte sein Freund, „hättste doch och mit Schrot jeschossen, nachher wär dei Hahn ooch so schön janz." „Öha", mischte sich da der Sepp drein, „unser Hahn is a Kugelhahn. Aber aufs Kügei kimmt's halt an, wia er nocha ausschaut. Und hiatzt gema", meinte er zu mir gewandt, „mir haben no an weiten Weg." Hias blieb allein in der Hütte zurück, während Sepp und ich uns auf die andere Seite des Berges „kämpften". Die Kunde von meinem Waidmannsheil war vor uns im Dorf, und schon beim Betreten des „Hubertusstüberls", in dem sich an Sonn- und Feiertagen am Vormittag die Jägerschaft von weit und breit traf, begrüßte man uns mit lautem Hallo. Der Rucksack mit dem Hahn wurde in die Mitte des Tisches gestellt und von allen Seiten gehörig bewundert, denn vier „Krumme" waren auch hier nicht alltäglich. Erst als die Kellnerin auf meine Rechnung einige Liter „Roten" zum Tottrinken brachte, ging's ans Erzählen. Immer wieder mußten Sepp und auch ich berichten, wie es sich zugetragen hatte, und er kam dabei so in „Fahrt", daß er nach den ersten Vierteln der andächtig lauschenden Runde bereits ohne mit der Wimper zu zucken erzählte, daß der Hahn „himmelweit" zu schießen gewesen sei. „So an die 300 Schritt", meinte er, und wer weiß, was ihm nicht noch alles an „Jägerlatein" eingefallen wäre, wenn nicht der Müllner-Michi mit der Zither ein zünftiges Lied gespielt und alle dazu gesungen hätten.

Es erübrigt sich wohl zu sagen, daß an diesem Tag die Nacht sehr kurz geworden ist.

Erzherzog Franz Ferdinand war bekannt für seine Massenstrecken, und nur diese konnten ihn befriedigen. Von besinnlichem Pirschen hielt er nichts. Seinem Ehrgeiz, mit Rekordstrecken immer an der Spitze zu stehen, kamen seine meisterhafte Schießfertigkeit und seine Treffsicherheit sehr entgegen. Seine „überdimensionale Jagdleidenschaft", wie sie Ludwig Jedlicka einmal nannte, kannte keine Grenzen. In seiner Jugend an einem Lungenleiden erkrankt, benützte er die Zeit während der Heilungsperiode, um Schießübungen zu veranstalten. So schoß er mit einer Kleinkaliberbüchse auf Glaskugeln, die nach allen Richtungen geworfen wurden, und an den Teichen von Konopischt schoß er sogar auf springende Fische. So wurde er wahrscheinlich zum besten Schützen seiner Zeit, nicht aber zu einem Waidmann. Es ist kaum glaubhaft, daß Franz Ferdinand im Jahre 1911 bei einer Hubertusjagd in Swacno bei Prag als Einzelschütze mit drei Schrotflinten 1200 Stück Wild erlegte. Dementsprechend war auch seine jährliche Strecke, die zwischen 10.000 und 19.000 Stück Wild schwankte. In 36 Jagdjahren erlegte Franz Ferdinand knapp 280.000 Stück Wild. Das ist mehr als das Fünffache der Lebensstrecke Kaiser Franz Josephs. 37.800 Stück Wild erlegte er allein mit der Kugel, worunter sich allerdings auch Feld- und Schneehasen, sowie Rebhühner und Fasane befanden.

Bei einem Hirschriegler soll einmal dem Erzherzog kein einziges Stück schußgerecht gekommen sein. Der Pirschführer erwartete deshalb eine heftige Rüge des als aufbrausend bekannten Thronfolgers – da stand knapp neben dem Hochstand, den Franz Ferdinand eben verließ, eine Kette Rebhühner auf. Ohne auch nur eine Sekunde zu zögern, schoß der Erzherzog mit zwei Kugelschüssen zwei Stück Hühner. Wie weit diese Handlungsweise vom Begriff der Waidgerechtigkeit entfernt war, zeigt schon die Tatsache, daß auch zur Zeit Erzherzog Franz Ferdinands Hirschmunition auf Rebhühner nicht gebräuchlich war.

Eine weitere Eigenheit des Thronfolgers war es, auf Treibjagden, die ein längeres Warten am Stand mit sich brachten, Aktenmaterial mitzunehmen und zu erledigen. Erst wenn ihn der Büchsenspanner auf anwechselndes Wild aufmerksam machte, stand er auf, schoß und traf todsicher. Dann setzte er sich wieder und fuhr mit seiner Schreibarbeit fort.

Die Massenabschüsse, die der Thronfolger Erzherzog Franz Ferdinand tätigte, lehnte auch der überaus waidgerechte Kaiser Franz Joseph strikte ab. Im Tone höchsten Mißvergnügens sagte er so einmal zu seinem Generaladjutanten, Graf Paar: „Kürzlich hat der Erzherzog Franz Ferdinand im Lainzer Tiergarten ein paar hundert Stück abgeschossen. Unbegreiflich, das sind doch Haustiere. Finden Sie so etwas waidmännisch?" Die waidmännische Gesinnung des Kaisers kommt auch in folgender Geschichte gut zum Ausdruck: Der engste Vertraute des Kaisers – Eingeweihte nannten ihn auch den „Vizekaiser" – war Friedrich Beck. Zu Beginn dieser Bekanntschaft fragte Franz Joseph den damaligen Oberst Ritter von Beck, ob er sich nicht auch dem Waidwerk zuwenden wolle. Der Chef der Militärkanzlei stimmte diesem Vorschlag sofort zu und wurde kurz danach nach Mürzsteg in der Steiermark zur Jagd geladen. Und wie einem Anfänger eben das Glück hold ist, konnte Oberst Beck im Schneegestöber einen Achterhirsch, einen Gams- und einen Rehbock erlegen. Das schien dem Kaiser etwas zuviel, und in seiner trockenen Art bemerkte er: „Sie dürfen aber nicht erwarten, daß Sie jedesmal solches Glück haben werden."

Der Monarch und seine Familie nahmen oft auch im Reichenauer Tal Aufenthalt. Besonders wurden Erzherzogin Gisela und Kronprinz Rudolf wiederholt für mehrere Sommermonate in der kaiserlichen Villa in Reichenau einquartiert. Reichenau gehörte zu dem Hofjagdgebiet Neuberg, das mit einem Hochwildstand von 2.700 Stück, sowie 2.500 Stück Gamswild und 2.600 Stück Rehen zu den besten kaiserlichen Revieren zählte. Dazu kam ein Auer- und Birkenwildstand, der einen jährlichen

Abschuß von zirka 150 Auerhahnen und 60 Birkhahnen gestattete. Wenn der Kaiser auf die Hahnenbalz ging, kehrte er häufig beim „Treitler-Wirt“ in Steinhaus am Semmering ein, um am nächsten Morgen in aller Frühe die Balzplätze in der schönen Sommerau bei Spital aufzusuchen, wo er die beste Auerhahnjagd vorfand. Die Sommerau hatte der Kaiser auch gewählt, um dem jungen Kronprinz Rudolf die erste Anleitung in der Hahnenjagd zu erteilen. Es war am 27. April 1871, als der Kaiser und der Kronprinz, der bereits vier Jahre vorher von seinem kaiserlichen Vater auf die Gamsjagd mitgenommen worden war, mit kleinem Gefolge in Steinhaus eintrafen. Nach der Übernachtung beim Treitler-Wirt brach die Jagdgesellschaft zwischen 12 und 1 Uhr nachts zu den Balzplätzen auf. Kronprinz Rudolf, dem es unter der geübten Führung seines Vaters an Erfolg nicht mangeln konnte, erlegte zu „seinem unbeschreiblichen Jubel“ – wie der Chronist berichtet – zwei Auerhähne.

Jagdneid und Schußgier – zwei Begriffe, die jeder Jäger gelegentlich – bei den anderen natürlich – entdeckt und die trotzdem in keinem Konversationslexikon zu finden sind. Ganz dunkel erinnert sich vielleicht der eine oder andere noch an den Religionsunterricht in der Schule, wo gelehrt wurde, daß „Neid" zu den sieben Hauptsünden zähle. Für alle jene, denen das Wort „Neid" nichts sagt, sei vermerkt, daß dieses aus dem Mittelhochdeutschen stammt, wo es „nit" heißt und soviel wie feindliche Gesinnung bedeutet. Ins heutige Vokabular übersetzt, bezeichnet man mit Neid einen aus übersteigertem Besitz-, Macht- und Geltungsstreben stammenden Ärger darüber, daß ein anderer ein bestimmtes Gut, wie etwa Reichtum, Erfolg, Ansehen, Charakteranlagen etc. besitzt, verbunden mit der Mißgunst gegenüber dem „Glück" des anderen sowie der Empfindung persönlicher Zurücksetzung.

Sollte dir, lieber Waidgenosse, dieser Begriff jetzt noch immer fremd sein, will ich dich mit nachfolgender Situationsschilderung und diesem sündhaften menschlichen Zug bekannt machen. Stelle dir also folgende Situation vor. Da stolperst du bei einer Niederwildjagd an einem windigen, regnerischen und kalten Herbsttag über die Sturzäcker. Ein Kreis nach dem anderen wird gemacht – frei sind Hasen und Fasanenhahnen – doch du hast überhaupt keinen Anlauf. Dann kommt endlich ein „Querreiter" – ein Hase, der die Schützenkette entlangläuft –, und drei haben ihn schon gefehlt. Die Richtung würde stimmen, er muß nur noch deinen Nachbarschützen passieren. Doch dessen schwache Schießkünste kennst du ja, der fehlt bestimmt hundertprozentig. Meister Lampe gehört schon dir. Aber weit gefehlt. Ein Knall – und der Hase rolliert. Aus der Traum vom Hasen. Du wirst doch nicht als „Schneider" nach Hause gehen, ist der erste Gedanke. Wäre schon recht blamabel. Während du also dies denkst, rufst du wohlerzogen dem Nachbarn ein „Waidmannsheil" zu und gratulierst zu dem gelungenen Schuß, im Kleinhirn allerdings mit dem verwerflichen Hintergedanken, warum nicht du selber der erfolgreiche Schütze hast sein können. Und weiter geht der Trieb. Der Kreis wird immer kleiner. Da endlich läuft dich ein Hase an – strichgerade. Nein, sogar zwei sind es jetzt. Einer ist noch hoch geworden – wäre wohl näher –, wendet sich aber dem Nachbarn zu. „Deiner" ist noch weiter entfernt, doch kommt er sicher auf dich zu – wenn er die Richtung beibehält. Denkst du, denn da kracht es schon beim Nachbarn. Er hat den Hasen natürlich nicht getroffen und beide kehren daraufhin um – zurück in den Trieb. Hätte der nicht noch ein wenig mit dem Schuß warten können? Jetzt wird abgeblasen. Das auch noch! Du brichst das Gewehr, entfernst die Patronen – da springt direkt vor deinen Füßen ein Hase auf, aber jetzt darfst du nicht mehr schießen. Weg ist er. Deine ganze Hoffnung gilt also dem nächsten Trieb. Du stapfst neuerlich über den Sturzacker – links und rechts von dir wird geschossen, aber du hast natürlich wieder keinen Anlauf. Da siehst du schon von weitem in der Furche einen Hasen liegen. Von den Nachbarn hat ihn noch niemand entdeckt. Also gehst du aus der Furche und nimmst die zweite daneben – das braune Knäuel nicht aus den Augen lassend. Doch der Hase liegt fest. Du bist nunmehr schon auf seiner Höhe, er rührt sich nicht. Jetzt trittst du stärker auf, um ihn hoch zu machen, er reagiert nicht. Natürlich bist du ein fermer, waidgerechter Jäger, der keinen Hasen aus der Sasse schießt. Also gehst du weiter, um deine „Linie" zum Nachbarn zu halten. Doch was macht der verdamm... – ich meine, das liebe Häslein? Es springt hinter dir auf und läuft den Nachbarn an, der es mit einem sauberen Schuß in die ewigen Jagdgründe befördert. Solltest du auch jetzt in dir noch keinerlei Regung verspüren, auf die das mittelhochdeutsche Wort „nit" paßt, so bist du frei von Jagdneid, und ein wunderschön strahlender Heiligenschein ist dir schon zu Lebzeiten gewiß.

Und nun wollen wir uns der Schußgier zuwenden. Die Kenntnis dieses Begriffes kann der davon Befallene nicht geheimhalten, denn Schußgier wird öffentlich zur Schau gestellt. In diesem Punkt unterscheidet sie sich vom

„Jagdneid", der verheimlicht werden kann. Auch für dieses Laster gibt es wunderschöne Beispiele. Ich erinnere mich dabei selber an ein Erlebnis. Es war auf einer Fasanenjagd. Eine Remise wurde umstellt, und mein Nachbar befand sich etwa dreißig Schritt von mir entfernt. Als die Treiber losgingen, stand vor mir ein Fasanhahn auf. Ich wollte ihn, wie es sich gehört, erst ausstreichen lassen, doch zum Schuß kam ich nicht mehr, denn mein Nachbar hatte ihn bereits heruntergeholt. Natürlich hat er sich nachher bei mir entschuldigt. Seine Begründung – er habe den Schuß nicht mehr zurückhalten können. Das war „Schußgier" reinster Prägung. Dann gibt es aber auch noch eine Kombination beider – Schußgier und Jagdneid. Und ob du es glaubst oder nicht, lieber Waidgenosse, es sind mehr davon befallen, als du denkst. Doch dazu vielleicht wieder ein Beispiel. Wer jemals auf Sauen gejagt hat, weiß, daß bei zehn Ansitzen meist elfmal nichts kommt. Das wilde Schwein ist ein unsteter Genosse und der Wald groß. Die Chance, daß es sich daher gerade dort zeigt, wo du ansitzt, ist also eher gering und von einer großen Portion Wohlwollens unseres Jagdheiligen abhängig. Da Wildschweine als nachtaktive Tiere am Ansitz nur des Nachts bejagt werden können, muß man den aufgehenden Mond abwarten. Vollmond sollte allerdings wiederum nicht sein, denn das schlaue Schwein weiß genau, daß die Luft bei ungetrübter Helligkeit bleihaltig werden kann. Also wären Wolken sehr günstig. Diese dürfen jedoch nicht zu dunkel sein, da sonst das „Borstenvieh" nicht ins Fadenkreuz zu bringen ist. Sind also die Lichtverhältnisse günstig, dann müssen nur noch die Wildsauen kommen. Der Jäger hilft ihrer Erscheinungswilligkeit natürlich ein wenig durch Anfüttern nach, was auch durchaus erlaubt ist, da sie ja große Feld- und Flurschäden verursachen können. Doch selbst das beste Futter nützt nichts, wenn die Schwarzkittel an dem Tag, wo man sie erwartet, just Appetit auf Äsung im Nachbarrevier haben. Es gehört auch nicht gerade zu den erhebendsten Augenblicken, wenn man eine halbe Nacht lang frierend ansitzt, und um zwei Uhr morgens kracht es dann beim Nachbarn. Es sind unschöne Gedanken, die sich dann in das Gehirn des Leerausgegangenen einschleichen wollen, die mit Nächstenliebe sehr wenig zu tun haben. Auch ich bin derartigen Anfechtungen schon ausgesetzt gewesen. Ich erinnere mich daran, als... Doch lieber schön der Reihe nach. Mein Freund, der ein Saurevier besaß, hatte etwa sechs Saukanzeln stehen, von denen manche einen besseren, etliche aber auch einen weniger guten Erfolg versprachen. Man kennt das aus der Praxis. Nie hätte ich mich zum Beispiel – bei freier Wahl – bei hellem Mondschein auf die Kanzel beim Wildacker gesetzt, denn dort war es zu „hell". In klaren Vollmondnächten war der günstigste Platz die „Suhle". Ein wenig im Schatten gelegen und doch nicht zu dunkel. Also ideal. Wenn ich mit meinem Freund allein im Revier auf Sauen ansaß, konnten wir unter den sechs Ständen den uns am besten erscheinenden auswählen. Eines Tages nun – ich muß noch ergänzend dazu sagen, daß ich vorher schon viele Nächte ergebnislos draußen war – lud mein Freund sechs Jäger zum Ansitz ein. Die Schweine hatten wieder große Waldschäden verursacht, und die Bauern drängten daher auf eine rasche Dezimierung. Bei so vielen Schützen mußte natürlich das Los entscheiden. Es wurden sechs numerierte Papierröllchen in einen Hut getan, und jeder zog eines davon heraus. Ich hatte die Nummer eins – den Wildacker – erhalten, und gerade an diesem Tag trübte auch nicht das kleinste Wölkchen die gleißende Mondscheibe. Wenn ich jetzt gleich nach Hause ginge, könnte ich mich wenigstens wieder einmal ausschlafen, dachte ich. Aber mitgegangen – mitgehangen! Und, vielleicht kommt doch ein Schwein vorbei, man soll die Hoffnung nie aufgeben. Die Sau muß auch nicht groß sein. Mit einem Überläufer wäre ich schon zufrieden gewesen. Während derlei Gedanken in meinem Kopf herumschwirrten, erreichte ich den mir zugewiesenen Hochstand. Als ich noch gar nicht lange saß, kam, zu allem Überfluß, auch noch ein leiser Luftzug auf. Doch nicht etwa vom Wildacker zu mir her. O nein! Es war gerade umgekehrt. Also chancenlos. Und dann kam auch alles so, wie es kommen mußte. Der Losbesitzer „Suhle" erlegte einen Keiler mit über hundert Kilogramm, und ich würde mich selbst belügen, wenn ich jetzt sagte, daß das Gefühl, welches in mir

aufkam, ein rein menschenfreundliches gewesen wäre. Ich konnte mich trotz guten Willens eines herben Gefühls der Enttäuschung nicht erwehren, dem sich auch noch ein gerüttelt Maß an Neid zuzugesellen drohte...

Nachdem ich aber am Beginn meiner Betrachtungen davon gesprochen habe, daß Neid – und letzten Endes wahrscheinlich auch die Gier – zu einer der sieben Hauptsünden gehören, muß ich hier schon noch hinzufügen, daß ich mich wenigstens redlich bemühe, derlei Anfechtungen halbwegs abzuwehren, in der gläubigen Hoffnung, daß ich so dereinst vielleicht doch in die Kategorie der „läßlichen Sünder" gereiht werde. Und ich wünsche auch für dein Seelenheil, lieber Waidgenosse, daß dir dieser Versuch gelingen möge, falls du ihn überhaupt in Erwägung ziehen solltest...

Einer der ganz großen im Reich der Töne, und ein leidenschaftlicher Jäger noch dazu, war Giacomo Puccini: Von ihm sagt man, daß er sein Leben lang auf der Jagd nach dreierlei Dingen gewesen sei: nach Wasserhühnern, nach Operntexten und nach schönen Frauen. Allerdings sprach bei den Wasserhühnern besonders viel gegen Puccini. Wohl pirschte er auf seiner eigenen Jagd hinter Wasserhühnern her, doch besonders reizten ihn die Hühner im Nachbarrevier. Gerne hätten die Besitzer der Nachbarjagden Maestro Puccini alle ihre Wasserhühner zur Jagd freigegeben, aber daran hatte dieser keine Freude. Gerade das Unerlaubte reizte ihn, und ein gewildertes Wasserhuhn soll ihm lieber gewesen sein als drei andere.

Eines Tages wurde Puccini von einem Jagdaufsichtsorgan, das neu im Revier war und den Maestro noch nicht kannte, beim Wildern ertappt und angezeigt. Nachdem die Meldung schwarz auf weiß vorlag, ließ sich ein Verfahren nicht mehr umgehen. Es mußte daher eine öffentliche Anklage gegen Puccini erhoben werden. Diese brachte jedoch alle Beteiligten in größte Verlegenheit. Mit der Karriere des Richters war es vorbei, sollte er Maestro Puccini, einen der gefeiertsten Menschen des ganzen Königreiches, ins Gefängnis schicken. Dem Rechtsanwalt Puccinis würde sich niemand mehr anvertrauen, wenn er seinen Mandanten nicht reinzuwaschen imstande war. Auch die Pächter, die als Zeugen geladen waren, wollten um keinen Preis aussagen. Sie gönnten ja dem verehrten Maestro diese paar Wasserhühner von ganzem Herzen. Aber ihn reinzuwaschen, war auch nicht leicht, weil über seine Wilddieberei nicht der Schatten eines Zweifels bestand. So wurde die Verhandlung zu einer Komödie. Es spielten sich alle gegenseitig so großartig in die Hände, daß das schier Unmögliche geschafft wurde: Puccini wurde freigesprochen. Geschossen hatte er zwar, aber der Jagdhüter konnte nicht beschwören, das Wasserhuhn gesehen zu haben, dem dieser Schuß galt. Offensichtlich war es also nur ein Probeschuß gewesen. Außerdem blieb strittig, ob sich der Kahn, von dem aus Puccini diesmal geschossen hatte, nicht auf seinem eigenen Pachtrevier befunden hatte. Je länger die Verhandlung dauerte, umso unsicherer wurde, ob er überhaupt geschossen hatte, und gegen Ende des Prozesses waren fast alle zu der Überzeugung gekommen, daß eigentlich gar nicht geschossen worden war. Selten wird ein Prozeß mit einem größeren Gefühl allgemeiner Erleichterung zu Ende gegangen sein als dieser. Bei dem anschließenden Essen, zu dem sich dann alle an dieser seltsamen Verhandlung Beteiligten einfanden, soll die Stimmung daher auch sehr fröhlich gewesen sein. Es ist jedoch nicht bekannt geworden, ob und wann Puccini wieder in fremde Reviere jagen ging...

Vom „rauchlosen" Pulver auf einer Jagd des Kaisers Franz Joseph berichtet uns unter anderem Dr. F. Schnürer folgende Geschichte:

„Mit entzücktem Auge betrachtet der erlauchte Weidmann die prächtige Jagdszene im Rahmen des großartigen Landschaftsbildes. Der müßte wahrlich keinen Sinn für die Schönheit der Natur haben, den nicht der szenische Zauber einer Hochgebirgsjagd völlig gefangen nimmt! Unten fallen wieder Schüsse. Da alle Schützen rauchloses Pulver schießen, so kann man die Stände, wo sie fielen, nicht sicher ansprechen. Früher – es ist noch nicht lange her –, als die Waffentechnik noch nicht bis zur „Kilometerbüchse" und dem rauchlosen Pulver fortgeschritten war, wußte man im übersichtlichen Terrain nach jedem Schusse, wer der glückliche Schütze gewesen, denn das aufzuckende blaue Rauchwölkchen schwebte einige Sekunden lang in der Luft, bis es ein schärferer Luftzug erfaßte. Das war viel hübscher als heute..."

Die Erfindung des rauchlosen Pulvers wird dem Erfinder des Dynamits, dem Schweden Alfred Nobel (1833 – 1896) zugeschrieben. Wenige wissen, daß auch in Österreich an dieser Erfindung gearbeitet wurde, und zwar in Marchegg. Wilhelm Fasslabend schreibt in seiner Marchegger Chronik:

„Im Jahre 1872 wurde von dem Deutschamerikaner Friedrich Volkmann zwischen Marchegg Stadt und Marchegg Bahnhof bei der Sandremise eine Fabrik erbaut, die den Titel „Volkmanns k. u. k. priv. Colodinfabrik Marchegg" führte. In diesem Betrieb wurden Schießbaumwolle, Sprengpulver und Salpetersäure erzeugt. Im Jahr 1873 ernannte man den Chemiker Hermann Pipitz zum Betriebsleiter dieser Fabrik. Das Unternehmen arbeitete damals mit ca. 20 Beschäftigten und hatte ein gutes Absatzgebiet für seine Erzeugnisse. Mit der Begründung, daß Pulver ein Monopol sei und nur der Staat zur Herstellung desselben berechtigt wäre, wurde die Erzeugung des Pulvers von seiten der Behörde eingestellt. Volkmann verkaufte seinen Betrieb nun an ein Konsortium, dem auch der damals sehr bekannte Hofadvokat Dr. Karl Pfob angehörte. Dieser bemühte sich sehr, die Bewilligung für die Erzeugung des Schießpulvers von der Regierung zu erreichen.

Diese unfreiwillige Arbeitspause benützte Pipitz, um an der Herstellung eines besseren Pulvers, als es damals in Österreich gab, zu arbeiten. Nach längeren Bemühungen gelang es ihm tatsächlich, ein rauchloses Pulver herzustellen. Auf Grund dieser neuen Erfindung glaubte man, die Bewilligung für die Wiederaufnahme der Erzeugung zu bekommen. Es war alles vergebens. Besonders Dir. Dr. Pfob, der die Tragweite dieser genialen Erfindung voll erkannte, setzte sich in hohem Maße für die Bewilligung der Erzeugung ein. Er scheute auch nicht den Weg zu Kaiser Franz Joseph, den er um eine Audienz bat. Der Kaiser, dem der persönliche Weitblick fehlte, wies ihn an das Kriegsministerium, das bei seinem „Nein" blieb. Pipitz wollte nun seine Erfindung dem Staat gegen eine sichere Stellung in einem staatlichen chemischen Laboratorium anbieten – das Angebot wurde mit dem Bemerken „Wir brauchen kein neues Pulver" abgewiesen. Kurz darauf starb Dr. Pfob, und das Unternehmen wurde aufgelöst. Die Gesellschaft schenkte ihrem Betriebsleiter als Entschädigung für rückständige Gehälter und als Abfertigung die Betriebsgebäude – den heutigen Pipitzhof.

Da Pipitz von der Güte seiner Erfindung überzeugt war, ging er nach Hasloch am Main, wo Reichsfreiherr Hugo v. Gudanus seiner Erfindung besonderes Interesse entgegenbrachte. Zur gleichen Zeit waren zwei Engländer, Baron Obleger und Oberst Okell, in Hasloch, um die dortige Pulverfabrik zu kaufen. Sie erkannten sofort den Wert der Erfindung und überboten das Angebot des deutschen Fabrikanten. Pipitz ließ sich von ihnen überreden und fuhr mit ihnen drei Monate nach England. Dort wurden Proben und Versuche gemacht, die zur vollsten Zufriedenheit ausfielen. Es wurden Patente darauf genommen, mit Pipitz Kaufverträge vereinbart und – nicht gekauft! Als Pipitz die Pläne der Engländer durchschaute, reiste er ab. Man hatte ihm sein Verfahren abgeluchst und konnte ihn entbehren.

Im Anschluß daran nahm Pipitz die Verbindung mit Hasloch wieder auf und arbeitete fallweise bei Gudanu. Im Jahr 1914 war Hasloch ein großes Unternehmen,

welches mehrere hundert Arbeiter beschäftigte. Der Erfinder des rauchlosen Schießpulvers, Hermann Pipitz, starb im Jahr 1931 im Alter von 83 Jahren und fand auch am Ortsfriedhof von Marchegg seine letzte Ruhestätte."

Sosehr Kaiser Franz Joseph allen technischen Neuerungen – wie wir soeben auch aus der Marchegger Chronik erfahren haben – konservativ bis abneigend gegenüberstand, soviel hat er jedoch für den Aufschwung der Jagd getan. Freiherr von Berg schreibt: *„Des Kaisers Werk ist der jetzige Wildstand in jenen Jagdgebieten. Sein Werk ist die einfache Art und Weise, das Jagdvergnügen zu genießen. Sein Werk sind die bescheidenen Jagdhäuser und Unterstandshütten, wie auch die darin herrschende Einfachheit, und seinem Einflusse verdanken wir die kernige Klasse so vorzüglicher Gebirgsjäger, welche in ihrem Kaiser den Meister erkannten und seinem Beispiele allzeit nachzueifern sich bemühten."*

Das jagdliche Vorbild des Monarchen hat wesentlich mehr als alle jagdlichen Gesetze und forstlichen Einrichtungen dazu beitragen, das Ansehen der Jägerschaft zu stärken. Allmählich erst kam die Öffentlichkeit zur Überzeugung, daß die Jagd mehr ist als ein luxuriöser Sport einer elitären Schicht, und daß diese schon aus praktischen Gründen geschützt und gepflegt zu werden verdiene. Auch der wirtschaftliche Faktor spielte eine große Rolle. Die Wildbretausfuhr aus Österreich-Ungarn betrug jährlich zirka vier Millionen Kronen und bot fast 20.000 Personen in der Jagd Arbeit und Verdienst.

„Im Waidwerk habe ich Frieden, Erholung, Stärke und Freude gefunden", sagte Kaiser Franz Joseph am 25. Juni 1898 zu den im Schloßpark von Schönbrunn versammelten Waidmännern, die aus allen Jagdgründen Österreichs zusammengekommen waren, um ihrem Allerhöchsten Jagdherrn und Kaiser zum 50. Regierungsjubiläum zu huldigen und ihm durch den Thronfolger Erzherzog Franz Ferdinand den goldenen Ehrenbruch zu überreichen. Das sind Worte, die alle Jäger beherzigen sollten: Frieden, Erholung, Stärke und Freude sollen auch sie auf ihren Pirschgängen durch Berg und Wald suchen, und an ihnen allen möge sich der weise Spruch bewähren, welcher im Vorraum des kaiserlichen Jagdschlosses am grünen Offensee den Ankommenden mit folgenden Worten begrüßt:

„Zu erquicken traurigen Mut,
Dazu ist's Jagen nütz und gut!"

Auch die aufkommende Jagdliteratur und Jagdpresse nahmen sich die waidgerechte Haltung, die Hinnahme körperlicher Strapazen bei der Jagd und maßvolle Zurückhaltung der fürstlichen Jäger wie Erzherzog Johann von Österreich, Prinzregent Luitpold von Bayern und Kaiser Franz Joseph I. zum Vorbild und hatten so maßgeblichen Anteil am Werden der neuen Jagdgesinnung. Die Jäger prägten diese Botschaft des Humanismus auf kürzeste Formel: *„Den Schöpfer im Geschöpfe ehren."*

Der „Jagdpapst", Friedrich von Gagern, von dem zahlreiche Bücher stammen, konnte für seine Ideen, die damals neu und ungewöhnlich waren, zunächst keinen Verleger finden. Heute haben Gagerns Auffassungen selbst dort Gültigkeit erlangt, wo man noch keine Zeile von ihm gelesen hat, weil diese bereits zum Allgemeingut geworden sind. So kennt heute jeder seinen Ausspruch, den er gegen Ende seiner jägerischen Erdenreise geprägt hat:

„Jagd ist Schauen, Jagd ist Sinnen, Jagd ist Ausruhen, Jagd ist Erwarten, Jagd ist Dankbarsein, Jagd ist Advent, Jagd ist Vorabend, Jagd ist Bereitung und Hoffnung…"

Für unsere heutige Zeit würde Gagern sicher noch hinzugefügt haben: „Jagd ist angewandter Naturschutz". Ein echter Waidmann nimmt sich auch aus innerer Überzeugung dieses Naturschutzes, welcher logischerweise auch den komplexen Umweltschutz beinhaltet, an.

In Bayern lebte der bekannte Jagdschriftsteller Ludwig Thoma. Auch er blieb der Jagd sein Leben lang treu. In einem Brief an Dr. Reinhold Geheeb schreibt er:

„Ich lebe meine Kindertage wieder durch. Das ist wie ein Märchen, mit der Bix in den Bergen herumsteigen: Tag

für Tag und nichts wie Jagd. Anstrengung und Strapazen genug, aber alles ist so schön.
Wir hatten miserables Wetter seit acht Tagen. Regen und höher hinauf Schnee. Ich bin täglich von drei Uhr früh bis nachts draußen. Geschwitzt wie eine Sau, gefroren wie ein Hund, denn zweimal saß ich oben an dem Wettersteinschroffen, nachdem es Schnee geworfen hatte. Oft übernachte ich in den Jagdhütten, ab und zu auf Almen und einmal im Heustadl. Das Steigen mit Pürschen verbunden ist eine verdammte Anstrengung.
Vorgestern stieg ich über die Ehrwalder Alm zu Ganghofer nach Schloß Hubertus. Das ist fabelhaft. Dicht unter den Wettersteinwänden, gegenüber den riesigen Miemingerbergen und mitten im herrlichsten Tannenwald ein komfortables Jagdschlößchen."
In seinen Büchern zeichnete Ludwig Thoma klare Bilder von Jägern, Wilderern, Flößern und Bauern, so wie er sie im Arbeitsgebiet seines Vaters im Isarwinkel angetroffen hatte. Dort hatte er auch früh den schweren Dienst des Berufsjägers in seinem Kampf gegen die Wilderer kennengelernt. Er bewunderte und wertete den Jäger als Helden, zumal die Volkslieder des Oberlandes nur allzugern gegen den Jäger Partei ergriffen und den Wilderer als feschen Teufelskerl hinstellten. In Rottach am Tegernsee erwarb Ludwig Thoma einen Bauernhof.
Begeistert schreibt er:
„... und ich habe den Blick auf alles, was den Altbayern und Jäger zugleich freuen mag. Der See, das Bräuhaus, niedrige Bauernhöfe und hohe Berge mit Lahnen und Karen, in denen ich mit einem guten Glase auch Gemsen sehen könnte." Am 5. Juli 1910 schreibt Thoma an Ludwig Ganghofer: *„Das hiesige Revier ist ein Schmuckkasten. Vor der Blattzeit schieße ich hier möglichst wenig, aber ich pürsche viel herum."*
Weit wichtiger als das Erjagen des Wildes war ihm das Leben und Treiben im Walde, und er beherrschte seine Jagdlust, um seine Böcke alt genug werden zu lassen. Seiner Frau schreibt er darüber am 2. Juni 1914 aus Unterweikertshofen folgendes:
„Ich bummle durch die Wälder und meine Jäger sind erstaunt, daß ich nicht schießen mag. Aber die frischen dreijährigen Böcke, die noch dazu nicht übermäßig aufhaben, dauern mich. Ich schenke ihnen noch ein Jahr und will mich kasteien. Mich freuen die Kerle mehr noch wie früher, und ich habe ein Verständnis dafür, daß sie leben wollen... Die Herren Hunde sind wohl und munter.
Nimm tausend Grüße und Küsse von Deinem Jäger."
Ludwig Ganghofer, ein Freund von Ludwig Thoma, veröffentlichte seine ersten Jagderzählungen zur Zeit, als sich die Regentschaft Luitpolds von Bayern bereits ihrem Ende zuneigte.
Seine Romane wurden so populär, daß er schließlich auch zu Hofjagden eingeladen wurde. Bei einer solchen, die in der Nähe von Rosenheim stattfand, erhielt Ganghofer einmal den französischen Gesandten als Nachbarn in der Schützenkette. Da Ganghofer nicht französisch sprach und diesen Mangel auch nicht eingestehen wollte, gab er sich dem Diplomaten gegenüber sehr schweigsam.
Als der erste Hase die Schützenkette passierte, rief der Gesandte mit einladender Geste zu Ganghofer hinüber: „A vous, Monsieur!" Ganghofer schoß und der Hase rollierte. Beim nächsten Anlauf rief der Gesandte wieder: „A vous, Monsieur!" Ganghofer schoß wieder und zog dankend den Hut. Kurz darauf liefen den Gesandten zwei Hasen an. Da rief Ganghofer: „Zwa Wu, Exzellenz! Die sind aber für Ihnen!"
Das ehemalige Jagdgebiet von Hohenzollern, die 30.000 Hektar große Schorfheide und neben Rominten das beste Rotwildrevier Preußens, wurde zum Urwaldpark umgestaltet. Neben Rückzüchtungen von Auerochsen und Wildpferd wurde auch der Wisent eingebürgert, der, im Gegensatz zum amerikanischen Bison Laub und junge Zweige äst, wie sie nur ein Urwald bieten kann. Weiters wurden in der Schorfheide Mufflons, Bergschafe aus Sardinien und Korsika sowie Elche aus dem Memelgebiet ausgesetzt.

Hier ruht in Frieden
inmitten seiner geliebten Bergwelt
der Wildschütz
Georg Jennerwein
er wurde erschossen am 6. Nov. 1877
auf hohen Peißenberg bei Tegernsee
im Alter von 29 Jahren
Ein stolzer Schütz in seinen schönsten Jahren,
er wurde weggeputzt von dieser Welt.
Man fand ihn erst am neunten Tage
auf hohen Peißenberg bei Tegernsee.
V. T. E. V.
„Schlierachtaler-Stam̄"
-1890-
Hausham

Der Hegegedanke, wie er seit Erzherzog Johann in die Praxis umgesetzt wurde, erbrachte im Laufe der Zeit einen gesunden und artenreichen Wildstand, der erst in den Jahren nach dem ersten Weltkrieg empfindliche Einbußen erfuhr. Maßnahmen zur Erhaltung des Wildes – womöglich in der Urform – traf erst wieder Hermann Göring in seiner Eigenschaft als „Reichsjägermeister" im nationalsozialistischen Deutschland. Unter seiner Ära, die hier ausschließlich von der Jagdseite her betrachtet werden soll, wurde die Hege des Wildes zur Pflicht des Jagdinhabers gemacht. 1934 bestimmte das Reichsjagdgesetz die Mindestgröße der Eigenjagdbezirke mit 250 Hektar und die Größe für Gebirgs- und Genossenschaftsjagden mit 500 Hektar. Die Zahl der Jagdpächter wurde von der Reviergröße abhängig gemacht. Erhöht wurde auch die Pachtdauer, und zwar für Niederwildjagden auf mindestens neun und für Hochwildjagden auf mindestens zwölf Jahre. Damit war ein wichtiger Schritt getan, um die Ruhe in den Revieren zu gewährleisten und die Pächter an das Revier zu binden. Wurde die Wildhege vernachlässigt, war ein Eingreifen durch den Kreisjägermeister vorgesehen. Weiters verbot dieses Jagdgesetz den Schrot- und Postenschuß, auch als Fangschuß, auf Schalenwild. Ferner war die Verwendung künstlicher Lichtquellen beim Fangen und Erlegen von Wild untersagt sowie der Gebrauch von Schlingen und Tellereisen, ebenso das Erlegen von Schalenwild zu Notzeiten in einem Umkreis von 200 Metern von Futterplätzen. Im Gesetz war auch vorgesehen, daß sich der Grundeigentümer gegen Wildschaden sichern durfte. Die Gefährdung des Wildes oder das Verscheuchen, solange der Jagdausübungsberechtigte im Revier weilte, war jedoch nicht erlaubt. Für Wildschaden wurde nach bestimmten Richtlinien Schadenersatz gewährleistet. Für die Wildfolge war eine schriftliche Vereinbarung zwischen den Reviernachbarn vorgesehen, der Jäger war aber verpflichtet, ein Überwechseln krankgeschossenen Schalenwildes unverzüglich dem in Frage kommenden Reviernachbarn zu melden und die Nachsuche durchzuführen. Auch bestimmte das Gesetz die Führung eines Jagdhundes für ein Revier im Ausmaß von 500 Hektar. Für Hochgebirgsjagden ab 2.500 Hektar waren ein Schweißhund oder ein Dackel vorgeschrieben.

Die durchschnittliche Jahresstrecke im damaligen Deutschland betrug bis Kriegsbeginn ca. 120 Stück Elchwild, 850 Stück Gemsen, 50.000 Stück Rotwild, 31.000 Stück Schwarzwild, 520.000 Stück Rehwild, 2,750.000 Hasen, 900.000 Fasane und 3,500.000 Rebhühner. Festgesetzte Schonzeiten für das Wild und die Erstellung eines Abschußplanes für jedes Revier sicherten die Erhaltung eines gesunden Wildbestandes in einer für die Land- und Forstwirtschaft tragbaren Höhe.

Diese Bestimmungen waren von großer Wichtigkeit, da der Abschuß nun nicht mehr in das Belieben des Jägers gestellt war, sondern nach der Notwendigkeit zum Wohl des Wildes vom Kreisjägermeister entschieden wurde.

Da die gewissenhafte Auswahl des zu erlegenden Wildes an das Wissen und Können des Jägers hohe Anforderungen stellt, machte das Reichsjagdgesetz die Jagderlaubnis nicht nur vom Besitz eines Jagdscheines abhängig, sondern knüpfte an dessen Erteilung das erfolgreiche Bestehen einer Jägerprüfung. Zur Weiterbildung und Erziehung mußte der Jäger mindestens eine der drei amtlichen Jagdzeitschriften beziehen.

Fragt man einen Jäger danach, was er sich denn am meisten wünsche, wird man in den überwiegenden Fällen zur Antwort bekommen: ein eigenes Revier. Dieses Revier, von dem viele Waidmänner ein Leben lang vergeblich träumen, ist für sie Inbegriff der Freiheit. Es gehört für einen Jäger anscheinend zum Erstrebenswertesten, ein Stück Land zu haben, über das er alleine verfügen kann, ohne daß ihm jemand Direktiven gibt. Nun, so mag es der Urzeitjäger erlebt haben, in unserer Zeit gibt es aber wohl nur noch die Vorstellung davon. Betrachten wir doch einmal den heutigen Stand. Die Basis für eine Revierpachtung liegt natürlich immer beim Vermögen, dieses auch zu finanzieren – also für die Pacht aufkommen zu können. Nehmen wir also an, diese Klippe hast du, lieber pachtfreudiger Waidgenosse, als mittlerer Steuerzahler mit Mühe und Not geschafft, indem du dich im Rauchen und Trinken eingeschränkt und sonstige kostenaufwendige Leidenschaften sowie Bedürfnisse auf ein Minimum reduziert, ferner die Familie – so du eine hast – auf das Existenzminimum gesetzt und einen Nebenjob angenommen hast, der dich beinahe Tag und Nacht von ihren Beschwerden darüber fernhält. Hast du das alles seelisch und körperlich verkraftet, kommt der zweite Schritt – die Suche nach einem geeigneten Revier. Darüber gibt es natürlich die phantasievollsten Vorstellungen. Es soll selbstverständlich nahe beim Wohnort gelegen sein, denn allzuviel Freizeit bleibt dir nicht mehr. Aber wenn du finanziell halbwegs im Lot bleiben willst, brauchst du eben mindestens diesen einen erwähnten Nebenjob, es sei denn, du kannst die Gattin dafür begeistern, mitzuhelfen und dein Revier zu finanzieren. Gelingt dir das, bist du auch eine große seelische Sorge los, da sie dann auch nicht zuhause ist, wenn du weg bist. Nur birgt diese Lösung wiederum eine andere Gefahr in sich. Deine geliebte Ehehälfte könnte, falls sie attraktiv genug ist, eventuell einem anderen Jäger begegnen, dessen finanzielles Fundament es ihm erlaubt, auch für deine Gattin noch Zeit zu haben. Also diesbezüglich Vorsicht, sonst bist du den Zubrotverdiener schneller los als dir lieb ist.

Doch kommen wir zurück zu Punkt zwei. In den meisten Fällen wirst du eine Enttäuschung erleben, denn es gibt sicher eine Menge Jäger, die gleich dir ein Revier in Ortsnähe wollten. Also suchst du ein Stück weiter und noch weiter und noch weiter. Vielleicht hast du einmal Glück und findest irgendwo eines, in zwei Stunden Fahrzeit zu erreichen – wenn es gut geht – und das dir auch gefällt. Ich nehme nicht an, daß du so naiv bist zu glauben, daß dieses Revier schon dein sei. Der Pachtzins ist dabei die letzte Ausgabe. Vorerst mußt du dich beim Jagdausschuß beliebt machen. Dieser besteht aus sieben Personen. Unter „beliebt machen" ist auch nicht zu verstehen, jetzt zu jedem Ausschußmitglied hinzugehen, dich schön rasiert vorzustellen und die Hand zu drücken. Am besten lernt man sich bei einem gemeinsamen Essen kennen. Sollte das „Kennenlernen" beim ersten Mal nicht so richtig funktionieren, kannst du natürlich beliebig viele „Arbeitsessen" folgen lassen. Die erforderliche Anzahl ist allein deinem Fingerspitzengefühl und der Finanzkraft überlassen. Doch an Erfahrungen wirst du mit jedem Essen reicher werden. Du weißt jetzt, auf wen es wirklich ankommt, wessen Gunst du dir am meisten zu sichern hast, du wirst auch erfahren, daß du nicht allein auf der Welt bist, das heißt, daß es auch Mitbewerber für das Revier gibt, die Gemeinde nicht am reichsten ist..., du verstehst.
Nun ist es Zeit für Angebote. Hast du Pech, dann braucht die Gemeinde dringend ein neues Feuerwehrauto, das natürlich schon der Herr XY angeboten hat. Du bist also jetzt im Zugzwang, und da hast du wieder zwei Dinge zu berücksichtigen. Die finanzielle Potenz deiner Brieftasche und das Abwägen, wieviel dir das Revier persönlich wert ist. Zu ersterem: Ist deine Geldquelle erschöpft, hast du die Möglichkeit, mit einem oder zwei Freunden – oder noch mehr – eine Jagdgesellschaft zu gründen. Ziehst du diese Möglichkeit in Erwägung, bedenke, daß es sehr schwierig sein wird, beim jährlichen Abschuß nur eines bewilligten Rehbockes drei weitere Pächter zufriedenzustellen. Du wirst bald merken, daß für dein schönes Gesicht kein Mensch auch nur einen müden Groschen ausgibt. Und vier Jahre auf den Abschuß seines Rehbockes zu warten, das

wird ebenfalls kaum jemand in Kauf nehmen. Auch solltest du zu der Gruppe der Jagdgesellschaft nicht unbedingt Freunde nehmen, die dir besonders lieb und wert sind, denn über kurz oder lang zählen sie – wie die Erfahrung lehrt – nicht mehr dazu. Hast du unter Bedachtnahme aller dieser Eventualitäten jedoch noch immer das Gefühl, dich auf das Abenteuer einer Revierpacht einlassen zu wollen, dann folge meinen Ausführungen weiter. Es steht natürlich in keiner Relation, wenn du für -zigtausende Schilling Pacht vielleicht „nur" eineinhalb Rehe am Abschußplan hast. Diese Konstellation ist geeignet, den besten Charakter schweren Anfechtungen auszusetzen und womöglich zu verderben. Unweigerlich wirst du dich nämlich eines schönen Tages hinsetzen und zu rechnen beginnen. Was gebe ich aus und was bekomme ich dafür? Das einst erstrebenswerteste Glück, der Freiheit wegen ein Revier zu besitzen, wird dabei gänzlich zurückgedrängt werden. Denn jetzt, wo du es hast, zählen die Fakten. Da könnte dir dann der verwerfliche Gedanke kommen, daß das Revier wahrscheinlich auch mehr Wildentnahmen vertragen würde, und du denkst an die Forstwirtschaft, die ja sowieso zur Dezimierung des Wildes drängt. Du glaubst, quasi eine moralische Stütze zu haben, und es könnte dich dann die Versuchung bedrängen, mehr aus dem Bestand zu nehmen, als erlaubt ist. Glaube nicht, daß dir das natürlich nicht passieren kann. Schon viel gefestigtere Charaktere waren diesen bösen Anfechtungen ausgesetzt. An die unerquicklichen Folgen eines eventuellen Sündenfalls sei dabei noch gar nicht gedacht. Doch hast du erst den Pachtschilling gerechnet. Hiezu kommen natürlich noch die Fütterungskosten, denn wenn du das ganze Jahr über in deinem Revier auch nur einen eher geringen Wildbestand hast, im Winter, zur Fütterung, sind sie alle da. Und nur den Nachbarn füttern zu lassen, gehört auch nicht gerade zur feinen englischen Art, noch dazu, wo diese gesetzlich vorgeschrieben ist. Ja, und dann kommt noch ein ansehnlicher Wildschaden. Sicher hast du Gewächse oder sonstige Äsung im Revier, die deinem Wild besonders gut schmecken, die aber auch sein Besitzer gerne möchte, weil er sie entweder gesät hat oder weil sie ihm gehören. Das „Wildschadensackerl" kann dich unter Umständen ganz schön teuer zu stehen kommen. Nicht zu vergessen sind natürlich jene Ausgaben, die unter „Laufendes" zu verbuchen sind, wie etwa Benzinkosten, Übernachtung sowie die Verpflegungskosten, wozu auch gelegentliche Feierlichkeiten mit lieben Freunden und Gönnern anläßlich eines geglückten Waidmannsheils zählen. Der Patronenverbrauch ist bei dieser Kalkulation sicher zu vernachlässigen. Und zählst du, lieber Waidkamerad, jetzt noch immer zu den pachtfreudigen Zeitgenossen, dann darf ich dir nicht nur zu deinem Mut, sondern auch zu deinem Optimismus herzlich gratulieren. Ich gönne dir auch, trotz eigener Revierlosigkeit, das Deine von ganzem Herzen und wünsche dir noch immer, daß du damit mehr Freude als Sorgen haben mögest.

s wäre für die ehemalige Fernsehsendung „Was bin ich?" ein ausgesprochener Hit gewesen: Als typische Handbewegung eine vor Nervosität leicht zitternde Hand, welche sich zumeist an einer Zigarette festhält. Die zu erratende Lösung würde lauten: ein Kanditat vor der Jagdprüfung.
Wenn man den Erzählungen der frischgebackenen Jungjäger Glauben schenken darf, so gehört dieselbige zu den gefürchtetsten Examen überhaupt. Vielleicht auch deshalb, weil man als Erwachsener der Prüfungsangst mehr ausgesetzt ist als ein Schüler.
Dabei kann heute jeder Jäger werden, der sich in einem einwandfreien moralischen und geistigen Zustand befindet. Die besagte Jagdprüfung gilt es allerdings vorher noch zu bewältigen.

Als langjähriger, zeitweiliger Prüfungskommissär bin ich bei der Darlegung des oft recht spärlichen Wissens natürlich manchmal auch neugierig, was denn diese Nervenbündel vor einem um alles in der Welt bewogen haben mag, ausgerechnet Jäger werden zu wollen.
Die Antworten sind meist ebenso einleuchtend wie verblüffend: Da sind einmal die ganz jungen Mädchen, die wegen des Freundes zur Jagd wollen, verheiratete Damen wiederum unterziehen sich im allgemeinen dem Ehemann zuliebe der Tortur und um die Materie verstehen zu lernen.
Die Sendungsbewußten beiderlei Geschlechts drängt dagegen eine fast übernatürliche Macht zur Jagd, und ein anscheinend erfolgreicher Manager erzählte mir einmal in jovialem Ton, daß er bereits einen Flugschein, ein Schiffspatent, einen Führerschein, versteht sich, sowie eine Fischerkarte besitze.
Nur der Jagdschein fehle ihm noch. Er gehört zur Kategorie der Sammler. Vielleicht hatte er irgendwo von Sammlern und Jägern gelesen und leitete davon den Schluß ab, daß er als Sammler nun auch Jäger werden müsse.
Dabei kann es doch gar nicht so schwer sein, ein fermer Waidmann zu werden, wenn man sich die folgenden heiteren „1000 Worte waidgerecht", welche ein unbekannter Autor niedergeschrieben hat, etwas zu Herzen nimmt – oder vielleicht doch?

Mein Freund! Willst du auf dieser Erden
Ein echter, rechter Waidmann werden,
Dann mußt du trachten, stets zu streben
Als Jäger waidgerecht zu leben!
Nicht nur, wenn es Dir grad behagt
Dich zu begeben auf die Jagd.
Nein, alle Deine Lebenssitten
Soll'n immer sein drauf zugeschnitten,
Daß jeder, der dich hört und nennt,
In Dir den Waidmann gleich erkennt.

Den Jäger, echt von Schrot und Korn
Erkennst Du an der Rede Born.
Zwar meistens wie und was er spricht,
Verstehen wirst Du's anfangs nicht.
Denn Du besitzt noch keine Spur
Von Wild- und Jagdliteratur.
Drum mußt bemühen Dich und regen,
Stets Dein Sprachtalent zu pflegen,
Dann wird, was einstens unverständlich
Auch Dir begreiflich sein – und endlich
Dann, muß und wird Dir's einmal glücken,
Dich waidgerecht stets auszudrücken.

Damit Du nun mit nöt'gem Ernst
Die Sprache möglichst bald erlernst,
Mußt Du Dein Augenmerk drauf lenken,
In ihren Worten stets zu denken.
Wie Du das machst, will ich versuchen,
Im folgenden kurz zu verbuchen,
Indem ich Dir aufzählen möcht
Jetzt „1000 Worte waidgerecht".

Wenn Du des Morgens Dich erhebst
Und aus der Vertikale strebst,
Ein wenig traumverloren noch,
Stehst Du nicht auf, nein, *Du wirst hoch.*
Und umgekehrt streckst Du die Glieder,
Legst Du Dich nicht, Du *tust dich nieder.*

Um Dich in Reinlichkeit zu schulen,
Wäschst Du Dich nicht, Du *tust Dich suhlen.*
Willst Du Dein üppig Haupthaar pflegen,
Kämmst Du Dich nicht, Du *tust Dich fegen,*
Doch ist Dir dieses keine Last,
Wenn Du schon *abgeworfen hast.*

Nun *äst* Du Semmeln, frisch vom Bäcker,
Verbrennst Dir am Kaffee den *Lecker*
Und *klagst,* wenn Dich Dein Rheuma quält,
Verhoffst, wenn Deine Gattin *schmält.*
In diesem Falle ist es richtig,
Du wirst sobald als möglich *flüchtig*
Und ehe Du noch selbst ergrimmst
Andernorts den *Einstand nimmst.*

Verläßt Du langsam nun Dein Haus,
Gehst Du nicht fort, nein, Du *trittst aus,*
Du *trollst,* wenn Dir schon Eile frommt,
Du *sicherst,* ob ein Auto kommt,
Wirfst auf, siehst nahen Du die Braut,
Am Arm von ihr *ziehst Du vertraut,*
Und bald entschwinden Dir die Sinne,
Drückt sie Dich zärtlich an die *Spinne.*

Dein Liebeswerben Du ergänzt,
Indem Du *orgelst, röhrst* und *trenst,*
Doch wirst Du alsobald *verschweigen,*
Sollt sich die Schwiegermutter zeigen!
Dann wirst Du *drücken* dich *geschwind,*
Eh' daß sie Dich *bekommt in Wind,*
Doch nimmt sie Dich *wahr,* so kann
Es sein, daß sie Dich gar *nimmt an!*
Ich schild're nicht, was draus erwächst,
Am besten, Du *springst* ab und *schreckst!*

Kehrst Du zurück zu Deiner Frau,
Gehst Du nicht heim, Du *fährst zu Bau,*
Wo schon bei Suppe, Fleisch und Strudel
Wartet auf Dich Dein ganzes *Rudel.*
Dein *Leittier* es zusammenhält,
Doch dieses meistens ist schon *gelt.*

Du darfst Dir gönnen keine Hast,
Wenn Du im Haus ein *Schmaltier* hast!
Schlag ab den *Beihirsch* ohne Fragen,
Schnell kann Dein *Schmaltier* sein *beschlagen.*
Ich weiß nicht, ob Du bist ergötzt,
Wenn dieses nach *neun Monden setzt*
Dir einen Enkel, einen strammen.
Drum halt Dein *Kahlwild* schön beisammen,
Und laß es paarweis nur entfleuchen,
Es tut dies gerne, um zu *feuchten.*

Des Hauses Söhne, frech und keck,
Die nennt der Waidmann *Zukunftsböck.*
Sie zeigen sich bald gut im Bild
Beim *Ansprechen* von Wechselwild.
Verlieren sie mal die Vernunft,
Sagt man, sie *treten in die Brunft.*
Sie werden *gut* und *kapital*
Und *stark,* doch „schön" auf keinen Fall!
Dies Wort gib hinter Schloß und Riegel,
„Schön" ist bei Damen nur der *Spiegel!*

Du selbst trägst Deine stolze Bürde
Als *Platzhirsch* mit der nöt'gen Würde.
Doch wird Dein Stolz bald sehr gedämpft,
Merkst Du, daß Du schon *abgekämpft.*
Zuerst, wenn es nicht schon entlaubt
Verfärbet sich Dein *edles Haupt.*
Bald sich auch andre Zeichen zeigen:
Die *Lichter* streiken Dir beim *Äugen.*

Dein *Wechsel* ist nicht mehr zu ändern,
Bei andern haperts an den *Ständern,*
Man sieht Dich oft zum Doktor wandeln,
Der Dir entnimmt die letzten *Grandeln.*
Die *Lauscher* woll'n nichts mehr *vernehmen,*
Dein *Balzgesang* ist leicht zu zähmen.
Fühlst *waidwund* Dich und tief verletzt,
Kurzum, du hast *zurückgesetzt.*

Bist Du *vergrämt,* hilft Dir kein *Klagen,*
Kein Angstgeschrei in diesen Tagen,
Es könnt ja sein noch schlimmerer,
Wenn aus Dir wird ein *Kümmerer.*

Drum lenkst Du besser Deinen Sinn
Auf and're wicht'ge Dinge hin,
Zeigst bald, der Gattin sehr zum Leide –
nur Interesse für's *Gescheide.*
Was es des Mittags gibt zu *kröpfen,*
Wohin man *zieht,* um gut zu *schöpfen,*
Wie man am besten kann sich *lösen,*
Mit einem Wort, man wird zumeist,
Am *Haupte schwach,* im *Wildbret feist.*

Ist es so weit, mein Freund, begreif,
Auch du wirst einmal *abschußreif,*
Baum ab und tu nicht lange *worgen,*
Laß unsern großen *Jagdherrn* sorgen,
daß es ihm waidgerecht mag glücken,
Dich schnell und schmerzlos *abzuknicken.*

Wenn so Dein Schicksal sich gewendet
Und Du auf gute Art *verendet,*
Streut man Dir auf Dein Leichentuch
Als letzten Waidmannsgruß den *Bruch*
Und wer es nimmt noch ganz genau –
Pflanzt Blumen Dir auf Deinen *Bau.*
Ja *Blume!* Richtig! Auch ein Teil,
Euch Waidgenossen! Waidmannsheil!

Doch im Ernst. Am besten wäre für den Jungjäger natürlich ein Lehrprinz, der ihm in der Praxis alles das zeigt, was er in der Theorie wissen sollte.
Hätte jene junge Jagdscheinanwärterin, die ich bei der Prüfung unter anderem um die Lautäußerungen der Waldschnepfe gefragt habe, einen Lehrprinzen gehabt, würde sie meine Frage sicher richtig beantwortet haben.
Von der Waldschnepfe kennt man nämlich zwei Laute – das Puitzen und das Quorren.
Diese Laute sind, der Größe des Tieres entsprechend, natürlich leise. Und was gibt mir diese hoffnungsvolle Dame zur Antwort? „Die Schnepfe orgelt." Für alle Nichtjäger, die es nicht wissen sollten – „Orgeln" nennt man das Röhren eines Brunfthirsches.
Wer je das „Hirschorgeln" aus nächster Nähe gehört hat, weiß, daß einem diese Urlaute die Gänsehaut über den Rücken laufen lassen. Daher habe ich die Dame gebeten, mich sofort anrufen zu wollen, falls sie je einer orgelnden Schnepfe begegnen sollte, und ich warte noch heute darauf...
Ein Jäger mit poetischer Ader hat sich in einer besinnlichen Stunde hingesetzt, um die vorerwähnte Tätigkeit des Lehrprinzen in Verse zu schmieden.
Lesen Sie hier das gelungene Ergebnis, auch wenn es manchmal zu dem gerade gelesenen Gedicht Parallelen aufweist:

Seit altersher man Lehrprinz heißt
den Mann, der junge Jäger unterweist
in allen jagdlichen Belangen
von jenem Tage angefangen,
wenn zum ersten Mal betreten diese
das Revier, den Wald, die Wiese.

Festgestellt am Anfang sei:
Ein rauhes Handwerk ist die Jägerei.
Dies beweist schon in der Konversation
der zwar herzliche, doch recht rauhe Ton,
wie er unter den Jägern herrscht,
seien sie Bürger, Bauer oder Ferscht.

So beispielsweise ist bekannt
ein Ausspruch von Erzherzog Ferdinand,
der einem Jagdgast, der als schön
bezeichnet einen Bock, den er gesehn,
zurechtweisend hat zugerufen geil:
„Schön ist nur ein Weiberhinterteil!"
Wahrscheinlich ist vom Körperteil, den er genannt,
dem Leser nur das Pseudonym bekannt,
denn – so erheischt's der gute Ton:
Man hat ihn zwar, doch spricht man nicht davon.
Der wahre Name aber steht, das weiß ich,
im Großen Duden, Seite fünfunddreißig.

Selbst in der klassischen Literatur
findet man ihn, jedoch bei Goethe nur.
Das diesbezügliche Zitat ist wohl sehr populär,
doch – zugegeben – eher ordinär.

Doch unter Jägern darf man's ruhig wagen,
solche Worte frei herauszusagen.
Mögen sie auch stark erscheinen,
rein ist alles nur dem Reinen,
doch kann man deutlich draus ersehn:
Verpönt vor allem ist das Wörtchen „schön".
Ein Bock ist gut und brav, auch stark, mitunter kapital,
doch schön ist er auf keinen Fall.
Auch von Blut und Fleisch zu sprechen
ist jagdlich gesehen ein Verbrechen.
Wild blutet nicht, o nein! Es *schweißt*!
Und Fleisch man richtig *Wildbret* heißt.

Des weiteren: Wünsch einem Jäger niemals Glück,
wünsch *Waidmannsheil* ihm oder guten Anblick.
Solches freut ihn sicher sehr,
denn er ist ein Abergläubischer.
Wichtig ist auch, daß beim Trinken
du das Glas hältst in der Linken.
Wer's übersieht, für den ist's bitter,
denn's kostet meistens einen Liter.
Auch sprachkundig muß so ein Jäger sein,
Erzählt er oftmals doch Latein.
Gibt zur Unzeit Laut der Hund im Busch,
Befiehlt er ihm französisch *„kusch"*.

Im Bedarfsfall spricht er Englisch auch.
Sagt er *„Down"*, legt sich der Hund sogleich auf seinen Bauch.
Hirsch, Reh, auch Gams und Sau, wie man so sagt,
gehören zu der hohen Jagd.
Sie alle leben polygam,
weil einen Überschuß an Frauen sie ham.
Der Hirsch ist maskulin, das merke dir,
feminin dagegen ist das *Tier*.
Die Nachkommen, das weißt du selber,
die nennt man *Kalb* und in der Mehrzahl *Kälber*.
Beim Reh- und Gamswild, wie man weiß,
bezeichnet man die holde Weiblichkeit als *Geiß*.
So die *Geiß* der Liebe Freuden noch nicht kennt,
man sie zur Unterscheidung *Schmalgeiß* nennt.
Steht jenseits sie von Gut und Böse, weil schon alt,
nennt darum man sie *Geltgeiß* halt.
Den Nachwuchs nennt man richtig *Kitz*.
Der Name Bambi ist ein Salten-Disney-Witz.
Beim Schwarzwild ist der Keiler der Familienvater,
die *Bache* zur Gesponsin hat er.
Frischling nennt man den Kindersegen,
der zahlreich sie umgibt auf allen Wegen.
Es lebe das Murmeltier im Alpenlande
in ausgesprochner Rassenschande.

Es lebt der *Bär* zusammen mit der *Katz*.
Wie zu erwarten, üble Folgen hat's.
Denn der Nachwuchs, den sie an sich geschaffen,
das sind – wie wär es anders möglich – *Affen*!
Das Hochwild hat nicht, wie man etwa glaubt,
einen Kopf, nein, nein, das hat ein *Haupt*.
Sinnig nennt den Hals der Jäger,
weil er das Haupt trägt, auch den *Träger*.

Es *zieht* das Hochwild, wenn es geht
und es *verhofft*, wenn's stillesteht.
Wenn's *flüchtig* ist, dann läuft es
und wenn es *schöpft*, dann säuft es.
Es riecht nicht, sondern *windet*,
es *äst*, wenn es wo Nahrung findet,
die ihrerseits, wie sich erweist,
nicht Nahrung, sondern *Äsung* heißt.
Es schaut nicht, sondern *äugt*,
ob sich Verdächt'ges zeigt.
Ist es im Wasser und man meint, es schwimmt,
so ist das falsch, denn richtig heißt es da: es *rinnt*.
Wenns *Fluchten* macht, dann springt es
und wenns *auf einem Lauf klagt*, hinkt es.
Es hört nicht, sondern es *vernimmt*.
Es *überfällt*, wenn es im Sprung den Graben nimmt.
Augen hat das Hochwild nicht,
stattdessen man von *Lichtern* spricht.
Auch hat es keine Haut, doch zu dem Zwecke,
daß es nicht nackt geht, trägt es eine *Decke*.
Das Maul, das nennt man *Äser*,

statt Ohren sagt man *Lauscher* besser.
Die Zunge man als *Lecker* kennt,
während man die Nase *Windfang* nennt.

Weil's keine Räder hat und auch nicht fährt auf
Schienen, zur Fortbewegung ihm die *Läufe* dienen.
Wichtig: Oberhalb vom Vorderlauf
ist das *Blatt*. Da schießt man drauf.
Weiters hat das Rotwild, weil es edel,
keinen Schwanz, sondern den *Wedel*.
Der Hirsch und auch das Gamswild hat'n.
Wie er beim Rehwild heißt, mußt du erraten.
Errätst du's nicht, so brauchst du nicht gleich weinen.
das Rehwild nämlich hat gar keinen.

Der Hirsch der trägt als Zierde
stets ein Geweih und das mit Würde.
Dazu, so scheint mir aber, hat er keinen Grund,
wenn man bedenkt, daß dieser arme Hund
gezwungen ist – s'ist kaum zu fassen –
die ganze Zeit auf seinen Harem aufzupassen.
Ich glaube trotzdem nicht, daß sie ihm alle treu.
Wie käm er sonst zu dem Geweih?

Hängt man ihn an den rechten Fleck
dann hat ein Spiegel seinen Zweck.
Das Hochwild hat ihn hintendran,
wo er ihm gar nichts nützen kann.

Im *Rudel* lebt der Hirsch mit Frau und Kindern,
im *Sprung* das Reh, das läßt sich nicht verhindern.
Das Gamswild zieht im *Scharl*,
die Sau tuts in der *Rotte*, nicht als Paarl.

Beim Wildschwein nennt man *Wurf* den Rüssel,
statt Ohren sagt man *Teller* oder *Schüssel*.
Die Schwarte ist die Haut,
das Maul nennt man *Gebrech*
und Schwanz mein ich, wenn ich vom *Pürzel* sprech.

Der Bock, der sich zwar nie rasiert,
stets einen *Pinsel* mit sich führt.
Die Geiß hingegen trägt adrett
eine *Schürze*, sehr kokett.
Es *pfeift* die Gams, der Hirsch der *röhrt*,
es *schreckt* der Bock, wenn ihn was stört.

Im Zorne *bläst* die Sau, die Tiere *mahnen*,
es *fiept* die Geiß, wenn sie erfüllt von Liebesahnen.

Ich gäb was drum, wenn ich nur wüßt,
wie ich erklären könnte, was das Weidloch ist.
Wichtig ist noch, daß du weißt,
daß der Verdauung Endprodukt man *Losung* heißt.
aus welcher dann, wenn man sie sieht,
man interessante Schlüsse zieht.
Gar manches gäb's dazu zu sagen,
doch möcht ich mit Details nicht plagen.
Wen's dennoch interessiert,
der kann mich fragen ungeniert.

Alles, was nicht als Hochwild gilt,
der Schluß ist logisch, zählt zum Niederwild.
Wissenswertes, um nicht langzuweilen,
möcht ich nur von Has und Fuchs mitteilen,
weil für alles andre Niederwild
fast ausnahmslos das gleiche gilt.
Die Augen nennt seit jeher
beim Niederwild man *Seher*.

Statt Ohren sagt man: die *Gehöre*.
Zu Bau der Fuchs fährt durch die *Röhre*.
Statt Haut ist er mit *Balg* bekleidet,
den ihm die Damenwelt sehr neidet.
Das Maul nennt man beim Fuchs den *Fang*
und *Schnüren* nennt man seinen Gang.
Lunte wird der Schwanz genannt.
Ich nehme an, das ist bekannt.

Es lebt der Fuchs mit seiner Frau, der *Fähe*,
in seinem Bau in vorbildlicher Ehe,
einzigallein nur zu dem Zweck,
um großzuziehen das *Geheck*.
Versucht er einen Seitensprung gegeb'nenfalls,
dann fängt er sicher sich im *Schwanenhals*,
den aufgerichtet hat der Jäger für den Fall,
als Säule der Moral.
Mit *Löffeln* wird der Has geboren.
Sie ersetzen ihm die Ohren.
Auf daß die Flucht ihm gut gelinge,
hat vorn er *Läufe*, hinten *Sprünge*.

Was die *Blume* ist, erklär ich wohl am besten so,
wie ich's gelesen habe irgendwo:
die Blume ziert der Jungfrau Locken,
dem Hasen hält sie's *Weidloch* trocken.
ihn nennt man *Rammler,* sie die Häsin.
Das ist wahr und ist kein Blödsinn.

Nun kommen wir zum Federwild,
das jagdlich eine große Rolle spielt.
Auch hier halt ich es für das Richtigste,
mich zu beschränken auf das Wichtigste.
Vor allem sind's die Hühnervögel und die Enten
und ein paar andere, die interessieren könnten.
Auch hier teilt ein in Hoch- und Nieder-
die Jagd auf Federwild man wieder.
Zu ersterer gehören unter anderem die Tetraonen,
die bei uns auf den Bergen wohnen.
Zur Niederjagd dagegen rechnet man
Rabhuhn, Ente und Fasan.
Auch auf die Schnepfen dürfen wir indessen
als des Jägers Frühlingsboten nicht vergessen.

Im allgemeinen unterscheidet man zwischen der *Henne*
einerseits und anderseits dem Hahn.
Daß man sie besser auseinanderhalten könnte,
nennt *Erpel* man den Mann der Ente.
Stolz steht der Auerhahn auf eignen Füßen,
wo andere mit *Ständern* sich begnügen müssen.
Die Raubvögel, die haben *Fänge,*
damit ihnen der Raub gelänge.
Die Enten aber haben *Ruder* oder *Latschen,*
vermutlich weil sie, wenn sie gehen, hatschen.
Der Auerhahn, der lose Schlingel,
hat keinen Hals, den nennt man *Stingel.*
So wie dem Auerwild die Augen,
müssen anderm Federwild die *Seher* taugen.

Brocker nennt den Schnabel man
bei Auer- , Birk- und Rackelhahn.
Als eines Eheirrtums Folge gilt
das sogenannte *Rackelwild.*
Sein Leben dankt dieser Bastard,
dem Fall, wenn Auer- sich mit Birkwild paart.
Weil in den Boden sticht die Schnepfe Löcher,
braucht keinen Schnabel sie, sondern den *Stecher.*
Was sich beim Haarwild *Blume,*
Lunte oder *Wedel* nennt,
beim Federwild als *Stoss* man kennt.
Zu unterscheiden schwierig ist vor allen Dingen,
was *streicht* mit Flügeln, was mit *Schwingen.*
Denn Vögel fliegen nicht, o nein, sie *streichen,*
woll'n sie ein fernes Ziel erreichen.

Einzig der Auerhahn ist Kavallerist,
er *reitet ab,* wenn's wo zu fad ihm ist.
Beim Rebhuhn da wird der Familienverband
Volk, Kette oder *Kitt* genannt,
Gesperre nennt man ihn bei den Fasanen,
Schoof führt bei Enten er den Namen.

Die Liebe äußert sich, zieht man Vergleiche,
fast gleich im Tier- und Menschenreiche.
Das Hochwild, wie man sagt, *tritt in die Brunft*
und verliert dann jegliche Vernunft.
Fängt an der Hirsch sich einen Flirt,
fiept die Geiß von Lieb durchdrungen,
kommt sofort der Bock gesprungen.
Wenn Schwarzwild Zärtlichkeiten tauscht,
dann sagt richtig man: *es rauscht.*
Ein ausgesprochner Miesepeter ist der Fuchs,
das weiß ein jeder. Er *ranzt,* wenn ihn die Liebe plagt,
weil sie ihm scheinbar nicht behagt.
Vielleicht tut sie es aber doch,
sonst kröch er nicht in's Ehejoch.
Blind und taub im Liebeswahn
ist, wenn er *balzt,* der Auerhahn.
Angeblich ist dies auch der Fall
bei einigen Männern manchesmal.
Insoweit, das scheint nun sicher,
sind gleich sich Menschen und auch Viecher.
Dagegen ist im Jahr auf kurze Zeit
beschränkt des Wildes Liebesfreud,
Erfüllt von Liebesglut sind Bock und Geiß

im Sommer, wenn es schwül und heiß.
Im Herbst, wenn schon die Nächte rauh,
sucht erst der Hirsch sich seine Frau.
Noch später fällt's dem Gamsbock ein,
einmal im Jahr verliebt zu sein.
Das Schwarzwild gar kommt erst dahinter,
daß es die Liebe gibt, im Winter.
Da ist der Auerhahn gescheiter
und wartet auf den Frühling heiter.
Es liebt der Kluge nur im Lenz.
Ganzjährig treibt es bloß der Mensch,
vorausgesetzt er hat die nötige Potenz.

Das war – zur Jägerei – alles recht wissenswert.
Drum hab es mitzuteilen ich begehrt.
Wer selbst nicht jagt, ist mäßig interessiert,
daß er das ganze Jagdwesen studiert.
Ihm zu erfahren wird genügen
Die fermen Weidgenossen wissen sowieso viel mehr
und brauchen meine Unterweisungen nicht so sehr.
Ich kann daher mit ruhigem Gewissen
meine Ausführungen hiermit beschließen.

Auf den Jungjäger stürmt natürlich eine Fülle von Begriffen ein, deren Deutung ihn mitunter in arge Schwierigkeiten bringen kann. Ich erinnere mich da an eine heitere Episode, die ich vor Jahren bei einer Jagdprüfung erlebt habe. Im österreichischen Jagdgesetz gibt es den Begriff „Herunterschießen". Ist das zulässig und was versteht man darunter? (§ 83 des niederösterreichischen Jagdrechtes). Die Antwort sollte sinngemäß heißen: „Grundsätzlich ist der bewilligte oder verfügte Abschuß in Zahl und Gliederung einzuhalten. Es ist aber zulässig, bei Trophäenträgern anstelle des Abschusses von Stükken einer älteren Altersklasse Stücke einer jüngeren Altersklasse abzuschießen. Ebenso können anstelle des Abschusses von weiblichem Wild auch Nachwuchsstücke der gleichen Wildart erlegt werden." Mein Kandidat aus dem östlichen Niederösterreich – genauer gesagt aus Fischamend, einem flachen Land, von dem aus man die Berge bei schönem Wetter nur aus der Ferne sehen kann – beantwortete diese Frage, ohne zu zögern, folgendermaßen: „Obaschiaßn is, wann i an Fasan vom Bam obaschiaß!" Nach der ersten Schrecksekunde klärte ich meinen Prüfling – um ihn nicht allzu sehr zu schockieren – vorsichtig auf, daß ein fermer Waidmann Flugwild wohl nur im Fluge erlegen dürfe. Niemals jedoch sitzend vom Baum! Weiter versuchte ich, ihm verständlich zu machen, daß ich mit dem „Herunterschießen" eigentlich einen bestimmten Punkt des Jagdgesetzes – den bewußten Paragraph 83 – meinte und, um ihm ein „Hölzl" zu werfen, nannte ich ihm als ein Beispiel den Gams. „Was er denn beim Gams unter Herunterschießen verstünde?" Daraufhin kam die von ihm aus sicher logischste Antwort der Welt: „Sie, Gams haben wir kane in Fischamend!" Damit wußte ich auch über die Fauna in Fischamend Bescheid!

Die Jagd ist heute dem Jäger noch eine – wenn auch nicht ungetrübte – Oase der Ruhe in der uns umgebenden Hektik. Der spanische Philosoph Ortega y Gasset, der niemals Jäger war und auch auf keiner Jagd gewesen ist, kleidet die Ideologie des heutigen Waidwerks in einem Brief an seinen Freund, den Grafen Ibes, in folgende Worte:
„Und das ist es, warum Sie jagen: wenn Sie die ärgerliche Gegenwart satt haben, wenn Sie es müde sind, ganz 20. Jahrhundert zu sein, dann nehmen Sie Ihre Flinte, pfeifen Ihrem Hund, gehen in den Wald und geben sich ein paar Stunden dem Vergnügen hin, Steinzeitmensch zu sein. Denn damals war das Leben soviel wie jagen“.
So besteht das Urwesen der heutigen Jagd darin, daß es einer archaischen Situation für den Menschen künstliche Dauer verleiht, und zwar jener ersten Situation, in der er zwar schon Mensch war, aber noch im Bannkreis der tierischen Existenz lebte.
Nun, so ganz „Vergnügen“, wie Ortega y Gasset meinte, ist die Jagd heute sicher nicht mehr. Dies geht in anschaulicher Weise aus einer Anekdote neueren Datums hervor, die von einem Industriellen erzählt, der im Land Salzburg in seinem Jagdgut außer dem Betreuungspersonal noch ständig an die vierzig Jagd- und Forstbeamte beschäftigte. Die Betriebskosten überstiegen den Ertrag aus der Jagd- und Forstwirtschaft beträchtlich, und als eines Tages die Finanzbehörde die Steuererklärung mit dem Vermerk zurückschickte: „Wir vermissen die Gewinne aus der Jagd- und Forstwirtschaft des Gutes“, antwortete der Großindustrielle lapidar: „Ich auch!“
Das drängt die Frage auf: Wie steht es um Jagd und Jäger heute? Welche Chancen hat das Wild zu überleben? Wird die Jagd benötigt? Lohnt es sich, Jäger zu sein?
Hier soll nun sicher keine wissenschaftliche Abhandlung erfolgen, lediglich ein paar Fakten und Denkanstöße.
Der österreichische Jagdschriftsteller Hans Fuschlberger prägte einst den Satz: *„Hege ist der Versuch des Waidmannes, an der Natur gutzumachen, was der Mensch an ihr gesündigt hat.“* Der heutige Jäger ist – und er muß es sein – vor allem anderen Heger. Prof. Otto Koenig hat mich bei einer seiner Fernsehsendungen „Rendezvous mit Tier und Mensch“ einmal gefragt, ob österreichische Jäger etwa heute noch Auerochsen aussetzen würden. Meine Antwort war: „Sicher nicht. Denn abgesehen davon, daß diese Wildart heute bei uns wohl nicht mehr die Lebensbedingungen vorfinden würde, die sie zum Fortbestand braucht, ist die Jägerschaft schon froh, wenn sie den derzeit hier vorkommenden Wildarten eine Überlebenschance ermöglichen kann!“
Welche Berechtigung diese Worte haben, läßt sich am besten an der Problematik rückläufiger Wildarten, wie etwa dem Rebhuhn, demonstrieren. Doch nicht nur für dieses, sondern für viele andere Wildarten auch, haben sich in der jüngeren Vergangenheit die Lebensbedingungen derart verschlechtert, daß am Fortbestehen so mancher von ihnen stark gezweifelt werden muß. Doch wie schon vorhin gesagt, hauptbetroffenes Wild ist derzeit das Rebhuhn. Sein Bestand geht seit den sechziger Jahren trotz intensivster Hegemaßnahmen und Schonung durch den Jäger ständig zurück. Warum dies so ist, ergibt sich aus der ökologischen Grundeinsicht, daß die Qualität des Lebensraumes entscheidend ist, ob und in welchem Ausmaße eine Wildart dort existieren kann.
Das Rebhuhn ist in der Feldflur beheimatet. Zu Beginn des 20. Jahrhunderts bestand dieser Lebensraum aus einem bunten Mosaik von Grünlandstreifen, Waldinseln, Strauchgruppen, Hecken, Gräben und Tümpeln. Lerche und Wachtel gehörten zu diesem Landschaftsbild genauso wie Klatschmohn und Kornblume.
Die Bewirtschaftung des Bodens erfolgte noch mit Pferden, Ochsen oder Kühen, und zur Versorgung dieser Tiere baute man Futterpflanzen an. Eine ideale Lebensgrundlage für das Rebhuhn. Es hatte das ganze Jahr über Deckung und litt auch keinen Mangel an Äsung, die eine Vielfalt von Wildkräutern lieferte. Außerdem stand dem Rebhuhnkücken ausreichend tierische Nahrung zur Verfügung. Günstig wirkte sich auch aus, daß im Herbst die Stoppelfelder nicht von einem Tag auf den anderen umgebrochen wurden, und Ernte sowie Ackerbestellung erfolgten in längeren Zeiträumen und Etappen. Wie

anders sieht hingegen der heutige Lebensraum des Rebhuhnes aus! Die Anbauflächen sind großflächig gestaltet, geradlinig und ohne Baum- oder Strauchbewuchs. Sie sind „maschinengerecht" und die Wildkräuter infolge der Intensivierung der Monokultur verschwunden. Riesige Flächen mit Mais, Weizen und Rüben prägen nunmehr den Lebensraum des Rebhuhnes. Der Mangel an Deckung wirkt sich auch in der Brutzeit nachteilig aus, wodurch die Zahl der Brutpaare begrenzt wird. Das Rebhuhn benötigt zum Überleben nämlich Sichtschutz. Wo dieser nicht in ausreichendem Maße vorhanden ist, vertreiben die Altpaare, die das Territorium zuerst besetzt haben, andere Brutpaare und verhindern damit eine höhere Brutdichte. Ein negativer Faktor sind Hecken, Bäume und Feldgehölze in der deckungslosen Landschaft, da diese für Räuber wie Füchse, Marder, Wiesel, Habicht und Mäusebussard geeignete Biotope bilden, beziehungsweise deren Jagd erleichtern. Dies ist auch die Erklärung dafür, daß Rebhühner aus günstig strukturierten Landschaftsgebieten verschwunden sind, wenn seine Artgegner in Überzahl vorkommen. Eine weitere wesentliche Rolle für den Rückgang spielt auch eine Verschlechterung der Äsungssituation. Hier ist vor allem die vermehrte Anwendung von Herbiziden ausschlaggebend, die auch die Schuld am Verschwinden vieler Wildkräuter tragen. Selbst dem Menschen springt diese Tatsache ins Auge, denn Klatschmohn oder Kornblume bekommt er heute selten zu sehen. So wird es für das Rebhuhn auch immer schwieriger, ausreichend Äsung zu finden. Saatgutreinigung, die vorhin erwähnte Verwendung von Herbiziden sowie das frühzeitige Mähen der Randstreifen lassen auch für dieses Wild „Schmalhans" Küchenmeister werden. Da die Getreidefelder schon früh im Herbst umgebrochen werden und somit auch die Stoppeläsung ausfällt, wird die Nahrungssituation gegen den Winter hin verschlimmert. Zwischen Frühjahr und Sommer tritt eine weitere entscheidende Äsungslücke auf, da die Rebhuhnkücken zu dieser Zeit vorwiegend auf tierische Nahrung, wie Insekten und Larven, angewiesen sind, die aber durch die Verwendung verschiedenartiger Spritzmittel gegen tierische Schädlinge nicht vorhanden sind. Und was noch überlebt hat, ist meist gegen Spritzgift bereits immun und damit selbst zur giftigen Gefahr geworden. Neben der sich aus Deckungs- und Nahrungsmangel ergebenden Verringerung der Biokapazität treten aber auch noch andere negative Faktoren in Erscheinung, wie zum Beispiel die schnell arbeitenden Mähmaschinen, die zur Zeit der Heumahd unzählige Rebhühner vernichten.

Wie die Erfahrung gezeigt hat, läßt sich leider auch durch einen weitgehenden Bejagungsverzicht der Rückgang des Rebhuhnbestandes nicht mehr aufhalten. So versuchen die Landesjagdverbände gemeinsam mit der Jägerschaft durch Biotophege den Lebensraum dieses Feldhuhnes zu verbessern. In der Praxis sieht das so aus, daß unter dem Titel „Ödlandaktion" brachliegende oder für die Landwirtschaft nicht benutzbare Flächen von der Jägerschaft angepachtet werden, um diese mit Hegebüschen, Feldholzinseln und Wildäckern zu bestücken. Die Bearbeitung der Flächen geschieht dabei so, daß sie dem Wild Deckung und Äsung läßt. Daß bei diesen Maßnahmen auch die übrige heimische Vogelwelt profitiert, liegt auf der Hand.

Tiefe Wildbestandslücken reißt auch der Verkehr. Im Laufe seiner jahrtausendelangen Entwicklungsgeschichte haben sich bei jedem Wildtier Verhaltensweisen und Mechanismen ausgebildet, die ihm einen Schutz vor seinen natürlichen Feinden ermöglichen. So schlägt der Hase Haken, um seine Verfolger abzuschütteln, und das Kaninchen verschwindet im Bau unter der Erde. Leider sind alle diese instinktgebundenen Verhaltensweisen nicht geeignet, um die Wildtiere auch vor den Gefahren der Technik zu schützen. So nützt es dem Igel etwa wenig, wenn er sich vor dem herannahenden Auto auf der Straße zusammenrollt oder dem Rehkitz, wenn es sich vor dem tödlichen Mähbalken ins Gras drückt. Tiere können sich dem technischen Fortschritt nicht anpassen, daher muß der Mensch überall dort Vorsicht walten lassen, wo die Möglichkeit einer Begegnung

zwischen Tier und Technik vorhanden ist, wie etwa beim Autofahren durch wildreiche Gebiete und beim Einsatz von landwirtschaftlichen Maschinen.
Jagd ist aber auch ein bedeutender Teil des praktischen Naturschutzes. Als erläuterndes Beispiel sei hier Kanada angeführt, wo sich Flora und Fauna noch in einem stabilen Gleichgewicht befinden, da die Natur dort sich selbst überlassen ist. Es funktioniert noch die Regulierung der Tierbestände durch Beutegreifer, und auch die Lebensräume für die wildlebende Tierwelt sind intakt. Was wir hingegen in unserer Kulturlandschaft mit Natur bezeichnen, müssen wir mit ganz anderen Maßstäben messen. Hier hat bereits der Mensch mit Zirkel und Lineal, mit Bagger und Planierraupe eine Landschaft geschaffen, deren Fortentwicklung fest umrissenen Nutzungsansprüchen unterliegt. Die durchgeführten Landschaftsveränderungen haben in den vergangenen Jahrzehnten dem freilebenden Wild großen Schaden zugefügt. So wurden durch Flurbereinigung vor allem durch die Intensivierung der Monokulturen in Wald und Feld eine Vielzahl wertvoller Lebensräume zerstört. So manche Tierarten sind durch diese Bewirtschaftungsformen ausgestorben oder in ihrem Fortbestehen bedroht.
Das Interesse des Jägers an einer pfleglichen Nutzung des Wildes ist ein wesentlicher Antrieb zu dessen Erhaltung. Daher hat der Jäger auch größtes Interesse am Naturschutz.
Da in unserem Lande Bär, Wolf und Luchs seit langem nicht mehr existieren, ist der Jäger an ihre Stelle getreten, um die zum Nutzwild zählenden Tierarten wie etwa Hirsch, Reh, Wildschwein etc. auf ein ökologisch tragbares Maß zu regulieren. So ist die Jagd zu einem unverzichtbaren Bestandteil zivilisationsbedingter Naturpflege geworden.
Ein kanadischer Ornithologe und Vogelschützer erklärte nach einer langen Diskussion über wirkungsvollen Artenschutz während des Panafrikanischen Ornithologen-Kongresses auf den Seychellen: *„Wenn ich mein Geld für die Erhaltung der Natur investieren wollte, so würde ich es den Jägern überlassen, denn die tun wirklich etwas."*

Im „Lehrbuch für Jäger und die es werden wollen" schrieb Georg Ludwig Hartig im Jahre 1812:
„Die Jägerey ist eine Wissenschaft, welche zum Gegenstand hat: die schädlichen, wilden Tiere auf eine geschickte Art zu vermindern oder ganz zu vertilgen, hingegen nützliches Wild in beliebiger Menge zu erzielen, gegen nachteilige Ereignisse zu beschützen, kunstmäßig zu fangen, oder zu erlegen und bestmöglich zu benutzen."
Wie anders sehen heute Handbücher über die Jagd oder das Jagdgesetz aus! Wie ganz anders lauten da die Worte, die heutzutage jede ernstzunehmende Druckschrift über die Rechte und Pflichten eines Waidmannes einleiten.
Nicht mehr das Jagen steht an erster Stelle, sondern das vernünftige Hegen. Auch ist nirgends mehr von der Ausrottung „reißenden Getiers" zu lesen, vielmehr werden ernsthaft die Möglichkeiten zur Erhaltung des Raubwildes, ja selbst zur Wiedereinbürgerung von Luchs, Bär und Wildkatze erwogen. Niemand denkt auch ernsthaft daran, sogenanntes „nützliches Wild", wie Hirsch, Reh und Hase, in beliebiger Menge heranzuhegen, weil sich eine derartige Überhege nach inzwischen gemachten Erfahrungen mit dem Hegeziel eines gesunden, vielartigen Wildbestandes ebensowenig verträgt, wie mit der Rücksichtnahme auf eine nutzbringende Land- und Forstwirtschaft.
So gravierend haben sich innerhalb weniger Generationen – eigentlich erst seit der Wende zum 20. Jahrhundert – die Grundsätze der sogenannten Waidgerechtigkeit nach Moral und Praxis geändert. Auch der Umdenkungsprozeß in der Jägerschaft in bezug auf das „schädliche Wild" kann weitestgehend als fortgeschritten angesehen werden.
Und wenn in einem Artikel einer angesehenen deutschen Jagdzeitung des Jahres 1898 unter redaktioneller Verantwortung ein „neues" Punktesystem zur finanziellen Prämierung des Abschusses bzw. der „Vertilgung schädlichen Getiers" propagiert wurde, kann im heutigen Jagdsystem weitestgehend eine Abkehr von diesem Gedanken erkannt werden. Interessehalber sei ange-

führt, daß in dieses Punktesystem so ziemlich die ganze Säugetier- und Vogelfauna ab Mauswiesel bis Raubwürger und Blauracke eingeschlossen war, daher als „schädlich" galt und gegen Schußgeld bekämpfungswürdig aufschien. Das sogenannte „Nutzwild" war davon natürlich ausgenommen.

Adler, Geier, Milane, Eulen, Schwäne und Reiher waren in dieses Punktesystem ebenso miteinbezogen wie Wildkatze und Fuchs, Marder und Otter. Ja selbst Kiebitz und Säbelschnäbler waren mit 8 strafbaren Punkten versehen. Kein Wunder also, daß nach der Denkungsweise dieser Zeit selbst Abschüsse fütternder Altvögel vom Horst als waidmännisch unbedenklich empfunden wurden. Noch um 1880 wurde beispielsweise Kronprinz Rudolf auf Grund der damaligen jagdlichen Geisteshaltung zu Abschüssen von Seeadlern, Löfflern und Edelreihern geführt. Und aus eben dieser geistigen Einstellung heraus ist es zu verstehen, daß die Taten des heute berüchtigten Adlerjägers Leo Dorn gerühmt wurden, der in den bayrischen Alpen über 100 Steinadler zur Strecke gebracht hatte. Dieses Beispiel einer versuchten Einteilung nach menschlichen Maßstäben in bezug auf Nützlichkeit und Schädlichkeit der Tiere zeigt wohl am deutlichsten, welche bedeutende, aber auch verheerende Rolle der Jäger als Regler der freilebenden Tierwelt zu spielen vermag. Der Jäger von heute hat – und das vielfach auch auf Grund wissenschaftlicher Forschungsergebnisse – erkannt, daß ein artenreicher Wildstand zu erhalten ist, was selbstverständlich auch die maßvolle Schonung des Raubwildes einschließt.

Auf der Liste der jagdbaren Tiere in Österreich stehen 36 jagdbare Wildarten. Als Beispiel soll das Land Niederösterreich dienen – weil es das einzige Bundesland ist, wo sämtliche Wildarten vorkommen: 20 Wildarten sind ganzjährig geschont. Das sind über 50 %. Daraus ist wohl unschwer zu erkennen, wie verantwortungsbewußt der heutige Jäger die wildlebenden Tiere bewirtschaftet.

igentlich müßte ich ja gar nicht den Kalender zur Hand nehmen, denn alljährlich, wenn ich das unvermeidlich wiederkehrende Photo in der Tageszeitung sehe, wie ein Junghase oder ein Rehkitz von „tierliebenden" Menschen mit der Flasche aufgezogen wird, dann ist der Monat Mai gekommen. In dieser Zeit ist die große Kinderstube in der Natur, und wenn ein Erholungssuchender in der Wiese so ein liebes „Bambi" liegen sieht, regt sich in ihm unweigerlich das Bedürfnis, es zu streicheln oder gar mit nach Hause zu nehmen, um es aufzuziehen. Der Tierfreund ist überzeugt davon, daß dieses kleine Wesen von seiner Mutter verlassen wurde und er es retten müßte, und doch hat er damit unfreiwillig meist das Todesurteil über den Nachwuchs gesprochen.

Als nächstes erhebt sich natürlich die Frage, warum ist das so? Die Antwort darauf ist simpel. In der sinnvollen Einrichtung der Natur ist es gelegen, seine Lebewesen zu schützen. Auf Grund dessen haben Jungtiere einige Wochen lang, nachdem sie ihr Erdendasein angetreten haben, keinen Eigengeruch, damit ihre natürlichen Feinde, wie etwa der Fuchs oder der wildernde Hund, sie nicht in den „Wind" bekommen. Das Jungtier wird, während sich die Mutter auf Nahrungssuche befindet, abgelegt und ist sich selbst überlassen. Wird es nun von menschlicher Hand berührt, haftet dieser Geruch an ihm – das Muttertier wird dadurch irritiert.

Sollte aber so ein Jungtier gar mit nach Hause genommen werden und es gelingt dem „Retter", dieses über die Runden zu bringen und aufzuziehen, so wird er das Wild über kurz oder lang, sobald es größer geworden ist, wieder in die freie Wildbahn zurückversetzen müssen. Dieses Tier ist aber dann meist nicht lebensfähig, da es alles das, was ihm seine Mutter gelehrt hätte – also die besten Gräser zu suchen und sich vor seinen Feinden zu schützen – durch die Betreuung des Menschen nicht kennenlernen konnte.

Es wird sich meist in der ihm fremden Umwelt, die seine Lebensgrundlage bilden sollte, nicht zurechtfinden und zugrunde gehen. Von der Natur aus ist es so bestimmt, daß wohl viele Tiere zur Welt kommen, um die Art zu erhalten, aber erwachsen werden kann von den jungen Wildtieren nur ein kleiner Prozentsatz. Allen übrigen ist das Los beschieden, anderen Mitgeschöpfen als Nahrung zu dienen.

Trotz all dem Vorhergesagten ist jedoch die „Rettung verlassener und hilfloser Tierkinder" unwahrscheinlich populär. Woher kommt das? Nun, schlichtweg kann gesagt werden – und jeder Psychologe wird dies bestätigen – daß die Zuneigung zu den Geschöpfen, die wir „zum Fressen gerne haben", und die Sorge, daß sie uns erhalten bleiben, im uralten „Räuber – Beute – Verhältnis" wurzelt. Unsere Moral kommt also – so ungern wir dies auch hören mögen – aus dem Magen, und die Vorliebe für „edle" Tiere hat ihre Wurzeln weniger in der Liebe zum Geschöpf als im Grad der Genießbarkeit oder sonstigen Brauchbarkeit. Da sich unsere zivilisierte Welt den Magen mit Produkten aus Hühner-Volieren, Schweineghettos und Kälbergefängnissen füllt, ist diese Beziehung zum Tier keine unmittelbare und innige. Dies bewirkt in dem einen Fall die Abstumpfung und Gleichgültigkeit, im anderen vorerwähnten Fall jedoch macht es die Menschen sensibel gegenüber dem Schicksal dieser Mitgeschöpfe.

Wer hat sie als Jäger noch nicht kennengelernt, diese von Tierliebe überströmenden Zeitgenossen, welche nur Abscheu und Empörung für einen solchen „Unmenschen" empfinden, der auf Tiere Jagd macht, anstatt dessen Fleisch, unblutig und sauber in Plastikfolie verpackt, im Supermarkt zu kaufen.

Oder ein anderer Fall. Da liegt ein von einem Auto angefahrenes Reh mit gebrochenen Läufen und schweren inneren Verletzungen auf der Straße. Der herbeigerufene Jäger macht den Qualen des Tieres ein rasches Ende und wird darob vom Autoinsassen auf das Ärgste beschimpft, weil er das Wild nicht zu einem Tierarzt gebracht hat, um es gesund pflegen zu lassen. Es hätte aber gar nicht soweit kommen müssen, wenn der Autofahrer bei Ansichtigwerden des Verkehrszeichens „Achtung Wildwechsel" nur ein wenig Vorsicht hätte walten lassen.

Im übrigen, das Engagement zur „Rettung hilfloser Jungtiere" gilt in der Hauptsache natürlich nur Rehen

oder Hasen. Frösche, Spinnen, Fische und Käfer etwa werden kaum derartiger „Rettungsaktionen" teilhaftig. Gibt das nicht zu denken?
Wie wäre es zum Beispiel, das „Herz für Tiere" durch den Verstand zu kontrollieren? Versuchen wir doch einmal, die Tiere als Partner und Mitgeschöpfe zu betrachten! Und so unglaublich es für manchen nichtjagenden Mitmenschen klingen mag – der Jäger tut es.

Ortega y Gasset hat geschrieben: „Der Mensch lebt, weil er jagt." Doch immer häufiger wird heute – und das weltweit – der Ruf zur Abschaffung der Jagd hörbar. Und dabei drängt sich die Frage auf: „Kann der Mensch leben, wenn er nicht mehr jagt?" Selbstverständlich – denn die Jagd wird heute nicht mehr wie in früheren Zeiten zur Nahrungssicherung ausgeübt. Und hier drängt sich die zweite Frage auf: „Warum jagen wir dann überhaupt noch?"
Vielleicht sollte in diesem Zusammenhang vorerst einmal der jetzige Standort des Jägers fixiert werden. Die Überlebenschance des Wildes ist heute zum Großteil in die Hand des Jägers gelegt. Es ist auf seine Freude am Jagen und Beuten angewiesen und darauf, daß er das Wild in einer zu dessen Ungunsten veränderten Umwelt hegt und daß er den Lebensraum des Wildes zu bewahren hilft. Teils mit viel persönlichem Einsatz und teils mit beträchtlichen Geldmitteln. Wie eminent wichtig die Lebensraumerhaltung für das Wild ist, soll hier mit einigen Daten veranschaulicht werden.
Durchschnittlich kommen auf einen Hektar (also 100 x 100 Meter) Grundfläche in Österreich 41 Laufmeter fahrbare Forststraße, und durch unüberlegte Grundstückzusammenlegungen gehen pro Hektar etwa 120 qm an Feldrainen verloren. Hier setzt eine der Tätigkeiten des Jägers ein – die Schaffung von Hegeinseln, die Aufforstung von Ödland- und Brachflächen, die Begrünung von Böschungen und die Revitalisierung von Feuchtbiotopen. Gerade die Feuchtgebiete sind einer der empfindlichsten und am meisten bedrohten Bestandteile unserer Flora.
Diese Biotope, denen seit Jahrhunderten, ja Jahrtausenden Wasser entnommen wurde und die seit Jahrzehnten Verunreinigungen ausgesetzt sind, erleiden zur Zeit eine Rückbildung und eine Beeinträchtigung, deren Folgen noch nicht abzuschätzen sind. Feuchtgebiete beinhalten eines der wichtigsten Elemente zum Leben – das Wasser. Somit stellt ein Feuchtgebiet eine Oase dar, in der es nur so wimmelt von unzähligen Lebewesen, Pflanzen und Tieren.
In diesem elementarsten Medium nun – mag es klar, reißend, träge, trüb, süß, brackig oder salzig sein – lebt eines der reichhaltigsten Gemische von Tier- und Pflanzenarten, die es auf dieser Welt gibt. Viele davon können überhaupt nur dann fortbestehen, wenn ihnen diese Lebensräume erhalten bleiben. Auch für den Vogelzug sind Feuchtgebiete wichtige Etappen, die Gänsen, Enten und Sumpfvögeln nicht nur als Nistplätze oder zum Überwintern, sondern auch als Durchgangsstationen dienen, an denen sie während des Vogelzuges oft über längere Zeit Quartier nehmen, um sich auszuruhen und nach Nahrung zu suchen. Da das Verschwinden bestimmter Feuchtgebiete einen empfindlichen Einschnitt in die Zugbahn der Vögel bedeuten würde und eine Dezimierung oder gar die Ausrottung von Vogelarten zur Folge hätte, trachtet der Jäger – in Zusammenarbeit mit dem Naturschutz – Feuchtgebiete, wo immer es möglich ist, zu erhalten.
Wer auf dem Lande lebt, spürt, wie die Veränderungen der Umwelt mit brutaler Deutlichkeit um sich greifen. Die Städte weiten sich bis in die ländlichen Zonen aus oder bilden Satelliten an den unerwartetsten Stellen. Die Landwirtschaft wird immer mehr von der Massentechnologie und von einer industriellen Betrachtungsweise beherrscht, die Mensch und Tier vertreibt und das Landschaftsbild durch Roden von Baumhecken, Trockenlegung von Sümpfen und Kanalisierung der Flüsse verändert. Letztere Maßnahme hat ja auch nicht unwesentlich zum erschreckenden Rückgang des Fischotters beigetragen.
Mit dem Bevölkerungszuwachs kam dann die Verwendung chemischer Produkte, wie etwa der Unkraut- und Schädlingsvertilgungsmittel. Die Technik wieder hat unser Kommunikationswesen und unsere Verkehrsmittel verfeinert und damit eine gegenseitige wirtschaftliche

Abhängigkeit geschaffen, wie sie niemals zuvor bestanden hat. Wir wissen natürlich, daß das Leben kein starrer Zustand, sondern ein fließender Vorgang ist. Ob wir ein Einzelwesen betrachten, eine bestimmte Tier- oder Pflanzenart oder eine ganze Lebensgemeinschaft – was wir sehen, ist immer nur eine Momentaufnahme. Nur weil für die natürliche Evolution „tausend Jahre wie ein Tag sind", kommt uns manches ewig vor. Seit wir Kulturmenschen in unsere Umwelt kräftig eingreifen – ein paar tausend Jahre erst, und erst seit kaum 100 Jahren mit Maschinen und Motoren – geht alles schneller. Für viele unserer Mitgeschöpfe viel zu schnell, sodaß sie den Anpassungs-Wettlauf mit den veränderten Lebensbedingungen verlieren. Das Übel ist dabei nicht, daß wir unsere Umwelt beeinflussen – das tun alle Lebewesen auf ihre Art –, sondern daß wir es in lebensgefährlichem Tempo tun. Und dieses kostet unseren Wildtieren jährlich durch den Straßenverkehr gewaltige Verluste. So verursachen Begegnungen zwischen Kraftfahrzeugen mit Wildtieren im Jahr auf Österreichs Straßen durchschnittlich mehr als 200 schwere Verkehrsunfälle. Der dabei entstehende materielle Schaden wird auf 100 Millionen Schilling geschätzt. Doch was viel schlimmer ist – es sind jährlich etwa 3 Tote und 300 Verletzte zu erwarten. Auch hier versucht der Jäger, etwa durch das Anbringen von Wildwarnreflektoren, nach Kräften die Verlustziffern in Grenzen zu halten. Wie notwendig diese Maßnahme ist, zeigen in erschrekkendem Ausmaß die in den letzten Jahren veröffentlichten Statistiken, die jährlich ca. 200.000 Stück durch den Verkehr „erlegtes" Wild ausweisen. Dabei halten Rehe und Hasen mit je 50.000 Stück pro Jahr den traurigen Rekord. Ein weiteres Problem – das Tiefschneefahren – tritt immer mehr in den Vordergrund. Diese Unsitte ist vor allem in letzter Zeit nicht nur zu einer Wald-, sondern auch zu einer Wildbedrohung geworden. Das Tiefschneefahren – so haben Wissenschaftler festgestellt – stört etwa das Rehwild weitaus nachhaltiger als zum Beispiel der Lärm in der Nähe eines Flughafens. Der Grund liegt darin, daß ein geübter Schifahrer sich dem Wild schneller und lautloser zu nähern vermag als der im Verhalten der Tiere „einprogrammierte" natürliche Feind.

Besonders störend und nachhaltig wirken sich jedoch nächtliche, nach ausgedehnten Zechtouren zumeist lärmende Abfahrten ganzer Schifahrergruppen aus. Bei der mühsamen Flucht des Wildes durch den Schnee verbraucht dieses weit mehr Energie, als es an Nahrung wieder aufnehmen kann. Die Folgen solcher wiederholter Störungen wirken sich durch Abwandern des Wildes in noch ruhigere Gebiete aus, in denen dann ein starker Anstieg von Verbißschäden zu verzeichnen ist.

Beabsichtigst du, lieber nichtjagender Mitmensch, die freie Natur zu konsumieren, so mußt du dir vorher schon im klaren sein, wen du dort vornehmlich antreffen wirst. Im Prinzip sind es zwei Kategorien von Menschen, die den Wald bevölkern: die nichtjagenden – sie sind meist in der Überzahl – und die jagenden. Letztere erkennst du daran, daß sie als äußeres Zeichen der Macht ihres mit Sexualproblemen behafteten und vor Komplexen nur so strotzenden Wesens – so die Meinung mancher Wissenschaftler – ein Gewehr, über die linke Schulter gehängt, mit sich herumtragen. Außerdem sind sie in der Minderheit. Prinzipiell merke dir, daß du im Wald fast alles darfst, außer vielleicht der Kleinigkeit, daß du keine Kulturen unter drei Metern betreten sollst. Doch diese Lappalie ist vernachlässigbar. Falls du noch nie im Wald gewesen sein solltest und mit den Verhaltensregeln nicht so vertraut bist, will ich dir im folgenden mit einigen Tips zur Seite stehen. Gleich wenn du in den Wald hineinkommst, wird dich unerträgliche Ruhe empfangen. Der einzige Lärm, den du hörst, ist der, den du selber oder einer deiner Mitmenschen macht, denn das Rauschen der Blätter sowie das Plätschern eines munteren Bächleins fallen nicht sonderlich ins Gewicht und stören auch nicht wesentlich die Musik, die deiner für alle Fälle zur Vorsorge mitgebrachten Tonmaschine entströmt. Solltest du weltvergessen und einer besonders markanten Stelle eines Popstückes lauschend, durch das Abspringen eines Stück Rehwildes irritiert und erschreckt werden, so miß dem keine besondere Bedeutung zu. Du mußt das so sehen, daß Rehe ja verhältnismäßig selten in Discotheken kommen und ihnen deshalb deine Musik natürlich weitestgehend unbekannt ist. Und vor allem, was diese nicht kennen, fliehen sie eben. Diese typische Charaktereigenschaft der Wildtiere bringt sie aus unserer Sicht natürlich um viel Schönes, aber es ist eben so. Wenn sie von Natur aus dazu auserkoren sind, den ganzen Tag nur Vogelgezwitscher, Laubrascheln und Wasserplätschern zu hören, dann ist das ihre Sache. Warum sind sie nicht Mensch geworden? Da könnten sie sich in ihr Zimmer einsperren und ungestört ruhen, wann immer sie wollen. Übrigens liegen diese Tiere sowieso den größten Teil des Tages über, und wenn sie aufstehen, dann fressen sie. Bei dieser ungesunden Lebensweise ist es sicher nicht schlecht, wenn sie auch einmal etwas in Bewegung kommen. Hervorragend für diese Therapie ist da ein mitgebrachter Hund geeignet. Er bringt dieses träge Wild so richtig in Schwung. Außerdem triffst du damit zwei Fliegen auf einen Schlag, denn auch dein vierbeiniger Liebling bekommt dadurch seinen Auslauf. Und sollte dein zahmes Hündchen vielleicht ein Reh reißen, so mache dir darüber keine übertriebenen Sorgen. Du ersparst damit nur dem Jäger die Arbeit, denn weg muß das Wild sowieso, da diese bösen Tiere doch den ganzen Wald auffressen. Man liest es fast täglich in der Zeitung. Auf ein Reh mehr oder weniger kommt es daher sicher nicht an. Und was die sicherlich unberechtigte Meinung einiger weniger betrifft, daß dein Hund der trächtigen Geiß bei lebendigem Leib die Jungen herausreißt, so ist es vielleicht möglich, daß dies andere Hunde tun, aber ganz bestimmt nicht der deine. Da du deinen Hund ja kennst, nicht jedoch der Jäger, so wäre es aber doch ratsam, bei Ansichtigwerden eines Grünrocks deine Fiffi, oder wie immer dein vierbeiniger Liebling heißen mag, vorübergehend an die Leine zu nehmen. Du ersparst dir dann ein unendliches Palaver. Solltest du unter Umständen einmal auf einen uneinsichtigen Jäger kommen, der deinem lieben Hund das bißchen Freiheit des Nachhetzens nicht gönnt, und sollte er dann womöglich gar mit dem Erschießen des Hundes drohen, so kannst du beiläufig erwähnen, daß du diesen Fall der Presse melden würdest. Eine äußerst abschreckende Wirkung erzielst du auch mit einem angedeuteten Nebensatz, in dem du etwa die nahe Verwandtschaft mit einem Chefredakteur einfließen läßt. Kein Jäger liest seinen Namen in diesem Zusammenhang gerne in der Zeitung, es wäre denn ein ganz abgebrühter. Triffst du auf einen solchen, dann laß deinen Hund lieber angeleint und wechsle das Revier. Auch die Auswahl eines geeigneten Rastplatzes dürfte keine allzu großen Schwierigkeiten mit sich bringen. Es kann dir ebenso niemand verwehren, im Wald Mitgebrachtes zu verzehren. Man kann heute ja schon die

erlesensten Leckereien, in Büchsen konserviert oder in Plastikfolie verpackt, im Auto leicht befördern. Durch einen mitgebrachten Dosenöffner kommst du mühelos zum Gewünschten.
Die Abfälle wieder mit nach Hause zu nehmen, würde allerdings einen erhöhten Arbeitsaufwand bedeuten, und du bist doch als Erholungssuchender gekommen, also strebst du gerade das Gegenteil an. Lasse daher das Gerümpel einfachheitshalber gleich in der Natur draußen liegen. Und überhaupt, die Jäger veranstalten doch jedes Jahr im Frühling sowieso ein Großreinemachen im Wald. Wie enttäuscht wären sie doch, würden sie da nichts zum Entrümpeln vorfinden. Also auch hier, immer zuerst an die anderen denken.
Auch mit dem Feuer mußt du im Wald nicht allzu sorgsam umgehen. Erstens ist es um die Bäume sowieso nicht allzu schade, da sie ja weitestgehend schon durch die Umwelt – für die du ja nichts kannst – schwerst geschädigt und daher wertlos sind, und zweitens gibt es doch in jedem Ort eine Freiwillige Feuerwehr, die, überhaupt nach längerem Nichtgebrauchtwerden, dankbar für jeden Einsatz sein müßte.
Das erhöht die Flexibilität und steigert die Routine.
Und noch eines bedenke!
Jeder Ausflug ist mit Unkosten verbunden, wie etwa jenen für das Benzin, die sich, je nach der Entfernung von deinem Heimatort, oft sehr gravierend zu Buche schlagen können. Du kannst aber dieselben – zumindest teilweise – wieder hereinbringen, wenn du klug bist und dein Fahrzeug gleich im Wald, bei einem geeigneten Bächlein, wäschst. Du bist dabei in der guten Luft, hast einen reinen Wagen, und das bißchen Schmutz und Öl spült sowieso das Wasser weg. Wegen der Fische brauchst du dir dabei keine übertriebenen Gedanken zu machen, denn auch auf sie kann man den Leitsatz anwenden, daß im Leben nur die Härtesten durchkommen, und da nicht alle...
Und noch eines. Sicher hast du jemanden zu Hause lassen müssen, dem du einen kleinen Gruß mitbringen möchtest. Bleib daher auf der Heimfahrt bei der nächsten Wiese stehen und pflücke einen ordentlichen Strauß für die Daheimgebliebenen. Sie freuen sich, und auf der Wiese gehen die Blumen sowieso nicht ab. Sitzt du dann abends genüßlich vor dem Fernseher, hast du das gute Gefühl, einen schönen Tag genossen zu haben, in einer Natur, der du wieder ein wenig deinen persönlichen Stempel aufdrücken konntest, damit der Fortschritt nicht nur in der Stadt Platz greife. Wenn du die vorgenannten Ratschläge konsequent befolgst, hast du mit Sicherheit die Garantie, daß du dich auch bald in der Natur wie zu Hause fühlen wirst.
Dir gefallen meine Ratschläge und Tips ganz und gar nicht? Gott sei Dank, denn dann ist die Welt vielleicht doch noch nicht verloren.

Ratten und Mäusse gewis zu vertreiben.

Nimm zwey Theil weissen subtil pulversirten Arsenici, 1. Theil gestossen Venedisches Glas/ 2. mal so viel Mehl/ vermische es wol unter ein ander / mache es mit Wasser zu einer Massam, formire Küchelein darvon/ lege es an solche Oerter da keine Hüner oder sonsten andere Thiere hinkommen: welche Mauß nun darvon fressen thut/ die muß sterben. Solcher gestalt nun kan man aller Mäusse und Ratten loß kommen kan.

Immer bevor du, lieber Waidkamerad, einen Reviergang antrittst, bereite dich seelisch darauf vor, daß du im Wald mit den unterschiedlichst gearteten Menschentypen zusammentreffen wirst. Immer tust du aber recht, wenn du davon ausgehst, daß der Erholungssuchende, dem du begegnest, von den Zusammenhängen in der Natur meist so viel weiß, wie ein Mensch, der gerne Autofahren möchte, sich aber nicht über die Funktion der vielen Hebel, Schalter und Pedale im klaren ist. Es nützt dir also rein gar nichts, wenn du dem Naturkonsumenten sagst, daß er im Wald nicht laut Radio spielen solle, um das Wild nicht zu verschrecken. Du weißt natürlich, daß die Paarhufer wie Hirsch, Reh, Gams usw. Wiederkäuer sind, die nach der Äsungsaufnahme Ruhe brauchen, zum sogenannten Nachdrükken. Dein Gegenüber weiß das aber nicht. Bedenke das. Da du ein Gewehr trägst, bist du für ihn die „Obrigkeit" und damit eindeutig im Hintertreffen. Du weißt von dir selber, wie du im Innersten deines Herzens manchmal von „denen da oben" denkst. Hand aufs Herz. Allzuviel Positives wirst du dabei sicher nicht entdecken. Überfordere also deinen Mitmenschen nicht. Es ist für ihn auch sicher nicht leicht zu verstehen, warum er gerade im Wald keinen Lärm machen soll, wo er doch zu Hause seine Musikbox noch um vieles lauter aufdreht, soweit es die Nerven seines Nachbarn eben zulassen. Sei also froh, daß du ihn nicht daheim zum Anrainer hast und gib dich zufrieden. Auch wirst du einem Hundebesitzer kaum klarmachen können, daß er seinen vierbeinigen Liebling nicht frei im Wald herumlaufen lassen darf. Du kennst natürlich den entsprechenden Paragraphen des Jagdgesetzes, der besagt, daß du verpflichtet bist, wildernde und revierende Hunde zu erschießen. Doch rate ich dir dringend, dieses Wissen lieber bei dir zu behalten, denn dein Gesprächspartner weiß genau, daß die Medien da schon auf dem längeren Ast sitzen, als es dein noch so klarer Auftrag des Gesetzes darstellt.
Und drohe um Gottes willen nicht mit dem Erschießen des vierbeinigen Hausgenossen. Besser du opferst einige Stück Rehe den Reißzähnen dieses treuherzigen und gutmütigen Hündchens, als du geisterst als „Ausbund der Menschheit" durch die Gazetten der Tagespresse. Wenn ich dir noch raten darf – siehst du von weitem ein geselliges Völkchen, das gerade dabei ist, sich ein stärkendes Süppchen auf einem Höllenfeuer zu wärmen, störe nicht. Es ist nur der uralte Drang nach Freiheit, der diesen Menschen innewohnt und dem zu frönen ihr gutes Recht ist. Würdest du dich, selbst in der lautersten Absicht, Unheil zu verhindern, in ihre Nähe wagen, es wäre dir nur Undank gewiß. Außerdem bedenke – der Mensch ist in der Masse stark, du aber bist allein. Das beste Gewehr nützt dir nämlich nichts gegen eine Handvoll mit Prügel bewaffneter, friedlicher Waldbesucher. Auch scharfgeschliffene Messer sollen tiefe Wunden verursachen.
Und überhaupt, warum sollst du dich zum Gespött machen und unter Umständen, begleitet von dem hellen Gelächter der holden Weiblichkeit, samt deinem Gewehr das Weite suchen müssen. Alles, was du in einer derartigen Situation tun kannst, ist, dich still irgendwohin zu verdrücken und zu warten, ob der Wald zu brennen beginnt. Ist das der Fall, dann kannst du tätig werden und die Feuerwehr holen. Sollte der Himmel deine heimlichen Stoßgebete erhört haben und es nicht brennen, so merkst du am immer leiser werdenden Lärm, wenn sich deine naturbegeisterten Mitmenschen entfernen.
Pirsche dich dann vorsichtig zur Raststätte, um die Glut völlig auszulöschen und die Überreste, wie Flaschen, leere Konservendosen, Plastiksäckchen usw., einzusammeln. Diese Tätigkeit brauchst du aber nicht überall herumzuerzählen, denn erstens erwartet man von dir als Jäger, daß du auf deinen Wald schaust und zweitens erhoffe dir keine Anerkennung diesbezüglich – etwa gar in den Medien –, denn das gehört ja zu den Selbstverständlichkeiten deiner Arbeit.
Mache auch einen großen Bogen, wenn du etwa jemanden bei einem Bach Autowaschen siehst. Solche Kleinigkeiten sollten dir wirklich kein Kopfzerbrechen bereiten, solange es die Fische nicht stört.
Oder haben die sich etwa schon einmal beschwert? Na also! Wenn du nun alles zusammenfaßt, so kannst du

den Schluß ziehen, daß es für dich als Jäger wahrlich am besten ist, dich im Wald äußerst unauffällig zu benehmen, und dies fällt dir sicher dann nicht sonderlich schwer, wenn du bedenkst, daß du immer in der Minderheit bist. Lieber Waid- und Leidgenosse, diese unernsten Ratschläge würden dir sicher mehr Popularität verschaffen als deine vielfach mißverstandene und auch unbedankte Mitarbeit bei der Erhaltung einer lebenswerten Umwelt, die dir oftmals nur Ärger und Prügel einträgt. Laß dich aber bitte trotzdem nicht davon abhalten, denn die Welt soll ja auch noch für unsere Kinder und Kindeskinder lebenswert erhalten bleiben.

Die Gefahren auf der Straße und Tiefschneefahren machen es dem Jäger – da er unmittelbar einzugreifen nicht in der Lage ist – immer schwieriger, den gesetzlichen Auftrag, einen angemessenen „artenreichen und gesunden Wildstand" zu erhalten, auch zu erfüllen. Es wird von Jahr zu Jahr problematischer, die Lebensräume der Wildtiere vor der rigorosen menschlichen Nutzung zu sichern. Wildtiere können nur existieren, wenn sie ein Mindestmaß an Nahrung, Ruhe und Deckung vorfinden. Seit vielen Jahren schon greifen deshalb die Jäger aktiv in die Landschaftsgestaltung durch Verbesserung der Lebensräume für viele Wildtiere ein. Das ist allerdings in einem dicht besiedelten Land, wie es Österreich ist, wo die Land- und Forstwirtschaft bei intensivster Bodennutzung höchste Rendite anstreben, wo Straßenbau, Industrie und Wohngebiete massiv in die Landschaft eingreifen, nicht einfach.

Dennoch versuchen dies Jäger und Landesjagdverbände, wo immer es nur möglich ist. Unter beträchtlichem finanziellen und zeitlichem Aufwand werden so Sumpf- und Feuchtgebiete erhalten, werden Grenzertragsböden dazugepachtet, um Äsungspflanzen anzusetzen, Ödland wird aufgeforstet und Hegeinseln werden angelegt. Alles Aktionen, die zwar auch der Erweiterung des beträchtlich geschmälerten Äsungsangebotes für das Wild dienen, aber doch in gewissen Gebieten meist die einzigen Zonen darstellen, wo auch eine zahlreiche Kleintierfauna, wie Insekten, Lurche, Singvögel, Kleinsäuger und Igel, Nutznießer ist. Die populationsdynamischen Untersuchungen zeigen, daß durch eine weitere Beschränkung der pfleglich betriebenen Jagd eine Wildart nicht vermehrt werden kann. Denken wir an die Großtrappe, die noch im Osten Österreichs heimisch ist. Trotz jahrzehntelanger, ganzjähriger Schonzeit ist eine ständige Abnahme dieser Wildart zu verzeichnen. Die Erhaltung der Restbestände der Großtrappe in Niederösterreich und im Burgenland ist der gesamten österreichischen Jägerschaft ein vorrangiges Anliegen, ebenso wie der NÖ. Landesregierung, dem Naturschutzbund und dem World Wildlife Fund Österreich. Alle eben genannten Interessensgruppen unterstützen unter wissenschaftlicher Leitung des Institutes für Öko-Ethologie die Sicherung geeigneter Lebensräume für diesen einzigartigen europäischen Steppenvogel durch Anpachtung von sogenannten Trappenschutzäckern bereits seit mehreren Jahren. Die Großtrappen finden auf den ihnen angebotenen Äckern vor allem Ruhe, vielfältige und unvergiftete Nahrung, Schutz vor Erntemaschinen und sonstigen Negativfaktoren. Aus der Forderung der absoluten Ruhe sind nur wenige Personen mit dem Schutzprojekt befaßt. Eine ständige wirksame Betreuung ist ausschließlich mit der aktiven Hilfe einer engagierten Jägerschaft und den Grundbesitzern gewährleistet.

In diesem Zusammenhang muß auch die enorme Bedeutung der Wissenschaft für den Jäger hervorgehoben werden. Längst schon hat der Jäger erkannt, daß er viele der ihn bedrängenden Fragen, die aus der heutigen Umweltproblematik auch für die Wildfauna entstehen, empirisch nicht mehr lösen kann und auf die Hilfe der Wissenschaft angewiesen ist. Seit vielen Jahren fördert daher die österreichische Jägerschaft die wildwissenschaftliche Forschung, seit vielen Jahren werden Forschungsaufträge vergeben, und immer enger wird die Zusammenarbeit der Jagdverbände und ihrer Gliederungen mit den Vertretern der Wild- und Jagdwissenschaft.

Vordringliche Aufgabe der wildwissenschaftlichen Forschung muß es daher sein, möglichst ganzheitlich die vielseitigen Beziehungen im Mensch – Tier – Umweltgefüge zu erfassen. Dazu gehören vor allem die Wechselbeziehungen zwischen Waldsterben und Wildtieren, die Wildschadensproblematik, Rückgangsursachen gefährdeter Wildtierarten, der Einfluß differenzierter Landnutzungsformen auf die Lebensraumqualität für Wildtiere, die Erstellung praxisbezogener Regionalplanungskonzepte zur Vermeidung von Wildschäden und eine ökologisch orientierte Wildbewirtschaftung unter Einbeziehung von Land- und Forstwirtschaft, Tourismus, Verkehr, Industrie und dergleichen.

Weitgesteckt sind die Ziele und Aufgaben des Jägers, die er unter Zuhilfenahme der Erkenntnisse der Wissenschaft zu erreichen trachtet, und allen Aktivitäten liegt die Hege des Wildes, die Erhaltung seines Lebensraumes und die Erhaltung eines artenreichen Wildstandes zugrunde.
Warum beinhaltet trotzdem die Jagd Momente, die den Jäger für viele Menschen zum „Bambimörder" stempeln? Nun, der wesentlichste Punkt dabei ist wohl die Tatsache, daß es bei der Jagd unausweichlich darum geht, daß auch Tiere getötet werden. Dabei berücksichtigen jene Menschen, die der Jagd feindlich gegenüberstehen, offenbar nicht, welch enge Verbindung zwischen Leben und Tod besteht, und viele sind sich auch nicht der Tatsache bewußt, daß der Tod die absolute Voraussetzung für jede Form des Lebens ist. Mit anderen Worten: Jedesmal, wenn wir eine Mahlzeit einnehmen, muß dafür etwas sterben – eine Pflanze oder ein Tier. Der Jäger erlegt also ein Tier, aber er unterscheidet sich vom wildbretessenden Nichtjäger nur dadurch, daß er keine Mittelsperson braucht. Die Anerkennung dieser grundlegenden Fakten wäre allein Grund, die Jagd auch heute noch zu akzeptieren. Wer sich dazu befugt glaubt, möge urteilen, welcher Unterschied zwischen der moralischen Schuld des Jägers und derjenigen des Menschen besteht, dessen Fleischbedarf den Beruf des Schlächters am Leben erhält. Seit Urzeiten wird zwischen den Arten und zwischen Individuen der gleichen Art – einschließlich des Menschen – ein unablässiger Kampf um den Lebensraum geführt. Die aus den Aktivitäten des Menschen resultierende Lage ist dabei so, daß bestimmte Wildarten überhandnehmen und in krassen Konflikt mit den land- und forstwirtschaftlichen Interessen des Menschen geraten würden, wenn die Jagd hier nicht regulierend eingriffe. Würde die Jagd, wie etwa in einem bestimmten Teil der Schweiz, nicht mehr ausgeübt werden, würde erfahrungsgemäß zweierlei eintreten: eine rapide Vermehrung bestimmter Wildarten, die wahrscheinlich zu einer ökologischen Katastrophe führen würde, und bzw. oder eine unkontrollierte Wilderei.
Außerdem hat die Praxis eindeutig bewiesen, daß die wirksamste und auch die den Steuerzahler am wenigsten belastende Methode darin besteht, es dem selbst daran interessierten, geübten und geschulten Jäger, der sich dabei an einsichtsvolle Jagdgesetze hält, zu überlassen, für das Gleichgewicht unter den Tierpopulationen und den erforderlichen Schutz zu sorgen. Fünf Gründe sind es vornehmlich, die den Nutzen der Jagd deutlich machen:

1. Die Jagd trägt heute in entscheidendem Maße dazu bei, die Lebensgrundlagen des Wildes zu sichern und zu verbessern.
2. Ohne Jagdausübung würden manche Wildarten in der Land- und Forstwirtschaft große Schäden verursachen (z. B. Rot- und Rehwild in den Forstkulturen, Wildschweine in den Feldern etc.).
3. Ohne Jagdausübung würden sich die meisten Wildarten zu stark vermehren. Der vorhandene Überschuß an Wild wird daher vom Jäger verantwortungsbewußt geerntet. Zugleich wird auf diese Weise verhindert, daß andere Todesfaktoren (z. B. Krankheiten) wirksam werden, die den Zusammenbruch der Wildbestände zur Folge haben könnten (z. B. Schweinepest bei Wildschweinen, Gamsräude, Myxomatose bei Wildkaninchen).
4. In der heutigen Kulturlandschaft sorgt die Jagd für stabile und gesunde Wildbestände. Dies gilt insbesondere für Arten, die keine natürlichen Feinde mehr haben, wie Wolf, Luchs und Bär.
5. Auch ohne Jagdausübung würde das Wild nach Ablauf der Lebensdauer verenden, wobei das Wildbret jedoch ungenutzt verlorenginge.

Zur Jagd als Wirtschaftsfaktor wäre anzumerken, daß Österreich eine Gesamtjagdfläche von etwa 8,3 Millionen Hektar besitzt. Auf diesem Gebiet werden jährlich etwa 40.000 Stück Rotwild, 200.000 Stück Rehwild, 25.000 Stück Gemsen, 4.000 Wildschweine, 300.000 Hasen und 400.000 Fasane jagdlich genutzt. Dies ergibt ein jährliches Aufkommen von etwa 8 Millionen Kilogramm Wildfleisch, das in den Handel kommt. Der Erlös dafür

beträgt rund 400 Millionen Schilling. Nicht unwesentlich für die Volkswirtschaft sind auch die von den etwa 100.000 Jägern Österreichs geleisteten finanziellen Aufwendungen. So werden jährlich 500 Millionen Schilling an Pachtschilling, 300 Millionen Schilling für den Jagdbetrieb, 1.600 Millionen Schilling für Löhne und Gehälter, 500 Millionen Schilling für Steuern und Abgaben und 100 Millionen Schilling für Ausbildung und sonstiges bezahlt. Insgesamt fließen von der österreichischen Jägerschaft somit jährlich rund 5 Milliarden Schilling in die Wirtschaft.
Auch die Arbeitsplatzsicherung durch die Jagd erscheint nicht unwesentlich. So sind mehr als 4.000 Personen in der Jagdwirtschaft hauptberuflich tätig. Dazu kommen noch etwa 12.000 Jagdaufseher. Auch unzählige Folgebetriebe und ihre Beschäftigten sind direkt oder indirekt mit der Jägerschaft verbunden, wie etwa Gerbereien, Präparatoren, Wildbrethändler, Büchsenmacher usw. Mit Recht kann also gesagt werden, daß die Jagdwirtschaft eine Vielzahl von Arbeitsplätzen sichert.
Nach diesem kleinen Ausflug in den wirtschaftlichen Bereich der Jagd soll ein kurzer Ausblick in die jagdliche Zukunft getan werden.
Vordringliche Aufgabe der Jägerschaft muß es außer den bereits ins Treffen geführten Aktivitäten sein, unseren Wald, als unentbehrliche Lebensgrundlage unseres Wildes, zu erhalten helfen. Daher leistet die Jägerschaft bei der langfristigen Sicherung der heranwachsenden Jungwaldbestände, im besonderen im Schutz- und Bannwaldbereich, durch gezielte Maßnahmen ihren Beitrag zur Erhaltung eines gesunden Waldes. Diese Maßnahmen können aber längerfristig nur positiv greifen, wenn auch flankierende Maßnahmen in anderen Bereichen gesetzt werden.
Darunter fallen insbesondere die Vermeidung von Störungen in den Wildeinständen (Auslösefaktor für Wildschäden), die Schaffung von kleinräumigen Ruhezonen sowie die Verhinderung des touristischen Schifahrens in Jungkulturen – was übrigens nach dem Forstgesetz verboten ist.
Wurde der Jäger zu Beginn von seiner Umwelt bestimmt, so ist es heute so, daß er zum Fortbestand der Umwelt und damit des Lebensraumes des Wildes alle Kräfte einsetzen muß, um die Umwelt lebenswert und einen artenreichen Wildstand zu erhalten. Je mehr die Zeit fortschreitet, umso mehr wird die Jägerschaft ihre Aktivitäten erhöhen müssen. Dabei muß es dem Jäger bewußt sein, daß es ihm alleine nicht gelingen wird, das angestrebte Ziel zu erreichen. In Zukunft müssen alle Kräfte aufgeboten werden, um dem negativen Einfluß der Industrialisierung und der menschlichen Bevölkerung auf die wildlebende Fauna und Flora entgegenzuwirken. Die Umweltverschmutzung, die Trockenlegungen, die Ausbreitung der Städte und die damit Hand in Hand gehenden Verwüstungen lassen ein apokalyptisches Bild von dem entstehen, was uns in Zukunft erwarten könnte.
So lange es die Jagd gibt, das heißt, so lange der Jäger einer Tätigkeit nachgehen darf, die auf einen bewußten oder unbewußten, angeborenen menschlichen Instinkt zurückgeht, wird sich der einzelne Jäger in einer seiner stärksten Motivationen bestärkt sehen, die ihn dazu antreibt, sich der Hege der freilebenden Tiere und der Erhaltung ihres Lebensraumes anzunehmen. Die Gesellschaft besitzt damit eine ihrer dynamischsten Kräfte, die jetzt und in Zukunft im Rahmen des Naturschutzes wirken und mitarbeiten wird.
Um diese Kräfte – im konkreten Fall allerdings regenerierender Wirkung – wußte auch der populäre Politiker und langjährige österreichische Bundeskanzler Leopold Figl Bescheid. Als er einmal zur Hirschbrunft einer wichtigen Parteisitzung fernblieb, machte ihm sein Freund Julius Raab Vorhaltungen. Er könne nicht verstehen, meinte Raab, daß man wegen der Hirsche und der Jagd die Politik im Stich lassen könne. Darauf antwortete Figl trocken: „Ja weißt du, Julius, mit der Jagarei ist das so: Wenn die Hirsche im Wald schreien, dann ist das für mich ein Genuß, und wenn ich Glück hab', kann ich sogar einen schießen. Wenn aber in der Sitzung unsere Freunde schreien, dann ist das weder ein Genuß, noch

darf ich schießen."Manchmal entbehren Politiker nicht eines gewissen Humors. Dies zeigt ebenfalls eine Begebenheit auf der Jagd, die man sich vom bayrischen Ministerpräsidenten Franz Josef Strauss erzählt. Strauss, ein leidenschaftlicher Jäger, wurde einmal von einem Münchner Pelzgroßhändler zu einem Gamsriegler eingeladen und bekam den Stand neben dem Jagdherrn zugewiesen. Bald nachdem der Trieb angeblasen war, tauchte vor Strauss ein Fuchs auf. Da wegen des dichten Latschenbewuchses ein Schuß jedoch zu unsicher gewesen wäre, unterließ er ihn. Der Fuchs schnürte an seinem Stand vorbei und geradewegs auf den Pelzhändler zu. Dieser beobachtete jedoch unentwegt die andere Seite und bemerkte den Rotrock erst, als dieser von ihm Wind bekommen hatte und sich in weiten Sprüngen in Sicherheit brachte. Aufgeregt rief er zu Strauss hinüber: „Haben Sie gesehen? War das ein Fuchs oder ein Has'?" Worauf dieser knurrte: „Was fragens' mich? Bin ich a Kürschner?" Ja, so kann es zugehen bei der Jagd. Auch Ferdinand Raimund hat der Jagd einige Verse gewidmet, von denen der erste und der letzte hier wiedergegeben sein sollen:

„Wie sich doch die reichen Herrn
Selbst das Leben so erschwern!
Damit s' Vieh und Menschen plagen,
Müssen s' alle Wochen jagen.
Gott verzeih mir meine Sünden,
Ich begreif nicht, was s'dran finden,
Dieses Kriechen in den Schluchten,
Dieses Riechen von den Juchten.
Kurz, in allem Ernst gesagt:
's gibt nichts Dummers als die Jagd.

Nein, die Sach muß ich bedenken.
D' Jäger kann man nicht so kränken.
Denn, wenn keine Jäger wären,
Fräßen uns am End die Bären.
s' Wildpret will man auch genießen,
Folglich muß's doch einer schießen.
Bratne Schnepfen, Haselhühner,
Gott, wie schätzen die die Wiener!
Und ich stimm mit ihnen ein:
Jagd und Wildpret müssen sein.

Die Jagd auf den „roten" Bock gehört zu einem der schönsten Erlebnisse für einen Jäger. Einmal im Leben ist dann einer darunter, der so „gut" ist, daß man meint, keinen besseren mehr erlegen zu können, und das ist dann der Lebensbock. Und um einen solchen handelt es sich in der folgenden Geschichte. Um es gleich vorwegzunehmen – der Bock, von dem hier die Rede sein soll, ist nicht etwa in meinem eigenen Revier, quasi als Lohn der jahrelangen Hege, gefallen. Nein, er kam ganz unverdienterweise in meinen Besitz, und zwar auf Grund einer Einladung meines Freundes Helmut, also ein richtiger Überraschungsbock. Helmut, und das soll ebenfalls vermerkt werden, ist einer jener seltenen Spezies von Jagdherren, von denen ein Jagdgast – ein revierloser Jagdgast – sein Leben lang träumt. Nicht nur, daß er dem Gast die besten Stände bei der Treibjagd überläßt, gönnt er ihm, und das wirklich neidlos, auch den besten Jagderfolg. Ich freue mich – und das ohne Hintergedanken –, einen Jäger derartiger Gesinnung meinen Freund nennen zu können. Doch will ich mit meiner Geschichte fortfahren.

Eines Tages, so gegen Ende Juli, rief mich mein Freund an und lud mich ein. „Du hast alles Schußbare frei", sagte er, „und es würde mich besonders freuen, wenn du den besten Bock bekommen würdest, den ich im Revier stehen habe." Ich kannte meinen Jagdfreund und wußte, daß er es absolut ehrlich damit meinte. Die Freude darüber war auch dementsprechend groß, obwohl ich nicht im entferntesten daran dachte, seinen besten Rehbock zu erlegen. Aber allein das großzügige Angebot freute mich schon.

Bereits am kommenden Wochenende wollte ich mich ein wenig im Revier umsehen. Das Wetter war zwar alles andere denn ein „Brunftwetter", aber ich würde es dennoch probieren, in der stillen Hoffnung, daß es im Seewinkel doch vielleicht freundlicher sein könnte als in meinem niederösterreichischen Heimatort. Da hatte ich mich allerdings schwer getäuscht. Die ganze Nacht über peitschte der Wind den schweren Regen an die Fensterscheiben, und gelegentlich machte ich einen besorgten Blick zum Fenster hinaus, um zu sehen, ob nicht am Ende gar die „Wilde Jagd" vorbeizog. Am Morgen ließ der nasse Segen zwar etwas nach, aber der Wind fegte mit unverminderter Geschwindigkeit über die Pußtalandschaft. Unwillkürlich erinnerte ich mich dabei an den alten Jägerspruch, der da lautet: „Wenn der Wind jagt, braucht der Jäger nicht jagen..." Doch was nützte mir der Spruch, wenn mit dem Jäger bereits eine Morgenpirsch vereinbart war. Also kroch ich mißmutig aus den Federn, zog das wasserfesteste Zeug an, das ich mit hatte und machte mich auf den Weg. Der Pirschführer war über das Wetter auch nicht gerade glücklich, aber da wir nun beide schon einmal aus dem Bett waren, wollten wir unser Waidmannsheil versuchen.

Bei der „Holdenlacke", meinte mein Begleiter auf dem Weg ins Revier, ginge ein braver „Einstangler". Ob ich ihn mir einmal ansehen wollte?... Und ob ich wollte. Nur war bei diesem Wetter die Frage, ob auch der Bock wollte. Ich versuche, mich immer in die Lage des Wildes hineinzudenken, und wenn ich so überlegte, was ich wohl heute als Rehbock tun würde, da konnte die eindeutige Antwort nur lauten: „In der windgeschütztesten Ecke des Schilfwaldes bleiben..." Und so war es dann auch. Die Holdenlacke, ein idyllisch gelegenes Wasser, von einem breiten Schilfgürtel eingesäumt, ist ein Paradies für Enten. In der aufkommenden Morgendämmerung hörten wir sie dann auch direkt über unsere Köpfe hinwegklingeln, um im nahen Wasser einzufallen.

Allzu viel Vorsicht brauchten wir beim Besteigen des Hochstandes nicht walten zu lassen, denn der Wind riß jedes Geräusch mit sich fort. Der Ansitz lag wunderschön am Rande des Schilfgürtels. Er hatte nur einen Fehler: er war für „Sonnenschein" gebaut und trug kein Dach. Das Sitzbrett war klitschnaß, und trotz einer untergelegten Decke konnten wir uns ausrechnen, wann wir im „Nassen" sitzen würden. Eine Zeitlang wollten wir es hier heroben aber doch versuchen auszuhalten, meinte der Jäger. Ich beneidete ihn um seinen Optimismus. Wir machten es uns – soweit möglich – bequem und harrten der Dinge. Ich persönlich rechnete mit allem – nur nicht mit dem Bock. Enten fielen zu

Hunderten auf der Holdenlacke ein. Ganz tief kamen sie angestrichen und pfeilschnell mit dem Wind. Wie schön wäre es jetzt hier, wenn es nicht wie mit Gießkannen auf uns herunterschütten würde. Von Minute zu Minute mehr gab der aufkommende Morgen den Blick in die Landschaft frei. Allmählich löste sich aus der Ferne auch der hoch aufragende Turm der Kirche von St. Andrä aus der Dunkelheit, doch nur undeutlich und verschwommen konnte man seine Konturen durch den Regenschwall hindurch erkennen. Irgendwo in dieser Richtung mußte nun bald auch die Sonne aufgehen...
Im Nacken spürte ich es jetzt kalt und naß herunterrieseln. Hatte also doch ein Wasserfaden den Weg durch den schützenden Lodenstoff gefunden. Gerade wollte ich Jäger Berger von dieser Erkenntnis berichten, als eine Sturmböe die Schilfrohre vor uns fast bis an den Boden drückte. Und da sahen wir ihn, „unseren Einstangler", für den Bruchteil einer Sekunde, im Schilf niedergetan. „Der wird uns so schnell net hoch", meinte der Aufsichtsjäger, und ich konnte ihm aus meiner reichen Jägererfahrung da nur hundertprozentig beipflichten.
Da es noch sehr zeitig am Morgen war, schlug mein Pirschführer vor, das Revier abzufahren. „Vielleicht steht irgendwo ein passendes Stück heraußen, das sich anpirschen läßt", meinte er. Mir war das sehr recht, zumal es im Wagen warm und obendrein trocken war. Es ging jetzt durch Pfützen und aufgeweichte Wege. Einmal querte ein Fasanhahn, der einem nahen Paprikafeld einen Besuch abstatten wollte, unseren Weg. Sonst war nichts zu sehen, daher fuhren wir heim, um die nassen Kleider zu trocknen. Am frühen Nachmittag wollten wir es abermals versuchen.
Ich bilde mir nicht ein, daß meine vorwurfsvollen Blikke, die ich hin und wieder zum bleigrauen Himmel gerichtet habe, den Wettergott dazu bewogen, den Winden Einhalt zu gebieten, doch je mehr der Tag zunahm, desto mehr ließ der Wind nach, und als es um die Mittagszeit auch noch zu regnen aufhörte, war mein Glück beinahe vollkommen.
Während wir uns, früher als ursprünglich vereinbart, wieder auf dem Weg ins Revier befanden, zeigte sich sogar ab und zu für einen Augenblick die Sonne am Himmel. Natürlich galt unser ganzes Sinnen und Trachten dem „Einstangler" und wir sahen ihn auch – für uns allerdings unerreichbar – inmitten eines riesigen Getreidefeldes eine Geiß treiben. „Daß uns der herauskommt, das erleben wir heute nimmer. Der fühlt sich da drinnen sicher", verkündete mein Begleiter und fügte beruhigend hinzu, daß wir ihn aber sicher am Morgen bekommen würden. Wir wollten uns deshalb ein wenig in einem anderen Revierteil umsehen. Vor wenigen Wochen war Sommersonnenwende, und reich standen die goldgelben Ähren im Halm. Ganz sanft bewegten sich ihre schweren Häupter, wenn der Wind darüberstrich. Da und dort konnte man eine suchende Weihe in gaukelndem Flug niedrig über den Boden streichen sehen, und hin und wieder hob sich aus den Ähren neugierig das Haupt eines Rehes, um zu erkunden, wer hier die Ruhe störe.
Von St. Andrä klangen verschwommen sieben Glokkenschläge zu uns herüber und verzitterten langsam. Die Sonne stand schon tief. Man konnte jetzt ihre blasse Scheibe hinter der Wolkendecke erahnen. Jäger Berger, der sorgfältig jedes Getreidefeld absuchte, hielt plötzlich den Wagen an, um sein Glas vom Rücksitz aufzunehmen. Bald hatte auch ich das Objekt seiner Aufmerksamkeit in Form eines geweihtragenden Rehhauptes entdeckt, das inmitten eines riesigen Getreidefeldes zu sehen war. „Der Bock tät weggehören", stellte er sachlich fest. „Wahrscheinlich hat er den Lungenwurm, dem verdrehten Gweih nach." Nun, ich war gerne bereit, diesen „Abschüßler" aus dem Bestande zu nehmen. Die Frage war nur: Wie? Der Bock, der wahrscheinlich schon mehrmals eine Kugel pfeifen gehört hatte, war sehr heimlich; er stand fast genau in der Mitte des Getreidefeldes, und dort ließ sich ihm nicht beikommen. Langsam fuhren wir das Feld ab und entdeckten eine schmale Furche, die eine Trennung zwischen dem Weizen- und dem Kornfeld darstellte. Mein Plan war rasch gefaßt: Wenn der Rehbock, der nun langsam weiterzog, seine Richtung beibehalten würde, überlegte ich, und wenn er dann auch noch für einen Augenblick in der schmalen Furche verhoffen würde und wenn...

Hochzeit-Schützen gegeben den 24. Oktober 1857 von J. Dappeller.
„So g'scheit sein d' Jager net g'wesen wie i, des weis i g'wiß."

ja, wenn! Langsam näherte er sich jetzt wirklich der Furche. Längst hatte ich am Pirschstock angestrichen. Mir fiel der alte Jägerspruch ein, der so treffend lautet: „Wenn's gehen soll, dann geht's leicht." Auch hier führte St. Hubertus auf wunderbare Weise Regie. Inmitten der Furche hielt der Bock inne und äugte nach dem verdächtigen Etwas am Ende des Feldes. Der Schuß brach – aber er hat ihn nicht mehr vernommen. Beim Aufbrechen stellte sich heraus, daß das Reh tatsächlich vom Lungenwurm befallen war. Das Geweih war wie ein Korkenzieher gedreht. Eine interessante Trophäe und ein Hegeabschuß. Abends rief mein Pirschführer seinen Jagdherrn an und berichtete ihm von meinem Waidmannsheil. Freund Helmut freute sich sehr, daß ein richtiger Abschußbock zur Strecke gekommen war, sagte dem Jäger aber in einem Atemzug, daß er morgens einen „Einser" zu sehen wünsche. Ich habe Jäger Berger zweimal gefragt, ob er sich nicht doch verhört habe, aber es stimmte. Mein Freund wollte, daß ich unbedingt einen „guten" Bock erlegte. So sagte er wörtlich. „Der Anstangler is nur a Zwarer", meinte der Aufsichtsjäger nachdenklich. Ich wäre natürlich auch mit dem „Einstangler" zufrieden gewesen, noch dazu, wo ich überhaupt nicht damit gerechnet hatte, am nächsten Tag nochmals jagen gehen zu dürfen. „Und außerdem", meinte ich , so daß er sich auskennen mußte, „muß ich ja gar keinen besseren sehen!"

Nun, vorerst wollten wir einmal den kommenden Tag abwarten. In der Nacht zog ein schweres Wetter über das Land. Als wir am Morgen ins Revier fuhren, war der Himmel mit einer dicken, dunklen Wolkendecke verhangen. Wieder führte uns der Weg auf den Hochstand bei der Holdenlacke, und auch diesmal erlebten wir wieder einen ausgezeichneten Entenstrich. „Wenn jetzt Schußzeit wäre...", sinnierte ich. Doch vorerst wollte ich ja meinen Bock, und der glänzte durch Abwesenheit. Wahrscheinlich stand er irgendwo im Getreide bei einer Geiß. Ein Blick auf die Uhr – gleich sieben. Um diese Zeit ist er hier sicher nicht mehr zu erwarten. Also abgebaumt. Mein Pirschführer wollte aber noch nicht aufgeben. „Beim See draußen", meinte er, „da gäbe es so einen Platz..." Mir war es recht und so fuhren wir los. Der Hagel hatte auf den Feldern um den See herum verheerend gewütet. Ganze Getreidestreifen lagen darnieder, und wo noch Halme einigermaßen aufrecht standen, waren sie ineinander verfilzt. Ganz in Gedanken an den angerichteten Schaden, entdeckte ich plötzlich zwei „starke" Halme, die jedoch nicht gelb, sondern schwarz waren. Das Glas zeigte es mir dann genau: außergewöhnlich gute Stangen einer Rehkrone. Mein Pirschführer erkannte den Bock sofort als einen, den er schon lange im „Bockhimmel" wähnte. Beim Anblick dieser stattlichen Krone lief es uns warm über den Rücken. Der Rehbock stand reglos da. Sein Haupt konnte man im Halmengewirr nur erahnen, und vom Rumpf ließen sich lediglich die Konturen sehen. Der war gewitzt! Jäger Berger stellte den Motor ab, und dann erzählte er: Der Bock war schon viele Jahre bekannt. Einmal stand er drüber dem Bach im Nachbarrevier und dann wieder herüben. Einige Male schon wurde sowohl „drüben" als auch „herüben" auf ihn „Dampf" gemacht, doch gefallen ist er nie. Und nun hatte man ihn „herüben" schon gut zwei Jahre nicht mehr in Anblick bekommen. Während mein Begleiter erzählte, hatte sich der „Eiserne" „quasi am Stand" umgedreht. Nun würde er wahrscheinlich bald abspringen. Mein Pirschführer drängte zur Eile. Vorsichtig suchte ich nach einer geeigneten Auflage, und als der Schuß brach, reagierte der Bock eigenartig. Er flüchtete aus dem Getreidefeld heraus in meine Richtung und stand frei auf der Wiese, wo er verhoffte. Diesmal fand die Kugel ihr Ziel und der Kapitale war mein. Seine Reaktion auf den ersten Schuß ließ sich nur so erklären, daß die mächtigen Pappelbäume, die das Feld wie eine Wand umgaben, den Knall derart reflektiert haben mußten, daß der Bock den Schuß aus dieser Richtung vermutete. Das Geschoß mußte aber im Getreide abgelenkt worden sein.

Als ich nach geraumer Weile zum Bock trat, wußte ich, daß ich in meinem Leben wahrscheinlich keinen besseren mehr erlegen würde. Auch mein Freund freute sich über mein großes „Waidmannsheil" so, als hätte er es selbst gehabt – und erst damit war meine Freude an diesem Lebensbock vollkommen.

4. Wann Morgen wär das Wetter sche, So dörfen Wir nicht unterstehn
Still. Du darfst di nicht rühren, ich möcht den Hiersch ausspürn. 1808

FORÊT D'ERMENONVILLE
EQUIPAGE DU Vte DE CHEZELLES
5 Mars 1903

ANTIKE

Reichtum an Nahrung zwingt Menschen zum üppigen Essen. Es braucht keine feine Schule des Benehmens, sondern einen Verdauungsapparat, der den Herausforderungen gewachsen ist. Gott sei Dank lassen uns auch in diesem Bereich die Quellen nicht im Stich: In dem Buch „Kulturgeschichte des Essens“ von Reay Tannahill werden die Eßgewohnheiten der Römer folgendermaßen beschrieben: *„Die neun Gäste nahmen in der Regel auf drei Sofas Platz, die in Hufeisenform um einen runden Tisch aufgestellt waren. Zu drei Vierteln ihrer Länge legten sie sich auf das Sofa und stützten sich auf dem linken Unterarm auf, während sie mit der rechten Hand nach den Speisen und Getränken griffen. Die Gabel war damals noch unbekannt. Messer und Löffel wurden nur gelegentlich benutzt. Die meisten Römer aßen einfach mit den Fingern, was sicher eine unsaubere Sache gewesen ist, wenn die Mahlzeit aus Fleisch und einer Soße bestand. Um Hinuntertropfendes aufzufangen, gab es zwar Fingerschalen und manchmal auch Servietten, die auf den Rand des Sofas gebreitet wurden. Die geeignetste Speise für diese Art von Eßkultur muß aber dennoch trockenes gekochtes Fleisch gewesen sein, dessen Stücke man in eine Soße tunkte, die etwa so dick wie die heutige Mayonnaise gewesen sein mag. Im Kochbuch des Apicius wurden tatsächlich viele Soßen mit Weizenstärke, einige auch mit zerbröckeltem Backwerk gebunden, beschrieben. Dünne Soßen wurden wahrscheinlich mit Brot aufgetunkt, während Pastetenhüllen einen doppelten Zweck erfüllten – sie waren zugleich Schüssel und Speise.“*

Davor sollen Ausdrücke erklärt werden, die in den nachfolgenden Rezepten immer wieder vorkommen. So findet sich häufig, ja fast bei jeder Speise, das Wort Liquamen oder Garum als eine grundlegende Zutat. Dies ist eine Art Fischsauce, die mit der heutigen Worcestersauce verglichen werden kann. Es gab mehrere Liquamen-Rezepte, doch scheint das allgemein anerkannte jenes aus Bithynien, an der Küste des Schwarzen Meeres, zu sein. Die Rezeptur wird wie folgt angegeben: *„Man nimmt am besten große oder kleine Sprotten oder, wo man solche nicht hat, Anchovis oder Roßmakrele oder Makrele, macht aus allem eine Mischung und tut sie in einen Backtrog. Dann nimmt man 1 kg Salz auf ein Viertel scheffel (9,09 Liter) Fisch und rührt gut um, so daß der Fisch ganz von dem Salz überzogen ist. So läßt man es eine Nacht stehen, dann füllt man es in ein irdenes Gefäß, das man zwei oder drei Monate offen in die Sonne stellt. Hin und wieder rührt man mit einem Stock um, dann nimmt man es, tut einen Deckel darauf und bewahrt es auf. Manche gießen auch alten Wein dazu, zwei Liter auf einen Liter Fisch."* Leider gibt das Rezept das Apicius nicht an, für welche Fleischmenge dieses kräftige Gemisch gedacht war. Da aber in Rom zu einer vollständigen Tischgesellschaft neun Personen gehört haben – während laut Archestratos die Griechen fünf Personen als Maximum betrachteten – wäre es möglich, daß die angegebenen Mengen immer auf neun Personen abgestimmt waren, so daß auf jeden der Teilnehmer am Mahl fünf oder sechs Eßlöffel einer verhältnismäßig dünnen, aber sehr würzigen Soße kamen.
Nicht so häufig wie „Liquamen", aber ebenso notwendig, war für die römische Küche ein aus der früheren griechischen Kolonie Kyrene stammendes Kraut namens Silphium. Offenbar wurde aber das Silphium so rigoros abgeerntet, daß die Pflanze schon ungefähr zu Neros Zeit ausgestorben war und die Römer als Ersatz die persische Asafötida nehmen mußten – ein Gummiharz von unangenehmem Geruch (lat. foetida = stinkend), das aus verschiedenen Arten der Doldenblütengattung Ferula gewonnen wurde.
Silphium und Asafötida waren teuer, weshalb im Kochbuch des Apicius sogar ein Rezept enthalten ist, wie man Silphium strecken kann. Dort heißt es: *„Eine Unze Silphium kann man strecken, indem man sie in einem Krug voll Piniennüssen aufbewahrt, die nach und nach den Geschmack des Silphiums annehmen".* War in einem Rezept Silphium vorgeschrieben, konnte man stattdessen einige dieser Piniennüssen nehmen. Asafötida war übrigens nicht nur im klassischen Griechenland und Rom bekannt. Auch die Inder verwendeten sie seit eh und je unter dem Namen „hing". Neben Liquamen und Silphium verwendeten die römischen Köche aber auch noch viele andere Gewürze, denn die reichen Römer scheinen eine starke Abneigung gegen den unverfälschten, natürlichen Geschmack der verwendeten Nahrungsmittel gehabt zu haben. So wurde mit Hilfe von Soßen, die größtenteils mindestens ein Dutzend hocharomatischer Ingredienzien enthielten, Fleisch, Fisch und Gemüse ein gänzlich anderer Geschmack verliehen.
Jedenfalls ist ziemlich sicher, daß Liquamen anstelle des Salzes benutzt wurde. Beim Nachkochen der folgenden Rezepte kann daher Liquamen ohne weiters durch Salz ersetzt werden, nur muß man bedenken, daß eben der typische Fischgeschmack fehlt. Liquamen, vermischt mit Wein oder Wasser, wird Oenogarum oder Hydrogarum genannt. Wiederverwendete Restbestände hießen Allec. Eingedickter Wein oder Traubensaft wurde je nach dem Grad der Konzentration als Caroneum, Defrutum oder Sapa bezeichnet. Da die Definition der Begriffe bei den antiken Autoren verschieden ist, kann unter Defrutum Most angenommen werden, der auf etwa die Hälfte bis ein Drittel seines Volumens, unter Caroneum Most, der auf zwei Drittel und unter Sapa Most, der auf ein Drittel seines Volumens eingekocht ist. Passum ist ein spezieller Kochwein, der sich allerdings heute nicht mehr herstellen läßt. Es handelte sich dabei um eine Art „Trockenbeerenauslese", deren Saft mit frischem Most bester Qualität vermischt wurde.
Wahrscheinlich war es ein äußerst süßer Wein, der dem Tokayer von heute ähnlich ist. Mulsum ist der Begriff für

mit Honig vermischten Wein. Bei Plinius wird Mulsum auch als Aperitif gepriesen.
Von Pollio Romilius kennen wir die Anekdote, daß er auf die Frage des Augustus, wie es ihm gelang, 100 Jahre alt zu werden, antwortete: *„Durch Mulsum für das Innere und Öl für das Äußere."*
Um Mulsum herzustellen, wäre eine Flasche herber Weißwein zu nehmen, in den etwa zwei Eßlöffel flüssiger Honig eingerührt werden. Dieses Getränk kann nun Näherungswerte erreichen.
In den folgenden Rezepten wird auch der Ausdruck Amulum als Bindemittel für Saucen genannt. Amulum ist eine Art Stärkemehl, das aus Weizen hergestellt wurde. Die Römer stellten Amulum aus Weizen her. Nun eine Auswahl von den angekündigten Rezepten aus der römischen Wildbretküche nach Apicius:

WILDSCHWEIN

Wildschwein bereite auf folgende Art: Wasche es und bestreue es mit Salz und geröstetem Kümmel und lasse es so stehen. Am nächsten Tag gib es in den Backofen. Wenn es gar ist, gieße eine Sauce aus zerstoßenem Pfeffer, Saft von dem Wildschwein (oder: Gewürze für Wildschwein), Honig, Liquamen und Passum darüber.

AUF ANDERE ART

Koche das Wildschwein in Meerwasser mit Lorbeerzweigen gar. Entferne die Schwarte und serviere mit Salz, Senf und Essig.
Eine Anweisung, wie man Meerwasser konservieren kann: Auf etwa 26 l Meerwasser nimmt man 3/4 kg Salz und etwa 6 l Wein. Dies wird vermischt und in Gefäße gefüllt, die man mit Pech verschließt. So läßt sich Meerwasser auch im Binnenland verwenden.

HEISSE SAUCE FÜR GEBRATENES WILDSCHWEIN

Nimm Pfeffer, gerösteten Kümmel, Selleriesamen, Minze, Thymian, Bohnenkraut, Saflor, geröstete Pinienkerne oder Mandeln, Honig, Liquamen, Essig und Öl.
Die Zutaten müssen alle gestampft oder gemahlen werden; die Kräuter können frisch oder trocken sein. Man läßt das Ganze aufkochen. Die Sauce wird nicht eingedickt.

AUF ANDERE ART

Nimm Pfeffer, Liebstöckel, Selleriesamen, Minze, Thymian, geröstete Pinienkerne, Wein, Essig, Liquamen und etwas Öl. Wenn der Saft des Fleisches gekocht hat, gib die gestampfte Masse dieser Zutaten nach und nach hinein und rühre mit einem Bündel von Zwiebeln und Raute um. Wenn die Sauce dicker werden soll, binde sie mit einigen Eiweiß, rühre langsam um, bestreue sie mit Pfeffer und serviere.

KALTE SAUCE FÜR GEKOCHTES WILDSCHWEIN

Nimm Pfeffer, Liebstöckel, Kümmel, Dillsamen, Thymian, Origanum, etwas Silphium, reichlich Rautensamen; gieße Wein darüber, dann gib einige grüne Kräuter, eine Zwiebel, Haselnüsse oder geröstete Mandeln, Datteln, Honig, Essig und noch etwas Wein dazu, füge Defrutum hinzu, um Farbe zu geben, und schließlich Liquamen und Öl.

SAUCE FÜR WILDSCHWEIN, ANDERE ART

Stampfe Pfeffer, Liebstöckel, Origanum, Selleriesamen, Laserwurzel, Kümmel, Fenchelsamen, Raute, Liquamen, Wein, Passum. Lasse dies aufkochen. Wenn es kocht, binde mit Amulum. Übergieße das Wildschwein mit dieser Sauce auf allen Seiten und serviere.

WILDSCHWEINKEULE GEFÜLLT À LA TERENTIUS

Stecke einen Holzspieß durch das Gelenk der Keule (d. h. am unteren Ende), um die Haut vom Fleisch zu trennen, so daß die Gewürze durch einen kleinen Trichter in den Zwischenraum ganz eingefüllt werden können. Stampfe Pfeffer, Lorbeer-Beeren und Raute; nach Belieben füge Laser, Liquamen bester Qualität, Caroneum und einige Tropfen bestes Öl dazu. Wenn die Keule mit dieser Mischung gefüllt ist, nähe die Öffnung mit einem Faden zu und gib die Keule in einen großen Kessel. Koche sie in Meerwasser mit Lorbeerschößlingen und Dill.

ANTIKER ESSIG-HIRSCH

Aus dem Jagd-Brevier von Walter Norden: „Man nehme ausgelöstes Wildbret vom Hirsch und siede es in einem Wasserkessel unter Zugabe von etwas Essig, Wein, Salz und einer Brise Zucker etwa zehn Minuten kurz auf. Knapp vor dem Aufkochen gebe man einen mit Pfefferkörnern, Gewürznelken, Rosmarin, Basilikum, Majoran und Zitronenschalen gefüllten Tuchbeutel ins Wasser. Fett und sich bildender Schaum sind während des Kochens sorgfältig abzuschöpfen. Das abgebrühte Wildbret aus dem Kessel nehmen und gut auskühlen lassen, sodann Wildbret und Gewürzbeutel in einen Tonkrug geben, mit Essig zwei Finger hoch übergießen und das Ganze mit flüssigem Rinderfett absiegeln. Bei diesem Verfahren hält sich das Wildbret bis zu einem halben Jahr und läßt sich bei Bedarf beliebig zubereiten. Wenn Fleisch entnommen wird, muß die abgesiegelte Fettschicht natürlich umgehend erneuert werden."

SAUCE FÜR HIRSCH

Stampfe Pfeffer, Liebstöckel, Kümmel, Origanum, Selleriesamen, Laserwurzel, Fenchelsamen, zerreibe dieses gut, gieße Liquamen, Wein, Passum und etwas Öl dazu. Wenn es aufkocht, binde mit Amulum. Wenn das Fleisch gar ist, begieße es mit dieser Sauce überall und serviere. (Es wird nicht gesagt, ob der Hirsch gekocht oder gebraten sein soll; das Letztere ist wahrscheinlicher.)

HIRSCH AUF ANDERE ART

Koche den Hirsch und brate ihn leicht in der Röhre. Stampfe Pfeffer, Liebstöckel, Kümmel und Selleriesamen, gieße Honig, Essig, Liquamen und Öl dazu. Wenn die Sauce heiß ist, dicke sie mit Amulum an und gieße sie über das Fleisch.

HEISSE SAUCE FÜR HIRSCHBRATEN

Nimm Pfeffer, Liebstöckel, Petersilie, eingeweichte (gedörrte) Damaszenerpflaumen, Wein, Honig, Essig, Liquamen, etwas Öl. Rühre mit einem Bündel Lauch und Bohnenkraut um.

SAUCE FÜR GEBRATENES REH

Nimm Pfeffer, gemischte Kräuter, Raute, Zwiebel, Honig, Liquamen, Passum, etwas Öl. Wenn es kocht, binde mit Amulum.

HEISSE SAUCE FÜR WILDSCHAF

Nimm Pfeffer, Liebstöckel, Kümmel, getrocknete Minze, Thymian, Silphium; dazu Wein, eingeweichte (gedörrte) Damaszenerpflaumen, Honig, Wein, Liquamen, Essig, Passum, um Farbe zu geben, und Öl. Rühre mit einem Bündel von Origanum und getrockneter Minze um.

SAUCE FÜR ALLE ARTEN VON WILD, GEKOCHT ODER GEBRATEN

Nimm 10 g Pfeffer, je etwa 7 g Raute, Liebstöckel, Selleriesamen, Wacholder(beeren), Thymian, getrocknete Minze, etwa 3 g Flohkraut. (Das Flohkraut ist ein schlammbewohnendes, der Ruhrwurz verwandtes Kraut mit unscheinbaren, gelben Blüten. Die Dürrwurz – wie das Flohkraut auch genannt wird – ist eine bis 90 cm hohe, gelblich blühende Korbblütlerstaude mit walzigem Wurzelstock und enthält Bitter- und Gerbstoffe). Zerstoße dies alles zu einem sehr feinen Pulver und vermische es gründlich. Gib eine genügende Menge Honig in den Topf, verwende diese Mischung mit Oxygarum.

HASE MIT SAUCE

Koche den Hasen zunächst kurz in Wasser ab, dann gib ihn in eine Pfanne und brate ihn in Öl in der Röhre. Wenn er fast gar ist, gib neues Öl dazu und gieße die folgende Sauce darüber: Stampfe Pfeffer, Liebstöckel, Bohnenkraut, Zwiebel, Raute, Selleriesamen, Liquamen, Laser, Wein und etwas Öl. Wende den Hasen von Zeit zu Zeit und lasse ihn in dieser Sauce gar kochen.

GEFÜLLTER HASE

Für die Füllung nimmt man ganze Pinienkerne, Mandeln, gehackte Nüsse oder Bucheckern, Pfefferkörner, Eingeweide des Hasen und aufgeschlagene Eier zum Binden. Man hüllt den Hasen in Schweine-Omentum und brät ihn im Backofen. Dann macht man die folgende Sauce: Raute, reichlich Pfeffer, Zwiebel, Bohnenkraut, Datteln, Liquamen, Caroneum oder Würzwein. Man läßt dies so lange kochen, bis es dick wird, und gießt es über den Hasen. In dieser Liquamen-Pfeffer-Sauce läßt man den Hasen eine Weile ziehen.

WEISSE SAUCE FÜR GEBRATENEN HASEN

Nimm Pfeffer, Liebstöckel, Kümmel, Selleriesamen und Dotter eines hartgekochten Eies. Stampfe dies und forme es zu einem Knödel. Koche in einem kleinen Topf Liquamen, Wein, Öl, etwas Essig, eine kleine gehackte Zwiebel, gib den Knödel von Gewürzen dazu und rühre mit Origanum oder Bohnenkraut um. Wenn nötig, binde mit Amulum.

HASCHEE AUS BLUT, LEBER UND LUNGE DES HASEN

Gib Liquamen, feingehackten Lauch und gehackten Koriander in eine Kasserolle und füge Leber und Lunge dazu. Wenn dies gar ist, stampfe Pfeffer, Kümmel, Koriander, Laserwurzel, Minze, Raute und Flohkraut, gieße Essig hinein, gib Hasenleber und auch Blut dazu und verarbeite dies alles. (Das Laserkraut ist ein bis 1/2 Meter hoher Doldenblütler mit 3 deutschen Spielarten. Es besitzt einen gefurchten Stengel und ist an der Unterseite rauhhaarig. Das „Breite Laserkraut“ oder „Weiße Hirschwurz“ enthält ein noch unbekanntes ätherisches Öl und einen Bitterstoff. Die Wurzel wird auch als Tierheilmittel verwendet.) Füge Honig und Brühe von der Leber und der Lunge hinzu, mische dies mit Essig und gieße es in einen Topf. Gib die feingehackte Hasenlunge in denselben Topf und lasse dies kochen. Wenn es kocht, binde mit Amulum, bestreue mit Pfeffer und serviere.

HASE IM EIGENEN SAFT

Reinige den Hasen, beine ihn aus und dressiere ihn und gib ihn in eine Kasserolle. Gib Öl, Liquamen, Brühe, ein Bündel Lauch, Koriander und Dill dazu. Während dies kocht, stampfe im Mörser Pfeffer, Liebstöckel, Kümmel, Koriandersamen, Laserwurzel, getrocknete Zwiebel, Minze, Raute und Dillsamen, gieße Liquamen hinein, füge Honig und etwas von der Hasenbrühe hinzu und mische mit Defrutum und Essig. Lasse dies aufkochen. Wenn es kocht, binde mit Amulum. Entferne die Spießchen oder Fäden, die zum Dressieren benutzt wurden, von dem Hasen, gieße die Sauce darüber, bestreue mit Pfeffer und serviere.

HASE À LA PASSENIUS

Reinige den Hasen, beine ihn aus, dressiere ihn mit ausgestreckten Beinen und hänge ihn zum Räuchern auf. Wenn er Farbe bekommen hat, lasse ihn halb gar kochen. Nimm ihn heraus, bestreue ihn mit Salz und befeuchte ihn mit Oenogarum. Gib Pfeffer und Liebstöckel in den Mörser und stampfe; befeuchte die Gewürze mit Liquamen und mische sie mit Wein und Liquamen.
Gib dies in einen Topf mit Öl, lasse es kochen. Wenn es kocht, binde mit Amulum. Gieße diese Sauce über den Rücken des Hasen, bestreue ihn mit Pfeffer und serviere.

GEFÜLLTER HASE

Reinige den Hasen, dressiere ihn und lege ihn auf ein viereckiges Brett. Gib Pfeffer, Liebstöckel und Origanum in den Mörser, befeuchte mit Liquamen, füge gekochte Hühnerleber, gekochtes Hirn, die gehackten Eingeweide des Hasen (oder: gehacktes Fleisch) und 3 rohe Eier hinzu. Mische dies mit Liquamen. Fülle den Hasen mit dieser Füllung. Wickle ihn in Omentum und Papier und binde zu. Brate auf kleinem Feuer. Gib Pfeffer und Liebstöckel in den Mörser, stampfe, gieße Liquamen zu, mische mit Wein und Liquamen und lasse dies kochen. Wenn es kocht, binde mit Amulum und gieße die Sauce über den gebratenen Hasen. Bestreue den Hasen mit Pfeffer und serviere.

HASE MIT TROCKENEM PFEFFER BESTREUT

Vor dem Kochen dressiere ihn und nähe ihn zu. Befeuchte ihn mit einer Mischung von Pfeffer, Raute, Bohnenkraut, Zwiebel, etwas Thymian und Liquamen, dann gib ihn zum Garkochen in den Backofen und übergieße ihn mit der folgenden Sauce: etwa 15 g Pfeffer, Raute, Zwiebel, Bohnenkraut, 4 Datteln, Rosinen, die über einem Kohlenbecken geröstet und gebräunt wurden, Wein, Öl, Liquamen und Caroneum. Begieße den Hasen (während des Bratens) mit dieser Sauce häufig, so daß die gesamte Flüssigkeit einzieht. Dann nimm ihn heraus und serviere ihn auf einer runden Platte, mit trockenem Pfeffer bestreut (d. h. ohne Sauce).

STOCKFISCHERSATZ, AUF ANDERE ART

Stampfe Kümmel, Pfeffer und Liquamen, mische mit etwas Passum oder Caroneum und reichlich gemahlenen Walnüssen. Stampfe alles gründlich und gieße es in Salzlake. Füge einige Tropfen Öl hinzu und serviere.

AUF ANDERE ART

Stampfe so viel Kümmel, wie man mit fünf Fingern greifen kann, halb so viel Pfeffer und eine geschälte Knoblauchzehe. Gieße Liquamen darüber und füge einige Tropfen Öl hinzu. Dieses Gericht ist ein ausgezeichnetes Mittel gegen Magenbeschwerden und fördert die Verdauung.

PATINA VON SEEBARBEN ANSTATT STOCKFISCH

Schuppe die Barben und lege sie in eine saubere Pfanne. Füge genügend Öl und etwas Stockfisch hinzu. Bringe dies zum Kochen. Wenn der Fisch kocht, gib Passum oder Mulsum dazu. Bestreue mit Pfeffer und serviere.

PATINA VON FRISCHEN FISCHEN ANSTATT STOCKFISCH

Nimm nach Belieben irgendwelche Fische, reinige und brate sie. Dann lege sie mit genügend Öl in eine Pfanne und gib Stockfisch dazu. Bringe dies zum Kochen. Wenn der Fisch kocht, füge Honigwasser hinzu und rühre um.

PATINA ZOMOTEGANON

Wasche beliebige rohe Fische und lege sie in eine Pfanne. Füge Öl, Liquamen, Wein und ein Bündel Lauch und Koriander hinzu. Während dies kocht, stampfe im Mörser Pfeffer, Liebstöckel, Origanum und das gekochte Bündel, vermische es gut, gieße etwas von der Fischbrühe hinzu, rühre rohe Eier hinein und verarbeite das Ganze gründlich. Gieße die Sauce über die Fische in die Pfanne und lasse sie binden. Wenn die Masse steif genug geworden ist, bestreue sie mit Pfeffer und serviere.

PATINA VON SEEZUNGEN

Klopfe und reinige die Seezungen und lege sie in eine Pfanne. Füge Öl, Liquamen und Wein hinzu. Während der Fisch kocht, stampfe im Mörser Pfeffer, Liebstöckel und Origanum; zerreibe dies gründlich, gieße etwas von der Fischbrühe dazu, gib rohe Eier hinein und verrühre das alles zu einer glatten Mischung. Gieße es über die Seezungen und koche es auf kleinem Feuer. Wenn es steif genug ist, bestreue es mit Pfeffer und serviere.

PATINA VON KLEINEN FISCHEN

Stampfe im Mörser Rosinen, Pfeffer, Liebstöckel, Origanum, Zwiebeln und mische dies mit Wein, Liquamen und Öl. Gieße es in eine Pfanne. Wenn dies gekocht hat, füge die zuvor gekochten kleinen Fische hinzu. Binde mit Amulum und trage auf.

FRIKASSEE VON SEETIEREN

Lege Fische in einen Topf und füge Liquamen, Öl, Wein und Brühe hinzu. Hacke Lauchstangen und Koriander, mache kleine Fischbällchen, zerschneide gekochten und entgräteten Fisch und gib sorgfältig gewaschene Quallen dazu. Wenn all dieses gekocht ist, zerstampfe im Mörser Pfeffer, Liebstöckel und Origanum, gieße Liquamen und etwas von dem Fischwasser dazu und schütte es in den Topf. Lasse das Ganze wieder aufkochen und dicke es unter stetigem Umrühren mit Teigkrümeln an. Bestreue mit Pfeffer und serviere.

FRIKATESSE À LA MATIUS

Gib Öl, Liquamen und Fleischbrühe in einen Topf. Hacke Lauch, Koriander und kleine Fleischklößchen. Zerschneide gekochte Schweinsschulter samt der Schwarte in Würfel. Lasse all dies zusammen kochen. Wenn es halb gar ist, füge zerschnittene und entkernte Äpfel hinzu. Während dies kocht, zerstampfe im Mörser Pfeffer, Kümmel, frischen Koriander oder Korianderkörner, Minze und Laserwurzel, gieße Essig, Honig, Liquamen, etwas Defrutum und ein wenig von der oben beschriebenen Fleischbrühe dazu, vermische dies mit noch etwas Essig. Gieße die Mischung in den Topf mit dem Fleisch, bringe das Ganze zum Kochen. Wenn es kocht, binde es mit Teigkrümeln, bestreue sie mit Pfeffer und serviere.

SCHNECKEN

Brate die Schnecken in reinem Salz und Öl und begieße sie mit Laser, Liquamen, Pfeffer und Öl.

GEBRATENE SCHNECKEN

Begieße die Schnecken (während des Bratens) ständig mit Liquamen, Pfeffer und Kümmel.

SCHNECKEN, AUF ANDERE ART

Lege die Schnecken lebend in Milch und Weizenmehl; wenn sie fett genug sind, koche sie.

MUSCHELN

Mische Liquamen, gehackten Lauch, Kümmel, Passum, Bohnenkraut und Wein. Verdünne dies mit Wasser und koche die Muscheln darin.

GEFÜLLTER BONITO

Entgräte den Fisch. Stampfe Flohkraut, Kümmel, Pfefferkörner, Minze, Nüsse und Honig. Fülle den Fisch mit dieser Mischung und nähe ihn zu. Wickle ihn in Papier und lasse ihn in einem zugedeckten Topf im Dampf kochen. Würze mit Öl, Caroneum und Allec.

BONITO

Bonito bereite auf folgende Art zu: Koche und entgräte den Fisch. Stampfe Pfeffer und Liebstöckel, Thymian, Origanum, Raute, Jerichodatteln und Honig, gib dies in einen kleinen Topf und garniere es mit gehackten Dottern von hartgekochten Eiern. Dann gib noch etwas Wein, Essig, Defrutum und bestes Öl dazu.

KALTE SAUCE FÜR BONITO

Nimm Pfeffer, Origanum, Minze, Zwiebel, etwas Essig und Öl.

AUF ANDERE ART

Nimm Pfeffer, Liebstöckel, getrocknete Minze, gekochte Zwiebel, Honig, Essig und Öl. Gieße die Sauce über den (gekochten) Fisch und garniere ihn mit gehackten hartgekochten Eiern.

SAUCE FÜR GESALZENE MEERÄSCHE

Nimm Pfeffer, Liebstöckel, Kümmel, Zwiebel, Raute, Haselnuß, Datteln, Honig, Essig, Senf und Öl.

AUF ANDERE ART

Nimm Pfeffer, Origanum, Minze, Raute, Haselnuß, Jerichodatteln, Honig, Öl, Essig und Senf.

STOCKFISCH OHNE STOCKFISCH

Koche Leber, faschiere sie und gib Pfeffer, Liquamen oder Salz dazu. Gieße Öl hinzu. Nimm Leber vom Hasen, Zicklein, Lamm oder von Hühnern. Wenn gewünscht, gib der Masse in einer kleinen Form die Gestalt des Fisches. Beträufle sie mit bestem Öl.

SAUCE FÜR GEFÜLLTEN TINTENFISCH

Nimm Pfeffer, Liebstöckel, Selleriesamen, Kümmel, Honig, Liquamen, Wein, gemischte Kräuter. Lasse dies heiß werden, schneide den Tintenfisch auf und gieße die Sauce darüber.

FÜLLUNG FÜR GEKOCHTEN TINTENFISCH

Stampfe ein enthäutetes gekochtes Hirn mit Pfeffer, füge genügend rohe Eier, Pfefferkörner und kleine Fleischklößchen dazu. Fülle damit den gekochten Tintenfisch, nähe ihn zu und gib ihn in einen siedenden Kessel, so daß die Füllung steif werden kann.

SAUCE FÜR TINTENFISCH, AUF ANDERE ART

Nimm Pfeffer, Liebstöckel, Kümmel, frischen Koriander, getrocknete Minze, Eidotter, Honig, Liquamen, Wein, Essig und etwas Öl. Lasse dies aufkochen und binde mit Amulum.

OKTOPUS

Serviere Oktopus mit Pfeffer, Liquamen und Laser. Gewöhnlich brät man diesen in tiefem Öl.

SAUCE FÜR AUSTERN

Nimm Pfeffer, Liebstöckel, Eidotter, Essig, Liquamen, Öl und Wein; nach Belieben auch Honig.

SAUCE FÜR AAL

Nimm Pfeffer, Liebstöckel, Selleriesamen, Dill, syrischen Sumach, Jerichodatteln, Honig, Essig, Liquamen, Senf und Defrutum.

AUF ANDERE ART

Nimm Pfeffer, Liebstöckel, syrischen Sumach, getrocknete Minze, Rautenbeeren, Dotter von hartgekochten Eiern, Mulsum, Essig, Liquamen und Öl. Stampfe, mische dies und lasse es kochen.

SAUCE FÜR LANGUSTE UND SCAMPI

Bräune eine gehackte frische Zwiebel. Gib Pfeffer, Liebstöckel, Kümmel, Jerichodatteln, Honig, Essig, Wein, Liquamen, Öl und Defrutum dazu. Serviere diese Sauce mit Senf zu gekochter Languste oder gekochten Scampi.

HASELMÄUSE

Fülle die Haselmäuse mit gehacktem Schweinefleisch und gehacktem Fleisch von Haselmäusen, das zusammen mit Pfeffer, Pinienkernen, Laserwurzeln und Liquamen gestampft wurde. Nähe sie zu, gib jede auf einen (konkaven) Ziegel und brate sie im Backofen.

SAUCE FÜR GEKOCHTEN STRAUSS

Nimm Pfeffer, Minze, gerösteten Kümmel, Selleriesamen, Datteln oder Jerichodatteln, Honig, Essig, Passum, Liquamen und ein wenig Öl und lasse dies in einem Topf kochen. Binde mit Amulum. Gieße die Sauce auf der Servierplatte über den tranchierten Strauß und streue Pfeffer darüber. Wenn du den Strauß aber in der Sauce kochen willst, füge Grütze oder Grieß hinzu.

KRANICH ODER ENTE MIT RÜBEN

Wasche und dressiere den Vogel und koche ihn in einem großen Topf in Wasser mit Salz und Dill halbgar. Koche die Rüben. Nimm den Vogel aus dem Topf, wasche ihn nochmals und lege ihn in eine Kasserolle mit Öl und Liquamen sowie einem Bündel von Lauch und Koriander. Gib eine feingehackte (ungekochte) Rübe dazu und lasse das Ganze schmoren. Nach einer Weile gieße Defrutum hinzu; Sauce: Pfeffer, Kümmel, Koriander, Laserwurzel; Essig, ein wenig Brühe, gieße dies über die Ente und lasse es aufkochen. Binde mit Amulum und gib das Ganze über die Rüben.

Allerhand Arten Vögel zu fangen.

Nehmet solchen Saamen als die Vögel gewöhnlich zu essen pflegen / weichet ihn in Wein-Häfen mit Witscherling-Safft vermischet / ein / und wann er wol erweichet / so werffet ihn an den Ort / da die Vögel ihre Nahrung suchen / so werden sie auf der Stelle truncken / und ihren Verstand verlieren / daß man sie mit den Händen fangen möge.

Nehmet weisse Nieß-Wurtz klein gestossen / und vermischet sie mit andern gemeinen Saamen / und werffts den Vögeln vor / wie vorgemeldet / welche darum nicht schlimmer zu essen sind.

Nehmet Weitzen oder ein ander Korn / und kochet ihn mit weissem Operment, und werffet das Korn an einen Ort / da die Vögel hinzu kommen pflegen / so werden sie darvon sterben / und nichts desto weniger gesund zu essen seyn / als wann sie geschossen oder mit einem Netze gefangen worden.

Nehmet klein geschabte Zwiebeln / vermischet sie unter die Saamen / oder unter die Körner / so die Vögel fressen / so macht es dieselben also bald truncken.

SAUCE FÜR GEBRATENEN KRANICH ODER ENTE

Brate den Vogel und übergieße ihn mit folgender Sauce: Stampfe Pfeffer, Liebstöckel und Origanum mit Liquamen, Honig, etwas Essig und Öl. Lasse dies gut kochen. Gib Amulum (zum Binden) hinzu und auf die Sauce Scheiben von gekochten Gurken oder Taros und koche sie auf. Wenn vorhanden, koche auch Schweinspfoten und Hühnerleber. Bestreue das Gericht in der Servierschüssel mit Pfeffer und serviere.

SAUCE FÜR GEKOCHTEN KRANICH ODER ENTE

Pfeffer, Liebstöckel, Selleriesamen, Raute oder Koriander, Minze, Jerichodatteln, Honig, Essig, Liquamen, Defrutum und Senf. Du kannst dieselbe Sauce machen, auch wenn du den Vogel in der Kasserolle brätst (oder: den Vogel in der Sauce in der Kasserolle schmorst).

KALTE SAUCE FÜR GESOTTENES REBHUHN, HASELHUHN ODER TURTELTAUBE

Pfeffer, Liebstöckel, Selleriesamen, Minze, Myrtenbeeren oder Rosinen, Honig, Wein, Essig, Liquamen und Öl. Serviere dies als kalte Sauce.

REBHUHN

Koche das Rebhuhn mit den Federn und rupfe es, solange es noch naß ist. Wenn der Vogel frisch getötet ist, kann man ihn in einer Sauce kochen, ohne daß er zäh wird; wenn er schon einige Tage alt ist, muß man ihn (erst) in Wasser sieden.

SAUCE FÜR REBHUHN, HASELHUHN ODER TURTELTAUBE

Nimm Pfeffer, Liebstöckel, Minze, Rautensamen, Liquamen, Wein und Öl. Lasse dies warm werden.

SAUCE FÜR VERSCHIEDENE VÖGEL

Nimm Pfeffer, gerösteten Kümmel, Liebstöckel, Minze, entkernte Rosinen oder Damaszenerpflaumen, ein wenig Honig. Mische mit Myrtenwein, Essig, Liquamen und Öl. Laß dies heiß werden und rühre mit einem Bündel von Sellerie und Bohnenkraut um.

AUF ANDERE ART

Befeuchte Pfeffer, Petersilie, Liebstöckel, trockene Minze, wilden Safran mit Wein, füge Haselnüsse oder geröstete Mandeln und etwas Honig mit Wein und Essig hinzu und schmecke mit Liquamen ab. Gib dies in einen Topf, gieße Öl darüber und lasse es heiß werden. Rühre mit einem Bündel von Sellerie und Katzenminze um. Mache Einschnitte in die Vögel und gieße die Sauce darüber.

WEISSE SAUCE FÜR EINEN GEKOCHTEN VOGEL

Pfeffer, Liebstöckel, Kümmel, Selleriesamen, Haselnüsse oder geröstete Mandeln oder geschälte Walnüsse, etwas Honig, Liquamen, Essig und Öl.

GRÜNE SAUCE FÜR VÖGEL

Pfeffer, Kümmel, indische Narde, Lorbeerblatt, alle Arten von grünen Kräutern, Datteln, Honig, Essig, etwas Wein, Liquamen und Öl.

WEISSE SAUCE FÜR GEKOCHTE GANS

Nimm Pfeffer, Kümmel, Selleriesamen, Thymian, Zwiebel, Laserwurzel, geröstete Pinienkerne, Honig, Essig, Liquamen und Öl.

FLAMINGO

Rupfe den Flamingo, wasche und dressiere ihn und lege ihn in einen Topf. Füge Wasser, Salz, Dill und etwas Essig hinzu. Wenn er halb gar ist, mache ein Bündel aus Lauch und Koriander und lasse es mitkochen. Kurz vor dem Garwerden gieße Defrutum hinzu, um Farbe zu geben. Gib Pfeffer, Kümmel, Koriander, Laserwurzel, Minze und Raute in den Mörser; stampfe; befeuchte mit Essig, gib Jerichodatteln dazu und gieße etwas von der Brühe darüber. Gib dies in denselben Topf, dicke mit Amulum an. Lege den Vogel auf eine Platte, gieße die Sauce darüber und serviere. Dasselbe Rezept kann auch für einen Papagei verwendet werden.

KRÄUTERSAUCE FÜR GEBRATENEN FISCH

Nimm einen beliebigen Fisch, reinige, salze und brate ihn. Stampfe Pfeffer, Kümmel, Koriandersamen, Laserwurzel, Origanum, Raute, gieße Essig dazu, gib Jerichodatteln, Honig, Defrutum, Öl und Liquamen hinzu; rühre dies gut um, gieße es in eine Kasserolle und bringe es zum Kochen. Wenn es kocht, gieße die Sauce über den gebratenen Fisch. Bestreue mit Pfeffer und serviere.

SAUCE FÜR GEKOCHTEN FISCH

Nimm Pfeffer, Liebstöckel, Kümmel, eine kleine Zwiebel, Origanum, Pinienkerne, Jerichodatteln, Honig, Essig, Liquamen, Senf, etwas Öl. Wenn die Sauce heiß sein soll, füge noch Rosinen hinzu und lasse sie heiß werden.
Für 4 – 5 Personen rechnet man 4 – 5 große Datteln, 2 – 3 Zweige Liebstöckel, etwa 50 g Pinienkerne, 1 kleine frische Zwiebel, gemahlenen Pfeffer, Kümmel. Senf und Essig nach Geschmack.

ALEXANDRISCHE SAUCE FÜR GEGRILLTEN FISCH

Nimm Pfeffer, getrocknete Zwiebel, Liebstöckel, Kümmel, Origanum, Selleriesamen, entsteinte Damaszenerpflaumen, Mulsum, Essig, Liquamen, Defrutum und Öl. Stampfe, mische es und lasse es kochen.

SAUCE FÜR GEGRILLTEN SEE-AAL

Nimm Pfeffer, Liebstöckel, gerösteten Kümmel, Origanum, getrocknete Zwiebel, Dotter von hartgekochten Eiern, Wein, Mulsum, Essig, Liquamen und Defrutum. Stampfe, mische dies und lasse es kochen.

SAUCE FÜR GEGRILLTE SEE-BARBEN

Nimm Pfeffer, Liebstöckel, Raute, Honig, Pinienkerne, Essig, Wein, Liquamen und etwas Öl. Lasse die Sauce heiß werden und gieße sie über die Fische.

AUF ANDERE ART

Nimm Raute, Minze, Koriander, Fenchel, – alles frisch – , Pfeffer, Liebstöckel, Honig, Liquamen und etwas Öl.

SAUCE FÜR GEGRILLTEN JUNGEN THUNFISCH

Nimm Pfeffer, Liebstöckel, Origanum, frischen Koriander, Zwiebel, entkernte Rosinen, Passum, Essig, Liquamen und Defrutum. Stampfe, mische dies und lasse es kochen. Diese Sauce kann man auch mit gekochtem Fisch servieren. Wenn gewünscht, füge noch Honig hinzu.

SAUCE FÜR GEGRILLTE MURÄNE

Nimm Pfeffer, Liebstöckel, Bohnenkraut, trockenen Safran, Zwiebel, entsteinte Damaszenerpflaumen, Wein, Mulsum, Essig, Liquamen und Öl. Stampfe, mische dies und lasse es kochen.

SAUCE FÜR GEKOCHTE MURÄNE

Nimm Pfeffer, Liebstöckel, Dill, Selleriesamen, syrischen Sumach, Jerichodatteln, Honig, Essig, Liquamen, Öl, Senf und Defrutum.

AUF ANDERE ART

Nimm Pfeffer, Liebstöckel, Kümmel, Selleriesamen, Koriander, getrocknete Minze, Pinienkerne, Raute, Honig, Essig, Wein, Liquamen und etwas Öl. Lasse dies heiß werden und binde mit Amulum.

SAUCE FÜR GEKOCHTE MAKRELE

Nimm Pfeffer, Liebstöckel, frische Raute, Zwiebel, Honig, Essig, Liquamen und etwas Öl. Wenn es kocht, binde mit Amulum.

SAUCE FÜR THUNFISCH

Nimm Pfeffer, Kümmel, Thymian, Koriander, Zwiebel, Rosinen, Essig, Honig, Wein, Liquamen und Öl. Lasse dies heiß werden und binde mit Amulum.

KALTE KRÄUTERSAUCE FÜR GEKOCHTEN THUNFISCH

Nimm Pfeffer, Liebstöckel, Thymian, gemischte frische Kräuter, Zwiebel, Jerichodatteln, Honig, Essig, Liquamen, Öl und Senf.

SAUCE FÜR GEGRILLTEN ZAHNBRASSEN

Nimm Pfeffer, Liebstöckel, Koriander, Minze, getrocknete Raute, gekochte Quitten, Honig, Wein, Liquamen und Öl. Lasse dies heiß werden und binde mit Amulum.

SAUCE FÜR GEKOCHTEN ZAHNBRASSEN

Nimm Pfeffer, Dill, Kümmel, Thymian, Minze, frische Raute, Honig, Essig, Liquamen, Wein und etwas Öl. Lasse dies heiß werden und binde mit Amulum.

SAUCE FÜR GOLDBRASSEN

Nimm Pfeffer, Liebstöckel, Kümmel, Origanum, Rautenbeere, Minze, Myrtenbeere, Eidotter, Honig, Essig, Öl, Wein und Liquamen. Lasse dies heiß werden und serviere so.

SAUCE FÜR GEKOCHTE MEERSAU

Nimm Pfeffer, Kümmel, Petersilie, Jerichodatteln, Honig, Essig, Liquamen, Senf, Öl und Defrutum.

OENOGARUM FÜR FISCH

Stampfe Pfeffer und Raute, mische mit Honig, Passum, Liquamen und Caroneum und erhitze auf sehr kleiner Flamme.

BAROCK

EINE GUTE SPEIß VON WEICHEN HIRSCH-GEWEYH:

Und weilen man auch das junge Hirsch-Geweyh zu zurichten pfleget / als wollen wir berichten / wie man dasselbige zu wegen bringen müsse; Ist demnach zu wissen / daß wann der Hirsch das Geweyh abgeworffen / er sodann von der Natur andere Hörner überkommt / welche anfänglich weich seynd / wann nun dieselbige vorhanden / muß man das Weiche davon abschneiden / und mit heissem Wasser abbrühen / daß die Haar herab gehen / alsdann aber mit einem Messer fleissig abschaben / darnach in Saltz-Wasser oder Essig zusetzen / und sieden lassen / bis es weich geworden; so dieses verrichtet / kan man es in Stücklein zerschneiden / selbige in eine Schüssel legen / mit Pfeffer bestreuen / und eine gute Fleisch- oder Hüner-Brüh darüber giessen / auch solches also in der Schüssel nochmals aufsieden lassen.

VON DEM WILDPRÄT:

Sied das Fleisch bey 2. Pfund oder mehr in Wasser / saltz es / daß recht ist / alsdann nimb die abgesyhene Suppen / thue 2. Pfund Zwespen / 2. oder 3. Häpel Zwiffel / Petersilwurtzen / 3. Schnitten gebähtes Brot darein / laß so lang sieden / biß daß mans wohl kann durchtreiben / wans durchtriben ist / brens ein wenig ein / schütts in ein Rain / thu Nägerl daran / daß sie vorschlagen / säures mit Essig / nachdem du es sauer wilst haben zuckers / daß es genug ist / laß alles zusammen sieden / wanns ein gute Weil gesotten hat / so leg das Fleisch dazu / und laß es wiederumb sieden / biß daß es genug ist. Wilst du ein Lebzelten dazu thun / so treib einen guten schwartzen Lebzelten mit Essig wohl ab / und laß ihn mitsieden.

WILDPRÄT GUT MACHEN:

Siede das Wildprät in Wasser und Saltz / gieß es darnach wieder herab / mache ein Brüh darüber von Lebkuchen / auch Rosin / Mandel / Zucker / ein wenig Muscatblühe / Pfeffer / Imber / Nägelein / Wein und Essig / auch ein wenig von der erstgesottenen Brüh.

Gebachne Ruppen aufzusetzen.

Gieß ein heiß Wasser an die Ruppen / trückne sie auf einem Tüchlein rein ab / saltz / bachs in Schmaltz / und weil du sie bachest / so thue das Grät heraus / legs in eine Schüssel / gieß ein Gläslein Wein daran / thue geriebne Mucaten / Jngber / Pfeffer / Muscaten-Blühe / und ein wenig Schmaltz daran / lege die Ruppen darein / setz auf Kohlen / laß einen Wall untereinander thun.

GEMSEN – STEIN

Die „Gemsen-Stein" sind nach dem heutigen Sprachgebrauch die „Gams- oder Bezoarkugeln", die sich im Pansen des Gamswildes befinden. Diese Kugeln bestehen aus Verdauungsrückständen wie Harz und Pflanzenresten, die sich in dünnen Lagen zu einer Kugel von zwei bis drei Zentimeter Durchmesser überschichten. Diese „Gams- oder Bezoarkugeln", die viele Phosphate enthalten, sind geschmack- und geruchlos. „Bezoar" stammt übrigens von dem arabischen Wort Badsar ab und bedeutet Gegengift. Nachdem die abendländische Medizin in den Anfängen ihre Grundlagen von arabischen Gelehrten übernommen hat, wurde auch das Wort „Bezoar" in unsere Sprache eingegliedert. Die alte Medizin lehrte: *„Die Bezoarkugeln solln eyn gutes Mittel seyn gegen die Pest, Schwindel, Melancholie, etwas nüchtern davon eingenommen sollt sogar auf 24 Stunden schußfest machen, wenngleich es auch dem Gambs, der es gehabt, nicht geholfen."*
Und in einem anderen medizinischen Werk schreibt Anfang des 19. Jahrhunderts ein Doktor Hieronymus Velschius: *„Die Jäger und sympathetischen Bauerndoctoren führen sie in der Hausapotheke. Mit einer Gamskugel im Sack, hat man eynen Universaltalisman für Seele und Leib, gegen Übel der Natur wie gegen böse Geister."* Auch warmes Gamsblut zu trinken wurde dem Jäger empfohlen, damit er schwindelfrei und stark wurde. Gewiß wird es eine nicht geringe Anzahl Jägersleute gegeben haben, die sich lieber an gebratenen „Gambs-Schlegel" hielten, wie er uns im folgenden Rezept überliefert wurde:
„Nimb den Gambs-Schlegel / Häute ihn sauber / bleue ihn wohl / daß er mürb wird / saltze ihn / und spicke ihn wohl / steck ihn an / und brat ihn: Und wann er gebraten ist / so nimb drey oder vier gute Aepffel / schneids klein / rösts im Schmaltz / nimb ein Vierting Mandel / schneid sie klein / thue sie darunter / wie auch Weinberl und Rosinen / gieß süssen Wein daran / gewürtz es nach deinem Gefallen; nimb auch ein wenig geriben Brod daran / gilbs / und laß es sieden / gieß darnach solche Brüh über den gebratenen Schlegel."

Einen Auerhaan oder Henne wolgeschmack zu braten.

Rupffet den Auerhan / nehmet ihn aus/ würtzet ihn mit Jngber/ Pfeffer / Negelein und Saltz / stecket ihn an Spieß / bratet ihn / begiesset ihn auch mit einem siedenden Wein einmal oder etlich/ brennet ihn auch mit Schmaltz ein / so er nun angerichtet soll werden / möget ihr eine Brühe darüber machen / vom Rheinischen Wein/Lebkuchen/ Pfeffer / Negelein / wann diese Brühe verfertiget / nehmet ferner Zibeben / Weinbeer/ waschet und thuts/ samt gestossener Muscaten-Blühe / abgezogenen und länglicht geschnittenen Mandeln/ auch in die Brühe / letzlich bestreuet ihn mit Jngber / Pfeffer / Zimmet und Trisanet / so wird er gut seyn.

WILDGANS IN LEHM

Die Gans wird ausgenommen und der Hals abgeschnitten. Die Gans wird im Körperinneren gut eingesalzen und der aufgeschärfte Balg mit einem Zweiglein wieder zusammengefügt. Anschließend wird das Gefieder mit einer dünnen Lehmschicht ordentlich eingerieben, sodaß der Lehm auch unter das Gefieder dringt. Darüber kommt eine etwa vier Zentimeter dicke Schicht aus etwas festerem Lehm. Derart vorgefertigt, wird die Gans in ein Holzfeuer mit starker Glut gegeben und rundherum mit Glut abgedeckt. Wenn die Lehmschichte Sprünge zeigt, ist der Braten fertig. Mit dem Abschlagen des Lehms gehen gleichzeitig die Federn ab und die Gans ist servierfertig.

WILDGANS GERÄUCHERT

Man benötigt dazu zwei Gänse, die gerupft und entlang des Rückens bis zum Hals aufgeschärft werden. Alle Knochen sind auszulösen, Hals und Kopf müssen entfernt werden. Die Gänse sind mit einer Handvoll Salz pro Gans, einer Messerspitze Salpeter, einem Teelöffel Staubzucker und reichlichem Abtrieb von Zitronenschalen gut einzureiben, flach auseinanderzuziehen und mit den Fleischseiten aufeinanderzulegen. Darüber wird ein Brett gelegt, das mit Gewichten beschwert, an einem kühlen Ort gelagert, die Gänse zwei bis drei Tage fest zusammenpressen soll. Danach werden die Innenseiten mit Pfeffer und fein gestoßenen Nelken eingerieben, wobei jede Gans für sich in Packpapier eingeschlagen und für 8 Tage in die Räucherkammer gehängt wird. Servieren kann man die Gans in dünn geschnittenen Scheiben mit Parmesan und Brot oder warm gemacht zu Gemüse und Knödel.

Von Hunden.

Wann den Hunden die Bäuche kurren,
Viel Graß fressen, lauffen und murren,

So bleibt es gar selten unterwegen,
Es folgt gewiß bald drauf ein Regen.

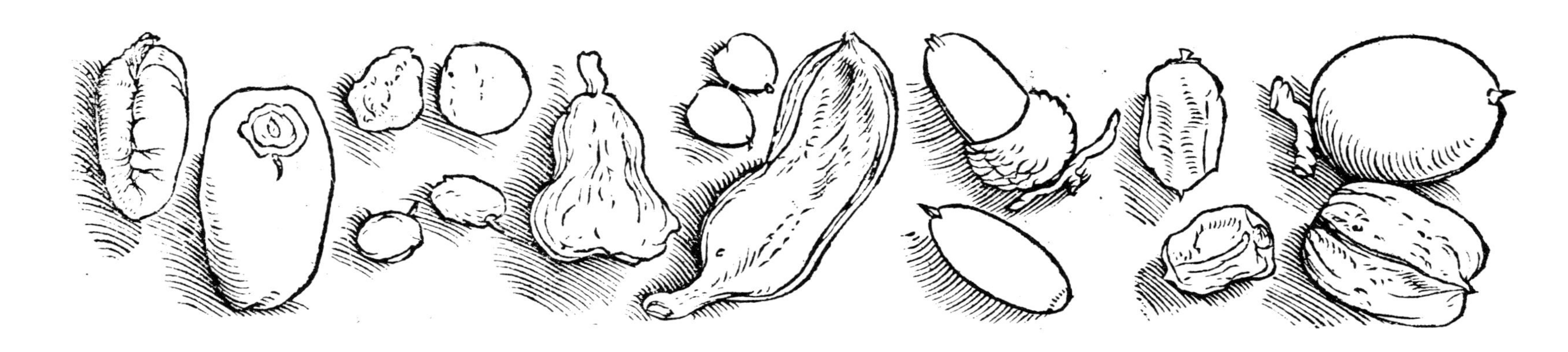

GEBRATENE AUERHANNEN:

Laß den Auerhahn ein wenig sieden in einem Kessel / spick ihn / laß ihn allgemach braten / besteck ihn mit Nägerl und Zimmet; und mach darnach ein Brüh darüber nach Belieben.

EIN GEMEINES HÜNEL BRATEN / DAß ES SCHMECKT WIE EIN REBHUN:

Nimb ein Huhn / gieß ihr ein Essig in Halß / hängs auff und laß verzaplen / rupffs / wasch mit Wein auß / gewürtz wohl innen und aussen mit Pfeffer und Nägeln / setz ein Nacht in Keller / alsdann stecks an und brate es / treiffs mit heissen Schmaltz; darnach mach ein Brühlein darüber von Malvasier / und das Blut von einer Hennen / thue es in ein Häfen / rührs wohl biß erwarmt / und gewürtz mit Imber / Pfeffer / Nägerl und Zucker.

GEFÜLLTE LERCHEN:

Nimb Speck und Majoran / hacks untereinander / saltz / leg die Vögel in ein laues Wasser / alsdann fülls damit / und brats.

REBHÜHNER ZU BRATEN:

Brat das Huhn / legs in ein Schüssel / decks zu / nimb Reinval oder Malvasier / oder sonsten ein guten Wein / was du haben kanst / ein wenig Holder-Essig / ein sauren Pomerantzen / druck den Safft darein / man kan ein wenig Rosen-Spick-Wasser darein giessen / so riecht es schön / darnach thue Trisanet daran / laß miteinander sieden / gieß über das gebraten Hun.

KOCH VON REBHÜNER-MÄGERL UND LEBERLEIN:

Nimb Leber und Mägerl / sambt wenigen Fleisch von Rebhünlein / hacks gar klein / schlag Ayr daran / und in gute süsse Milch / daß wird wie ein Schüssel-Koch / thus in ein Schüssel oder Rainl / laß fein gemach auff einer Glut sieden / so ist es fertig.

KLEINE VÖGELEIN ZUZURICHTEN:

Nimb Vögelein / so viel du wilst / röst sie im Schmaltz / und mach ein Brüh darüber / nimb 1. oder 2. Zwiffel / schneids fein klein gewürffelt / und röst sie auch im Schmaltz / gieß Wein daran / und ein wenig Essig / thue Pfeffer und Saffran daran / nimb die Vögel / thue sie auch darzu in die Pfannen / laß sieden / zuckers auch / daß bitzelt wird / und richts in ein Schüssel.

CRONABETH-VÖGEL ZU FÜLLEN:

Rupff frische Cronabeth-Vögel / zerreiß sie nicht / untergreiffs wie die Hünel / stoß Mandel mit Rosen-Wasser groblecht / schlag 2. Ayr daran / zuckers und rührs untereinander / füll die Vögel damit / brats / mach ein Süpperl von Lemoni-Safft darüber.

GEBRATENER FAßHAN:

Halben Theil gespickt / und halben Theil mit Speck verbunden / gebraten / und warm gegeben mit den Federn in den Flügeln. Zu dem Gebratenen ist gebräuchlich / daß man jederzeit Salat gebe / welchen ein jeglicher nach seinem Belieben gemischt / oder allein geben kan / bey vornehmen Orthen gibt man auch von Allerhand Wällischen Früchten / Lemoni / Citroni / Pomerantzen / somit Granat-Aepffel-Kerner regulirt / auch allerhand Salsen.

WIE MAN AUß EINEN CAPAUN EINEN FAßHAN MACHEN SOLL:

Sied Cronabethber in starcken Essig / laß abkühlen / und gieß es einem lebendigen Capauner ein / beutl ihn so lang / biß er todt ist / bind ihm den Hals zu / und laß ihn über Nacht hencken / rupff ihn truckener / thue das Ingeweid herauß / wisch ihn mit einen saubern Tuch ab / paitz ihn in siedenden Essig / thue in den Essig Pfeffer / Nägerl und Cronabethber / gieß die Paitz 3. oder 4. mahl darüber / spick ihn mit Speck / Nägerl und Zimmet / steck ihn an ein Spiß / und speihl in wie ein Faßhan / wann er ein wenig übertrückert / begieß ihn mit seiner eigenen Suppen.

SCHNEPFEN ZU BRATEN:

Rupff die Schnepffen trucken / zieh ihnen die Haut von Kopff / stoß ihnen den Schnabel inmitten durch den Leib / spick sie / und steck sie am Spiß / daß er beym Senckel ein / und beyn Flügel wieder außgehe / brat sie / leg 1. oder 2. Schnitten geröste Semmel in die Bratpfannen / damit das Abtropffen der Schnepffen darauf falle / oder auch vor den hindern Theil die Schnitten binden / wilst du / so kanst auch ein Suppen darüber machen mit Weinberl-Safft / und etwas Gewürtz in dieser Suppen laß das Brod ein Sud thun / und richt die Schnepffen darauff / gib Lemoni darzu.

EIN INDIAN ZU BRATEN / DAß ER SCHÖN WEIß UND MARB SEYE:

Wann er alt ist / und sauber gebutzt / laß ihn über Nacht in Saltz-Wasser ligen / wasch ihn wieder sauber auß / und saltz ihn / thue wohl Majoran und Pfeffer darein / und brate ihn langsamb und schön in Safft. NB. Man soll in alle hüner / Gänß und Capauner jederzeit Majoran stecken / schmecken sie schön.

KREBSEN-KOCH ZU MACHEN:

Nimb von einer Rund-Semmel die Schmollen / waichs in einer guten Milch ein / darnach drucks wohl auß / nimb 40. abgesottene Krebsen / dieselbe Schweiffel oder Schärl ausgelöst / alsdann nimb Butter ein Vierting / und darin wohl abgerührt / wie zu Schmaltz-Knödel / darnach nimb die Krebsen-Schweiffel und gewaichte Semmel / auch grob gestossene Mandel und Butter in ein Mörser / stoß es gar wohl ab / darnach nimb Ayr in ein Häferl und wütels faimig ab / und unter den gestossenen Taig in einer Schüssel abgerührt; wann man gern will / kan mans zuckern / oder nicht / wann mans bacht mit rothen Butter oben an bestreichen.

SCHLICK-KRÄPFEL VON KREBSEN:

Man nehm 40. oder 50. Krebsen / wasch sauber auß / thu es in ein Hafen / gieß siedendes Wasser darüber / decks zu / und laß ein halbe Stund stehen / alsdann thue das Wasser darvon / schälle die Schweiff und Scheern auß / nimb die Schmollen von einer Semmel / weichs in süsse Milch / ein wenig grünen Petersil / hack alles klein untereinander / nimb eines Ay groß frischen Butter / laß ihn in einer Rain zergehen / schütt das Gehackte darein / hernach nimb 2. Ayr und schönes Mehl / mach ein Taigl / walgs dün auß / füll das Gehackte darein / gewürtz es mit Pfeffer / Muscatblühe und Saltz / mach Schlick-Kräpffel / übersieds gar ein wenig im Wasser / legs auff ein Süb / daß sie wol absincken / hernach legs in ein Schüssel / nimb das Beste von den Krebsschallen / zerstoß es / und treibs mit guter Milch durch ein Süb auff die Schlick-Kräpffel / leg 2. Stritzl Butter daran / laß auff der Glut wohl einsieden / daß ein wenig Wuppen bleibe.

HECHTEN KNÖDEL:

Nimb ein gutes Stück Hechten / laß sieden / blätl ihn klein / und zerhacks / mach von Ayrn ein Eingerührtes / nimb grünen Petersil / Majoran / hacks klein / nimb auch schönes Mehl darzu / misch alles durcheinander / gewürtz es mit Muscatblühe / Imber und Pfeffer / mach kleine runde Knödel / sieds in einer Petersil-Suppen / und gibs.

HÜNEL MIT KREBSEN UND MANDELN:

Putz die Hünel sauber / untergreiffs / hack Krebsenschweiffl klein / zerstoß Mandeln / und ein wenig geweichte Semmel / rührs untereinander mit Ayrdotter ab / zuckers und gewürtz es / füll die Hünel damit / saltz und brats wann du wilst / kanst auch ein süsses Süppel darüber machen.

SUPPEN UND GESTOSSENES VON FISCHEN:

Nimb Fisch / welche schön feist seyn / brat sie / alsdann thu es in ein Mörser mit Gräten und Haut / stoß mit gebähten Semmelschnitten / treibs durch mit Arbessuppen / und mehrern Theil guten Wein / zuckers und gewürtz es / laß sieden / richts dann auff gebähte Semmelschnitten an.

GEFÜLLTE GRUNDEL:

Mach ein gute dicke Mandel-Milch / thue gute frische Grundeln darein / laß darinnen gehen / daß sie ein grossen Bauch überkommen / oder in Milchram / sied es dann in lauter guten Wein / oder bachs.

FRISCHEN LAX IN DER POHLNISCHEN SUPPEN:

Nimb frischen Lax / bache ihn im Schmaltz / nimb Zwiffel und Aepffel / thue es in ein Reinl / gieß Wein darauff / laß es sieden mit Zimmet und Zucker / mach es ein wenig säuerlet / streiche es durch auff den gebachenen Lax / laß es auffsieden / und gibs.

MARINIERTER LAX:

Nimb ein Lax / bache ihn auß in frischen Schmaltz / nimb Essig und Wein in ein verzinten Keßl / schäl 2. Lemoni / schneid sie rund / thue sie darunter mit Gewürtz / Rosmarin / Knoblauch / Lorberblätter / saltz es / nimb es vom Feuer / wirff den Lax darein / laß es kalt werden. Cefalè, Orati, Linguatelli, Gambarelli, dieses alles nimbt man von den Wällischen Specerey-Händlern.

GERÄUCHERTEN LAX:

Schneid den Lax / überbrenn ihn / mach folgendes Süpple darüber / nimb Wein und Wasser / laß sieden / röst ein wenig Semmel darein / auch Weinbeerl / Zibeben / Mandel und Zucker / gilbs / und laß ein wenig sieden / und gieß über den Lax.

GESELCHTE FISCH ZU KOCHEN:

Man soll Petersil-Wurtzen nehmen / und sie in einer Arbessuppen gar weich sieden / darnach ein geribene Semmel fein groblecht in dem Schmaltz rösten und darzu thun / den Fisch muß man waschen / daß er nicht gesaltzen sey / und in die Suppen legen / und zurecht sieden; darnach ein gutes Stuck Butter / zermilten Pfeffer / und Muscatblühe darzu legen / die Petersil-Wurtzen müssen viel seyn / aber man muß nicht gar viel Suppen daran machen.

EINEN FISCH ZU BRATEN:

Nimb einen Brattfisch / was du für einen wilst / schüppe ihn / thue ihn auff / thue das Ingeweid herauß / nimb Saltz / Pfeffer / Imber / Nägerl / Zimmet / auch Roßmarin / Majoran / und das Ingeweid / hack es unter einander / thue es in den Fisch hinein / mache ihn zu / reibe ihn wohl mit Saltz und Gewürtz / und leg ihn in ein Fischreissen / und bratte ihn / traiff ihn wohl mit Oel und Essig / es ist lang gut darvon zu essen. Du magst auch wohl den Fisch außwendig mit Salbey-Blätter belegen / die Schleyen seyn gar gut / so man sie also macht.

LAPERDON ODER STOCKFISCH NIDERLÄNDISCH ZU KOCHEN:

Wann der Laperdon gewässert / überbrenn ihn / löß die Gräten darvon / nimb weisse Ruben oder Calarabi / sieds / daß weich werden / schneids blätlet / legs in ein Schüssel / unter sich leg Butter / alsdann ein Leg Ruben oder Calarabi / darauff ein Leg Laperdon / pfeffers / und ein wenig Muscatblühe / dieses leg so offt / biß du weder Ruben oder Laperdon hast / laß auff der Schüssel sieden. Also kanst auch den Stockfisch machen.

EINEN STOCKFISCH ZU BRATTEN:

Nimb ein gantzes Stockfischscheid / säubere es innen und aussen / saltz ihn ein / und leg ihn in ein Fischreissen / wie man die Fisch darin brattet / und setz die Reissen auff Kohlen / treiffs offt mit heissen Schmaltz / setz fein die Reissen in ein Bratpfannen / wann du ihn treiffen wilst / und wann er genug gebratten ist / so thue ihn herauß / leg ihn in ein Schüssel / nimb das Schmaltz mit dem er getreifft worden / brenn ein Theil Mehl darinnen / pfeffersl / gieß heiß darüber / es ist ein gut Essen.

Ein Karpffen in einer gar guten Suppen.

MAn soll von zween Karpffen den Schweiß in Essig fangen / vnd wol rühren / vnd so vil Wein darein giessen daß der Fisch darinnen sieden kan / vnd deß Essigs muß sovil seyn daß es wol saur wird; wann es nun auffsiedet / soll man ein gutes Stuck Zucker / daß es fein süß wird / vnd doch die Säure fürschlägt / daran legen / darnach mit allerley Gewürtz würtzen / den Fisch / wann er zuvor geschüpt / vnd im Saltz gelegen ist / darein legen; vnd wann er schier genug gesotten hat / jhn herauß nemmen / vnd die Suppen wol lassen einsieden / wanns schier gar ist / den Fisch widerumb darein legen / allezeit nur zwey Stuck auff einmal ; wann man schier will anrichten / ein frischen Lemoni klein darein schneiden / fein auff den Fisch legen / vnd zugedeckter auff einer Glut behalten / der Lemoni muß nicht darinnen sieden / es wird sonst handig; will man jhn zu einer Sultz haben / so setzt man an ein kühles Orth / so gestets.

DIE SCHILDKROTTEN GAR GUT ZU KOCHEN:

Nimb die Schildkrotten / hack ihnen Köpff / Füß und Schweiff ab / die Füssel aber leg etwas später darzu / sieds in einem Wasser so weich / biß sie die Schallen lassen / alsdann zerlegs in 4. Theil / und putz die Haut sauber herab / die Leber und Ayr leg fein darzu / alsdann gewürtz sie mit Pfeffer / Imber / Muscatblühe / und saltze sie / schneid einen Petersil klein / strähe ihn darauff / alsdann nimb ein Butter in ein Pfann / wann er zergeht / so laß ein geribene Semmel darin lauffen / so viel / daß ihr vermeint / es gäbe ein dickes Süppel / hernach leg die gewürtzte Schildkrot darein / rühr sie umb / daß sie den Butter fein annimbt / gieß ein Arbessuppen daran / laß sieden und wann ihrs wolt anrichten / so legt wider ein Brocken Butter daran / wann ihr wolt / so laßt die tieffen Schallen von der Schildkrotten sauber putzen / und setz sie auff ein Schüssel / und richts darein an. Man sieds auch ab / und mach ein Kren darüber. So thut mans auch absieden / in Mehl einrühren / und bachen / man kans auch in Oel bachen.

BLÄTLETE PLATEISEN ZU KOCHEN:

Man soll die Plateisen Tag und Nacht / oder länger in einer kalten Laugen weichen / so geschwöllen sie gar schön / und gehet ihnen die Haut ab / darnach soll mans gar schön außwaschen / ein Weil im Wasser ligen lassen / zu Stucken schneiden / und ein gute Weil sieden lassen / wie recht ist / die Haut abziehen / und sie zerblätlen / und die Gräten herauß lösen / danach sie in ein Reinl thun / und ein gute Arbessuppen daran giessen / und darzu thun ein Löffel voll geribene Semmel im Schmaltz geröst / will man gern / kan man auch ein Zwiffl mit rösten / und ein zermilten Pfeffer und Muscatblühe / auch ein wenig geschnittenen Petersil oder Majoran / oder was man will darzu thun / und sieden lassen / darnach ein Stuck Butter daran legen.

PLATEISEN AUFF NIDERLÄNDISCH ZU KOCHEN:

Überbrenn die Plateisen / löse die Gräten sauber darvon / legs in ein Schüssel / und leg Butter darzu / oben besträhe sie mit grün gehackten Petersil.

GESPICKTE SCHNECKEN:

Siede die Schnecken / putz sauber / spicks schön mit einer kleinen Spick-Nadel / stecks an ein Spißl / laß überbratten / daß der Speck rößlet werde / richts alsdann auff ein Schüssel / laß ein Butter braun werden / schütt ihn darauff / und druck Limonisafft darüber.

SCHNECKEN IN EINER SARDELLEN-SUPPEN:

Wasch die Sardellen sauber mit Wein aus / zerstoß und treibs durch / vermisch mit Butter / Pfeffer und Muscatblühe / füll die abgesottene Schnecken mit dem vermischten Butter und Sardellen wider in die Häußl / und bratts wie gebräuchlich.

RENAISSANCE

Das Aufbrechen und Zerwirken des Wildbrets erfolgte mit dem Jäger- oder Waidmesser. Bereits als Maximilian I. das burgundische Erbe antrat, lernte er das Jägerbesteck kennen, das aus einem Genickfänger, einem Zerwirkmesser, einem Vorlegemesser (Waidblatt), einem Pfriem und einem Messerschärfer bestand und in einer großen Lederscheide untergebracht war. Dieses Jagd- und Vorschneidebesteck führte der Herrscher auch im Alpenland ein. Im Jahre 1568 entstand das Erbamt des Vorschneiders. Das Vorschneiden der Speisen, auch Tranchieren genannt, wurde bei fürstlichen Jagden zu einer zeremoniellen Angelegenheit. Bei einfachen Jagden genügte weiter die Waidpraxe zum Durchhauen der Knochen oder das Messer. Beim Mahl wurde das beste Stück dem Jagdherrn mit dem flachen, breiten Waidblatt vorgelegt. Der Ausdruck „tranchieren" hat sich bis heute erhalten. Ab dem Ende des 17. Jahrhunderts wurde das Fleisch bereits zerteilt aufgetragen.
Wie zu allen Zeiten, so hatten auch in der Renaissance die „kleinen Leute" das Bestreben, es den Großen nachzumachen. Großbürgerliche Handelsherren, Bankiers und Kaufleute wollten auf der gleichen Stufe mit den regierenden Adelshäusern stehen und dies auch demonstrieren. Künstler wie Tizian, Raffael, Veronese führten große Häuser, und der Luxus der Höfe nahm zu, sodaß der immer stärker werdende Bedarf an feinem Linnen und Tafelgeräten dem Handwerk Arbeit und gute Verdienste brachte.
Persönlicher Ruhm, die höhere Ehre Gottes und ein Anteil am Gewürzhandel – nach den Vorstellungen im 15. Jahrhundert eine unüberbietbare Kombination – waren die Hintergründe, die Kolumbus bewogen, eine Reise anzutreten, die in der Neuen Welt endete. Diese „Neue Welt" lieferte der „Alten Welt" einige Nahrungsmittel, die in den folgenden Jahrhunderten von größter Bedeutung sein sollten. So kam aus Amerika unter anderem auch der Mais nach Europa. Die Kartoffel entwickelte sich zu einer wichtigen Vitamin-C-Quelle. Schokolade, Erdnüsse, Vanille, Tomaten, Ananas, grüne Bohnen, grüner und roter Paprika und schließlich der Truthahn bereicherten die europäische Küche.

Mit der Entdeckung Amerikas, vor allem Mexikos, kam sehr viel Edelmetall, hauptsächlich Silber, nach Europa. So kam es, daß in jenen Städten, in denen Handelshäuser ihren Sitz hatten, die Gold- und Silberschmiedekunst zu hoher Blüte kam. Im deutschen Raum waren Nürnberg und Augsburg führend. Nicht nur das kostbare Material wie Gold und Silber diente der Prunkentfaltung. Noch höher gewertet wurden die filigranen venezianischen Gläser des 16. Jahrhunderts oder die bunten italienischen Majoliken.
Von der arabisch-maurischen Keramikware, die aus Mallorca in Spanien eingeführt wurde, wurde im 15. Jahrhundert in Mittelitalien die Zinnglasur entwickelt, welche die Tongefäße nicht nur wasserundurchlässig machte, sondern auch die Bemalung mit freier Hand zuließ, wobei Motive aus der antiken Welt und Mythologie, meist nach berühmten Gemälden oder Stichen kopiert, bevorzugt wurden.

VON KOPFF / WIE AUCH ALLERHAND EINGEWEID DES WILDPRETS

§.1.

Der wilde Schweins-Kopff nun / muß also zugerichtet werden; Nemlich man muß zu vörderst ihn mit einem glüenden Eisen wol absengen / damit die Haar sauber davon kommen / alsdann muß man ihn in einem Kessel sieden / und zwar anfang mit Wasser und Essig / so wol gesaltzen wird / auch gantzes oder gröblich gestossenes Gewürtz / so man will / Salbey / Rosmarin und Wacholder-Beer daran thun / hernachmals aber / so er ein wenig eingesotten / Wein dazu giessen / und ihn ferner gar kochen lassen; wiewol man ihn auch / absonderlich wo die Wein wolfeil zu haben / gar mit lautern Wein absieden kan; So nun der Kopff recht genug gesotten / so muß man ihn in seiner eingnen Brüh erkalten lassen / alsdann aber denselbigen heraus nehmen / und ihn mit Granat-Körnern / Pomerantzen- und Citronen-Schelffen geziert / zu Tisch tragen; Wiewol man ihn auch / so man will / gar mit Blumenwerck bestecken kan; Übrigens / kan man auch den wilden Schweins-Kopff aus der Haut ausziehen / selbigen entzwey spalten / ein wenig in Essig beitzen / hernach aber sieden / und auf dem Rost abtrocknen. Darneben aber eine sauerliche Brüh mit Ingber / Pfeffer / nebst geröstem Speck und Wacholder-Beeren / darüber machen. Ja wann man will / kan man auch noch ein ander herzliches Essen / auf nachfolgende Weise zubereiten; Nemlich man muß einen Schweins-Kopff halb von einander hauen / denselbigen in Essig und Wein / nebst etwas Wasser / welches aber alles wol gesaltzen seyn soll / zusetzen / gantzes Gewürtz / Citronen- und Pomerantzen-Schalen dazu legen / und ihn hernach sieden lassen / biß er weich wird / so nun dieses geschehen / kan man ihn aus dem Hafen nehmen / das Unsaubere davon thun / das Gute hingegen in dünne Stücklein zerschneiden / ein Serviet / oder sauber Tuch auf ein Bret legen / und auf das Tuch zu erst Lorbeer-Blätter / darnach aber eine Lage von dem Schweins-Kopf und auf diesen gewässerte / und von den Gräten gereinigte Sardellen / auf dieselbigen aber wiederum Cardamomen / Muscat-Blüh / Pfeffer / Citronen-Schalen / und gehackte Roßmarin- und Lorbeer-Blätter (welches alles aber vorhero untereinander wol gemischt werden muß) streuen / alsdann wieder eine Lage Schweins-Kopff / samt den Sardellen und Gewürtz dazwischen thun / und damit / biß alles also aufgelegt worden / fortfahren / darnach aber wieder zu oberst und nebenher / gantze Lorbeer-Blätter legen / alsdann das Tuch darüber zusammen schlagen / einen Teller darauf thun / solches mit einem Gewicht beschweren / und also in einem kühlen Ort 24. Stunden stehen lassen / hernach das Tuch wieder abziehen / und das jenige / welches alsdann fast zusammen gepresset ist / in Stücke zerschneiden / und aufs neue mit Citronen-Schelffen bestreuen / auch dergleichen Safft aufdrucken / und hernachmals auftragen; Will man aber keinen wilden Schweins-Kopff nehmen / so kan soches auch wol mit einem zahmen / auf diese Weise vorgenommen werden.

§. 2.

Will man aber von dem Hirschen- oder Reh-Kopff ein dergleichen Speise machen / kan solches folgender massen geschehen: Nemlich man muß denselbigen zuförderst sauber reinigen / und hernach in Saltz-Wasser sieden lassen / biß er weich wird / wann er aber gesotten / muß man das Fleisch herab lösen / dasselbige klein / wie auch frischen speck darunter schneiden / solches in einer Rindfleisch-Brühe hernach wiederum zum Feuer setzen / grob gestossenen Pfeffer / nebst allerley wohlschmeckenden Kräutern / sie seyen grün oder dürr / dazu thun / solches mit einander sieden lassen / nach der Hand muß es in ein sauberes Tuch schütten / welches fest zusammen geschlagen / und mit einem Stein beschwehrt werden muß; Worauf man es in dünne

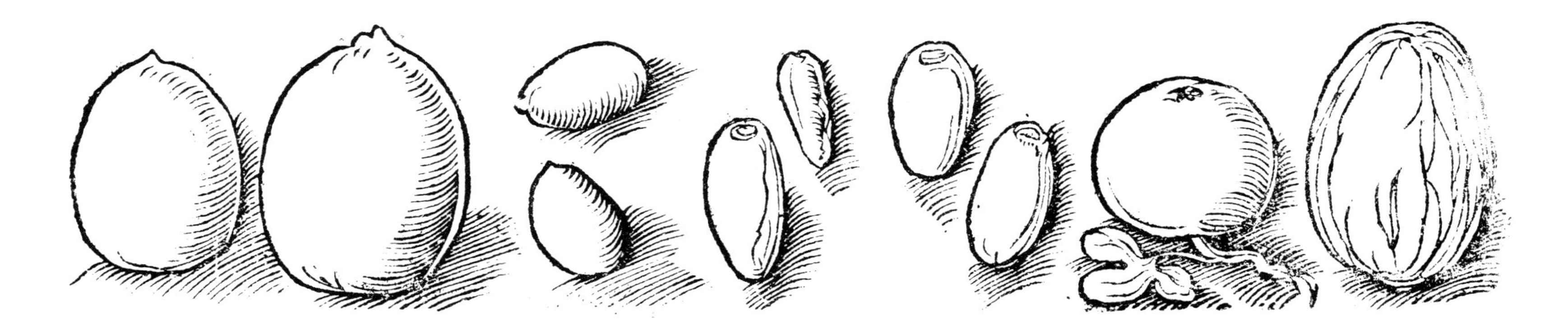

Stücker zerschneiden / und zu Tisch tragen kan. Die Ohren können auch sauber abgebutzt / und mit dem Kopff gesotten und zerschnitten werden; wiewohl man selbige auch auf eine andere Art zurichten kan / wann man nehmlich sie sauber abbutzt und vorhero in Wasser absiedet / hernach aber in einer schwartzen Brüh mit Lebkuchen und Pfeffer wol auch abwürtzet / auch so man will / in Limonien / oder auch in Citronen einmachen thut.

§. 3.

Übrigens / können auch die Zungen von diesem Wildpret zubereitet / und bey Gästen verspeist werden / und zwar folgender Gestalt; Nemlich / man muß dieselbigen zuvor wol absieden / und hernach auf einem Rost abbräunen / wann dieses geschehen / kan man sie mit Saltz und Pfeffer bestreuen / und mit einem Senff zu Tisch tragen. Wiewol man kan sie auch / so sie abgesotten / in einer süssen Mandel-Brüh / oder auch auf eine andere Art mit Aepfeln und Zwiebeln / wann dieselbigen vorhero in Wein und Wasser abgesotten / hernach durchgetrieben / und mit Gewürtz abgewürtzet / auch mit Essig sauer / oder mit Zucker süß gemacht worden / zugerichtet zu Tisch bringen / oder auch kalt / gleich den dürren Zungen / zum Salat auftragen; Ja man kan sie auch gleich den Rind-Zungen mit Speck spicken / am Spieß stecken und braten / hernach aber eine Brüh von sauren Wein-Trauben / wann nemlich dieselbigen zuvor mit weissem Brod gesotten und durchgezwungen / auch Butter und Gewürtz dazu gethan worden /darüber machen; Und eben auf diese Weise / kan auch mit der Zungen vom wilden Schweins-Kopff verfahren werden.

VON ALLERLEY WILDPRET / ALS SCHWEINEN- HIRSCHEN- UND REH-WILDPRET

§. 1. Wie das Schweinen Wildpret gesotten. §. 2. Und wie es gebraten zu zurichten / insonderheit aber wie und auf was Weis die Brühen daran zu machen. §. 3. Wie das Hirsch und Reh-Wildpret / so wol gesotten als gebraten zubereiten / insonderheit aber wie beedes eine Zeitlang aufzubehalten und zu verwahren. §. 4. Wie eine Hirsch-Brust zu füllen / item ein Reh-Zehmer und Schlegel zu zurichten.

§. 1.

Nach der zahmen Art / folget auch die Wilde / von welcher wir also zu handeln gesonnen / daß wir das schweinen Wildpret voran setzen / als welches folgender massen zu zurichten; Nemlich weil dasselbige so wol zum sieden / als zum braten dienlich / als nimmt man / so fern man es sieden will / die zuvor sauber abgesengte und gewaschene Stücker / setzt solche in Essig oder geringem Wein mit Wasser vermischt und gesaltzen / zum Feuer / lässet sie sieden / biß sie fast fertig / röstet alsdann ein wenig Semmel-Mehl / nimmt geriebene Lebkuchen / nebst allerhand gutem Gewürtz / auch so man es süß haben will / Zucker dazu / vermischt solches mit Wein / und lässet das Wildpret abermal darinnen sieden / und wann dieses geschehen / kan man es / mit Citronen-Schelffen und Plätzlein belegt / zu Tisch tragen; Übrigens / kan auch von Zwiebeln / Cappern / oder wie es beliebt / eine Brüh darüber gemacht werden.

§. 2.

Will man aber etwas davon braten / so kan / anstatt des Specks / wann das Wildpret fett / dasselbige mit Zimmet und Nägelein besteckt / und nachdem man es zuvor gesaltzen und gepfeffert / an den spieß gesteckt saftig anbraten / auch nach Belieben / eine süsse oder saure Brüh in die Schüssel machen / und das gebratene Stück darauf legen; Die Brüh selbsten aber / kan man / daß sie

so wol zum Gesottenen als Gebratenen dienlich / folgender Gestalt darüber anrichten; Nemlich man schneidet Röcken-Brod zu dünnen Schnitten / bähet solches auf einem Rost / nimmt alsdann Essig und Fleisch-Brüh / und lässet das Brod darinnen sieden / welches / wann es weich / treibet man es durch einen Seiher oder Sieb / darnach Aepffel / schneidet dieselbigen etwas klein / röstet sie im Schmaltz / thut sie darnach / nebst geschnittenen Mandeln / Zucker und Rosinen / in die durchtriebene Brüh / würtzet solches mit gutem Gewürtz / und richtet es sodann über das gesottene oder gebratene Wildpret an.

§. 3.

Nach dem Schweinen- folget das Hirschen- oder Reh-Wildpret / welches man nicht allein gleich kochen / sondern auch sowol als das Schweinen / eine Zeit gut aufbehalten kan / dann dieweilen es an vielen Orten nicht gar wol und in Überfluß zu bekommen / so kan man bey gelegener Zeit dasselbige einkauffen / als dann auf gewisse Weise verwahren / und also bey Einkehrung fremder Gäste sich dessen bedienen. Die Erhaltung aber kan folgender Gestalt geschehen. Nemlich: man muß das Wildpret wol mit einer Spick-Nadel durchstechen / als wolte man es mit speck spicken / anstatt des Specks aber in die Löcher / Pfeffer / Muscaten-Blüh und Nüß / Nägelein und Saltz stopffen / alsdann dasselbige in Wein-Essig / in einen irdenen Hafen legen / den Deckel wol / damit nichts von dem Dunst heraus gehe / daran fest zu machen / und hernach solches in einen heissen Ofen etliche Stunde / daß es gleichsam bächet / stehen lassen. So es nun also gebachen ist / muß man den Deckel herab nehmen / einen Teller darauf legen / und dasselbige mit einem Stein verwahren / damit sich das Fleisch presse / und in seiner Brühe und Safft verbleibe; auch kan man den Topff voll mit geschmoltzener Butter giessen / und alsdann in einen Keller wol verwahren.

Und so man demnach davon speissen will / ein Stück heraus nehmen / solches in dünne Stücke zerschneiden / und es mit Senff oder auch mit Zucker also kalt zu Tisch tragen / welches eingemachte Wildpret sich auf ein Jahr lang gut erhalten soll.

§. 4.

Sonsten kan man es gleich den Schweinen einsaltzen / oder etliche Tag in Essig einbeitzen / darnach sieden und mit allerhand Brühen zurichten. Insonderheit kan eine Hirsch-Brust auf nachfolgende Weise gefüllt werden. Nemlich man hacket Speck und Zwiebel durcheinander / thut grüne Kräuter / Saltz und Gewürtz dazu / und machet solche füll mit Eyern an / alsdann füllet man sie in die Brust / und brätet sie also / oder / so man will / kan man auch gesotten eine gute Speiß davon machen. Einen Zehmer (= Ziemer) oder Rück-Braten (Rückenstück) aber / kan man auf diese Art zurichten: Nemlich man muß erstlich die dünne Haut davon abziehen / hernach den Zehmer mit Speck ziemlich spicken / selbigen alsdann einsaltzen / und mit Pfeffer und Nägelein bestreuen / hernachmals aber an einen Spieß stecken / und selbigen safftig abbraten lassen; Worauf man eine Brüh entweder süß oder sauer / oder mit Zwiebeln / oder anders / wie bey dem schweinen Wildpret / auch bey dem Rind-Fleisch schon gedacht worden / darüber machen kan; Ein Hirsch- oder Reh-Keule aber / kan folgender Gestalt gebraten werden; Nemlich man muß ihn so wol mit Speck / als auch mit allerhand gutem Gewürtz bestecken / oder spicken / hernach entweder an dem Spieß / und also wie den Rehzehmer abbraten / oder von Haus-Brod eine wol trocknen Teig nehmen / den Reh-Zehmer darein schlagen / und also in dem Ofen abbachen lassen / biß der Teig wol erhartet; dann auf diese Art / so er gebachen / kan man ihn etliche Tage lang in größter Hitz aufbehalten.

VON TAUBEN ALLERLEY ARTEN

§. 1. Wie Tauben gesotten zu zurichten / und zu füllen. §. 2. Wie man sie fricasiren / eine Olla podrida daraus machen / selbige aus dem Schmaltz bachen / oder auf eine andere Manier zu bereiten solle. §. 3. Die Tauben gebraten / item auch auf wilde Art zu zurichten. Deßgleichen auch / wie mit den wilden Turtel-Tauben zu verfahren.

§. 1.

Hier wollen wir von den Tauben handeln / welche / was das Sieden belanget / folgender massen zubereitet werden. Nemlich man pfleget ihnen zu vörderst / wann sie zum Verspeissen (welches geminiglich bey jungen Tauben geschiehet) ausgesondert worden / die Köpffe abzureissen / und selbige sauber zu berupffen / auch das Eingeweid / samt Magen und Lebern herauszunehmen / sauber auszuwaschen / und etwas zu saltzen / hernach kan man die Tauben oben bey dem Hals / biß über die Brust / eingreiffen / eine Füll von der Tauben-Leber / welche gehackt / und mit geröstetem Brod / samt gutem Gewürtz / Majoran / oder andern guten Kräutern / nebst daran geschlagenen Eyern bereitet wird / machen / und dieselbige / in die vorbesagter massen ergriffene Tauben zu füllen; Worauf man so dann den Hals oben zu binden / und die Tauben entweder im Schmaltz rösten / hernach aber in Wein und gutem Gewürtz / oder auch in Fleisch-Brüh / nebst Butter / Petersilien-Kraut und gutem Gewürtz dämpffen kan: Wer gern Wacholder-Beer zur speise gebraucht / der kan die Tauben mit frisch gehackten Speck / nebst gehackten Wacholder-Beeren mit Saltz und Pfeffer vermischt / füllen.

§. 2.
Will man die Tauben aber fricassiren / muß man folgender massen verfahren. Nemlich man muß die Tauben in etliche Stücke / oder auch in Viertel zerschneiden / hernachmals die Beine mit einem Messer / oder auch mit der Hand zerbrechen / doch daß das Fleisch und die Haut beysammen hängen bleibt / selbige so dann ein wenig saltzen / und im Schmaltz rösten / darnach eine Brüh von klein geschnittenen und gerösteten Zwiebeln / oder Schnitt-Lauch / mit Wein / Fleisch-Brüh / gutem Gewürtz / Pomerantzen- oder Citronen-Schalen / nebst grünen / guten Kräutern / so man anders dieselbige gern dabey haben will / machen / die Tauben / samt dem Schmaltz / darinnen sie geröstet worden / (man muß aber dessen nicht zu viel nehmen / damit sie nicht zu fett werden) / in die Brüh thun / und also miteinander kochen lassen. Man kan auch eine Brüh von Eyern / oder eine schwartze Brüh von Nägelein und gutem Gewürtz darüber machen. Deßgleichen auch die Tauben unter Köhl / grünen- oder Zucker Erbsen / Spargel / oder andern Küchen-Kräutern kochen. Ja man kan auch nebst anderen guten Sachen / eine Olla podrida zubereiten. Die gar jungen Tauben aber / daran die Gebeine noch gantz weich sind / können / wann sie etwas gesaltzen / in zerklopfften Eyern eingeduncki / und hernach aus dem Schmaltz gebachen werden. Oder / man kan sie auch / wann sie wol ausgewaschen sind / auf dem Rücken entzwey schneiden / selbige nachgegends von einander platt legen / mit einem Messer / daß sie mürb werden / wol zerschlagen / so dann in eine Schüssel thun / Wein / und Essig darüber giessen / auch gutes Gewürtz / Saltz / Citronen-Schalen / geschnittene Zwiebel / und gute Kräuter dazu nehmen / die Tauben etliche Tage darinnen ligen lassen / dieselbigen / damit sie einen guten Geschmack bekommen / fleissig umwenden / nach diesem wol im Schmaltz rösten / und Citronen-oder Pomerantzen-Safft darauf drucken / welches / so man also damit umgegangen / ein gutes Essen abgibt. Endlich kan man auch die Tauben / wann sie mit Saltz gerieben worden / hernach auf den Rost legen / und wol abbräunen lassen / alsdann aber eine Brüh von Wein / Essig und Gewürtz darüber machen / und so dann zur Speisse geniessen.

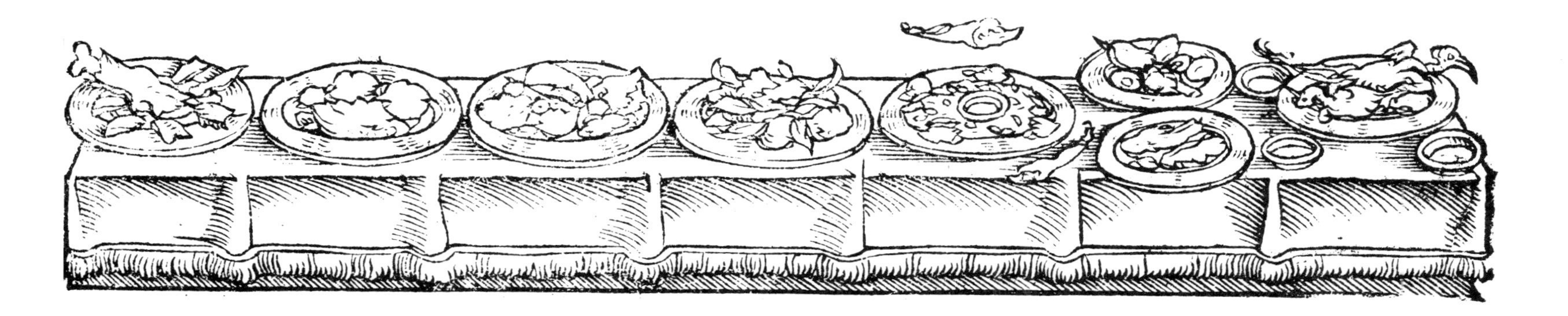

§. 3.

Gebratene Tauben aber werden also zugerichtet: Nemlich man brühet oder rupffet sie / wann ihnen zuvörderst der Kopf abgerissen / auf eben die Art / wie bey den gesottenen Tauben zuvor gedacht worden / und wann sie sauber ausgenommen und gewaschen sind / kan man sie ebenfalls / wie wir oben gemeldet / füllen / hernach / so sie wol gesaltzen und unwendig gepfeffert worden / am Spieß safftig abbraten / und wann dieses geschehen / selbige mit geriebenem Brod bestreuen / und so dann noch etwas bey dem Feuer bräunen lassenn. Will man sie aber auf wilde Art zurichten / muß man ihnen heissen Essig in den Hals giessen / dieselbigen hernach zu binden / und darauf aufhängen / daß sie ersticken / nach diesen kan man sie berupffen / und die Füße in entweder am Feuer absengen / oder abbrühen / daß die Haut abgehet / der Kopff aber muß mit den Federn daran gelassen werden. Darauf muß man sie gantz ausnehmen und inwendig wol würtzen / hernach aber in guten Essig legen / und entweder mit Speck / oder auch mit Zimmet und geschnittenen Nägelein spicken / und also wol mit Schmaltz betreufft braten / man muß aber wol acht haben / daß die Federn am Kopf nicht verbrennen / deßwegen derselbige mit Papier einzubinden seyn wird / und hierüber kan eine süsse oder säuerliche Brüh / entweder won Wein-Nägelein / oder Johannes-Beerlein / oder auch von eingemachten Weixeln / nebst gutem Gewürtz und Wein gemachet / und die Tauben darauf angerichtet werden.
Auf eben diese Weiß kan man auch mit den wilden Tauben / desgleichen auch mit den Turtel-Tauben verfahren.

VON DENEN SCHNEPFFEN UND ALLERHAND VÖGELN

§. 1. Wie die Wald- und Wasser Schnepffen (Bekassine), nebst dem Eingeweid zu zurichten. §. 2. Wie mit den Wachteln / Krammets-Vögeln und Mistlern zu verfahren; Deßgleichen auch mit den Staren. §. 3. Wie die kleinen Vögel / als Lerchen / Fincken / Emerling / sowol zu braten / als einzumachen; Item wie eine Füll / und Eingestossenes davon zu machen / und endlich wie die Maisen zu zurichten.

§. 1.

Nach dem zahmen Geflügel-Werck / ist auch von den Vögeln zu handeln / unter welches wir zu erst die Schnepffen setzen / welche / sie mögen Wald- oder Wasser-Schnepffen seyn / folgender Gestalt zugerichtet werden; Nemlich man rupffet dieselbigen trocken / ziehet ihnen die Haut von dem Kopff ab / stecket den Schnabel über quer durch den Leib / nimmt sie darauf aus / wäschet sie alsdann mit Wein sauber aus / und bestreuets inwendig mit Saltz / Pfeffer und Nägelein / darnach spicket man sie / und brätets an einem Spieß safftig ab; Das Eingeweid aber pfleget man / nachdem der Magen zuvor aufgeschnitten / und ausgereinigt worden / zu nehmen / und klein und hacken / darauf aber etwas Semmel-Mehl in Butter zu rösten / und solches in das Gehackte / nebst gutem Gewürtz / Citronen-Safft / und Wein zu thun. Worauf man es miteinander wol umrühret / und noch etwas röstet / dann auf geröst oder gebähete Schnitten Brod streichet / und solches mit Citronen-Schelffen bestreuet / und also zu den gebratenen Schnepffen in die Schüssel leget. Auf eine andere Art werden sie auch nachfolgender massen gebraten; Nemlich man steckets unausgenommen / jedoch mit Saltz und Pfeffer bestreuet / an einen Spieß / hernach wann sie erwarmet / nimmt man eine Gabel oder Pfriemen / sticht kleine Löchlein unten hinein / setzet eine Brat-Pfannen darunter / und legt etliche gebähete Schnitten-Brod hinein / begiest alsdann die Schnepffen wol mit

Butter / und läßt also das Eingeweid / samt der Butter / über die Schnitten-Brod lauffen / wann sie dann also gebraten / kan man sie samt dem Brod zu Tisch tragen.

§. 2.

Die Wachteln werden ebenfalls geruppfft / und ihnen die Haut gleich anderen Vögeln über den Kopff gezogen / worauf man sie gleicher massen gespickt / oder ungespickt / wann sie vorhero gesaltzen worden / braten kan; Sie werden auch zuweilen in Weinlaub und Speck gewickelt / und damit gebraten: Oder sie werden auch wol in ein wenig gebranntem Mehl / guten Gewürtz / Citronen-Safft und Wein gedämpfft. Auf gleiche Weise können auch die Krammets-Vögel zugerichtet werden / doch daß man unter die Brüh gern gestossen Wachholder-Beer / ja auch zuweilen Zwiebeln nimmt / und die Brüh / ehe das Gewürtz daran kommt / zuvor durch einen Seiher treibt. So können auch die Krammets-Vögel / wie die Schnepffen gebraten / und das Eingeweid auf gleiche Weise zugericht werden. Übrigens aber / werden sie selten gespickt / es wäre dann daß man eine Brüh in die Schüssel von Citronen-Marck / Wein / Zucker und Gewürtz machet / so könnte man dieselbigen auch mit Nägelein und Zimmet spicken / und könnten sie auch mit Citronen gezieret werden. Die Trosseln / Amseln und Mistler / werden auch insgemein geruppfft / die Haut über den Kopff gezogen / gesaltzen / mit Butter begossen / und also gebraten / zuletzt aber mit geriebenem Brod überstreuet / und dann gar abgebräunt / jedoch kan man sie auch / nach Belieben / in einer Brüh einmachen; Die Staaren sind an sich selbsten etwas trocken / und ihr Fleisch nicht gar zu köstlich / deßwegen sie in guten Brühen gesotten / und damit annehmlich gemacht werden müssen. Man pfleget sie aber / wann sie zuvor trocken beruppfft sind / in eine Wachholder-Brüh / mit gebähtem Brod und gutem Gewürtz einzumachen / bißweilen auch in Nägelein zu dämpffen / oder in einer Citronen- oder Limonien-Brüh zu zurichten. Will man sie aber braten / so können die jungen Staaren / als welche am dienlichsten dazu sind / mit Speck gespickt / oder auch Speck darzwischen gesteckt / und selbige also mit Saltz und Pfeffer bestreuet / abgebraten werden.

§. 3.

Endlich folgen auch die kleinen Vögel / und zwar erstlich die Lerchen / als welche unter den kleinen Vögeln für die beste zu halten / diese werden insgemein / wann sie ebenmässig / wie alle Vögel / sauber beruppfft / und die Haut von den Köpffen abgezogen worden / folgender massen gebraten. Nemlich man kan allezeit zu ein paar Lerchen / ein Stücklein speck an den Spieß stecken / aldann die Lerchen selbst wol mit Schmaltz oder Butter betreuffen / endlich / wann sie schier gar gebraten sind / selbige mit geriebenen weissen Brod / worunter etwas Saltz und Pfeffer gemenget / bestreuen / und wann sie gar abgebräunet / auftragen. Und eben auf diese Weise können auch die kleinen Vögel / als Fincken / Emerling / und dergleichen Gattung mehr / zubereitet werden / jedoch daß es nicht nöthig allezeit einen Speck dazu zustecken / inmassen sie / wann sie nur wol mit Schmaltz betreufft; dannoch safftig bleiben. So können auch die kleinen Vögel in guten Gewürtz und Wein / mit etwas gebranntem Mehl / oder gebäheten und durchgetriebenen Brod / wie auch in allerhand belieblichen Brühen eingemacht und gedämpfft werden. Gefüllte Vögelein aber richtet man so zu; Nemlich man bläset ihnen / wann sie geruppfft / oben in den Hals / die Haut mit einem Federkiehl von dem Fleisch / füllet hernach dieselbigen mit einer guten Füll / von geröstem Brod an / thut gestossene Wacholder und Gewürtz / auch etwas gar klein gehackten Speck / darunter / und machet ferner soche Füll mit Eyern an / worauf dann diese Vögelein / entweder gebraten oder gesotten / oder auch in einem Pastetlein eingeschlagen werden können. Ja man kan sie auch unter die Frantzösischen Suppen kochen / desgleichen auch ein Gestossenes davon

machen / welche Speiß / absonderlich die Lerchen / für Krancke / die nicht wol essen mögen / gut ist; die Maisen kan man auch / wann die Schnäbel ein und Füßlein davon abgeschnitten / in einer Pfannen rösten / darauf in gekochte und abgerührte Aepffel legen / und also miteinander auftragen.

VON KOCHUNG DER FISCHE / ABSONDERLICH ABER VON HECHTEN / KARPFFEN UND FORELLEN

§. 1. Auf wie vielerley Weise die Hechte zu zurichten / und was für Brühen darüber zu machen. §. 2. Wie die Hechte zu bachen / und zu füllen; Item wie die gesaltzene Hechte zu zurichten. §. 3. Wie mit den Foreln zu verfahren. §. 4. Wie Karpffen zu sieden. §. 5. Zu braten. §. 6. Zu bachen seyen / wobey allenthalben die Brühen angegeben werden.

§. 1.

Nachdem wir bißher von Fleisch und Vögel-Speisen gehandelt / so folget nun auch / daß wir von den Fischen etwas gedencken; Unter welche wir zu vörderst die Hechte setzen / welche bißweilen geschüpt / bißweilen auch mit den Schuppen gesotten werden. Will man aber einen Hecht schön blau haben / so muß man ihn nicht schuppen / sondern nur in Stücke zerschneiden / und das Inwendig etwas auswaschen; doch daß man ihn nicht lang in dem Wasser herum ziehet; Worauf frischer Wein-Essig darüber gegossen / und der Hecht etwas darinnen ligend gelassen wird; wann dieses geschehen / muß man halb Essig und halb Wasser / welches aber wol gesaltzen muß seyn / (gestalten die Fisch alle miteinander wol Saltz erfordern) vorhero siedend werden lassen / und den Hecht alsdann bey hellem Feuer / darinn absieden; Man muß auch im Aufmachen wol zusehen / daß die Gall nicht zerdrückt / und die Leber / welches für das Beste von dem Hecht zu halten / von dem Eingeweid abgesondert werde / welche man alsdann mit sieden / und mit dem Hecht zu Tisch geben kan; Man kan aber den Hecht trocken auf ein Serviet legen / mit Petersilien-Kraut bestreuen / und mit gutem Wein-Viol-Rosen-Holler- oder Weixel-Essig / welcher in einem Glas oder Schällein wird aufgesetzt / zu Tisch tragen. Ingleichen kan man auch über blau-gesottene Hecht eine Brüh / und zwar folgender massen / bereiten; Nemlich man thut Wein / Erbis-Brüh / Ingber / Muscaten-Blüh / und ein gutes Stück Butter in eine Pfannen. Läßt es nachmals mit dem Fisch aufsieden / und richtets an; Ja es kan auch über den Hecht / wann er blau gesotten worden / eine rothe Brüh folgender massen gemacht werden; Nemlich man nimmt Quitten-Latwergen / weichet sie in rothen Wein / und rühret es darinnen glatt ab / giest darauf Rosen-Essig daran / thut Zucker / Zimmet / allerley Gewürtz / und Citronen dazu / läst es also sieden; wann diese Brüh nun gesotten / so giest man dieselbige in eine Schüssel / und richtet den Hecht darein an. Über geschuppte Hecht aber kan man auch andere Brüh zurichten: als zum Beyspiel auf Polnische Art / wie folget; Nemlich man zerschneidet den Hecht / so er geschuppt / in Stücken / siedet denselbigen / wie schon oben gedacht / gleichfalls in Essig und Wasser / giest hernach die Brüh herab / und macht folgende darüber; Nemlich man nimmt ein paar Zwiebeln / siedets in Wasser / und seihets wieder ab / ferner nimmt man ein paar Aepffel / und etliche Schnitten gebäheten Wecks / lässet solche in einem Wein sieden / wann es nun etwas gesotten / thut man auch die ausgedruckte Zwiebeln dazu / und läst es noch ferner sieden / darnach thut man gutes Gewürtz / Zucker / Saffran / und etwas geschnittene Limonien daran / giest solches über den Hecht / und läst es noch einen Wall auffthun. Will man aber eine Brüh von Sardellen haben / muß man selbige also verfertigen; Nemlich / man muß die Sardellen vorhero im schlechten Wein / oder auch wol in Wasser einlegen / damit das Saltz sich heraus ziehe / darnach muß man sie von den mittlern Gräten reinigen / und klein-zerschnitten in Wein absieden / weiter / selbi-

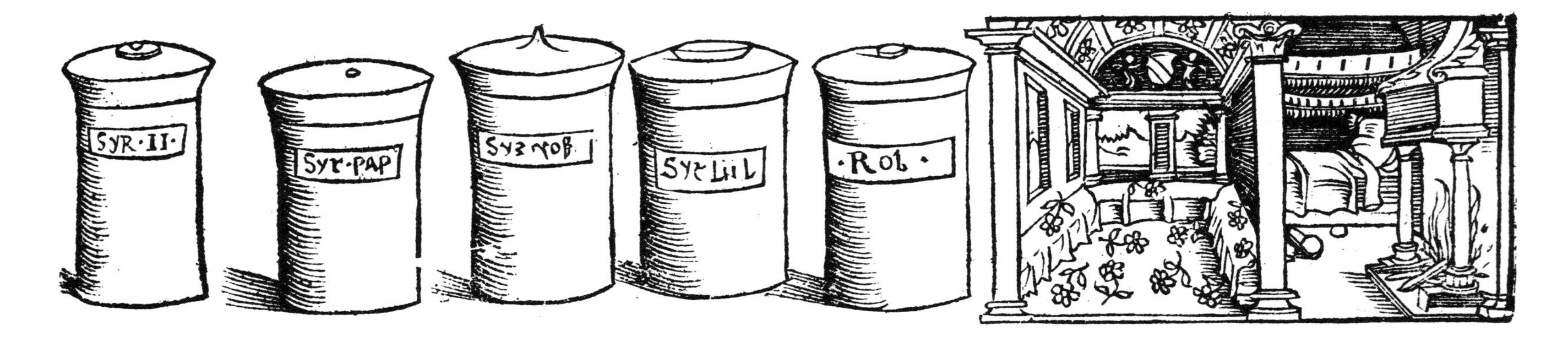

ge durch einen Seiher treiben / das Durchgetriebene aber mit Gewürtz / Butter und Citronen-Marck gut machen / selbiges also über den Hecht giessen / und noch einen Sud aufthun lassen. Endlich kan man auch von Cappern und Limonien eine Brüh zurichten / wann man nemlich die Cappern zerhackt / in halb Wein und Wasser sieden läst / dieselbige so dann durch einen Seiher treibt / darauf an die durchtriebene Brüh gantze Cappern / Gewürtz / Butter auch noch mehr Wein oder Essig / und so man die Brüh süß haben will / Zucker thut / solche alsdann über dem Hecht noch aussieden läst; Desgleichen kan man auch von Citronen / wie bey dem Kalb-Fleisch gedacht / eine Brüh darüber machen.

§. 2.

Weiters können auch die Hechte im Schmaltz oder auch in Oel gebachen werden / wann man nemlich dieselbige aufmacht / und die Stücke saltzet / hernach in ein wenig Mehl wältzet / und so dann heraus bächet; Es kan auch / nach belieben / eine Brüh / wie oben gedacht / darüber gemacht werden. Oder man kan von Mer-Rettig (der zuvor gerieben / und hernach mit Mandeln oder frischen Nüssen in Wein abgestossen worden) eine Brüh darübermachen; Will man aber von Kräutern eine Brüh haben / so stösset man Petersilien-Kraut und Kressen / treibet es mit Wein-Essig durch ein hären Tuch / schlägt Eyerdottern daran / und würtzet es mit Saffran / und Pfeffer; so man es aber süß haben will / kan etwas Zukker darunter genommen werden / worauf man es im Aussieden mit einem eisernen Löffel umrühret / und solche Brüh hernachmals über oder unter die Fische giesset. So werden auch die Hechte zum Theil in der Brat-Pfannen / zum Theil auch auf dem Rost abgebraten / geschieht es in der Brat-Pfannen / muß man selbige wol saltzen und würtzen / hernach aber in Lorbeer-Blätter einbinden / und also in Butter oder in Oel abbraten lassen / geschieht es aber auf dem Rost / so muß man sie an den Rücken öffnen und würtzen / hernachmals aber platt auflegen / und wol mit Oel oder Butter betreuffen; Wobey zu mercken / daß man über die Hechte ebenfalls eine Brüh machen kan; Die Hechte sind auch gut / so sie gespickt / und also gesotten oder auch gebraten werden; Ist es aber an einem Fast-Tag / so kan man / an statt des Specks / Hausen-Blasen nehmen / dieselbige wie Speck schneiden / den Hecht also mit spicken / hernach eine Brüh von Butter / oder sonst auf andere Art darüber machen. Die gesaltzenen Hechte können zuvor auch etwas eingewässert / hernach in Stücke zerschnitten / und in purem Wasser abgesotten / alsdann die Schuppen abgezogen / und also von Senff / Wein / Muscaten-Blüh und etwas Zucker eine Brüh darüber gemacht werden. Wiewol sie auch in Limonien / oder sauren Milchram mit Butter und Gewürtz gekocht werden können. Sind es aber geräucherte Hechte / so können sie ebenfalls / so sie vorhin etwas gewässert / in einer Erbes-Petersilien- oder Butter-Brüh gekocht werden. So kan man auch Hechte / und zwar folgender massen / füllen; Nemlich / man muß zuvörderst dieselbige schuppen / hernach ihnen die Haut / jedoch dergestalten / abziehen / daß der Kopff und Schwantz daran bleibt / Worauf das dicke Fleisch von dem Hecht genommen / dasselbige von den Gräten gereinigt / mit etwas kleinen Zwiebeln gehacket / Saltz / Gewürtz / Weinbeerlein und etwas zerlassene Butter darunter genommen wird / und diese Füll wird hernach mit Eyerdottern angemacht / alsdann wieder in die Haut gefüllt / und auf einen Rost also gemach abgebraten. Oder man kan den Hecht in Saltz-Wasser absieden / denselbigen blättern / die Gräten davon thun / darauf ein sauer Kraut mit Wein / gutem Gewürtz und Butter wol abkochen / den geblätterten Hecht darunter legen / und noch ein wenig auf den Kohlen aufsieden lassen. Hecht-Rogen kan man ebenfalls unter dem Kraut kochen / wann man nemlich denselbigen stösset / und hernach darunter sieden lässet; Oder man kan ihn auch in einer Schüssel abrühren / etwas Mehl / nebst gutem Gewürtz und Wein-Beerlein darunter mengen / und also wie die

kleine Fischlein aus dem Schmaltz bachen / als dann eine süsse Brüh darüber machen.

§. 3.

Nach den Hechten folgen die Forellen / welche meistentheils an dem Bauch geöffnet / und nach herausgenommenen Eingeweid / mit Wein und Wein-Essig begossen / in Wein gesotten werden / im Sieden aber muß man auch ein gut Theil Saltz darein werffen / worauf man sie so dann auf ein Serviet legen / und mit Muscaten-Blüh bestreuet / auch mit gutem Essig / wie bey den Hechten gedacht / zu Tisch tragen kan. Man siedet sie auch in rothen Wein / nebst Muscaten-Blüh / Nägelein und Salbey ab / und träget sie alsdann trocken zu Tisch / nachdem man sie vorhero / nach Belieben / mit Blumenwerck gezieret hat. So können auch die Forellen in Mehl gewälzet / und im Schmaltz gebachen; Item gleich einem Hecht gebraten / und so wol über die gesottene / als auch gebachene und gebratene Forellen / eine beliebige Brüh gemacht werden. Will man sie aber einmachen / daß sie ein gantzes Jahr gut bleiben / so werden sie in Oel gebraten / oder auch gebachen / hernach mit heissem Essig begossen; Wann sie dann kalt worden / so leget man zuerst in ein kleines Fäßlein / oder steineres Geschirr / eine Lage Lorbeer- oder Salbey-Blätter / nebst Roßmarin / Saltz und Pfeffer / darnach eine Lag von den Fischen / alsdann werden wieder die Blätter / nebst dem Gewürtz / gelegt / und so fort / wann dann die Fisch also eingelegt / so giesset man gutes Oel darüber / und verwahret sie an einem kühlen Ort / oder in einem Keller / biß man sie so kalt zu Tisch träget; Und auf diese Weise / lassen sich auch andere Fische / als Bersing / Hechte / Schleyen und Weiß-Fische / einmachen / wozu auch / nach Belieben / gutes Gwürtz genommen werden kan.

§. 4.

Nach den Forellen setzen wir die Karpffen / welche ebenfalls blau / wie die Hecht und Forellen / und mit Petersilien-Kraut bestreuet / nebst gutem Essig aufgetragen werden können / wiewol man auch Meer-Rettig / wann derselbige gerieben / und mit Essig vermischt worden / dazu auftragen kan. Oder man kan auch dieselbige schuppen / und / nach Belieben / eine Brüh wie bey den Hechten gedacht / darüber machen; So kan man auch den Schweiß von den Karpffen auffangen / halb Essig und halb Wein / nebst Ingber / Pfeffer / Nägelein und Muscaten-Blühe / auch etwas wenig gebranntes Mehl dazu nehmen / will man es süß haben / auch Zucker / und den Fisch so dann in dieser Brüh / bey jähem Feuer / noch einen Sud aufthun lassen; Ja / wann auch die Karpffen in Essig gesotten / können sie in eine Schüssel gelegt / und klein geschnitten geröstes Brod darüber gebrennt / auch in die Schüssel eine Brüh von Wein und Trisanet / nebst Citronen-Marck und klein geschnittenen Schelfflein daran gethan werden; Wiewol man auch von Weixeln- oder Wein-Nägeleins-Safft / wann man etwas Wein und Gewürtz dazu nimmt / eine Brüh darüber machen kan. Und endlich können auch die Karpffen gedämpft werden / welches folgender massen geschiehet; Nemlich man pfleget dieselbige zu schuppen / und in Stücke zu zerschneiden / alsdann in einen Tiegel oder Hafen / welcher genau muß zugedeckt und vermacht werden / ein Drittheil Wein / nebst so vielem Wasser / wie auch dergleichen guten Wein-Essig / nebst geriebenem Brod und Butter thun / und solches wol aufsieden lassen / worauf man die Stücke von dem Fisch / welche vorhero gesaltzen / und mit allerhand guten Gewürtz wol bestreuet werden müssen / hinein thut / und Citronen-Plätzlein / nebst den Schelfflein / mit hinein legt / nachgehends aber den

Hafen wol zumacht und also über einer Kohlen sieden läßt / biß man meinet / daß es genug seye; wann sie nun angerichtet werden / pfleget man auch etwas Butter dazu zu thun / oder auch Schmaltz darüber zu brennen.

§.5.

Es lassen sich aber auch die Karpffen nicht allein gesotten / Brüh von Citronen oder Lemonien / wie bey den Hechten gedacht / darüber machen. Oder auch dieselbige in einer Erbes-Brüh zubereiten. Wann man sie zuvor wohl schüppet / hernach aber einsaltzet / und eine Weil im Saltz ligen läßt / worauf man sie / wann das Saltz wol davon abgestrichen worden / in eine Pfannen thut / Zwiebeln Scheibenweiß darüber schneidet / auch etwas Kümmel und Ingber darunter menget / alsdann die durchgetriebene Erbes-Brüh darüber seihet / und es also miteinander aussieden lässet. So kan man auch Essig und Butter darein thun / oder / an statt der Butter / heiß Schmaltz darüber brennen / wann man nur darauf siehet / daß die Brüh fein dicklicht wird. Übrigens kan man auch Persching / wann sie vorhero in Wein oder Essig abgesotten / in einer solchen Brüh geben / wann man nemlich ein wenig gebrannt Mehl nimmt / und Wein daran giesset / alsdann Zimmet / Zucker und allerhand gutes Gewürtz daran thut / auch die Brüh / nach Belieben / etwas gelb machet / und also zu Tisch trägt. So werden auch die Persching in Schmaltz oder Oel gebachen / und wann sie vorhero gesaltzen / wältzet man sie in Mehl / so mit Semmel-Mehl vermischt / oder man kehret sie auch in Erbes-Mehl um / und bächet sie alsdann heraus; wozu auch eine beliebige Brüh gemacht werden kan / und zwar entweder mit Cappern / oder man kan auch Wein / Butter / Roßmarin und Gewürtz / auch Muscaten-Blüh nehmen / daraus eine Brüh zusammen machen / selbige unten in die Schüssel giessen / und die Fische darauf legen. Sie lassen sich auch / wie bey den Forellen gedacht / einmachen / und auf ein Jahr lang gut behalten. Was aber den Rogen anlanget / kan derselbige ebenfalls mit gesotten / oder auch mit gebachen werden; Will man aber ein Beyessen davon haben / so kan derselbige klein zerhacket / hernach mit gutem Gewürtz und Eyern / nebst geriebenem und geröstem Brod vermenget / und die Knöpfflein formirt / mit Schmaltz gebachen / auch eine Brüh von Karpffen-Schweiß darüber gemacht werden.

§.3.

Karauschen werden eben fast wie die Karpffen gesotten / doch müssen sie zuvor geschüppt werden / inmassen sie gar gern einen mosichten Geschmack haben; worauf man sie entweder in Saltz-Wasser / oder auch wie andere Fisch in halb Essig und Wasser absiedet / so kan man auch etliche glüende Kohlen darein werffen / so ihnen den mosichten Geschmack benehmen; Wann sie gesotten / kan man entweder eine beliebige Brüh darüber machen; Oder man kan kleine Zwiebeln schneiden / dieselbige im Wasser sieden lassen / alsdann die aufgemachten Karauschen nehmen / solche etwas saltzen / und in Wein-Essig legen / inmittelst auch Pfeffer und Saffran / nebst den gesottenen Zwiebeln dazu thun / und es also miteinander sieden lassen / und diese Fische kan man entweder warm oder kalt essen. So können sie auch gleich wie andere Fische gebraten / oder in Mehl gewältzet und gebachen / hernach aber gleichfalls eine beliebige Brüh darüber gemacht werden.

§.4.

Wie die Neunaugen zu zurichten / ist aus folgendem zu ersehen / Nemlich sie werden erstlich in warmer Milch ertränckt / alsdann mit halb Essig und Wasser / oder auch halb Wein gesotten; Wozu man auch Pfeffer / Muscaten-Blüh / Saltz / etwas Petersilien-Kraut / Kümmel und Butter zu nehmen pfleget. So können sie auch nur in Saltz / Essig und Wasser abgesotten / und also ohne Brüh zu Tisch getragen werden / man muß sie aber wohl mit heissem Wasser abbrühen / alsdann das Eingeweid heraus nehmen / dieselbige wol auswaschen

/ und alsdann / in Stücke zerschnitten / also absieden. Wobey man / nach Belieben / Essig und Pfeffer aufsetzen kan; Ja man kan auch eine schwartze Brüh / mit Pfeffer / Schweiß und Lebkuchen darüber machen.

§.5.

Will man sie aber braten / so müssen sie zuvörderst wol gebrüht / alsdann gesaltzen / und entweder an einem hölzernen Spieß / oder auf einem Rost gebraten / auch wol mit Butter betreufft werden / damit sie nicht verbrennen. Worauf man eine süsse Brüh von Gewürtz / Schweiß und Zucker darüber machen / und selbige also auftragen kan; Es wird ihnen auch / nach Belieben / die Haut abgezogen / und selbige sodann geschwind auf einem Rost abgebraten / hernach aber von Senff / welcher mit Butter warm gemacht / eine Brüh darüber gegossen; Sind sie geräuchert / so können sie vorhero entweder in Bier oder Wein geweichet / und also auf einem Rost abgetrocknet / zum Salat gegeben werden; Man kan sie auch wie andere Fisch eine Zeitlang gut erhalten / und auf diese Weise einmachen: Wann man nemlich dieselbige brühet / den Schweiß davon auffähet / und unter Malvasier vermischt / (den Rogen aber davon wirfft) hernach Pfeffer-Kuchen reibet / und solchen nebst Bertram-Kraut und Saltz darunter menget / dieses also einen zimlichen Wall aufthun lässet / darauf die Fische aus der Brüh nimmt / dieselbige mit Zimmet Nägelein und Pfeffer anmachet / und wieder sieden lässet / wann sie dann gesotten / können sie in ein Fäßlein gethan / die vorgedachte Brüh aber darüber gegossen / und sie also aufbehalten werden.

SCHNEPFENDRECK

Was ist unter dem „Schnepfendreck" zu verstehen? Kenner behaupten, er sei eine besondere kulinarische Spezialität. Das Linzer Kochbuch von 1836 gibt folgendes Rezept an: „Schneide den Koth von der Schnepfe fein zusammen, gib die Schalen von einer halben Lemone daruntern, um einen Kreuzer geschnittene Sardellen, zwei Eßlöffel Semmelbrösel und laß es in Butter rösten, bis daß es die Farbe verliert; dann gib Pfeffer dazu und ein paar Löffel Rahm, pfarze Semmelschnitten aus dem Schmalz, streiche den Koth darüber, laß sie ein wenig aufdünsten und gib sie dann zur Tafel."
„Der Schnepf wird rein geputzt, das Ingeweide mit allem und jedem herausgenommen, klein geschnitten, und in eine Casserolle gelegt, dann lasse es in Butter anlaufen, gib Limonenschäler, etwas Limoniensaft und Semmelbrösel darauf, streiche das Semmelgehackel auf in Milch geweichte und gebähte Semmelschnitte, lege sie in eine Casserolle, unten und oben Gluth, und lasse es so schön gelb backen. Indessen brate den Schnepfen, wenn er gut ist, löse ihm die Brust aus, und stoße selbe mit gepferzter Semmel, Zwiebel, gelber Rübe und Limonienschäler im Mörser, und gieße gute Rindsuppe darauf; wenn es versotten ist, treibe es durch ein Sieb, und richte sie an, belege die Schüssel mit dem gebähten und bestrichenen Schnepfengehäckel, so wie mit den hintern Biegeln und was vom Schnepfen ganz geblieben ist, gib es auf den Tisch."

AUERHAHN MIT SOSS

Der Auerhahn wird geputzt, und ihn sauber blanchirt, zieht ihn mit Speck und Schinken durch, oder man spicket ihn und lasset ihn dünsten, bis er weich und schön in der Farbe ist; man machet eine Soß von Oliven, Kapern oder Kronawetbeeren, und richtet sie darüber an.

AUERHAHN GEFÜLLT ZUZURICHTEN

Man nimmt vom Auerhahn den Magen und die Leber, thut Salz, Ingber und Pfeffer dazu, hackt es unter einander, röstet weiß geriebenes Brot in Schmalz, und thut es zum Gehäcke, schlägt Eyer daran, rührt es unter einander, füllt es hinein und näht es zu, alsdann wird er wohl gespickt, mit Zimmet und Nägelein besteckt, und langsam gebraten.

REPPHÜHNER IN WÄLSCHER SOSS

Die Repphühner werden an einem Spieß saftig gebraten, von den Lebern und Mägen machet man eine Soß, man läßt sie in einem feinen heißen Öhle angehen, gibt etwas Essig und Wein dazu, und läßt es mit Brüh' aufsieden, dann gibt man ein wenig Schnittlich, Gewürz, Limonienschäler dazu, und die Soß durch ein Sieb geschlagen; hernach zerschneidet man die Repphühner oder läßt sie ganz sieden, bis sie weich sind. Sardellen, Butter dazu, und im Anrichten den Saft von einer sauren Pomeranze darein gedruckt, so sind sie fertig.

FASTEN-SPEISE UND CONDIRUNG DER FISCHE

Man muß den Hausen (einen ehemals in der Donau vorkommenden Fisch. Anm. d. Verf.) zu etwas grössern Stücklein zerschneiden, läßt ihm im Vorrath kleine höltzerne Spißlein aus einer Schindel machen, die etwan Fingers-breit sind; an diese wird ein jedes Stück Hausen angespiest, durch und durch, wie man sonst die Brat-Fische anstecket; unterdessen setzt man ein Wasser über das Feuer, saltzt es ziemlich starck, und besser als wann er stracks auf die Tafel gegeben würde, und schier noch einmal so viel, als man sonst einen Fisch heiß seudet. Wann nun das Wasser siedet, legt man die Hausen-Stücke ein, läßt sie gar wohl sieden, biß sie an die Statt gesotten sind; sodann legt man sie auf ein saubers Tuch (sie müssen aber mit blossen Händen unbetastet, und nur bey den durchsteckten höltzernen Spießlein angegriffen werden). Auf dem Tuch läßt man sie abseyhen und kalt werden; hat nichts zu bedeuten, ob man schon das Saltz weißlich darauf kleben sihet, dann ohne genugsames Saltz bleibt er nicht, und der Essig zeucht das Saltz schon wieder heraus; leg ihn hernach in ein sauber neues eychenes Fäßlein gleich aufeinander, bis es voll wird, und laß es hernach einen Binder wohl verschlagen, und gieß durch das Beil guten scharffen Wein-Essig darauf, laß ihn also verbeilen, und behalt ihn in einem guten Keller, oder schick ihn über Land, wohin du willst.

GEBACKENER EINGELEGTER FISCH OHNE GRÄTEN

In einer irdenen Schüssel die Einlegebrühe vorrichten. Hierbei kommt auf einen Liter Wasser 1/8 Liter Essig. Vier Zwiebeln in Scheiben geschnitten. Als weitere Zutaten: Nelken und Lorbeerblätter. Die Fische werden vor der Verarbeitung geschuppt, innen ausgenommen, der Kopf weggeschnitten, zum Trocknen einige Stunden in ein Sieb gelegt. Dann vor dem Backen mit einem Küchentuch innen und außen abgerieben. Jetzt die Bauchhöhlen und Außenflächen mit Zitrone einreiben und den Fisch leicht salzen. Nun leicht in Mehl wenden und in Öl backen. Das Wichtigste ist, daß der Fisch heiß und sofort in die Einlegebrühe kommt. Nur im heißen Zustand nimmt der Fisch die Brühe auf und wird weich, einschließlich der feinen Gräten. Also bitte, nie vergessen: heiß einlegen! Am folgenden Tag kann dann je nach Belieben mehr oder weniger Essig zugegeben werden, weil die Fische bereits den ersten Essig aufgesogen haben.

Jäger-Vers.

Zu End des May blühen die Eichen,
Vom edlen Hirsch merck ja die Zeichen,
Den Leit-Hund brauch zu dieser Frist,
Denn sonst du gar kein Jäger bist.

HERTZSTÄRCK-WASSER IN SCHWACHHEITEN ZU GEBRAUCHEN:

Nimb 1. Quintl Krebs-Augen / 2. Quintl Hirschhorn / beyde praeparirt / ein Messerspitz Alkermes / vermischt mit Ochsenzungen- und Boragi-Wasser / und gibs einem auff 3. mahl.

SULTZ VON HIRSCHHORN / WELCHE IN GROSSEN SCHWACHHEITEN ZU GEBRAUCHEN:

Erstlich nimb das Hirschhorn / laß es mit einem Reiff-Messer klein schneiden / wie die allersubtileste Hobelschaiten seynd / hernach nimb 3. Hand voll geschnittener Schaiten / gieß darauff 1. Seitl Boragi-Wasser / darzu legt man auch gebrennt Hirschhorn / Saffran / jedes ein wenig / Muscatblühe nach Geduncken / misch alles durcheinander / thue es in ein Flaschen / und gieß hernach frisch Brunnen-Wasser daran / so viel / daß es 3. Finger über die Species gehe / vermach die Flaschen wohl / daß nichts herauß kan / setz es in einen Kessel mit Wasser zum Feuer / laß also 5. Stund lang sieden / nach diesem nimbs herauß / und zwings durch ein einfaches Tuch / in ein Beck / darunter thue von 2. Ayrn die Clar / gar wohl abgeklopfft / laß ein halbe Stund sieden / und kurtz vorhero / ehe mans vom Feuer nimbt / so thue man das Saure von Lemoni / und ein klein wenig Zucker darzu / wann es also 3. Sud gethan / so nimbs vom Feuer / und seyhe es durch ein vierfaches Tuch / wie es von sich selbsten durchlaufft / weil es noch am heissesten ist / setz es in einen Keller / es gestehet gleich über Nacht / und wird ein schöne Sultz.

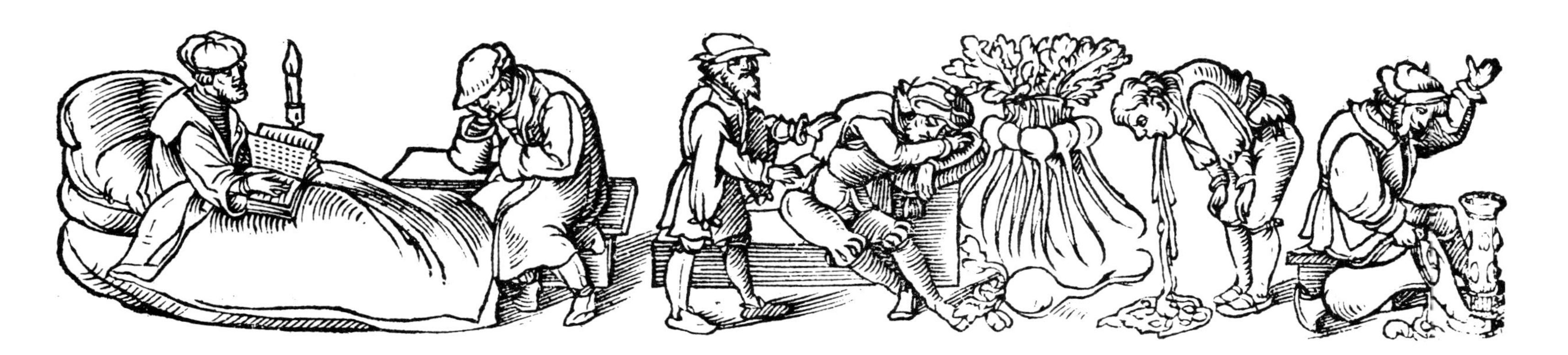

Neben dem Hirsch galt auch der Steinbock von alters her als „wandelnde Apotheke". Der Schweiß (Blut) des Steinbockes war gut gegen alles, während das pulverisierte Gehörn, ähnlich wie das des Nashorns in China, als Aphrodisiacum mit Gold aufgewogen wurde. Dabei war das Steinwild schon zu Zeiten Kaiser Maximilians fast ausgerottet. Bereits in seinem Buch „Weißkunig" berichtet der Herrscher darüber folgendes:

DAS BLUT DES STEINBOCKS

loben etliche wider den Blasenstein / und bereiten dasselbige auf nachfolgende weisse: Sie nehmen Petersilienwein / das ist / Most / in dem gedörrtes Petersilienkraut / oder Saamen gejohren / 6. Theil / und von gedachtem Blut 1. theil / solchs sieden sie mit einander / unn heben es dann auff: Hernach gebe sie dem Patienten deß Tags 3. mal davon zu trincken / als des morgens früh (und dann soll der Krancke in ein Bad gesetzet werden) zu Mittag / und des Abends: Das soll drey Tage getrieben werden / dann es soll den Stein zu Sand machen / und mit dem Harn herauß treiben / ohne das helffe sonst keine andere Artzney etwas.

EINE EDLE ARTZNEY FÜR DAS HAUPTWEH UND GLIEDERGIECHT

Die Bönlein oder der Koot des Steinbocks sollen bey altem / oder vollem Monden gesamblet / und derselben in ungerader Zahl so viel genommen werden / als in eine Hand möge gebracht werden / die soll man in einen Mörser thun und gar wol stossen. Hierzu soll man noch thun 25 Pfefferkörnlein / auch wol gestossen / und von dem allerbesten Honig den vierdten Theil einer Maß / und des allerältesten und besten Weins ungefährlich eine gute Maß voll / so dann dieses alles wol mischen und in einer gläsernen Flasche auffheben / damit man solche Artzney im Fall der Noth bey der Hand haben könne.

KUENRINGER WILDKESSEL

80 dag Wildfleischwürfel. Man rechnet etwa 16 dag, das sind 4 Stück pro Person, 60 dag Wurzeln (gelbe Rüben, Sellerie, Karotten), 15 dag Zwiebeln, 10 dag Hamburger Speck (5 Speckscheiben), 3 dag Tomatenmark, 30 dag Pilze, 2 dag Butter, 4 dag Schmalz oder Öl, 1 Speckschwarte, 3 dag Senf, 5 dag Linsen, 1/8 l Rotwein, 1/8 l Sauerrahm, 1 Zitrone, 6–7 dag Mehl, 1 Lorbeerblatt, etwas Thymian, Pfeffer, Wacholderbeeren, gemahlener Rosmarin, 1/2 Kaffeelöffel Salz, etwas getrockneter Kerbel, 1 Liter Suppe.

Gewürze und die mit 2 dag Mehl bestaubten Wildfleischwürfel scharf anbraten. Im Bratenrückstand Speckwürfel anrösten, den grobgeschnittenen Zwiebel, zirka 15 dag, ebenso geschnittene Wurzeln und die Speckschwarte dazugeben und den Weinbrand beigeben, anzünden (Vorsicht!), mit 1/16 l Rotwein löschen und zirka 1/2 l Suppe auffüllen.
Nun würzt man mit schwarzem Pfeffer, Wacholderbeeren, Thymian, gemahlenem Rosmarin, Kerbel, Salz, Senf und dem Saft einer halben Zitrone. Unter öfterem Umrühren zirka 90 Minuten dünsten; wird die Flüssigkeit zu wenig, gießt man mit Suppe oder Wasser auf, daß die Fleischstücke knapp bedeckt sind.
Mittlerweile läßt man in einem Gefäß über Nacht eingeweichte Linsen in kochendem, etwas gesalzenem Wasser weich werden.
Die restlichen Wurzeln werden geputzt und in zirka daumengroße Stücke (Würfel) geschnitten. In 2 dag Butter schwitzt man die restlichen 5 dag Speckwürfel an, röstet das Gemüse kurz mit, gibt den restlichen Rotwein dazu, leicht pfeffern, salzen, etwas Suppe beigeben und die Wurzeln ca. 20 Minuten fast weich dämpfen. Wenn das Fleisch weich ist, umstechen. Aus 1/8 l Rahm, ca. 4 dag Mehl und etwas Wasser ein „Gmachtl“ rühren und in die Sauce sprudeln, die restliche halbe Zitrone dazupressen, ca. 10 Minuten wallen lassen, anschließend die Sauce passieren, das Fleisch, die Wurzeln, Pilze und Linsen daruntermengen, noch einmal heiß werden lassen. In vorgewärmten Kesseln oder Schüsseln anrichten, die Knödel dazugeben, 1 Eßlöffel Rahm darüber, mit 5 resch abgebratenen Hamburger-Speckscheiben garnieren und gehackte Petersilie darüberstreuen.

Es kann wohl mit Sicherheit angenommen werden, daß dieser eben beschriebene Kuenringer Wildkessel nur an Feiertagen kredenzt wurde, denn im Alltag ernährte sich der mittelalterliche Ritter hauptsächlich von altem Brot, geräuchertem Fisch und Rindfleisch. Wie aus Verwaltungsarchiven, Inventarien und kirchlichen Urkunden zu ersehen ist, wurde die tägliche Kost der über den größten Teil der Länder nördlich der Alpen verstreuten, einfach lebenden Gesellschaft in einem Kessel zubereitet. Dieser lieferte eine immer wieder aufgekochte, aber ständig wechselnde Brühe, die Tag für Tag mit dem bereichert wurde, was gerade zur Hand war. Außer in der fleischlosen Fastenzeit wurde er nur selten ganz geleert und gereinigt. Ein Kaninchen, ein Huhn oder eine Taube verliehen der Brühe ein kräftiges Fleischaroma und der Geschmack von Kohl oder gepökeltem Schweinefleisch würzte sicher noch tagelang die anderen Speisen. Außer in Notzeiten war immer etwas Heißes, Sättigendes in diesem Kessel, wie etwa eine dicke Suppe mit den Fleischresten früherer Mahlzeiten, ein Stück Schweinefleisch oder Wildbret oder nahrhafte Knödel aus Roggen- oder Erbsenmehl.

„BÄRENLEBER" AUF WALDLÄUFERART

1,2 kg Bärenleber; 200 g grobe Buchweizengrütze; 100 g Bärenfett oder Butter; 6 1/2 dl heißes Salzwasser. Kochzeit der Kascha: 2 Stunden, Bratzeit der Leber: 10 – 15 Minuten.

Die Buchweizengrütze in etwas Bärenfett, notfalls Butter, goldgelb rösten und in einen feuerfesten Steintopf füllen. Nach kurzem Abkühlen mit dem heißen Salzwasser aufgießen und den Rest des Bärenfettes oder der Butter hinzugeben. Den Topf unbedeckt in den heißen Ofen stellen, wobei die Oberfläche der Kascha sich während des Garens schön bräunen soll. Die fertige Kascha aus dem Topf nehmen und flüchtig mit der Gabel auflockern. Die Bärenleber in ungefähr 40 – 50 g schwere Stücke schneiden, auf lange Metallspieße stecken und auf offenem Feuer (Grill) rösten. Die Leber erst nach dem Rösten würzen, damit die austretenden Säfte direkt auf die Kascha tropfen, auf der man die Spieße anrichtet. Die gezeigte Anrichteweise ist der originalen russischen Pelzjägerart ähnlich, die das Gericht meistens in einem ausgehöhlten Baumstamm bereiten.

KANADISCHES „JUNGBÄRENRAGOUT"

2,5 kg enthäutetes Vorderblatt; 60 g Fett; 200 g Mirepoix; 2 zerdrückte Knoblauchzehen; 10 zerdrückte Wacholderbeeren; 1 Kräuterbündel; 40 g Mehl; 1/4 l guten Rotwein; 3/4 l braunen Fond, notfalls Wasser; 100 g Cranberry Jelly (Kronsbeeren- oder Preiselbeergelee); 120 g kernlose Sultaninen; 100 g geröstete Mandelsplitter. Schmorzeit: ungefähr 2 1/2 Stunden.

Das Fleisch vom Vorderblatt sauber ablösen, entsehnen und in Würfel von 50 bis 60 g schneiden. In dem heißen Fett anbraten, Mirepoix, Knoblauch und Wacholderbeeren hinzugeben und noch etwas anlaufen lassen. Mit dem Mehl bestäuben, etwas anbräunen, Rotwein und Fond aufgießen, salzen, gut durchrühren und zum Kochen bringen. Das Kräuterbündel beifügen, die Kasserolle zudecken und das Fleisch bei mäßiger Hitze im Ofen garen. Das Fleisch in eine saubere Kasserolle ausstechen und die in heißem Wasser aufgequollenen Sultaninen und die Mandelsplitter zum Fleisch geben. Die Sauce passieren, gut abfetten, mit dem Gelee vermischen, abschmecken, über das Fleisch gießen und noch einmal aufkochen. Dazu kleine, gleichmäßige, in der Schale gekochte, gepellte, in Zucker mit Butter gut gebräunte Kartoffeln servieren.

Auf Martini schlachtet man fette Schwein,
Und wird alsdenn der Most zu Wein.

FISCHSUPPE:

4 kg frischer Karpfen und Innereien, 400 g geputzte Zwiebeln, 2 fleischige grüne Paprikaschoten, 1 Tomate, 1 Kirschpaprikaschote, Salz, Gewürzpaprika, Tomatenmark.

Den Karpfen abschuppen, säubern, die Fischmilch und den Fischrogen beiseite legen. Den Kopf und den Schwanz des Karpfens abschneiden und aus dem Fischkopf den Bitterzahn entfernen. Das Fischfleisch vom Karpfenrumpf mit einem scharfen Messer abtrennen, dann denselben zerhacken. Das Fischfleisch in gleichgroße Würfel schneiden, salzen, eine Messerspitze Tomatenmark einrühren, mit wenig Gewürzpaprika bestreuen und in den Kühlschrank stellen. Den Fischkopf, den Schwanz und die Gräten mit den in Scheiben geschnittenen Zwiebeln, den in Scheiben geschnittenen grünen Paprikaschoten und der Tomate sowie nach Geschmack mit der Kirschpaprikaschote mit kaltem Wasser aufgießen und auf großem Feuer kochen. Vor dem Aufkochen mit Gewürzpaprika und Salz abschmecken und auf großem Feuer 15–20 Minuten lang garen. Nach dem Kochen die Fischsuppe durchsieben, die Fischgräten nicht drücken. Das vorbereitete, in Würfel geschnittene Fischfleisch, den Fischrogen und die Milch in die fertige Fischbrühe geben, 15–20 Minuten lang bei großer Flamme kochen, dann sofort servieren. Man kann die Fischsuppe auch von anderen Fischen zubereiten, z. B. Wels, Hecht und Zwergwels gemischt, sogar auch Plötze. In bestimmten Gebieten Ungarns werden als Einlage ausgekochte Fadennudeln serviert.

AALGULASCH:

2,5 kg gesäuberter Aal, 200 g Schweinefett, 250 g geputzte Zwiebeln, 2 fleischige grüne Paprika, 1 Tomate, 1 Knoblauchzehe, Salz, Gewürzpaprika.

Den Aal in gleichgroße Stücke schneiden. In Fett die feingehackten Zwiebeln anbraten, den pürierten Knoblauch und Gewürzpaprika dazugeben, mit wenig kaltem Wasser aufgießen und solange schmoren, bis die Flüssigkeit verdunstet ist. Die gewaschenen, blanchierten und in Würfel geschnittenen grünen Paprika, die Tomate und die Aalstücke dazugeben, salzen, bei großer Flamme 20 Minuten lang kochen. In einer vorgewärmten Schüssel servieren.

MÜLLERKARPFEN AUS DOROZSMA:

1,8 kg Karpfenfleisch, 300 g geräucherter Brotspeck, 200 g Fett, 500 g Champignons, 100 g geputzte Zwiebeln, 600 g mit 8 Eiern zubereitete hausgemachte Fleckerln, 100 g Semmelbrösel, 100 g Butter, 1 grüne Paprikaschote, 1 Tomate, 0,7 l saure Sahne, Petersilie, Salz, Gewürzpaprika.

Den Karpfen salzen, mit Speck bespicken, in Semmelbrösel wälzen. Butter erhitzen, die feingehackten Zwiebeln dazugeben, anbraten, mit Gewürzpaprika bestreuen, mit Fischsud aufgießen, salzen und bis zum Eindicken kochen. Die gewaschenen, in Würfel geschnittenen Pilze, die blanchierte grüne Paprikaschote, die Tomate und die saure Sahne dazugeben, eindicken. Die hausgemachten Fleckerln in kochendem Salzwasser auskochen, abkühlen, mit wenig Fett begießen, dann in eine feuerfeste flache Schüssel geben. Die vorbereiteten Karpfenfilets in wenig Fett knusprig braten, auf die fertigen Fleckerln geben, dann mit Paprikasoße und den Champignons übergießen. Zehn Minuten im Backofen schön rot backen, heiß servieren. Mit saurer Sahne und feingehackter Petersilie garnieren.

BALATONER HECHTBARSCH IM GANZEN:

10 Stück gesäuberte Hechtbarsche (durchschnittlich je 350 – 400 g schwer), 4 l Öl, 3 Zitronen, 1 Salatblatt, 1/2 Bund Petersilie, 5 Portionen Tartarensoße, 10 Portionen Kartoffeln mit Petersilie und Butter, Salz, Semmelbrösel.

Die gesäuberten Hechtbarsche abschuppen, in kaltem Wasser gut waschen, mit einem sauberen Tuch abtrocknen. Die beiden Seiten der Hechtbarsche in Abständen von 1 cm einschneiden und salzen. (So wird das Fischfleisch gleichmäßig durchgebraten.) In einer Pfanne Öl erhitzen, die Hechtbarsche in fein durchgesiebten Semmelbröseln panieren und beide Seiten knusprig rot braten. Auf einer vorgewärmten Fischplatte servieren, mit dem Salatblatt und den Zitronen schmücken. Geformte Kartoffeln mit Petersilie und Butter und Tartarensoße dazu geben.

BALATONER GEFÜLLTER ZANDER, KALT:

1 gesäuberter Zander, 300 g Zanderfleisch, 200 g Mandeln, 200 g geputzte Zwiebeln, 600 g Möhren, 400 g Petersilienwurzeln, 400 g Aspik, 200 g Schlagsahne, 20 Stück gekochte Krebsscheren und Krebsschwänze, 3 Eier, 1/2 Bund Petersilie, 100 g Pistazienkerne, 2 Zitronen, 2 Lorbeerblätter, 1/2 Bund Estragon, 10 g grauer, russischer Kaviar, Salz, weißer Pfeffer, Muskatnuß, Wachteleier, Salatblätter.

Den Zander in reichlichem kaltem Wasser waschen, mit einem scharfen Messer den Rücken (vom Kopf bis zum Schwanz) aufschneiden und die Rückengräte mit den Eingeweiden zusammen entfernen. Die Bauchhöhle gut mit kaltem Wasser auswaschen und abtrocknen. Das Zanderfleisch fein hacken, in eine Rührschüssel geben, Schlagsahne, in kleine Stücke geschnittene, geschälte Mandeln, geschälte Pistazienkerne und die gekochten Krebsschwänze und Krebsscheren zugeben. Leicht umrühren, die aufgeschlagenen Eier zugeben. Mit Salz, Pfeffer, gemahlener Muskatnuß und feingehackter Petersilie abschmecken. Die Füllung in die Bauchhöhle des Zanders geben, mit Zwirn zunähen, dann in Cellophanpapier einwickeln. Den so vorbereiteten Zander in einen mit Suppengemüse, Lorbeerblättern, Zwiebeln, Zitrone, Estragon und ganzem Pfeffer gewürzten Sud geben, etwa 1,5 – 2 Stunden lang bei mäßigem Feuer garen. Mit gekochtem Krebsfleisch, Kaviar, Wachteleiern und Salatblättern schmücken. Mit geschmolzenem, abgekühltem Aspik glasieren. Dazu Tartaren- oder Sherrysoße servieren.

Wann es viel Eicheln und Bücheln gibt / so soll ein harter Winter darauff folgen / und viel Schnee. Wann man deß Abends die Schaafe nicht wohl von der Stelle bringen kan / und sie mit Gewalt heim treiben muß / so soll es Regen oder Schnee bedeuten.

GESPICKTER FASAN MIT APFELMUS

Zutaten: 1 Fasan, 80 g geräucherter Speck, 40 g Schweinefett, 15 g geputzte Zwiebeln, 20 g geputzte Karotten (Möhren), 20 g geputzte Petersilienwurzeln, 100 g Heidelbeeren, 100 g Apfelmus, 1 kl. Bund Petersilie, 1 Portion gedünsteter Reis, 1/16 l weißer Tischwein, 1/4 l Knochenbrühe, Salz, gemahlener Pfeffer, Majoran, Thymian.

Den Fasan vorsichtig säubern, damit seine Haut nicht zerreißt. Ausweiden, dann außen und innen sorgfältig waschen und die Brust mit Räucherspeckstreifen spicken. Den Fasan außen und innen gut salzen, innen mit Majoran, gemahlenem Pfeffer, Thymian, Petersilie und einer halben Zwiebel würzen. In einer Pfanne wenig Fett erhitzen, den vorbereiteten Fasan darin durchbraten und in eine Fleischpfanne geben. Im ausgebratenen Fett ein Gemüsebett bereiten. Die in Scheiben geschnittenen, geputzten Möhren, die geputzten Petersilienwurzeln, die Zwiebeln anbraten, mit Weißwein aufgießen und den bereits vorgebratenen Fasan darauf legen. Im Backrohr (öfter begießen!) gar braten. Während des Bratens die verdunstete Flüssigkeit durch wenig Suppe ersetzen. Den Fasan vom Gemüsebett nehmen, das Gemüse mit der Suppe eindicken, dann fein durchseihen. Als Beilage gedünsteten Reis und Kartoffeln geben. Eventuell in Rotwein gedünstete, mit Heidelbeeren gefüllte Birnen und Apfelmus geben. Beim Servieren den Fasan mit Bratensaft begießen.

Gesundheits-Regel.

Im Jenner scheut die Medicin,
Und laßt kein Blut, das ist mein Sinn,
Halt euch fein warm, gebraucht euch frey
Erwärmend Kraut und Specerey,
Weil sie des Schleimes Zehrung seyn;
Trinck nun auch bitter Bier und Wein,
Vom Calmus, Alant, Wermuth-Safft,
Von Lorbern, es ist Magen-Krafft;
Beweget auch hierbey den Leib,
Ein Arbeit sey der Zeit-Vertreib;
Ein solches thut dem Leibe gut,
Macht grad Gelenck und frisches Blut.

HASENHÜHNER IN WEIN GESULZT UND UMGESTÜRZT

Die Füße von drey geputzten Hasenhühnern werden eingestreckt, der Kopf und die Flügel werden weggeschnitten, dann salzet man sie, bindet sie in Speck gut ein, und läßt sie bey einer halben Stunde angeben, hernach legt man sie heraus, und läßt sie auskühlen; nachdem läßt man ein und eine halbe Maß Ofner Wein sieden, gibt um drey Kreuzer Zimmet, zehn Pfefferkörnlein, von einer halben Limonie die Schäler, und sechs Loth Hausenblase hinein; wenn er gesotten hat, setzt man es vom Feuer und läßt es stehen, dann seihet man es durch, daß die Sulz schön klar wird, die Hälfte davon schüttet man in einen Melaunenmodel, läßt es sulzen, legt die Hühner auf der Brust hinein, zieret es mit Oliven, Kartoffeln und Austern, und schüttet noch sechs Löffel vol Salz darauf, läßt es recht fest sulzen; hernach gibt man die übrige Sulz darauf, daß der Model voll ist, läßt es über Nacht stehen; dann tunket man ein Tuch in heißes Wasser, stellet den Melaunenmodel darauf, daß sich die Sulz aufflöset, stürzet sie auf einen Teller, und gibt sie zur Tafel.

HASEN- UND REPPHÜHNER IN ÖHLSOSS

Eines oder das andere am Spieße gebraten, mit Speck eingebunden, und läßt es mit feinem Öhle, Wein, Limonienschäler, Zwiebel, Knoblauch, ein Stück Schinken, Gewürz und Suppe sieden, bis sie weich werden; ein wenig Mehl am Ende daran gestaubt, und läßt es noch versieden. Die Hühner richtet man an, und die Soß gießet man darüber.

JUNGE HÜHNER ODER TAUBEN IN BLUT

Von einer oder der anderen Taube fängt man das Blut beym Abstechen in Essig auf, und rührt es. Die Hühner oder Tauben läßt man in Butter angehen, mit einem Packete von Kräutern und Gewürz, darnach macht man eine recht braune Einbrenn mit etwas Zucker, gießt braune Suppe und rothen Wein dazu, und läßt die Hühner oder Tauben damit sieden.

EINEN GEMSENSCHLEGEL GUT ZU BEREITEN

Der Gemsenschlegel muß gut ausgewaschen, sauber abgehäutet, eingesalzen werden, und in den Salz eine Stunde liegen bleiben; dann wird er gespickt, und in der folgenden Beitze gebeitzt: nämlich 1/2 Seidel Tokayer, eben so viel rothen Ofnerwein, etwas Essig, Gewürznägerl und verschiedene Kräuter, siede dieses alles gut, und gieß es über den Schlegel, welcher etliche Tage in dieser Beitze gut zugedeckt liegen bleibt, auch legt man in diese Beitze ein Hapel Spanische Zwiebel. Zum Gebrauch wird der Schlegel gebraten, in die Beitze ein wenig Rahm, etwas Mehl und Limonienschäler gegeben, lasse es ein wenig sieden, und passirr es über den Schlegel.

EINEN KÄLBER-NIERENBRATEN SO ZUZURICHTEN, DAß ER WIE EIN REHZEMMER AUSSIEHT

Schneide die Nieren heraus, und haue das Innere vom Bein etwas ab, auch das dünne Fleisch schneide davon ab. Wasche und spicke ihn wie einen Rehzemmer, lege ihn zwey Tage in eine Essigbeitze, und brate ihn am Spieß wie das Wildbret, dann mach eine Rahmsoß, Citronatsoß, oder auch Soß von Sardellen darüber, und gib ihn zur Tafel.

REHSCHLEGEL AUF NIEDERLÄNDER ART

Den Rehschlegel häute ab, mache eine Beitze von Wein, Essig und Wasser, von jedem gleiche Theile genommen, Salz, Citronenschalen, Nägerl, Zimmet, Ingber, Muskatblüthe und Pfeffer, Lorbeerblätter, Kudelkraut und Rosmarin, laß alles unter einander recht kochen und gieße so drey bis vier Mahl siedend über den Rehschlegel, und laß ihn recht im Saft bey gelindem Feuer, wenn er genug gebraten, und öfters mit seiner Beitze wohl begossen worden, richte ihn an, und belege ihn mit Citronenschnitzen. Gebe entweder seine eigene Soße dazu, oder eine andere süße von Ribisseln oder Weichselsaft.

KARBONADEL VON EINEM HECHTEN ODER SCHAIDEN

Nimm einen Hechten oder Schaiden, putze ihn und das Eingeweide heraus, Schneide das Fleisch mit einem Schneidemesser recht fein, nimm von zwey Eyern ein Eingerührtes, etwas grünen Petersil, Limonienschäler, hacke alles fein zusammen, salze den Fisch, rühre Pfeffer, Ingber und Muskatenblühte daran, mache Karbonadel, bestreue sie mit Semmelbrösel, laß ein Reindel mit Butter semmelfarb dünsten, alsdann kannst es in einer Championsoß, in ein Buttersuperl, oder auf ein Grünes geben.

FORELLEN MIT KARTOFFELN

Man ziehet von einer großen Forelle die Haut ab, spicket sie mit Kartoffeln, salzet sie, und läßt sie mit Öhl, Gewürz, Limonien und rothen Wein gehen; man gibt sie in ihrer Soß.

SCHNECKEN ZU KOCHEN

Man lege die Schnecken des Abends ins Wasser, bis sie sich ausziehen; die Schalen werden ausgewaschen und ausgekocht, das Unreine von den Schnecken weg genommen, und diese rein ausgeputzt. Alsdann thut man Butter in ein Reindel, läßt dieselbe zergehen, thut geriebene Semmel, Majoran, Thymian, ein wenig Muskatnuß, und ein klein wenig Pfeffer hinein; (von allen aber ja nicht zu viel), dieses knetet man zusammen, und macht einen Teig davon, darnach thut man die gereinigten Schnecken in die reinen Schalen, nimmt von dem Teige, und thut diesen über die Schnecken und bratets.

Vom ungebührlichen Wild-Schiessen.

Nach der Churfürstlichen Brandenburgischen Hinter-Pommerischen Jagd- und Holtz-Ordnung ist folgende Strafe auf die Wild-Diebe gesetzt, als:

Vor einen Hirsch 500. Thaler.
Vor ein Stücke Wild 400.
Vor ein wildes Kalb 200.
Vor ein Rehe 100.
Vor ein hauendes Schwein 400.
Vor eine Bache oder Keyer 200.
Vor einen Fröschling 100.
Vor einen Hasen 50.
Vor einen Fuchs 20.
Vor einen Otter 10.
Vor einen Dachs auszugraben 10.
Vor einen Trappen 50.
Vor einen wilden Schwahn 75.
Vor einen Fasahnen 50.
Vor einen Auer-Hahn 50.
Vor einen Birck-Hahn 50.
Vor ein Rebhuhn 50.
Vor ein Hasel-Huhn 50.
Vor eine wilde Ganß 40.
Vor einen Kranich 40.
Vor einen Reyher 40.
Vor eine wilde Ente 10.
Vor eine Taube 10. Thaler.

Verzeichniß/ was in Sachsen zur Hohen/ Mitteln/ und Niedern Jagd gehörig.

Zur Hohen Jagd.

Bäre, Hirsche, Wild, Wild-Kälber, Wölffe, Adeler, Auer-Hähne, Auer-Hühner, Birck-Hühner, Hasel-Hühner, Schnepffen, Trappen, Kraniche, Schwäne, Reyher, wilde Gänse, und der grobe Vogel-Fang, Ziemer, Drosseln, und dergleichen.

Zur Mittel-Jagd.

Schweine, Keyler, Bachen, Fröschlinge, Rehe, Reh-Kälber, Ent-Vögel und Enten.

Zur Nieder-Jagd.

Hasen, Füchse, Dächse, Bieber, Fisch-Ottern, Marder, wilde Katzen, samt dem kleinen Vogel-Rebhühner-und Wachtel-Fange.

SOLI DEO GLORIA

Wildpräths-Taxe von A. 1694.

Nach welcher Seine Chur-Fürstliche Durchlauchtigkeit zu Sachsen, Hertzog Friedrich Augustus, in dero Proviant- und Rauch-Hause, Wildpräths Zehr-Garten, und sonst, das Wildprät verkauffen lassen wollen.

Ein Hirsch so über 5. Centner 12. fl. incl. 1. fl. 10. gl. 6. pf. Jäger-Recht:
Ein Hirsch - - 4. Centner 11. fl. incl. 1. fl. 10. gl. 6. pf.
Ein Hirsch - - 3¼. Centner 10. fl. - - 1. fl. 10. gl. 6. pf.
Ein gemeiner Hirsch - - 9. fl. - - 1. fl. 10. gl. 6. pf.
Ein Spieß-Hirsch - - 7. fl. 12. gl. - 1. fl.
Ein Stück Wild - - 7. fl. 12. gl. - -
Ein Wild-Kalb - - 3. fl. 9. gl. - 9. gl.
Ein Rehe - - 2. fl. 12. gl. - 6. gl.
Ein Reh-Kalb - - 1. fl. 6. gl. - - 3. gl.
Ein gewogener Tañ-Hirsch - 4. fl. - 12. gl.
Ein ungewogener Tann-Hirsch 3. fl. 9. gl. - ½ 9. gl.
Ein Tañ-Spieß-Hirsch oder Ein Stüe Wild } - 2. fl. 15. gl. - - 9. gl.
Ein Tann-Wild-Kalb - 1. fl. 9. gl. - 3. gl.
Ein hauend Schwein - - 8. fl. - -
Ein angehend Schwein - 7. fl. - - 1. fl.
Ein Keyler oder Bache - 6. fl. - - 18. gl.
Ein jähriger Frischling - 2. fl. 18. gl. - 6. gl.

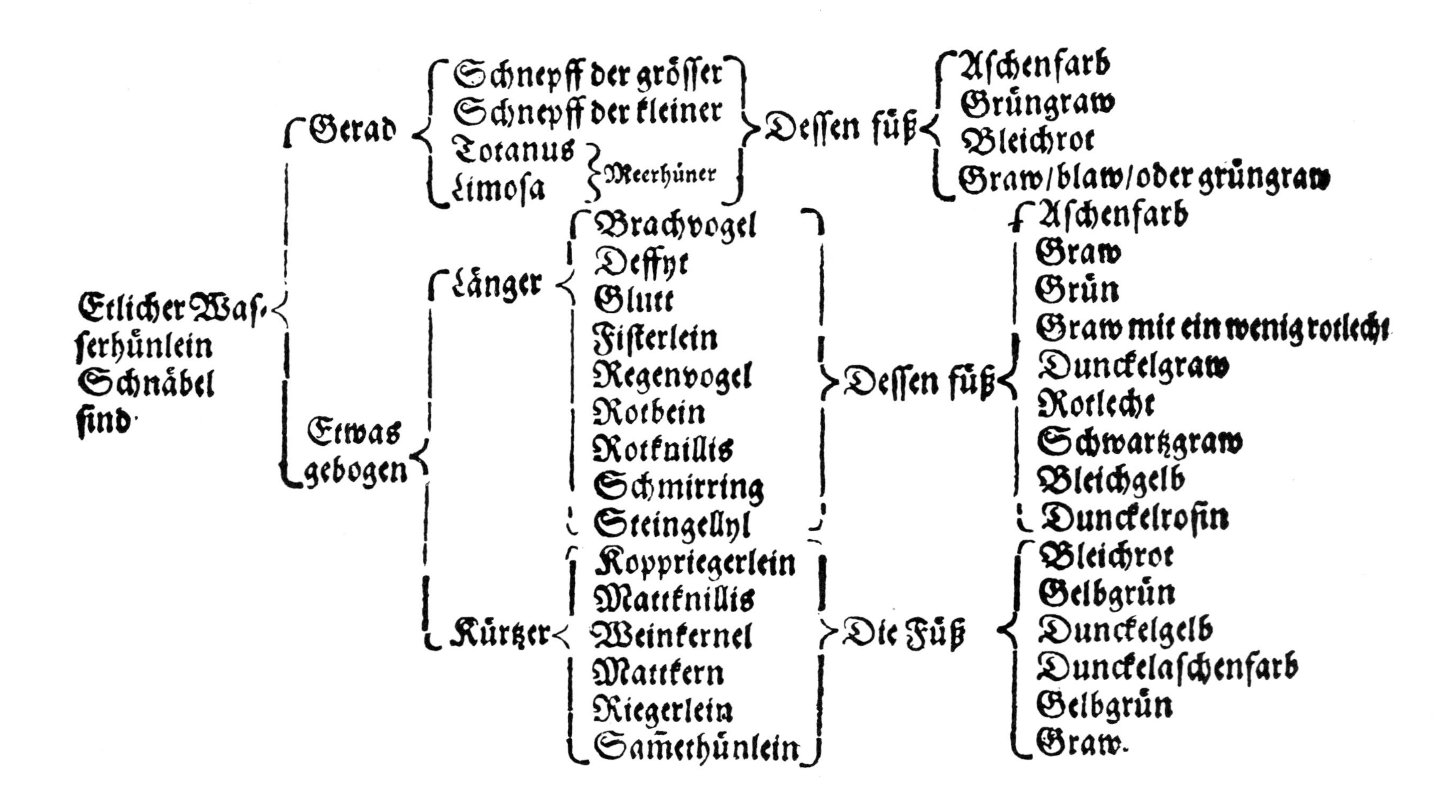

Etlicher Wasserhünlein Schnäbel sind
Gerad
Schnepff der grösser
Schnepff der kleiner
Totanus
Limosa
Meerhüner
Dessen füß
Aschenfarb
Grüngraw
Bleichrot
Graw/blaw/oder grüngraw
Etwas gebogen
Länger
Brachvogel
Deffyt
Glutt
Fisterlein
Regenvogel
Rotbein
Rotknillis
Schmirring
Steingellyl
Dessen füß
Aschenfarb
Graw
Grün
Graw mit ein wenig rotlecht
Dunckelgraw
Rotlecht
Schwartzgraw
Bleichgelb
Dunckelrosin
Kürtzer
Koppriegerlein
Mattknillis
Weinkernel
Mattkern
Riegerlein
Sãmethünlein
Die Füß
Bleichrot
Gelbgrün
Dunckelgelb
Dunckelaschenfarb
Gelbgrün
Graw.

Kunst allerley Vögel einzubeitzen/
vnd wie sie sich lang behalten lassen.

ERstlichen muß man die Vögel sauber rupffen vnd butzen / die Köpff vnd Krämpel abschneiden/vnd das Ingeweid herauß nemmen/hernach setz ein saubers Wasser in einem Kessel oder Haffen zum Feur/ wann das Wasser siedet / so würff die Vögel hinein / vnd laß nur ein Suth thun / darnach nimme sie herauß auff ein Bret damit das Wasser absinckt / darnach nimb ein höltzenes Fäßl / darnach du Vögel hast / vnd legs voll an / saltz es daß sie recht im Saltz seyn / vnd leg ein wenig zerstossene Kronawetbeer darzu / gieß ein mittelmässigen Essig daran / daß über die Vögel gehet / vnd vermach es / wann du essen wilst / mach du das Fäßl auff / vnd brats. Probatum est.

Hirschen-Würstl zu machen.

MAn soll ein gar saubern Faisch von Hirschen auffheben / darnach ein Jungfrau-Brätl klein hacken / ein Rinderne Faisten fein gewürfflet schneiden / zimblich vil / vnd darunter mischen / auch sovil Faisch darein seyhen / daß fein roth wird / darnach pure Obermilch darzu nemmen daß fein dick wird wie zu den Leberwürsten / darnach saltzen vnd gewürtzen mit Pfeffer / Imber / vnd gestossenen Muscatnus / vnd in den faisten Maß-Darm von Hirschen einfüllen / der zuvor sauber gebutzt ist / darnach in einem heissen Wasser überbrennen / auff einem Rost bräunen / vnd auff grüne Blätter anrichten.

Die Jäger-Suppen zu machen.

MAn soll Haußbrod auffschneiden wie zu einer Schmaltz-Suppen / vnd in ein Schüssel richten / darnach soll man von einem Brätl / es seye Kälberen / Schäfferen / oder Wildbräd / gar klein hacken / vnd auff das Brod strähen / vnd wider ein Leg Brod / vnd wider gehacktes Brätl biß die Schüssel voll wird / darnach ein heisse Fleischsuppen darauff giessen daß naß wird / vnd heiß Schmaltz darauff brennen ; man muß auch zu weilen ein wenig Pfeffer darzwischen strähen / vnd also auff den Tisch geben / ist gar gut.

Ein Biber-Schweiff zu kochen.

MAn soll den Biber-Schweiff sambt den Tatzen übersieden / biß die obere Haut herab gehet / darnach in gesaltzenen Wasser wider sieden ungefähr drey Stund/ biß er weiß wird / vnd wann er die andere Haut läst / soll man jhn säubern / vnd so er schier gesotten ist/ Essig/ Safferan/ Zucker vnd anders Gewürtz darzu thun ; man mag auch gesaltzene Lemoni darbey sieden.

Von der Witterung.

Wie viel Nebel sind im Mertz,
So viel Regen ohn allen Schertz,
Wie viel Thau vom Himmel steigen,
So viel Reiff nach Ostern sich zeigen,

Wenn der Mertz Winde bringt, der April Regen streut,
Folgt drauf ein schöner May, der uns das Hertz erfreut.

Putz ietzund aus die lebendigen Hecken,
Jedoch die nicht, die unter den Schürtzen stecken;
Sä Tangel-Holtz, und setze Linden,
So kanst du Lust und Nutzen finden.

Von der Morgen-Röthe.

Morgen-Röth aber schlimm aussieht,
Eine bäuchigte Magd die treuget nicht,
Die Röthe bedeutet Regen oder Wind,
Die Magd ist fett, oder trägt ein Kind.

Von der Abend-Röthe.

Die Abend-Röth bringt klare Zeit,
Welches des Jägers Hertz erfreut,
Auf daß er könn gar früh vor Tagen
Um desto sicher fein trocken jagen.

✽

Daß die Hunde nicht wütig werden.

Die Hunde haben unter ihrer Zungen eine Ader / in Gestalt eines Würmleins/von rund und langer Form; wann man selbige heraus nimmt / so wird der Hund von allem Wüten befreyet bleiben; ja man wird dardurch verschaffen / daß er kein gar-ungestümmes Anbellen wird von sich hören lassen / noch jemand einigen gefährlichen Biß versetzen.

Den Biß von wütigen Hunden an dem Vieh zu heilen.

So ein wütiger Hund ein Vieh oder andern Hund gebissen hat/so tauche das Vieh geschwind ins kalte Wasser/und gieb ihme Butter und Brod zu essen / und bind ihme nur bald den Menschen-Harn darauf. Item nimm weissen Senff / Jachandelbeer oder Wachholderbeer und Eibenholtz; Dieses alles untereiander gestossen und geschabet / und im Honig dasselbige zuvor ein wenig warm lassen werden und zulassen. Darnach Mayen-Butter auf ein Stück Brod gestrichen / und obgemeldte Stücke oder Materien / so viel einen deucht / aufs Brod und Butter gethan / und dem Vieh oder Hund zu essen geben.

Eine Gans mit einem Hieb in vier Stücke zu hauen.

Gib einer Gans in zweyen Tagen nichts zu essen / den dritten Tag aber schütte ihr Habern für auf die Erden / so wird sie zum Fressen gantz begierig seyn / und also den Kopff nicht leichtlich von der Erden empor heben. Wann sie nun also im fressen ist/so nimm einen scharffen Degen / haue von hinten her gantz durch / so kanst du auf einen Streich die zween Füß und Kopff von de Gans hauen/da einer sonst zu schicken / einig und allein den Kopff abzuhauen.

Eine Henne zuzurichten daß sie aus der Schüssel lauffe wann man drein schneidet.

Gib einer Hennen Wein zu trincken / so läst sie sich berupffen/ und lege ihr das Haupt zwischen die Flügel / nimm acht Eyerdotter / schlichte und schmiere das damit wol / und lege Feuer zu den Hun / so wirds gelb / darnach lege es in eine Schüssel bedeckt / und setze es auf den Tisch/und wenn man davon schneiden will/so laufft es davon.

Daß einem die Hirsche bis in die Netze nachfolgen.

Fange in der Hirschbrunst eine Hündin / schneide ihr die pudenda ab/bestreich die Schuhe damit / so riechts der Hirsch / und folget dir nach wo du hingehest. Es schreibet Barthol. Anglicus

Daß Einen kein Hund anbelle.

Albertus Magnus sagt: Wer einen Hasen-Fuß am rechten Arm gebunden hat / oder wer einem lebendigen schwartzen Hund ein Aug ausreisset / und ein Wolffs-Hertz darzu thut / und beydes bey sich träget. Oder: Wer ein Stück von der Haut eines grossen Meer-Hundes / Canis Carcharii, bey sich trägt / der verjaget damit alle Hunde.

Auf eine ander Manier.

Sextus Platonicus sagt: Wer ein Hunds-Hertz bey sich trage / den lauffe auch kein Hund an. Es schreibet Andreas Jesner in seiner Kunstkammer: Wenn man Beyfußkraut und Eisenkraut bey sich nehme / so werde man nicht müde / und beisse einen auch kein Hund oder Natter. Man muß sie graben / wann die Sonnn stehet im Zeichen der Jungfrauen / 8. Tage vor Bartholomæi, oder 3 Tag hernach.

Daß einem die Füchse nachfolgen.

Fängt ein Jäger eine Füchsin / die da reyet / so soll er ihr die Natur mit dem Darm / so daran hängt / und denen Wurtzeln / welche Ursach zu der Geburt geben / heraus schneiden / klein zerhacken / und in einen Hafen samt galbano oder Gummi vermischet thun / und den Hafen mit einem Deckel zudecken / damit die Materie nicht verrieche; wann er nun den Füchsen ein Luder legen will / so lege er nur eine Speck-Schwarte auf einen Rost / lasse sie genug rösten und warm werden / stosse sie hernach in den Hafen / darinnen der Füchsin Natur samt dem Gummi ist / mache damit das Luder an / so folgen die Füchse allenthalben nach; doch muß der / welcher das Luder legen will / seine Schuhe mit Kühmist schmieren / damit ihn die Füchse nicht vernehmen. Also sind die Füchse zu Ludern / und zu Abend mit dem selbst-Geschoß / Fuchs-Gruben oder sonsten zu fangen.

Daß einem kein Wolff schaden thun kan.

Es fürchten sich die Wölffe sehr vor dem Gethöne und Klingen der Schwerdter und andern Wehren und Waffen / wann man selbige aufeinander schlägt. Im Winter sollen die Wandersleute allezeit Feuer bey sich tragen / wann tieffer Schnee ist / und zum wenigsten zween Kieselsteine / und dieselbe im äusserstem Nothfall hart zusammen schlagen / daß sie Feuer von sich geben / so weichet der Wolff.

Jäger-Verse

Fang weg die Falcken, Habicht und Sperber,
Als welche nur des Weydwercks Verderber,
Das Wild taugt nicht, und ist gering,
Warum? es hat viel Engerling.

Fang Staare ein, stell nach den Meisen,
Das Baum-Schälen thu ernstlich verweisen,
Bey heissem Wetter schwem̃ die Hund,
Das Bad ist ihnen ietzt gesund.

Wenn auf den Lichtmeß-Tag die Sonne lieblich blicket,
Der ingelegne Bär zum Loch herfür sich schicket,
Ist es nun hell und klar, daß er die Berge schaut.
Verharrt er ferner nicht, weil vor dem Frost ihm graut.

Wenn das Schwein das Hu-Sau hört,
Alsbald der Stimme nachfährt,
Liefert dem Jäger eine Schlacht,
Der ihm nach dem Leben tracht.

Wenn Ægidii Hirsch-Brunfft naß,
Regnets vier Wochen ohn Unterlaß;
Tritt aber der Hirsch trocken ein,
So wird viel Wochen schön Wetter seyn.

Gieb Achtung auf das Phasanen-Brüten,
Und laß die junge Brut mit allem Fleisse hüten.
Es werden nun die Krammets-Vögelein
In grosser Meng bey den Wacholdern seyn.

❁

Füchse an einen gewissen Ort zu bringen.

Zeuch einer Katzen das Fell ab / bestreiche sie mit Honig / und brate sie beym Feuer / und besprenge sie mit Pulver von jungen Fröschen zu Pulver verbrennet / binde sie darnach an einen Strick / schleiffe sie dir nach auf der Erden / bis auf den Ort / da du die Füchse haben willt / so folgen sie alsdann dieser Spuhr immer also nach / und werden hernach gar leichtlich gefangen.

Auf eine sonderliche Art die Füchse zu fangen.

Nimm Trester oder Trauben-Körner / Arsenicum oder Coloquint / ana, pulverisire sie / menge es alles untereiander / und thue das Pulver darunter / mache kleine Kügelein wie Schnellkeulichen. Nimm darnach Mist / und sonderlich Pferde-Mist / und schütte etliche Häufflein ziemlich weit voneinander / da du dich des Fuchses vermuhtest. Alsdann brate eine Katze beym Feuer / und lege die Kügelein bey den Mist / und schleiffe die Katze von einem Häufflein zum andern / so kommet der Reinicke auf die Spuhr. Frisset er nur ein Kügelein / so bleibet er bald dabey liegen. Dieß kan man auch zur Fahung aller Thiere gebrauchen / welche blind geboren sind.

Zu machen / daß sich die Haasen an einen Ort versammlen.

Nimm Hermodactylen / Realgar / Zeitlosen und Bilsenkraut / mische es untereinander / thue das Blut von einem jungen Haasen darzu / und vermehr es miteinander in einen Haasen-Balg / so versammlen sich die Haasen alle miteinander darzu / so um denselbigen Ort sind. Etliche nehmen nur den Safft von Bilsenkraut mit eines jungen Haasen-Blut vermischet / und in ein Haasenfell genehet / und vergrabens gar seicht in die Erde.

Daß einem kein Wolff in seinen Hof oder Stall komme.

Joannes Jacobus Weckerus schreibt aus dem Rhale und Alberto Magno, wann man einen Wolffsschwantz in einem Forwerg oder Meyerhof begrabe / so dürffe sich kein Wolff hinein wagen / und wo derselbe in einem Hause aufgehangen wird / da komme kein Fliege hin. Albertus Magnus berichtet / wann man einen Wolffsschwantz über die Krippe der Kühe oder anderes Viehes hängt / so soll kein Wolff darzu kommen / es sey dann / daß man den Schwantz wieder hinweg nehme.

Viel Wölffe zusamm zu bringen / und über einander todt zu schlagen.

Nimm der kleinen Fischlein im Meer / die nennet man Blemmos und Wülfflein / zerstosse sie in einem Mörsel / mache ein Feuer an dem Ort / da sich die Wölffe halten / und am allermeisten / wann der Wind wehet / darnach nimm einen Theil von den zerstossnen Fischen / und lege sie auf die Glut / nimm darnach den Safft von den Fischen und Lamm-Fleisch / welches auch zerstossen ist / mische es wol untereinander / und legs zu den Fischen auf die Glut / und gehe davon. Wann dann der Geruch aufgehet / so versammlen sich alle Wölffe / die in derselbigen Gegend sind / wann sie dann von demselbigen Fleisch fressen / so macht sie dasselbe und der Gestanck vom Feuer truncken / daß sie nieder fallen als schlieffen sie / so kan man sie hernach seines Gefallens tödten.

Die Bären lebendig in den Kästen zu fangen.

Will man einen Bären in einem Kasten gefangen/ daß man ihn hernach in demselben fortführen kan/ so setze zwey grosse Kästen an die Oerter/ wo du weissest/ daß ein Bär ist. Sie müssen aber in die Erden fest eingepflocket werden. Darnach lasse den Scharffrichter oder Schinder etwann ein alt Pferd/ das nicht mehr taug/ abthun/ oder todtschlagen/ und lasse die Viertel von allerley Orten her zum Kasten schleppen/ und darnach in einen Kasten ein Viertel legen. Der Kasten muß aber an beyden Enden offen seyn/ daß er dardurch gehen kan. Da lässt man ihn eine Zeitlang essen/ daß ers fein gewohnet/ und sich zum Kasten nichts böses versiehet Dieser Spuhr gehet darnach der Bär nach/ und wann er nur ein Viertel im Kasten einmal auffrißt/ so schämet er sich gar nichts/ so kommt er wol wieder/ und ist also endlich leicht zu fangen.

Den Löwen furchtsam zu machen.

Den Löwen kan man leichtlich furchtsam machen/ wann man ihme nur einen langen Rock vorhält/ so lässet er von Einem ab/ und gibt sich zu Frieden/ wie Plinius berichtet. Er fürchtet sich vor dem Hahnen-Geschrey und Krampff/ und vor dem Poltern der ledigen Wagen/ und der Räder der Wagen/ wann sie umlauffen/ und vor den Mäusen/ sonderlich aber fürchtet er sich vor Feuer.

Einen Leopard oder Panterthier zu verjagen.

D. Conrad Gesner/ deßgleichen auch D. C. Forerus im Thier-Buche schreiben/ daß der Leopard oder Panterthier/ ungeachtet/ daß er ein grimmiges Thier sey/ dannoch gantz und gar feig werde/ und von Stund an die Flucht gebe/ sobald er nur eines todten Menschen Kopff oder Hirnschedel sehe/ oder gewahr werde/ inmassen solches auch Alsculapius bezeuget.

Wilde Schweine zu schiessen.

Man fähet die wilden Schweine auf dreyerley Weise: Erstlich/ gibt man fleissig Achtung darauf/ wie sie ihre Sühlerey haben/ da sie sich in den Pfühlen zu sühlen/ oder zu wältzen pflegen. Da findet man sie gemeiniglich um den Abend; denn um dieselbige Zeit haben sie an dem Sühlbad eine sonderbare Lust und Freude. Da muß ein Jäger oder Wildschütz zuvor auf einen Baum neben den Pfützen steigen/ oder sich sonst mit einer andern Gelegenheit versehen/ ehe die Schweine zum Bade kommen/ da er von ihnen sicher seyn kan/ ihnen allda das Bad gesegnen/ und sie in dem Pfudel erschiessen. Man muß ihnen aber nach dem Vorbauch schiessen/ dann da hält man sie zum ersten. Man kan sie auch mit Erbsen oder Eicheln an einen gewissen Ort körnen. Diese Jagt ist lustig/ und hat keine Gefahr.

Wie mans machen soll/ daß einen kein wild Schwein beisse.

Democritus giebt den Rath im Constant. lib. 19. c. 4. Wann man will/ daß einen kein wild Schwein anfallen und hauen soll/ so soll man dieß Amuletum gebrauchen: Als nemlich/ man solle die Scheeren und Füsse von Krebsen nehmen/ dieselben also in ein sendelnes Tüchlein verwickeln/ und bey sich am Halse tragen/ so thun sie einem nichts.

Leider hat unser heutiges Leben oft eine derartige Vermassung erfahren, daß der Sinn für viele Werte fast verlorengegangen ist. So wird man meist gar nicht mehr gewahr, daß Kochen eine Kunst ist und zum Anfertigen eines erlesenen Gerichtes schöpferische Kraft gehört. Dabei sind Gastronomie und Kunst keineswegs gegensätzliche Begriffe. Maler, Bildhauer und Köche müssen das Rohmaterial nach bestimmten Regeln formen. Ein künstlerisch geschaffenes Mahl ist immer Endprodukt hoher Kreativität, und mancher, später berühmt gewordene Künstler hat seine ersten „Versuche" in der Küche hergestellt.
Denken wir nur an Claude Gellée, besser als Claude Lorrain bekannt, dessen Landschaften wir heute noch bewundern. Er mußte sich mühsam als Konditorgehilfe seinen Unterhalt verdienen, ehe er sich als Maler durchsetzen konnte. Nur wenige werden heute noch wissen, daß er auch der Schöpfer des Blätterteiges ist. Der große Kochkünstler Caremes schrieb einst: „Es gibt fünf Hauptkünste: die Dichtkunst, die Malerei, die Bildhauerei, die Musik und die Architektur, deren Hauptzweig die Konditorei ist." Caremes hat die „architektonische Küche" mit einer Virtuosität beherrscht wie keiner seiner Vorgänger und beeinflußte die Gastronomie bis Anfang des 20. Jahrhunderts.
Die Gastronomie hat schon seit jeher befruchtend auf die Kunst gewirkt. Schon in den ägyptischen Grabkammern findet man zahlreiche Essenzen abgebildet, und die Töpfereien der Antike dienten hauptsächlich für den Gebrauch bei Tisch. Benvenuto Cellini hat das berühmte goldene Salzfaß der Venus und des Neptun für die Tafel von König Franz I. geschaffen. Die Trinkgefäße aus gehämmertem Silber oder aus Kristall, die Bestecke aus Gold mit farbig emaillierten Ornamenten und Edelsteinen besetzt, die wunderschönen handgewebten und bestickten Tischdecken sowie viele andere prächtige Kunstwerke, die von der Antike bis zur Neuzeit reichen, beweisen immer wieder von neuem die innige Verbindung zwischen Gastronomie und Kunst.
Viele niederländische Maler haben Wirtshausszenen, bürgerliche und adelige Festessen zu den bevorzugten Motiven für ihre Bilder gewählt. Pieter Brueghels „Schlaraffenland" oder seine urwüchsige, herrliche „Bauernhochzeit" sind berühmte Zeugnisse. Die Üppigkeit des damaligen niederländischen Lebens wieder zeigt Antonis Uytewaals „Küchenbild" oder das Bild von Pieter Aertsens: „Fleischbude". Genauso wie in den Bildern, findet auch in der flämischen Literatur die Gastronomie ihren Niederschlag, wie etwa in de Costers „Thyl Ulenspiegel".
Aber auch moderne Dichter befassen sich mit dem Thema „Essen". So etwa bei Norbert Jacques und seiner „Limburger Flöte", wo während des Freßduells in der „Becasse" zwischen Paul Nocké und seinem Doppelgänger ein ganzer Delikatessenladen voller Vorspeisen, getrüffelten Froschkeulen, Seezungenfilets, gefüllten Rebhühnern, Artischockenböden, Käse und vielem anderen mehr in den abgrundtiefen Mägen der beiden friedlichen Duellanten verschwindet.
Immer dort, wo das geschriebene Wort nicht ausreicht, eine eindrucksvolle Darstellung wiederzugeben, muß die Kunst des Malers, des Graphikers oder des Bildhauers einspringen.
Auch die Tafel ist so oft Gegenstand schöner Gemälde. Kaum etwas hebt das Verbindende einer gemeinsam genossenen Mahlzeit mehr hervor als Leonardo da Vincis „Abendmahl". Es bildet den Auftakt zu einer Reihe von Gemälden, die über das „Festmahl der Offiziere" von Frans Hals bis zu Daniel Hofers „Ländlichem Fest" und Franz Frankens „König Midas bei Tisch" führt, wo der Betrachter aus der Atmosphäre des Bürgerlichen in den Bereich des Hofes geführt wird.
Ungezählt sind die Interieurs von Speisezimmern und Küchen, Wirtshausszenen und gastronomischen Stilleben, ganz abgesehen von den Stichen dörflicher Feste und Fürstentafeln, den Mosaiken und Wandteppichen, auf denen Tafel und Gelage festgehalten werden.
Die Liste von Kunstwerken, die sich mit dem Essen befassen, ließe sich beliebig fortsetzen, angefangen vom Stilleben, das auf der Gruftkammer des Nakht in Theben abgebildet ist, dem Gelage auf der Rückwand der Tomba bei Leopardi oder dem wunderschönen Mosaik in San Marco in Venedig, welches „Das Mahl des Herodes" zeigt.
Zeugnis über die Freuden der Tafel findet man aber auch in den Werken von Rembrandt, Tintoretto, Wat-

teau, Monet, Manet, Menzel, Dürer, Amman, Daumier bis Moreau. Große Künstler haben aber auch Entwürfe zu Speisekarten geschaffen, wie etwa Menzel, der eine wunderschöne Karte für den Meininger Hof entwarf, oder etwa Toulouse-Lautrec, der nicht nur das Pariser Nachtleben skizzierte, sondern auch zahlreiche Einladungskarten und Menüs für kleine intime Soupers schuf. Aber auch in der Musik hat das Essen schon immer eine große Rolle gespielt, und auch Paradoxa kann man in punkto Essen nicht selten auch auf der Opernbühne begegnen. So etwa, wenn sich in Beethovens „Fidelio" Florestan im Kerker, allen Aushungerungsmaßnahmen durch seinen Bedrücker Pizarro zum Trotz, unerschütterlicher Wohlbeleibtheit erfreut, oder wenn in Puccinis „Boheme" Mimi, als pausbackiger Engel, schwindsüchtig ihre Seele aushaucht. Manchmal steht auch Baron Ochs von Lerchenau in Richard Strauss' „Rosenkavalier" einer schier unlösbaren Situation gegenüber, wenn er im zweiten Aufzug seine eben erst aus dem Kloster entlassene Jungfer Braut Sophie Faninal zu goutieren hat. Da schreibt nämlich der Text unter anderem folgende Worte vor: „Ein feines Handgelenk. Darauf halt' ich gar viel. Ist unter Bürgerlichen eine selt'ne Distinktion." Und etwas später heißt es noch: „Ganz meine Maßen! Schultern wie ein Henderl! Hundsmager noch..." Wenn in diesem Fall die Bühnenwirklichkeit der Illusion einen zu argen Streich spielt, können dem Darsteller des Ochs von Lerchenau sicher sehr leicht die Worte im Hals steckenbleiben.

Richard Mayr, der viele Jahre an der Wiener Staatsoper sang, und den Richard Strauss selbst als seinen besten Ochs von Lerchenau bezeichnete, hat sich bei einem derartigen Anlaß elegant aus der Verlegenheit zu helfen gewußt. Als ihm vom seinem zukünftigen Schwiegerpapa Faninal einmal ein besonders dralles Bräutchen zugeführt wurde, dessen Lenze nachzuzählen der gute Takt verboten hätte, bog Mayr die hier offensichtlich deplacierte Pointe schlagfertig ab, indem er anstatt „hundsmager noch" schmunzelnd improvisierte „ein bisserl mollet zwar..." Damit enttäuschte er zwar alle jene, die mit Schadenfreude dieser verfänglichen Stelle entgegenharrten, doch er sicherte sich damit den Dank der Sängerin.

Welch einende Rolle das Essen auch spielen kann, zeigt eine Begebenheit zwischen den beiden Musikgiganten Anton Bruckner und Johannes Brahms. Brahms und Bruckner, zwischen die durch ihre Anhängerschaft eine feindliche Schranke gelegt war, sollen einmal bei einem Gasthaustisch einander begegnet sein. Anfangs wollte die Unterhaltung nicht recht in Fluß kommen, bis sich Brahms eine Portion Geselchtes mit Kraut bestellte. Da diese Speise auch zu Bruckners Lieblingsspeisen zählte, begrüßte dieser willkommen den „neutralen" Anknüpfungspunkt und bemerkte erleichtert: „Sehn's, Herr Kollega, das ist ein Punkt, in dem wir uns vollkommen versteh'n."

Wie die Geschichte der Gastronomie zeigt, beeinflussen Küche und Tafel in ihren Auswirkungen unser ganzes Leben. Die Gastronomie muß zu den schönsten Blüten am Baume der Kultur gezählt werden, und es kann in einem mit vollendeter Meisterschaft bereiteten Gericht ebensoviel Geschmack liegen wie in den Bildern eines Monet oder Liebermann, in einem Gedicht von Goethe oder in dem einfachen Weiß von chinesischem Porzellan.

Essen muß jeder Mensch, um leben zu können, deshalb hat die Nahrung, aber auch der Mangel daran, zu allen Zeiten einen entscheidenden Einfluß auf den Gang der Geschichte ausgeübt. Sicher wird ihre Rolle auch in Zukunft nicht weniger entscheidend sein.

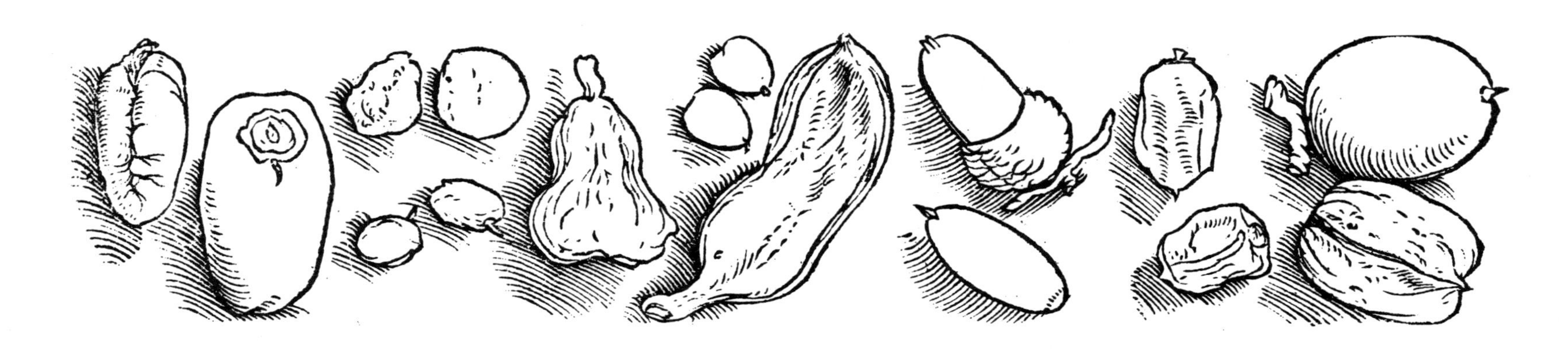

Als Kaiser Franz Joseph am 5. September 1901 auf dem Hochschneeberg der Einweihung des Kaiserin Elisabeth-Kirchleins beiwohnte, wurde er auch zu Tisch ins Hotel Hochschneeberg gebeten. Auf der Menükarte stand: Karfiolcremesuppe (Creme de choux fleur), Pochierter Lachs mit „Sauce Mouseline", Gedünsteter Rindsbraten mit Gemüsegarnitur, Steirisches Masthuhn. Dazu Kompott und Salat, Apfelstrudel, Käse, Obst, Kaffee.
Nach über 80 Jahren wurde die Menü-Karte von damals auf dem Dachboden des Pfarrhauses gefunden. Und seither steht dieses „Kaiser-Menü" auch auf der Speisekarte des noblen „Forellenhofes" in Puchberg am Schneeberg. In diesem Hotel in der Losenheimer Straße, wo es Gastlichkeit rund um die Uhr gibt, wird das „Kaiser-Menü" nach überlieferten Rezepten hergestellt.

POCHIERTER LACHS MIT SAUCE MOUSELINE

Frischer Lachs wird in Court-Boullion, das ist in Salzwasser mit einem Schuß Essig, Karotten, Sellerie, Zwiebel, Porree, Lorbeerblatt sowie pochierten Fischkartoffeln und Broccoli serviert.
Sauce Mouselin = Sauce Hollandaise mit Schlagsahne oder Obers vermengt.

In Kochbüchern der Vorkriegszeit finden sich Lobeshymnen auf das fettarme, eiweißreiche, leicht verdauliche Fleisch von Rehen und Hirschen, für verwöhnte Feinschmecker gleichermaßen wie als Schonkost für Kranke. So wird fettarmes Hirschfleisch für Lungenkranke empfohlen. Doch auch die heutigen Kochbücher widmen Wildspeisen viele Seiten. Aber obwohl Österreich zu den wildreichsten Ländern Europas zählt, konsumieren Herr und Frau Österreicher – nach Schätzungen – ein halbes Kilo Wildfleisch pro Jahr, gegen einen Durchschnittsverbrauch von 47,7 kg Schweinefleisch. Vielleicht liegt es daran, daß viele Hausfrauen sich scheuen, ein Wildgericht herzustellen, weil sie einfach keine Übung darin haben. Die folgende Darstellung soll den Appetit auf Wildfleisch ein wenig anregen und zugleich einige persönliche Vorlieben des Autors preisgeben.

Rehwild: Das Reh besitzt unter den vielen heimischen Wildarten den zartesten Geschmack. Das Fleisch ist bis zum zweiten Jahr zart und schmackhaft, danach wird es grobfasrig. Da Rehfleisch wie alles Schalenwild fettarm ist, müssen Rücken und Keulen vor dem Braten enthäutet und gespickt werden. Der Rücken gilt als das beste Stück. Das Fleisch junger Rehe wird nicht mariniert, um den feinen Geschmack nicht zu übertönen. Frisch erhält man Rehfleisch etwa von Mai bis Mitte Jänner.
Rehrücken: Eignet sich hauptsächlich für kaltes Buffet. Auch zartrosa gebraten stellt er eine Gaumenfreude dar.
Rehfilets: Natur oder in Medaillons geschnitten. Bestens geeignet für Fondue. Werden kalt als Hors d'œuvre gereicht.
Rehkeule: Wird hauptsächlich zum Braten natur oder mit Soße verwendet. Auch Schnitzel schmecken herrlich.
Rehschulter: Wird vornehmlich zum Dünsten oder als Ragout verwendet.

Rotwild: Der Hirsch ist etwas kräftiger im Geschmack als das Reh. Am schmackhaftesten ist das Wildbret junger Tiere. Die besten Stücke sind der Ziemer und die Keulen, die nach dem Entsehnen stets zu spicken sind. Das Fleisch junger Tiere ist hochrot bis braunrot. Frisch erhält man Hirschfleisch von Anfang Juli bis Mitte Jänner.
Hirschrücken: Das zarte Fleisch des Hirschrückens ist zum Braten im Ganzen (möglichst gespickt), zum Grillen, für Steaks, Tournedos oder zu Fondue geeignet.
Die Keule wird zum Braten (möglichst gespickt), für Schnitzel und auch für Rouladen verwendet.
Die Schulter schmeckt gespickt und in Rotwein- oder Rahmsauce gedünstet am besten.

Wildschwein: Das Fleisch vom Wildschwein, das in den Wildbrethandlungen das ganze Jahr über frisch erhältlich ist, braucht gegenüber dem Hausschwein etwas mehr Würze und benötigt auch längere Garzeiten. Von vielen Kennern wird das Fleisch junger Tiere mit als das schmackhafteste bezeichnet. Der Kopf des Wildschweines ist nach einer komplizierten Behandlung und unter Mitverwendung einer feinen Farce ein prunkvolles kaltes Gericht. Jüngere Tiere kann man wie Hirsch verwenden, ältere werden üblicherweise mariniert. Grundsätzlich sind alle Zubereitungsarten des Hausschweins möglich.
Der Rücken ist bestens zum Braten geeignet, aber auch zum Grillen und als Kotlett.
Die Keule wird zum Braten, aber auch für Schnitzel (am besten mit Vogelbeergelee) verwendet.
Die Schulter findet zum Dünsten oder als Wurzelfleisch Verwendung.

Mufflon: Diese Wildart besitzt einen leichten Schafgeschmack. Das fette Fleisch junger Tiere kann wie Reh, aber auch wie Lammfleisch bereitet werden. Das Fleisch älterer Tiere sollte vor Gebrauch mariniert werden. Mufflonfleisch ist frisch von Anfang Juli bis Ende Jänner erhältlich.
Rücken ist zum Braten bestens geeignet und schmeckt vorzüglich als Kotlett mit Kräuterbutter.
Die Keule wird einfach gebraten, mit Minzesoße oder in einer Kräuterkruste serviert. Die Mufflonschulter wird am besten als Ragout zubereitet.

Gemse: Diese Wildart besitzt einen betonten Eigengeschmack. Das Wildbret junger Tiere übertrifft nach Aussagen von Kennern den Geschmack vieler anderer Wildarten. Gemsen können wie Schafe behandelt werden, mit Ausnahme von älteren Tieren, deren Fleisch erst mariniert werden sollte. Frisch ist Gemsenfleisch von Anfang August bis Anfang Jänner erhältlich.
Der Gamsrücken ist feinfasrig und gut zum Braten geeignet.
Gamskeule: Wird ebenfalls meist gebraten. Eventuell auch Dünsten mit Wurzelsoße und Rahm. Dazu reicht man Tiroler Speckknödel.
Die Gamsschulter schmeckt mir gedünstet oder als Ragout mit Preiselbeeren am besten.

Hase: Bei diesem Wild kommt der Wildgeschmack am stärksten zur Geltung. Wichtig beim Einkauf ist das Erkennen des Alters: Wenn sich der schwarze Rundfleck an den Ohren leicht einreißen läßt, so deutet das auf ein junges Tier hin. An der Außenseite der Vorderläufe befindet sich ein ungefähr 1 cm dicker Knorpel. Kann man ihn gerade noch fühlen, so ist das Tier noch jünger als 1 Jahr. Junge Tiere werden rosa gebraten, damit sie ihren vollen Geschmack entwickeln. Sie werden stets gespickt. Die Keulen brauchen länger als der Rücken, deshalb sollte man sie zuvor trennen. Aus dem Rücken schneidet man Filets und Nüßchen, die Läufe werden geschmort.
Frisch erhältlich von Anfang Oktober bis Mitte Jänner.
Hasenrücken und Keulen sind enthäutet zum Braten oder Dünsten mit Wildsoße geeignet.
„Hasenjunges" besteht aus Schultern, Rippen, Kopf, Leber, Herz und Lunge. Eignet sich zur Verarbeitung zu Pastete, Wildsuppe oder als Ragout mit Rotwein.

Fasan: Er besitzt als König des Federwildes einen köstlichen Geschmack. Das Alter des Hahns erkennt man an der Biegsamkeit des Brustbeins und an der Länge der Sporen (kurz = jung). Die Beine der Henne sind nicht gespornt, erst im Alter zeigt sich ein kleiner Ansatz. Die beste Zubereitung ist das Braten am Spieß, wobei der an sich etwas trockene Vogel fleißig begossen werden muß. Der Fasan eignet sich gespickt oder mit Speck umwickelt zum Braten. Es gibt über 200 Möglichkeiten, den Fasan zuzubereiten. Als klassische Beilage dienen in unseren Breiten Specklinsen. Frisch erhältlich ist der Fasan von Anfang Oktober bis Mitte Jänner.

Wildente: Die Wildente besitzt einen rustikalen Entengeschmack, hat aber weniger Fett als die Hausente. Zur Ente eignen sich alle Wildbeilagen, besonders aber glacierte Maronen. Frische Enten sind von Anfang August bis Ende Jänner erhältlich.

Rebhuhn: Rebhühner werden gebraten, zu Salami, Pasteten und kalten Gerichten verwendet. Ältere Tiere nimmt man zum Schmoren, zu Suppen und Farcen. Frisch erhältlich von September bis Dezember.

Allgemein gilt, daß beim Wild das Mürbwerden und die geschmackliche Verbesserung des Fleisches angestrebt werden. Dabei entsteht ein schwacher Gout (= Geschmack), der nicht verwechselt werden darf mit dem bereits scharfen Geruch eines zu lang gelagerten Wildbrets.
Durch die heute bereits hochentwickelte Kühltechnik ist es möglich geworden, den Zersetzungsprozeß soweit auszuschalten, daß der scharfe Wildgeschmack nicht mehr eintritt. An und für sich besitzt das Wildfleisch dunkle Farbe. Beim Braten wird das Fleisch der Jungtiere innen leicht rosa. Älteres Wildbret wird im gedünsteten Zustand braun.
In früheren Zeiten wurde das Wild oft lange eingebeizt. Die Beize bestand aus Blut, Essig und diversem Wurzelwerk. Man war der Meinung, daß das Fleisch dadurch mürber und schmackhafter würde. Doch es wurde durch diese Behandlungsmethode nur ausgelaugt und trocken, nahm eher den Beizgeschmack an und verlor den Eigengeschmack. Immer gebeizt muß allerdings bei ganz bestimmten Wildgerichten werden, wie etwa beim Hasen und bei älteren Tieren. Bei Hirschfleisch ist eine kurzfristige Beize vorteilhaft.
Bei den übrigen Wildgerichten ist nach der modernen Küchenpraxis folgendermaßen zu verfahren: Man be-

streicht die Fleischstücke mit Öl, gibt einige zerdrückte Wacholderbeeren dazwischen und legt das Ganze möglichst in ein Porzellangefäß. Um kleine Stücke zu beizen, genügt es, sie zu pfeffern und mit Rotwein zu übergießen, sodaß das Fleisch bedeckt ist. Diese Vorgangsweise eignet sich vor allem für kleine Stücke zum Dünsten. Der Rotwein kann für die Wildsoße wiederverwendet werden. Wesentlich ist, daß man zum Einbeizen kein Salz verwendet, da das Fleisch sonst unangenehm rot wird. Gewürze wie Wacholder, Lorbeerblatt und Thymian müssen immer zerdrückt werden.
Die Wurzeln werden meist blättrig, Zwiebeln in Scheiben geschnitten. Nach dem Übergießen mit der Beize wird die Oberfläche mit Öl abgedichtet, um den Luftzutritt zu verhindern. Alle gekochten Beizen sollen nur kalt über das Fleisch gegossen werden. Das Fleisch junger Tiere kann man 24 Stunden lang in ein mit Essig getränktes Tuch, welches man mehrmals befeuchtet, eingewickelt an einem kühlen Ort liegen lassen.
Da Wildfleisch wenig Fett und Wasser enthält, jedoch viel Eiweiß besitzt, muß ihm das Fett durch Spicken zugeführt werden. Vor dem Spicken ist das Fleisch jedoch restlos von Haut und Sehnen zu befreien. Da Sehnen und Haut mit dem Fleisch verwachsen sind, erfordert dies eine gewisse Geschicklichkeit. Gespickt wird mit kernigem, fettem, im Kühlraum festgewordenem Speck. Eine Speckreihe genügt für einen Hasenrücken. Für die Rückenfilets eines Rehes oder Hirschkalbes sind zwei Reihen erforderlich. Bei Wildkeulen muß darauf geachtet werden, daß nach der ersten Speckreihe die nächstfolgende stets mit der Spicknadel in die Zwischenräume eingreift. Besonders sorgfältig muß der Rücken behandelt werden. Nach der klassischen französischen Definition „Sette" besteht dieser nur aus dem Sattelstück, das heißt aus dem Stück, das sich zwischen dem Rippenstück und den Keulen befindet. Er müßte also stets in der richtigen Höhe vom Rippenstück abgetrennt werden. Da der Rücken vom Handel jedoch meist mit einem mehr oder weniger großen Halsstück geliefert wird, kann man es, weil es zu den minderwertigeren Stücken zählt, nach dessen Abtrennung vom Rücken, zum Ragout verwenden.
Hasen und wilde Kaninchen werden meist im Balg geliefert, und auch die Entfernung des Gescheides (Innereien) ist nicht überall üblich. Bis zu ihrem Gebrauch kann man die Tiere einige Tage unaufgebrochen im Balg im Kühlraum hängen lassen. Zum Häuten wird das Tier an zwei Haken oder Nägeln an den Hinterläufen aufgehängt. Ist das Wild noch nicht ausgeweidet, so schneidet man den Körper von der Blume (Schwanz) ab auf und nimmt die Gedärme heraus. Herz, Leber und Lunge können gut verwendet werden. Die Gallenblase muß sauber von der Leber abgetrennt werden. Zuerst schneidet man den Balg um die Läufe (Pfoten) herum ab. Dann erst beginnt man mit Hilfe eines scharfen Messers den Balg langsam abzuziehen. Damit man das Fleisch nicht verletzt, schlägt man das Fell zurück, zieht den ganzen Balg über den Rücken und die Keulen herunter und löst ihn an den Vorderläufen ab. Um die Lichter (Augen) und Löffel macht man einige Einschnitte. Damit ist man in der Lage, die Haut vollständig über den Kopf zu ziehen. Dieser und der Hals werden abgetrennt, die Vorderläufe sowie die Bauchhaut mit den Rippen abgeschnitten. Das Blut (Schweiß) hebt man, mit einigen Tropfen Essig vermengt, auf. Es ist für Hasenpfeffer notwendig. Der ausgebalgte Hase muß sehr sauber, von allen Haaren gereinigt und sorgfältig von Haut und Sehnen befreit werden. Junge Tiere brauchen nicht mariniert zu werden, Rücken und Keulen werden dagegen stets gespickt. Der Rücken wird von der ersten Rippe bis zur Blume abgetrennt, sodann werden die Rippenknochen begradigt. Erwähnt soll noch werden, daß das Fleisch der Hasen nach dem Enthäuten dunkel, das der Wildkaninchen aber weißlich ist. Kopf, Hals, Vorderläufe, Bauchlappen sowie das Herz können zu einem Ragout verarbeitet werden. Zu „Hasenpfeffer" werden diese minderwertigeren Stücke, mit Ausnahme der Vorderläufe, jedoch nicht genommen.
Federwild sollte nach dem Abschuß so bald wie nur möglich ausgezogen oder gerupft werden. Das Gescheide kann man bequem mit einem Haken herausziehen. An einem kühlen Ort, wie Kühlraum oder Keller, kann man frischgeschossenes, ausgezogenes bzw. gerupftes und trocken ausgewischtes Federwild 8 – 10 Tage

hängen lassen. Von einem Abhängen im Freien, selbst bei kühler Witterung, bis zur beginnenden Verwesung (haut-gout, faisandage), wie es früher üblich war, ist man aus hygienischen Gründen abgekommen.
Das bedeutet aber nicht, daß man frisch erlegtes Federwild überhaupt nicht abhängen darf. Federwild soll nie mit warmem Wasser gewaschen werden, vor allem dann nicht, wenn es noch abhängen muß. Heute ist es auch nicht mehr üblich, die Brust größerer Vögel, wie z. B. des Fasans, zu spicken.
Man begnügt sich bei den meisten Vögeln damit, die Brust nach dem Binden (bridieren) mit einer dünnen Scheibe fetten Specks zu umbinden. Der Speck muß aber während des Bratens rechtzeitig abgenommen werden, damit auch die Brust eine schöne braune Farbe erhält. Wasserwild dagegen wird nicht gerupft, sondern fast immer enthäutet. Das gleiche gilt auch für Wildgänse, die mitunter tranig schmecken können. Junge Wildenten, Knäk- und Krickenten, brauchen nicht abgezogen zu werden. Ältere Tauchenten dagegen sind stets zu enthäuten. Dabei schneidet man sie vorsichtig bis zum Brustbein auf und zieht dann die Haut mitsamt den Federn ab. Um einen eventuell noch anhaftenden tranigen Geruch zu entfernen, legt man sie 48 Stunden in Milch. Nach dem Abwaschen und Abtrocknen kann man sie dann zum Braten oder für ein Ragout verwenden.

In der folgenden Nährwerttabelle sind die Zusammensetzung und die Energiewerte der wichtigsten Wildarten aufgeschlüsselt:

In 100 g eßbarem Anteil sind enthalten:	Hauptbestandteile				Energie		Mineralstoffe			Vitamine				
	Eiweiß (Protein)	Fett	Kohlehydrate	Joule	Calorien	Natrium	Calcium	Phosphor	Eisen	A	B1	B2	Niacin	C
	g	g	g	kJ	kcal	mg	mg	mg	mg	µg	mg	mg	mg	mg
Hase	21,6	3	+	519	124	50	9	220	2,4	–	0,09	0,06	8,1	–
Hirschfleisch	21	3	+	515	123	61	7	249	3,5	–	–	0,25	–	–
Rehfleisch (Keule)	21	1,2	+	444	106	60	5	220	3,0	–	0,23	0,48	6,3	–
Rehfleisch (Rücken)	22	3,5	+	557	133	84	25	220	3,0	–	0,23	0,48	6,3	–
Wildgeflügel (durchschnittl.)	13	3	–	340	81	–	18	–	2,0	45	(0,05)	(0,10)	(5,0)	–
Wildschwein	22	2	–	473	113					Genaue Werte nicht bekannt				

Zeichenerklärung:
1 g = 1 Gramm
1 mg = 1 Milligramm = 1/1000 g

1 kcal = Kilocalorie = 4,184 Kilojoule (kJ)
1 kJ = 1 Kilojoule = 0,239 Kilocalorie (kcal)
1 µg = 1 Mikrogramm = 1/1000 mg

\+ = Nährstoff nur in Spuren
– = Analysewert fehlt
() = Wert ist unsicher

Und hier noch die durchschnittlichen Garzeiten von Wild und Wildgeflügel:

Hase, ganz	50 Minuten
Hasenrücken	30 Minuten
Hasenkeule	50 – 60 Minuten
Hirschrücken (Ziemer) 1 kg	1 1/2 – 2 Stunden
Hirschkeule 2 bis 3 kg	2 Stunden
Rehrücken 2 kg	45 – 50 Minuten
Rehkeule 2 kg	1 – 1 1/2 Stunden
Wildschweinrücken 2 – 3 kg	2 Stunden
Wildschweinkeule	2 Stunden
Wildschweinfilet	40 – 45 Minuten
Fasan	50 – 60 Minuten
Rebhuhn	45 Minuten

Für den Kenner ist es wichtig, daß der Wein mit dem Gericht harmoniert, zu dem er getrunken werden soll. Einer alten Regel zufolge soll zu einem bestimmten Gericht, das mit Wein zubereitet wird, auch der gleiche Wein serviert werden. Das allein schließt schon die Verwendung minderwertiger, sogenannter Kochweine aus, soll das Essen nicht zum Fiasko werden.

Zu Wildschwein oder Wildpastete trinkt man würzige Weißweine, Roséweine oder milde bis leicht herbe dunkle Rotweine.

Grüner Veltliner
Rheinriesling
Roséweine
Blauer Portugieser
Blaufränkisch

Zu einem nicht abgehangenen Wildgeflügel (Federwild), wie Fasan, Rebhuhn, Schnepfen und Wachteln trinkt man ausdrucksvolle Weißweine oder elegante Rotweine.

Neuburger, Weißburgunder, Blauer Portugieser, Blaufränkisch, Cote-rotie, Gevrey-Chambertin, Fendant, Schloß Johannisburg, Klingenberger Spätburgunder, St. Joseph (Rhone), Cabernet.

Zu Hirsch, Rehrücken und gespicktem Hasenrücken oder abgehangenem Wildgeflügel (Federwild), wie Fasan, Wildente usw., trinkt man kräftige dunkle extraktreiche Rotweine sowie vollmundige Weißweine.

Blauburgunder
St. Laurent
Blauer Portugieser

Leopold FIGL (1902-1965), der erste Bundeskanzler der Zweiten Republik, war nicht nur ein bedeutender Staatsmann, sondern auch ein passionierter Jäger. Historisch ist seine Rede vom Weihnachtsabend 1945 geworden, die er mit den Worten schloß: „Glaubt an dieses Österreich." Er sollte recht behalten. Zehn Jahre später, im Mai 1955, durfte er allen seinen Landsleuten die zur Geschichte gewordene Botschaft verkünden: „Österreich ist frei!"
Der „Wiederaufbaukanzler" Figl ging nicht nur gerne auf die Jagd, sondern er bevorzugte auch natürliche Hausmannskost, wie es seinem Wesen entsprach, und er aß gerne Wildbret.
Wer könnte seinen Geschmack aber besser kennen als sein Sohn, Dipl.-Ing. Johannes Figl, der nicht nur ein begeisterter Jäger, sondern auch ein hervorragender Hobbykoch ist. Wann immer sich dazu die Gelegenheit geboten hat, kochte er für seinen Vater dessen „Leibgericht", ein Wildragout. Hier sein „Spezial-Rezept":

WILDRAGOUT

Klein geschnittenes Wurzelwerk, Zwiebel und etwas Zucker werden in heißem Fett angeröstet, das würfelig geschnittene Wildfleisch angebraten, mit Salz, Pfeffer, Piment, Wacholderbeeren, Lorbeerblatt, Thymian und etwas Ingwer gewürzt, mit Rotwein und Suppe aufgegossen und weich gedünstet. Der Saft wird passiert und mit Sauerrahm und allenfalls etwas Madeira abgeschmeckt.

Figls Sohn Johannes erzählte mir auch die folgende köstliche Anekdote:
Ende der 40er Jahre hatte Bundeskanzler Figl einen Sekretär, der erklärte, unter anderem kein Wild zu essen. Bei einer Reise durch die Steiermark wurde zu Mittag ein Gamsragout serviert, dem besagter Sekretär kräftig zusprach. Bei der Weiterfahrt fragte Figl, wie ihm das Mittagessen geschmeckt hätte, woraufhin der Sekretär erklärte, daß das „Rindsragout" ganz vorzüglich gewesen wäre. Anhand einer eingesteckten Speisekarte klärte der Bundeskanzler seinen Sekretär darüber auf, daß er eben Wild gegessen hätte.
Dieser brummte etwas in sich hinein und erklärte: „Aber so etwas passiert mir sicher nie wieder." Am Abend sprach selbiger aber einem Hirschbraten mit großem Vergnügen zu...

Das bevorzugte Niederwild von Bundeskanzler Figl war das Rebhuhn, und so hat er auch nach Abschluß des Staatsvertrages im Jahr 1955 die vier Unterzeichner des Staatsvertrages zu einer Niederwildjagd in das Tullnerfeld eingeladen. Es ist auch zur Tradition geworden, daß Figl zu seinem Geburtstag, am 2. Oktober, stets seine Regierungskollegen zu einem Rebhuhnessen einlud. Die Hühner kamen immer aus dem heimischen Revier im Tullnerfeld, einer Genossenschaftsjagd, die damals sein jüngster Bruder gepachtet hatte. Das „Rebhuhn-Geburtstagsessen" war in der Bundesregierung und später in der Landesregierung zum stets wiederkehrenden Brauch geworden.

REBHÜHNER À LA FIGL

Die Rebhühner werden mit Salz, Pfeffer und etwas Wacholder gewürzt, in ein Speckhemd gewickelt und angebraten, mit Suppe aufgegossen und fertig gedünstet. Der Saft kann zum Schluß mit etwas Sauerrahm gebunden werden und wird mit Rotwein fertiggestellt. Dazu gab es immer Preiselbeeren, Specklinsen und einen warmen Krautsalat.

Bundeskanzler Leopold Figl war aber auch jagdlich durch und durch Österreicher. Dies zeigt folgende Geschichte, überliefert von seinem Sohn Johannes: Der Bundeskanzler hat nie im Ausland gejagt. Als ihn anläßlich eines Staatsbesuches in Indien Präsident Pandit Nehru zu einer Tigerjagd einlud und er dankend ablehnte, bekam er eine Königstigerdecke zum Andenken geschenkt.
Apropos Geschenk! Eine Gabe, die Bundeskanzler Figl, der das jagdliche Brauchtum immer hoch hielt, zeit seines Lebens am meisten erfreut hat, war eine maßstabgetreue Nachbildung des Standhauers von Erzherzog Johann, den ihm die steirische Jägerschaft überreichte. Nur die Initialen waren geändert, sie lauteten: „L. F.“
Bundeskanzler Leopold Figl war nicht nur ein Staatsmann, sondern auch in der Jagd ein Vorbild. Ein bedeutender Österreicher, dem die jagdliche Tradition Österreichs mehr galt als eine Tigerjagd in Indien. Mögen viele Jäger sich seine waidmännische Gesinnung zu eigen machen, dann braucht uns um die Jagd in Österreich nicht bange zu sein.

Rund um die Jagdhütte

Ein Fixpunkt in den alpinen Hochrevieren ist die Jagdhütte. Dort ist der Jäger meist auf sich alleine gestellt, und deshalb soll der nachstehende Abschnitt als Ratgeber dienen.

Einen Kühlschrank gibt es in Jagdhütten selten, doch in den meisten Fällen wird in der Nähe der Behausung ein kühlender Bach vorbeifließen oder eine Quelle vorhanden sein. Das reicht aus, um darin in der warmen Jahreszeit vornehmlich Getränke oder Butter zu kühlen und um Wasser zum Zubereiten von einfachen Speisen zur Hand zu haben. Ist jedoch in der Nähe kein Wasser vorhanden, so kann unter dem Hüttenboden ein kleiner, trockener Proviantraum angelegt werden.
Das oberste Gebot ist nämlich die richtige Aufbewahrung des Hüttenproviants. Gerade in der warmen Jahreszeit kann es nach dem Genuß von bakterienverseuchten Speisen in erhöhtem Maße zu Lebensmittelvergiftungen kommen, wobei neben den Salmonellen, die sich in erster Linie in Eiern, Teigwaren, Käse, Geflügel, Fleisch und Wurst festsetzen, oft auch Staphilokokken (Eitererreger) oder Schimmelpilze die Nahrungsmittel ungenießbar machen.
Bei all diesen vorerwähnten Bakterien sind die Kokken sowie die Salmonellen die größten Übel, da sie weder sichtbar noch riechbar sind, während man Schimmel teilweise sehen oder riechen kann.
Der heimtückischste von allen ist aber der Botulinus-Bazillus, der auch ohne Sauerstoff, ja selbst auf luftdicht verpackten und konservierten Lebensmitteln gedeiht und wuchert. Nährboden findet dieser Bazillus vor allem auf Wurst, Schinken, Rauchfleisch und Fisch, wenn diese zu wenig gekocht, geräuchert oder gesalzen wurden. Auch schlecht sterilisierte Gemüse-, Fleisch- und Obstkonserven können vom Botulinus-Bazillus befallen sein. Den Befall zeigen die aufgeblähten Kunststoffpackungen oder die hochgewölbten Deckel von Konservendosen. Sobald es nach dem Eindrücken des Dosenöffners zischt, kann man sich das restliche Öffnen ersparen, denn dann ist das Nahrungsmittel ungenießbar geworden. Eine Botulinusvergiftung ist deshalb besonders gefährlich, weil schon 0,01 mg dieses Giftes zum Tod führen können. Bei relativ harmlosem Vergiftungsverlauf treten bei dem davon Befallenen Übelkeit, Erbrechen, krampfartige Leibschmerzen, Sehstörungen, Durchfall, Schwäche und Fieber auf. Es ist daher besonders zu beachten: Lebensmittel, die in Verdacht stehen, von Bakterien befallen zu sein, sollen mindestens eine halbe Stunde bei 80 Grad Celsius und darüber erhitzt werden. Ist dies jedoch nicht möglich, so sind die Nahrungsmittel nicht zu verwenden.

Prinzipiell gilt, daß „saure" Speisen haltbarer sind als andere, weil Säure die Bakterienvermehrung hemmt. Außerdem soll bei Konserven die Größe so gewählt werden, daß die Dose nach einer Mahlzeit leer ist.

Roggenbrot: Es hält sich länger frisch als Weizenbrot und ist auch aus Ernährungsgründen empfehlenswerter. Die ersten Tage auf der Hütte wird man sich von Frischbrot ernähren. Später sind Pumpernickel, Dosen- und Knäckebrot geeignet.

Eier: Frische Eier sind ohne Kühlung ungefähr 8 Tage haltbar. Vorsicht bei Trockeneipulver! Es ist praktisch, aber bei offener Lagerung salmonellenanfällig. Empfehlenswert ist die Mitnahme von gekochten Eiern.

Gesalzene Butter: Normale Butter ist ohne Kühlung aufbewahrt sehr problematisch, wegen des Ranzigwerdens. Sauerrahmbutter ist etwas besser haltbar. Zu empfehlen sind möglichst kleine, luftdichte Metallfolienpackungen, die man in einem Plastikbeutel in fließendes Wasser hängt.

Pflanzenöl: Dieses ist zum Braten bestens geeignet und läßt sich auch ziemlich unproblematisch aufbewahren.

Geräucherte oder luftgetrocknete Würste und Fleisch: Alles Geräucherte ist geeignet.

Vollkonserven, Fleischkonserven: Auf Frischfleisch, mit Ausnahme des erlegten Wildes, muß auf der Hütte verzichtet werden.

Gemüse: Empfehlenswert sind Paradeiser, Kopfsalat, gelbe und rote Rüben, Sellerie, Zwiebeln, Kohl, etc. Hat man kein Frischgemüse, behilft man sich mit Konserven.

Fischvollkonserven: Halbkonserven, wie z. B. Rollmops, Seelachs in Öl und Heringe, verderben ohne Kühlung in kurzer Zeit.

Kartoffeln: Sie gehören als Grundnahrungsmittel in frischem Zustand auf die Hütte, da sie für die Zubereitung von Knödeln, Püree etc. unentbehrlich sind. Auch fertige Kartoffelgerichte in Flockenform sind praktisch (Püree, Kartoffelknödel).

Schmelzkäse: Diese Käseart ist am haltbarsten. Naturkäse, wie z. B. Hart- und Frischkäse, ist ohne Kühlung problematisch, da sich der Reifeprozeß in warmen Räumen beschleunigt und zu Bakterienbildung führen kann.

Mehl: Trocken aufzubewahren, dann ist es einige Zeit lagerfähig.

Milch: Ultrahocherhitzte Milch (H-Milch) ist auch ohne Kühlung etwa 6 Wochen haltbar.

Kondensmilch oder Kaffeeobers ist in Kleinstpackungen ideal für die Zubereitung von Kaffee. Im Notproviant sollte sich Trockenmilch befinden.

Marmeladen: Diese sind unproblematisch zum Aufbewahren und bereichern den Speisezettel.

Trockenobst: Äpfel, Birnen, Zwetschken, Datteln, Feigen sind u. a. sehr gut geeignet und lagerfähig.

Obstkonserven: Auch diese sind zur Lagerung gut geeignet.

Reis: Dieses Nahrungsmittel gehört als „eiserner Bestand" zum Hüttenproviant.

Teigwaren: Trocken aufbewahrt, sollten diese ebenfalls nicht auf der Jagdhütte fehlen.

Rotwein: Dieser ist wegen seiner Temperaturunabhängigkeit für die Jagdhütte bestens geeignet.

Gewürze: Sie sollen ebenfalls nicht fehlen.
Vor allem wären zu nennen:
Salz, Pfeffer, Paprika, Kümmel, Majoran, Knoblauch, Nelken, Zimt, Essig, Senf, Zucker und Suppenwürfel.

Nachstehend die Erntezeiten einiger Früchte, Kräuter und frischer Gewürze aus den Alpen:

Früchte:

Mai:	Walderdbeere (bis Juli)
Juni:	Himbeere (bis August)
	Wilde Kirsche (bis August)
Juli:	Heidelbeere (bis August)
	Brombeere (bis September)
August:	Hagebutte (bis Oktober)
	Preiselbeere (bis Oktober)
	Sanddorn (bis Oktober)
September:	Vogelbeere-Eberesche (bis Okt.)
	Holunder (bis Oktober)

Kräuter und Gewürze:

April:	Brunnenkresse (bis September)
	Kerbel (bis September)
Mai:	Liebstöckl (bis Juli)
	Schnittlauch (bis September)
	Waldmeister
Juni:	Dille (bis August)
	Petersilie (bis Oktober)
	Sellerie (bis August)
	Wiesenkümmel
Juli:	Knoblauch (bis September)
	Lauch – Porree (bis November)
	Zwiebel (bis September)
September:	Wacholder (bis Oktober)

Wissenswertes über Pilze

Bei den Pilzen sollte immer der Grundsatz gelten: „Iß nur den Pilz, den du sicher als eßbar erkennst!" Die Zahl der giftigen Pilze ist verhältnismäßig gering. Wirklich gefährlich für den Menschen sind außer den Knollenblätterpilzen und einigen anderen Wulstlingen nur wenige Vertreter der Röhrlinge, der Schleierlinge, der Rißpilze, der Rötlinge, der Ritterlinge sowie der Trichterlinge. So etwa der Schönfuß- und Satansröhrling, der Tigerritterling und der Riesenrötling. Andere Pilze wieder, wie etwa der Birkenreizker, können Übelkeit hervorrufen. Auch Täublinge sind nur dann genießbar, wenn sie auf der Zunge keinen scharfen Geschmack hervorrufen. Wieder andere Pilze, wie z. B. der Muschelkrempling, sind für manche Menschen völlig unschädlich, während sie bei anderen zu Vergiftungserscheinungen führen. Nur in gekochtem Zustand sind etwa Morcheln und Lorcheln, aber auch eine Reihe anderer Pilze genießbar. Wesentlich ist, daß es kein generelles Merkmal gibt, woran man Giftpilze von eßbaren unterscheiden könnte. Vor dem Genuß giftiger Arten schützt wirksam nur die genaue Kenntnis der Pilze. Und noch eines sollte man sich merken: Alle Pilze werden durch Zersetzung der sie aufbauenden Eiweißstoffe unter Wasseraufnahme im Alter giftig! Daher keine alten und aufgequollenen Pilze verwenden! Gesammelte Pilze müssen entweder gleich – immer innerhalb der ersten 24 Stunden – verwendet oder aufgeschnitten völlig trocken aufbewahrt werden. Pilzgerichte dürfen niemals aufgewärmt werden!

Blicken wir auf die Wende zum 20. Jahrhundert zurück, und lesen beim Jagdschriftsteller Zeitler-Mieming nach, was der Bergjäger damals alles in seinen Rucksack packen mußte, um vierzehn Tage Hüttenleben mit Anstand überstehen zu können:

„Also, was braucht der Jäger in der Frühe? Gar nichts, weil er da meistens einen Katzenjammer hat infolge eines Fehlschusses oder alkoholischer Nachwirkungen.
Was braucht er Mittag?
Meistens einen sakrischen Schmarrn.
Also: eine mächtige Tüte Mehl in den Rucksack hinein, eine Blechbüchse Salz dazu, einen gehörigen Haufen Butterschmalz, ein paar Pfund Zucker, aus welchen Ingredienzien der Kundige bekanntlich auch ohne Milch imstande ist, mit goldgelben Eiern, die in einer eigenen, mit Sägespänen gefüllten Blechdose mitgeführt werden, den brutzelbraunen, knusprigen Schmarrn zu bereiten, der, wenn man das Schmalz nicht spart, eine gehörige Unterlage für die anstrengenden Bergkraxeleien bildet. Oder der Jäger atzt sich mittags mit einer Bohnensuppen. Dazu braucht er außer Mehl, Schmalz und Salz, das wir schon eingepackt haben, noch Kümmel, Lorbeerblätter und Essig. Besonders Essig, denn man kann nicht wissen, ob einem der Heilige Hubertus in seiner Gnade nicht gar ein Böckerl beschert, in welchem Falle der Essig zur Bereitung der „sauren Nierndln", der Leber oder der Lunge die unentbehrliche Würze bildet. Außerdem Kartoffeln. Auch von dieser Gottesgabe eine Anzahl in den Schnerfer (Rucksack) hinein. Dazu Pfeffer, mehrere Zwiebeln, Suppengewürze und Fleischextrakt, denn diese brauchen wir zu allen Suppen und Soßen. Und sei es neben der Brennsuppen nur eine einfache Brotsuppe mit Ei. Weil wir gerade Brotsuppe sagen, legen wir gleich einen anständigen Laib Brot zu dem eingesackten Proviant, und für die Knödel oder zur aufgeschmalzenen Suppe kommt eine gehörige Anzahl Semmeln hinzu.
Und da man außer Fastenknödel auch noch geselchte Fleischknödel sowie Leberknödel machen kann und da wir als Jäger auch kochen können, so wissen wir sofort, daß wir dazu ein Büschel Majoran sowie ein Trumm Bauerngselchts mitzunehmen haben.
Also hinein damit in den Rucksack. Ein Pfund gedörrte Zwetschgen kommt auch noch dazu hinein, damit wir uns auf der Hütte einen Zwetschgentauch machen können. Der Saft der gekochten Dörrzwetschgen dient zum ein„tauchen" von altbackenem Weißbrot.
Lieber Leser, du wirst vielleicht bei all diesen Vorbereitungen denken, daß ich ein Freßsack bin. Aber schau, da tust du mir bitter Unrecht. Denn bei all dem Mitgeführten müssen wir noch immer von Knödeln und Schmarrn und Schmarrn und Knödeln leben.
Das Wichtigste im Leben eines ehrlichen Jagersmenschen, das Getränk, ist noch nicht eingepackt. Und gerade die Lösung dies Problems macht uns schwere Sorgen. Was sind aber für mich und den Jäger schon ein paar Flaschen Wein, die wir vielleicht noch mitnehmen könnten, für eine so lange Zeit?
Das hieße nur die Gurgel frozzeln, wenn sie sich, die doch allabendlich ein gehöriges Lackerl gewohnt ist, jetzt auf einmal mit einer homöopathischen Gabe des edlen Rebenblutes begnügen soll. Nein, lieber gar nichts oder gleich was G'scheits.
Diese Erwägungen lassen uns das Mitnehmen von Wein oder Bier a priori als unpraktisch verwerfen und so entschließen wir uns denn zu mehreren Flaschen Rum, um einen Jagertee zubereiten zu können."

Soweit also der Küchenfahrplan für die Hütte eines erfahrenen Bergjägers, der es um die Wende zum 20. Jahrhundert nicht so einfach gehabt hat wie wir heute. Alles, was wir brauchen, läßt sich heute in Dosen oder Plastik verpackt und obendrein gut konserviert, auch im Rucksack bequem mitnehmen.
Bei Erstellung eines Speisezettels für die Tage des Aufenthalts auf der Hütte kann eigentlich nichts passieren.

Und hier einige Ratschläge für den Hüttenspeisezettel, von Jägerinnen und ausgezeichneten Köchinnen obendrein zusammengestellt und erprobt: Die Salzburgerin Annemarie MOSER, sechsfache Weltmeisterin und Olympiasiegerin, ist nicht nur die beste Schifahrerin aller Zeiten, sondern auch eine ferme Jägerin und ausgezeichnete Köchin. Sie hat die nachfolgenden Rezepte für ein Menü auf der Jagdhütte zusammengestellt, das auch von einem im Kochen Nichtgeübten hergestellt werden kann und herrlich schmeckt. Und hier die Rezepte:

GAMSSUPPE

Wasser aufstellen, Gamsknochen und Gamsfleisch, Sellerie, Petersilie, Lauch, Karotten, 2 – 3 Knoblauchzehen, 1/2 Zwiebel, Salz, Pfeffer, alles in das Wasser geben. Wenn die Suppe fertig ist, schneidet man das Fleisch klein, gibt es in die Suppe und serviert diese mit klein würfelig geschnittenem Schwarzbrot. Die Suppe muß ganz heiß gegessen werden, da sie sehr rasch stockt. Am besten ist es, nachher einen Schluck Schnaps zu trinken, da die Suppe sehr fett ist.

JÄGERFARVEL

Zutaten: Speck, Zwiebel, Petersilie, Ei, Milch, Mehl, Salz, Pfeffer. Den Speck würfelig, Petersilie und Zwiebel klein schneiden. Man gibt samt Ei alles zum Mehl, salzt und pfeffert, gießt mit lauwarmer Milch ab. Formt mit einem Löffel kleine Nockerln und gibt sie ins siedende Wasser. Läßt sie ca. 15 Minuten kochen. Das Ganze wird mit Speck abgeschmeckt.

HEIDELBEERLAIBCHEN

Man nehme gleichviel Mehl wie Heidelbeeren, salzt ein wenig, gießt mit heißem Wasser ab. Backt in Butter kleine Laibchen heraus. Serviert sie gezuckert.

Hanni BRUNNER, selbst Jägerin, zaubert auf ihrer Jagdhütte im Kärntner Nockgebiet mit wenig Zutaten die köstlichsten Speisen auf den Tisch. Hier eine Kostprobe:

GAMSLEBER

Sehr viel Zwiebel goldgelb rösten, ein Stück Butter in die blättrig geschnittene Leber dazugeben. Nochmals rösten, mit Suppe aufgießen, mit Pfeffer und Majoran würzen, zum Schluß salzen. Wird mit Brot serviert.

EIERSCHWAMMERLN AUF KÄRNTNER ART

Zwiebel wird in Fett goldgelb geröstet. Dazu gibt man ein wenig Kümmel, Knoblauch, Petersilie und Pfeffer. Danach gibt man die geschnittenen Eierschwammerln hinein, dünstet, staubt und gießt mit wenig Suppe auf. Verbessert mit Sauerrahm. Dazu schmecken Semmelknödel besonders gut.

WILDHERZ VOM HIRSCH IN ESSIG UND ÖL MIT ZWIEBELRINGEN

Das Wildherz wird in Salzwasser und 1 – 2 Lorbeerblättern gekocht. Je nach Wunsch blättrig oder nudelig geschnitten und mit Zwiebelringen, Salz, Pfeffer, Essig und Öl angemacht. Kann kalt oder warm gegessen werden. Schmeckt herrlich mit einem Stück Hausbrot.

WEIZENSTERZ

Frisch geschrotetes Sterzmehl (Weizen) rösten, mit kochendem Wasser übergießen, umrühren, salzen und mit heißer Butter (oder Fett) abschmalzen. Zugedeckt ca. 15 Minuten ziehen lassen. Ein Tip: Über offenem Feuer gekocht, schmeckt der Sterz noch köstlicher.

MAISSTERZ

Wasser zum Kochen bringen, frisch geschrotetes Sterzmehl (Mais) hineinrühren. Zirka 20 Minuten zugedeckt ziehen lassen, umrühren. Etwas salzen und mit heißer Butter abschmalzen. Schmeckt auch gezuckert sehr gut. Natürlich ist auch dieser Sterz, auf offener Flamme zubereitet, noch einmal so gut.

WILDBEUSCHL

Das Beuschl wird, nachdem es gut durchgewaschen wurde, mit Wasser, Pfefferkörnern, Lorbeerblatt, Zwiebel, Salz, Knoblauch und geschnittenem Wurzelwerk langsam gekocht und dann feinblättrig oder feinnudelig geschnitten. Sodann wird das Beuschl gestaubt und mit etwas Beuschlsuppe aufgegossen. Verbessert (gewürzt) wird mit Senf, gehackten Essiggurkerln, Petersilie, Kapern, Sardellen, Knoblauch (alles klein gehackt). So auf der Hütte vorhanden, kann das Beuschl nach Geschmack noch mit etwas saurem Rahm verfeinert werden. Als Beilage werden Semmelknödel gegeben.

In Großmutters Jagdhüttenkochbuch habe ich die folgenden Pilzgerichte gefunden:

HALLIMASCHGULASCH

Zwiebel läßt man in Fett anrösten, gibt Paprika, Kümmel und Salz sowie die feingeschnittenen Hallimasch dazu und läßt sie weich dünsten.

HERREN- ODER STEINPILZE

Man gibt in eine Kasserolle Fett, Petersilie sowie die dünn geschnittenen Pilze und läßt alles zusammen dünsten. Wenn die Pilze weich sind, kann man Rahm mit einem Löffel Mehl gut versprudelt hinzugeben und läßt alles zusammen gut aufkochen. Salzen nicht vergessen. Hiezu schmecken Semmelknödel sehr gut.

EIERSCHWAMMERLN

Zwiebel und Petersilie läßt man in Fett anlaufen, fügt gewaschene, dünn geschnittene Eierschwammerl hinzu und läßt sie weich dünsten. Zum Schluß gibt man die mit Salz verrührten Eier darüber und läßt sie stocken.

❦❀❀❀❦

Zum Abschluß führt uns der Weg wieder von der einsamen Jagdhütte zurück ins pulsierende Leben der Großstadt. Hier kommen Wild und Fisch aus heimischen Forsten und Gewässern ganz Österreichs zusammen, und auch so manches ausländische Staatsoberhaupt, Künstler und Industriemagnaten wissen diese, von kundigen Händen zubereiteten kulinarischen Genüsse sehr zu schätzen.
Österreich als Drehscheibe zwischen Ost und West, zwischen Nord und Süd, ist Zielpunkt von Menschen aller Nationen. Erster Berührungspunkt mit unserem Land ist meist der Flughafen Wien-Schwechat, und bereits dort erwartet den Besucher, der auf erlesene Gerichte Wert legt, der Feinschmeckertreff „Le Gourmet". Köstliche Wild– und Fischspezialitäten finden sich auf der Speisekarte, und damit die Auswahl leichter fällt, finden Sie nachstehend einige Gerichte mit der zugehörigen Rezeptur angeführt, die von prominenten Gästen bevorzugt werden.
Daß man im „Le Gourmet" gut aufgehoben ist, dafür sorgt Meisterkoch Siegfried Hasil, der von Gault–Millau mit einer der begehrten „Hauben" ausgezeichnet wurde.

UND DAS WÄHLEN PROMINENTE IM FEINSCHMECKERTREFF „LE GOURMET" IM FLUGHAFEN WIEN-SCHWECHAT

Elfriede OTT – weit über die Grenzen Österreichs hinaus bekannte Schauspielerin und Chansonette:

LACHS MIT ST. PETERFISCH IM BLÄTTERTEIG

2 x 70 g Lachsmittelstück gewürzt mit Salz und Pfeffer, 2 Stück je ca. 70g St.Peterfisch-Filet, 2 mal 30 g Blattspinat blanchiert, 250 g Blätterteig

Den dünn ausgerollten Teig abwechselnd mit Lachs, Blattspinat und St. Peterfisch füllen und dann den Teig einschlagen.
Im vorgeheizten Backrohr bei 220 Grad ca. 10–12 Minuten backen und mit einer Melissen-Hollandaise servieren.

MELISSEN–HOLLANDAISE

2 Dotter, 8 gehackte Melissenblätter in 40 g Fond aufkochen und etwas ziehen lassen, dann abseihen, 200 g geklärte Butter (ohne Molke), 1/2 Zitrone, Salz, Pfeffer, Senf

Die Dotter mit dem Melissenfond und den Gewürzen über Dampf schaumig schlagen, dann die handwarme Butter (bis 50 Grad) langsam einrühren.

Alfons HAIDER, Schauspieler

SEETEUFELROLLE MIT MANGOLD

für 2 Personen
2 Stück Seeteufelfilet à 180 g
1 Stück Zwiebel
6 Mangoldblätter blanchieren
40 g Butter
1/8 l Weißwein

Ein Seeteufelfilet der Länge nach halbieren, auf eine Nylonfolie legen und dünn ausklopfen.
Die blanchierten Mangoldblätter auflegen, daß der ganze Fisch bedeckt ist und das zweite Filet darin einwickeln.
Die Rolle salzen und pfeffern, eine Pfanne mit dem Weißwein untergießen und die Seeteufelrolle ca. 15 Minuten bei 200 Grad im vorgeheizten Backrohr garen.
Das Filet sollte nicht durchgegart sein.

Hans WEIGEL – Theaterkritiker, Übersetzer und Schriftsteller († 1991)

ZANDER-SIGNALKREBSTERRINE IN DILLSAUCE

150 g Zanderfilet – muß ganz kalt sein, 10 Krebse kochen und auslösen, 60 g Obers kalt, Zitrone, Salz, Pfeffer, 60 g Broccoligemüse (Röschen)

Zander 2–3mal durch den Fleischwolf drehen und in einer Schüssel mit den anderen Zutaten zu einer Farce verarbeiten, würzen; Terrinenform zur Hälfte mit Farce ausfüllen, Krebse und Broccoliröschen einlegen und mit der Farce bedecken. Im Wasserbad bis 180 Grad zugedeckt ca. 20 Minuten pochieren.

Dillsauce: Dillspitzen, Zitrone, 2 EL Creme double, 80 g Fischfond, 1 Eidotter, etwas flüssiges Obers

Dillspitzen mit Fischfond, Creme double und Gewürzen aufkochen und mit Eidotter (mit flüssigem Obers verschlagen) binden.

Gerhard BRONNER – Kabarettist:

GEFÜLLTE FASANBRUST MIT MORCHELNUDELN UND GELBEN LINSEN MIT INGWER

2 Stück Fasane, 3 Scheiben entrindetes Toastbrot, 30 g flüssiges Obers, 20 g geschlagenes Obers, 1/4 l Rosé, Rosmarin, Thymian, 1 Karotte, etwas Staudensellerie, 1 Zwiebel, Pfefferkörner, Muskat, Zitrone, Cognac, 500 g Blätterteig

Die Fasane werden geviertelt und ausgelöst; die Keulen enthäuten und mit dem in Obers eingeweichten Toastbrot zweimal durch den Fleischwolf drehen und kaltstellen; aus den Knochen, dem Gemüse, Kräutern und Rosé einen Fond kochen; in das Faschierte ca. 1/16 l kalten Fond einrühren, mit Salz, Muskat, Zitronenschale und Cognac abschmecken, die Fasanbrüste einschneiden und mit Farce füllen, die Brüste danach scharf anbraten und die Haut abziehen, in den dünn ausgerollten Blätterteig einschlagen, im Backrohr bei 200 Grad ca. 15–20 Minuten backen.

Morchelnudeln: 1 Ei, 100 g Hartweizengrieß, ca. 6 Stück getrocknete Morcheln

Aus den Morcheln im Mixer Mehl herstellen und mit dem Hartweizengrieß vermischen, das vermischte Mehl in einer Schüssel mit einem Ei langsam verrühren, 30 Minuten rasten lassen, ausrollen und schneiden, in Salzwasser kernig kochen und mit Butter, Muskat, Salz und ein paar Tropfen Cognac abschmecken.

Gelbe Linsen mit Ingwer: 120 g gelbe Linsen, 1 kl. Ingwerknolle, 1 Stück mittelgroße Zwiebel, 1/16 l Fond, 1 Spritzer Grüner Veltliner, 30 g Butter, 30 g flüssiges Obers, 20 g geschlagenes Obers, Kerbel

Die gelben Linsen 2 Stunden einweichen, Ingwer putzen und fein hacken, Zwiebel und Ingwer in Butter anschwitzen, mit dem Veltliner ablöschen, mit Fond und flüssigem Obers sämig kochen, leicht salzen. Die gelben Linsen 2–3 Minuten darin kochen und mit Kerbel und geschlagenem Obers vollenden.

Peter MINICH – Operntenor:

WILDSCHWEINKOTELETTE MIT SELCHSCHINKEN UND RACLETTE ÜBERBACKEN

Für 2 Personen: 4 Stück Wildschweinkotelette à 80–90 g, ca. 2 Tage in Öl einlegen, 4 Stück dünne Scheiben Selchschinken, 4 Scheiben Raclette zum Belegen

Die Kotelette salzen, pfeffern und in heißem Fett auf beiden Seiten anbraten, in eine Pfanne geben, mit Schinken und Raclette belegen und im heißen Rohr bei 240 Grad überbacken.

Renate HOLM – Opernsängerin:

LANGUSTE IN DER POULARDE

2 Poulardenbrüste, 1 kl. Languste 200 g – im Kräuterfond ca. 4 Minuten pochieren, Schwanz auslösen und der Länge nach halbieren, 2 Stück Mangoldblätter im Salzwasser pochieren.

Die Poulardenbrüste ausklopfen, die Langustenteile in Mangold wickeln und in der Poularde einschlagen, salzen, mit Weißbrotbrösel panieren und in nicht zu heißem Fett langsam ausbacken; auf Scheiben schneiden und auf Ingwersauce anrichten.

Sauce: 1 kl. Ingwerwurzel schälen und würfelig schneiden, 1 Stück Schalotte würfelig geschnitten, 1/16 l Weißwein, 1/8 l Orangensaft, Zucker, Salz, Pfeffer, 40 g Butter, 20 g geschlagenes Obers

Schalotte und Ingwer in Butter sautieren, Wein und Orangensaft dazugeben und reduzieren, bis die Sauce sämig wird, würzen und mit geschlagenem Obers kurz aufkochen lassen, gleich servieren.

Erich SCHLEYER – Schauspieler:

GESPICKTES HIRSCHSCHNITZEL MIT SAUERKIRSCHEN

Für 2 Personen: 4 Stück Hirschrückenschnitzel à 80 g, 12 Stück Spickspeckstreifen, 80 g Sauerkirschen, 1/16 l Portwein süß

Hirschschnitzel spicken, salzen und in nicht zu heißem Fett auf beiden Seiten braten, Fleisch aus der Pfanne nehmen, Fett abgießen, Butterstück, Portwein und Sauerkirschen in der Pfanne aufkochen, nachwürzen, das Fleisch noch kurz dazugeben und anrichten.

Lore KRAINER – Kabarettistin:

SEEZUNGENHAUBE GEFÜLLT MIT MEERESFRÜCHTEN-SALPIKON

4 Stück mittelgroße Seezungenfilets; Salpikon: 40 g Crevetten, 1 Tintenfisch, 1 Stück Schalotte, 3 getrochnete Spitzmorcheln, 50 g Butter

Salpikon: Den Tintenfisch im Salzwasser weichkochen, die Zutaten würfelig schneiden und in Butter sautieren, mit Salz, Pfeffer und etwas Zitrone würzen.

Die Seezungenfilets dünn ausklopfen und zu je 2 Stück sternförmig übereinanderlegen und mit dem Salpikon füllen, die Enden mit einem Zahnstocher befestigen und im vorgeheizten Rohr bei 200 Grad langsam garen.

Willy KRALIK – Rundfunksprecher und „Sekretär" im TV-Seniorenclub:

GEBRATENES REHRÜCKENFILET VOM JUNI-BOCK IM PILZHEMD MIT VERSCHIEDENEN KRÄUTERN

Für 4 Personen: 1 Stück Rehrücken, auf Filets zugeputzt, 100 g Eierschwammerln, geschnitten, 100 g Egerlinge geschnitten, 40 g Morcheln geschnitten, 100 g Lauchjulienne, Kerbel, Basilikum, Petersilie gehackt, 12 Scheiben Weißbrot ohne Rinde, 1 Stück Ei, 4 Stück Eidotter, 30 g Butter, Muskat, Salz, Pfeffer, 1/8 l Milch

Rehrückenfilets würzen und scharf anbraten, das Weißbrot in Stücke schneiden und die flüssige Butter dazugeben. Milch, Eidotter und Ei verrühren und mit Muskat, Salz und Pfeffer würzen. Die geputzten und geschnittenen Pilze werden mit dem Lauchjulienne in heißem Fett kurz geröstet, überkühlt und mit der vorbereiteten Weißbrotmasse und den gehackten Kräutern vermischt.
Man nimmt eine Alufolie, bestreicht sie mit Butter, staubt mit Brösel und streicht die Pilzmasse fingerdick darauf und rollt anschließend das angebratene Fleisch ein. Dann wird die Folie seitlich verschlossen, das Ganze brät man im vorgeheizten Backrohr bei 200 Grad ca. 12 bis 15 Minuten.
Das Fleisch muß schön rosa bleiben. Sollte etwas Pilzmasse übrigbleiben, wird es in der Pfannne mit dem Rehfilet gleich mitgebraten und als Beilage serviert, oder man nimmt langjulienne geschnittene Kartoffeln und bäckt Kartoffelnester in einem Kartoffelnestbacklöffel.

Günther FRANK – Sänger, Rundfunksprecher und akademischer Maler – ist selber begeisterter Jäger:

MUFFLON IM BROTTEIG

300 g Mufflonrücken ausgelöst, zugeputzt, scharf angebraten, Sauerbrotteig vom Bäcker; Farce: 60 g Champignons gehackt/geröstet, 1 kl. Zwiebel geschnitten und sautiert, 150 g Kalbfleisch faschiert, gehackte Petersilie, Brösel, Salz, Pfeffer, Porto

Das Mufflonfilet würzen und scharf anbraten, kaltstellen. Aus dem faschierten Kalbfleisch und Zutaten eine nicht zu dünne Farce herstellen, das Rückenfilet gleichmäßig in die Farce wickeln.
Den Brotteig ausrollen und das eingewickelte Rückenfilet in den Brotteig einschlagen.
Den Teig mit Fett bestreichen, ca. 1/2 bis 1 Stunde gehen lassen und dann erst im 200 Grad heißen Rohr ca. 20 Minuten backen.
Auf Apfelrotkraut servieren.

Georg W. Engelhardt

WILDBRET ALS HÖHEPUNKT DER KÜCHE

„Unter allen Lebensumständen, wo das Essen etwas gelten kann, ist gewiß einer der angenehmsten ein Mahl auf der Jagd und von allen Zwischenacten ist noch ein Jagdmahl derjenige, der am längsten ohne Langeweile dauern kann", meint Brillat-Savarin. Heinzi, wie „der Nussbaumer" unter Freunden genannt wird, dokumentiert in seiner kulinarischen Kulturgeschichte der Jagd den Werdegang des Wildbrets vom Nahrungsmittel zum Höhepunkt der Küche.

Ich habe mit „Heinzi" so manche strapaziöse Gebirgsjagd verbracht und das Vergnügen von Jagdmahlzeiten mit ihm geteilt. Mit diesem Buch wird es ihm gelingen, Ihren Sinnen das Wohlgefühl zu vermitteln, welches einen Waidmann überkommt, wenn er sich zur festlichen Tafel setzt, an der Wild und Fisch als Belohnung zum Höhepunkt des Tages serviert werden.
Dieses Gefühl der Freude wird vervielfacht, wenn Freunde es teilen.
„Heinzi" lädt Sie ein, dieses mit ihm zu tun.

ehem. Generaldirektor der
Imperial Hotels Austria

Das Hotel Imperial, im Herzen der Stadt Wien gelegen, ist eines der wenigen Luxushotels, das sich rühmen darf, einst ein fürstliches Palais gewesen zu sein. Im Jahre 1875 wohnte hier auch Richard Wagner anläßlich der Erstaufführung von „Tannhäuser“ und „Lohengrin“, und Fürst Otto von Bismarck, eine der ersten Persönlichkeiten, die im damals neueröffneten Imperial wohnten, schrieb: „Während der Tage, die ich im Hotel Imperial zubrachte, konnte ich mich nicht am Fenster zeigen, ohne freundliche Demonstrationen der dort Wartenden und Vorübergehenden hervorzurufen. Diese Kundgebungen vermehrten sich, nachdem Kaiser Franz Joseph mir die Ehre bezeigt hatte, mich zu besuchen.“
Als Königin ELISABETH II. von England im Jahre 1969 in Wien weilte, schrieb sie ins Gästebuch des Imperial: „Dieses Hotel ist das weitaus schönste, in dem ich je gewohnt habe. Kein anderes kann sich damit vergleichen.“ Und hier das Rezept für den Donauschill „Bellevue“, der anläßlich des festlichen Mittagessens für die Königin am 6. Mai 1969 serviert wurde.

DONAUSCHILL „BELLEVUE“

Kalte Vorspeise – 4 Portionen: 320 g Schill (reines Filet netto), 1/2 l weiße Chaudfroid, 12 große Flußkrebse, 30 g Schalotten, 100 g Butter, 1 EL frische Dillspitze 2 dl Weißwein, 1 dl Noilly Prat, Salz und Pfeffer, 1 kleines Salatherz

Die Donauschillfilets zu 80 g salzen und pfeffern, in eine gebutterte Kasserolle auf die fein gehackten Schalotten legen und in Weißwein und Noilly Prat langsam pochieren. Die Krebse in kochendes Salzwasser mit Dillstengel geben, aufkochen und 2 Minuten ziehen lassen, Scheren und Schwänze ausbrechen und den Darm entfernen. Nach dem Erkalten der Fischfilets mit Chaudfroid überziehen und mit den ausgelösten Krebsen und frischen Dillsträußchen auf Salatherz garnieren!

Auch König Hussein von Jordanien, ebenfalls Gast im Imperial und einer der jüngsten, an Regierungsjahren aber „dienstältesten“ Staatsoberhäupter der arabischen Welt, bevorzugte Fisch bei seinem Staatsbesuch in Wien. Zum Abendessen gab es:

GEBRATENE RIESENGARNELEN MIT PILZEN UND FRISCHEN KRÄUTERN

Für 4 Personen: 640 g (16 Stück) Riesengarnelen, 1 Limette (Saft), 120 g Butter, 100 g Schalotten, 160 g Steinpilze und Champignons, 120 g Tomatenconcasse, 2 dl Fischfumet, 1/4 l Sahne, 1 TL frische Kräuter

Mit Meersalz, Worcestersauce, Limettensaft und frischem weißen Pfeffer die ausgelösten Riesengarnelen würzen, in frischer Butter sautieren, herausnehmen und warmstellen. Schalottenbrunoise und Julienne von Pilzen weitersautieren, mit Fischfumet ablöschen, Sahne angießen und reduzieren lassen, Riesengarnelen, Tomatenconcasse und frische Kräuter dazugeben und kurz ziehen lassen. In Platrusse oder Silberschale anrichten und im Salamander kurz glacieren!
Beilage: erlesene Gemüse mit Blattspinat, Fischkartoffeln!

Bevorzugt man den Trend zum Bodenständigen, so ist man in Heribert Breiteneckers Restaurant „Alter Markt" in Neulengbach bestens aufgehoben. Er besitzt noch die Liebe zum marktgerechten Produkt und die gewisse Leichtigkeit der Zubereitung. Zahlreiche Stammgäste wissen die Küche dieses „Haubenrestaurants" zu schätzen, wie etwa Seine Durchlaucht Dr. Dipl.-Ing. Prinz Hans Moritz von und zu LIECHTENSTEIN.

REHRÜCKENFILET IN WACHOLDERSAUCE

Rezept für 4 Personen: ca. 1200 g Rehrücken, ca. 40 Stück Wacholderbeeren, 2 EL Preiselbeeren, Salz, Pfeffer, 1/4 l Rotwein, 1/8 l Obers, 1/4 l Wildfond, 30 g Butter

Der Rehrücken wird filetiert und von den Sehnen befreit. Die Knochen klein hacken, mit den Sehnen scharf abbraten, Wurzelwerk beigeben, mit 1/8 l Rotwein ablöschen und mit einem halben Liter Wasser aufgießen. Salz, Wacholderbeeren und Preiselbeeren beifügen und alles kräftig kochen lassen, bis man ca. 1/4 l Reduktion erhält. Abseihen, mit 1/8 l Rotwein und 1/8 l Obers nochmals reduzieren lassen, abschmecken, mit 30 g Butterflocken mixen, danach warmstellen. Die Filetstücke würzen und im Rohr ca. 15 Minuten bei 200 Grad braten, danach herausnehmen, abdecken und warmstellen, um eine gleichmäßige rosa Farbe zu erzielen.
Die Sauce am Teller anrichten und die in dünne Tranchen geschnittenen Filetstücke darauf placieren, mit Broccoliauflauf und Schupfnudeln servieren.

SCHUPFNUDELN

300 g passierte Kartoffeln (Kartoffeln am Vortag kochen), 100 g griffiges Mehl, 30 g flüssige Butter, 1 Ei, Salz, Prise Muskat

Alle Zutaten zu einem Teig kneten und danach rasten lassen. Eine Rolle formen, diese in Stücke schneiden, fingerdicke Nudeln herstellen und in kochendes Salzwasser legen. Ca. 5 Minuten ziehen lassen, abseihen und in einer Pfanne mit Butter die Nudeln darin kurz goldgelb anbraten.

BROCCOLIAUFLAUF

400 g Broccoli, 5 cl Obers, Salz, Pfeffer, Muskat, 1 Ei, Butter zum Bestreichen

Broccolirosen in Salzwasser kernig kochen, abseihen, mit dem Obers weich dünsten, würzen, und danach im Mixer pürieren. Nach dem Erkalten das Ei einrühren, in mit Butter bestrichene Moccatassen oder kleine Formen 3/4 hoch einfüllen und im Wasserbad 40 Minuten bei 110 Grad pochieren, herausnehmen, stürzen und am Teller anrichten.

Auch der bekannte Verhaltensforscher Prof. Otto KOENIG weiß Breiteneckers Küche im Restaurant „Alter Markt“ in Neulengbach zu schätzen.
Als Fischliebhaber bevorzugt er:

ZANDERFILET IN KNOBLAUCHBUTTER

2 frische Zander – ca. 1,5 kg, Salz, Pfeffer, Knoblauch, Zitronensaft, Worcestersauce, Petersilie, Mehl zum Bestauben, Öl und Butter zum Braten.

Der Zander wird filetiert und zupariert, mit den Gewürzen mariniert und zugedeckt 1/2 Stunde in den Kühlschrank gestellt.
Butter und Öl erhitzen lassen, die Filets mit Mehl bestauben und auf beiden Seiten braten, sodann auf Tellern anrichten. In der gleichen Pfanne die Knoblauchbutter zubereiten. Dafür benötigt man 200 g Butter; Zitronensaft, Worcestersauce, gehackten Petersil und je nach Geschmack 1 oder 2 Knoblauchzehen fein zerdrückt. Abschmekken und über die Filets gießen.
Als Beilage servieren wir Dampfkartoffeln: ca. 800 g rohe Kartoffeln werden geschält und in gleichmäßig große ovale Stücke zurechtgeschnitten, in ein passendes Geschirr mit Gittereinsatz gegeben. Mit Salzwasser aufgießen und die Kartoffeln darin dämpfen lassen.

Zum „Geheimtip“ für kulinarische Insider zählt auch das Restaurant „Villa Nowotni“ in Ybbs an der Donau. Das im Ortszentrum von Ybbs gelegene, im Stil der Jahrhundertwende erbaute Haus strahlt jene Behaglichkeit und Ruhe aus, die heute kaum noch vorgefunden wird. Für Freunde der kultivierten Tafel zaubert Küchenchef Franz Nowotni aus stets frischen in- und ausländischen Produkten in Menue-Degustation bis zu neun Gängen die köstlichsten Gerichte für jeden verwöhnten Gaumen.
Zu den Lieblingsgerichten Alfred BÖHMS, des beliebten Schauspielers und „Leihopas der Nation“, gehört in der „Villa Nowotni“ das

REHRÜCKENFILET IN BUTTERTEIG

1 ausgelöster Rehrücken, 1 Schweinsnetz, 4 blanchierte Mangoldblätter, Thymian, Salz, Pfeffer, Butter, Majoran, 15 dag Kalbfleisch ohne Sehnen, 1/8 l Obers;
Butterteig: 25 dag Mehl, 6 dag Butter, 12 dag Sauerrahm, 1 EL Essig, Salz, Muskat;

Butterteig: Geben Sie die Zutaten in eine Schüssel, kneten Sie den Teig und lassen Sie ihn eine Stunde rasten.
Rehrücken: Braten Sie den gewürzten Rehrücken in geklärter Butter kurz an und stellen Sie diesen kalt. Drehen Sie das gekühlte Kalbfleisch durch die feine Scheibe Ihres Fleischwolfes, zerkleinern Sie anschließend dieses im Mixer, würzen und mengen Sie nach und nach das gekühlte Obers bei. Breiten Sie das gewässerte Schweinsnetz auf einem Küchenhandtuch auf. Streichen Sie die Kalbfleischfarce in einer Breite von 10 cm dünn auf, belegen Sie diese mit Mangold, rollen Sie darin das Rehrückenfilet ein und backen diese Roulade bei 220 Grad im Rohr 5 Minuten vor. Rollen Sie den Teig dünn aus, hüllen Sie die erkaltete Roulade darinnen ein und backen Sie diese im Rohr bei 220 Grad 12 Minuten fertig. Servieren Sie dazu Rotkraut und Honigbirnen.

Und da Alfred BÖHM auch ein begeisterter Fischer ist, darf beim „Nowotni" natürlich auch sein Leibgericht, Forellenfilet „Stroganoff", nicht fehlen:

FORELLENFILET „STROGANOFF"

2 Forellen, 1 gehackte Schalotte, 1/8 l Fischfond, 1/16 l Obers, 1 Teelöffel Paprika, Salz, weißer Pfeffer, 1 Ei, Gemüse-Julienne, Champignons, Essiggurken

Die fangfrischen Forellen ausnehmen, filetieren und in zentimeterdicke Streifen schneiden. Diese braten Sie in heißer Butter rasch an und stellen sie kalt. Glacieren Sie die Schalotten, paprizieren und löschen Sie mit Weißwein und Fischfond ab, geben Sie Obers bei und lassen Sie den Fond reduzieren. Danach fügen Sie die Forellen bei und erhitzen diese in der fertigen Sauce. Servieren Sie dazu Reisstrudel.

Auch der weit über Österreichs Grenzen hinaus bekannte Sänger Peter ALEXANDER, ebenfalls passionierter Fischer wie Fredi Böhm, liebt Wild und Fisch gleichermaßen. Wenn er in der „Villa Nowotni" in Ybbs zu Gast ist, wählt er:

GEBRATENE WACHTELN – GEFÜLLT MIT GÄNSELEBER

4 Wachteln, 20 dag Gänseleber, 4 blanchierte Kohlblätter, Mehl, Butter, Salz, Pfeffer, Thymian, Alufolie

Lösen Sie die Wachteln hohl aus, teilen Sie die Gänseleber in 4 Stücke, würzen, mehlieren und hüllen Sie diese in die vorblanchierten Kohlblätter. Füllen Sie damit die gewürzten Wachteln und bestreichen Sie diese sorgfältig mit zerlassener Butter.
Decken Sie die Wachteln mit Alufolie ab und braten Sie zwölf Minuten bei 220 Grad im Rohr. Servieren Sie dazu Weißbrotsoufflé und Preiselbeersauce.

Wenn hier vom „Goldenen Hirschen“ die Rede ist, so ist diesmal nicht die königliche Wildart, sondern das weltberühmte, im Herzen der barocken Bischofsstadt Salzburg, nächst Mozarts Geburtshaus und gegenüber dem Festspielhaus liegende Hotel gemeint. Das ehrwürdige Gemäuer einer Herberge aus dem Mittelalter birgt unter dem Gewölbe mit der alten Esse aus dem 15. Jahrhundert ein Restaurant mit altösterreichischer Gastlichkeit. Hier treffen sich, besonders zur Festspielzeit, Künstler aus aller Welt. Eliette von KARAJAN, die Gattin des unvergessenen Dirigenten Herbert von Karajan, bevorzugt

REHRÜCKEN IN THYMIANSAUCE MIT ERDÄPFELLAIBCHEN

Zutaten für 6 Personen: 2 kg Rehrücken, 200 g Wurzelgemüse, (Karotten, Knollensellerie, Petersilienwurzel, Lauch), 40 g Butter, 1 EL Tomatenmark, 200 g Schwarzbrotreste, 1 Stück unbehandelte Orange, 1 EL Preiselbeeren, 1 EL Senf, 8 Stück Wacholderbeeren, 10 Stück Pfefferkörner, 5 Stengel frischen Thymian, 1 Zweig frischen Rosmarin, 1/8 l Rotwein, 1/16 l trockener Sherry, 1/16 l Sahne, 1 EL Mehl, 1 EL Kirschwasser, Salz, Pfeffer aus der Mühle

Meisterkoch Franz Pöckeldorfer hat uns das Rezept verraten:
Die Rehrückenfilets von der Carcasse lösen, Haut und Sehnen entfernen.
Die Knochen fein zerhacken, das Wurzelgemüse putzen, waschen, abtrocknen und grob zerkleinern. Die Butter in einem Topf erhitzen, Rehknochen, Haut und Sehnen darin kräftig anrösten, Tomatenmark beifügen und wiederum gut anrösten. Mit Wasser aufgießen und zum Kochen bringen. Den aufgewallten Fond degressieren. Die halbierte Orange, Senf, Preiselbeeren und die zerbröselten Schwarzbrotreste in den Fond beigeben. Wacholderbeeren, Pfeffer, Thymian und Rosmarin ebenfalls beigeben. Den Fond gut zwei Stunden köcheln lassen. Den nun fertigen Fond durch ein Haarsieb passieren, Rotwein, Sherry und Kirschwasser beifügen. Sahne und Mehl verquirlen und damit den Fond binden. Die Sauce mit Salz und Pfeffer kräftig abschmecken und noch etwas gerebelten Thymian beigeben.
Die Rehrückenfilets in 6 gleichgroße Teile portionieren, mit Wildgewürz (Salz, Wacholder, Pfefferkörner, Thymian und Rosmarin fein mixen) einreiben. Die Rehrücken in Butter kräftig braun anbraten, in die köchelnde Sauce einlegen und 10 Minuten ziehen lassen. Die Filetstücke aus der Sauce nehmen und in ca. 1 cm dicke Scheiben portionieren. Die Sauce rundherum geben und mit den Erdäpfellaibchen servieren. Besonders beliebt dazu sind natürlich Rotkraut und Preiselbeeren.

Erdäpfellaibchen – Zutaten: 500 g gekochte und gestampfte Kartoffeln, 20 g gehackte Zwiebel, 50 g Semmelbrösel, 2 Stück Eier, gehackte Petersilie, Salz, Pfeffer, Muskat, 1 EL Stärkemehl

Die gestampften Kartoffeln mit den Zutaten vermengen und kleine Laibchen daraus formen und in heißem Fett herausbacken.

HOTEL EUROPA TYROL / INNSBRUCK: HÄFERLPASTETE PHYLIPINA WELSERIN

1 Hasenrücken, 2 Eßlöffel Olivenöl, 2 Wacholderbeeren gedrückt, 1/2 Knoblauchzehe, Salz, schwarze Pfeffermühle, Beifuß, Koriander, 20 g getrocknete Morcheln, 6 cl Obers, 1 Eßlöffel Schnittlauch geschnitten, 10 g Bauernspeck, 200 g Blätterteig, 1 Eigelb.

Vorbereitung des Hasenrückens:
Fleisch vom Knochen lösen, Hauf vom Fleisch entfernen. Sauber pariertes Fleisch in 1 cm dicke Scheibchen schneiden.

Vorbereitung der Grundsauce:
Knochen zerkleinern und salzen. Kasserolle erhitzen. Boden mit wenig Olivenöl benetzen. Zuerst Knochen, dann Abschnitte Farbe nehmen lassen. Speckwürfel, dann Schnittlauch und halbe Knoblauchzehe zugeben und ebenfalls Farbe nehmen lassen, dabei oft umrühren. Wacholderbeeren, 2 Fingerspitzen Beifuß, eine Fingerspitze Koriander zugeben, nun mit Wasser ablöschen und bedecken. 20 Minuten köcheln lassen. Durch ein feines Sieb passieren, dann kräftig mit Salz und schwarzem Pfeffer abschmecken.

Zubereitung der Häferl-Füllung:
Morcheln in Wasser einweichen, halbieren und mehrmals unter fließendem Wasser entsanden. Morcheln in die Grundsauce geben, zum Kochen bringen, dann köcheln, bis der Fond nahezu einreduziert ist. Nun Obers zugeben und reduzieren, bis die Sauce sämig ist. Abkühlen lassen. Fleisch zugeben, umrühren und in die Tassen füllen.

Zubereitung der Häferl-Pastete:
Blätterteig ausrollen (0,5 mm), Kreise ausstechen, womit die Tassen bedeckt werden. Teigkreise auf die Tassen legen und überlappende Ränder an die Tassenseiten drükken. Teigdeckel mit Eigelb bestreichen. Im Kühlschrank rasten lassen – bis 25 Minuten vor dem Servieren. Auf der mittleren Einschubleiste des 200 Grad heißen Ofens 25 Minuten backen, jedoch beobachten; wenn der Blätterteig Farbe genommen hat, mit Alufolie abdecken. Aus dem Ofen nehmen, Tassen auf Mittelteller stellen – z. B. auf sauberen Herbstblättern, grünen Blätter oder Tannenzweigen servieren.

Jörg Hans VOGLER handelt nicht nur mit Wildbret – er weiß Wild auch als kulinarischen Genuß sehr zu schätzen. Sein Lieblingsgericht: „Hasenfilet nach Art des Hauses".
Seit der Unternehmensgründung im Jahre 1956 beliefert Jörg Hans Vogler Kunden im EWG- und EFTA-Raum mit hervorragendem Wildbret aus Österreichs Revieren. Seine Handelsbeziehungen reichen von der Bundesrepublik Deutschland über Frankreich, Holland, Belgien und die Schweiz bis Dänemark und Italien. Jörg Hans Vogler ist aber auch selber begeisterter Jäger, und er ißt Wildbret auch sehr gerne.

HASENFILET RUSTIKAL

Eine nicht zu kleine Portion Rauchspeck in Würfel schneiden und in der Pfanne zergehen lassen. Wenn er zu bräunen beginnt, ein Stückchen Butter beifügen (ca. 5 dag Speck und 5 dag Butter für 50 dag Fleisch).
Die frischen, abgetrockneten, enthäuteten und gesalzenen Rücken (mit Knochen) in der Pfanne unter mehrmaligem Wenden leicht bräunen lassen. Anschließend auf eine Platte legen. Hierauf fein geschnittene Petersilienwurzeln, gelbe Rüben, Sellerie, Zwiebel und Knoblauchzehen (ca. 50 dag auf 2 kg Fleisch) in der Pfanne etwas dämpfen lassen, etwas Bouillon oder Rotwein zugießen und in der geschlossenen Pfanne ins vorgeheizte Rohr stellen.
Die Bratdauer hängt von der Größe und dem Alter des Tieres ab. Die Rücken während des Bratens öfters mit Bratensaft beträufeln, sowie Wein oder Bouillon nachgießen.
Wenn das Fleisch weich ist, dieses von den etwas abgekühlten Rücken auslösen. Den Saft noch einmal aufkochen lassen, mit Salz und Pfeffer abschmecken und durch ein Sieb gießen. Das Gemüse passieren und der Sauce wieder beifügen. Eventuell mit einem Gläschen Cognac oder Madeira verfeinern.
Dazu serviert man Serviettenknödel oder Kartoffelkroketten und garniert mit gedünsteter Preiselbeerbirne.

Verständlich, daß es ESSO-Vorstandsdirektor Dkfm. Johannes TRNKA, der ein begeisterter Jäger ist, in seiner kargen Freizeit vom „Öl" weg und hinaus in die freie Natur zieht, wo er in seiner niederösterreichischen Heimat am Manhartsberg am liebsten auf Schwarzwild waidwerkt.
Aber den passionierten Waidmann Trnka, in dessen Adern auch „Bergsteigerblut" fließt, zieht es natürlich mit Macht auch ins Gebirge auf die Gamsjagd. Kulinarisch ist er mehr dem Niederwild zugetan:

HASE NACH JÄGERART MIT SERVIETTENKNÖDEL

1 junger Hase, zerlegt
30 g Butter
100 g durchwachsener Speck, in Streifen geschnitten
1/8 l Suppe (Wildfond)
1 EL Weinbrand
125 g Champignons
125 g Tomaten, abgezogen, entkernt u. gehackt

Marinade:
1/8 l Olivenöl
Salz und Pfeffer aus der Mühle
2 – 3 Knoblauchzehen, zerdrückt
Saft von einer Zitrone

Die Zutaten für die Marinade vermischen und die Hasenstücke darin 4 – 5 Stunden marinieren. Das Fleisch abtropfen lassen und trockentupfen. Die Marinade aufbewahren.
Die Butter in einem Kochtopf zerlassen und die Speckstreifen bei schwacher Hitze anbraten, bis sie hellbraun sind. Die Hasenstücke dazugeben und etwa 30 Minuten braten, bis sie rundum gleichmäßig braun sind, dabei die Stücke häufig wenden.
Suppe, Weinbrand und die Marinade dazugießen, Champignons und Tomaten hinzufügen. Zugedeckt noch etwa 40 Minuten bei schwacher Hitze dünsten, bis das Fleisch weich ist.
Kredenzt wird zu diesem Wildgericht ein würziger blauer Portugieser.

Wenn Staranwalt Dr. Manfred LAMPELMAYER, selber Jäger, Gourmet und Landesjägermeister von Wien, Appetit auf sein Lieblings-Wildgericht „Rehrücken oder Rehschlögel in Sauerrahm" hat, besucht er ein Restaurant, dessen Besitzer ebenfalls Jäger ist und von der Zubereitung des Wildbrets daher so einiges versteht – das Original Jugendstilrestaurant Sailer im 18. Wiener Gemeindebezirk in der Gersthoferstrasse 14.
Serviert wird in der warmen Jahreszeit auch in den Terrassengärten, in der kälteren im „Gourmet-Keller".

AUSGELÖSTER REHRÜCKEN ODER REHSCHLÖGEL IN SAUERRAHM

Rücken oder Schlögel vom jungen Reh auslösen (pro Person ca. 25 dag berechnen), mit Salz, Pfeffer, Kuttelkraut und Wacholder würzen.

In einem großen Topf anbraten, mit Sauerrahm bedecken (viel Sauerrahm!) und aufkochen. Dann ins heiße Bratrohr zum Dünsten geben. Ab und zu wieder Rahm nachgießen, so daß das Fleisch immer bedeckt bleibt. Bevor das Fleisch ganz gar ist, sollte man es aus der Sauce herausragen sehen. Es bildet sich eine Kruste.
Wenn das Fleisch gar ist, vorsichtig aus dem Topf heben, in dicke Scheiben schneiden und auf der Sauce anrichten.

Dazu: Serviettenknödel und frische Preiselbeeren
5 würfelig geschnittene Semmeln werden im Rohr getrocknet. In 5 dag Butter feingehackte Zwiebel anschwitzen und mit Petersilie vermischen. Dies mischt man mit etwas Salz, 2 ganzen Eiern und 1/16 l Milch unter die Semmeln, drückt alles fest zusammen und formt nach einigem Rasten eine armdicke Rolle, die in eine naßgemachte und bebutterte Serviette fest eingerollt und an beiden Enden zugebunden wird. Die Rolle in kochendes Salzwasser legen, langsam ca. 25 Minuten kochen. Dann auswickeln, in Scheiben schneiden und jede Portion mit goldbraun gerösteter Butter übergießen.

„Wildente Orange" vom „Sailer" bevorzugten Direktor Dr. SCHAFRANEK, der 1991 verstorbene Direktor des Vienna English Theater und dessen Gattin, die Schauspielerin Ruth BRINKMANN. Ihr bevorzugtes Wildgericht ist „WILDENTE ORANGE" nach folgendem Rezept:

Ganze frische Wildente rupfen und gut reinigen. Salzen, pfeffern, mit einer 3/4 Orange und 1/4 Zitrone (nur ungewachste Schale) füllen.

In einer Pfanne anbraten. Wieder 1/4 Zitrone und zwei halbe Orangen mit anbraten, und dann ins heiße Bratrohr stellen. Langsam weiter braten und emsig mit eigenem Saft übergießen, so lange, bis die Ente durch- oder rosa-gebraten ist.
Danach die ganze Ente aus dem Rohr bzw. der Pfanne nehmen, warm stellen. Den Saft mit etwas Butter und einem Spritzer Schlagobers verfeinern und reduzieren; separat servieren.
Die angebratenen Orangen- und Zitronenstücke als Garnitur mit der Ente servieren.

Dazu: Kastanienknöderl
Maronipüree mit Obers und 1 Eidotter durchkneten und mit 10 dag Butterbrösel binden. Kleine Knöderl formen und kaltstellen.
Zum Servieren in Butter schwenken, bis sie heiß sind.

Wenn Hilly RESCHL – weit über die Grenzen Österreichs hinaus bekannte Sängerin, Tänzerin und Schauspielerin, populär als „Frau Anni" vom Seniorenclub des Österreichischen Fernsehens – nach Wagrain auf Urlaub kommt, wird beim Mock am Kirchboden auch ihr Lieblings-Fischgericht serviert:

LACHSFILET IN ZITRONENMELISSENCREME

- 20 dag Lachsfilet enthäutet
- 1 EL Butter
- 1/2 Zitrone (Schale und Saft)
- 1/16 l Weißwein
- 1/16 l Bouillon oder Fischfond
- 1/16 l Schlagrahm
- 1 Eidotter
- 1 EL gehackte Zitronenmelisse
- 1 TL Weizenmehl

Lachsfilet mit Zitronensaft und Salz würzen.
Die Außenseite mehlieren und in Butterschmalz braten. Fett abgießen. Butter zerlaufen lassen, Mehl und geriebene Zitronenschale kurz mitrösten (nicht bräunen), mit Weißwein und Fischfond ablöschen und einkochen lassen. Eidotter und Schlagrahm verrühren und in die Sauce mengen (nicht mehr kochen). Kurz vor dem Servieren gehackte Zitronenmelisse beifügen.
Als Beilagen Schloßkartofferl und Blattsalat!

Schloßkartofferl:
Feste Kartoffeln olivenförmig zuschneiden in Butter langsam bräunen, saftig fertigdünsten und mit Petersilie bestreuen.

Als Wildspezialität steht im Alpengasthof Mock natürlich auch Hilly RESCHLS Lieblings-Wildgericht „Rehleber en Papillote“ auf dem Speiseplan, die auch den Wagrainer Gourmets ausgezeichnet schmeckt.
Das Rezept nach Küchenchef Josef Mayr lautet:

REHLEBER EN PAPILLOTE für 4 Personen

60 dag Rehleber
10 dag Zwiebel (würfelig)
10 dag Brustspeck in Scheiben
1/16 l Madeira
1/8 l Bouillon
1/8 l Sauerrahm
15 dag gemischte Pilze (in Scheiben)
Thymian, Rosmarin, Bohnenkraut, Pfeffer (schwarz gemahlen).

Rehleber in ca. 1/2 cm dicke Scheiben schneiden, Gewürze (ohne Salz) leicht aufdrükken, beidseitig mehlieren und in Öl kurz anbraten. Fett abgießen. Butter, Speck, Zwiebel, Pilze leicht anschwitzen, mit einem gestrichenen Eßlöffel Mehl stauben und mit Madeira und Bouillon ablöschen. Leber und Speck in Pergamentpapier einlegen, durch Umbiegen des Papiers an den Rändern gut verschließen und im Rohr bei ca. 200 Grad 5 Minuten backen.
Sauce einkochen lassen, nachwürzen und mit Sauerrahm montieren. Die Leber wird mit der Pergamenthülle serviert. Die Sauce in einer Sauciere und mit Kräutern bestreuen.
Als Beilagen eignen sich sämtliche Kohl- und Krautgemüse, sowie Kartoffel- oder Semmelknödel.

Karl Heinrich WAGGERL aß Wild gern im Alpengasthof Mock...
Mitten im Herzen des Salzburger Landes liegt das Bergdorf Wagrain, weit über die Grenzen Österreichs hinaus als Heimatort des Dichters Karl Heinrich Waggerl bekannt. Waggerl, der selber wohl nie Jäger gewesen ist, dessen Vorfahren jedoch, wie er selber einmal gesagt hat, gelegentlich das Handwerk der Wilderei betrieben, hatte von seinen Ahnen die Liebe zum Wildbret geerbt. Die Liebe zum zubereiteten Wildbret – versteht sich. Von seinem Heim am Kirchboden in Wagrain hatte er gar nicht weit zum Alpengasthof Mock, wo ihm Küchenchef Josef Mayr die köstlichsten Wildgerichte vorsetzte.

„REHTOPF" (ALPENGASTHOF MOCK)

60 dag Rehschlegel
20 dag Schalotten oder Perlzwiebel
30 dag gemischte Pilze (Champignons, Steinpilze, Pfifferlinge)
2 Stk. Grüne Paprika (würfelig)
15 dag Brustspeck (Scheiben)
20 dag Butter
1/8 l dunkler Rotwein
1/8 l Sauerrahm oder Creme Fraiche
Salz, Pfefferschrot, Rosmarin gemahlen, Bohnenkraut,
1 Lorbeerblatt.
2 gestrichene Esslöffel Mehl.

Rehschlegel enthäuten und in ca. 2 cm große Würfel schneiden. In Öl rösten, bis Farbe dunkelbraun, und Fett abgießen. Butter, Gewürze, Pilze, Paprika, Speck und Schalotten dazugeben und bei kleiner Flamme ca. 5 Minuten ziehen lassen.
Mit Mehl stauben, mit Rotwein löschen. Zum Schluß mit Sauerrahm montieren. (Nicht mehr kochen lassen!) Kurz vor dem Servieren mit frischen Kräutern bestreuen!

Als Beilagen: Semmelknödel, Karoffelkroketten, Preiselbeeren.

Kartoffelkroketten für 4 Personen:
8 Stück mehlige Kartoffel in Salzwasser kochen, schälen und passieren, mit 4 Eidotter, 1 EL Grieß, etwas Salz und Muskatnuss zu festem Teig kneten.
Mit Mehl zu Kroketten formen, in Ei und Brösel panieren und in Fett schwimmend goldbraun backen. In die Teigmasse können auch frisch gehackte Kräuter gemischt werden.

WAGGERLS Lieblings-Fischgericht war „Forelle auf südländische Art…"
Was selbst viele Anhänger Waggerls nicht wissen werden – er war ein begeisterter Fischer. Mit seinem Freund, dem akademischen Maler Prof. Erwin Exner, fuhr er oft nach Kleinarl, um im Jägersee Forellen zu angeln. Seine Beute brachte er dann regelmäßig zum Alpengasthof Mock am Kirchboden.

FORELLE AUF SÜDLÄNDISCHE ART FÜR 1 PERSON

1 Forelle (ca. 25 dag)
5 dag gekochte Shrimps
5 Stk. Oliven (gefüllt mit Paprika)
5 dag Champignons (Scheiben)
5 dag Zwiebel (würfelig)
1 EL gehackte Petersilie, Estragon,
Zitronensaft, weißer Pfeffer
1 EL Butter
1 TL Kaviar (Ersatz)

Gewaschene Forelle mit Estragon, Salz, Pfeffer und Zitronensaft würzen. Innen mit etwas Basilikum und Petersilie einreiben. Beidseitig mehlieren und in Butterschmalz braten. Fett abgießen, Zwiebel, Shrimps, Champignons, Oliven und Butter zugeben, kurz dünsten lassen und zum Schluß Kaviar einmengen. Forelle mit der Sauce übergießen, mit Petersilie bestreuen, mit Zitronenscheiben belegen und mit Folienkartofferln servieren.
Als Beilage Häuptelsalat mit Kürbiskernöl.

Wolfgang GLASER, Prokurist und Direktor des Modehauses Tlapa, des größten Fachbekleidungshauses Österreichs im 10. Wiener Gemeindebezirk, hat, neben internationalen Modemarken von Weltruf, als begeisterter Jäger natürlich auch eine exquisite Jagdmodeabteilung in diesem Haus eingerichtet, wo nicht nur zweckmäßige Jagdbekleidung für den ausübenden Jäger angeboten wird, sondern auch modische Jagdbekleidung für gesellschaftliche Anlässe.
Direktor Glasers bevorzugtes Wildgericht sind „Rehrückenfilets mit jungem Gemüse und Steinpilzen", von Werner Matt so zubereitet:

REHRÜCKENFILETS MIT JUNGEM GEMÜSE UND STEINPILZEN
Für 6 Personen:

900 g entsehnte und enthäutete Rehfilets vom Rücken, Salz, Pfeffer aus der Mühle, 4 cl Olivenöl, 3/4 l brauner Wildfond, wenn möglich, aus Rehknochen

20 grüne Pfefferkörner, 1 Teelöffel Dijonsenf, 4 cl Blut vom Wild, Kalb oder Schwein, 200 g gut gewässertes Rindsmark, 18 junge Karotten, 350 g Broccolirosen, 18 Frühlingszwiebeln, 500 g Steinpilze, Eierschwammerln oder andere Pilze, 80 g Butter.

Brauner Wildfond
Für ca. 1 Liter:
1 kg Wildknochen (Reh, Hirsch, Fasan usw.) je nach Verwendungszweck, 6 cl Olivenöl, ca. 300 g Sehnen und Abschnitte von Wildfleisch, 50 g Zwiebeln, 80 g Karotten, 60 g Knollensellerie, 2 Eßlöffel Tomatenmark (je nach Verwendungszweck), 1/2 l herber Rotwein (je nach Verwendungszweck), Salz, 2 Lorbeerblätter, 1 Zweig Rosmarin, 1 Zweig Thymian, einige zerdrückte Wacholderbeeren und Pfefferkörner, 4 bis 6 l Wasser

Die Rehfilets in zirka vier Millimeter dünne Scheiben schneiden, salzen, pfeffern und in Olivenöl auf beiden Seiten einige Sekunden – so rasch wie möglich – bräunen.
Den Wildfond kocht man auf ein Drittel ein, gibt die zerdrückten grünen Pfefferkörner dazu und rührt den Senf ein. Die Sauce mit Blut binden, nicht mehr kochen lassen.
Das Mark in Scheiben schneiden, kurz in Salzwasser aufkochen lassen und auf ein Tuch legen.
Die jungen Karotten werden geschält, auf sechs Zentimeter Länge geschnitten und in Salzwasser gekocht. Broccoli ebenfalls in Salzwasser kochen. Die Frühlingszwiebeln putzen, ebenfalls auf sechs Zentimeter Länge schneiden und in wenig Wasser und Butter dünsten.
Dann wird sämtliches Gemüse kurz in Butter geschwenkt, mit Salz und Pfeffer gewürzt und warmgehalten.
Die Pilze in Butter rasch anrösten, salzen und pfeffern. Wenn notwendig, werden sie geviertelt oder grobblättrig geschnitten. Man richtet das Gemüse sowie die Pilze auf Tellern an und legt die Rehfilets kreisförmig auf. Die Markscheiben in die Sauce geben und die Filets damit überziehen.
Die Knochen werden kleingehackt und in einer Bratpfanne scharf in Olivenöl angebraten. Etwas später gibt man die Sehnen und Abschnitte dazu, stellt die Pfanne ins Rohr und läßt alles langsam bräunen.
Inzwischen das Gemüse in große Würfel schneiden und ebenfalls beifügen. Das Fett wird abgegossen und das Tomatenmark etwas mitgeröstet.
Das Ganze dreimal mit Rotwein ablöschen und langsam einkochen. Salz, Lorbeerblätter, Rosmarin, Thymian, Wacholderbeeren und Pfefferkörner beigeben.
Dann nimmt man die Knochen aus dem Rohr, füllt sie in einen Topf und gießt nach und nach mit Wasser oder nicht zu starkem Kalbsfond auf und läßt den Fond zirka vier bis fünf Stunden auf kleiner Flamme kochen, wobei Fett und Schaum ständig von der Oberfläche abgeschöpft werden. Den Fond durch ein Tuch passieren.
Je nach Verwendungszweck kann man den passierten Wildfond weiter einkochen.
Benötigt man den Fond für klare Wildsuppen usw., wird kein Rotwein, Tomatenmark und Rosmarin verwendet.
Besonders aromatisch wird der Fond, wenn man die Knochen, Sehnen, Parüren, das Gemüse und die Gewürze einige Tage in Rotwein mariniert.
Man kann dem Fond auch Champignonabschnitte oder getrocknete Pilze beigeben.

Als Fischmenü bestellt Direktor GLASER St. Peterfisch auf Fenchel in Safranbutter.
Natürlich vertraut sich der Fischliebhaber Direktor Glaser auch in punkto Fisch gerne den Kochkünsten Werner Matts an. Zu seinen bevorzugten Fischgerichten zählen „St. Peterfisch auf Fenchel und Safranbutter". Und so wird er zubereitet:

ST. PETERFISCH AUF FENCHEL IN SAFRANBUTTER
Für 6 Personen:

900 g Filets vom Peterfisch, Salz, Pfeffer aus der Mühle, 200 g Butter, 20 g Schalotten, 4 cl Noilly Prat oder Wermut (je nach Geschmack), 8 cl trockener Weißwein, 2 dl Fischfond, 1 Prise Safran, 500 g Fenchel, 6 cl Obers.

Die Filets werden in zirka 150 Gramm schwere Stücke geschnitten, gesalzen und gepfeffert.
In ein Geschirr gibt man etwas Butter, die geschnittenen Schalotten und die Filetstücke. Noilly Prat, Weißwein und etwas Fischfond dazugießen und im Rohr einige Minuten auf den Punkt pochieren. Dann die Filets herausnehmen und warmhalten. Den restlichen Fischfond dazugeben, das Ganze passieren und etwas einkochen. Den Safran beigeben, mit den restlichen kalten Butterflocken montieren und abschmecken.
Der Fenchel wird der Länge nach geteilt und der Strunk herausgenommen. Man schneidet den Fenchel in dünne Streifen, läßt ihn in Salzwasser etwas dünsten und schüttet dann das Wasser ab.
Das Obers dazugeben, mit Salz und Pfeffer würzen und fertiggaren. Auf den Tellern richtet man den Fenchel an, legt den Peterfisch darüber und serviert ihn mit Safranbutter.

Fischfond
Für ca. 1/2 Liter:
500 g Fischknochen von Plattfischen, 100 g Schalotten, 50 g Lauch, 70 g Stangensellerie, 4 cl Olivenöl, 1 dl trockener Weißwein, 1 l Wasser, 5 g zerdrückte weiße Pfefferkörner, 2 Lorbeerblätter, 1 Zweig Thymian, 1 Prise Salz.

Von den Fischknochen die Flossen mit einer Schere abschneiden und die Gräten in kleine Stücke teilen.
Die Schalotten und das Gemüse in Scheiben schneiden und in Olivenöl kurz anschwitzen. Die Fischknochen dazugeben und einige Minuten weiterdünsten lassen. Mit Weißwein ablöschen und mit kaltem Wasser auffüllen. Man läßt den Fond aufkochen, gibt die Gewürze dazu und kocht dann 20 Minuten auf kleiner Flamme weiter. Dazwischen muß öfter der Schaum abgeschöpft werden. Anschließend den Fond durch ein Sieb passieren und je nach Verwendungszweck mehr oder weniger reduzieren.

Generaldirektor Kommerzialrat Dr. Walter PETRAK ist nicht nur selber begeisterter Jäger. Er steht als oberster Chef der „Bundesländer Versicherung" auch an der Spitze eines Versicherungskonsortiums, das bereits seit 1946 als Hauptpartner aller österreichischen Landesjagdverbände fungiert.
Die „Bundesländer" bietet etwa 90.000 Waidmännern in Österreich die notwendige Sicherheit bei der Ausübung der Jagd.
Lange Zeit als einziges Versicherungsunternehmen Österreichs hat die „Bundesländer" aber nicht nur gegen Diebstahl, Beschädigung und Abhandenkommen von Jagdgewehren versichert, sondern sie entschädigt – und dies ohne gesetzliche Verpflichtung – auch allfällige Schäden, die durch die in Österreich noch vorkommenden Bären entstehen.

HIRSCHRÜCKENSTEAK IN GRÜNER-PFEFFER-SAUCE (von Werner Matt im Hilton Plaza Hotel Wien)

6 Hirschrückensteaks (à 180 g), Salz, Pfeffer aus der Mühle, 4 cl Olivenöl, 50 g Butter, 40 g Schalotten, 60 g grüne Pfefferkörner, 1 dl Rotwein, 4 cl Cognac, 4 cl Madeira, 2 cl Portwein, 2 dl brauner Wildfond, 4 dl Obers, 20 g Butter zum Montieren, 2 Eßlöffel Schlagobers.

Die Steaks salzen, pfeffern und in heißem Olivenöl auf beiden Seiten anbraten. Dann das Fett abgießen, 30 Gramm Butter dazugeben und die Steaks fertigbraten, bis sie zart rosa sind.
In der restlichen Butter die geschnittenen Schalotten anziehen, die abgewaschenen, zerdrückten Pfefferkörner dazugeben und durchschwenken. Mit Rotwein ablöschen und zur Gänze einkochen. Anschließend gibt man Cognac, Madeira und Portwein dazu und läßt das Ganze etwas reduzieren. Die Sauce mit Wildfond auffüllen, bis zur Hälfte einkochen, das Obers dazugeben und auf kleiner Flamme zirka zehn Minuten kochen lassen, bis die gewünschte Konsistenz erreicht ist.
Dann die Sauce passieren, mit kalten Butterflocken mixen und mit geschlagenem Obers vollenden. Etwa die Hälfte der Pfefferkörner als Einlage zurück in die Sauce geben.
Die Steaks werden in einem Geschirr angerichtet, mit Pfeffersauce überzogen und mit beliebiger Beilage serviert.

Brauner Wildfond
Für ca. 1 Liter:
1 kg Wildknochen (Reh, Hirsch, Fasan usw.) je nach Verwendungszweck, 6 cl Olivenöl, ca. 300 g Sehnen und Abschnitte von Wildfleisch, 50 g Zwiebel, 80 g Karotten, 60 g Knollensellerie, 2 Eßlöffel Tomatenmark (je nach Verwendungszweck), 1/2 l herber Rotwein (je nach Verwendungszweck), Salz, 2 Lorbeerblätter, 1 Zweig Rosmarin, 1 Zweig Thymian, einige zerdrückte Wacholderbeeren und Pfefferkörner, 4 bis 6 l Wasser

Die Knochen werden kleingehackt und in einer Bratpfanne scharf in Olivenöl angebraten. Etwas später gibt man die Sehnen und Abschnitte dazu, stellt die Pfanne ins Rohr und läßt alles langsam anbräunen.
Inzwischen das Gemüse in große Würfel schneiden und ebenfalls beifügen. Das Fett wird abgegossen und das Tomatenmark etwas mitgeröstet.
Das Ganze dreimal mit Rotwein ablöschen und langsam einkochen. Salz, Lorbeerblätter, Rosmarin, Thymian, Wacholderbeeren und Pfefferkörner beigeben.
Dann nimmt man die Knochen aus dem Rohr, füllt sie in einen Topf und gießt nach und nach mit Wasser oder nicht zu starkem Kalbsfond auf und läßt den Fond zirka vier bis fünf Stunden auf kleiner Flamme kochen, wobei Fett und Schaum ständig von der Oberfläche abgeschöpft werden. Den Fond durch ein Tuch passieren.

Je nach Verwendungszweck kann man den passierten Wildfond weiter einkochen. Benötigt man den Fond für klare Wildsuppen usw., wird kein Rotwein, Tomatenmark und Rosmarin verwendet.

Besonders aromatisch wird der Fond, wenn man die Knochen, Sehnen, Parüren, das Gemüse und die Gewürze einige Tage in Rotwein mariniert.
Man kann dem Fond auch Champignonabschnitte oder getrocknete Pilze beim Kochen beigeben.

Wer einmal im Plaza Hilton Hotel Wien Werner Matts gebratene Angler mit Zucchini und Auberginen verkostet hat, der schwört auf dieses Fischgericht genauso wie es Generaldirektor Kommerzialrat Dr. PETRAK – übrigens auch selber ein begeisterter Fischer – tut.

GEBRATENE ANGLER MIT ZUCCHINI UND AUBERGINEN

Für 6 Personen:

2 Angler (à 1 kg), Salz, Pfeffer aus der Mühle, etwas Paprika, etwas Mehl zum Wenden, 1 dl Olivenöl, 60 g Butter, 2 Knoblauchzehen, 2 Sträußchen Thymian, 250 g Zucchini (= 2 Stück), 300 g Auberginen (= 2 Stück), 5 Tomaten, 30 g Schalotten, 1/2 Eßlöffel Tomatenmark.

Von den Anglern die Rückenflossen abschneiden. Dann werden sie enthäutet, vom Knochen gelöst und in 18 Medaillons von etwa 50 Gramm pro Stück geschnitten. Die Medaillons mit Salz, Pfeffer und Paprika würzen und auf beiden Seiten leicht bemehlen. Man brät die Medaillons in zirka fünf Zentiliter heißem Olivenöl auf beiden Seiten an, gibt etwas Butter dazu und streut eine zerdrückte Knoblauchzehe und Thymian auf die Filets. Zum Schluß im Rohr zirka fünf Minuten bei mäßiger Hitze auf den Punkt braten.
Die Zucchini und Auberginen werden geschält und in sieben Millimeter große Würfel geschnitten. Dann getrennt im restlichen heißen Olivenöl ansautieren, mit Salz und Pfeffer würzen und auf ein Tuch legen.
Aus den Tomaten Tomates concassées bereiten. In eine Pfanne etwas Butter geben, darin die geschnittenen Schalotten und Tomates concassées anschwitzen, Zucchini, Auberginen und Tomatenmark beigeben und mit Salz und Pfeffer eventuell nachwürzen.
Eine geschälte Knoblauchzehe halbieren, auf eine Gabel stecken und diese einige Male durch das Gemüse ziehen. Das Gemüse gibt man in die Mitte der Teller und legt darauf die Anglermedaillons.

Als sich der ägyptische Staatspräsident ANWAR EL SADAT im April 1977 – viereinhalb Jahre, bevor er am 6. Oktober 1981 in der Hauptstadt seines Landes einem Attentat zum Opfer fiel – in Österreich zu einem Staatsbesuch aufhielt, stand auch die Krainerhütte im Helenental auf dem Programm.
„Gegrilltes Seezungenfilet in Mandelbutter mit Dampferdäpfel" und „Gebratener Wildschweinrücken in Hagebuttensauce mit Mandelbroccoli und Serviettenknödel."

GEGRILLTES SEEZUNGENFILET IN MANDELBUTTER MIT DAMPFERDÄPFEL:

Rezept für 6 Personen:
3 Seezungen je 400 g
180 g Butter
1 Zitrone
50 g Mehl
1 Eßlöffel gehackte Petersilie / Milch
Bratzeit 10 min.
Mandelbutter:
100 g Butter
50 g Mandeln
Salz, Zitronensaft
400 g gekochte Erdäpfel

Die Seezungen durch die Milch ziehen, würzen, mehlieren und in Butter goldgelb braten. Auf einer Platte anrichten. Die gebräunte Mandelbutter darüber gießen, ausgarnieren.

GEBRATENER WILDSCHWEINRÜCKEN IN HAGEBUTTENSAUCE MIT MANDELBROCCOLI UND SERVIETTENKNÖDEL:

für 6 Personen ca. 750 g Wildschweinrücken
Marinade:
1/4 l Olivenöl
2 Zitronen (Saft auspressen)
2 TL gemischte Kräuter
1 Lorbeerblatt
1 Stück Karotte in Scheiben
4 Nelken
1 TL schwarze Pfefferkörner
3 Knoblauchzehen, zerdrückt
4 Schalotten
Sauce:
50 g Hagebuttenkonfitüre
6 St. frische Hagebutten als Garnitur
1/4 l Wildsauce, 1 dl Obers

Den Wildschweinrücken in der Marinade 24 Std. marinieren. Fleisch herausgeben – abtropfen – braten im Rohr bei 180 Grad ca. 1 Std. – häufig mit Bratensaft übergießen. Wenn der Braten eine appetitliche, goldbraune Farbe angenommen hat, die Sauce zubereiten.
Wildsauce erhitzen – Hagebutten und Obersbeigaben abschmecken. Auf einer Platte anrichten (mit Orangenscheibe und Preiselbeerbirne garnieren). 6 Portionen Broccoli und 6 Scheiben Serviettenknödel als Beilage reichen.

Der Obmann der Raiffeisenlandesbank Niederösterreich – Wien, Dr. Christian KONRAD, verbringt als begeisterter Jäger einen Gutteil seiner Freizeit in seinem Wienerwaldrevier, um sich zu entspannen und neue Kräfte für seinen Beruf zu sammeln.
Seine jagdlichen Ambitionen sind vom Grundsatz geleitet: „Der Schuß ist nicht der Hauptzweck der Jagd!"
Die ausgeprägte Beziehung des Bankchefs zur Natur – er ist seit kurzem Landesjägermeister von NÖ – spiegelt sich zum Teil natürlich auch in der Geschäftsphilosophie der Raiffeisenbank – der „Umweltbank" – wider.
Als Gourmet ist Dr. Konrad verständlicherweise sehr darauf bedacht, daß auch Freunde und Mitarbeiter des Hauses Raiffeisen in den Genuß des Wildbrets kommen, das er selber erlegt hat.
So können sich nicht selten Gäste des Raiffeisenhauses im 2. Wiener Gemeindebezirk auch gleich an Ort und Stelle von der exzellenten Küche des Hauses überzeugen, in der der Chefkoch persönlich für die Zubereitung des Wildes sorgt, wie etwa:

GEBRATENE JUNGWILDENTE MIT EIERSCHWAMMERL UND ERDÄPFELSTRUDEL

4 Stk. Wildentenbrüste
Salz und Pfeffer
5 cl. Öl
15 dag Butter
25 dag Eierschwammerl
10 dag Zwiebel
2 EL Creme fraiche
kleiner Bund Schnittlauch

Die ausgelösten Wildentenbrüste salzen und pfeffern, in Öl anbraten und im Rohr ca. fünf Minuten fertiggaren. Anschließend das Bratenfett abschütten und mit Rinderbouillon bzw. mit Wildentenfond auffüllen. Den Fond ca. auf die Hälfte einkochen lassen, und mit Butter montieren. Abschmecken mit Salz, Pfeffer und Portwein. Die Sauce sollte nicht mehr einkochen.
Die Eierschwammerl werden geputzt, gewaschen und mit fein geschnittener Zwiebel in Butter angeschwitzt. Die Pilze mit Salz, Pfeffer und frischer Petersilie abschmecken und mit Creme fraiche vollenden.
Die Wildentenbrüste werden nun filetiert, mit der Sauce, den Eierschwammerln und dem Erdäpfelstrudel angerichtet.

ERDÄPFELSTRUDEL

500 g Kartoffeln gekocht
60 g Zwiebel
Petersilie nach Bedarf
5 Stk. ganze Eier
60 g Schinken
Strudelteigblätter
(Tiefkühl-Iglo)
Gewürze: Salz, Pfeffer, Majoran

350 g gekochte Kartoffeln werden passiert, mit 150 g gekochten, in Würfeln geschnittenen Kartoffeln, 4 ganzen Eiern, geröstetem Zwiebel, Petersilie, gehacktem Schinken und Gewürzen zu einem Teig gerührt. Dieser wird dann auf den Strudelteig gestrichen, eingerollt und mit einem ganzen Ei bestrichen. Bei 180 Grad ca. 25 Minuten im Rohr backen.

Die meisten Kritiken über ihn beginnen mit dem Satz: „Die edle Stimme, ihre perfekte Handhabung, das betörende, sinnliche Timbre und die vorbildliche Diktion sind so außergewöhnlich wie einmalig…"
LUCIANO PAVAROTTI, einer der größten Tenöre unserer Zeit, liebt aber nicht nur Musik. Auch Kulinarischem ist er nicht abhold.
Als gebürtiger Italiener bevorzugt er natürlich Pasta asciutta, und „Plaza"-Generaldirektor Max Maurer-Löffler ließ, wann immer der große Sänger in „seinem" Hotel in Wien weilte, diesem Umstand Rechnung tragend, Pavarottis Suite auch mit einer Spaghetti-Küche ausstatten. Der begeisterte Hobbykoch Pavarotti bereitet seine Pasta nämlich selber zu, wobei er die Spaghetti persönlich aus Italien mitbringt. Aber der König der Tenöre läßt sich im Plaza Wien auch gerne von Werner Matt, dem König der Köche, mit seinem Lieblingsfischgericht verwöhnen:

TAGLIATELLE VOM TINTENFISCH (SEPPIA) MIT ERLESENEN MEERESFRÜCHTEN

Zutaten für 6 Personen
Zutaten Tagliatelle:
125 g Hartweizengrieß (Nr. SSS/sehr fein)
125 g Mahl glatt
2 Eier
1 Dotter
12 cl Flüssigkeit
ca. 5 g Tinte vom Tintenfisch

Sämtliche Zutaten zu einem festen Teig verarbeiten, ca. 30 Min. rasten lassen. Ca. 1 mm dünn ausrollen und zu 5 mm breiten Tagliatelle schneiden. In Salzwasser ca. 4 Min. weichkochen und in Butter schwenken. Nicht mit kaltem Wasser abschrecken!

Zutaten Sauce:
2 Stk. Schalotten
1/8 l Weißwein
1/4 l Fischfond
1/16 l Noilly Prat
1/8 l Sahne
1/8 kg Butter
1 Stk. Zitrone
Salz, Pfeffer aus der Mühle

Schalotten fein schneiden und in Butter anziehen lassen, mit Weißwein ablöschen und zur Hälfte reduzieren, mit Fischfond auffüllen und abermals zur Hälfte reduzieren, Sahne beigeben, kurz aufkochen lassen und mit Noilly Prat, Salz, Pfeffer aus der Mühle und Zitronensaft abschmecken. Zuletzt kalte Butterflocken einschlagen (dadurch entsteht die Bindung der Sauce).

Zutaten Meeresfrüchte: je nach Belieben
6 Stk. Garnelen/Scampi
6 Stk. Jakobsmuscheln à 40 g
6 Stk. Seeteufelmedaillons à 40 g
6 Stk. Seezungenfilets à 40 g
2 EL Olivenöl zum Braten
1 kl. Bund Kerbel zum Garnieren
1/2 Stk. Zitrone

Die vorbereiteten Meeresfrüchte mit Salz, Pfeffer aus der Mühle und Zitronensaft würzen, mit Olivenöl und etwas Butter auf beiden Seiten braten (Achtung unterschiedliche Garzeit!).

T i p !!
Man kann die Seezungenfilets auch im Fischfond pochieren.

Anrichten:
Die in Butter geschwenkten Tagliatelle mit den gebratenen Meeresfrüchten auf Teller anrichten und mit der Sauce überziehen, zuletzt mit Kerbel garnieren und servieren.

Daß ein „Nagy-Hut" der Güteklasse eins unter den Hüten zuzurechnen ist, das hat sich nicht nur in der Jägerschaft herumgesprochen.
Das Huthaus Nagy, das seit 1979 berechtigt ist, das österreichische Staatswappen zu tragen, besitzt auch die größte Jagdhutversandabteilung Österreichs.
Natürlich ist Kommerzialrat Leo NAGY auch selber begeisterter Jäger und hatte im Laufe der Zeit hohe jagdliche Funktionen – vom Landesjägermeister von Wien bis zum Präsidenten des Vereines „Grünes Kreuz" – inne.
Sein Lieblings-Wildgericht „Hirschrücken mit Rahmsauce und Butterteigpastetchen" wird nach einem Rezept aus einem alten Wiener Kochbuch zubereitet, dessen Erscheinungsjahr mit dem der Firmengründung des Huthauses Nagy zusammenfällt: 1923!

HIRSCHRÜCKEN:

Der Hirschrücken wird, nachdem er abgehäutet und gespickt wurde, in einer Beize von 3 Teilen Essig, Wasser und Wein, blättrig geschnittenen Wurzeln, Zwiebel, Gewürz, Pfeffer, Wacholderbeeren, Thymian, Lorbeerblättern, Schalotten und Salz, je nach der Größe, 2 Stunden gekocht, dann auf einem aufgestülpten Blech oder in einer Pfanne, unter fleißigem Begießen mit sehr gutem Rahm fertiggebraten.
Wenn er fertig gebraten ist, wird die Rahmsauce mit einigen Löffelvoll guter Madeirasauce oder Madeirawein vermischt, über den Rücken gegossen und mit Pastetchen, welche mit Ribiselmarmelade gefüllt sind, garniert.

BUTTERTEIGPASTETCHEN:

Man nimmt 28 dag Mehl mit etwas Salz auf das Brett, gibt in eine Kasserolle oder in ein Töpfchen 4 Löffelvoll Wein, 4 Löffelvoll Rahm, von 1 Zitrone den Saft und 2 Eier, sprudelt es sehr gut oder schlägt es mit der Schneerute (heute wohl mit dem Mixer), macht in dem Mehl eine Höhlung, gibt 1 Löffelvoll von diesem Schaum darein und vermischt damit etwas Mehl von der inneren Seite, dann wieder Schaum und so fort, bis der Schaum zu Ende und das Mehl damit verbunden ist. Dann arbeitet man den Teig mit der Hand sehr fein und zart ab, bis er Blasen hat, walkt einen länglichen Flecken aus, läßt ihn rasten; arbeitet mit frischem Wasser 28 dag Butter fein ab, wechselt das Wasser einigemal, trocknet die Butter gut ab, legt sie auf den Teig, schlägt ihn so wie den anderen ein, walkt ihn etwas in die Länge, legt ihn wieder zusammen, daß sich der Teig mit Butter verbindet, legt ihn in einem bemehlten Geschirr auf das Eis; nach 10 Minuten wiederholt man das Einschlagen und verfährt so viermal. Vom Butterteig, den man fingerdick auswalkt, sticht man mit dem Krapfenstecher runde Plättchen aus, bestreicht sie mit aufgeklopftem und mit etwas Wasser gemischtem Eidotter, jedoch nicht über den Rand, sticht dann mit einem etwas kleineren Ausstecher (von der Größe eines Silberguldens) bis gegen den Boden hinab und bäckt die Pastetchen bei mittelmäßiger Hitze im Rohr, wobei sie sehr hoch aufgehen und die inneren Blättchen immer etwas höher werden. Diese nimmt man heraus, entfernt auch das unterste Blättchen, das meistens mehr braun und fett ist, stellt die Pastetchen auf ein Sieb in die Wärme und füllt sie mit Ribiselmarmelade.

Durch die zentrale Lage der „Krainerhütte“ – sie liegt ca. 25 Autominuten von Wien, 6 km von der Westautobahn und 8 km von der Südautobahn entfernt, wobei sich in nächster Nähe die Biedermeierstadt Baden, das Stift Heiligenkreuz und das ehemalige Jagdschloß Mayerling befinden, wo einst die Liebe und das Leben des unglücklichen Kronprinzen Rudolf endete – sind prominente Gäste hier nichts Außergewöhnliches. So war die Familie Dietmann keine Sekunde in Verlegenheit, als am 15. Dezember 1988 überraschend, unangemeldet und inkognito der Gemahl von Königin Elisabeth II. von England, Prinz PHILIP, Präsident des World Wildlife Fund und begeisterter Jäger, mit einer illustren Jagdgesellschaft dort eintraf. Sie kamen direkt von einer erfolgreichen Wildschweinjagd im Liechtenstein'schen Jagdrevier in Sparbach. Unter anderem wurden die beiden folgenden Gerichte serviert:

SAUTIERTE MEERESFISCHE AUF BLATTSALAT

Für 6 Personen
Vogerlsalat 60 g
Radiccio 60 g
Friséesalat 60 g
Lollo Rosso 60 g
Butterhäuptel 60 g
2 dl Salatmarinade
Crevetten 120 g
Steinbutt 120 g
Lachs 120 g
Seezunge 120 g

40 g Butter
30 g Zwiebel
1 TL Dill und Petersilie
1/16 l Weißwein

Die verschiedenen Blattsalate mit Salatmarinade marinieren und auf Teller anrichten. Die in kleine Würfel geschnittenen Meeresfrüchte in Butter und Zwiebel kurz ansautieren – Kräuter beigeben, mit Weißwein ablöschen und auf die angerichteten Blattsalate geben.

WILDSCHWEINSCHNITZEL IN PFEFFERRAHMSAUCE MIT ZUCKERSCHOTEN UND WILLIAMSERDÄPFEL

12 Stück Schweinsschnitzel
von der Nuß à 60 g
Salz, Pfeffer
Thymian, Rosmarin
100 g Butter
1/4 l Wildrahmsauce
20 g grüner Pfeffer
6 Stk. pochierte Birnen
6 TL Preiselbeermarmelade

Schnitzel leicht plattieren – würzen – beidseitig kurz anbraten, aus der Pfanne nehmen, – mit Wildsauce ablöschen – Pfeffer beigeben und abschmecken. Die Schnitzel auf Teller geben, mit Erbsenschoten und Williamserdäpfel anrichten (Preiselbeerbirne als Garnitur).

Hans DUJSIK, Initiator und Erbauer der Shopping City Süd und des Freizeitzentrums El Dorado in Vösendorf bei Wien, ist auch begeisterter Jäger und Gourmet. Er nützt jede freie Minute seiner kargen Freizeit um die exzellente Küche seiner Gattin zu genießen, die auch eine ausgezeichnete Wildbretköchin ist. Zu seinen Lieblingswildgerichten zählt unter anderem „Hirschkalbsrücken in Rahmsauce und böhmischen Knödeln" nach folgendem Rezept:

HIRSCHKALBSRÜCKEN IN RAHMSAUCE UND BÖHMISCHEN KNÖDELN:

Verwendet wird ein abgehangener Hirschkalbsrücken, um das richtige „Pünktchen" in der Fleischqualität zu erreichen. Den Hirschkalbsrücken auslösen und nur das Filet leicht salzen und pfeffern. Scharf anbraten und im Rohr, je nach Dicke des Filets, weiterbraten. Fingertupfprobe machen: Wenn Fleisch leicht nachgibt, ist es noch blutig. Wenn es immer fester wird, dann ist es rosa bis durch!

Sauce: Der Zuputz, das heißt Sehnen, Kleinfleisch, Knochenstücke klein schneiden bzw. hacken, mit gemischten Wurzeln anbraten, leicht stauben, mit Wasser aufgießen. Lorbeerblatt, Wacholder, Rosmarin (vorsichtig), Heidekräuter, Preiselbeeren dazugeben und ca. 1 – 1 1/2 Stunden durchdünsten. Dann Sauce abseihen und gut durchdrücken. Während der Kochzeit Karotten, gelbe und weiße Rüben (Suppengrünzeug) auf einer Reibe oder im Mixer reißen oder mixen. Anbraten und mit Rotwein ablöschen. Dieses Produkt mit der passierten Soße vermischen. Je nach Geschmack entweder Sauerrahm oder süßen Rahm – falls Sauce zu dünn, dann mit etwas Mehl vermengen.

Anrichteweise: (für die Optik)
Rückenknochen im Ganzen mitbraten und Filet in Scheiben schneiden und in den Rücken einlegen. Die Sauce extra servieren, oder den Rücken auf den Teller legen und die Sauce teilweise darübergeben. Knödel kommen daneben. Verzieren mit Hagebuttenzweig, Brombeeren oder Orangen mit Preiselbeeren.

Böhmische Knödel:
Einen normalen, leichten Nudelteig mit etwas mehr Eiern herstellen. Darunter Knödelbrot geben. Je mehr, desto flaumiger werden die Knödel. Kochen.

DAS „PAPSTMENÜ" VOM HOTEL „EUROPA TYROL" IN INNSBRUCK

Als Papst JOHANNES PAUL II. nach Abschluß seines fünftägigen zweiten Pastoralbesuches in Österreich am 27. Juni 1988 von Innsbruck aus wieder seine Heimreise nach Rom antrat, war auch für sein leibliches Wohl bestens vorgesorgt. Küchenchef Dieter Lengauer vom Hotel Europa Tyrol in Innsbruck hatte das kalte Rückflugmenü hergestellt, das dem Papst in der AUA-Maschine „Burgenland" serviert wurde.
Im Hotel Europa Tyrol verstand man es schon seit jeher, die Gäste „fürstlich" zu bewirten. Noch heute werden nach Rezepten, die vor 400 Jahren die Gemahlin von Erzherzog Ferdinand (1529 – 1595), Philippine Welser, gesammelt hat, zur Begeisterung der Gäste originalgetreu zubereitet.
Die Speisenfolge für Papst Johannes Paul II. bestand aus Mousse von geräucherter Lachsforelle mit Ketakaviar, gebratener Rinderfiletscheibe mit Sauce Tartare auf Blätterteigpolster, und zum Nachtisch einem Lieblingsdessert des Papstes: Apfelstrudel mit Schlagobers. Dazu wurde Riesling 1987 und ein Blauburgunder 1983, beide Weine vom Stiftsweingut Schloß Gobelsburg, gereicht. Und hier das Originalrezept:

MOUSSE VON DER GERÄUCHERTEN LACHSFORELLE MIT KETAKAVIAR:

250 Gramm (cirka 1 Stück) hausgeräucherte Lachsforelle, 1/2 Liter Milch, 8 Eidotter, 1/2 Liter geschlagenes Obers, 10 Blatt Gelatine, 3 Tomaten, Salz, Pfeffer, Zitronensaft. Angaben für 1 Terrinenform 30 cm Durchmesser, cirka 23 Portionen.

Die Lachsforelle räuchern und noch warm mit der Milch aufkochen und abpassieren. Nun mit den Eidottern zur Rose kochen lassen, dann mit Salz, Pfeffer und Zitronensaft würzen und mit der flüssigen Gelatine verrühren. Die drei Tomaten schälen, entkernen und durch ein Sieb streichen. Das Püree zur farblichen Aufbesserung in die lauwarme Masse einarbeiten. Zum Schluß das geschlagene Obers darunterheben und kaltstellen. Aufdressieren und mit Ketakaviar garnieren.
Als die Stewardess dem Papst das Mousse von der geräucherten Lachsforelle servierte, sagte dieser erfreut: „Jetzt bekomme ich schon wieder so etwas Gutes..."
Die österreichische Küche dürfte demnach dem Heiligen Vater zugesagt haben. Wen wundert das aber, bei diesem „himmlischen" Mahl?

Wenn Alfred BÖHM in Wien Theater spielt, versäumt er keine Gelegenheit, sich sein Lieblings-Wildgericht „Rehkarree in Portwein“, vorzüglich von Meisterkoch Werner Matt zubereitet, kredenzen zu lassen. Zu diesem Zweck besucht er das de Luxe Restaurant „La Scala“ im „Plaza“ Hilton Hotel Wien, wo Österreichs meist ausgezeichneter Küchenchef Werner Matt seine Gäste kulinarisch verwöhnt. Und hier das Rezept für 6 Personen:

REHKARREE IN PORTWEIN

Für 6 Personen:

Karreeteile von 2 gut abgelegenen Rehrücken, Salz, Pfeffer aus der Mühle, 3 cl Olivenöl, 2 Eßlöffel frisches Blut von Hasen, Reh oder Kalb, 30 g Butter, 250 g rote Rüben, 250 g Knollensellerie, Spätzle, 60 g Butter zum Schwenken, 3 Williams Birnen, Saft von 2 Orangen und 1/2 Zitrone, 1 Zimtrinde, 1 Nelke, 10 g Butter, 6 Eßlöffel Preiselbeerkompott.

Jeweils den Karreeteil vom Rücken hacken, völlig entsehnen und die Knochen blank putzen. Salzen, pfeffern und in heißem Olivenöl anbraten. Dann im mittelheißen Rohr zirka 10 bis 15 Minuten zart rosa braten, aus dem Rohr nehmen, das Fett abschütten. Zirka zehn Minuten an einer warmen Stelle rasten lassen.
Man läßt die Reduktion aufkochen, leert den ausgelaufenen Saft vom Karree dazu, nimmt sie vom Herd und bindet mit dem Blut.
Die Sauce durch ein feines Tuch passieren, abschmecken und warmhalten. Mit kalten Butterflocken montieren und nicht mehr kochen lassen.
Rote Rüben und Sellerie werden mit einem kleinen Messer beliebig tourniert und in Salzwasser gekocht, dann in Butter geschwenkt. Die Spätzle ebenfalls in Butter schwenken.
Die Birnen schälen, halbieren, das Kerngehäuse herausnehmen und in Orangen- und Zitronensaft mit Zimtrinde und Nelke pochieren. Dann im eingekochten Fond mit etwas Butter die Birnen kurz glacieren. Anschließend mit warmen Preiselbeeren füllen.
Man schneidet das Karree auf und serviert es mit den Beilagen und der Sauce.

3 dl roter Portwein, 1 dl Madeira, 1 dl Cognac, 1/2 Knoblauchzehe, 1 kleiner Thymianzweig, 5 cl Orangensaft, 10 bis 15 zerdrückte Wacholderbeeren, 3 zerdrückte Pfefferkörner, 1/4 l brauner Wildfond

Reduktion:
Portwein, Madeira, Cognac, Knoblauch, Thymian, Orangensaft, Wacholderbeeren und Pfefferkörner gibt man in ein Geschirr und läßt die Zutaten fast zur Gänze einkochen. Den Wildfond hineingießen und nochmals etwas reduzieren. Dann zur Seite stellen.

Brauner Wildfond
Für ca. 1 Liter:
1 kg Wildknochen (Reh, Hirsch, Fasan usw.) je nach Verwendungszweck, 6 cl Olivenöl, ca. 300 g Sehnen und Abschnitte von Wildfleisch, 50 g Zwiebel, 80 g Karotten, 60 g Knollensellerie, 2 Eßlöffel Tomatenmark (je nach Verwendungszweck), 1/2 l herber Rotwein (je nach Verwendungszweck), Salz, 2 Lorbeerblätter, 1 Zweig Rosmarin, 1 Zweig Thymian, einige zerdrückte Wacholderbeeren und Pfefferkörner, 4 bis 6 l Wasser oder nicht zu starker heller Kalbsfond

Die Knochen werden kleingehackt und in einer Bratpfanne scharf in Olivenöl angebraten. Etwas später gibt man die Sehnen und Abschnitte dazu, stellt die Pfanne ins Rohr und läßt alles langsam bräunen.
Inzwischen das Gemüse in große Würfel schneiden und ebenfalls beifügen. Das Fett wird abgegossen und das Tomatenmark etwas mitgeröstet.
Das Ganze dreimal mit Rotwein ablöschen und langsam einkochen. Salz, Lorbeerblätter, Rosmarin, Thymian, Wacholderbeeren und Pfefferkörner beigeben.
Dann nimmt man die Knochen aus dem Rohr, füllt sie in einen Topf und gießt nach und nach mit Wasser oder nicht zu starkem Kalbsfond auf und läßt den Fond zirka vier bis fünf Stunden auf kleiner Flamme kochen, wobei Fett und Schaum ständig von der Oberfläche abgeschöpft werden. Den Fond durch ein Tuch passieren.
Je nach Verwendungszweck kann man den passierten Wildfond weiter einkochen.
Benötigt man den Fond für klare Wildsuppen usw., wird kein Rotwein, Tomatenmark und Rosmarin verwendet.
Besonders aromatisch wird der Fond, wenn man die Knochen, Sehnen, Parüren, das Gemüse und die Gewürze einige Tage in Rotwein mariniert.
Man kann dem Fond auch Champignonabschnitte oder getrocknete Pilze beim Kochen beigeben.

SPÄTZLE

Für 6 Personen:
15 cl Milch, 3 Eier, Salz, Pfeffer aus der Mühle, 1 Prise Muskatnuß, 300 g Mehl, 60 g Butter zum Schwenken.

Milch, Eier und Gewürze werden gut verschlagen und mit dem gesiebten Mehl zu einem glatten Teig verrührt.
Den Teig nach und nach in den Spätzlehobel geben, durchdrücken und in kochendem Salzwasser kochen. Die Spätzle auf einem Blech ausbreiten und auskühlen lassen oder in kaltem Wasser abschrecken. Dann leicht in gebräunter Butter kurz schwenken, eventuell nachwürzen.
Etwas flüssigeren Spätzleteig können Sie auch auf ein nasses Brett geben, mit einer Palette länglich formen und dünne Streifen in kochendes Wasser schaben.

Als begeisterter Forellenfischer liebt es Alfred BÖHM, wenn auch die Forelle, selbst wenn sie nur zur Geschmacksverbesserung verwendet wird, in seinem Lieblings-Fischgericht vorkommt.
Wenn Küchenchef Werner Matt im Restaurant „La Scala" im „Plaza" Hilton Hotel Wien „Lachsmittelstück mit Forellenmousse in Champagner" auf die Speisekarte setzt, dann zählt sicher auch Alfred Böhm zu den Gästen. Dieses Gourmet-Fischgericht bereitet Werner Matt nach folgendem Rezept zu:

LACHSMITTELSTÜCK MIT FORELLENMOUSSE IN CHAMPAGNER

Für 6 Personen:
10 Spinatblätter, Salz, Pfeffer aus der Mühle, 600 g Lachsfilets ohne Haut, 400 g Forellenmousse, 20 g Butter, 20 g Schalotten, 1 dl trockener Weißwein, 1/4 l Fischfond

4 cl Noilly Prat, 2 dl Obers, 20 g Butter zum Montieren, 1 Spritzer trockener Champagner.

Die Spinatblätter werden ganz kurz blanchiert, abgeschreckt und mit Salz und Pfeffer gewürzt.
Das Lachsfilet entgräten, salzen, pfeffern und mit den Spinatblättern belegen. Dann das Forellenmousse zirka zwei Zentimeter dick auf das Filet aufstreichen.
In ein längliches Geschirr gibt man Butter und geschnittene Schalotten, legt das Lachsfilet hinein und untergießt mit wenig Weißwein und Fischfond. Im vorgeheizten Rohr bei guter Oberhitze zirka 10 bis 13 Minuten auf den Punkt pochieren. Dann nimmt man das Filet heraus, gießt die Flüssigkeit in ein kleines Geschirr, gibt den restlichen Weißwein und Fischfond sowie Noilly Prat dazu und läßt das Ganze einkochen. Die Sauce wird passiert, mit Obers aufgefüllt und auf die gewünschte Konsistenz eingekocht. Dann im Mixer mit einigen kalten Butterflocken und einem Schuß Champagner mixen. Die Sauce gibt man auf warme Teller, schneidet den Lachs in sechs Portionen und richtet diese auf der Sauce an.
Den Lachs unbedingt mit sehr wenig Flüssigkeit im Ofen bei guter Hitze pochieren, da sonst der Lachs durch und das Mousse noch halb roh sein kann.

FORELLENMOUSSE IN SAUERAMPFERSAUCE

Für 6 Personen:
550 g Forellenfilets (ca. 1 kg ganze Forellen), Salz, Pfeffer aus der Mühle, 3/4 l Obers, Saft von 1/2 Zitrone, Sauerampfersauce

Die Forellen enthäuten, entgräten, filetieren und kaltstellen, den Fleischwolf in den Tiefkühlschrank geben.
Die eiskalten Forellenfilets werden zweimal mit der feinen Scheibe des Fleischwolfs faschiert und mit Salz und Pfeffer gewürzt. Dann die Masse mit einem Kochlöffel gut durchrühren und auf gestoßenem Eis kaltstellen. Sie nimmt dadurch mehr Flüssigkeit auf und wird leichter.
Das kalte Obers rührt man nach und nach unter das Mousse, je nachdem, wie es anzieht. Vorsicht! Nicht zuviel auf einmal dazugeben, sonst gerinnt es. Anschließend die Masse durch ein Haarsieb streichen, nochmals abschmecken und etwas Zitronensaft dazugeben. Dann werden Formen oder Mokkatassen mit Butter bestrichen, die Masse wird eingefüllt und jede einzelne Form mit Butterpapier abgedeckt. Im Rohr in einem Wasserbad bei zirka 170 Grad 20 Minuten ziehen lassen. Das Wasser darf jedoch nicht kochen. Das fertige Forellenmousse auf einen Teller stürzen, die Sauce rundherum nappieren und servieren.

Da das Mousse ohne Eier und mit viel Flüssigkeit zubereitet wird, ist darauf zu achten, daß sowohl die Forellenfilets und das Obers als auch der Fleischwolf bei der Verwendung sehr kalt sind. Die Masse zieht dadurch besser an.
Je nach Geschmack kann man auch stark reduzierten Krebs-, Hummer- oder Krabbenfond in die rohe Masse geben und dafür etwas weniger Obers nehmen.
Man kann das Mousse auch füllen, indem man vor dem Pochieren in die Mitte der rohen Masse mit einem Mokkalöffel kleine Vertiefungen macht, einen Löffel starken reduzierten Fond hineingibt, einen pochierten Krebsschwanz oder eine Krevette in die Vertiefung steckt und mit dem Rest der Masse wieder verschließt.

SAUERAMPFERSAUCE:

40 g Sauerampfer, 1 dl trockener Weißwein, 4 cl Noilly Prat, 1/4 l Fischfond, 2 dl Obers, 30 g Butter, 2 Eßlöffel Schlagobers, Salz, Pfeffer aus der Mühle, Saft 1/4 Zitrone

Den Sauerampfer entstielen und in fünf Millimeter breite Streifen schneiden. Trockener Weißwein, Noilly Prat und Fischfond werden zur Hälfte eingekocht, das Obers wird dazugegeben und die Sauce so lange weitergekocht, bis sie etwas Bindung bekommt. Dann wird sie passiert. Anschließend wird die Sauce in den Mixer gegeben und mit kalten Butterflocken gemixt. Sie wird dadurch sehr leicht.
Die Sauce nicht mehr aufkochen, sondern nur noch mit Salz, Pfeffer, Zitronensaft abschmecken, den Sauerampfer dazugeben und das Schlagobers darunterziehen.

FISCHFOND

Für ca. 1/2 Liter:
500 g Fischknochen von Plattfischen, 100 g Schalotten, 50 g Lauch, 70 g Stangensellerie, 4 cl Olivenöl, 1 dl trockener Weißwein, 1 l Wasser, 5 g zerdrückte weiße Pfefferkörner, 2 Lorbeerblätter, 1 Zweig Thymian, 1 Prise Salz.

Von den Fischknochen die Flossen mit einer Schere abschneiden und die Gräten in kleine Stücke teilen.
Die Schalotten und das Gemüse in Scheiben schneiden und in Olivenöl kurz anschwitzen. Die Fischknochen dazugeben und einige Minuten weiterdünsten lassen. Mit Weißwein ablöschen und mit kaltem Wasser auffüllen. Man läßt den Fond aufkochen, gibt die Gewürze dazu und kocht dann 20 Minuten auf kleiner Flamme weiter. Dazwischen muß öfter der Schaum abgeschöpft werden. Anschließend den Fond durch ein Sieb passieren und je nach Verwendungszweck mehr oder weniger reduzieren.

Der weit über die Grenzen Österreichs hinaus bekannte Afrikaforscher, Schriftsteller und Großwildjäger, Prof. Ernst-Alexander ZWILLING, betrat Afrika erstmals im Jahre 1928. Sechzig Jahre lang unternahm er Forschungsreisen nach Kamerun, Gabun, Tschad, Ubangi-Schari, durchquerte die Sahara von West nach Ost und ritt auf dem Pferd 2.000 Kilometer vom Tschadsee zum Atlantik. Die Erlebnisse, die Zwilling in Afrika hatte, fanden ihren Niederschlag in seinen Büchern wie „Vom Urhahn zum Gorilla“, „Steppentage – Urwaldnächte“, „Seltene Trophäen“, „Tierparadies Ostafrika“ und „Wildes Karamoja“, um nur einige zu nennen. „Ich esse alles, was mich nicht frißt!“, sagte der 1990 verstorbene Afrikaforscher, wenn man ihn nach seinem Lieblingsgericht fragte.
Sein spezielles Lieblings-Wildgericht bereitete im Hotel Bristol in Wien Küchenchef Franz Schlatter zu:

WILDKANINCHEN IM KALBSKOPFGELEE

Kaninchenknochen
200 g Kalbskopf
100 g Wurzelgemüse
1 Lorbeerblatt
Wacholderbeeren
Salz
weißer Pfeffer

1/16 l Obers
40 g Preiselbeeren
1 EL Pineau des Charentes
1/2 Wildkaninchen
8 Pfifferlinge blanchiert, Scheiben
1 EL Öl
Salz
weiße Pfeffermühle
Thymian

1 Kerbelsträußchen

Kalbskopf und Wildkaninchenknochen waschen. In Fingergröße geschnittenes Wurzelgemüse, 1 Lorbeerblatt, weiße Pfeffermühle und Wacholderbeeren zum Kochen bringen. Dies muß ca. 1 1/2 bis 2 Stunden kochen, bis sich der Fond zum Gelieren eignet (bei zu weicher Konsistenz 1 Blatt Gelatine zugeben). Durch ein Tuch abseihen.

Für die Sauce das Obers leicht anschlagen, mit Preiselbeeren und Pineau des Charentes vermengen.

Ausgelöstes Wildkaninchenfleisch würzen und bei mittlerer Hitze in Öl vorsichtig braten. Rückenfilet beiseite stellen und das restliche Fleisch in Streifen schneiden. Terrinenform kühlen, etwas flüssiges Gelée einfüllen und stocken lassen. Nun das in Streifen geschnittene Wildkaninchenfleisch darin verteilen. Pfifferlinge und das Wildkaninchenfilet als Einlage zulegen und mit den restlichen Fleischstreifen abdecken. Mit Gelée zugießen und kaltstellen.

Zum Anrichten die Form sehr kurz erwärmen und stürzen.
Gelée aufschneiden, auf Teller legen und Sauce angießen.
Mit Kerbelsträußchen garnieren.

Prof. Ernst-Alexander ZWILLING hat mir einmal folgendes, sicher nicht alltägliche Erlebnis erzählt: Einmal wurde er auf seinen Forschungsreisen durch Afrika auch von einem Missionar zum Mittagessen eingeladen.
Es gab eine vorzügliche Speise, die wie Aal schmeckte, und da Prof. Zwilling Aal gerne aß, nahm er noch ein zweites Stück. Den Missionar befragt, wo er denn diesen köstlichen Aal herbekäme, meinte dieser mit der größten Selbstverständlichkeit, daß dies kein Aal gewesen sei, sonderen eine Gabunviper – eine der giftigsten Schlangen Afrikas...
Wie ich meinen Freund Zwilling kannte, hatte er sicher auch diese Gabunviper mit großem Appetit verspeist. Doch lieber war es ihm schon, wenn das Gericht nicht nur nach Aal schmeckte, sondern auch Aal war. Diese Garantie hatte er, wenn er auf seinen Vortragsreisen etwa nach Innsbruck kam, wo er im Hotel Europa Tyrol „Speckbachers Aal in Roggenstroh" serviert bekam, nach folgendem Rezept zubereitet:

SPECKBACHERS AAL IN ROGGENSTROH

Zutaten für 6 Personen:
900 g Aalfilets, enthäutet
Saft von 2 Zitronen
Salz
weiße Pfeffermühle
1 Teel. Pimentpulver
12 halbierte Salbeiblätter
12 Bauernspeckscheiben
Roggenstroh

Vorbereitung der Aale:
1. Aale bereits filetiert einkaufen. Das dunkle Fett abschaben.
2. Aalfilets in je 3 Teile schneiden.
3. Mit Zitronensaft beträufeln, wenig salzen und wenig weiße Pfeffermühle umdrehen.
4. Einen Hauch von Pimentpulver darüber verteilen.
5. Das Ganze etwas einmassieren. Mit einem sauberen Tuch abdecken und mindestens 3 Stunden marinieren.

Roggenstroh unter fließendem Wasser waschen und wieder trocknen lassen.

Zubereitung:
1. Ein passendes Blech nehmen, Stroh auf diese Länge schneiden und ordentlich nebeneinander einrichten. Blechboden gut bedecken.
2. Die Aalstücke dekorativ über die Gesamtfläche verteilen.
3. Speckscheiben darauf verteilen und unter jede Speckscheibe ein Salbeiblatt legen.
4. In den 250 Grad heißen Ofen schieben (mittlere Leiste – und garen, dabei nicht zu viel Farbe nehmen lassen).
5. Blech herausnehmen, Speckscheiben und Salbei entfernen, dann das Blech zum Tisch bringen und dort auf die Teller vorlegen.

Für weniger Personen kann das Gericht auch in einer Bratpfanne zubereitet werden.

Serviert werden kann mit einer saisonalen Salatkomposition. Rustikale Brotsorten sollten auf dem Tisch bereitstehen.

Prof. Ing. Kurt LADSTÄTTER, Generalsekretär des N.Ö. Landesjagdverbandes und in vielen internationalen Gremien als versierter Fachmann für die Jagd Österreichs tätig, ist natürlich selber begeisterter Jäger und Liebhaber von Wildgerichten.
Wenn immer er es einzurichten vermag, besucht er das „Korso bei der Oper" in Wien, um sich vom 3-Hauben-Küchenchef Reinhard Gerer mit „Rehnüßchen mit Eierschwammerln und Grappa-Rosinen" verwöhnen zu lassen.

REHNÜSSCHEN MIT EIERSCHWAMMERLN UND GRAPPA-ROSINEN

3-4 Eßlöffel Rosinen (am besten die großen Sultaninen)
1/8 l Grappa
1,20 kg Rehrücken
400 g Eierschwammerln
1/2 Zwiebel
1 Zehe Knoblauch
1/2 Bund Petersilie und/oder 1-2 Blättchen Liebstöckel
3 Eßlöffel Öl
6 Eßlöffel Butter
Salz
Pfeffer
1/8 l Obers (ca. 36% Fettgehalt)

Rosinen kurz in kochendes Wasser legen, abseihen, gut abtropfen lassen und gemeinsam mit Grappa in ein passendes, verschließbares Gefäß füllen. Gefäß dicht verschließen und Rosinen an einem warmen Ort einen Tag stehen lassen.
Rehrücken von Haut, Sehnen und Fettansätzen befreien und in ca. 18 gleich dicke Medaillons schneiden.
Eierschwammerln putzen und waschen. Große Stücke halbieren bzw. vierteln.
Zwiebeln und Knoblauch schälen und fein hacken. Petersilie und/oder Liebstöckel waschen und fein schneiden.
In einer möglichst großen Pfanne 2 Eßlöffel Öl erhitzen. Eierschwammerln bei guter Hitze anbraten, sobald sie Wasser lassen, auf ein Sieb schütten und abtropfen lassen.
In derselben Pfanne 3 Eßlöffel Butter erhitzen, Zwiebeln und Knoblauch anschwitzen, abgetropfte Schwammerln zugeben, mit Salz, Pfeffer und Kräutern würzen. Obers dazugeben und auf kleiner Flamme zu cremiger Konsistenz einkochen. Rehmedaillons salzen und pfeffern. In einer Pfanne ca. 1 Eßlöffel Öl und 2 Eßlöffel Butter erhitzen. Rehmedaillons auf beiden Seiten braten. Rehmedaillons aus der Pfanne heben und 2-3 Minuten rasten lassen. Fett aus der Pfanne abgießen, Grappa samt Rosinen in die Pfanne geben und die Flüssigkeit aufwallen lassen. Ein paar Teelöffel kalte Butter einrühren.
Schwammerln in die Mitte der Teller anrichten. Rehmedaillons gefällig dazulegen, mit Grapparosinen bestreuen und dem Saft beträufeln.

Obwohl es dem Generalsekretär des N. Ö. Landesjagdverbandes, Prof. Ing. LADSTÄTTER, rein zeitmäßig nicht möglich ist, auch fischen zu gehen, verschmäht er Fischgerichte nicht. Vor allem, wenn sie ihm Küchenchef Reinhard Gerer im „Korso bei der Oper“ raffiniert zubereitet, kredenzt. „Zanderfilet in frischem Paprika“ ist eines der Lieblingsfischgerichte von Prof. Ladstätter aus Gerers Küche. In nüchternen Worten sieht dieses Gericht so aus:

ZANDERFILET IN FRISCHEM PAPRIKA

Einkauf für 4 Personen:
600 g Zanderfilet
1/8 l Weißwein
1/4 l Obers
1 Teel. Butter
1 Stk. Paprika, rot
1 Stk. Paprika, grün
4 Stk. Kartoffeln
1 Thymianzweig
Salz
weiße Pfeffermühle
weiße Brotkrumen
Dijon Senf

1. Zanderfilet in Weißwein auf den Punkt pochieren. Herausnehmen und warmstellen.
2. Den entstandenen Sud etwas einkochen lassen, mit Obers auffüllen und bis zur gewünschten Konsistenz reduzieren.
3. Enthäutete, rote Paprikastückchen zugeben, mit dem Stabmixer pürieren, abseihen und mit Salz und weißer Pfeffermühle würzen.
4. Das Zanderfilet mit wenig Dijon-Senf bestreichen, mit weißen Brotkrumen und Butterflöckchen bestreuen, dann im heißen Ofen schnell bräunen.
5. Gekochte Kartoffelwürfel in Butter braten, gezupften Thymian zugeben und salzen, dann Fett abtropfen lassen.
6. Paprikarechtecke von blanchiertem, enthäutetem Paprika kurz in Butter schwenken, ebenfalls abtropfen lassen.
7. Einen Saucenspiegel auf die warmen Teller gießen, Fisch in die Mitte geben, Kartoffelwürfel und Paprikawürfel umherstreuen.

Generaldirektor Max MAURER-LÖFFLER, seit 1991 mit der Leitung des Sheraton Hotels in Bahrain betraut, begann seine Hotelkarriere im berühmten „Sacher" in Wien. Einer alten Jägerfamilie entstammend – sein Vater Dr. Fritz Maurer-Löffler war ein bekannter Gynäkologe sowie Jäger und Fischer – ging Max schon im frühen Kindesalter mit dem Vater auf die Pirsch und zum Fischen. Sicher stammt auch seine heutige Vorliebe für Wild- und Fischgerichte von den Eßgewohnheiten im Elternhaus her.
Durch seinen Freund, Luciano Pavarotti, hat Generaldirektor Maurer-Löffler ein Fischgericht kennengelernt, das nach einem persönlich kreierten Rezept des Startenors zubereitet wird: „Gegrillte Lachsschnitte mit frischem Blattspinat."
Dieses Fischgericht wurde auch zu Generaldirektor Maurer-Löfflers Lieblingsgericht.

GEGRILLTE LACHSSCHNITTE MIT FRISCHEM BLATTSPINAT

Ganz frischen Lachs filetieren und entgräten. In Stücke von ca. 20 dag pro Tranche schneiden, etwas salzen und mit Olivenöl bestreichen. Im vorgeheizten Ofen (nur mit Oberhitze!) auf einem Rost ca. 10 bis 15 Minuten langsam garen.
Inzwischen frischen Blattspinat in Salzwasser blanchieren und mit Knoblauch, Salz, Pfeffer sowie wenig Butter abschmecken.
Lachsfilet auf vorgewärmten Teller legen und mit dem Blattspinat sowie einer halben Zitrone garnieren.

Wenn sich der 8-fache Weltcup-Abfahrts-Champion Peter WIRNSBERGER in Wagrain zu Besuch aufhält, kehrt er regelmäßig im Gasthof Sonne am Kirchboden ein. Küchenchef Rudolf Brandtner stellt dann seine Lieblingsspeise, „Wildschweinkeule Moreland" auf den Tisch.

WILDSCHWEINKEULE MORELAND

80 dag bis 1 kg Wildschweinkeule
ca. 1/2 l Wildfond
120 g Mandarinenspalten
20 g Rosinen
20 g Dörrpflaumen
2 cl Mandarinen-Likör
10 g Butter
1/8 l Rotwein
Salz, Pfeffer, Rosmarin

Wildschweinkeule würzen, in heißem Fett kurz beidseitig anbraten. Mit Rotwein ablöschen, mit Wildfond aufgießen und ca. 1 1/2 – 2 Stunden weichdünsten. Wildschweinkeule warmstellen.
Mandarinen, Rosinen und Dörrpflaumen in etwas Butter anrösten, mit Likör aufgießen, etwas einkochen lassen, den Wildfond dazugeben und vor dem Servieren mit Butter montieren.
Beilagen: Serviettenknödel und Preiselbeeren

Wildfond:
Zutaten für ca. 1 Liter Fond

50 g Zwiebel
25 g Karotten
25 g Lauch
25 g Sellerie
Lorbeerblatt
Wacholder
150 g Wildparüren
150 g Wildknochen
1 l Demi glace oder Suppe

Die Wildknochen in etwas Fett anrösten, die Parüren und das Gemüse dazugeben und dunkelbraun rösten. Das Fett abgießen und kurz vor dem Aufgießen die Gewürze dazugeben. Mit kalter Demi glace oder Suppe aufgießen.
Das Ganze ca. 1 Stunde kochen lassen, damit alle Geschmackstoffe des Wildes in die Sauce übergehen.
Danach abseihen und zur Weiterverwendung bereitstellen.

Für den „Fotogiganten“ Kommerzialrat Helmut NIEDERMEYER ist die Freizeit natürlich karg bemessen, doch wann immer es seine Zeit erlaubt, geht er auf die Jagd – und er jagt nicht nur gerne auf Fasane, er ißt sie auch leidenschaftlich gern. Aus diesem Grund macht er, wenn er in sein burgenländisches Jagdrevier fährt, regelmäßig im „Alten Brauhaus“ in Frauenkirchen Rast, um sich vom Inhaber, Paul Püspök, verwöhnen zu lassen.

GEBRATENES FASANBRÜSTCHEN MIT ERDÄPFELPOGATSCHEN, ROTKRAUT UND HAGEBUTTENGELEE:

Der junge Fasanhahn wird samt Haut und Federkleid abgezogen. Man erspart sich dadurch das Rupfen. Für 4 Personen benötigt man 2 Fasane. Nun teilt man den Fasan in abgezogene Brüste, Oberschenkel (zum Verkochen für sonstige Gerichte) und Gerippe mit Flügel und Unterschenkel für Fasansuppe.

Fasanbrüstchen:
Die von den Knochen abgehobenen Brüste werden entsehnt und enthäutet. Mit Salz, Pfeffer, Rosmarin und etwas Thymian zart gewürzt. In Eisenpfanne Butter zerlassen, die Brüstchen auf beiden Seiten goldbraun mit Speckscheiben kurz vor dem Punkt anbraten und auf einer Porzellanplatte mit den Speckscheiben anrichten. (Speckscheiben auf Fasanbrüste legen). Fett aus der Pfanne gießen, ein Stück Butter in der Pfanne zerlassen, mit einem Spritzer Weißwein ablöschen und mit Creme fraiche binden. Einige, möglichst kernlose Weintrauben darin schwenken und die kurze, aber kräftige Soße über die Brüstchen gießen. Dazu serviert man Erdäpfelpogatschen, Rotkraut, Preiselbeeren oder Hagebuttengelee.

Erdäpfelpogatschen:
In Salzwasser gekochte Erdäpfel werden geschält und gekühlt grob gerissen. Dazu kommt goldbraun gerösteter Zwiebel, ausgelassener, durchzogener Speck, reichlich Petersilie, Salz und pro Kilogramm Kartoffel 2 Eier.
Die gut verknetete Masse wird zu Pogatschen geformt und entweder natur oder paniert in der Pfanne ausgebacken.

Immer häufiger benützen Jäger den Flughafen Wien als „Sprungbrett" zu einem Jagdausflug in alle Welt, und wenn der erste Schritt dazu über den Pier Ost zum Flugzeug geht, dann denken alle, die ihn kennen – und das sind nicht wenige – auch an den Mann, der für dieses Bauwerk verantwortlich zeichnet – Prokurist Direktor Ing. Anton FEIGE, der am Flughafen Wien-Schwechat für die Planung und Baudurchführung aller Hoch- und Tiefbauten sowie für die klaglose Funktion des technischen Betriebes verantwortlich ist. Als begeisterter Jäger und Wildbretesser hat er auch eigene Wildrezepte parat wie etwa:

GAMSSUPPE

Basis ist die normale Rindsuppe, wobei das Gamsfleisch im Ganzen, das heißt mit den Knochen, darin gekocht wird. Danach die Suppe erkalten lassen und das so entstandene Fett abziehen (sehr wichtig!).
In der Zwischenzeit das Gamsfleisch von den Knochen lösen und klein schneiden.
Zwei Scheiben Schwarzbrot in den Suppenteller legen, mit Suppe übergießen und das klein geschnittene Fleisch in die Mitte der Brotscheiben geben.

WILDBRATEN

Wurzelwerk blättrig, ca. 1 cm dick schneiden und in einer Pfanne mit etwas Fett scharf anbraten. Das Wurzelwerk soll sehr dunkel, aber nicht verbrannt werden, um dem Bratensaft eine schöne Farbe zu verleihen.
Das mit Salz und Pfeffer gewürzte Fleisch (egal ob Reh, Hirsch, Gams etc.) dazugeben, aufgießen und mit gemahlenem Wildgewürz verfeinern. In das vorgeheizte Rohr geben und unter öfterem Aufgießen und Wenden braten.
Nach dem Braten einige Kaffeelöffel Preiselbeeren und etwas Worcestersauce dazugeben. Saft mit Mehl binden, mit Rotwein verfeinern und passieren.

Fürst Franz Ulrich KINSKY liebt rustikale Wildgerichte, wie etwa „Fasan im Speckhemd mit Kartoffelknödel und Rotkraut", wie er im Gasthof zur Linde in St. Andrä am Zicksee im Burgenland zubereitet wird.

FASAN IM SPECKHEMD MIT KARTOFFELKNÖDEL UND ROTKRAUT

Fasan bratfertig machen, würzen, an beiden Seiten in einer Pfanne anbraten, mit großen, dünnen Speckscheiben umwickeln und ca. 45 Minuten bei mittlerer Hitze im Rohr braten.

Kartoffelteig:
50 dag am Vortag gekochte, mehlige Kartoffel werden fein gerieben, mit 18 dag griffigem Mehl, 2 Eidottern, Salz und 2 dag Butter gut verarbeitet. Daraus werden Knödel geformt und im Salzwasser abgekocht.

Rotkraut:
1 kg feinnudelig geschnittenes Rotkraut wird mit geschälten, blättrig geschnittenen Äpfeln, einer Prise Kümmel, Pfeffer und dem Saft einer halben Zitrone vermischt. In 6 dag Fett läßt man 2 Eßlöffel Staubzucker zerschmelzen, fügt eine große nudelig geschnittene Zwiebel bei, röstet sie gelb und löscht mit 1/16 l Weinessig ab. Das Rotkraut dazugeben und langsam zugedeckt weichdünsten. Zuletzt mit 1/16 l Rotwein und Zitronensaft abschmecken.

Benützte Literatur

Das nachstehende Verzeichnis beinhaltet die vom Autor bei der Arbeit an diesem Buch hauptsächlich benützte Literatur:

Akehurst Richard: Jagdgewehre, Stuttgart, ohne Angabe der Jahreszahl
Alföldi-Rosenbaum Elisabeth: Das Kochbuch der Römer, Zürich und München, 1970
Bauer Wolfgang: 6./7. Buch Moses, Berlin 1979
Bickel Walter und René Kramer: Wild und Geflügel in der internationalen Küche, München 1974
Bickel Walter: Der Menschheit größte Leidenschaft, Stuttgart 1959
Bise Gabriel: Das Buch der Jagd, Genf 1978
Boeck J. A.: Die nasse Weyd, Wien 1972
Brandner Michael: Die Jagd von der Urzeit bis heute, München 1972
Chorherr Thomas: Große Österreicher, Wien 1985, Verlag Carl Ueberreuter
Deutscher Jagdschutz-Verband: Wild und Jagd, Mainz 1982
Diezl: Niederjagd, Berlin 1903
Duchartre Pierre-Louis: Das große Buch der Jagdwaffen, Bern und München 1979
Fasslabend Wilhelm: 700 Jahre Marchegg, Wien 1969
Floyd Elisabeth und Hindley Geoffrey: Männer der Geschichte, Klagenfurt 1980, Neuer Kaiser Verlag
Frank Dr. Gerhard: Deutsches Jagdmuseum, München 1977
Gagern Falk von: Das Jagdbuch des Jägers, Salzburg / Stuttgart 1963
Hauser Dr. O.: Leben und Treiben zur Urzeit, Berlin 1921
Hazai György: 104 berühmte ungarische Kochrezepte, Budapest 1947
Herzfeld Friedrich: Adagio und Scherzo, Wien 1944
Jägerbrevier: Dresden 1857, ohne Angabe des Autors
Koller-Glück Elisabeth: Meine Jagderlebnisse mit Kronprinz Rudolf, St. Pölten 1978
Kruse M. Marx und E. v. Campe: Chronik der deutschen Jagd, München 1937
Nemec Helmut: Tier und Jagd in der Volkskunst, Wien und München 1974
Norden Walter: Jagd-Brevier, Wien-Berlin 1970
Nordheim Walter: Das Jagdhüttenbuch, München-Bern-Wien 1978
Oberländer: Der Lehrprinz, Neudamm 1900
Preradovich Nikolaus von: K. u. K. Anekdoten, Wien-München 1980
Schnürer Dr. Fr.: Unser Kaiser der Waidmann, Wien, ohne Angabe der Jahreszahl
Skowronnek Fritz: Die Jagd, Bielefeld und Leipzig 1901
Tannahill Reay: Kulturgeschichte des Essens, Wien 1973
Vogel Dr. h. c. Adolf: Jagdschätze im Schloß Fuschl, München/Zürich 1974
Wagner Hans: Jägerbrauch, Wien 1959

Bildnachweis

Für die Abbildungsgenehmigungen danken wir allen Institutionen und privaten Sammlungen:

Albertina, Wien; Kunsthistor. Museum, Wien; Amt der NÖ Landesregierung (Orth/Eckartsau); Akademische Druck & Verlagsanstalt, Graz; Universitätsbibliothek Graz; den Bildagenturen Mauritius, Wien; Zefa, Wien; Buenos Dias, Wien; Gusto, Wien; Bavaria, München; Bruckmann, München; Dover Pictorial Archive; dem Hotel Imperial, Wien, sowie den Herren Karl Hauptmann, Ferlach; Heinz Eisl, St. Wolfgang; Hörmann, Werfen; Peter Cermak, Wien und Frau Ingrid Hinterecker.